SECRETO MAXIMILIANO

SECRETO MAXIMILIANO

Leopoldo Mendívil López

Grijalbo

Secreto Maximiliano

Primera edición: septiembre de 2019

D. R. © 2019, Leopoldo Mendívil

D. R. © 2019, derechos de edición mundiales en lengua castellana:
Penguin Random House Grupo Editorial, S. A. de C. V.
Blvd. Miguel de Cervantes Saavedra, núm. 301, 1er piso,
colonia Granada, delegación Miguel Hidalgo, C. P. 11520,
Ciudad de México

www.megustaleer.mx

ISBN: 978-607-318-196-9

Impreso en México – *Printed in Mexico*

El papel utilizado para la impresión de este libro ha sido fabricado a partir de madera procedente
de bosques y plantaciones gestionadas con los más altos estándares ambientales, garantizando
una explotación de los recursos sostenible con el medio ambiente y beneficiosa para las personas.

Penguin
Random House
Grupo Editorial

A las princesas Azucena, Patricia y Mónica. A mi querido editor y consejero Andrés I de Austria y México (Andrés Ramírez), a mi editor David Velázquez; a Quetzalli de la Concha; a Antonio Ramos Revillas; para y por Marco Alejandro. A los descendientes de Carlota de Coburgo, por ayudar a generar este proyecto.

A mi padre Leopoldo Mendívil Echevarría: por ser león feroz como Napoleón Bonaparte; y justo y visionario como Abraham Lincoln; y amable y caballero como Maximiliano; y sagaz, valiente y patriota como Benito Juárez.

A mi socio, tío y amigo Ramón López Guerrero.

A los cuarenta mil mexicanos que murieron debido a la Operación Maximiliano y a la Operación Juárez.

Para el admirado maestro Bernardo Bátiz, por sugerirme iniciar esta investigación. A los amigos que me inspiraron para desarrollarla: Fernando Morales, Juan Antonio Negrete, José Luis Benavides, don Manuel Jiménez Guzmán, Miguel Ángel López Farías, César G. Madruga, Pako Moreno, Alejandro Cruz Sánchez, Antonio Velasco Piña, Juan Becerra Acosta, Rodolfo Valverde, general Tomás Ángeles Dauahare, Guillermo Núñez van Steenberghe, Eleazar Ortega van Steenberghe, Ramón Cordero, Alfonso Segovia, Rafael Cortés Déciga, Mario Murillo, Juan Manuel Sena, Pedro Hess, Carlos Ramos Padilla, Guillermo Fárber, José Antonio Crespo, Israel Reyna, David Izquierdo, Miguel Salinas Chávez, Octavio Fitch, Hugo Salinas Price, Sócrates Campos Lemus, Federico Vale Chirino, Rosalía Buaún, Juan Gildardo Ledesma, Dios Edward, Luis Gómez Berlie, Julio Jiménez, Omar Chavarría, Carlos García Peláez, José García Sánchez, Emilio y José Emilio España Krauss, Humberto Hernández-Haddad, Cristina Cruz Cruz, Vladimir Galeana, Fernando Amerlinck, Raúl Domínguez, Mario Andrés Campa Landeros, Salvador Munguía, arquitecto Juan José Ríos, Swald Huerta, Eduardo Vázquez Célis, Isadora Adams, Valter Wernli, doctor Víctor Hugo Moreno Melgar, Marco Tulio Hernández, Georgina Abud, Michelle Pineda, José Cruz Luis Sánchez. Para Alejandro Cárdenas Cantero por crear el soundtrack *Secreto Maximiliano* con su grupo Flexner Dissident.

Esta investigación está basada en el trabajo de los grandes historiadores, periodistas y pensadores que han explorado y documentado los diversos componentes de este episodio apabullante: José Antonio Crespo, Patricia Galeana de Valadés, Armando Victoria Santamaría, Héctor de Mauleón, Alejandro Rosas, Paco Ignacio Taibo II, Benito Taibo, C. M. Mayo, Pedro J. Fernández, Konrad Ratz, David Estrada, Wenceslao Vargas Márquez, Pedro Salmerón, Bertha Hernández, Martha Zamora, David R. Stevens, M. M. McAllen, Martha Robles, José Manuel Villalpando, Carlos Tello Díaz, H. Hyde, William M. Ferraro, Fernando del Paso, José Luis Blasio, Samuel Basch, Wilhelm Knechtel, Juan de Dios Arias, Francisco Castellanos, Doralicia Carmona, Josué Huerta, Anton von Magnus, Luis Reed Torres, Brigitte Hamann, Anka Muhlstein, Francisco Martín Moreno, Henry Kissinger, Laura Martínez-Belli, Lília Díaz, José Fuentes Mares, Friedrich Katz, Guadalupe Loaeza, Suzanne Desternes, Henriette Chandet, Eloy Garza, Esther Acevedo, Paul Johnson, Salvador Abascal, Marie-Thérèse Villain, Centro de Estudios de Historia de México Carso Fundación Carlos Slim, Museo Nacional de las Intervenciones INAH, Laurence van Ypersele, Adam Hochschild, Andrés Garrido del Toral, Norbert Fryd, David Salinas, Leopoldo Silberman, Erika Pani, Enrique Krauze, Robert Ryal Miller, Ralph E. Weber, Ahmed Valtier, Paulina Andrea Moreno Castillo, Carlos Eduardo Díaz, Verónica Díaz Favela (*Expansión* / CNN Español), Agustín Rivera, Antorcha.Net, MemoriaPoliticadeMexico.org.

Antesala imperial

Las figuras de Juárez y Maximiliano están extremadamente idealizadas. El público en general no conoce lo que sucedió realmente en lo que se denomina Guerra de Reforma (1857-1860) e Intervención Francesa (1861-1867), episodios clave en la definición del actual México.

La historia conocida sobre estos diez años enigmáticos generalmente es una colección de leyendas romantizadas tanto de Maximiliano y Juárez como de Carlota.

Sobre Maximiliano y Carlota se han escrito incontables libros en torno a una historia de "amor" sin ahondar en sus grandes incógnitas. Los agujeros que existen en esta trama, y el porqué vinieron a México, llevan ciento cincuenta años sin respuestas.

El 17 de diciembre de 1861 desembarcaron en México los ejércitos invasores de los siguientes países: Inglaterra, España y Francia, por una famosa "deuda" que México no había pagado. Ocurrió mientras los Estados Unidos vivían su Guerra Civil contra los estados rebeldes del sur, los cuales intentaban independizarse y crear un nuevo país: la "Confederación de Estados Americanos", compuesta de plantaciones de esclavos —incluyendo el gran territorio que acababan de quitarle a México (es decir, Texas, en 1848)—.

Al llegar a Veracruz, las tropas invasoras se separaron: Inglaterra y España sorpresivamente se "rajaron" y se regresaron a sus países (el porqué, otro misterio, se responde en este libro), mientras que las francesas, al mando del ambicioso emperador Napoleón III (presunto sobrino de Napoleón Bonaparte; genéticamente no lo fue), avanzaron hacia la capital para invadir México y en 1864 dicho emperador trajo al país, para que se sentara como gobernante de la nación conquistada, a un joven príncipe europeo que carecía de la experiencia y la malicia necesarias para el cargo: Maximiliano de Habsburgo. Transcurrieron tres años y los mexicanos lo fusilaron.

Pasaron ciento cincuenta años más y se olvidó o borró de la historia —en el dominio público— lo que ocurrió detrás de toda esta trama.

Hoy se sabe la verdad:

La Guerra Civil de los Estados Unidos y la presencia de Maximiliano en México no fueron dos eventos aislados y simultáneos por casualidad: se trató de un mismo fenómeno. Maximiliano (y su "Imperio Mexicano") fue parte de este enfrentamiento, así lo afirmaron los generales estadounidenses Philip Sheridan y Ulysses Grant (y en este libro se explica a detalle cómo Maximiliano suministró armamento de Francia a los rebeldes esclavistas del sur con el objetivo francés de dividir a los Estados Unidos para siempre). A su vez, en forma más global, tanto la guerra de Secesión como el implantar en México a Maximiliano fueron parte de la guerra secreta que Inglaterra y Francia (y en general Europa) estaban librando para destruir o debilitar a los Estados Unidos y evitar que se convirtieran en la potencia dominante del planeta.

Los mismos Estados Unidos —hoy potencia dominante en el mundo— han suprimido o minimizado esta trama de su propio pasado. ¿Por qué? Porque sus antiguos enemigos (Inglaterra y Francia, y en general Europa) son sus actuales aliados.

Benito Juárez para los mexicanos es el héroe indiscutible que venció prácticamente solo a los franceses y los sacó de México, y quien derrotó y capturó a Maximiliano y lo condenó al fusilamiento. Pero en su fascinante historia se borró el hecho de que los Estados Unidos complotaron para colocarlo en el poder dos veces (1860 y 1867) en esta gran guerra secreta contra Europa, y que el enfrentamiento para sacar a Francia y a Maximiliano de México —en pro de la Doctrina Monroe— fue una operación norteamericana, aprobada por Lincoln, a cargo de cinco generales desconocidos para el mexicano promedio: Ulysses Grant (quien se volvió presidente tras el éxito contra "Maximilian"), Philip Sheridan, William Sherman, Lew Wallace y Herman Sturm. La población mexicana desconoce esto porque Lincoln le ordenó a Grant que dicha operación fuera "secreta", y que se le ocultara incluso al secretario de Estado.

En resumen: se borró de los libros no sólo esta operación sino el hecho de que México fue el patio de combate entre dos adversarios (Europa y los Estados Unidos), y que Maximiliano, Juárez, Carlota, e incluso el propio Napoleón III, fueron sólo piezas, mas no títeres.

¿Por qué en México se ha suprimido o minimizado o distorsionado esta trama de nuestro propio pasado?

¿Por qué los mexicanos tenemos la idea simplificada de Carlota como una mujer bella que "se volvió loca"? ¿Por qué nadie ha investigado qué es lo que la volvió loca? Ella misma dijo categóricamente que la envenenaron, y dio el nombre de quien lo hizo, pero hasta hoy nadie se ha molestado en explorar su cuerpo en Laeken, cuando todo apunta a que eso fue exactamente lo que sucedió, y que el culpable fue una potencia, como parte del complot contra México.

¿Por qué un emperador como Napoleón III tuvo la "ocurrencia loca" de invadir México y volverlo un "imperio", una "superpotencia", arriesgando el dinero y las tropas de Francia, cuando su propia población se oponía al proyecto por ser un "Vietnam" del siglo XIX: una carnicería de soldados que sólo estaba vaciando las arcas francesas y, según Thiers, destruyendo a la misma Francia? La versión hasta hoy "oficial" es que fue un "capricho".

El público da por hecho que los "emperadores" Maximiliano y Carlota no tuvieron hijos, pero ¿a qué se debió la falta de intercambios sexuales en la pareja?, y ¿existieron hijos fuera del matrimonio? Este libro presenta información más que abundante al respecto, así como las pruebas hasta hoy disponibles, incluso a personas vivas.

¿Maximiliano fue masón al igual que Juárez? ¿Es cierta la teoría de que Maximiliano no murió, sino que la masonería lo perdonó y le dio una nueva vida en otro lugar del mundo, con un nuevo nombre y una nueva identidad?

Estás a punto de explorar el siglo XIX

En la era de Maximiliano, Lincoln y Napoleón III (1864), el franco francés valía aproximadamente doce dólares de hoy (doscientos diez pesos actuales, o 4.5 gramos de plata, o 0.29 gramos de oro, o treinta y nueve centavos de dólar de esa época, o cuarenta y seis centavos de florín austrohúngaro). Un dólar en ese momento valía veinte dólares de hoy, o 1.85 pesos mexicanos de ese entonces (4.36 a partir de 1866).

Una legua equivalía a 4.19 kilómetros.

La avenida Insurgentes de la Ciudad de México no existía, ni tampoco Avenida Reforma (la creó Maximiliano). El actual Circuito Interior se llamaba "Calzada de la Verónica". La calle 16 de Septiembre se llamaba "Coliseo Viejo", pues alguna vez hubo ahí un coliseo. La ciudad terminaba en los actuales metros San Cosme (Garita de San Cosme), metro Chabacano (Garita o Puerta de San Antonio Abad), y metro San Lázaro (Garita de San Lázaro), que era de hecho aún una bahía del gran lago de Texcoco.

Hacia el enigma

CARLOTA DE BÉLGICA
Esposa de Maximiliano y emperatriz de México.
Carta al militar francés Charles Loysel (encontrada por Laurence Ypersele).
5 de mayo de 1869:

Mientras [yo] continúe siendo mujer siempre habrá posibles violencias y el futuro del mundo no estará asegurado completamente más que con mi cambio de sexo.

CARLOTA DE BÉLGICA
También al militar Charles Loysel (encontrada por Laurence Ypersele).
22 de abril de 1869:

Tenga usted dos cosas por seguro: quiero ser hombre, quiero desposarlo, usted será lo mismo que yo.

ROBERT RYAL MILLER
Historiador.
Lew Wallace and the French Intervention in Mexico. *1963:*

La victoria de Juárez [en 1867, contra Maximiliano] se debió en parte a las armas, hombres, y dinero que le aseguraron en los Estados Unidos agentes como [el general] Lew Wallace.

GENERAL JOSÉ MARÍA ARTEAGA
General mexicano del bando liberal.
Citado por Francisco Regis Planchet (1906).
Ciudad Guzmán, 22 de junio de 1864:

El Contrato del señor Juárez con los estados del sur [de los Estados Unidos] es cierto. He visto con Uraga las cartas con las que se comunica; y aunque no se fijan los términos, por otros conductos se sabe que consisten en que entregarán al señor Juárez tres millones de pesos por permisos para nacionalizar el algodón, y licencia para enganchar a treinta mil americanos. (El original de esta carta hállase en poder del señor ingeniero Don Cirilo Gómez Mendívil, Lagos, Jalisco.)

GENERAL PHILIP SHERIDAN
General estadounidense a cargo de la operación secreta para derrumbar a Maximiliano y colocar en la presidencia a Benito Juárez.
Memorias. 1888:

Durante el invierno y primavera de 1866 nosotros continuamos suministrando secretamente armamento y municiones a los liberales comandados por Benito Juárez en México —enviándoles hasta treinta mil mosquetas sólo del Arsenal de Baton Rouge— y para la mitad del verano, Juárez, habiendo organizado un ejército considerable en tamaño, tenía posesión de toda la línea del Río Grande, y de hecho casi de

14

todo México bajando hasta San Luis Potosí. Mi envío del puente flotante a Brownsville y estas demostraciones resultaron alarmantes para los imperialistas de Maximiliano, tanto que en Matamoros los soldados franceses y austriacos recularon, y prácticamente abandonaron todo el norte de México bajando hasta Monterrey.

General Tomás Mejía
General del bando de Maximiliano.
Previo a su fusilamiento, por parte de los liberales comandados
por Benito Juárez, tras su derrota. Junio de 1867:

En Matamoros y no en [la Ciudad de] México estaba la llave del Imperio [de Maximiliano]; debimos poner allí á toda costa una fuerte guarnición, la cual habría hecho frente á los americanos [quienes estaban proveyendo armamento secretamente a Benito Juárez, de Brownsville hacia Matamoros].

Matías Romero
Representante de Benito Juárez ante el gobierno de los Estados Unidos.
Washington, 17 de agosto de 1867:

La entrada del general Grant en el ministerio de Guerra hace que tengamos un amigo más en el gabinete.

Samuel Basch
Médico imperial de Maximiliano en México.
31 de mayo de 1867:

En los celos verdaderamente pueriles de los mexicanos con respecto á cualquier intervención extranjera, les conozco tanto, que una intervención abierta no serviría de nada [...] Sólo una influencia secreta, y por decirlo así confidencial, pudiera ser útil.

General William T. Sherman
Estadounidense responsable de la intervención secreta en México para
"sacar" a Maximiliano y encumbrar a Juárez en la presidencia.
Carta al general Ulysses S. Grant, jefe de los ejércitos
de los Estados Unidos.
1 de diciembre de 1866:

Me siento tan amargado como usted sobre esta intromisión de Napoleón [III, al colocar tropas francesas en el continente americano por su intervención en México y la entronización de Maximiliano].

ELSA CECILIA FROST
Tlalpan, México. Mayo de 1988:

Posiblemente habrá quien se indigne por los juicios de [el militar austrohúngaro Carl] Khevenhüller, porque habla sin tapujos [en sus memorias] del apoyo económico que los Estados Unidos proporcionaron a Juárez.

RALPH E. WEBER
DOCID: 3928751 SEWARD'S OTHER FOLLY UNCLASSIFIED.
Aprobado para desclasificación por la NSA (National Security Agency de los Estados Unidos). 12 de enero de 2011:

En los meses inmediatos después de la rendición del sur [en la Guerra Civil estadounidense], el aprehensivo Seward [Secretario de Estado americano] presionó a Napoleón III para retirar sus fuerzas militares de México […]. En enero de 1866, el emperador francés ordenó a su personal militar en México, encabezado por el Mariscal François Achille Bazaine, preparar la evacuación.

JOHN H. HASWELL
Asistente en el Departamento de Estado y participante en la redacción del Cable Seward:

Este primer cablegrama enviado por el Departamento [al emperador francés Napoleón III] fue importante para nuestro embajador en París [John Bigelow]: causó que los franceses se fueran de México. El Secretario [Seward] ordenó que se enviara cifrado.

PAOLA VÁZQUEZ
La biografía de Benito Juárez que nadie nos contó en la escuela.
27 de febrero de 2016:

Juárez es recordado como el liberal que expulsó a los franceses de México y fusiló a Maximiliano.

WILLIAM M. FERRARO
A Struggle for Respect. *2008:*

[Ulysses] Grant [general supremo de los Estados Unidos] veía a los imperialistas mexicanos [los partidarios de Maximiliano y Francia] como una verdadera amenaza a la Doctrina Monroe ["América para los americanos"] y simpatizó de corazón con los republicanos [Juárez y su ejército].

ULYSSES S. GRANT
General en jefe de los ejércitos de los Estados Unidos durante la Guerra Civil (1861-1865), nombrado por el presidente Abraham Lincoln. Una vez que él y Lincoln lograron vencer a los estados rebeldes del sur y pusieron fin al enfrentamiento. 1865:

Now, on Mexico.
(Ahora, sobre México)

GENERAL ULYSSES S. GRANT
Personal Memoirs of General U. S. Grant. *1885:*

La rebelión de los estados del sur [que dio lugar a la Guerra Civil estadounidense en 1861] se debió en gran medida a nuestra guerra con México [de 1847-1848, donde los Estados Unidos se apropiaron de Texas]. Recibimos nuestro castigo en la más sanguinaria y cara guerra de los tiempos modernos.

MICHAEL LIEBIG
Historiador. 28 de abril de 2006:

Bismarck [Canciller de Alemania/Prusia] se arriesgó a desatar esa guerra [en Europa, contra Dinamarca, en 1864, para apoderarse de Schleswig y Holstein e iniciar la integración de Alemania] porque él sabía que Francia e Inglaterra estaban atadas en la Guerra Civil de los Estados Unidos y en su aventura con el emperador Maximiliano en México. Por ello, [John Lothrop] Motley [embajador estadounidense en Austria y amigo de Bismarck] consideraba la guerra contra Dinamarca como un alivio útil para los Estados Unidos.

JOHN LOTHROP MOTLEY
Carta su mamá. Viena, Austria. 22 de septiembre de 1863:

La situación es realmente grave y amenazante para nosotros [el apoyo de los franceses para colocar a un europeo en México como emperador, es decir, Maximiliano]. Afortunadamente nuestro presidente [Abraham Lincoln] es el hombre más honesto que ha existido, y no hay Ministro de Asuntos Extreriores más hábil que William Seward. Creo que ellos van a evitar el declararnos en guerra [contra Francia].

WILLIAM SEWARD
Memorándum al presidente Abraham Lincoln. 1 de abril de 1861:

De no recibir explicaciones satisfactorias por parte de España y Francia [sobre su envío de ejércitos de invasión a México mientras los Estados Unidos estaban en su Guerra Civil], usted debe convenir al Congreso para declararle la guerra a ambos.

LORD WODEHOUSE
Virrey de Inglaterra en Irlanda.
27 de septiembre de 1865:

El ataque estadounidense contra Irlanda bajo el nombre de "Fenianismo" [una rebelión social de irlandeses contra el yugo británico, instigada desde los Estados Unidos] puede haber fallado por ahora, pero la serpiente sólo fue quemada, no murió. Es poco probable que los conspiradores americanos ahora intenten obtener compensación en nuestras provincias norteamericanas [Canadá] [...]. Debemos enviar más armamentos a Canadá y también envíenme más a Irlanda, todos son contra los Estados Unidos.

GENERAL LEW WALLACE
Responsable secreto estadounidense de proporcionar armamento a Benito Juárez contra Maximiliano y contra las tropas de Francia en México. Informe al general Ulysses S. Grant en el Hotel Metropolitan. 14 de diciembre de 1865:

¿No es posible efectuar algo a través de un fondo secreto?, o ¿no se puede hacer un tratado de un préstamo secreto con México? [para proveer armamento desde Nueva Orleans hacia Brownsville, Texas, para los juaristas en Matamoros con el fin de coordinar las tropas estadounidenses a lo largo de la frontera con México para una eventual invasión].

CARL KHEVENHÜLLER
Comandante austrohúngaro al servico de Maximiliano.
10 de mayo de 1865:

Los americanos están concentrando tropas en Monterrey. La guerra civil ahí ha terminado. Es inconcebible el pensamiento de un imperio al lado de esa república infame [los Estados Unidos]. ¡Qué error cometió Europa al no apoyar con tiempo al sur [de los Estados Unidos, en su rebelión contra el norte].

CARL KHEVENHÜLLER
28 de mayo de 1865:

El rocío de balas de los fusiles de dieciséis tiros que ahora tiene el enemigo [los mexicanos juaristas, opuestos a Maximiliano], proporcionado por los americanos, es tan terrible que resulta difícil de describir.

BENITO JUÁREZ
Presidente mexicano expulsado y en lucha mientras Maximiliano fue
impuesto como emperador por los franceses.
Carta a Bernardo Revilla. 24 de abril de 1866:

Hasta ahora, todas las probabilidades están en contra [de Maximiliano], no porque el gobierno del norte [Estados Unidos] haya exigido a Napoleón que retire sus tropas para mediados de mayo, lo que no pasa de un borrego, sino porque la opinión pública en Francia está pronunciada abierta y enérgicamente contra la permanencia del ejército francés en esta República [Mexicana] [...]. Lo que el gobierno del norte ha hecho últimamente es pedir a Napoleón que fije el tiempo en que ha de retirar sus tropas [...] y, como éste tiene un interés más grande que asegurar, que es la permanencia de su dinastía, poco le importa que se lleve el diablo a Maximiliano.

JAMES BUCHANAN
Presidente de los Estados Unidos anterior a Lincoln.
Mensaje ante el Senado. 7 de enero de 1858:

Está fuera de dudas que el destino de nuestra raza es expandirnos por el continente de Norteamérica […] hacia el sur.

WILLIAM M. CHURCHWELL
Carta confidencial al presidente James Buchanan.
Veracruz, 22 de febrero de 1859. (Fuente: Jorge L. Tamayo):

El Presidente [Benito] Juárez es hombre de unos cuarenta y cinco años de edad, indio sin mezcla, bien versado en las leyes de su país, recto y prudente jurisconsulto pero político tímido y desconfiado; enérgico e incorruptible y, sin embargo, bueno, apacible en su trato, modesto como un niño […], pero no tiene influencia sobre sus ministros […]. [A Sebastián] Lerdo de Tejada —que está en el gabinete por sugestión de vuestro agente […]— debemos considerarlo como la persona más digna de confianza por sus simpatías hacia nosotros [los Estados Unidos] […] Los recursos naturales del país [México] deben ser inmensos […], aunque el comercio de exportación e importación está paralizado en buena parte [por la Guerra Civil entre Benito Juárez y Miguel Miramón] […] Su riqueza mineral jamás ha sido desarrollada y su valor material es inconcebible […] No se sorprenda cuando sepa que Miramón ha ocupado Jalapa; si él lo intenta, existe la intención de permitírselo, para cortarle más efectivamente la retirada, atacarlo por la retaguardia y acercarlo a Veracruz lo más posible.

BRIGITTE HAMANN
Historiadora austriaca.
Viena-Múnich, 1983:

Los estados más afectados [por las deudas mexicanas al exterior] —Francia, España e Inglaterra— resolvieron realizar una intervención militar y enviaron sus tropas a Veracruz. Los Estados Unidos estaban preocupados con sus propios problemas en la guerra de Secesión y no se interpusieron en México, como habían amenazado hacerlo con su Doctrina Monroe.

BRIGITTE HAMANN
Viena-Múnich, 1983:

La conclusión de la Guerra Civil norteamericana en abril de 1865 tuvo gran trascendencia para el Imperio Mexicano [de Maximiliano, auspiciado por el ejército de Francia]. Más que nunca los Estados Unidos apoyaron a los republicanos bajo [Benito] Juárez, por una parte con armas, por otra, sin embargo, con la opinión pública […]. Los imperialistas [de Maximiliano] tuvieron que contar ahora con la posibilidad de un ataque estadounidense por el norte […]. A partir de ese momento, Napoleón III trató de retirarse de México.

FOLLIOT DE CRENNEVILLE
Asesor político del hermano de Maximiliano, Francisco José de Austria.
24 de septiembre de 1863:

Espero que [Maximiliano] nunca regrese a Austria.

CARLOTA DE BÉLGICA
Cuando su esposo Maximiliano estaba temeroso, pensando en renunciar
al trono de México, ante la amenaza de un ataque estadounidense y ante
la fuga de soldados hacia Francia. 10 de junio de 1866:

Abdicar es condenarse, extenderse a sí mismo un certificado de incapacidad, y esto es sólo aceptable en ancianos o en imbéciles, no es la manera de obrar de un príncipe de treinta y cuatro años […]. Yo no conozco ninguna situación en la cual la abdicación no fuese otra cosa que una falta o una cobardía.

GENERAL LEW WALLACE
1865:

El presidente Lincoln me aconsejó no mencionar el asunto [de la operación secreta de armamentos a México para Benito Juárez] al Sr. [William] Seward [Ministro de Asuntos Extreriores americano.

Robert Ryal Miller
Indiana Magazine of History, Volume 58:

La Comisión de Reclamaciones Estados Unidos-México de 1868 [en los archivos del Departamento de Estado de los Estados Unidos, Grupo de Registros 76 (U.S. National Archives-Docket 676); establece] aprovisionamientos militares de los Estados Unidos por dos millones de dólares enviados a Benito Juárez en México.

Edwin C. Fishel
Documento inicialmente confidencial aprobado por la cia para difusión el 22 de septiembre de 1993:

[Ésta es la] historia sobre un descubrimiento crítico de inteligencia casi no dado a conocer en la historia de la intervención de Francia en México durante y después de la guerra civil.

David Salinas
Realidad y ficción en el diálogo interno de Carlota. *Abril de 2015:*

Así, concluye van Ypersele, esa crisis de nervios "insoportable" hace que la emperatriz [Carlota] tenga "fantasías masoquistas y sádicas" [...]. En la carta fechada el 13 de mayo de 1869, Carlota le comenta a Loysel el placer que siente al azotarse en su habitación y le explica la cantidad de azotes que se suministra y las partes de su cuerpo que se golpea para poder sentir más placer.

Maximiliano
Siendo ya emperador de México.
Decreto de Pase de Bulas y Rescriptos. 7 de enero de 1865:

Se prohíbe en el Imperio Mexicano la publicación de la encíclica papal *Quanta Cura* de diciembre de 1864.

1

Miércoles 19 de junio de 1867, 07:00 h
Querétaro, México

En el frío del amanecer, el alto, barbudo, flaco y pelirrojo ex emperador de México, Fernando Maximiliano de Habsburgo-Lorena, de treinta y cuatro años y 1.87 metros de altura —príncipe de la Casa del Imperio austrohúngaro—, miró al horizonte, en dirección a la salida del sol.

Escuchó el graznido del cuervo. Siguió subiendo por las piedras secas del Cerro de las Campanas, entre los magueyes, observado por los cuatro mil soldados mexicanos convocados por el general Mariano Escobedo para presenciar su fusilamiento: hombres bajo el comando del general Jesús Díaz de León.

Detrás de Maximiliano —capturado por el ejército de Benito Juárez— trotaba nerviosamente su fotógrafo imperial: el "ardoroso" François Aubert; temblando, arrastraba entre las rocas su pesado aparato de emulsiones de plata. Lo detuvo el coronel Miguel Palacios, "la Hiena". Colocó su sable de tal forma que le obstruyó la cámara.

—Esto no. Regrésese abajo. Nadie va a tomar fotografías del fusilamiento —y lo empujó.

Lo vio irse ladera abajo, protestando en francés, entre los soldados de las vallas. Uno de ellos pateó su pesado aparato, el cual se deslizó por la montaña.

Los tres convictos —Maximiliano y sus dos máximos generales durante el conflicto: el alto Miguel Miramón y el indio otomí Tomás Mejía—, sentenciados a morir por traición a México, por crimen contra la Independencia y contra la seguridad nacional, avanzaron seguidos por los guardias.

Subieron por el terraplén hasta el punto donde la ladera estaba despejada de magueyes y había una pequeña barda de ladrillos de adobe, resquebrajados.

—Aquí —les indicó el jefe de los destacamentos, el oficial Simón Montemayor, de veintidós años. Con su delgado sable picó entre las pequeñas piedras.

Se detuvieron todos.

Por un instante hubo silencio. Maximiliano miró a su alrededor. Los cactus, las rocas. Observó los costados del cerro. Oyó el suave soplo del viento entre las piedras fonolitas, aquellas que producen un ruido semejante a campanas. Sonrió. Abajo vio la ciudad de Querétaro, las callejuelas, los campanarios de sus iglesias. Recordó, como si perteneciera a otra vida, la plaza Michaelerplatz de la ciudad de Viena, donde él había vivido.

—Ésta es una hermosa vista —le dijo a la Hiena.

—Sí, sí —le respondió Miguel Palacios.

Al fondo, Maximiliano descubrió al ginecólogo que iba a practicarle el embalsamamiento, el doctor Vicente Licea, quien, con maldad, le mostró su beliz médico, del cual se asomó el serrucho. Le susurró: "Te voy a llenar el cuerpo de paja".

A los siete minutos de estar ahí, Maximiliano lentamente extendió los brazos. Se dirigió hacia los dos generales mexicanos que lo habían defendido con lealtad al final de sus breves tres años como emperador de México, utilizando como último fuerte de defensa la ciudad de Querétaro.

Con su acento germánico, les dijo:

—Caballeros queridos —y dulcemente les sonrió. Una chispa de camaradería brilló en sus ojos azules—: dentro de unos instantes nos vamos a volver a encontrar en el cielo.

Se hizo un silencio profundo. Duró varios segundos. Cuatro mil soldados mexicanos lo miraron, expectantes. Aferraron sus armas.

El jefe de fusileros, Simón Montemayor, rompió el pasmo:

—Señor Maximiliano —le preguntó—: ¿tiene algunas últimas palabras?

Maximiliano lo miró con fijeza.

—Sólo le pido a Dios que cuando caiga mi sangre sea la última que se derrame en este hermoso país. Los mexicanos merecen la felicidad.

Montemayor comenzó a asentir. Se alejó al sitio donde se encontraban los fusileros del primer batallón de Nuevo León. Se detuvo a observar la escena, para fijarla en su memoria, para volver a ella en los recuerdos. Pasó saliva. Desde el Cerro de las Campanas se desplazaba una suave corriente que venía de la parte alta. Luego bajó su espada y dijo con un susurro:

—Fuego.

En el aire brilló su sable.

En el tórax, Maximiliano comenzó a recibir los disparos, uno tras otro, balas violentas, deformes en su intento de ser cuñas, incisivas. Le rompieron el hueso esternón y la costilla y la membrana del abdomen: balas de calibre 14.73 milímetros, salidas de los rifles Springfield fabricados en Harpers Ferry Armory, Virginia, Estados Unidos, de casi dos metros de largo cada uno, incluyendo la enorme bayoneta.

Los otros dos generales comenzaron a recibir también los balazos. Escupieron sangre. En medio del humo de la pólvora, los generales Mejía y Miramón cayeron al suelo, exclamando:

—¡Mis hijos!

Los fusileros respiraron por un momento. El gas del fulminante los hizo toser. Lentamente empezaron a retraer sus rifles contra sus cuerpos.

El joven capitán Simón Montemayor sacó de su bolsillo su reloj. Leyó la hora.

—¡7:10 de la mañana! —y a lo lejos escuchó el grito de una urraca—. ¡Bitácora! ¡Junio 19, 1867! ¡Los fusileros Aureliano Blanquet, Marcial García, Ignacio Lerma, Ángel Padilla, Carlos Quiñones, Jesús Rodríguez y Máximo Valencia han disparado contra el invasor y han cumplido con su deber!

Observó a los tres caídos. Estaban inmóviles.

—¡Verifiquen los cuerpos! ¡Cerciórense de que estén muertos!

El fusilero Aureliano Blanquet, de dieciocho años, caminó abriéndose paso sobre las piedras, en medio del humo, con su muy largo rifle Springfield que le pesaba un poco más, como cargado ya por la muerte. Se colocó por encima de Maximiliano. Lo observó. El ex emperador de México, enviado por Austria y por Francia, respaldado por Inglaterra, estaba bocabajo, con la frente dañada por una roca.

Súbitamente, el cuerpo del joven ex emperador comenzó a temblar, a sacudirse, emitiendo gemidos.

—¡Está vivo! ¡Está temblando! —y volteó hacia el capitán Montemayor.

—¡Mátelo, maldita sea! —y Montemayor saltó hacia el cuerpo—. ¡Les dije que acertaran en su pecho! ¡Dispárele al pecho! ¡Está sufriendo! ¡Dispárele ahora! ¡No le desfigure la cara!

Blanquet, temblando, reacomodó su largo Springfield. Le apuntó al corazón. Colocó su dedo en el gatillo. Empezó a presionar.

—¡Estoy listo!

El ex emperador lo miró fijamente, con sangre sobre los ojos. Empezó a gritarle, sangrando por la boca:

—¡Magnus! ¡El embajador Magnus! ¡Busque al embajador de Alemania! ¡Él tiene el documento!

Blanquet abrió los ojos.

—¿Perdón…?

—¡El embajador de Alemania! ¡Los documentos! ¡Manuel Azpíroz!

Blanquet comenzó a sacudir la cabeza. Simón Montemayor le gritó:

—¡Dispárele ya, demonios! ¡Dispárele! ¡Dispárele! ¡Al pecho! ¡Su madre no debe verlo deformado de la cara!

El disparo le penetró el corazón. El músculo cardiaco comenzó a entrar en infarto. Doce segundos después, la circulación se detuvo. Las células del cerebro continuaron con vida por un par de minutos.

2

Miércoles 19 de junio de 2019, 07:00 h
Ciudad de México

Pasaron ciento cincuenta años.

En el frío de la mañana, yo —Max León, policía de investigación— subí las escaleras metálicas hasta el segundo piso de las instalaciones de la Coordinación de Investigación de la Policía Federal con mi vaso de café caliente en la mano. Me recibió con mucho silencio, de pie, mi superior, el comandante Dorian Valdés, jefe de Antiterrorismo y Delitos contra la Nación.

Me miró fijamente. A ambos lados vi a los veinte elementos de la corporación. Los convocó para atestiguar el momento: los grados supremos. Todos me observaron sin moverse.

Tragué saliva. Le pregunté:

—¿Qué hice…?

Se encaminó hacia mí. Me colocó en las manos un objeto brillante: una pequeña bala de color plateado, achaparrada, del año 1867. Tenía canales circulares en la base.

Entrecerré los ojos.

—Max, eres uno de mis elementos más valiosos. Has resuelto varios de los casos más complejos que hemos tenido, incluyendo el de Pemex.

El secretario te valora. Yo también. Ahora vas a resolver un crimen que se cometió en el pasado.

Abrí aún más los ojos.

—¿Cómo dice usted…? —y miré la bala. En sus canales decía con letras gastadas: "Burton Minie Ball, Virginia. Rifle Springfield". El metal tenía rajadas de hueso.

—Por un siglo y medio el misterio de Maximiliano, Carlota y Juárez no ha sido decodificado —y caminó por su oficina—. Nadie sabe quién, en realidad, es el responsable de la muerte del archiduque de Austria, ni de por qué lo hicieron venir aquí para nombrarse emperador de México —y se volteó hacia la ventana—. Se trata de un complot internacional que hasta hoy no ha sido desentrañado, y México vive con una historia distorsionada, artificial, de lo que sucedió. ¿Maximiliano vino a México sólo porque no tenía otra cosa que hacer en Europa? ¿O Napoleón III, el emperador de Francia, lo envió a México sólo por un simple antojo de tener una colonia, que es la teoría que nos enseñan en las escuelas? —y me observó detenidamente—. Ahora tú tienes que resolver esto. El público mexicano e internacional ha conocido una versión deformada intencionalmente de lo que ocurrió. Desvanecieron los elementos causales para borrárselos al pueblo de México. Incluso los Estados Unidos tienen en su sistema educativo una versión también maquillada de este episodio, ya que fue clave en su pasado y en sus relaciones con el mundo actual. Las figuras de Maximiliano, Carlota y Juárez están completamente distorsionadas, idealizadas, adulteradas para convertirlos en "héroes". La verdad que hoy la gente conoce es una farsa —y me miró fijamente—. ¿Qué ocurrió en realidad? Tres años después de haber llegado a aquí, a México, cuando fue capturado, aprisionado por los hombres de Benito Juárez, Maximiliano mismo dijo en su interrogatorio que no sabía por qué lo enviaron a México; que los papeles con la información sobre por qué vino estaban en poder de un embajador de otro país: Alemania. Y nunca se investigaron esos documentos.

Me quedé viendo la bala. La giré por debajo de la luz del techo. Le contesté:

—¿Me la puedo quedar?

—Max León, en 1867 hubo un complot aquí en México. Fue un complot internacional. Detrás de Maximiliano, y de Carlota, y de Juárez hubo varios intereses mucho más profundos de lo que la gente conoce. No se han investigado. Todo esto tiene que ver ahora con el futuro de nuestro país porque esta intervención no ha terminado —y me tomó por el hombro—. Donde los historiadores se han paralizado, tú, un policía de investigación, vas a acertar.

Sobre el escritorio me acercó un pesado documento. Me dijo:

—Este ejemplar es ahora para ti. Acabamos de sacarlo de los sótanos de la Secretaría de Relaciones Exteriores.

Lo tomé. Decía en la portada:

INTERROGATORIO A MAXIMILIANO. INTERROGADOR: MANUEL AZPÍROZ. JUNIO 1867

—Vaya vaya… —y empecé a acariciarlo.

—Manuel Azpíroz fue el responsable por parte de Juárez, entre mayo y junio de 1867, de interrogar a Maximiliano cuando se le capturó para sacarle la información sobre por qué las potencias europeas lo habían enviado aquí; por qué querían controlar México; por qué les interesaba tanto nuestro territorio, o nuestros recursos —y se aproximó a mí—. ¿Sabías que la presencia misma de Maximiliano aquí fue un conflicto entre Europa y los Estados Unidos? Azpíroz, el interrogador, acabó siendo embajador de México ante los Estados Unidos y secretario de Relaciones Exteriores. ¿Comprendes?

Suavemente agité mi vaso de café.

—No. No comprendo —y lo miré fijamente—. ¿Por qué dice usted que esto es una intervención que "no ha terminado"?

Volteó hacia la ventana.

—Dentro de quince horas va a llegar a México, al aeropuerto, un avión donde viene el heredero del trono de Maximiliano, o presunto heredero.

—¿El qué…?

—Juliana ha estado investigando a la organización que lo está trayendo a México. Quieren desestabilizar al país.

—¿Juliana…? ¿Qué Juliana? ¿Qué organización?

—Juliana está infiltrada con ellos. Como tú sabes, los actos contra la Independencia y la traición a la patria están sancionados por el artículo 123 del Código Penal Federal. Juliana te va a ayudar a realizar los arrestos. Detén a todos los involucrados, a todos los conspiradores. Éste es nuevamente un complot contra México, como el que ocurrió hace ciento cincuenta años.

Entró, escoltada por dos guardias, una chica de cabello rubio, largo, de piernas musculosas, bronceadas, con minifalda. Me miró con sus ojos cristalinos, dorados como miel.

—Buenos días, Max León —y ondeó su cabello.

Tragué saliva. Se sentó.

—Diablos… ¿Ella es "Juliana"? —la señalé con la bala.

Mi comandante me dijo:

—Tienen quince horas para organizar juntos el operativo en el aeropuerto. Dispones de cincuenta elementos. El secretario quiere que esto lo resuelvas con discreción —y la chica se dirigió a mí:

—Max León, existe un heredero de Maximiliano —sus ojos vaya que eran dorados como miel, había una profunda calidez en ellos, pero también cierta autoridad—. Ha radicado en Australia. Para estas personas, él tiene el derecho de gobernar México porque el asesinato de Maximiliano fue ilegal y, en opinión de ellos, equivalió a un derrocamiento, lo cual convierte en ilegítimo al actual gobierno.

Me quedé perplejo.

—Esto debe ser una broma. ¿Es una broma? —miré a ambos.

—En realidad es descendiente de Iturbide —me dijo la rubia—, el primer emperador que tuvo el país, y que también fue fusilado. Cuando Maximiliano vino a México, al no tener hijos con Carlota, adoptó a los nietos de Iturbide. Uno de ellos, Salvador de Iturbide y Marzán, se casó con la baronesa Gisela Mikos de Tarrodháza, de la nobleza europea. Tuvieron a Maria Josepha Sophia de Iturbide, quien se casó con el barón Johann Tunkl von Aschbrunn und Hohenstadt y tuvieron a María Gisela Josefa Erna Isabela de Tunkl-Iturbide, quien se casó a su vez con el explorador y gobernador alemán Gustav von Götzen y tuvieron al conde Maximilian Gustav Albrecht Richard Augustin von Götzen-Iturbide, el cual está vivo, radica en Australia y es hoy el heredero del trono de México por las dos vías: la de Iturbide y la de Maximiliano.

Comencé a negar con la cabeza.

—No, no… Pero ¿eso sería inconstitucional, no? El artículo 40 de la Constitución dice claramente que México es una república "representativa, democrática, laica y federal", no una monarquía. El artículo 12 dice que en los Estados Unidos Mexicanos "no tienen efecto los títulos de nobleza, ni los honores hereditarios". Este hombre de Australia no podría pelear por un derecho al trono. ¡Ni siquiera hay "trono"!

La chica me sonrió:

—Eso es de acuerdo con *tu* Constitución —y se levantó—. Pero para los miembros de este grupo la Carta Magna misma es ilegítima, pues es el resultado del asesinato de Iturbide y Maximiliano, dos actos "ilegales". Para ellos, México sigue siendo una monarquía, un imperio cuyo mando fue despojado en 1867 por usurpación, cuando fusilaron a Maximiliano. Están por traer ahora a su heredero, o presunto heredero, para dar un golpe de Estado respaldado desde el exterior del país con el fin de repetir la historia que ocurrió hace ciento cincuenta años.

3

Minutos más tarde, en el bar La Sirena, con el pesado documento de Manuel Azpíroz sobre la barra, le susurré a la hermosa chica:

—¿Tú a qué te dedicas? ¿Eres espía, o algo así…? —le sonreí. Le aproximé su cerveza. Ella colocó la botella lejos. Me mostró sus papeles:

—Hace días conversé con el historiador y periodista Wenceslao Vargas Márquez —y me mostró la fotografía del hombre: un sujeto parecido al cantante ranchero Jorge Negrete—. Él ha tenido contacto con el heredero de la Casa Imperial Mexicana. Mira —y me deslizó un recorte de periódico:

29 de enero de 2007
Milenio el Portal
Wenceslao Vargas Márquez

Me ha escrito con regularidad un hombre que afirma ser el gobernante legítimo de México […] con quien más de una vez he intercambiado opiniones […] Este respetable personaje ha apoyado a una página de la internet para argumentar y sostener sus derechos al gobierno legítimo de México. El sitio se halla en casaimperial.org.mx y el hombre se llama Maximiliano de Götzen-Iturbide […] El domingo 20 de febrero de 2005 […] me escribió: "Estimado Wenceslao: agradezco profundamente la atención que ha prestado a mis mensajes, me encantaría que leyera este ensayo" […] El primer párrafo explica el objetivo: "Analizar las bases y los supuestos fundamentos jurídicos del 'decreto de proscripción' emitido por el segundo Congreso Constituyente mexicano en abril de 1824, así como el 'proceso' que se le siguió a don Agustín de Iturbide […] a consecuencia del cual fue fusilado en la villa de Padilla [Tamaulipas]". El 3 de marzo de 2005 Maximiliano [Götzen-Iturbide] me escribió lo siguiente: "Estimado Wenceslao: [...] Me encuentro en la Ciudad de México [...], el único objetivo que tengo en política es el de limpiar el nombre de don Agustín De Iturbide".

Observé cuidadosamente la nota. Juliana me deslizó otro recorte.

—Esta otra información la publicó el *Excélsior* el 7 de julio de 2013, y le ha dado la vuelta al mundo:

MÉXICO TIENE "FAMILIA IMPERIAL"
Juan Pablo Reyes

Los Götzen-Iturbide Franceschi viven en el exilio en Australia. Son descendientes de Agustín de Iturbide.

"Don Maximiliano [Götzen-Iturbide] es el indiscutible jefe de la Casa Imperial de México y es heredero al trono, tanto por parte de la tradición Iturbide como por la Habsburgo. Él ha sido la cabeza de la Casa Imperial por cerca de cincuenta años, y es necesario aclarar que no está interesado en desempeñar algún papel político en México", explicó el investigador Enrique Sada, quien es cercano a los Götzen-Iturbide.

Sin embargo, la inexistencia de la monarquía en nuestro país no fue obstáculo para que, en 2011, Maximiliano Götzen-Iturbide fuera recibido en el Palacio Apostólico del Vaticano como el "legítimo heredero al trono de México" por Joseph Ratzinger, entonces papa Benedicto XVI.

Al centro del artículo había una fotografía: un hombre alto y obeso, ataviado en color rojo brillante, con insignias doradas, saludando al papa Benedicto XVI, Joseph Ratzinger.

—Se parece a Santaclós —le dije a la hermosa mujer.

—El único problema de esta fotografía es que este hombre no es ni siquiera Maximilian von Götzen-Iturbide. Es otra persona.

—No comprendo.

Puso un dedo sobre la fotografía.

—Querido Max León —pegó su cuerpo a mí—, prepárate para un viaje en el tiempo, para vivir una aventura espectacular. Tenemos que desenterrar del pasado la historia de Maximiliano de Hasburgo, la verdadera. Este hombre de la foto no es el heredero.

Se levantó. Se dirigió al baño, contoneando su trasero.

"Dios —me dije a mí mismo—. Ésta sí que es una buena misión."

Me llevé el tequila a la boca y esperé. Nada se veía sospechoso en el bar, la gente en sus cosas, ante sus tragos. Miré hacia la puerta, siempre busco las salidas más cercanas en caso de que se necesiten, y siempre se necesitan. Pensaba en los ojos color dorado de Juliana, en Maximiliano, abstraído, cuando de golpe se sentó a mi lado un hombre gordo, oloroso a sudor, con sombrero de ala y patillas anchas.

—No andes investigando el pasado —y me miró de reojo.

—¿Perdón?

Tomó mi tequila. Comenzó a derramarlo al piso.

—Mis chicos son judiciales —y señaló a un grupo de hombres a ambos extremos de la barra, cinco de cada lado—. Ellos pueden romperte la madre, y pueden darle en la madre a tu chica.

Vi a los sujetos. Tenían sombreros de fieltro.

—¿De qué se trata esto? ¿Usted me está amenazando?

—Tú eres policía de investigación, pero ellos son policía judicial. Te van a hacer mermelada —y me sonrió mostrándome sus dientes amarillentos—. Te van a seguir a donde vayas. No investigues el secreto de Maximiliano. Lo prohíbe la Comisión Educativa.

Comencé a ladear la cabeza.

—¿Comisión Educativa? ¿Quién es usted? —por reflejo miré la puerta del baño.

Lentamente se llevó los gordos dedos, de uñas largas, al bolsillo interno del saco. Me dijo:

—Regla número uno: si no quieres que te lleve la verga, no andes investigando el pasado. La historia del país ya está escrita y la decide la Comisión Educativa —me mostró su distintivo. Decía: "Comisión Educativa"—. Regla número dos: no busques el "secreto Maximiliano" o atentarías contra la regla número uno, y te llevaría la verga. Regla número tres: tampoco investigues el "secreto Juárez" o te vas a meter en un problema mayor —y me aferró por el cuello.

Con toda mi fuerza lo sujeté por la muñeca.

—A mí no me amenace —y comencé a doblársela hacia adelante. Sentí algo punzante en mi espalda. Una voz con olor a alcohol me dijo al oído:

—Ni se te ocurra.

El hombre del sombrero me sonrió. Con su dedo deslizó hacia mí, sobre la barra, su tarjeta. Estaba llena de logotipos. Uno de ellos era el de la embajada de los Estados Unidos. Decía:

Lorenzo D'Aponte. Comisión Educativa.

Se levantó. Lo siguieron sus hombres.

Antes de irse, se volteó hacia mí:

—Cualquier cosa de la que te enteres, debes decírmela primero —y me guiñó el ojo.

Me quedé perplejo. Miré mi vaso de tequila, ahora estaba vacío.

El cantinero me miró de reojo, como si no se hubiera dado cuenta de nada, pero todo lo sabía ya. Comenzó a negar con la cabeza. Me sirvió otro.

—A todos les pasa algo así cada noche… —me sonrió—. Si te contara mi vida…

—No me interesa.

Juliana, con su físico impactante, regresó sonriéndome. Se acomodó de nuevo a mi lado.

—Max León —me dijo—, el hombre que este grupo está trayendo a México no es en realidad Maximilian von Götzen. No es el verdadero heredero de Maximiliano ni de Iturbide. Cada vez que buscas "Götzen" en internet aparece este hombre vestido de rojo. No es Götzen.

—No te entiendo —y observé la fotografía del artículo del *Excélsior*: el tipo de rojo, el Santaclós.

—No es el de Australia. Este individuo de rojo es de hecho un gran hombre, muy religioso. Pero ni siquiera es él a quien están trayendo. Están enviando a otra persona, un impostor. Va a hacerse pasar por esos dos para efectuar el golpe de Estado. Van a desconocer la Constitución actual con el fin de provocar un cambio de gobierno —y tomó su bolso de mano—. Vamos. Nos están esperando en el aeropuerto. El avión ya está por llegar.

Apresuradamente agarré mis cosas: mi pesado libro del Interrogatorio de Maximiliano, mi placa y mi celular. Me bebí las pocas gotas que quedaban del tequila.

4

22:30 h

Aeropuerto Internacional de la Ciudad de México

El pesado Boeing 767 de ciento ochenta toneladas aterrizó con brusquedad sobre la pista, echaron humo las llantas al contacto áspero con el suelo. Entre la multitud que estaba ahí para recibirlo, junto con muchos otros reporteros, se encontraba el periodista Omar Chavarría de Énfasis Comunicaciones. Dijo al micrófono:

—Los mexicanos estamos presenciando un acontecimiento sin precedentes. Se encuentra arribando al país un hombre que clama ser el heredero legítimo al trono de México, invitado por una agrupación mexicana que considera el actual sistema democrático republicano, es decir, el constitucional, como una "usurpación". En sus pancartas se lee: "Maximiliano asesinado", "Iturbide asesinado", "Viva el retorno del Imperio". Se encuentran aquí elementos de la policía de Gendarmería con instrucciones de permanecer en alerta, pues este acto significaría, de concretarse, un posible intento de violación a la integridad de la nación, según el artículo 123 del Código Penal Federal; delito que ameritaría la pena de cinco a cuarenta años de prisión, así como una multa de hasta cincuenta mil pesos. Se desconoce si existen intereses internacionales detrás de lo que está sucediendo, pero a mi alrededor hay prensa de Europa y de los Estados Unidos.

Ochenta metros atrás, dentro de un remolcador de aviones modelo TPX-500 de quince toneladas, yo, Max León, me oculté detrás del volante.

Mi escribano pericial, Jasón Orbón, a quien le decía el Huevo porque caminaba bamboleando su cuerpo ovoide sobre un pie a la vez, estaba en el asiento trasero.

Por el radio, mi comandante me dijo:

—Juliana ya recolectó muy buena información sobre esta organización, pero necesitamos evidencias para proceder con los arrestos. Juliana tiene en su collar un dispositivo GSM para hacer las grabaciones. Necesito que ella grabe todo lo que acontezca: conversaciones, reuniones, discursos. Que vaya con ellos a donde se dirijan. Que acompañe al visitante a donde quiera que se meta, así sea al maldito baño.

—Sí, jefe —y busqué el cuello de Juliana. Su collar estaba bien ubicado en medio de su bello escote.

—Muy bien —me dijo mi comandante—. Envíala con estos payasos. Atrapémoslos. Su dispositivo me va a estar transmitiendo en directo. En cuanto tenga lo que necesito, te enviaré la señal para que procedas con las detenciones.

—Sí, jefe.

Coloqué el radio en la consola.

Miré a la hermosa Juliana, sentada a mi lado. Ella estaba con su minifalda, con sus bronceadas y musculosas piernas; con sus cristalinos ojos de tono miel, con su dorado cabello, largo hasta su trasero. Me sonrió.

Me aproximé a ella.

—¿Quiénes son estos sujetos? ¿Desde cuándo los conoces? —y miré el avión que se enfilaba ya a una puerta de desembarco.

Ella me sonrió y se llevó la mano al pecho, al collar, en el cual oprimió algo que al parecer colocaba en pausa la transmisión:

—El verdadero asunto es lo que todos quieren, Max León. No es el golpe de Estado. Lo que quieren es el "tesoro Maximiliano".

Empecé a ladear la cabeza.

—Un momento, ¿de qué hablas?

Ella suavemente le dio vuelta a su muñeca derecha. Me mostró un tatuaje:

A. E. I. O. U. R1b-U152. Palacio Scala

Miró el enorme avión Boeing:

—Busca el Libro Secreto de Maximiliano.

—¿Libro Secreto…? —parpadeé.

—Lo publicó Manuel Azpíroz, el hombre que interrogó a Maximiliano. Lo encontró en las pertenencias de José Luis Blasio, el secretario del emperador. Es un documento que integraron los agentes franceses enviados por Napoleón III para dirigir la policía secreta de Maximiliano: Jérôme-Dominique Galloni d'Istria y Matthew Maury. Los envió desde antes que a Maximiliano para mapear México, nuestros recursos. Fue por esos informes que Francia decidió hacer la invasión. Querían construir aquí un imperio, una superpotencia.

La miré fijamente.

—Diablos. ¿Una superpotencia…?

Me mostró un pequeño papel. Decía: "Haremos de México un dique contra el desbordamiento de los Estados Unidos. Napoleón III. Emperador de Francia. Convención de Europa".

Con su sensual voz me dijo:

—México iba a ser una superpotencia, Max León —y me miró a los ojos—. Éste es el secreto detrás del asesinato de Maximiliano de Habsburgo, emperador de México. Lo asesinaron por una decisión de los Estados Unidos. México iba a ser un imperio gigante.

—Diablos. ¿Y hay un "tesoro Maximiliano"? —comencé a sacudir la cabeza. Juliana me sujetó por el brazo:

—Max León, Europa estuvo envuelta en guerras por siglos, pero las detuvieron cuando se percataron de que, en América, los Estados Unidos estaban apoderándose de todo. Los estadounidenses se expandieron sobre toda la mitad norte de México, y en ese momento los países europeos supieron que iban a enfrentarse a una nueva potencia que los dominaría a ellos, que nada iba a parar a los Estados Unidos. Por eso decidieron el plan México: crear al sur un poderío económico rival que sirviera de contrapeso.

—Diablos… —observé el avión Boeing.

—Ahí fue donde involucraron a Maximiliano. Lo eligieron para realizar ese plan, pero no le dio tiempo de transformar al país. Los Estados Unidos lo derribaron, lo capturaron, lo fusilaron.

—Querrás decir "Juárez".

—No. Los Estados Unidos —me miró con determinación—. Juárez fue un agente —y me mostró un papel—. Éste es Carlos de Habsburgo, sobrino tataranieto de Maximiliano. El 23 de mayo de 2017 la periodista Rocío Benítez publicó en *El Universal* de Querétaro esta conversación con él, quien le dijo que Benito Juárez mandó fusilar al emperador por orden de los Estados Unidos. Le dijo: "Juárez tenía las instrucciones precisas por parte del gobierno estadounidense de fusilarlo" —y dobló de nuevo el papel—. Desde entonces han colocado en México gobiernos mediocres y entreguistas para controlarnos. Los gobiernos mexicanos se volvieron cómplices de los criminales, del narco, de las redes cuyas armas les llegan desde los Estados Unidos con el fin de mantenernos sometidos. La sociedad está desprotegida frente esta impunidad y corrupción que no existiría en el Imperio —y se me acercó—. México aún puede realizar ese plan, volverse gigantesco. Si yo no regreso —y miró el avión—, hazlo tú solo. Tú puedes cambiar el futuro —y suavemente aferró la manija para bajarse.

—Demonios —le dije—. ¿Por qué todos aquí ya se volvieron locos? ¡Maximiliano fue un invasor! ¡Atacó la soberanía de México! ¡Juárez liberó a nuestro país! ¡Un "imperio" es lo contrario a la democracia! El sistema que nos garantiza la democracia es el republicano, el constitucional. ¡Hablas como si fueras parte de estos golpistas! —y señalé la pesada aeronave.

—¿De qué sirvió tu democracia? —y delicadamente me mostró de nuevo su tatuaje: las letras R1b-U152—. Éstos son los genes de la familia Habsburgo. Voy a ese avión por lo que este hombre tiene: el acceso a los documentos Magnus.

—Diablos… ¿Genes "Habsburgo"?

Me sonrió.

—Si me apoyas para violar la "Constitución" a la que juraste lealtad, tú vas a cambiar el futuro. Si me pasa algo, ayuda a mi nana. Se llama Salma del Barrio. No dejes que la maten.

Abrí los ojos.

—Diablos. ¡¿Quién eres?!

Abrió la puerta del vehículo remolcador. Se volteó brevemente para decirme:

—Todo mexicano sabe algo que nunca fue verdad. Ahora tú la vas a saber. Revélala a todos. Dale la libertad a tu nación. Maximiliano sí tuvo descendencia; yo soy parte de su linaje, mi apellido es Habsburgo.

La vi alejándose sobre la pista, en la oscuridad, ondeando su hermoso cabello dorado. La vi dirigirse al gigantesco avión, entre la muchedumbre, a la escalerilla de descenso.

Desde el asiento trasero, el Huevo me dijo:

—No puedo creerlo. ¡¿Qué diablos acaba de pasar?! ¡Esta mujer puede ser parte del golpe! ¡¿Es parte del golpe?! ¡¿Y es de la imperial?!

5

Viernes 24 de mayo de 1867, 14:00 h
Celda de detención de Maximiliano

—Pertenece a la familia Habsburgo.

Esto se lo dijo, ciento cincuenta años antes, el imponente interrogador juarista Manuel Azpíroz Mora, teniente coronel de treinta y un años del ejército de Mariano Escobedo, a su escribano: el pequeño soldado Jacinto Meléndez.

Estaban en el Convento de Capuchinas, en Querétaro, ahora militarizado por órdenes de Benito Juárez.

Observó a su prisionero: el ex emperador Maximiliano, de treinta y cuatro años.

Sin su camisa, el ex emperador permaneció sentado, inmóvil, sobre su catre desvencijado, mojado con sus propios orines, con sus barbas rojizas sobre el pecho. Los huesos se le asomaban en el cuerpo por la disentería.

Su interrogador, de mirada dura, le preguntó:

—¿Por qué vino usted a México?

Maximiliano miró al piso.

—No lo sé —y cerró los ojos.

—¡¿No sabe?! —Azpíroz se dirigió a su escribano, de la tercera compañía del batallón Guardia de los Supremos Poderes. Comenzó a caminar dentro de la pestilente celda, enfrente de Maximiliano.

—¿Cómo es posible que usted haya venido a México y que hoy no sepa responder por qué? ¿Esto es una burla? ¿Usted me está engañando, señor invasor?

Maximiliano tragó saliva.

—Tengo que ver mis papeles —el estómago se le contrajo por la diarrea. Se le escapó un flato con agua.

—¿Sus papeles...? —le dijo Azpíroz, quien se volvió hacia Jacinto Meléndez—. ¿Tú puedes creerlo? ¿De qué papeles habla, por el amor de Dios...?

—Mis papeles —le dijo Maximiliano. Le lagrimaron los ojos.

Manuel Azpíroz frunció el ceño.

—No puede ser... —observó a Maximiliano—: ¿Usted tiene que ver unos "papeles" para poder responder por qué vino a México?

En el silencio, con la piel hundida en las costillas, Maximiliano se aclaró la garganta. Permaneció callado. El fiscal le dijo:

—Señor invasor, si el Consejo de Guerra así lo decide, usted va a ser fusilado. Yo estoy tratando de ayudarlo —y lentamente se le aproximó, descendiendo en cuclillas—. ¿Por qué vino usted a México? Sólo contésteme. ¿Quién lo envió realmente? ¿Qué es lo que buscan de este territorio? ¿Hubo alguien detrás del emperador Napoleón III para decidir esta invasión? ¿Existe un plan ulterior? ¿Qué pretenden hacer con México?

El ex emperador se volvió hacia el muro.

—Necesito mis papeles, mi maletín.

—¿Qué papeles?

Azpíroz se quedó inmóvil. Comenzó a asentir.

—Busquen esos papeles. Debe ser parte de la conspiración.

6

Adentro del avión, ciento cincuenta años después, el hombre traído por la organización, bajo el nombre de Augustus Maxel-Yturbide, le susurró suavemente a su asesor financiero, el arrugado y cadavérico Amadeo de Lykke Grennevilie:

—¿Ya me puedo quitar esto? —y le mostró el cinturón de seguridad.

Aún con los motores encendidos de la aeronave, su asesor le respondió:

—Lo van a amar, Majestad —y miró por la ventana, sonriendo entre dientes a las multitudes que imaginaba lo habrían de vitorear; ante las cámaras y los reflectores de las televisoras que iban a retransmitir su imagen a todos los puntos cardinales del nuevo Imperio Mexicano—. Funcionó bien la convocatoria a los medios. Mañana esto va a ser la noticia en varios países.

El obeso presunto heredero escuchó la campana de la bocina del piloto. Le dijo a su asesor:

—No quiero que esto sea ilegal. El Congreso primero debe aprobar mi coronación, mañana, en la sesión de los diputados y senadores, antes de declarar la abolición del estado republicano y de la Constitución de 1917. No quiero que mi llegada a este país parezca una imposición del extranjero —y comenzó a negar con la cabeza—. Vengo a este país sólo porque las encuestas que ustedes me mostraron reflejan claramente que la población me está haciendo llamar, pues está a disgusto con su sistema corrupto y desea retornar al sistema imperial de Maximiliano.

—Mi señor —le dijo el cadavérico Amadeo de Lykke Grennevilie—, los mexicanos están hartos de las injusticias de este sistema. Desean el retorno del gobierno imperial de Iturbide y Maximiliano, cuyo recuerdo siempre ha sido muy amado y añorado aquí, pues ambos emperadores fueron asesinados por la masonería que instauró la Constitución vigente, es decir, republicana. Usted encarna a los dos emperadores, y se presentará como heredero de ambos. Usted significará para este pueblo el fin de quince décadas de crimen, impunidad, violencia, desunión.

—Mientras el Congreso de este país no me ratifique, yo sólo soy un turista que viene de Avarua, Gran Polinesia. ¿Entendido?

—Como usted me indique, Majestad —y levantó la mirada hacia el techo—: la aprobación del Congreso en realidad sólo va a ser una rutina protocolaria. No es necesaria. Usted ya es el emperador aquí. Las fuerzas internacionales no van a tener que intervenir.

—¿Cómo dices? —y de nuevo miró por la ventana.

—Ya lo están aclamando, escúchelos —y señaló hacia abajo.

En los asientos delanteros, siete hombres vestidos de negro lentamente se volvieron hacia el presunto heredero vestido de rojo. Eran parte de la comitiva. Le sonrieron, y uno de ellos le dijo:

—Vuestra Majestad —y se inclinaron ante él—, el pueblo de México eligió llamarlo, pues usted es, ante él, el símbolo de la esperanza. Usted ya no tiene nada qué negociar con ningún congreso. Al igual que Brasil, donde la gente, también harta de la corrupción, está haciendo llamar al vástago de Pedro II para que la gobierne en lugar del sistema presidencial, México tiene derecho a abolir el fracasado modelo electoral que sólo produjo retraso y pobreza —y suavemente le colocó en las manos una brillante medalla de plata—. Majestad, este óvalo de la Orden de Guadalupe fue creado por su antecesor, Maximiliano de Habsburgo. Ahora le pertenece. Cambie a México. Conviértalo en una potencia industrial. Majestad Altísima, éste es su momento para borrar un siglo y medio de infame tristeza y mediocridad. Lleve a México a su máxima grandeza, la que tuvo momentáneamente cuando este país fue un imperio, el que creó Agustín de Iturbide el 28 de septiembre de 1821, cuando México aún era fuerte y libre, de una extensión gigantesca que abarcaba hasta Panamá y Oregon, y no sometido como lo está ahora a los Estados Unidos. En su Acta de Independencia, México surgió como un imperio, no como una "república". El acta lo dice claramente: "Independencia del Imperio Mexicano". No dice "república mexicana".

Abajo, al pie de la escalerilla de descenso, en medio de los hombres de la prensa, la rubia Juliana H., con su minifalda, se colocó en espera del arribo del nuevo aspirante al poder en México. Con sus impactantes ojos color miel observó la puerta de la aeronave.

En su pequeño micrófono oculto escuchó la voz del comandante:

—Ten cuidado. Este hombre es un producto del sistema. Lo tienen manipulado para que él mismo crea que todo esto es cierto. Sus hombres no deben descubrirte o te harán pasar un mal rato. Que no te capturen. Tienen parte del ejército de su lado.

A veinte metros de distancia, dentro del remolcador TPX-500, yo, Max León, lo observé todo. Bajé mis binoculares. Mi compañero Jasón Orbón me gritó:

—¡¿Qué estás esperando para informar que esta perra es parte del golpe?! ¡Llámales ahora!

En mis rodillas sentí el enorme libro antiguo: el Interrogatorio de Maximiliano, por Manuel Azpíroz. Lo abrí en la página 2. En esa hoja, el teniente coronel le estaba preguntando a Maximiliano:

—¿Qué papeles son los que usted le dio al embajador de Alemania? ¿Qué información sobre México le entregó al barón Magnus?

Maximiliano cerró los ojos. Recordó diez años atrás, entrando a Italia en su carroza de corceles alazanes, territorio entonces sometido desde el norte por el poderoso Imperio austrohúngaro, comandado por su temido hermano: el emperador Francisco José I de Austria, un hombre calvo y barbado, semejante a una morsa.

Maximiliano, joven y fuerte, entonces de veinticinco años, avanzó impulsado por sus poderosos caballos hacia el interior de Italia. Desde abajo le gritaron los italianos:

—*Benvenuto, fratello illuminato!* ¡Bienvenido a Lombardía y al Véneto, hermano luminoso del gran Francisco José! ¡Con tu fuerza como virrey vas a gobernar ahora este bello norte de Italia, como prolongación de los dominios de tu hermano!

Atrás, otros italianos, del partido masónico Los Carbonarios, le arrojaron piedras envueltas con paños en llamas. Le gritaban:

—*Vattene da qui, straniero!* ¡Lárgate de aquí, extranjero! ¡Italia es de los italianos! ¡Rómpele el culo a tu maldito hermano!

Los soldados austriacos, invadiendo Italia, comenzaron a golpear a los disidentes con las culatas de sus escopetas Lorenz, fabricadas en Viena.

—*Raus, elende Dorfbewohner!* —les gritaron en alemán austriaco—: ¡Atrás, miserables aldeanos! ¡Austria es el imperio del universo!

El joven y pelirrojo Maximiliano los saludó a todos con su majestuosa sonrisa:

—¡Italia va a ser grande ahora, amigos míos! ¡Se los prometo! ¡Austria los va a hacer grandes! —y con su mano de guante blanco les lanzó besos a las hermosas y morenas mujeres italianas, quienes a su vez le gritaban emocionadas, arrojándole sus pañuelos:

—¡Guapo! ¡Llévame contigo! *Mettilo nel mio culo!*

Sobre su cabeza comenzaron a caer confetis. Los Carbonarios, ahora arrastrados entre la multitud, encadenados, golpeados por la milicia austriaca, le gritaron:

—*Vaffanculo!* ¡Púdrete, invasor! ¡Italia para los italianos! —y escupieron a los guardias austriacos. A uno de los rebeldes le quebraron la cabeza.

El asesor de Maximiliano, el anciano encorvado Gottlieb van der Luqua, le murmuró:

—*Sie sind die italienischen Freimaurer.* Son los masones italianos. Están controlados por Napoleón III de Francia. Él mismo perteneció a Los Carbonarios. Es él quien está instigando a los masones en toda

Italia para que se rebelen aquí en el norte contra tu hermano, contra Francisco José, contra Austria.

El archiduque Fernando Maximiliano los observó, arrastrados por el piso, sangrando, sometidos en forma humillante por los austrohúngaros.

Tragó saliva.

—Yo no vine a oprimir a nadie. Yo vine a liberarlos… —y les sonrió a todos—. ¡Viva Italia! ¡Viva Austria! ¡Viva la libertad!

A su lado, la bella Carlota Leopoldina, princesa de Bélgica, de sólo diecisiete años, tomó a su prometido de la mano, emocionada:

—*Schau, wie sehr sie uns lieben!* ¡Mira cuánto nos aman! ¡Esto va a ser una gran aventura, peligrosa, sí, y con espinas! ¡Qué gran desafío es! ¡Venceremos!

Por detrás de ambos, el coronel austriaco Franz Thun, con una expresión inquietante, le dijo a Fernando Maximiliano:

—Archiduque, no están diciendo que los aman. Están diciendo que los quieren matar.

Maximiliano sonrió. Había un dejo de confianza en sus ojos azules.

—Eso dicen ahora —y los siguió saludando. Levantó la mano de su delicada prometida para alegrar a la multitud. El militar lo sujetó por el codo:

—Existe un movimiento masónico de revolución aquí en Italia que busca unificar a todos los reinos para convertirlos por primera vez en un país independiente y expulsar al papa, y a Austria. Quieren llamar al nuevo país precisamente "Italia". ¡Ellos ven a su hermano Francisco José como el máximo enemigo de su raza, como un invasor! ¡Aborrecen a Austria, especialmente al virrey Joseph Radetzky, quien ha aplastado a miles de italianos por orden de su hermano para implantar el poder de Austria sobre estas tierras! ¡En las batallas de Custoza y Novara, hace menos de diez años, mató a miles de italianos! —y se volvió hacia la multitud embravecida—. Napoleón III les ha infundido aún más este odio contra Austria. Ahora usted acaba de ser nombrado virrey aquí en el norte de Italia. ¡Esto lo convierte en enemigo de todas estas poblaciones! ¡Van a tratar de asesinarlo!

Maximiliano le sonrió.

—General Thun, usted se preocupa mucho. Yo no voy a actuar como mi hermano. Yo no necesito hacer uso de la fuerza para ganarme a ningún pueblo. Los italianos me van a amar. Yo tengo en mi persona lo que nunca ha tenido mi hermano: carisma.

Diez años después, en su oscura y mohosa celda en el segundo piso del convento mexicano de las monjas capuchinas, el ahora más avejentado Maximiliano miró hacia el piso mojado. Sintió en su cabeza la luz de la candela.

Su interrogador, Manuel Azpíroz, le dijo:

—Señor Fernando, ¿por qué su hermano, el poderoso Francisco José, emperador de Austria-Hungría, lo envió a usted, que no era más que el hermano menor arrogante, mimado, mujeriego, insolente y petulante, a un lugar tan peligroso como el norte de Italia, sabiendo que los italianos odiaban a los austriacos precisamente porque estaban invadiéndoles Lombardía y Venecia?

En la pared, Maximiliano vio clavada una corona de espinas que le regalaron los soldados juaristas que lo capturaron, como burla. La corona, semejante a la de Jesucristo, tenía púas de alambre. En éstas, tenía pintada sangre color rojo para recordarle que iba a ser ejecutado.

Manuel Azpíroz insistió:

—Dígame por qué vino a México. ¿Quién lo envió? ¿Por qué Napoleón III decidió algo tan arriesgado como comprometer cantidades monumentales de dinero del tesoro de Francia, bajo la crítica de su propia población, para sostenerlo a usted aquí, con sus tropas, en una guerra de invasión que los parisinos detestaron desde un principio por su enorme costo en dinero y en vidas de soldados franceses? ¿Por qué invertir tanto dinero en un territorio como México, que había estado sumergido en una guerra civil por cuarenta años, que era "incontrolable" y que tenía detenido el comercio y la producción de alimento?

Maximiliano permaneció sin responder. Suavemente juntó sus ahuesadas rodillas.

—Necesito ver mis papeles.

Azpíroz se aproximó a él:

—¿Cree que su hermano lo envió a Italia sólo para deshacerse de usted, para que los italianos lo asesinaran?

Maximiliano tragó saliva. Permaneció mudo.

Atrás, el escribano Jacinto Meléndez también tragó saliva. Su lápiz se mantuvo fijo en el aire. Lentamente apuntó: INTERROGATORIO A MAXIMILIANO-1867.

Maximiliano empezó a llorar en silencio.

El interrogador se dirigió a la mesita de noche. Estaba despostillada y tenía las patas sucias, como todo lo que se encontraba en ese habitáculo: la cárcel del "emperador". Sobre la mesa vio el otro obsequio de madera que también le dieron a Maximiliano los soldados juaristas: un muñeco de sí mismo con su traje de emperador. La cabeza le giraba. De un lado estaba la cara de Maximiliano como tal. Al rotarla, aparecía una calaca.

Azpíroz levantó el muñeco y accionó el mecanismo: la muerte estaba toscamente dibujada, pero el rostro de Maximiliano aún más, como si la muerte y el emperador fueran la misma cosa.

—¿Acaso usted creyó que le ofrecieron el virreinato del norte de Italia por sus méritos, cuando usted no los tenía? O más bien... ¿No cree usted que toda su vida lo han manipulado, incluso su propio hermano?

El ex emperador se dirigió al fiscal Azpíroz, quien se inclinó hacia él:

—Señor Fernando, a pesar de que usted tiene una notable inteligencia, pues de eso no cabe duda, todos los que lo rodearon siempre lo han manipulado: su hermano, su esposa, su madre, sus amigos, sus hombres del gabinete. Todos lo llevaron siempre a situaciones donde usted no sabía por qué estaba donde estaba, incluyendo ésta. Se trata de cadenas de decisiones donde usted no eligió su propio destino. Lo hicieron otros.

—Tengo que ver mis papeles.

—Cuando lo enviaron a Italia, lo enviaron para dañarlo.

7

Diez años atrás, al otro lado del mundo, en Bélgica, el poderoso rey Leopoldo I, de sesenta y seis años, padre de la joven y hermosa Carlota —la prometida del entonces virrey Maximiliano—, le dijo a su ambicioso hijo, también llamado Leopoldo:

—Yo envié a Fernando Maximiliano a ser virrey en Italia. No aceptaré un futuro incierto o indigno para mi hija. Se lo exigí a Francisco José. Le dije: "Debes darle un empleo respetable a mi yerno —y volteó a la ventana, hacia el sureste, hacia Austria—. Pagué un millón cien mil francos a Francisco José como dote por casar a tu hermana con ese individuo, al cual mi sobrina Victoria, la reina de Inglaterra, llama "uno de esos archiduques Habsburgo que no valen nada" —le sonrió.

Su hijo le sonrió también.

—Vamos, padre, no hables así de Fernando Maximiliano. Ahora es tu "hijo político".

Leopoldo cerró los ojos. Miró de nuevo hacia la ventana.

—Le dije a Francisco José: "Mi Parlamento me aprobará pagarte cien mil si Austria ofrece el doble al nuevo matrimonio de tu hermano" —y lo miró fijamente—. Cuando yo me casé con la mujer anterior a tu madre, en 1809, lo único que recibí de su familia fueron sus deudas —le sonrió nuevamente.

Mil cien kilómetros al sureste, en Viena, Austria, dentro del amarillo y gigantesco palacio de Schönbrunn —una construcción de mil ciento cuarenta y un habitaciones, rodeada de floreados jardines—, el imponente emperador austriaco Francisco José Erzherzog Carlos de Habsburgo, en su salón de ceremonias de paredes color menta y candelabros de miles de joyas, recibió a su delegación de informantes, comandada por su leal asesor político Franz Folliot de Crenneville.

—Su Majestad —Crenneville, de negro bigote, se inclinó hacia él—, usted nos ha pedido que no le hagamos saber informes negativos sobre su joven hermano. Sin embargo —y se dirigió hacia sus espías—, el joven Maximiliano está hablando muy mal sobre usted en las cortes. Creemos tener la obligación de comunicarle acerca de estos insultos, pues Fernando Maximiliano los está haciendo en formas cada vez más graves e insolentes, socavando su imagen en el norte de Italia.

El rudo Francisco José, calvo y con sus dos espesas patillas grises unidas a sus bigotes formando la apariencia de una gran "morsa elefante", le bufó a Crenneville.

—¿Mi hermano?

El asesor comenzó a desdoblar un papel:

—Su hermano Fernando Maximiliano ha dicho en todas las cortes de Europa que él es mucho más inteligente que usted; que posee mucho más carisma y simpatía, y que usted ocupa este puesto de emperador de Austria sólo porque nació antes. Dice además lo siguiente —y leyó del documento—: "Mi hermano es aburrido y majestuoso. La casa Habsburgo está con él en su peor momento".

El emperador Francisco José, con apariencia de león marino, permaneció mudo. Se mantuvo firme, con su casaca azul de la infantería austriaca. Su cuello estaba ceñido por un duro collarín anticuchillos, resultado del atentado que sufrió el 18 de febrero de 1853 por parte del húngaro János Libényi, un rebelde contra la dominación austriaca sobre Hungría:

—Continúa.

—Majestad —le dijo Crenneville—, estas páginas fueron calcadas del diario del joven Maximiliano. Las compartió con la princesa Madelena: "El antiguo esplendor de nuestra casa Habsburgo está deslucido por la fuerza de las actuales circunstancias; mientras los Coburgos, con mi suegro Leopoldo en Bélgica y con su sobrina Victoria en Inglaterra, conquistan trono tras trono y extienden su creciente poder sobre la tierra, nuestra familia ha perdido precisamente en los últimos tiempos todos los tronos. Nadie ve mejor que yo que es un deber de la casa Habsburgo reparar esta falta" —y procedió a doblar el documento—. Majestad, Maximiliano se cree redentor. Piensa salvar a la familia de los "daños" que usted ha "perpetrado" por su "falta de personalidad".

Francisco José comenzó a negar con la cabeza. Dejó escapar tres pequeños bufidos. Crenneville continuó con la lectura del informe:

—Majestad, en varias cortes ya empiezan a preguntarse si él podría reemplazarlo como emperador austriaco. Maximiliano les responde orgulloso que él construyó en Italia y Croacia los puertos de Trieste y Pola, y afirma que él tiene el derecho y la obligación de salvar a Austria y a la familia Habsburgo de este mal que es tenerlo a usted como cabeza.

El emperador morsa apretó los dientes, indeciso. Su puño fue contrayéndose. Majestuosamente guardó silencio. Se volvió hacia la pared: observó a Radbot, el conde iniciador de la dinastía Habsburgo, en el año 1000. En la oscuridad, comenzó a entrecerrar los ojos.

—¿Cómo se controla a un hermano…? —y empezó a golpearse el puño.

—Majestad… usted sólo tiene que callarle la boca. Hágalo por Austria.

Francisco José observó el retrato de su madre Sofía.

—Ya se lo pedí.

—¡Ordéneselo! ¡Le está haciendo daño! ¡Está afectando al Imperio!

Francisco José resopló.

—La traición es natural en todas las familias. Así ha sido siempre en la historia del mundo. La partera de la historia es la violencia. Pero Fernando Maximiliano es mi hermano.

—Majestad… —le susurró Crenneville—. Italia ahora es el lugar más peligroso para cualquier austriaco. Nos odian. Lo odian particularmente a usted —y suavemente le sonrió—. Tienen razones de sobra para desear nuestra destrucción. Pero su hermano está haciendo peores las cosas. Está haciendo que lo odien a usted.

Francisco José comenzó a bufar como un elefante.

—¿A qué te refieres?

8

En Milán, capital del norte de Italia, saliendo de los arcos de su Palazzo Reale, el joven Fernando Maximiliano condujo en éxtasis su carroza dorada junto a su hermosa y joven ahora esposa Carlota Leopoldina de Coburgo bajo la lluvia de rosas. Les gritó a los pastores y campesinos de Italia, a la chusma:

—¡Amados amigos! ¡Yo los entiendo a ustedes, pues yo también soy oprimido! ¿Quién me oprime a mí? ¡Mi hermano! —y violentamente levantó su brazo.

Los italianos comenzaron a gritarle y a golpear sus cacerolas:

—¡Viva Maximiliano! ¡Viva Maximiliano! ¡Muera Francisco José! ¡Mueran los tiranos!

—¡Amigos míos! —les sonrió—. ¡Si yo soy tan oprimido como ustedes en sus casas, entonces yo soy como ustedes! ¡Yo soy ustedes! ¡Yo soy un italiano!

—¡Viva Fernando! ¡Viva! ¡Qué guapo estás!

—¡Púdrete, invasor! —le gritó un carbonario. Le arrojó un zapato a la cara.

Maximiliano vio pasar el zapato por el espacio.

—¡Yo he viajado por el mundo! —les gritó—. ¡Mi espíritu de exploración e investigación nunca ha cesado! ¡Yo quiero investigarlo todo! ¡Estoy aquí para explorar las fronteras del mundo! ¡Soy como Colón y como Magallanes!

Una mujer le arrojó una pañoleta.

—*Morte a Austria! Viva L'Italia! Morte degli Asburgo!* ¡Muerte a los Habsburgo!

Los policías austriacos la arrestaron. Comenzaron a golpearla en el piso, con sus culatas.

—¡Silencio, prostituta!

Maximiliano permaneció en éxtasis:

—¡Amado pueblo mío, yo amo la exploración! ¡Yo amo la ciencia! ¡Yo no soy aburrido como mi hermano! ¡Yo no soy majestuoso! ¡Yo soy sólo un austriaco-italiano!

Los italianos se carcajearon:

—¡Qué familia tan repugnante! ¡Mueran los Habsburgo! ¡Mueran los Habsburgo! ¡Muerte a Austria!

En la multitud, un agente de la guardia austriaca, encubierto, le susurró a su compañero:

—Los Saxe-Coburgo y Napoleón III odian a los Habsburgo porque están protegidos por los Rothschild. Napoleón quiere crear una nueva rama bancaria.

—¡Yo no vine a aquí para oprimirlos, sino para comprenderlos, para apoyarlos! —les gritó Maximiliano—. ¡Yo vine a luchar con ustedes para ayudarlos a ser libres! —y levantó un brazo al cielo—: ¡Italianos! ¡Hay gente a la que le parece filosófica la vida aburrida que llevan mis hermanos menores, como Luziwuzi! ¡Ese tipo de existencia palaciega para mí sería la muerte en vida! ¡No hay nada más lastimoso que un príncipe con lista civil, que lleva lo que se llama una "existencia des-preocupada"! —y agitó la mano para impulsar más la atención.

—¡No nos importa, maldito! ¡Lárgate! —le lanzaron un explosivo fabricado en el taller de Garibaldi que no logró su cometido. Los guar-dias se acumularon alrededor del extremista. Empezaron a golpearlo con sus macanas.

—¡Siempre me horrorizó el conde Radetzky, apoyado por mi her-mano! ¡No son aceptables las masacres que ordenó en 1849, en las que asesinaron a tantos rebeldes, de los cuales algunos eran familiares de ustedes! —y comenzó a negar con la cabeza—. ¡No, no! —y se golpeó el pecho—. ¡Yo voy a ser diferente con ustedes! ¡Nunca debimos traer aquí cien mil soldados, ni arrancarles a ustedes sus impuestos, esclavizándo-los en nuestras fábricas! Esa brutalidad fue innecesaria, colgarlos vivos. ¡Los impuestos terminan ahora! —y miró al cielo, luminoso, con sus ojos llorosos—. ¡Si yo fuera un italiano, si yo fuera uno de ustedes…! —y cerró los ojos.

Los italianos permanecieron en silencio. Comenzaron a gritar:

—¡Rebelión! ¡Rebelión! ¡Rebelión! —y levantaron sus picas—. *Risorgimento!*

Las mujeres le aplaudieron. Se dijeron unas a otras:

—*Lui è uno di noi.* Él es uno de nosotros. ¡Él es uno de nosotros! Maximiliano les arengó:

—¡Amado pueblo mío! ¡Llamamos a esta era "la edad de la luz", y en el futuro los hombres verán esta época con horror por las injusticias que se realizan: por los que condenan a muerte a los que buscaban algo diferente! ¡Yo les ofreceré la libertad!

9

En el amarillo palacio Schönbrunn, el siniestro Crenneville se aproximó al emperador morsa Francisco José.

—Majestad, esto no para. Ahora pareciera que el joven Maximiliano trabaja para Napoleón III. ¡Está agitando a los rebeldes carbonarios! ¡Se está ganando a los italianos por levantar la animosidad contra usted!

Francisco José bajó la mirada.

—Demonios, ¿qué puedo hacer...? —y colocó el puño contra la mesa. Suavemente acarició su casaca azul del ejército austrohúngaro.

—Si esto se sale de control —continuó Crenneville—, no sólo vamos a perder el reino Lombardo-Véneto que Radetzky logró consolidar para nosotros a costa de tanta sangre, con la pérdida de seis mil de nuestros soldados. Podríamos enfrentar ahora un levantamiento mucho más violento, con los italianos respaldados por Napoleón III y por los masones. Podríamos enfrentar una guerra de independencia, que, respaldada por Francia... Los italianos podrían incluso atacar a la propia Austria.

Francisco José tragó saliva.

—No, no... —y bufó—. No, no. Mi hermano es un buen muchacho. ¡No va a hacerme esto! —y se llevó las manos a la cabeza de morsa—: ¡No puede hacerme esto!

—Señor mío —lo reverenció Crenneville—, Fernando Maximiliano les está diciendo a los italianos que él va a darles la libertad de la opresión que es usted. Debe destituirlo.

Con gran furor, Francisco José se apretó con las manos los bigotes de león marino:

—Dios mío. Dios mío. Esto no puede estar pasando. ¡Esto no está pasando!

10

Nueve años después, en México, dentro de la celda oscura del convento de las monjas capuchinas, el fiscal interrogador Manuel Azpíroz observó a su prisionero: el esquelético ex emperador Maximiliano de Habsburgo, quien ahora estaba temblando sobre el catre de resortes.

—Señor invasor —le dijo Azpíroz—, ¿acaso es verdad que usted fue el responsable directo de que, apenas dos años después de ser nombrado por su hermano como virrey en Lombardía y Venecia, Austria perdiera el primero de esos territorios, ya que los italianos se rebelaron en 1859 bajo la supervisión o complicidad de usted, y de que el territorio acabara en manos de Napoleón III, quien a su vez lo entregó como regalo al nuevo país que él mismo deseaba crear: Italia?

El detenido, con la piel untada a los huesos, acusado de crimen contra la Independencia de México, bajó la mirada.

—Necesito al embajador de Alemania, el barón Anton von Magnus. Él tiene mis documentos.

El teniente Azpíroz comenzó a negar con la cabeza.

—Sus documentos, sus documentos. Sólo le pregunté por qué lo enviaron a México. ¿Es tan difícil responderme esa pregunta?

—Su pregunta es de naturaleza política. Necesito ver mis papeles.

—Señor invasor, ¿es verdad que usted conspiró con los italianos; que usted traicionó a su propia patria en colusión con el emperador de Francia, Napoleón III, para que los italianos de Lombardía se independizaran de Austria y lograran así el nacimiento del nuevo país, Italia?

Maximiliano cerró los ojos.

—Quiero ver a mi doctor. Necesito mis pastillas de opio. Mi doctor Samuel Basch tiene mis pastillas.

—¿Está usted consciente de que siempre ha sido un traidor, un mediocre, o simplemente un hombre manipulado por otros, como en este caso por Napoleón III, enemigo de su hermano Francisco José, de Austria y de la familia Habsburgo?

Por detrás del fiscal, su leal escribano, Jacinto Meléndez, con sus ojos bien abiertos, siguió tomando registro del interrogatorio.

El fiscal le dijo a Maximiliano:

—Puedo entender que haya traicionado a su hermano para demostrarle al mundo que usted era más amado o carismático que él, o un mejor líder. Eso sucede entre los hermanos desde los tiempos de Abel y Caín. En lugar de gobernar con fuerza para defender los territorios de su patria, que era Austria, como lo había hecho Radetzky, usted se dedicó a convertirse en un héroe de los italianos para engrandecerse a sí mismo. ¡Aquí en México volvió a repetir ese patrón de conducta! ¡Traicionó a las personas que lo trajeron desde Europa, que fueron los conservadores y la Iglesia, con tal de congraciarse con los que se oponían a su reinado, es decir, los liberales, los rebeldes, los guerrilleros anticlericales, los seguidores del presidente expulsado del poder por Francia, Benito Juárez! ¿Por qué usted traiciona siempre a su propia gente? ¿Por qué usted se pone siempre del lado del enemigo?

Maximiliano apretó la garganta.

—Es que… Es que… —y miró hacia la puerta. Vio a cinco soldados que estaban riéndose. Luego volteó hacia la pared de su celda y encontró sin mucho esfuerzo la corona de espinas. Azpíroz le dijo:

—Usted no tiene que decírmelo. Se lo voy a decir yo: lo hace por su deseo personal de ser aceptado. Dígame, ¿por qué se dejó enredar una vez más por el emperador de Francia, quien tanto daño le hizo a su hermano, y aceptó la propuesta de venir a ocupar el trono de México? ¿No detectó usted la trampa? ¡Se estaba repitiendo el patrón de Italia!

Maximiliano no le respondió.

—De nuevo yo le voy a decir a usted lo que sucedió, señor Habsburgo —y delicadamente Azpíroz comenzó a repasar sus papeles—. Usted perdió Lombardía no sólo por un problema de lealtad o de identidad. Sólo a un demente se le ocurre, cuando le asignan una tarea tan imposible como mantener el control sobre un territorio rebelde como el que era Italia, hacer lo que usted hizo. Ponerse a viajar.

11

Bahía de Algeciras, Gibraltar
Martes 27 de julio de 1858
Altamar

—Esto es vida.

Esto se lo dijo en las calientes olas del mar, tripulando su enorme fragata de tres mástiles, de setenta y siete metros de largo, de seis pisos de altura, con sus velas extendidas y su máquina de vapor de mil doscientos caballos de fuerza, el virrey de Austria en Italia, Maximiliano de Habsburgo, a su joven esposa Carlota, en ese momento de dieciocho años. Maximiliano estaba sin camisa, musculoso y sudado, y aferraba la cuerda principal del mástil, sonriéndole al océano.

—Te prometí una buena luna de miel. ¿Te gusta esto? —le sonrió a Carlota. Recibió en su cara el viento salado.

Su consternada esposa le preguntó:

—*Geliebter Ehemann*, amado esposo… —y se aferró a la soga, ella también con vestimenta ligera—. ¿No te preocupa que los italianos podrían estar tomando nuestro castillo ahora mismo?

—Mi castillo es este navío: el *SMS Novara*.

—Creo que deberías estar trabajando allá, protegiendo el palacio.

—¡No pasa nada! —le sonrió al mar—. Esto también es trabajo. Estoy explorando el mundo.

Carlota miró las olas.

—Mi padre confía en que protegerás tu reinado. ¿Te platiqué que los holandeses querían impedir la creación de Bélgica y evitar que mi padre fuera rey? Hicieron todo para bloquearlo. Tuvo que abrirse camino al trono a espadazos —le sonrió.

—Yo nací para explorar —le dijo su esposo—. Cuando te conocí fue porque estaba explorando. ¡Mi verdadera pasión es la ciencia, el descubrimiento! ¡Siempre iré en busca de lo desconocido! —y dulcemente se volteó hacia ella—. Este navío lo nombraron *Novara* por Radetzky, ¿sabes?, por la batalla con la que aplastó a los italianos, la batalla "Novara". Antes de ser nuestro perteneció a los rebeldes italianos, a los que él masacró.

Carlota abrió los ojos.

—Dios… —y acarició el barandal de madera—: Este barco… ¿era de los rebeldes?

—Lo llamaban *Italia*. ¿No es gracioso? —y le sonrió—. ¡Ahora es de Austria!

Carlota negó con la cabeza:

—Dios mío… ¿Qué tal si está maldito…?

—Ahora es nuestro. Es para explorar el mundo —y observó la inmensidad. Comenzó a gritar hacia las olas—: ¡Soy el primero de mi linaje Habsburgo que va a llegar hasta el trópico! ¡Ni siquiera Isabel y Fernando, que pagaron el viaje de Colón para descubrir América, pisaron nunca el Nuevo Mundo! ¡Yo lo exploraré todo! ¡Todavía no he alcanzado mi meta!

Detrás de ellos se aproximó el jefe de zoología de los Museos Imperiales Austriacos, el sabio Georg Ritter von Frauenfeld. Abrió y cerró sus barbados labios. Se acomodó los anteojos. Era uno de los siete científicos y trescientos cuarenta y cinco oficiales al mando de Kommodore Vicealmirante Bernhard von Wüllerstorf-Urbair, amigo del joven Maximiliano.

Respiraron las gotas de rocío salado en sus narices. El zoólogo les dijo:

—Virrey mío, estamos preparados para recolectar especies biológicas de los siguientes puntos del orbe: Gibraltar, Madeira, Río de Janeiro, Isla San Pablo, Ceilán; Madrás en la India; Singapur; Manila en

Filipinas; Hong-Kong y Shanghai en China; Sydney en Australia; Tahití y Valparaíso. A nuestro regreso el 26 de agosto de 1859 crearemos un museo con todas estas muestras en Trieste.

—Me parece excelente —le sonrió Maximiliano. Observó el horizonte—. Esta colección será mucho mejor que la que el doctor Darwin hizo para los ingleses en ese defectuoso navío. El *Beagle* —y le sonrió— no es mejor que el *Novara*.

12

En el interrogatorio, nueve años después, Maximiliano le dijo al fiscal Manuel Azpíroz:

—¡Yo no viajé en el *Novara* durante mi virreinato en Italia! ¡Al menos no todo el tiempo!

—¡¿Entonces qué hizo?! ¡¿Gobernar?! —y pateó la mesilla despostillada. El muñeco de madera cayó al piso y hacia el agua.

—Dediqué mi tiempo a proteger los territorios de mi hermano.

—Es verdad —le sonrió el fiscal—. Casi lo olvido. ¡Al parecer lo hizo en forma excelente! —y violentamente lo señaló—. Como virrey austriaco en Italia, usted fue un fracaso. Y al terminar con su encargo ahí, se dedicó de lleno a sus viajes de aventuras. ¿Qué era lo que usted tanto quería encontrarse en Brasil?

Maximiliano alzó la mirada. En sus ojos azules brilló el desconcierto del pasado.

—Cuando perdimos Lombardía, mi hermano se enfadó conmigo.

—Es verdad. Se enojó con usted. ¡Me pregunto por qué! —y comenzó a negar con la cabeza.

—Me depuso del nombramiento de virrey. Me retiré al este, a la región de Venecia —y suspiró—. Había construido un castillo en Trieste, en el puerto de Grignano —y sonrió para sí mismo—: un castillo a semejanza de un barco. Lo llamé "Miramar".

—Claro, claro —le dijo Azpíroz, y revisó sus papeles—. Usted construyó ese castillo junto al mar, para copiar el palacio de... —y buscó entre los apuntes— el castillo de Fernando de Sajonia.

—Así es —le dijo Maximiliano.

—Usted utilizó el dinero de los italianos y de los austriacos para copiar un castillo. ¿Qué hizo, a partir de entonces, con todo ese tiempo libre en su castillo junto al mar, señor invasor? ¿Continuar sus viajes por el mundo? ¿Fue entonces cuando hizo su famoso viaje de desenfrenos por Brasil, sin la compañía de su esposa?

Maximiliano recordó su viaje a Brasil, sonriendo para sí mismo: su andar en la selva, sus fiestas y orgías con el amigo Wilhelm von Tegetthoff. Escuchó los tambores en su cabeza.

El fiscal Azpíroz lo sacó del ensueño:

—Todos sabemos para qué diantres fue usted a Brasil, señor invasor.

Maximiliano bajó la mirada.

—Ella era hermosa —sonrió para sí mismo. Con su huesuda mano prensó el medallón de María Amélia.

—No puedo creer que usted haya ido a Brasil, teniendo ya como esposa a Carlota, para visitar la tumba de otra mujer a la que amó antes: la princesa María Amélia de Braganza. ¿Para qué hacerle esto a su esposa?

El ex emperador cerró los ojos.

Recordó el día en que visitó a la princesa en Portugal en 1852. María Amélia era hija del rey portugués Pedro IV, quien también se llamó Pedro I de Brasil. Amélia era prima de Maximiliano y bisnieta de la esposa de Napoleón I: María Amélia Augusta Eugênia Josefina Luísa Teodolinda Heloísa Francisca Xavier de Paula Gabriela Rafaela Gonzaga.

Maximiliano suavemente se llevó las manos al cuello.

—Quise tocar su tumba, en el convento de San Antonio en Río de Janeiro. Despedirme de ella por última vez.

Azpíroz comenzó a negar con la cabeza:

—¿Fue por esto que la joven Carlota no quiso acompañarlo hasta Brasil y prefirió quedarse sola, varada en la isla Madeira, a mitad del océano Atlántico, mientras usted acudió a reverenciar a una muerta a la que aún amaba?

Maximiliano lo miró a los ojos.

—Amélia murió de tuberculosis el 4 de febrero de 1853. Fue una criatura extraordinaria. Ella dejó este mundo defectuoso, pura como un ángel que regresa al cielo, su verdadera tierra —y bajó el rostro.

El interrogador comenzó a arrugar la frente.

Maximiliano lo sorprendió con una nueva respuesta.

—En Brasil descubrí el secreto de México.

Azpíroz abrió los ojos.

—¿El secreto de México…? —y también, detrás de él, Jacinto Meléndez estiró el cuello.

—Brasil es lo que podría haber sido México: un gran imperio —y lentamente se volvió hacia Azpíroz—. Brasil era la única monarquía que quedaba en América, rodeada por naciones que copiaron la constitución y el modelo republicano de los Estados Unidos y que se volvieron pobres por guerras civiles organizadas desde ese país para controlar este continente… Pero Brasil es un imperio fascinante, porque es fuerte, porque es una monarquía.

—No me diga —Aspíroz comenzó a caminar por la celda con las manos por detrás de la cintura—. ¿Qué es lo que hace a Brasil ser "fuerte"?

—Un rey gobierna con poderes monárquicos. Un poder casi absoluto para todo ese vasto territorio: lo hace uno, con gran fuerza, con unidad de mando. Por eso Brasil logró tener paz… Por eso creció con poder… —y apretó el puño—. Por eso se expandió. ¿No podía hacerse lo mismo aquí, en México? —y le brillaron los ojos—. Ahora nunca lo vamos a saber —le sonrió—. Usted trabaja al servicio de los Estados Unidos.

13

En Bélgica, siete años atrás, dentro de su gigantesco Koninklijk Paleis van Brussel —Palacio Real de Bruselas—, semejante a un gran pastel sin sabor, el aterrador rey Leopoldo I de Coburgo, padre de Carlota, vio aproximarse sobre el mármol a su asesor máximo: el tenebroso y deforme barón Alfred van der Smissen, de cuarenta y seis años, general de tropas; un hombre feo, con cabeza redonda y chupada.

—Majestad —le dijo a Leopoldo—, su yerno Fernando Maximiliano continúa con sus estúpidos viajes, a los cuales acude sin la compañía de su esposa, pero está surgiendo una gran oportunidad en este momento.

El rey se levantó de su asiento de hierro.

—¿Una oportunidad?

—Acaban de derrocar al rey Otto de Grecia. Los ingleses quieren nombrar un nuevo rey para gobernar a los griegos. La reina Victoria desea que usted, su tío y mayor consejero, posea el territorio por medio de Carlota. Van a ofrecerle el trono a Maximiliano.

El rey Leopoldo se masajeó la quijada.

—¿Grecia…? —murmuró para sí mismo.

—El rey griego sería Maximiliano. La reina sería Carlota. Un dominio británico-belga.

—*Grecia…* —y Leopoldo observó el mapa de Europa que se encontraba en la semioscuridad, en un muro con las casas reales—. Esto parece una mala broma. A mí me ofrecieron ese mismo trono hace treinta años. Lo rechacé. Grecia es ingobernable. Siempre ha sido inestable. Grecia es un lugar de conflictos. Los griegos son un peligro. No obedecen a nadie. Es una sentencia de muerte. Que no vaya ahí mi hija.

En la mesa, el hijo del rey, también llamado Leopoldo, se llevó un habano a la boca.

El tenebroso barón Alfred van der Smissen le mostró al rey un segundo papel enrollado.

—Aquí hay otra oferta. Ésta se la envía Napoleón III. El emperador francés le propone a usted un "obsequio", también para Carlota.

—¿Un obsequio? —y levantó una ceja—. ¿Qué puede ser un obsequio de ese engendro?

—Napoleón III está financiando y apoyando con armas y respaldos políticos de Lionel de Rothschild a los rebeldes polacos para separarlos de Rusia y crear un nuevo país, Polonia, a semejanza de lo sucedido en Italia. Es un movimiento devastador contra el zar. De vencer, Napoleón va a crear en Polonia una nación bajo las fronteras del antiguo reino de Estanislao II Poniatowski. El nuevo país va a necesitar una reina. Napoleón III quiere que sea Carlota.

Leopoldo I lentamente caminó rumbo a la ventana.

—Polonia… ¿Ahora Napoleón III quiere que seamos amigos? —y se volvió hacia su hijo Leopoldo II—. ¿Tú qué piensas? ¿Te agrada Polonia para tu hermana?

El hijo del rey se levantó de la silla. Con el habano entre los dedos, comenzó a computar, mirando al espacio:

—Napoleón III… Inglaterra… Mi prima Victoria… Grecia… Polonia… Dominio británico-belga… —y lentamente retorció la boca—. ¿No podríamos tener todo? —le sonrió a su papá.

Leopoldo I también le sonrió.

El joven le aconsejó:

—Padre, necesitamos algo en África para competir con Portugal y con Napoleón III. El reverendo Livinston está regresando de su expedición al río Zambezi. Lo envié a investigar esas junglas. Podríamos hacer un imperio allá, muy grande. Esas selvas son mejores que las de América: están llenas de minerales, mira —y le mostró el reporte de Livinston—. El Congo nos puede convertir en una potencia colonial como Inglaterra o como Portugal. Sus árboles son minas de hule.

El general Alfred van der Smissen se aproximó a ambos. Les mostró un tercer rollo.

—No tenemos que ir a África.

—¿Cómo dice usted? —le preguntó el rey.

Van der Smissen le acercó el rollo. Lentamente lo expandió ante sus ojos.

—Napoleón III quiere congraciarse con Austria. Quiere hacer la paz con Francisco José después de su agresión en Italia. Su plan es organizar un ejército mancomunado de Europa para conquistar un pedazo de América, y usarlo como frontera contra la expansión de Estados Unidos, que en los últimos veinte años ha duplicado su dominio en ese continente. Se trata de un territorio rico, virgen, con selvas y pastizales, al sur de los Estados Unidos, lleno de recursos, listo para ser civilizado. Se llama México.

Leopoldo comenzó a sonreírle a su voraz hijo.

—¿*México*…?

Smissen le respondió:

—Napoleón III quiere ofrecerle la corona de ese nuevo reino a usted y al emperador Francisco José para sellar la paz con Inglaterra, Bélgica y Austria-Hungría. Las coronas recaerían sobre Carlota y Maximiliano.

14

Trescientos kilómetros al suroeste, en París, Francia, dentro del oscuro Palacio de las Tullerías, un hombre impostado, Napoleón III, sobrino de Napoleón Bonaparte, con su pantalón blanco, su espada metida en el cinto y su apretado saco azul oscuro, caminó a través del gris corredor de las Calaveras.

A su lado estaba su consejero más íntimo y medio hermano: el retorcido Carlos Augusto de Morny, de bigotes en espiral.

—Este proyecto es el que más he amado y anhelado desde que nací: conquistar México —le susurró a su amado Morny—. Mi ejército ya está en la capital de ese territorio. Llevé conmigo tropas inglesas y españolas para invadir juntos, pero sus gobiernos decidieron retornarlas a sus países por miedo a los Estados Unidos —le sonrió—. La verdad es que los estadounidenses provocaron rebeliones en Irlanda para fastidiar a Inglaterra. El gobierno local mexicano está destronado: el nativo llamado Juárez está prófugo en esos desiertos, pretendiendo darnos un golpe y recuperar el poder. Mis hombres mandan ahora sobre todos esos aborígenes. El control lo tiene mi general Forey, con el consejo de tres peleles locales.

El duque de Morny asintió con la cabeza.

—Sin duda es un proyecto grande, Alteza —y caminó detrás de él—. Su interés por México ha alertado a todos. Se preguntan por qué le obsesiona tanto un país tan distante, tan miserable y conflictivo, y por qué asignó para esta expedición de conquista a nada menos que treinta y ocho mil de nuestros mejores soldados: ¡esto es más de la décima parte de nuestra fuerza de guerra! ¿No nos desprotege aquí en Europa?

—No lo hago por México —y siguió avanzando—. Lo hago por los Estados Unidos. Hace sólo ochenta años ese país no era más que una débil tira de territorios pegados al océano. Hace dieciséis años se apoderaron de Oregon y de todo el norte de México. ¡Ahora controlan todo el maldito comercio del océano Atlántico y están por comprar Alaska al zar de Rusia! ¡Se van a quedar con todo el continente americano! ¿Quién en el mundo va a detenerlos cuando se dispongan a controlarlo todo?

Continuó, caminando de prisa hacia la oscuridad, con la mano sobre el pomo de su espada.

Le dijo a Morny:

—Así comenzaron todos los imperios del pasado. Yo viví en los Estados Unidos. Yo conozco cómo piensan —y comenzó a negar con la cabeza—. Una vez que los *américains* se consoliden, van a anexarse lo que queda de México y van a continuar expandiéndose cada vez más al sur, hasta tener toda Centroamérica. Y, si pueden, también van a tomar la Canadá de los británicos. Si no lidiamos con esto ahora, será muy tarde. Van a ser más poderosos que Europa.

En México, el general francés a cargo de la invasión, Élie Frédéric Forey, de sesenta años, dentro de su cabaña infestada de mosquitos, escuchó los gritos de sus soldados en el pantano que discurría al costado del campamento. Percibió las explosiones.

Negó con la cabeza. Le dijo a su joven auxiliar, Camille Leon:

—Nuestro emperador Napoleón III me acaba de enviar este comunicado:

Querido general Forey:

No van a faltar personas que le preguntarán por qué estamos gastando hombres y dinero francés para colocar a un príncipe austriaco en un trono en México, cuando él llegue. Dado el estado actual de la civilización del mundo, la prosperidad de América es importante para Europa porque alienta nuestra industria y hace vivir nuestro comercio. Tenemos interés en que la república de los Estados Unidos sea poderosa y próspera, pero no en que se apodere de todo el golfo de México, domine allí las Antillas y la América del Sur, y que sea la sola dispensadora de todos los productos del Nuevo Mundo para Europa. Dueña de México, y por tanto de América Central, no habrá más potencia en América que los Estados Unidos. Pero si un gobierno estable y firme llega a formarse en México, con apoyo de las armas de Francia, habremos puesto ahí un dique al desbordamiento de los Estados Unidos.

El general Forey comenzó a doblar de nuevo la carta. Volteó hacia su demacrado auxiliar y le dijo:

—*Ça va être un putain de cauchemar.* Esto va a ser una maldita pesadilla. México ha estado en guerra civil desde que se independizó de España —y miró el techo de tablas—. Vamos a ser *chair-á-paté*: carne para empanadas —y lentamente se volvió a la ventana apenas cubierta con un mosquitero ralo que no impedía que los peligrosos insectos entraran a la cabaña. Afuera llovía—. La única razón por la que estamos aquí es porque de momento Estados Unidos no puede atacarnos y expulsarnos del continente, el cual, sobra decir, considera su potestad. Y la unica razón por la que no puede atacarnos es porque él mismo está atrapado en su Guerra Civil —y miró a los ojos a Camille—. Es por eso que el emperador Napoleón III eligió este momento para el ataque. En cuanto la Guerra Civil de los Estados Unidos termine, tú y yo vamos a tener un gran problema.

15

Al otro lado del "tiempo" —ciento cincuenta años más tarde—, en la cúspide del cristalino hotel Saint-Romain sobre la avenida Reforma de la Ciudad de México, el obeso Augustus Maxel-Yturbide —"Santaclós"—, presunto príncipe heredero del trono de México, se sumía desnudo dentro de su caliente y burbujeante tina de jacuzzi.

Miró hacia la ventana, a las interminables luces nocturnas de la Ciudad de México.

—Esto es agradable… —levantó su transparente vaso de tequila—. Brindo por vosotros… —les sonrió a sus hombres.

Le mostraron los periódicos internacionales:

TUMULTO EN MÉXICO POR APARICIÓN DE HEREDERO. CONFLICTO CONSTITUCIONAL EN EL PAÍS

Tragó saliva.

Abajo, al pie del edificio, la multitud de cinco mil personas estaba gritándole, levantando pancartas: unos aclamándolo, otros insultándolo. En el camellón estaba yo, Max León, policía de investigación, en la línea de patrullas, las cuales tenían las torretas encendidas, con mi radio en la mano, rodeado por mis ochenta compañeros uniformados. Ellos me miraron, esperando instrucciones. Masqué mi chicle. Me llevé el radio a la boca:

—Mi comandante, estamos aquí abajo —y miré la suite encendida—, listos para entrar en acción en cuanto usted nos lo ordene. La avenida está abarrotada —y observé a los lados—. Alguien creó una conmoción con todo esto. Hay muchas cámaras de televisión. Imagino que lo armaron con las redes sociales. Va a ser complicado entrar al edificio sin ser grabados o transmitidos en vivo.

—Juliana tiene apagado su transmisor —me dijo—. No estoy recibiendo nada de ella.

—Dios… —bajé la mirada. Me pregunté si la habrían descubierto.

—Si ella no me envía algo probatorio, no puedo iniciar los arrestos. Estaríamos incurriendo en abuso de autoridad modo 215-2 contra un turista, con un costo tuyo y mío de ocho años en prisión.

Observé los pisos iluminados del cristalino edificio.

—Mi comandante, me parece que la chica podría ser parte del golpe —y miré a Jasón Orbón. Él me estaba diciendo "sí" con la cabeza.

Arriba, la hermosa Juliana H., con sus piernas musculosas y bronceadas, se aproximó por el pasillo de color rojo con dorado a la "Suite Maximiliano", acompañada por el asesor del Congreso Pako Moreno, del Partido Acción Nacional. La rubia de ojos color miel le preguntó:

—¿Sabes si el príncipe trajo consigo los documentos que Maximiliano le entregó a Anton Magnus, el embajador de Alemania?

Pako Moreno siguió avanzando entre los espejos:

—Eso deberás preguntárselo tú misma. El príncipe Maxel-Yturbide sólo tiene unos minutos para verte —y se acercó a la puerta.

Juliana sutilmente observó su propio antebrazo: su tatuaje con el gen R1b-U152, el código de la familia Habsburgo.

—Sólo quiero hablarle del precepto número tres del decreto del 16 de septiembre de 1865, con el cual el emperador Maximiliano adoptó como heredero al trono de México a Salvador de Iturbide, bisabuelo del príncipe Maxel —miró la puerta. Decía: "Alcoba Imperial"—. Ese precepto dice literalmente: "Artículo 3. Este título no es hereditario" —y miró al asesor parlamentario—. Creo que comprendes lo que significa.

—No. ¿Qué significa? —y posó su mano sobre la manija.

—El príncipe Maxel no es el heredero legítimo al trono mexicano. Lo están manipulando. Tampoco lo es el que vive en Australia. El poder debe entregarse al heredero verdadero: el que tiene los genes de Maximiliano.

Pako Moreno se detuvo en seco.

—Un momento. ¡No existe ningún "heredero" con los genes de Maximiliano! ¡Maximiliano y Carlota nunca tuvieron hijos propios! Por eso adoptaron a los nietos de Iturbide.

Ella le sonrió.

—Eso es lo que te enseñaron a ti. Eso era lo que le convenía al gobierno. Tú lo creíste sin cuestionar.

Adentro, en la suite, el príncipe Maxel, dentro del jacuzzi, recibió a las carnosas meseras, vestidas con minifaldas rojas. Le acercaron las charolas.

—Buen provecho, Majestad —le sonrieron—. Le traemos algunos platillos de México para deleitarlo: ensalada de langostino de Tabasco; sopa de aleta de tiburón de Baja California; chiles en nogada estilo Agustín de Iturbide; codorniz veracruzana; y de postre estas hormigas nucú gigantes del estado de Chiapas, asadas con sus alas, con miel, limón y sal. Se las envía el general Arturo Ramos.

Augustus, al ver los insectos, se contorsionó para vomitar.

—¡Diablos, qué me están dando! —y golpeó al empresario Fernando Cisnero Dávalos, dueño de la embotelladora Marinos, quien se había unido a la comitiva—. ¡A mí me gusta la comida que pueda entender! ¡¿Qué es todo esto?! No entiendo estas cosas —y se percató de que los enormes insectos se estaban moviendo—. ¡¿Cómo puedes darme algo tan horrible?! —le gritó a Cisnero—. ¡No vine a México para alimentarme de insectos!

Abajo, en la línea de patrullas, yo me llevé el radio a la boca:

—Mi comandante —y observé en lo alto las luces encendidas de la alcoba—, me informan que los golpistas ya tienen en sus filas nueve cuerpos del ejército, incluyendo generales y mayores, y que en pocos minutos van a declarar estado nulo contra el gobierno por la crisis de inseguridad pública y por la violencia que vive el país, y que van a tener el respaldo de las Naciones Unidas para intervenir en México como en el caso Venezuela con el fin de exigir un cambio de régimen —y masqué mi chicle. Mi comandante guardó silencio. Por el radio escuché el ruido de estática. Me pareció perturbador.

—¿Mi comandante…?

De pronto me dijo:

—Querido Max León, esto nos pasa por ser un país tercermundista. Hay alguien allá afuera que ya se aburrió de nuestro gobierno. Tienen el dinero para comprar a nuestros políticos, a nuestros militares. Ya están siendo tomadas las instalaciones de la presidencia. Ahora estás en el Tercer Imperio Mexicano. Ya comenzó el golpe de Estado. Arréstenlo.

Mi compañero Jasón Orbón, el Huevo, apuntó con su pistola Mendoza Derringer PK62-3 4.5 milímetros al resto de los policías. Me sonrió:

—Yo no soy esclavo, pendejos —y les escupió en la cara, pero los policías dijeron:

—¡Ya escucharon! ¡Espósenlo! Desde hoy Max León es parte del régimen de corrupción que ha terminado —y me gritaron—: ¡Estás detenido, pinche puto, de conformidad con el Reglamento Provisional expedido el 18 de diciembre de 1822 por Su Majestad Agustín de Iturbide! ¡La Constitución de 1917 ya está sin efecto!

Mis compañeros de la División de Investigación comenzaron a golpearme en la cabeza. Me tiraron al suelo. Me patearon en las piernas, en los costados.

—¡Toma, pinche culero! —me gritaron entre escupitajos—. ¡Tu chica está muerta! ¡Ella no es a quien estos hombres quieren para controlar! ¡Viva el emperador Agustín Maximiliano I! ¡Viva el renacimiento de México! ¡Viva el Nuevo Imperio Mexicano!

16

Desperté en un lugar que olía a excremento. Sentí amarradas las manos, con una soga, por detrás de la espalda.

"Maldición —me dije—. Pinche día de mierda", y escuché voces. Decían:

—A las aguas negras, al río de los Remedios, junto con todos los cuerpos. Pónganle el transmisor para poder localizar el cadáver.

—Ya lo tiene. Se lo clavamos en la cabeza.

Sentí cómo me cargaron. Yo estaba dentro de una bolsa de lona cerrada. No podía respirar. Empecé a gritar, a sacudirme.

—¡Sáquenme! ¡¿Dónde estoy?!

Una voz me dijo:

—Te vas a morir ahogado en este torrente de caca —y con mucha fuerza me arrojaron al ducto de drenaje de la Ciudad de México, de cuatro metros de profundidad—. ¡Si sales vivo de esto, vas a ser mejor que Houdini!

Comencé a hundirme. El líquido empezó a meterse dentro de la bolsa, a través de la costura del cierre. El fluido comenzó a presionarme por los costados.

"¡Dios! ¡Dios! —me grité a mí mismo. El saco se sumió más y más dentro del fluido, arrastrándome al gran canal de desagüe. Sentí el transmisor incrustado en mi cráneo."

—¡Dios! —comencé a gritar—. ¡Auxilio! ¡Auxilio!

Acababa de ocurrir un golpe de Estado.

Al otro lado del mundo, en Bélgica, al norte de la misteriosa Bruselas, dentro del siniestro y apagado Castillo Bouchout, última morada de Carlota de México, esposa de Maximiliano, el comunicador mexicano Mario Murillo Morales, con su lazo de caballos atado en el cuello, silenciosamente se metió con su revólver Artax en la mano a una tétrica habitación. Tenía también órdenes del grupo criminal de dar con el paradero del tesoro de Maximiliano.

—Aquí fue donde pasó sus últimos días la señora —le susurró a su compañero Jaime Rojas: un hombre alto parecido a Pedro Infante—. Carlota murió aquí en 1927, el 19 de enero, a sus ochenta y seis años. Escribió las cartas que encontró Ypersele; cartas que la ex emperatriz nunca entregó a nadie, dirigidas principalmente a un amor platónico que no era precisamente Maximiliano —y con cautela se aproximó a la antigua cama. Se volvió hacia atrás para verificar que los guardias permanecieran afuera—. En esas cartas dijo que quería convertirse en hombre, que le estorbaba su cuerpo de mujer para controlar el mundo, que su nuevo nombre iba a ser "Charles Loysel".

—¿Charles Loysel…? Suena como una loción… —y miró la oscuridad.

—Aquí, sobre esta cama, tuvo el muñeco de almohadón del que han escrito todos: un muñeco de tamaño natural con la cara de Maximiliano, al que llamaba "amo de la tierra y soberano del universo", o simplemente "Mi muñeco Max". Se sabe que lo utilizaba en su vejez para objetivos sexuales.

Jaime Rojas abrió los ojos.

—¿Objetivos sexuales?

Suavemente, Mario Murillo retiró las sábanas. El bulto estaba ahí. Era el muñeco de almohadón de dos metros de largo. Tenía, efectivamente, la cara de Maximiliano con ojos de vidrio.

—Dios… —se dijo Jaime—. Siento que me está mirando —el muñeco lo estaba viendo fijamente de una forma sobrecogedora.

—El secreto está en la boca —le dijo Murillo. Metió la mano dentro de la boca del muñeco. Saco un papel. Estaba enrollado. En la oscuridad distinguió cuatro letras: "ERBE".

—Es alemán. Significa "heredero" y también "tesoro". El tesoro está en el heredero.

Abajo había más letras, mucho más pequeñas. Decían: "Convertirme en hombre es nacer otra vez. Si hubiera sido hombre en 1864 nos habríamos ahorrado Querétaro. Me transformaré en hombre en el número 8 de la calle San Juan Bautista".

Mario abrió los ojos.

—Ésta debe ser la clave. San Juan Bautista número 8 —y se dirigió hacia Jaime Rojas.

En México, sin aire en mis pulmones, dentro de la bolsa de lona negra para cadáveres, comprimido desde los costados por la densidad del líquido, comencé a golpear, a gritar, ahogándome en el flujo.

Sentí el agua en las piernas, en la cabeza. El agua podrida con caca empezó a entrarme por la nariz.

Con los dedos comencé a buscar en la oscuridad. Coloqué las muñecas atadas en la parte baja de la espalda, en el dorso del cinturón. Siempre he portado atrás una contrahebilla para emergencias, para romper esposas. Se llama "cortacadenas". Coloqué los eslabones en el pequeño gancho con sierra. Jalé con toda mi fuerza, aplastándome los testículos. Se rompió la cuerda.

Sentí el líquido entrar por mi boca. Empecé a sacudirme dentro del costal de plástico.

Me dije:

"¡Diablos! ¡Diablos! ¡Pinche Jasón!"

Vinieron a mi mente frases extrañas de mi pasado, mezcladas con caras, con anuncios de la pantalla:

"Hazlo. No te arrepentirás. Compra ahora. Te ofrezco intensidad. Vivirás emociones reales."

Busqué el cierre para abrir el costal. Vi en mi mente el antebrazo de Juliana H.: las letras "A. E. I. O. U. R1b-U152. Palacio Scala". Escuché el grito: "Si logras salir de esto, vas a ser mejor que Houdini" y "Ya ocurrió el golpe de Estado".

Logré abrir la bolsa. Rompí la lona del área del cierre. Se pegó a mí toda el agua, a mi cara, a mi nariz, con grumos de excremento.

Con los ojos cerrados comencé a empujar los brazos hacia abajo, dentro del agua, para emerger.

"Voy a encontrar tu tesoro —pensé—. Lo voy a encontrar. Yo puedo encontrar todo. Cuando te encuentre voy a cambiarlo todo."

Vi a Juliana dentro del vehículo remolcador del aeropuerto diciéndome: "Si me apoyas para violar la 'Constitución' a la que juraste lealtad, tú vas a cambiar el futuro. Si me pasa algo, ayuda a mi nana. Se llama Salma del Barrio. No dejes que la maten. Todo mexicano sabe algo que nunca fue verdad. Ahora tú la vas a saber. Revélala a todos. Dale la libertad a tu nación".

Llegué a la orilla mojado, con una capa de caca, temblando, con los ojos empastados. En el oído derecho sentí una inflamación, y también en la cabeza. Eran los dispositivos. Me los habían insertado y cosido. Se me asomaban los duros hilos de la costura.

En la orilla, sobre la tira de hormigón del marco del río, vi un bulto del tamaño de un cuerpo. Era también una bolsa de lona para cadáveres.

"No…", me dije. Comencé a aproximarme, gateando.

Vi claramente la silueta de un cadáver: un cuerpo bocarriba.

Tambaleándome, me arrastré hacia el costal. Con marcador blanco tenía escritas unas letras:

Esta persona esperaba tu ayuda. No nos dijo nada

Empecé a llorar. Caí al lado de la bolsa, hincado.

"Este día es el infierno", me dije. Sentí pequeñas gotas de lluvia en la cabeza. En verdad, Juliana había sido el ser más bello y enigmático que había conocido en mi vida.

Temblando, aproximé los dedos a la parte del rostro, sobre la superficie enlodada de la lona.

—Lamento no haber actuado a tiempo —le dije. Aproximé la boca a su frente, para besarla. Recordé sus ojos color miel. Le seguí los contornos con la mirada.

El cuerpo permaneció inmóvil.

—¿Puede pasarle esto a una Habsburgo? ¿Tú eras la última descendiente?

Comencé a bajar el cierre. Sentí miedo. No quise verla muerta.

Empezó a sacudirse.

—Dios mío. ¡Dios mío! —empecé a gritar. Arranqué todos los lados de la bolsa. De la costura del cierre salió un ser humano, vomitando, un tejido golpeado, con un ojo temblando.

Le pregunté:

—No… ¿Jasón…? ¡¡Jasón Orbón…?!

Me escupió a la cara, con una bola de sangre. Empezó a llover con fuerza. Jasón me gritó:

—¡Te odio, pinche puto! —y me golpeó en la quijada—. ¡Ve todo lo que nos pasó!

Los dos caímos al cemento, forcejeando, al borde del río. Comenzamos a resbalar hacia el agua. Él continuó golpeándome, lleno de odio:

—¡Te dije que esa pinche puta era parte de la conspiración! ¡Ahora vivimos en un mundo de mierda! ¡Ya están militarizando México!

—y lentamente se volvió a su alrededor, con sangre en la cara—. ¿Qué es esto? ¿Un lago de caca?

Unas manos nos jalaron para atrás.

Ahora estábamos dentro de la patrulla. El comandante Dorian Valdés nos tuvo mojándonos bajo la lluvia para limpiarnos. El olor persistió en los asientos.

—Ella está viva —me dijo—. Su transmisor del cuello está encendido. Nos facilita saber dónde se encuentra.

Lo miré fijamente:

—¿Dónde está? Vamos por ella.

Me volteó a ver.

—Todo esto es por el documento Maximiliano.

Me hizo parpadear.

—Diablos. ¿Por un documento…?

—Ellos la tienen como rehén, una banda criminal, de narcotraficantes, los lidera un sanguinario al que apodan el Papi. No sabemos por qué está detrás de este lío con Maximiliano. Opera en el sur y centro del país, desde Cuernavaca. Es muy violento —y le sopló a su pistola en el lomo. La limpió con el dedo. Se la guardó en el estuche—. Si queremos volver a ver a Juliana tenemos que encontrar el documento con los papeles de Maximiliano, el Tesoro de Maximiliano. Todo tiene que ver con eso.

Comencé a negar con la cabeza.

—No puedo creerlo. ¿Por un documento se causó todo esto? ¿Qué puede haber en ese maldito papel?

—Suficiente como para querer invadir un país y enviar a un sujeto a gobernar México. Quieren algo que tenemos. Uno de nuestros recursos.

Recordé a Juliana dentro del remolcador: "Lo que quieren es el 'tesoro Maximiliano'. Busca el Libro Secreto de Maximiliano. Lo publicó Manuel Azpíroz, el hombre que interrogó a Maximiliano. Querían construir aquí un imperio, una superpotencia. México iba a ser un imperio gigante".

—Ustedes dos van a ayudarme —me dijo mi comandante—. Vamos a rescatar a Juliana, y vamos a descubrir quién está detrás de este golpe de Estado. Aún podemos revertir todo esto.

Me miró fijamente. Con delicadeza sacó de su bolsillo un papelito. Me lo puso entre los dedos. Tenía sesenta letras pequeñas. Decía:

San Juan Bautista número 8. Secreto Maximiliano. El tesoro es el heredero.

17

Un siglo y medio atrás, al otro lado del mundo, en el blanco castillo Miramar a la orilla de la bahía de Trieste, al noreste de Italia, casi en la frontera con Austria, Maximiliano de Habsburgo, de treinta y un años, sopesó las opciones con su juguetona esposa Carlota, ahora de veintiséis.

—¿Qué prefieres, amada: ser reina de Grecia, reina de Polonia o emperatriz de México? ¿Recuerdas la carta del 20 de octubre de 1861 del señor mexicano Gutiérrez de Estrada?

Carlota saltó desde la cama al piso. Comenzó a correr hacia el clóset, el gran "laberinto de madera", para esconderse.

La habitación era una copia de la cabina del barco *SMS Novara*, de madera de cedro, con timones, con anclas en los muros, de brillante cobre.

—¿México? —le preguntó a su esposo.

—Es en América. Es como Brasil —la persiguió dentro del clóset.

—¡Sé donde está México! ¡Y no hables de Brasil! ¡Odio Brasil! ¡Te odio a ti! ¡Aborrezco que hayas ido a visitar a tu princesa muerta! —y le arrojó los zapatos.

—Eso ya pasó, mi amada —y esquivó los proyectiles—. ¡Nunca he pisado México! ¡No puedo tener ahí también una amante secreta que hoy sea un ángel en el cielo!

—México es una selva. ¡No quiero más moscos! ¡No quiero insectos!

Entró corriendo el ayudante del príncipe, el grácil Anton Grill, de dieciocho años:

—¡Archiduque! ¡Lo vienen a visitar hombres de Inglaterra!

—No otra vez. Diles que estoy trabajando. Diles que no voy a tomar lo de Grecia.

—Insisten en ofrecerle esa corona. Dicen que esto no puede esperar y que la decisión sobre reinar en Grecia la debe tomar usted, no su suegro Leopoldo.

Maximiliano lo miró por un momento. En el muro vio el atemorizante retrato de su suegro Leopoldo I, rey de Bélgica, el cual lo observó de vuelta. Maximiliano tragó saliva.

—Diles que luego los atiendo —y le arrojó a Carlota una almohada. Corrió detrás de ella, entre los espejos. Carlota se refugió dentro del armario de las joyas. Cerró la puerta desde adentro, con un golpe—. Pregúntales por qué les están ofreciendo ese trono a príncipes de segunda, como Guillermo de Schleswig-Holstein y Alfredo de Edimburgo. ¿Por qué no vinieron conmigo primero? Es indignante. ¿No merezco algún respeto? Esto es tan indigno… —y se abalanzó contra la puerta del enorme armario de las joyas—. ¿Esposa? ¿Espooosa? —y miró al joven Grill—: ¡Hay cien razones que hablan contra esto de reinar en Grecia! De parte de los ingleses me parece demasiado inaudito que se atrevan a dirigirse a mí después de que tantos *minorum gentium*, nobles de segunda, se han negado rotundamente a esta misma oferta. ¿Soy acaso su hazmerreír? —y lo miró fijamente—. ¿Soy su plato de segunda mesa?

—Pues… —se inquietó Anton Grill—. Yo… —comenzó a temblar. Maximiliano le sonrió.

—Diles que se vayan. Que se larguen.

—Archiduque, también hay visitas de Francia. Enviados de Napoleón III. Vienen a ofrecerle dos opciones: ser rey de Polonia o emperador en México, donde ya tienen tropas. Usted elija.

Maximiliano se detuvo.

—¿De Napoleón III…? —y se dirigió a Carlota.

Anton Grill se le acercó, cubriéndose el rostro:

—Están en el Salón de Embajadas. Lo están esperando. En cuanto a la oferta de Polonia, los polacos han vivido oprimidos por Rusia. El zar Alejandro II es un tirano, un sanguinario. Ahora están a punto de independizarse gracias a la ayuda de Napoleón III y de Lionel de Rothschild. Usted puede ser el primer rey en esa nueva nación.

—¡Pero yo no soy polaco! ¿Acaso no hay polacos? ¿Por qué me llaman a mí? —y se tocó el pecho. Estaba en ropa de siesta. Le sonrió a Grill—: ¿Por qué todos me quieren para ocupar tronos? ¡Rey de aquí, rey de allá! Esto es una burla. *Figaro qui! Figaro la!*

—Debe ser sin duda por tus éxitos, mi amado —le dijo su esposa, desde detrás de las rejillas del armario de las joyas. Maximiliano le distinguió los ojos entre las barras de madera—. Tu desempeño como virrey en Lombardía fue sencillamente ejemplar. Perdiste Lombardía —le sonrió.

—Simplemente me aman —le respondió Maximiliano. Comenzó a aproximarse a los ojos de Carlota—. Si todos me aman… ¿por qué mi hermano sigue diciendo que yo soy un "soñador", un "iluso"? ¿Sólo porque él es el emperador de Austria-Hungría? ¡Lo es únicamente por su edad, por ser el mayor! ¡Eso no es tener talento! ¡Yo puedo ser mucho mejor emperador que él! ¿Cuándo la gente dejará de dudar de mí? ¡Ahora, con todas estas ofertas que me ofrecen al mismo tiempo, me ponen francamente en ridículo! ¡Todos los días una nueva corona!

Carlota escapó. Corrió para la cama:

—Acéptalas todas. ¡Seamos reyes de todo! —y saltó sobre las sábanas—. Mi padre estaría orgulloso.

Maximiliano brincó sobre ella. Le respiró en el rostro, agitado. La miró fijamente:

—¿Te han hecho tantas ofertas a ti, amada esposa? —y vio en ella el rostro de Amélia de Braganza, princesa de Brasil, ahora convertida en una momia.

—Algunas. Tú eres un ejemplo. Debí rechazarte por soberbio y por hablador.

Maximiliano se quedó perplejo. Ella se le escabulló. Ahora corría rumbo al pasillo.

—¡Esposa! ¿A dónde vas? —y la siguió con la almohada. Detrás de los dos corrió el joven ayudante, Anton Grill, con las cartas.

—¡Mi señor, los visitantes! ¡Tienen para usted la tercera oferta, la de México!

Maximiliano le gritó a Carlota:

—¡La corona de Polonia, en caso de ser realizable, sería una de las más bellas del mundo! ¡Me dicen que es de oro con las esmeraldas de Boleslao!

Carlota se metió a la sala de mapas. Disminuyó el paso. Lentamente se dirigió, de puntitas, hacia el mapa de América. Señaló México:

—Mi papá me habló varias veces de México —y lo recorrió desde lejos, con sus dedos—. Hay valles, bosques, ríos, desiertos, montañas. Es casi del tamaño de Europa. ¿Lo habías pensado?

—Es grande, sí —se rascó la barbilla.

Carlota volteó hacia el joven y ambicioso esposo.

—Tú serías el emperador de un lugar enorme.

Maximiliano observó ese mapa. Comenzó a ver los puntos, los pequeños ríos, las montañas, las muchas frutas dibujadas en las orillas de aquel inmenso territorio.

—*México…* —y recordó la Virgen de Guadalupe que ya tenía empotrada en su oficina, un regalo de Gutiérrez Estrada, un mexicano expulsado por los liberales.

Empezó a escuchar sonidos extraños en su cabeza: animales exóticos, tambores. Sintió entre sus orejas una voz:

—México va a ser el lugar de tu muerte.

Sintió algo punzante, un aguijón en su corazón.

Carlota le sonrió:

—En Polonia te estarían enviando a una guerra, para que el zar de Rusia te asesine. El zar Alejandro es demasiado poderoso. No se va a concretar Polonia. Lo de Grecia es peor, mi amado. La gente misma derrocó al rey Otto. ¿Eso no te lo dijeron? Un sujeto intentó asesinar a su esposa. Mi papá rechazó ese trono hace treinta años por la inestabilidad del pueblo griego —y también ella observó el mapa lleno de frutas—. Nuestra única opción real es México.

Maximiliano permaneció en silencio. Carlota lo tomó de las manos:

—Amado mío, si lo haces bien, con ese país puedes lograr algo inmenso. Vas a ensombrecer cualquier cosa que haya hecho tu hermano —y abrió la boca, contemplando el territorio—. México tiene tantas riquezas como no puedes imaginar —y sutilmente le sonrió a su marido—. Su población ha estado en guerra civil por décadas, desde que se independizaron. No saben gobernarse a sí mismos. Tú vas a darles una esperanza. Necesitan de ti. Tú puedes convertir a ese gran país en una nueva potencia del mundo.

Maximiliano comenzó a asentir con la cabeza.

18

Minutos después, el joven príncipe Fernando Maximiliano avanzó de prisa, vestido de gala y empapado en loción por el pasillo de las cortinas rojas hacia el Salón Azul. Se ajustó el saco de ocho botones de plata. Caminó bajo los candelabros de cristal. En el pasillo se encontró con el siniestro asesor de su hermano, el conde Marie Folliot de Crenneville, quien le ofreció el brazo:

—Archiduque, lo esperan los siguientes señores mexicanos que lo visitan para invitarlo a gobernarlos y destacar por encima del régimen fracasado del indígena Benito Juárez: el señor José María Gutiérrez de Estrada, ex ministro de Asuntos Exteriores de México; el señor José Manuel Hidalgo y Esnaurrízar, ex primer secretario en las embajadas de México en Washington y en Madrid, amigo de Nepomuceno Almonte y también del sacerdote de la ciudad de Puebla, Francisco Javier Miranda; el ingeniero Joaquín Velázquez de León, ex ministro de Industria del país; el general Adrián Woll; el veracruzano Tomás Murphy y Alegría; el conde del Valle de Orizaba Antonio Suárez de Peredo Hurtado de Mendoza y Paredes; el señor José Landa; el doctor José Pablo Martínez del Río; el señor Ignacio Aguilar y Marocho, junto con el doctor Ángel Iglesias Domínguez.

Lo introdujo en el amplio salón de paredes azules y marcos dorados. Caminó con él por el piso de madera brillosa.

Los visitantes de México estaban de pie, vestidos de negro.

—Señor archiduque —se le aproximaron tímidamente para besarle la mano.

Al fondo del salón, Maximiliano reconoció la cara refinada del pintor imperial, el joven Cesare dell'Acqua. Le sonrió. El pintor comenzó a agitar su delgada brocha para inmortalizar el momento.

El más alto de los visitantes, José María Gutiérrez de Estrada, caminó hacia él. Le mostró un papel:

—Joven príncipe, la población mexicana ha sufrido años de confusión y terror. No ha habido un gobierno digno capaz de sostener a la nación. Los partidos se derrocan unos a otros y han pasado treinta y nueve años desde que nuestro legítimo emperador, Agustín de Iturbide, el artífice de nuestra separación de España y de nuestra Independencia, murió fusilado, y con él, los sueños de grandeza de México. A partir de su asesinato todo ha sido declive. El país está siendo devorado desde el norte por los Estados Unidos. Apenas hace quince años nos quitaron la mitad de nuestro territorio. Esta encuesta —y le mostró de nuevo el papel— se efectuó para determinar si la población desea volver a la monarquía, y que usted sea el emperador de México. Los mexicanos han votado positivamente. Saben que sólo con usted en el mando, y siendo una monarquía, México va a tener poder.

Maximiliano leyó el papel, traducido al alemán. Decía:

La población de México consta de ocho millones de habitantes. De ellos, seis millones desean el retorno a la monarquía y ser gobernados por el archiduque Maximiliano de Austria. Tendrá el apoyo de Francia.

Maximiliano lo miró a los ojos.

—¿Cómo pueden los mexicanos saber quién soy, y aun hacerme llamar?

—Lo conocen, joven príncipe. Puede confiar en ello. Esta encuesta es genuina. Ellos lo van a amar. Ya lo están esperando —le sonrió.

Maximiliano observó el papel.

—Espero que esta encuesta sea verídica y que no responda a las amenazas por parte de las bayonetas francesas que invaden el país. No voy a pisar ese territorio a menos que sea verdaderamente la voluntad de los habitantes el que yo acuda a gobernarlos.

—La encuesta es genuina, joven príncipe.

Todos lo reverenciaron.

Ciento cincuenta años después, en México, el Huevo y yo subimos a lo alto del Cerro de Chapultepec, alguna vez residencia imperial de Carlota y Maximiliano en México. Aún estábamos pestilentes, mojados y escurriendo por la lluvia. Caminamos junto al velador armado por el

"Salón de Carruajes", en la entrada antigua del castillo, en la cúspide del "monte de Maximiliano".

Él nos dijo:

—Éste es el cuadro —y lo iluminó con su linterna—. Se llama *Delegación de mexicanos visita a Fernando Maximiliano en su castillo de Miramar para ofrecerle el trono de México*. Fue el bautismo simbólico de Maximiliano para venir a México. El autor es un italiano, Cesare dell'Acqua, muerto en 1905. El original está actualmente en Miramar, Italia, en los restos de ese castillo, donde se le hizo esa propuesta a Habsburgo para venir a gobernar México. Éste es una copia.

Me aproximé.

Observé a los diez hombres vestidos de negro, entrevistándose con Maximiliano, mostrándole un papel. Susurré:

—San Juan Bautista 8 es un pasaje del Evangelio: Mateo 14, versículo 8, la Muerte de Juan el Bautista. "Ella [Salomé], instruida primero por su madre, dijo: 'Dame aquí en un plato la cabeza de Juan el Bautista'" —y les dije—: Estos hombres no hicieron un "bautismo". Trajeron a la muerte a Maximiliano.

El velador me dijo:

—Este hombre es la clave —y tocó en la pintura al sujeto de barbas negras—: José Manuel Hidalgo. Él fue el contacto con la mamá de Eugenia de Montijo, la esposa de Napoleón III, doña María Manuela Kirkpatrick. Ella movió los vínculos con el papa. Hicieron creer a Maximiliano que vendría como un nuevo Hernán Cortés.

Observé el cuadro detenidamente. Examiné el salón retratado: el gran piso de madera; el tapiz azul verdoso del Palacio de Miramar, el enorme candelabro de cristales; los retratos ovalados pegados en los muros. Maximiliano estaba retratado ahí, de pie, tenso, en una posición poco normal, enfrentando a los misteriosos visitantes mexicanos.

—Quiero el Libro Secreto de Maximiliano —le dije al vigilante.

El hombre comenzó a temblar, a llorar. Se arrodilló.

—¡No, por favor! —se llevó las manos a la cabeza.

Al fondo estaban los Archivos Maximilianos, en el núcleo del ahora llamado Museo Nacional de Historia.

19

En Bélgica, ciento cincuenta años atrás, dentro del oscuro castillo Koninklijk de Bruselas, el terrible rey Leopoldo I se dirigió su deforme y tenebroso comandante militar Alfred van der Smissen, asesor máximo de guerra:

—Si por alguna razón mi yerno Maximiliano muriera ya siendo emperador en México, el trono deberá pasar a mi hija. ¿Está claro?

—Pero, Majestad… el precepto de la ley sálica… el trono no puede transmitirse a mujeres…

—¡Hazlo, maldita sea! ¡Que se aplique la Sanción Pragmática! ¡La usó María Teresa! —y observó en el muro el mapa del mundo: sus anotaciones en África, en la región del Congo; en Samoa, en Papúa, en Fiji, en las islas Hébridas, en Nueva Guinea y en Singapur—. Bélgica va a ser un imperio con colonias en el mundo, como lo es Inglaterra. México será sólo el comienzo.

—Lo haré, Majestad —le susurró Van der Smissen—. Modificaré la redacción del tratado.

El rey Leopoldo I le ordenó:

—Te encargo personalmente que nadie haga daño alguno a mi hija. Tú serás su guardia, y asignaré a tu cargo dos mil quinientos soldados belgas para que la protejan. Ya lo establecí con Chazal. Si alguien la lastimara, te lo cobraré con tu vida y la de tu familia. Si fuera necesario, hazte cargo de Maximiliano.

En Austria, dentro del amarillo y gigantesco palacio de Schönbrunn, el imponente emperador austrohúngaro Francisco José de Habsburgo, con su gris barbaje de patillas en forma de morsa, se dirigió a su retorcido consejero Franz Maria Johann Graf Folliot von Crenneville. Le rumió:

—Enviar a Maximiliano a ese distante país me pareció una buena opción transitoria en un principio para mantenerlo lejos, pero ahora lo veo peligroso. Me preocupa que lo maten.

Folliot le sonrió.

—No tema, señor. Maximiliano aquí en Europa es mucho más peligroso para usted que cualquiera de sus enemigos. Su hermano es imprudente, ofensivo. ¡Lo desafía a usted en todo lo que hace, socavando su autoridad, denigrándolo ante el emperador Napoleón III, de quien se declara admirador! ¡Napoleón es quien nos quitó Italia con el apoyo de la impericia de Maximiliano!

En México, refugiado en un campamento de rebeldes, oculto en el bosque en medio de la negrura de las montañas, el moreno presidente destituido por el ejército de Francia, Benito Juárez, de 1.37 metros de altura, miró el oscuro entramado de ramas.

—Recíbanlo con fuego.

—¿Perdón…? —le preguntó su general en jefe, el barbado Mariano Escobedo, de treinta y ocho años.

—No vamos a permitir que un intruso extranjero, hijo de su chingada madre, pise este país apoyado por esos invasores franceses —y se volvió hacia sus demás generales: el michoacano Nicolás Régules, el jalisciense Ramón Corona, el "chilango" Vicente Riva Palacio y un fornido joven de 1.90 metros de altura: el oaxaqueño Porfirio Díaz—. Prepárenle a ese príncipe "Maximiliano" un infierno. Que se arrepienta de venir. Que aprenda lo que les estamos haciendo a los franceses.

Sus generales, ahora vestidos de camuflaje, lo miraron fijamente. Se les unió desde la puerta un hombre de cara cortada, con olor a carbón quemado: el líder de las guerrillas, el chinaco Nicolás Romero, quien levantó sus cuchillos.

—Ya están todos en el cable.

Atrás de él, en los árboles, de un tronco a otro, estaban colgados de cabeza treinta y dos oficiales franceses capturados, sacudiéndose, gimiendo, desnudos, con los cuerpos amputados:

—¡No nos torturen! —gritaron los presos—. *Ne nous torture pas!* ¡País de salvajes! ¡Maldito Napoleón! ¡Quiero irme a Francia! ¡Quiero irme a mi casa, en Saint-Rémy!

Al sur, en la oscura Ciudad de México, dentro del silencioso Palacio Nacional, ahora dominado por tres títeres mexicanos —Mariano Salas, Nepomuceno Almonte y el arzobispo Pelagio Antonio de Labastida— controlados por las tropas de Napoleón III a través del anciano general francés Élie Frédéric Forey, cincuenta guardias argelinos de raza negra, reclutados por los franceses en África, escoltaban al propio general Forey.

A su lado caminaba otro general de baja estatura, gordo, con la mirada de un sapo, con los ojos apuntando cada uno a un lado, y con dos largas espadas en el cinto que raspaban contra el piso: François Achille Bazaine.

Forey le susurró:

—Monsieur Napoleón quiere hacer aquí una cruzada europea para fastidiar a los *américains* —y señaló al norte—, como lo hizo hace diez años en Crimea contra los rusos para ponerles un alto, pues estaban expandiéndose hacia Turquía, amenazando a Europa. Sólo que México no es Crimea —y se detuvo en seco—. ¡Los hombres de aquí son primitivos! ¡Son sádicos! ¡Esto es una guerrilla! —y empezó a correrle una lágrima por el ojo. Bazaine distinguió en Forey, contra la luz del arbotante, la rajada de una explosión de granada y la oreja mutilada—. Espero que usted tenga mejor suerte que yo con estos rebeldes. No caiga ante el terror. Cercenan. Destrozan la carne, la familia. Lo herirán donde más sienta miedo —y violentamente levantó en el aire una llave muy grande, de bronce—. Le entrego a usted la llave de la Ciudad de México. Prepare a nuestros treinta y ocho mil soldados para la guerra más horrible que hayan conocido.

Achille Bazaine, más chaparro que él, le sonrió "desde abajo":

—No los voy a preparar para atemorizarse. Los voy a preparar para aterrorizar a los mexicanos —y detras de él apareció un señor robusto con un enorme sombrero mexicano: el coronel francés Charles Dupin, experto en exterminar guerrillas, con prácticas en Crimea, Argelia, China e Italia, cuando expulsaron a los Habsburgo de Lombardía—. Monsieur Charles Dupin va a encontrar a los rebeldes y los acabará como se acaba a las ratas, empezando por ese indio Juárez.

Dupin le sonrió a Forey. Lentamente se llevó las manos a sus dos largas pistolas.

—Al prisionero se le entierra vivo, de pie —dijo Dupin, expulsando el humo de un habano—, en un hoyo apretado, con la cabeza de fuera. Luego se le aplasta el cráneo al pasarle la rueda de una carreta. Esto lo aprendí en Argelia —y le sonrió a Forey.

—Si por alguna razón Maximiliano lograra el propósito de Napoleón III de crear en México una nación unida y fuerte, utilizando los recursos inagotables que existen en ese territorio —le susurró el encorvado Folliot de Crenneville al emperador austriaco Francisco José dentro del amarillo y florido palacio de Schönbrunn, en Viena—, y si consiguiera crear ahí un estado comparable en poder con los Estados Unidos, como lo desea Napoleón III, con industria, con comercio, con exportaciones a Europa y Asia, esta nueva nación se convertiría en una potencia temible —y miró fijamente a Francisco José.

El "hombre morsa" miró a la pared.

—Eso no va a pasar. Es Maximiliano —y bufó.

—Pero sería terrible… ¿no lo cree usted…?

—¡¿Qué me estás diciendo?! —y lo observó con furia.

—Si sucediera, Fernando Maximiliano se volvería hacia usted, para humillarlo desde América, con un imperio poderoso a sus espaldas.

Francisco José se llevó la mano a la espada.

—¡¿Ahora qué estás intentando?! ¡¿Quieres ponerme contra mi propio hermano?! —y observó en la pared el retrato de su madre: la reina Sofía, con sus caireles de bola.

Crenneville se arrodilló a los pies del emperador.

—Maximiliano no debe deponerlo a usted del trono de Austria —y empezó a llorar—. ¡Esto no puede pasarle a usted!

—Dios… —cerró los ojos—. Maldito problema. ¡¿De qué estás hablando ahora?!

—Existe una solución —le susurró Crenneville—. Usted tiene que impedir que Maximiliano pueda humillarlo o amenazarlo si prospera en América, si acaso logra triunfar construyendo el imperio poderoso que desea Napoleón III.

Francisco José alzó la mirada.

—¡Eso no va a pasar! —y golpeó su propio rostro—. ¡¿Qué quieres que haga yo?!

—¡Majestad —lo aferró de los guantes—, usted debe obligar a Maximiliano a renunciar primero a los derechos hereditarios aquí, sobre la corona austriaca, para que no pueda jamás derrocarlo! ¡El archiduque debe renunciar por escrito, antes de irse a México, y si no, que no vaya! Que nunca pueda disputar aquí un territorio en Europa; el trono aquí en Viena le pertenece a usted.

Francisco José se rascó la barbilla.

Comenzó a rumiar. Miró a un lado, hacia su madre. Bufó con un eructo largo.

Lentamente echó la cabeza hacia atrás. Rumió como un verdadero hombre morsa.

20

—¡¿Cómo demonios?! —se preguntó Fernando Maximiliano, sobre la cama de su habitación "Cabina del Novara", junto a Carlota, en Trento, Italia, con una carta entre las manos. Volteó hacia su ayudante, el joven Anton Grill—. ¿Mi hermano quiere que yo firme aquí? —y le arrojó el papel—. ¡Insulto!

—Señor —se inclinó Grill—, su hermano considera que usted se convertirá en un emperador poderoso en un país como México; por lo tanto debe abdicar al trono de Viena. Los dos dominios deberán conducirse por separado.

—¡¿Pero cómo puede pedirme esto?! ¡Yo también soy un Habsburgo! ¡Soy su hermano!

Carlota bajó de la cama. Recogió la carta. La leyó detenidamente, en ropa interior.

—¿Qué esperabas? Tu hermano debe estar protegiéndose contra un futuro ataque tuyo. Es normal. Así le hicieron a mi padre en Risquons-Tout.

—Esto debe ser idea de Crenneville. ¡Ese bastardo Crenneville!

Carlota lo sujetó del rostro.

—¡Piensa en lo que tienes, mi amado! ¡No pienses en lo que ya no tienes! ¡El trono de Austria nunca fue tuyo! ¡Es de tu hermano! ¡Te están dando un país en América!

Maximiliano comenzó a resoplar. Observó hacia la ventana, a la luz del día.

—Si yo firmo esto —y miró la carta— nuestros hijos van a quedar excluidos de heredar el trono de mis ancestros, el Imperio Habsburgo, el legado de Radbot y de Carlos V.

—¡Eso qué importa! —lo sacudió Carlota—. ¡Vas a tener México! —lentamente volteó hacia el voluptuoso mapa de dicho país, que ella misma clavó en la pared y llenó de anotaciones—. Tú ya no eres un heredero del Imperio austrohúngaro. ¡Eso ya pasó! Ya no perteneces a Europa. ¡Ahora estás creando una nueva corona! —y lo abofeteó—. ¡Tu vida cambió! ¡Ya no hay regreso! ¡Ya no existe el pasado! Tu futuro ahora está en América, en México: sólo en México y en lo que tú logres allá.

—Diablos… —y miró el mapa—. ¡Pero es una selva! Yo nunca he estado ahí.

Carlota abrió los ojos.

—¿Qué dices…? —y comenzó a ladear la cabeza—. Me dijiste que habías nacido para "explorar el mundo"… Me dijiste que te sentías como un ¡Cristóbal Colón!

—¿Y si el proyecto de México fracasa?

Carlota se quedó inmóvil.

—No puedo creer lo que estás diciendo.

Sus manos permanecieron detenidas. Lentamente se llevó un roído pañuelo a los dientes. Comenzó a morderlo.

—¿Cómo dijiste…? —le insistió. Procedió a rasgar el pañuelo con los dientes.

El archiduque tragó saliva.

—¿Qué pasaría si lo de México no saliera bien, si fracaso? De firmar esta maldita carta, ¡no podré aspirar al trono de Austria! ¡Me corresponde por mi sangre!

Carlota entrecerró los ojos:

—¿Estás pensando en el "fracaso"?

—Es que…

—No pensé que fueras un perdedor. Un príncipe no piensa en el fracaso. ¡No existe el fracaso! —y en la pared observó el retrato de su valiente padre, Leopoldo I, esgrimiendo su espada de plata—. ¡¿Te embarcaste en un proyecto pensando en que podías fallar?! ¡¿Para qué me implicaste a mí en todo esto?! ¡¿Por qué aceptaste la invitación de Napoleón para asumir el trono de México?! —y volteó hacia el mapa.

—Calmada —le dijo—. No te violentes.

Carlota empezó a llorar.

—No eres un explorador. No vas a conquistar nada. Me engañaste. Eres un perdedor. Eres un maldito hablador —y comenzó a aferrar un largo florero de espirales doradas de la pequeña mesa. Empezó a levantarlo en el aire.

—Esposa… ¡Esposa…! —y miró el retrato de su suegro Leopoldo.

—¡¿Por qué no eres por una vez como mi padre?! —y le estrelló el florero en la cara—. ¡¿Eres un maldito cobarde?! —y se derrumbó en el piso—. Los emperadores no piensan en el fracaso. Los emperadores no pueden siquiera pensar en fracaso.

—Carlota… ¡¿Esposa…?! —tímidamente se le aproximó. Con la mano se cubrió la herida de la cara. La sangre le escurrió por los dedos.

Carlota se encogió en sí misma, en el suelo, en posición fetal. Cerró los ojos.

—Me siento sola —y empezó a arrancarse el camisón por el pecho—. Contigo me siento sola —y miró el retrato de Leopoldo I—. Quiero un hombre fuerte. Abdicar es condenarse. ¡Sólo un anciano hablaría de derrota, como un imbécil! ¡No un príncipe de treinta y un años!

Aterrado, el joven Habsburgo comenzó a temblar.

En la pared observó el terrorífico retrato de Leopoldo I, de la dinastía Saxe-Coburgo, rey de la familia británica-belga rival de Radbot.

Había sido Leopoldo quien había asesorado a su sobrina Victoria para construir el Imperio británico.

Carlota le dijo:

—Te comprometiste con el emperador Napoleón III para realizar este proyecto. Lo vas a cumplir. Yo no soy una mediocre, y no me vas a manchar con un fracaso. Yo no soy una cobarde —y se restregó el pañuelo roído contra los labios y dientes.

21

Estaba vestido, como siempre, de blanco sedoso, el siniestro y ególatra emperador Napoleón III en el tenebroso Salón Real del Palacio de las Tullerías por debajo de los decorados de murciélagos.

Su medio hermano, el duque Carlos Augusto de Morny, su mayor asesor en el mundo, le dijo temblando:

—Acaba de suceder algo terrible —y bajó la mirada.

Napoleón III le prestó atención.

—El joven Fernando Maximiliano está pensando en abdicar a su expedición a México. Prefiere no tener que renunciar a sus derechos al trono de Austria.

Lentamente, el emperador francés bajó la vista. Comenzó a levantarse de su silla.

—¿Cómo dijiste?

El duque de Morny empezó a sacudir la cabeza.

—Su hermano le está pidiendo renunciar al trono de Viena como condición para irse a México.

Napoleón sacó su plateada espada. Lentamente la dirigió al cuello de Carlos Augusto de Morny.

—Ya prometí que Maximiliano irá a México —y comenzó a temblarle un ojo—. ¡Ya lo prometí ante todos los embajadores y ante la prensa! ¡Ya se publicó en los periódicos!

Morny apretó los ojos.

—Majestad... yo no puedo hacer nada. ¡¿Qué puedo hacer?! ¡El joven Maximiliano dice que usted puede elegir a cualquier otro candidato para el asunto de México! ¡Vino aquí para disculparse con usted personalmente! ¡Está ahí afuera, en la antesala! —y señaló la gigantesca puerta dorada.

Napoleón III volteó hacia el portal del salón.

—¿Vino aquí…? —y se aclaró la garganta.

—Así es, Majestad. Vino con su esposa. Vienen a disculparse con usted.

El emperador francés les gritó a sus soldados:

—¡Díganle que pase! ¡Hagan entrar a ese pedazo de *merde*!

Escoltado por Morny, el joven Maximiliano entró sonriéndole a Napoleón y agitando su sombrero.

—Estoy muy agradecido con usted, Alteza —le dijo al aterrado Napoleón III, quien permaneció petrificado.

Maximiliano le ofreció una flor:

—Por cierto, lo felicito por su discurso en Módena. Usted es el mayor genio de Europa, mucho mejor que mi hermano. Esta flor es de los bosques de Samoa. La recolecté en el *Novara*.

Napoleón, asombrado, observó la flor. Tenía los pétalos verdes, carnosos y con virutas. Abrió los dedos. La flor cayó al suelo.

Apretó las muelas.

Aplastó la flor con la suela.

—¿Cómo es que "estás pensando" en abdicar a mi proyecto de México? Ya tengo ahí treinta y ocho mil hombres de tropa. Te están esperando. ¡Estoy gastando trescientos veinte mil francos mensuales en mantener esa guarnición ahí!

—Alteza —se inclinó grácilmente el archiduque—, mi hermano quiere que renuncie a mis derechos en Viena. Eso no lo puede aceptar un Habsburgo. Sería como negar mi pasado. ¡Es un insulto para mí! Mi hermano me odia por razones de la infancia, porque yo tengo más simpatía que él. ¿Usted puede convencerlo? ¿Puede hacer eso por mí?

Napoleón, asustado, volvió a tragar saliva. Observó a Maximiliano, quien continuó:

—Alteza, mi hermano me envidia. De ser por él, yo no existiría. Siempre odió que mi madre me amara. ¡Él desearía que yo no hubiera nacido! Pero véame hoy. Estoy aquí —le sonrió.

Napoleón III, desconcertado, descansó la mirada en Maximiliano.

—Escúchame, mi amigo —y suavemente lo tomó por el hombro—. Tú te comprometiste conmigo para realizar esta misión en México, ¿lo recuerdas? —y comenzó a apretarlo por la clavícula—. Cuando un hombre le promete algo a otro, lo debe cumplir, ¿estás de acuerdo?

El príncipe austriaco empezó a gemir. Se torció por la presión del monarca.

—Alteza, ¡Alteza…! —y le temblaron los brazos.

Napoleón III le dijo al oído.

—Escúchame bien: tú ya no vas a salirte de esto. No me vas a hacer quedar como un estúpido ante el mundo. ¡Me estoy jugando la maldita vida, demonios!

—Pero…

Napoleón le gritó:

—Las tropas francesas que hoy tengo en México se reducirán de treinta y ocho mil a veinticinco mil porque no voy a pagar un solo centavo adicional para cuidarte. Tú, Maximiliano de Habsburgo, vas a construir en México un ejército nuevo de ocho mil, compuesto por soldados nativos mexicanos —y lo hizo doblegarse más—. La acción de las tropas francesas, tan pronto como llegues a México, será determinada de común acuerdo entre dos personas: tú y mi mariscal Achille Bazaine, que es el mando supremo de mi ejército en México. Él controla las tropas y me obedece.

—¿Bazaine? ¿Quién es Bazaine?

—El costo por el servicio del ejército será de cuatrocientos mil francos, que tú, como mandatario de México, deberás pagar a Francia cada dos meses.

—¿Cada dos meses…? —pestañeó Maximiliano—. ¡Un momento…! ¿Yo tengo que pagarle?

—Artículo 9 —y Napoleón III cerró los ojos—: Los gastos de la expedición francesa a México los deberás pagar tú, como gobierno de ese país, con cargo a los impuestos que cobrarás a los mexicanos. Los gastos quedan fijados desde este momento en doscientos setenta millones de francos.

—¡¿Doscientos setenta millones de francos…?!

—Esta suma causará un interés a razón de tres por cien anual, el cual tendrás que reembolsar al gobierno de Francia.

—Un momento, un momento… —le dijo Maximiliano—. ¡¿Esto ya lo sabe mi hermano?!

—Artículo 11 —le dijo el emperador de Francia al oído—: El gobierno de México, representado ahora por ti, deberá entregar inmediatamente al gobierno de Francia la suma de sesenta y seis millones en títulos del empréstito, al precio de emisión, por esas tropas.

—Pero… ¡¿Qué tratado?!

—Firmarás este tratado con los testigos Herbert y Joaquín Velázquez de León —y se dirigió a sus soldados—. ¡Tráiganle la pluma! —y le dijo al oído—: Para el pago por el exceso de gastos de guerra que está asumiendo Francia, México está obligado a pagar anualmente a Francia la suma de veinticinco millones de francos.

Maximiliano comenzó a sacudir la cabeza.

—¡Un momento! ¿¿Usted me está enviando a ese país para vaciarlo?! ¡Ni siquiera lo he pisado! ¡Es un lugar pobre! ¡Están en guerra civil! ¡Pagar todo esto los va a encolerizar más!

Napoleón III le sonrió.

—Será pobre, pero deben tener aún algún dinero.

Arrojó a Maximiliano sobre el mármol, por debajo de los murciélagos de yeso.

Lentamente comenzó a caminar a donde estaba el príncipe Habsburgo. Le puso el guante blanco en la nuca. Comenzó a exprimirle los costados del cuello:

—Arriesgué mi maldito nombre por ti. Ahora vas a cumplir. Deberás producir mayor cantidad de algodón que todo el sur de los Estados Unidos, ¿entendido? Quiero dominar las exportaciones textiles hacia Europa y Asia por medio de México ahora que Estados Unidos está en guerra civil. El tráfico de estas mercancías se moverá a través del canal que cavarás en el estrecho de Salina de Oajaca, en Tehuatepe, o como se llame, y Veracruz, para conectar todos los mares. ¡Europa ya no va a depender del algodón de los Estados Unidos! ¡México va a ser el nodo del comercio entre el océano Atlántico y el Pacífico! Tu imperio en México se va a llamar "la destrucción final de la dominación de los Estados Unidos" —y suavemente lo soltó—. Yo creé Italia. Yo aplasté a tu hermano. Estoy por crear Polonia. Estoy creando naciones y un nuevo modelo planetario contra el poder antiguo de la familia Habsburgo y de sus protectores, los hermanos Rothschild.

Maximiliano comenzó a salivar sobre el piso de mármol. Napoleón III le arrojó un pañuelo y le dijo aclarándose la garganta:

—Nunca más se presentará una oportunidad como ésta para equilibrar el mundo: la Guerra Civil de los Estados Unidos.

22

Afuera, en la gran galería del castillo de Schönbrunn, el embajador de los Estados Unidos, el alto y delgado John Lothrop Motley, de traje oscuro semejante al de un sepulturero, con sus abultados ojos azules, muy cristalinos, y su barba de color gris cortada al estilo Lincoln, caminó engreído.

Le dijo al asesor máximo de Francisco José, el siniestro Franz Maria Folliot Crenneville:

—Maximiliano no tiene idea alguna de qué le espera en México —y miró al techo, hacia los cielos de nubes de tormenta pintadas con arcángeles, en medio de los nervios dorados del blanco salón. Caminó sobre la alfombra roja. Sonrió para sí mismo.

A su lado, Crenneville, de negros bigotes, suavemente lo tomó de la muñeca:

—Amigo John, eres un escritor de novelas. Tu presidente Lincoln te llamó para este cargo porque le gustó tu estilo literario. ¿Ves todo esto como una gran historia? —le sonrió.

—No. Esto no es una novela —le sonrió también—. Esto es peor.

—Lo es —y siguió caminando.

—Francia quiere fastidiar a los Estados Unidos.

—Sí... eso está claro para todos —le dijo Crenneville—. Pero Austria no tiene interés alguno contra los Estados Unidos. Esto deben entenderlo —y lo miró fijamente—. La invitación de Napoleón III a Maximiliano es...

—Maximiliano va a fracasar.

Ambos avanzaron entre los gigantescos candelabros de las paredes.

—¿Fracasar...?

John Lothrop Motley observó las pinturas en el techo: la historia de Austria-Hungría.

—México está en quiebra financiera desde que nació como país. Eso fue hace cuarenta años. Desde que se separó de España pidió préstamos a Inglaterra: el 1º de mayo de 1823 fueron ocho millones de pesos a Goldschmidt y dieciséis millones a Barclay; luego pidieron dinero a Francia y después a España. México nunca ha tenido un sistema generador de ingresos. No produce nada y no vende nada de valor en el mundo con lo cual pudiera engrosar sus arcas y desarrollar un ejército decente para protegerse y buscar colonias. Desangrándose en la bancarrota, vive de pedir más y más préstamos a los demás países, y debido a los intereses, las deudas se han multiplicado por diez. No existe ni existirá forma alguna de que Maximiliano pueda pagarlas nunca —le sonrió al agudo Crenneville—. ¿Comprendes?

—Comprendo —y siguió caminando.

—La invasión de Napoleón a México es para exigir esos pagos, o al menos ése es el pretexto, y el encargado de explotar esos recursos a los mexicanos va a ser Maximiliano. ¿Tú crees que van a amarlo? —y soltó una risita.

Crenneville se relamió el bigote.

—Ahora bien —le dijo Lothrop Motley—, ¿crees acaso que Maximiliano va a crear "una gran nación" ahí, un gran "imperio"? —se carcajeó—. ¿Con qué presupuesto? Los mexicanos asesinan a todos sus emperadores. Esto le pasó a Iturbide. Le pasó también a Moctezuma. ¡Los mexicanos sacrifican a sus líderes! Debe ser una costumbre azteca —le sonrió.

Ambos caminaron confiadamente rumbo al estudio de Francisco José. El embajador de los Estados Unidos le dijo a Crenneville:

—El primer pago que deberá hacer Maximiliano a Napoleón es por cuatrocientos mil francos. Desde ese momento va a comenzar la crisis para el joven archiduque. El poco dinero de caja que le queda al país se va a agotar en menos de tres meses. Mientras tanto, la mitad del territorio está en manos de la guerrilla, de los feroces hombres del ex presidente Benito Juárez que no quieren rendirse. Son implacables. Esto es lo que Napoleón III no ha tenido la decencia de decirle a Maximiliano: los legionarios franceses están siendo masacrados por los mexicanos. Es una guerra de guerrillas. Es un caldero de la muerte —y comenzó a negar con la cabeza—. Hace dieciséis años nos costó seis mil hombres adquirir Texas y Arizona.

Crenneville levantó las cejas.

John Lothrop Motley le sonrió:

—Nunca fui un gran admirador de la tan ovacionada "sabiduría" de Napoleón III, pero ahora sí me veo obligado a admitirla. La forma en la que ha engañado a este pobre joven es un truco sumamente hábil de prestidigitación —y entrecerró sus abultados ojos azules—. Si ahora logra meter en México a este archiduque y sacar sus tropas, y si consigue que los mexicanos le paguen los costos de esta empresa, ¡habrá dado una muestra de habilidad! El pobre Maximiliano va a llegar a introducir el pie a un nido de avispas.

Al otro lado del mundo, en Washington, D. C., el presidente de la Cámara de Representantes, Schuyler Colfax, le gritó al Congreso:

—¡Compañeros representantes de los Estados Unidos! ¡La declaración es unánime! ¡No vamos a permitir que Francia coloque en México una monarquía como gobierno, respaldada por Europa! ¡Eso viola nuestra Doctrina Monroe: América para los americanos! ¡Ningún poder europeo debe poner sus ejércitos en nuestro continente!

Le respondieron con alaridos:

—¡Monroe! ¡Monroe! ¡Monroe! ¡Fuera Maximiliano!

23

En la fiesta del Palacio de las Tullerías, en París, el joven y flamante Fernando Maximiliano suavemente apretó con los dedos las bellas manos de Carlota mientras bailaban.

Por un costado se les aproximó la reina de Prusia, Isabel María Carolina Hohenzollern, tía de Maximiliano, peinada con un chongo. En tanto bailaba, les dijo:

—Queridos, piensen muy bien antes de lanzarse a la campaña en México. ¡Es peligroso! Están muriendo allá muchos soldados franceses. Los mexicanos no están aceptando la invasión. ¡Son muy crueles con los que capturan! Hay una guerra muy fea con esos rebeldes —y los apretó de los brazos—. No vayan.

Maximiliano miró fijamente a Carlota.

—Mientras los estadounidenses estén en guerra contra sus rebeldes del sur, nosotros no tenemos nada de qué preocuparnos —le sonrió—. Napoleón III no hace nada sin planificarlo muy bien —y reanudó el paso del vals.

Carlota giró hacia Isabel. Le gritó:

—¡Mi esposo es un hombre valiente! ¡No les tiene miedo a unos rebeldes! ¿Verdad, mi precioso?

Siguieron bailando.

Isabel insistió. Le abanicó el rostro a Carlota.

—Tengan cuidado con este Napoleón —y se volteó hacia el emperador francés, quien veía la escena con una copa en la mano.

—Amada tía Isabel —le dijo Maximiliano—, Napoleón III es muy diferente a mi hermano. ¡Mi hermano es callado, solemne, serio, aburrido! —y le sonrió a la mujer—. En cambio Napoleón es moderno. Míralo. Es audaz. Yo quiero ser como él —y le sonrió al emperador francés, quien desvió la mirada—. Napoleón está en el trono porque el pueblo de Francia lo eligió en un plebiscito, no lo olvides. ¡No llegó al poder por simples derechos hereditarios!

—Sobrino —y le apretó la mano—. Te está manipulando. ¡Ten cuidado!

—Querida tía, no es admiración lo que siento por este hombre: ¡es un culto! —y de nuevo le sonrió a Napoleón III.

Dicho esto, Maximiliano fue directamente a saludar a Napoleón III, quien estaba rodeado por los siguientes monarcas y cancilleres: Otto von Bismarck de Prusia, Guillermo III de los Países Bajos y Henry John Temple Palmerston de Inglaterra.

Isabel de Prusia negó con la cabeza. Le dijo a Carlota:

—Me da miedo oírlos a ustedes dos. Quién sabe a qué va a inducir este hombre a mi sobrino, que es tan soñador.

Carlota le respondió, sonriéndole:

—Mi esposo no es un soñador, señora. Le suplico que no le llene la mente con estos miedos. Esta empresa va a definir su carácter, pues es un prospecto enorme para crear un imperio. Si no la emprende, se va a empequeñecer y se llenará de inseguridades y depresión. ¿Eso es lo que usted quiere para mi esposo?

Dos metros atrás, el embajador de Austria en París, Ricardo de Metternich, sujetó por la cintura a la duquesa de Wittel. Le dijo, mientras bailaban:

—Todo esto me preocupa. Napoleón III está engañando a Maximiliano. Tal vez su hermano lo sabe todo.

—¿Francisco José? —y la duquesa abrió los ojos.

—Napoleón le está diciendo al joven archiduque que las tropas francesas tienen controlado al país. ¡Eso es una mentira! —y se le acercó al oído. Le susurró—: La realidad es que hay una guerra civil muy sangrienta. ¡Es una guerra de guerrillas! Las tropas francesas están perdiendo. Me pregunto cuántos cañonazos van a ser necesarios para establecer en México a un emperador como Maximiliano, y cuántos para conservarlo en su puesto, antes de que lo maten.

—¡No hables así! —le dijo ella. Siguió bailando, viendo a Maximiliano—. Pobre. Es tan ambicioso. Y es gracioso.

En la oscuridad, Maria Folliot Crenneville murmuró al sorber su copa:

—No va a sobrevivir. Espero que Maximiliano nunca regrese a Austria.

24

La archiduquesa María Teresa de Austria-Teschen, de veinte años, aferró en el baile a su padre, el archiduque Albert de Teschen. Le dijo:

—Maximiliano estuvo esta vez típico —y lo miró entre los invitados lanzando carcajadas junto a su esposa—. Después de comer anduvo por el cuarto de los retratos, con su cara genial. Contempló los retratos de la familia. Habría sido incongruente con él y con su dignidad si estuviera conviviendo con los demás archiduques, quienes le parecen poca cosa. Ninguno de ellos fue convocado por Napoleón III para ocupar el trono imperial de "México" —le sonrió.

Al fondo, Maximiliano le dijo al aterrorizado Ernesto II de Coburgo, primo de Carlota y de la reina Victoria:

—Ya escribí la Constitución mexicana.

Ernesto II de Coburgo abrió los ojos.

—¿Cómo dices?

—Ya la escribí. La Constitución mexicana.

—¡Pero ni siquiera has pisado el país…! ¡¿Cómo es que escribes una "constitución" de un lugar que no conoces?!

Maximiliano lo tomó por el hombro. Le sonrió:

—Fue fácil. Las frases melodiosas y las libertades autónomas las tomé de la Constitución belga. El armazón enérgico lo tomé de la Constitución imperial de Austria-Hungría. En conjunto espero que tenga una forma buena y lógica, y que constituya un acertado término medio —y miró con arrojo a Carlota, quien le sonrió—. A mi esposa le pareció bien, ¿no fue así, mi amada?

—Lo hiciste bien, Maximiliano. Siempre deberás esforzarte al máximo en todo lo que hagas.

Ernesto II de Coburgo comenzó a sacudir la cabeza. Un párpado empezó a temblarle.

—Como ustedes quieran.

Observó a cuatro metros de distancia a la espectacular emperatriz Eugenia, mirándolo, con su escote sugestivo. Se le aproximó Napoleón III, torciendo la cabeza.

Ernesto II cerró los ojos.

Carlota le susurró a Maximiliano:

—¿Podemos irnos? Este lugar ya dejó de ser divertido —y volteó hacia el rey Guillermo III de los Países Bajos—. Ese hombre es un vulgar granjero. Mi prima Victoria lo odia por inculto. Prohíbe la educación a las mujeres. Pobre de su esposa.

Un mensajero se le acercó a Maximiliano:

—Su hermano Francisco José: le urge que lea este comunicado —y le puso entre los dedos un papelito.

Maximiliano se detuvo. Todo el salón de baile pareció sumirse en un silencio total: todos se quedaron paralizados. Con los dedos temblando, Maximiliano comenzó a desenrollar el mensaje:

Explícame qué demonios es el préstamo al que te está obligando Napoleón. ¿Doscientos mil? ¿De dónde vas a sacar eso? Austria no lo va a pagar. Ya se lo aclaré a Napoleón. Si vas a cubrir eso, tendrás que sacárselo a los mexicanos, y espero que ello no detone mayor violencia contra ti. No te voy a permitir ninguna torpeza que dañe a mi patria.

Maximiliano tragó saliva.

—¿Todo bien, mi valiente? —le sonrió Carlota.

Maximiliano, temblando, comenzó a darle vuelta al papelito:

Por otra parte, yo jamás podría decidirme a asumir e imponer a mi Estado y a mi pueblo, dadas las circunstancias de que Austria no dispone de suficientes medios para empresas trasatlánticas, financiar una guerra que, en caso necesario, no podría ser sostenida con la fuerza indispensable que impone la dignidad y el poderío de Austria. No puedo darte más soldados que los seis mil que ya te asigné. Aprende a protegerte solo.

Maximiliano miró a las personas en el salón. Todas lo estaban observando. Por un momento, los movimientos de los invitados se volvieron lentos: un murmullo confuso, como un pitido.

—Diablos... Mi hermano me está enviando a suicidarme.

En Austria, en Schönbrunn, el morsa Francisco José se arrodilló ante su madre Sofía.

—Amada mamá, te prometo que en México nadie va a lastimar a Maximiliano. Tienes mi palabra —y suavemente cerró los ojos—. Le repito constantemente que no se deje llevar a remolque por Napoleón, que mantenga las condiciones del contrato tal y como nosotros lo elaboramos.

—Yo confío en ti, amado hijo —le lloró la señora—. Desde que eran niños yo confié en ti para cuidarlo. Él necesita tu amor, tu protección. No dejes que lo dañen.

Francisco José le acarició las manos.

—No llores, mamá.

—Que Dios concediera a Maximiliano la gracia de no ir a México —y le gritó—: ¡Que no vaya! ¡Que no vaya! ¡No dejes que vaya!

25

—Fue entonces, señor invasor, cuando usted sufrió una depresión.

Maximiliano asintió con la cabeza. Habían pasado cuatro años. Ahora estaba en su celda, en el Convento de Capuchinas, a pocos días de ser fusilado por el ejército mexicano de Benito Juárez, vencedor sobre las tropas invasoras provenientes de Francia.

Observó las paredes de su pestilente prisión. Prácticamente desnudo, empezó a temblar por el frío.

Su interrogador, el teniente coronel Manuel Azpíroz, "ayudante de campo del ciudadano general en jefe del ejército de operaciones Mariano Escobedo", suavemente le acercó un caliente tazón de barro: un humeante café mexicano.

Se lo puso entre las manos.

Le dijo:

—Usted venía en camino para ser el emperador de un país "gigantesco", México. En lugar de estar feliz por ello, usted se encontraba deprimido. Se mantuvo en cama, sin desear levantarse siquiera para despertar. Ahí lo atendió, como si usted estuviera enfermo, su viejo doctor August Jilek. Sólo su esposa Carlota, movida por una ambición ilimitada, mantuvo la energía, la euforia, la motivación por esta aventura de conquistar un territorio en América: ¡ella estaba pensando no en usted, sino en construir un imperio para su padre! —y lo miró fijamente—. ¡Sí, señor invasor! ¡A Leopoldo I de Bélgica! ¡¿O acaso cree que ella pensó alguna vez en usted?! ¡A ella usted no le importaba!

Maximiliano empezó a llorar, con la taza de barro entre las manos.

—¡A la emperatriz Carlota le importaba su padre! —le dijo Azpíroz—. ¡Le importaba Bélgica, su propia sangre! ¡Despierte, por una vez, aunque sea ahora que está a días de ser fusilado!

Maximiliano comenzó a beber del líquido caliente. Cerró los ojos. Los apretó.

—Esto está bueno… —y en la mesita vio el muñeco de madera: su efigie combinada con el rostro de un cadáver.

26

Cuatro años atrás, en su castillo Miramar, Maximiliano jaló las sábanas sobre su cuerpo para cubrirse, incluso las bordadas de seda. Giró en su gigantesco colchón modelo "Bruselas".

Se colocó en posición fetal por debajo de las sábanas. Carlota le gritó:

—¡No seas cobarde! ¡Levántate!

—Tengo fiebre.

—¡Levántate, haragán! —y le jaló las colchas—. ¡Hay mucho que planificar! —y en la pared del soleado dormitorio observó el mapa de México lleno de anotaciones con las que ella misma lo había atiborrado—. ¡Tenemos… pinos, cereales, oro… nuevos yacimientos de brea, la que llaman "petróleo", ganado! ¡Todo eso se puede vender masivamente, en Asia!

—No debí aceptar esto. No debí aceptarlo.

Carlota empezó a abrir los ojos.

—¡No hables como un miedoso! ¡Te comprometiste a hacer esto, maldita sea! ¡Toda Europa nos está observando! —y lo miró fijamente—. ¿Acaso vas a ser el primer Habsburgo en toda la historia que se deshonre con una promesa oficial? ¡Prometiste esto ante gobiernos!

—Me van a matar los mexicanos.

—¡No seas cobarde! ¡Hablé con mi papá! ¡Él nos va a proporcionar soldados! ¡Dos mil quinientos al mando de Van der Smissen!

Maximiliano se incorporó.

—¿Soldados…?

—Alfred van der Smissen es héroe de la guerra en Argelia.

—Eso es lo que no entiendo.

—¿Qué es lo que no entiendes? —y de un solo golpe le arrancó las sábanas de seda. Lo dejó desnudo sobre la cama.

Maximiliano miró hacia la ventana, al mar del golfo de Trieste. Se acurrucó entre sus propios brazos. Tembló por el frío.

—Tu papá es masón.

Carlota se inmovilizó.

—¿Eso a qué viene?

—Lo iniciaron en la logia masónica L'Espérance en Berna, Suiza, en 1813. Tu papá creó el Gran Oriente de Bélgica. Le propusieron ser el Sereno Gran Maestro, pero declinó para que no resultara obvio que pertenece a la masonería. Puso en ese cargo a su amigo Goswin de Stassart, el Caballero de la Orden de la Estrella Polar.

—No entiendo. ¡¿De qué hablas?! —y lo jaló para bajarlo de la cama.

—¡Tú te dices católica! ¡Hablas de esta misión a México como si fuera "para defender a la Iglesia católica de los ataques de los masones de Juárez" contra el papa! ¡En Bélgica tu padre está haciendo lo mismo que Juárez en México: expropiándole los bienes a la Iglesia católica! ¿Por qué hacer eso en Bélgica es bueno, y hacerlo en México es malo?

—¡No te metas con mi padre! ¡No te lo permito! ¡Ya quisieras ser como él, o tener su valor por un maldito segundo!

—Tu padre es protestante. ¿A qué vas a México? ¡¿Por qué no me dices la verdad?! —y se arrodilló sobre la cama—. ¡Dime quién eres realmente!

Carlota bajó la mirada.

—No soporto tus dudas. ¡No soporto tus dudas! —y con enorme fuerza lo aferró por el tobillo. Comenzó a jalarlo para tirarlo de la cama—. ¡Ponte a trabajar, maldita sea! ¡Haz algo! ¡Todo tengo que hacerlo yo! ¿Acaso yo voy a ser la gobernante de México? ¡Te diré que siento tanta energía dentro de mí como para comandar a mil ejércitos!

—Por otra parte —le susurró Maximiliano, aferrándose de la cabecera dorada—, tú misma, esposa mía, dices que amas al papa, al Santo Padre Pío IX. ¿Todo esto es una mentira? ¿Por qué tú no eres protestante como tu padre, y eres católica como tu madre? ¿Acaso tú también perteneces a la masonería?

Ella se quedó inmóvil.

—Eres un cobarde. ¡Eres un cobarde! ¡No te atrevas a hablar de mi padre!

Caminó furiosa por la habitación. Con lentitud giró la cabeza hacia Maximiliano. Lo miró fijamente.

—Mañana vas a ir a Roma. Ya lo arreglé todo —su rostro se encontraba tenso por el enojo—. El mismo papa Pío IX te está esperando. Nos va a bendecir —y, sin cerrar sus hermosos ojos negros, le sonrió—. Ésta es una cruzada mundial contra la masonería estadounidense. Son los Estados Unidos los que están contra la Iglesia.

27

Pasaron ciento cincuenta años. Dentro de un calabozo en la Ciudad de México, a los pies de una estatua negra de la Santa Muerte, Carlos Lóyotl, el jefe del Cártel de Cuernavaca apodado el Papi, un hombre con dientes de vidrio, deformado del rostro que tenía sólo un ojo bueno, el otro se encontraba hundido y negro, y con una larga cabellera canosa, aferró en su mano una pinza.

Se le aproximó a Juliana Habsburgo, quien estaba encadenada de un tubo del techo, virtualmente desnuda, pues sólo le dejaron puesta la ropa interior:

—Así fue. Tu ancestro fue con el papa. La Iglesia misma lo bendijo para este complot. Fue el 18 de abril de 1864.

Comenzó a acariciarle el cabello rubio. Le susurró al oído:

—Tu amigo el detective ya está otra vez trabajando con su cuerpo de policía. Lo rescataron. A mí no me quieres decir nada, pero debes haberle dicho algo a él —y le sonrió—. Él va a investigar, créeme. Él va a llegar a lo que yo quiero que encuentre.

—Entiendo —y comenzó a llorar—. ¿El tesoro está en el Vaticano? ¿Es un documento?

El Papi suavemente le acarició en su delgada muñeca lastimada las letras del tatuaje: R1b-U152. Le sonrió:

—¿Cómo es posible que insistas en querer mentirme tanto?

—El tesoro Maximiliano no existe. Nunca existió. No me lastimes. ¡No me lastimes!

Las cámaras estaban encendidas, rotando sus lentes, transmitiendo todo el tiempo desde hacía dos horas.

Ciento cincuenta años atrás, en Roma, el papa Pío IX, un hombre de setenta y cuatro años y mirada firme, acompañado por el cardenal Giacomo Antonelli, el rey de Nápoles y el mexicano aristócrata José María Gutiérrez de Estrada, se detuvo ante la pareja: la joven Carlota y el brillante y demacrado joven Maximiliano de Habsburgo.

Les sonrió:

—Hijos míos, en Polonia estamos viviendo un ataque del zar Alejandro II contra los católicos —y comenzó a llorar en silencio—. En México también estamos viviendo la embestida maligna de los masones. Napoleón III está ayudándonos en ambos frentes, dándoles patria a esos polacos y demostrándoles a los Estados Unidos que el continente americano también pertenece a la Santa Iglesia —y le sonrió a Maximiliano—. Estamos viviendo momentos muy oscuros. Éstos son los tiempos finales —y miró al cielo—. Es un error creer que todo hombre es libre de escoger su religión guiado por la "luz de su razón". No existe verdad alguna, ni salvación eterna, fuera de la Santa Iglesia Católica —y cerró los ojos—. El que coma cordero fuera de la sede apostólica no es parte de Dios —y le sonrió nuevamente—. Benito Juárez es un enemigo de la Iglesia.

Maximiliano comenzó a caminar con él:

—Santidad… ¿Son los masones?

El pontífice apretó los ojos por el sufrimiento:

—Esto es mucho más complejo de lo que podrías imaginar. Te voy a contar una historia sobre Napoleón III. Hace setenta años su tío, es decir, Napoleón Bonaparte, invadió Roma. Apresó al papa Pío VI. Lo mantuvo cautivo hasta que murió en 1799. Diez años después, en 1809, Bonaparte volvió a arrasar Roma. Se apropió de los Estados Pontificios. Una vez más secuestró al papa, ahora Pío VII. Lo mantuvo preso durante cuatro años —y le brotó una lágrima—. Los Bonaparte son la sangre misma de Nerón —y lo miró a los ojos—. Son la bestia escarlata del Apocalipsis.

—*Santidad…* —y lentamente comenzó a negar con la cabeza—. Pero… ¿no acaba de decirme usted que Napoleón III es bueno, que está a favor de la Iglesia?

—Hijo mío… —y en la pared le mostró las pinturas antiguas, renacentistas, de los demonios de Gadar—. Esta guerra no es de hombres contra hombres —y lo miró directamente a los ojos—. Esta guerra es contra Satanás mismo.

—*Dios…*

El papa arrastró los pies rumbo a la Capilla Sixtina.

—Por esto te necesito. Tú eres mi joven guerrero. Tu familia ha protegido a la Iglesia por más de trescientos años. Tú no vas a permitir la victoria del diablo, ¿o sí? —y lo miró fijamente—. Los masones, apoyados por los Bonaparte, organizaron asesinatos contra ministros de la Iglesia, como Pellegrino Rossi por ejemplo. Con el sueño de destruir a la Iglesia, los masones crearon la república de Roma el 9 de febrero de 1849: un triunvirato compuesto por tres hombres de la masonería llamados Giuseppe Mazzini, Carlo Armellini y Aurelio Saffi. Yo tuve que escapar a Gaeta. La Santa Sede desapareció por setenta y cinco días. Uno de los cómplices fue Charles Lucien Bonaparte, otro sobrino de Napoleón I, primo de Napoleón III, quien por su parte luchó en una rebelión masónica contra los Estados Pontificios en 1831, pero el 25 de abril del mismo año fue él, como emperador de Francia, quien envió ocho mil soldados franceses para rescatar a Roma, y a mí, de la masonería.

—*Dios...* ¿Luchó contra su primo...? ¿Cómo fue esto?

—Luchó contra sí mismo —le sonrió Pío IX—. En 1859, cuando tú estabas como virrey en Lombardía, Napoleón III envió ciento veintiocho mil soldados a apoyar a Vittorio Emanuele, rey masón de Saboya, para que cumpliera cuatro objetivos masónicos en Italia: unificar los reinos, convertirla en una nación, expulsar a Austria y a los Habsburgo y destruir a la Iglesia católica.

—¡Diablos! ¿Destruir a la Iglesia...? —y miró el piso de mármol—. ¡No entiendo!

—Hijo mío —lo sujetó por el brazo—, Vittorio Emanuele, primer rey del nuevo país, fue protegido por Napoleón III. ¿Te parece casualidad que la hija mayor de este rey, Matilde, fue casada con un primo de Napoleón III, Jérôme Napoléon? —y guardó silencio por unos segundos—. Dos años antes de que tú llegaras como virrey a Italia, Vittorio Emanuele envió a su hermosa amante Virginia Oldoini para que sedujera al emperador de Francia. Fue así como convencieron a Napoleón III para llevar a cabo este plan satánico. Ella fue quien lo convenció, con sexo.

Prosiguió con dirección a la Capilla Sixtina.

Los dos vieron en el antiguo mural de la pared a Adán y Eva, desnudos, cometiendo el pecado en el Jardín del Edén. Maximiliano tragó saliva.

—Ellos quieren destruirnos —le dijo el papa—. Ahora están en México —y suavemente le puso la mano en el hombro—. Ese hombre zapoteco, Benito Juárez, está con los masones estadounidenses porque lo cobijaron. Alimenta al gorrión y será tuyo. Los comanda el general Albert Pike, un hombre terrible —y cerró los ojos—. Los estadounidenses protestantes protegen a Juárez para que ataque en forma demoniaca a nuestra Santa Iglesia, quitándole sus propiedades: es un agente del demonio. Ellos le ordenaron crear esta "ley Lerdo" que nos quitó los terrenos, los conventos, las escuelas, los templos... Se trata de más de trescientos millones de pesos mexicanos. Un robo a la Santa Iglesia —y comenzó a negar con la cabeza.

—Detrás de Juárez... ¿están los Estados Unidos? ¿Los masones:?

—Quieren impedir que tú llegues al país.

Maximiliano se quedó perplejo.

—*Dios…*

El Santo Padre lo jaló hacia adelante por el brazo.

—Tú no debes caer presa del miedo, ¡nunca! Dios está contigo —y lo miró fijamente—. Ahora dependemos de ti —y continuó caminando con sus zapatillas, jalando a Maximiliano por el brazo—. Hace cuatro años, el 24 de diciembre de 1860, Juárez se hizo del poder en México por medio de la ayuda secreta de los Estados Unidos —y miró hacia adelante—. Ahora va a suceder lo mismo. Ellos van a respaldar a Juárez, y tú vas a ser su enemigo —y le sonrió—. Esto es una guerra. Ellos van a tratar de asustarte con sus métodos terroríficos, con su "guerra de guerrillas". No te apoques. Demuestra tu hombría.

—*¿Guerra de guerrillas…?*

—Hijo mío —y suavemente lo impulsó a la Capilla Sixtina, al mural del Juicio Final—, el ejército de Napoleón III está enfrentando al ejército de Juárez. Hay rebeldes por todos lados. Explosiones, decapitados, gente amputada. Asesinan a los generales. Es una guerra de terror, de horror. Lo que las tropas de Napoleón no sufrieron en Argelia ni en Indochina lo están viviendo al tratar de someter a los mexicanos. Los Estados Unidos van a querer que sientas miedo. ¿Lo comprendes?

Maximiliano abrió los ojos.

—Sí, desde luego…

—Hijo, ni siquiera el mariscal Bazaine lo ha conseguido. Le han matado a cuatro mil hombres. Mucho del territorio está de nuevo en manos de Juárez. Tienes que conquistar México. Eres tú, como soldado de Cristo, con tu valor y con tu determinación, el que va a vencer para la Iglesia —le sonrió—. Devuelve a Dios ese país tan rico.

Maximiliano giró hacia la pared.

—Esto es tan…

—Hijo mío —y continuó avanzando—, cuando Dios informó a su hijo Jesucristo que su misión era venir a entregar su vida por los hombres, Jesús no se apocó. No deseó salir huyendo —y apretó los labios—. ¿Acaso nuestro señor temió ser crucificado? —y negó con la cabeza—. Ésta es una misión de Cristo para ti.

En silencio entraron a la imponente y coloreada parte trasera de la Capilla Sixtina, dominada por los azules murales de Miguel Ángel Buonarroti. Adentro los estaban esperando cuarenta cardenales de la Santa

Iglesia Católica. Pío IX levantó el brazo derecho de Maximiliano. Les gritó a los cardenales:

—¡Hermanos en Cristo! ¡Tengo aquí, para ustedes, al hombre valiente que va a salvar a la América del liberalismo! ¡El defensor de la Iglesia! ¡Fernando Maximiliano, el nuevo campeón de la Casa de Habsburgo!

En su cabeza, el archiduque sintió un líquido caliente: la unción del Vaticano. Le mojó los ojos. Le gritaron:

—*Benedicat vos omnipotens Deus! Pater, et Filius, et Spiritus Sanctus!*

Maximiliano comenzó a sacudir la cabeza.

—¡Dios mío! ¡¿Qué estoy haciendo?! —se dijo a sí mismo. En su dedo acarició su anillo dorado.

28

La voz rasposa del general François du Barail, en Versalles, Francia, empañó el cristal frío de la ventana. Observó el bosque tenebroso:

—*Pauvre Maximilien! Que fais-tu dans ce pays atroce que je pars sans regret...* —y cerró los ojos, llorando—. Pobre Maximiliano, ¿qué estás a punto de hacer en ese país atroz, en medio de esta gente que se ha estado despedazando a sí misma por cuarenta años?

Escuchó en su memoria los estallidos de las bombas. Él mismo estuvo en la batalla de Puebla el 5 de mayo de 1862. Se observó el brazo, mutilado. Vio a su amigo Emile Detrie arrastrándose sin la parte inferior de su cuerpo, sobre una silla con ruedas, agarrándose los intestinos, acribillado por los mexicanos.

Suavemente dibujó con la yema de su dedo, sobre el vidrio, en el vapor de su propia respiración, la cara barbuda de Maximiliano de Habsburgo. Le dijo:

—Si acaso lograras triunfar en esto... tú te convertirías en el mayor soberano de los tiempos modernos —y cerró los ojos—. Que así sea...

Oyendo esto en su mente, Maximiliano abrió los ojos. Escuchó el poderoso y ensordecedor pitido de su vapor *SMS Novara*, de seis pisos de altura, en el puerto de Civitavecchia, a ochenta kilómetros de Roma.

Sintió en sus manos, en el barandal, el movimiento del barco de quinientas toneladas, rumbo a México. Abajo vio las olas moviéndose contra la pared del navío y a la muchedumbre despidiéndose de él contra las verjas del muelle.

Eran las cuatro de la tarde. Con la luz del sol anaranjado vio por última vez el puerto de Civitavecchia, la "ciudad vieja".

Entre la gente que se despidió de él vio al embajador mexicano Gutiérrez de Estrada llorando, ondeando el brazo. El diplomático mexicano aristócrata se quedaría ahí, en Italia, a salvo de arriesgar el pellejo en la pesadilla que se avecinaba. Maximiliano recordó cuando lo vio aquella vez en el castillo de Miramar, con sus otros nueve hombres de negro, trayéndole la propuesta de ir a México, frente al pintor esloveno Cesare dell'Acqua.

Se dio vuelta hacia Carlota. Ella estaba en éxtasis, llorando, bajo el sonido del trompetón del barco, con su negro cabello arreglado en cuatro largas trenzas.

—Te ves hermosa —le dijo Maximiliano. Suavemente le acarició el cabello. Ella alejó su mano. Carlota siguió saludando sin parar, con su guante de encajes. Temblándole la voz, sollozó hacia el público:

—*Ich werde dich vermissen, lieber Vater! Ich liebe dich!* Te extrañaré, amado padre. ¡Te amo! —y miró al norte, hacia Bélgica—. Tendrás tu colonia en el Nuevo Mundo, ¡te lo prometo! —y cerró los ojos, sonriendo para sí misma, llorando.

Pasaron treinta y ocho días.

Ahora, con ese mismo pitido grave y poderoso, el enorme barco *Novara*, de tres mástiles, atracó su metálica quilla contra el muelle "Iturbide", en el puerto de Veracruz, en la costa de México.

Sábado 28 de mayo de 1864
Puerto de Veracruz, México

Los motores se apagaron en el muelle. La pesada ola fijó el transbordador con un suave golpe de timón.

Los recibieron con gritos.

—¡Bienvenidos! ¡Bienvenidos! —y Maximiliano escuchó las explosiones. Comenzó a temblar. En el cielo vio luces de todos los colores. Estallaron en el aire. Eran petardos. Retumbaron en el horizonte, como violentos truenos. El espacio empezó a llenarse de humo luminoso, multicolor, por encima de la ciudad portuaria.

—*¿Esto es México...?* —le brillaron los ojos azules. Comenzó a alegrarse. Por un momento todos sus temores se desvanecieron. Incluso su pasado desapareció: su hermano, su suegro, su madre.

Los veracruzanos le gritaron a Maximiliano:

—¡Lárgate de aquí, pinche invasor! ¡Muerte al conquistador! ¡Arránquenle la piel! ¡Viene a saquearnos junto con su papá Napoleón III!

Los soldados franceses, con sus bayonetas modelo St. Etienne —fabricadas en París—, comenzaron a golpear a los mexicanos en la cara con las culatas.

—*Silence, villageois!* ¡Silencio, aldeanos! ¡Primates nativos! ¡Obedezcan a su emperador Maximiliano!

Carlota, con los ojos mojados por la emoción, empezó a gritarle a su joven esposo:

—¡Míralos! ¡Nos aman! ¡Hoy comienza la felicidad para todos! —y en su mente besó una imagen: la de su amado padre.

Por el costado del navío se extendieron las rampas hacia el muelle. Empezó a descender el equipaje, incluyendo la pesada carroza dorada, de una tonelada, regalada a la pareja por el constructor milanés Cesare Scala.

29

Transcurrieron ciento cincuenta años.

Ahora yo, Max León, detective de investigación, me coloqué justo enfrente de la misma carroza, ahora exhibida en el salón de carruajes del Castillo de Chapultepec, convertido en el Museo Nacional de Historia de los mexicanos.

En el silencio de la noche, sólo acompañado por el velador y por el Huevo, comencé a caminar alrededor de la enorme diligencia de color dorado, colocada justo en medio de todo. Observé sus impresionantes adornos, sus amortiguadores de hierro forjado, también dorados; sus cupidos brillantes con sus trompetas asomándose por las esquinas del aparatoso vehículo. Parecían vivos.

—¿Aquí está el "Libro Secreto de Maximiliano"?

Me coloqué al lado del velador. Suavemente lo tomé por el hombro. Con la otra mano le desaboté el estuche del cinturón. Le sustraje una pistola Trejo 2 GT, calibre .22. Le apunté a la cabeza.

—Te suplico que cooperes conmigo. No te voy a hacer daño. Hay una vida que depende de esto, así como el devolverle la libertad a México.

—¡Hey! —se alertó. Levantó las manos—. ¡Yo no hice nada!

—Calma —le bajé las manos—. ¿Alguna vez oíste hablar del "tesoro de Maximiliano"? ¿Sabes qué es? —y observé el carruaje—. Dime qué demonios hay dentro de esta carroza.

—¿*Ehhh...?* —me preguntó—. ¡Auxilio! ¡Refuerzos!

Le empujé la pistola dentro del cuello.

—Por favor no grites —me dijo—. Me lastimas. ¡Auxilio! ¡Vienen a robar el museo!

Le disparé en la cabeza.

Caminé en círculo en torno a la carroza, por encima del velador muerto. Era majestuosa, de tres metros de altura o más. Jasón Orbón y yo contemplamos lentamente las gárgolas que tenía en las esquinas.

Jasón me dijo:

—Esto es feo. Pero más que eso: esta chingadera no puede ser ningún tesoro. Pinche día feo. Éste es el peor día de toda mi vida. Ve todo lo que ha pasado —yo me guardé el revólver en el cinturón.

Observé las molduras doradas del carruaje. Escuché ruidos detrás de nosotros. Me volteé. En la oscuridad no vi nada, sólo la terraza del Castillo de Chapultepec.

—Deben ser los hombres de la corporación. Ahora todos deben trabajar para el nuevo régimen —le dije al Huevo—. Ahora tú y yo somos los perseguidos.

Acaricié los duros amortiguadores metálicos construidos por Cesare Scala. Toqué las llantas de laca roja con filos dorados. Miré de nuevo los cupidos brillantes de las esquinas de la cabina, sosteniendo sus laureles. Vi los costados rojo vivo de las puertas: tenían escudos imperiales de Maximiliano hechos de una combinación entre los leones Habsburgo y el águila con el nopal de los mexicanos.

—Aquí adentro debe haber algo que resuelva todo —le dije al Huevo—. Si fueras Maximiliano o el embajador de Alemania, ¿habrías ocultado algo tan importante en una carroza?

—De ninguna manera. De milagro no fue destruida o robada. A mí me parece la carroza de la Cenicienta. O más bien parece un pinche pastel.

Con violencia, traspasé la valla metálica. Aferré el manubrio de la puerta. La abrí, quebrándole las bisagras.

—¡No puedes meterte! —me gritó el Huevo, con el celular en la mano—. ¡Es propiedad del gobierno! ¡¿Qué van a decir los golpistas?! ¡Es su descendiente!

—El gobierno me vale madres. El golpista no es el verdadero heredero —me metí al vehículo pisando el estribo dorado. Los asientos estaban acolchonados y eran de tela blanca-dorada. Sentí en el trasero la sensación de ser Maximiliano o Carlota.

—*Ellos se sentaron aquí...* —y delicadamente toqué el asiento—. ¿Habrá sido tan guapa Carlota como se dice?

De pronto observé hacia fuera, por la ventana. Vi al Huevo siendo aferrado por cuatro sicarios que acababan de llegar. Debían ser hombres del nuevo régimen. No eran policías. Me gritó mientras lo golpeaban.

Sentí en la oreja y en la cabeza la hinchazón del injerto: los dispositivos colocados en mi piel por los hombres del Papi. Me toqué las inflamaciones. Sentí las cosidas burdas contra mi hueso, mal suturado.

Por la ventana observé la escena. Los sicarios sujetaron a Jasón por los brazos. Lo sacudieron contra el piso. Comenzaron a torcerle las muñecas. Me dije:

"Eso no se le hace a un huevo."

Con mi hermosa pistola Trejo 2 GT, calibre .22 —la ametralladora más pequeña del mundo—, recién sustraída al velador, me asomé por la puerta abierta. Comencé a rociarlos de balas. Los proyectiles impactaron en sus pechos. Uno de ellos alcanzó a gritar en su radio:

—¡Max León está en la carroza!

Le disparé en la cabeza. Comencé a bajar de la diligencia.

—Fue un paseo muy rápido, pero me sentí como un pinche emperador —le sonreí al Huevo.

—Hay un problema —y señaló a una mujer escalofriante que estaba a mitad del salón: era una señora anciana, cadavérica, con facciones indígenas. Estaba vestida al estilo de la Llorona.

—¿Dónde está mi hija? —me preguntó. Le temblaron las manos—. ¡Devuélveme a mi hija!

Comencé a sacudir la cabeza.

—Dios... Usted debe ser... —le pregunté.

Me miró fijamente.

Dos minutos más tarde, los tres estábamos trotando montaña abajo en la oscuridad, por entre las rocas, fuera del camino y en medio de las sirenas de la policía. La señora me dijo:

—Supuse que si se llevaron a mi hija vendrían a ver la carroza. Desde ahora no confíen en las autoridades.

—¿La carroza no es el "Palacio Scala"?

—No —me insistió ella—. Todos han cometido el mismo error. El secreto de Maximiliano no está en esa carroza.

—¡¿Entonces dónde?! —y alcé la mirada, hacia los helicópteros.

—Existe un Palacio Scala pero está en Cuernavaca —y señaló al sur—. Es un lugar donde de hecho se hospedó el señor Cesare Scala cuando visitó a Maximiliano aquí en México.

—Demonios. ¿Cuernavaca? —y continué trotando para abajo.

—Maximiliano construyó esa casa en 1865. Le dio el nombre de un cometa que en 1860 descubrió su amigo brasileño Emmanuel Liais, el astrónomo oficial del rey Pedro I de Brasil, y amigo de Maximiliano por las expediciones del *Novara*.

Afuera del Castillo de Chapultepec, entre quince hombres de operativos antisecuestro del Comando Cuatro, el comandante Dorian Valdés y su segundo, King Rex, estaban dentro de la patrulla y se llevaron los radios a la boca:

—Casa Olindo, al sur de Cuernavaca —le dijo el comandante Valdés a King Rex—. Barrio Acapantzingo, actual calle Mariano Matamoros, número 14. Hoy es un museo de herbolaria indígena.

—¿Herbolaria?

—Ahí debe estar el maldito tesoro —y ordenó en el radio—. Alisten siete unidades. Sector Policial XVII, Acapantzingo —y encendió el motor de la patrulla. Se dirigió a King Rex—: Olindo es el cometa que descubrió el amigo de Maximiliano. Su nombre real es "Olinda C/1860 D1", o "Cometa de Liais". Olinda es una ciudad de Brasil: la "ciudad del mar". En esa casa de Cuernavaca vivió la presunta amante secreta que tuvo Maximiliano aquí en México: la India Bonita.

30

En la terminal de autobuses del sur de la Ciudad de México esperamos nuestro camión con dirección a Cuernavaca: la señora Salma del Barrio de Dios, el Huevo y yo, Max León, policía de investigación.

Le pregunté:

—¿Está usted segura de que no podemos confiar en mi comandante?

Ella miró el enorme cristal que separaba los andenes de la sala de espera. Observó los camiones que iban y venían en la oscuridad. Me senté junto a ella. Le puse en la mano una bolsa caliente con pastes.

—No había de cajeta —le dije.

Ella miró los faros encendidos de los autobuses. Me susurró:

—Han perseguido y amenazado a Juliana desde que era una niña, desde que me la dieron. Yo me he dedicado a protegerla. Juliana es tataranieta de la India Bonita. Nadie en este país quiere que Juliana exista, ni tampoco la memoria de su tatarabuela. Juliana es heredera de Maxiliano.

—Vaya… —y comencé a morder mi propio paste de picadillo con papas.

—Los hombres de la Comisión Educativa han tratado de borrar a la India Bonita de la historia, haciéndoles creer a los historiadores que es un mito, una leyenda. Han tratado de crear la idea de que Concepción Margarita Sedano y Leguízamo nunca existió. Pero claro que sí existió, y Maximiliano la conoció en ese predio de Cuernavaca, a donde vamos. Por eso construyó ahí esa casa donde guardó su tesoro, la Casa Olindo. Concepción era la hija del jardinero. Tenía diecisiete años.

Me quedé pensando.

—¿Por qué quieren borrarla? —y mantuve mi empanada en el aire.

—Para que no haya herederos al trono.

—Dios, ¿por eso?

—Toda la tragedia de Iturbide y de Maximiliano es este pleito de herencias. Herederos al trono, monarquía… El sistema político mexicano no puede arriesgarse a este tipo de reclamaciones por el trono. Significarían siempre golpes de Estado. Por eso niegan también que Carlota tuvo un hijo.

—¡¿Carlota tuvo un hijo?!

La señora me sonrió. Me dio palmaditas en el brazo.

—No lo tuvo con Maximiliano —y miró a la ventana.

La miré fijamente:

—¿Qué es el "tesoro Maximiliano"?

Jasón estaba detrás de nosotros, durmiendo sobre unas butacas vacías con el cuerpo retorcido sobre los descansabrazos. Su cabeza estaba apoyada en su torta de huevo, ahora aplastada como pingüe almohada.

—La historia que se cuenta hoy en México es sólo un mito —me dijo la señora—: una mentira que se perpetúa y perpetra desde el poder, en las escuelas, en los programas de televisión, para modificar la mente de los niños. La historia sobre Juárez, sobre Maximiliano, sobre Carlota, sobre la Guerra Civil de los Estados Unidos. No quieren que la gente sepa lo que ocurrió. Los que estaban en el poder, y causaron las cosas, son los que hoy continúan en el poder, y siguen provocando las cosas.

—¿Quiénes son realmente los de la Comisión Educativa?

Ella mordió su paste de mermelada.

—Investiga a la Fundación Rockefeller, al Instituto Lingüístico de Verano. En Ecuador los expulsaron en 1980 porque se demostró que estaban modificando los sistemas educativos para disminuir el poder de la Iglesia católica en América Latina. En Brasil los expulsaron en los noventa. En México, William Cameron Townsend, de los Estados Unidos, fue la mente detrás del ex secretario de Educación, Moisés Sáenz, y del director de Educación Rural, Rafael Ramírez, y del secretario de Educación del presidente Lázaro Cárdenas. En 2009 borraron de los libros de texto pedazos de la historia prehispánica. Mira —y de su morral extrajo una nota:

La Jornada
24 de agosto de 2009.
Karina Avilés

Quita SEP estudio de la Conquista y la Colonia de los libros gratuitos [...] la Reforma Integral de la Educación Básica (RIEB) [...] impactará a siete [...] millones de estudiantes.

—Vaya… —y en la mano apreté mi refresco frío. Lo bebí. Me dijo:

—Y lo que se refiere a Juárez es totalmente intocable. No lo investigues. Tampoco lo que se refiere al rol de la Iglesia.

Comencé a asentir.

—¿Cuál es la verdad, señora? ¿Por qué vino Maximiliano a México? ¿Quién lo envió realmente…? ¿Qué hay detrás de todo…?

Suavemente, la delgada nana me tomó de la mano.

—Juliana es como Maximiliano —y me sonrió.

Tragué saliva.

—¿Cómo es eso, señora…?

Ella me dijo:

—La gente hoy piensa que Maximiliano fue un hombre malo, un tirano, un estúpido. No lo fue. Fue todo lo contrario. Permitió la libertad de prensa. Quitó horas a la jornada de trabajo cuando eso aún no se hacía en muchos países de Europa. Prohibió la esclavitud en todo el territorio. Prohibió los castigos físicos, aun en las prisiones. Incluso cuando hubo sentenciados a muerte, él exigió que se le avisara, sin importar la hora, para revisar los casos personalmente y evitar las muertes. El interrogador Manuel Azpíroz dejó registrado que Maximiliano fue despertado a veces de madrugada y siempre indultó a los sentenciados a muerte para que vivieran. ¿Por qué hoy nada de esto se le reconoce? Maximiliano creó las bases del sistema educativo de este país: lo que hoy llamamos SEP. Maximiliano creó los más importantes museos que hoy existen en México, incluyendo el de Historia Natural. Inició el sistema ferroviario. Otorgó la primera concesión de petróleo a Ildefonso López, en San José de las Rusias, Tamaulipas, lo que acabó hoy siendo Pemex. He aquí el misterio —y se quedó viendo los autobuses en movimiento. Me dijo—: Así es también Juliana, como su tatarabuelo —y me miró a los ojos—. Ella lo ama a usted, joven.

Yo me quedé perturbado.

—Pero si apenas me conoce. Creo que usted me está confundiendo con otro.

Suavemente apretó mis dedos. Me dijo:

—No es así —y me sonrió—. Juliana tiene que estar en el gobierno de México. Usted ayúdela a lograrlo.

La vi fijamente: sus ojos restirados; su ropa blanca.

—Juliana es buena —me dijo—. Es brillante. Ha hecho grandes cosas toda su vida. Su cerebro vale oro —se limpió una lágrima con el antebrazo—. Usted no deje que la dañen. No deje que la destruyan.

Apreté las manos de la nana:

—Se lo prometo, señora —y observé el autobús. En su letrero no decía A CUERNAVACA.

Ella comenzó a llorar.

—Juliana va a crear un verdadero sistema de justicia. México está secuestrado por el crimen porque el orden jurídico actual permite la impunidad, la corrupción de los jueces y de los investigadores. ¡Usted lo sabe! ¡Usted es parte del sistema! —y miró hacia afuera—. Los criminales salen libres en horas. La población está secuestrada por los políticos coludidos con el hampa. Gobierne usted con ella. Juliana es la heredera.

—Sí, señora buena —y comencé a besarle sus arrugadas y frías manos—. Usted es buena como su "hija".

El trajín de la central de autobuses, pero más los incómodos asientos hicieron que al fin mi ayudante se despertara, con una mirada le pedí que fuera a ver el horario de nuestra corrida, cuando regresó nos dijo:

—El autobús va a ser el ETN de las 4:00 horas —me dijo Jasón Orbón—. Está por salir en unos minutos —y revisó su reloj—. Irá casi vacío.

Afuera, en el estacionamiento de la terminal, sentado dentro de su Cadillac Deville 94, el gordo y patilludo síndico burocrático Lorenzo D'Aponte mordió su pastoso sándwich. Se le salieron las rajas con mole.

Se llevó el radio a la boca:

—La embajada me dio órdenes estrictas. El secreto de Juárez es seguridad nacional para los Estados Unidos. No debe difundirse nada. Sigan al autobús ETN placas 549-020.

Al sur, cinco patrullas color negro de la Policía de Investigación, con sus torretas y luces apagadas, avanzaron en silencio por la carretera México-Cuernavaca, debajo de las estrellas. Los conductores llevaban visores infrarrojos.

—Max León se dirige al punto cuatro —dijo King Rex por el radio—. Reporte a Sector Policial XVII, Acapantzingo, para confirmar refuerzos. Allanaremos inmueble llamado Casa Olindo, perteneciente al INAH Morelos, con presunta actividad del Cártel de Carlos Lóyotl, el Papi —y cortó el mensaje. Se dirigió al comandante Dorian Valdés, de cara amoratada—. ¿Sabe, mi jefe? Me siento como si estuviera a punto de hacer un decomiso de un tesoro que vale seiscientos mil millones de dólares, del cual no va a haber testigos, ni reporte… ni registro.

El comandante Valdés, en el volante, observó por el infrarrojo la figura de un conejo. Le pasó la llanta encima.

—¿Has oído hablar de toda esa gente que supuestamente muere, pero que en realidad se va a una isla, con una identidad nueva, con la cara operada… disfrutando de sus millones de dólares? —y lo miró en la oscuridad con sus ojos brillosos.

—Es un mito, jefe.

—Hay gente que ha pasado décadas buscando el "tesoro de Moctezuma", o el "tesoro de Cortés". Nunca han encontrado nada —y de nuevo se volvió hacia adelante—. Tú ve pensando de una vez cómo quieres que sea tu nueva cara, y cuál va a ser tu nuevo nombre —le sonrió—. Prepárate para beber piñas coladas.

King Rex comenzó a frotarse las palmas.

—¡Sí, mi jefe! ¡Ya no seré Remberto Hurtado, pinche nombre que me pusieron mis papás para chingarme! ¡Desde mañana me llamarán "Maximiliano"!

Cuarenta kilómetros más al sur, en el nocturno barrio de Acapantzingo, Cuernavaca, en el silencio de la madrugada, sin el ruido de un solo insecto, el viento rodó discreto sobre las piedras de la calle Mariano Matamoros. En el número 14, en la barda de arcos de ladrillo, diez hombres, sigilosos y con palos, comenzaron a saltarla. Cayeron sobre el jardín entre las extrañas flores. Uno de ellos leyó el letrero:

Jardín etnobotánico y Museo de la medicina tradicional
Fundado en 1976
Instituto Nacional de Antropología e Historia (inah) — Secretaría de Cultura
Prohibido tirar basura y entrar con mascotas, alimentos y balones.
Jardín de Maximiliano

En la pequeña caseta, un vigilante dormía, abrazado a una botella.
—Te obsequiaré una sorpresa inigualable —le dijo un hombre desde la ventana. Con su pistola QBZ-95 Norinco quebró el vidrio—. Te obsequiaré un viaje por el universo.
El vigilante comenzó a agitar los brazos:
—¡¿Qué está pasando?! ¡Auxilio!
Le ametrallaron la cabeza.
—¡Entren!
Los hombres, con sus armas Barrett calibre .50, comenzaron a distribuirse por las instalaciones.
—¡Denles a todos un pasaporte a la diversión!
Dos de ellos entraron a los baños. Con las botas patearon la puerta. Derribaron al hombre del aseo.
—Si te portas bien tendrás un pasaporte al universo.
—¿Al universo…? —y le lloraron los ojos.
—Cortesía del Cártel de Cuernavaca. Dime dónde están las letras "A. E. I. O. U".

Al norte, en los sótanos oscuros del Reclusorio Oriente de la Ciudad de México, a la sombra de la mortífera escultura de la Santa Muerte hecha con incrustaciones aztecas de turquesa y con un cráneo metálico con dientes de vidrio, idénticos a los que tenía el Papi, con su cara deformada, le mostró a Juliana Habsburgo una vara ardiente, de hierro, al rojo vivo:

—¡Dime en qué parte exacta de la Casa Olindo están las letras "A. E. I. O. U."! ¡No estamos como para perder el tiempo!

La hermosa rubia empezó a gritar:

—¡No lo sé! ¡No lo sé! ¡No lo sé! —y se sacudió de las correas. Estaba colgada del techo con cadenas. Los músculos de los brazos le ardían, su propio peso le provocaba un dolor terrible.

El Papi le miró sus bellas piernas bronceadas.

Le mostró la vara ardiente de nuevo.

—¿No me vas a decir? —y le aproximó la punta encendida a las rodillas. Juliana sintió el calor en el hueso. Le escupió al Papi en la cara.

—Púdrete, pinche enfermo. ¡No vas a abrir mi mente! ¡Prefiero morir aquí que acabar como una cobarde! Nunca me voy a rendir.

En las esquinas del calabozo Juliana observó y encontró siete cámaras, que continuaron transmitiendo, enfocándola.

Lejos, en la calle Mariano Matamoros, la señal de video llegó a mi teléfono celular junto con un mensaje:

Actualización de tormento. Dame lo que quiero o la seguiré lastimando. Atentamente, el Cártel de Cuernavaca.

31

Domingo 12 de junio de 1864, 23:30 h
Ciudad de México. Palacio Nacional

La noche del domingo 12 de junio de 1864 los ahora emperadores de México, Maximiliano y Carlota, no pudieron dormir en su cama. Era su primera noche en la Ciudad de México, capital de su nuevo "Imperio".

—¡Hay pulgas! —le gritó Carlota a su esposo. Comenzó a llorar en su brazo—. ¡Este lugar huele a establo!

—Es un establo —le respondió Maximiliano.

Habían llegado, en su penoso peregrinar por las vías destruidas, a la "majestuosa" sede del poder mexicano: el frío edificio llamado Palacio Nacional.

Afuera todo estaba oscuro.

Maximiliano lo observó todo por el balcón. Ni un sonido. Ni una luz. La plaza central del país estaba vacía. Sólo vio figuras espectrales: guardias franceses en sus posiciones de control enviándose señales diminutas, con sus silbatos, de un lado a otro de la explanada.

—Esto es como una pesadilla...

Una voz agria le susurró por la espalda:

—Majestad, el presidente Benito Juárez durmió aquí. ¿Usted piensa dormir en la misma cama?

Maximiliano volteó. Era su jardinero: el joven desdentado Wilhelm Knechtel. Comenzó a caminar por la habitación presidencial mexicana.

—¿Qué hay del Castillo de Chapultepec? —le preguntó Maximiliano—. ¿No es ahí donde debíamos dormir mi esposa y yo?

—Se encuentra inhabitable. Está destruido. Los locales lo llenaron de basura. Hay heces fecales. Es un refugio de malvivientes.

Maximiliano se volvió hacia su esposa. Knechtel les dijo:

—Pisos quebrados, peredes con humedades. Hay que hacer un trabajo enorme de reparaciones si queremos volverlo habitable. Si me lo autoriza, lo organizo. Sería altamente peligroso para su vida pernoctar ahí.

Carlota, desde el espejo sucio, roto, con esquinas de "diablos" mexicanos de madera, se agarró el rostro con los guantes:

—No, no, no... ¡¿Qué es esto?! ¡Éste no puede ser el país que nos prometieron! ¡Esto es una mentira!

Maximiliano cerró los ojos y se aproximó a ella. La abrazó. Ella le dijo:

—No puedo dormir en una cama con parásitos. Te dije que no quería insectos. Estoy cansada.

Maximiliano le dio tres suaves palmadas en su delgada espalda. Le dijo a Knechtel:

—¿Existe alguna otra opción?

—Verá... yo... —y, con preocupación, observó la araña que caminaba lentamente sobre la cama, sobre las colchas empolvadas.

—¿No existe en todo este país una maldita cama utilizable? —y con lo ojos le señaló la cabeza de Carlota.

Su jardinero imperial austriaco comenzó a asentir con la cabeza:

—Hay una opción, Majestad. Acompáñeme por favor —y salió de la habitación. Lo siguieron.

Los condujo por el pasillo, donde ellos vieron, con horror, los enig-

109

máticos adornos carvados en cada una de las columnas de piedra del tercer piso que rodeaban el gigantesco patio: simios horribles, de ojos saltones. Carlota lloró mientras caminaban. Se llevó su pañuelo raído a los dientes. Empezó a jalarle los hilos. Arrastró su faldón de traslúcidas sedas sobre el piso resquebrajado.

—Esto no le va a agradar a mi padre. ¡No le va a agradar nada a mi padre!

Knechtel y Maximiliano entraron a un cuarto frío, vacío, oscuro. Olía a madera con polvo viejo. Al centro vieron una gran mesa de billar, desvencijada. Su jardinero le dijo:

—Esto es mejor opción que la cama.

Maximiliano cerró los ojos.

Entró Carlota.

—¿Qué diablos es esto?

—Señora emperatriz… —le tembló la voz al jardinero—, el día de hoy ésta será su cama. Bien dicen que "la vida es juego". Pues usted verá ahora que el dormir también lo es —le sonrió—. Le aseguro que en esta mesa no hay peste. Ya la revisé. Les están trayendo las mantas.

Knechtel salió trotando, de puntitas, dejando atrás los gritos. Se susurró:

"¡Dios me libre de la señora Carlota…!", y comenzó a persignarse.

Tres horas más tarde, acostados sobre esa superficie dura, Maximiliano no pudo cerrar los ojos. Se sintió incómodo. Observó en la oscuridad del techo una grieta con telarañas. Sintió un piquete en la cara. Escuchó el zumbido. Escuchó voces. Eran clamores distantes: los soldados franceses. Escuchó gritos de la población, llantos. Era una confusión de ecos distantes. También oyó en la lejanía las explosiones.

—Dios mío… —y cerró los ojos. En silencio, comenzó a negar con la cabeza.

Carlota se levantó de un salto.

—¿Qué está pasando? —le preguntó a Maximiliano.

Él sólo abrió los ojos.

—No lo sé.

—¿Son bombas?

Ella dio vueltas, incómoda.

—¡No puedo dormir con estos malditos ruidos! —y se acomodó la larga trenza—. Esto es horrible. ¡Diles que se callen! ¡Dales la orden!

110

El archiduque caminó a la ventana. Vio el resplandor anaranjado de un estallido. Pasaron dos segundos. Escuchó el tronido, como un bramido. El vidrio se sacudió.

Carlota le dijo:

—Este palacio lo habitó el indio Juárez. Quiero irme de aquí de inmediato. ¡Quiero el castillo! —y se bajó de la mesa. Caminó descalza hacia su esposo sobre el piso de maderas rechinantes y rotas. Colocó su cuerpo caliente junto a Maximiliano—. No crucé el océano para dormir en una mesa de billar —y se arregló la trenza.

Suavemente se restregó en él.

—Prométeme que mañana vas a ordenar la reconstrucción de ese castillo. Que sea lo que me dijeron: hermoso —y le brillaron los ojos—, una *cittadella* sobre una montaña con panorama de todo el valle de México. Que lo repare Gangolf Kaiser.

Ella le tocó su miembro púbico. Sintió una molesta verruga.

—Dios… —y quitó la mano, con asco—. ¡¿Qué es esto?!

Maximiliano cerró los ojos.

"Una infección —pensó—. Un regalo del río Amazonas…" Sintió el dolor en su órgano genital.

Los dos volvieron a la mesa. Cada uno mirando hacia un lado, se durmieron.

Maximiliano se imaginó que estaba llegando de vuelta a su amada Lombardía, como virrey de su hermano, cuando ese país era aún de los Habsburgo: les gritó a los italianos que ahora comenzaron a transformarse en mexicanos:

—¡Mexicanos! ¡Vosotros me habéis deseado; vuestra noble nación, por una mayoría espontánea, me ha designado para velar de hoy en adelante por vuestros destinos! ¡Con alegría en el corazón obedezco este conmovedor llamado! ¡Por difícil que me resulta —y comenzó a llorar en silencio— abandonar mi patria… —y en su mente pensó "no, no…"—, quiero decir… el país donde nací… ¡Habrá protección absoluta para el individuo y para la propiedad…! ¡El mayor desarrollo posible de la riqueza nacional, el impulso a la agricultura y a la industria, el trazado de vías de comunicación para la extensión del comercio…! ¡El desarrollo libre de la inteligencia y de sus ricos recursos!

Contempló a los cientos de nativos que lo estaban observando, en total silencio, estupefactos, con los rostros distorsionados.

—¿Qué está pasando…?

Todos lo miraron y empezaron a aplaudirle:

—¡Bienvenido, señor emperador! ¡Gracias por venir a salvarnos! ¡Viva Maximiliano! ¡Los mexicanos no sabemos gobernarnos a nosotros mismos! ¡Necesitamos siempre que alguien de fuera nos salve de nuestra incapacidad para trabajar juntos!

De pronto, toda la gente estaba de pie, golpeando el piso con los tacones, gritando y llorando:

—¡Maximiliano! ¡Viva! ¡Maximiliano! ¡Viva! ¡El gran rey Quetzalcóatl ha regresado para levantarnos! —y en el aire detonaron unos cohetones—. ¡Vendrá un hombre blanco y barbado para gobernarnos! ¡En el año *Ce-Ácatl*, Uno Caña, vendrá Quetzalcóatl!

Entre la gente, ahora convertida en sombras, se le aproximó un hombre moreno, con el rostro duro, rodeado de armas.

Maximiliano tragó saliva.

Ese hombre era el rebelde Benito Juárez, ex presidente de México, depuesto por los franceses, ahora prófugo entre campamentos, refugiado en las montañas, y dirigente de la guerra de guerrillas. Se detuvo en seco frente a Maximiliano. Lo miró con odio.

—Usted me ha dirigido esta carta confidencial desde su fragata *Novara* —y se la mostró— ofreciéndome traicionar a mi patria. La cortesía me obliga a darle una respuesta. Me dice usted que el futuro Imperio me reservará un puesto distinguido. El traidor ha sido guiado por una vil ambición de poder y por el miserable deseo de satisfacer sus propias pasiones. Pero el encargado actual de la presidencia de la República, que soy yo, salió de las masas oscuras del pueblo. Sucumbiré, si éste es el deseo de la Providencia, cumpliendo mi deber hasta el final. Nada me va a vencer. No me voy a rendir, jamás. Es dado al hombre, algunas veces, atacar los derechos de los otros, apoderarse de sus bienes, como lo está haciendo usted ahora: amenazar la vida de los que defienden su nación. Pero existe una cosa que no puede alcanzar ni la falsedad ni la perfidia: y es la tremenda sentencia de la historia. Hoy, 28 de mayo.

Despertó violentamente, sudando.

—¡¿Qué está pasando?! —le gritó a Carlota. Ella lo jaló de la pierna, aterrorizada. Los dos sintieron el bamboleo en el edificio. Estaba temblando. El piso subió y bajó como una ola.

—¡No! ¡Dios mío!

Las paredes se sacudieron, rugiendo. Los cristales se rompieron.

—¡¿Es un terremoto?!

Carlota, desnuda, lo jaló hacia abajo de la mesa de billar.

—Escóndete. Nos están atacando.

—¡¿Atacando…?!

Entró corriendo Knechtel, con la camisa abierta.

—¡Majestad! ¡Están entrando! ¡Son los guerrilleros de Benito Juárez! ¡Están subiendo!

32

Por el patio central del edificio presidencial, entre los oscuros árboles, empezaron a correr individuos con máscaras de la muerte y con machetes. Arriba, por el pasillo, trotó el jefe de la guardia austrohúngara, Franz Thun, de bigote rojo, sudando. Le temblaban los brazos.

—*Es ist hier!* —le dijeron sus hombres—. ¡Es aquí, general Thun!

Señalaron la escalera. Escuchó los gemidos. Sobre los escalones de piedra vio los caminos de sangre con pedazos de sus soldados: ojos y manos. Las manos formaban un camino en el piso, intercaladas con ojos y mandíbulas. Las cabezas no tenían ojos.

—*Dios…* —y se tapó la boca.

—¡Son los "murciélagos"! —le dijo su sargento—. ¡Quieren asesinar al mariscal Bazaine! El explorador Dupin les corta las manos a los mexicanos.

—Murciélagos —susurró Franz Thun. Alistó su mosqueta Lorenz 54. Comenzó a trotar.

—Los llaman "Chinacos" —le dijo su sargento—. La palabra es Tzinacan, el dios maya de la noche, el murciélago Tzotz.

Estalló una bomba en la puerta tres del palacio. Volaron en pedazos cuatro soldados franceses. Comenzaron los gritos. Sonaron cuatro disparos. Entró el humo desde la puerta. Empezó a subir por el patio.

—¡Protejan los accesos! —gritó Thun a sus soldados. Comenzó a disparar hacia abajo—. ¡Escondan al emperador Maximiliano! ¡Que no salga del cuarto de juegos! —y se dirigió su sargento—: ¡Me dicen que ésta es una de las guerras más sádicas de las que se haya sabido! ¡¿Es cierto?!

Franz Thun vio a su amigo Bern Fünfkirchen perder la vida. Observó el momento en el que un proyectil le ahuecó la cabeza. La masa de su cara se embarró en la pared.

—¡La mitad del país está bajo el control de los rebeldes! —le gritó el sargento Kovler. Siguió haciendo fuego hacia abajo—. ¡Bazaine sólo controla los estados del centro y el puerto de Veracruz! ¡México es de Benito Juárez! ¡Estamos rodeados por la guerrilla!

33

Al otro lado del mundo, en Austria, dentro de la embajada de los Estados Unidos en Viena, el canoso e hiperactivo embajador, ex novelista, de abultados ojos azules y amigo de Lincoln, John Lothrop Motley, observó, con su vaso de Bourbon en la mano, el amanecer.

Lentamente se llevó un puro a la boca. Le dictó a su secretaria:

—Aquí en esta capital, el gran interés de todos es el "emperador mexicano" —y sonrió para sí mismo—. El archiduque Maximiliano, hermano del emperador aquí en Austria, ha sido algo así como el "Lord del Mar" o "Jefe de la flota", pero considerando el estado de la flota austriaca, es una ocupación poco importante. Fue gobernador general en Lombardía hasta que ese territorio fue cedido a Vittorio Emanuele de Italia. Los austriacos detestan este asunto de enviarlo a México. Representa gastar dinero y tropas. Si el regalo fatal hubiera sido rechazado por Austria, Napoleón III lo habría tomado como ofensa. Pero al aceptarlo, Austria se arroja al cuello una especie de piedra de molino en forma de gratitud por algo que ella nunca quiso, y Francia ahora espera que Austria se lo pague algún día. Maximiliano vivirá en la cama de rosas de Moctezuma y de Iturbide —y, con el ancho puro en los labios, comenzó a negar con la cabeza—. El asunto es muy serio y amenazante para nosotros, los Estados Unidos. Por fortuna —y soltó el caliente humo— el presidente Lincoln es honesto, y el secretario Seward es incomparable. Creo que él nos va a mantener alejados de la guerra. Siempre tu afectuoso hijo, John Lothrop Motley.

Le dijo a su secretaria:

—Envíesela a mi madre. Y prepare sus cosas. Tal vez comience una guerra.

34

En los Estados Unidos el canoso y narizón William H. Seward, secretario de Estado y responsable de las relaciones internacionales, con su rostro chupado como el de un buitre despeinado, lentamente se inclinó sobre el podio. Miró a todos los congresistas del país:

—¡Representantes del pueblo de los Estados Unidos de América! ¡He hablado con el presidente Abraham Lincoln! ¡Los europeos están aprovechando el trágico conflicto civil que estamos viviendo, esta lucha contra nuestros estados rebeldes del sur, los cuales se rehusaron a abolir la esclavitud en América! ¡Existe un intento europeo de colocarse aquí, en América y quitarnos nuestras posiciones de poder mientras nosotros estamos en esta guerra, con el fin de hacer peligrar nuestro dominio sobre el continente e instalar armamentos europeos al sur de nuestras fronteras! ¡¿Vamos a permitir eso?!

Los legisladores estadounidenses gritaron:

—¡No! ¡No! ¡No! ¡No! ¡No! ¡No!

Violentamente levantaron sus carteles con el rostro de un anciano y fúrico inspector de carne de guerra, Sam Wilson, a quien los letreros denominaban "Tío Sam".

—¡Los franceses están poniendo los ojos en México para instalar aquí en América su poder contra nosotros! ¡Si no logramos obtener de los franceses, y de sus cómplices europeos, una explicación satisfactoria sobre esto, el presidente Lincoln podría y deberá convenir a este Congreso para declarar la guerra contra Francia y contra la Europa involucrada. Esto podría unificar nuevamente a nuestra nación americana y poner fin a la guerra interna, pues nos hará olvidar nuestras divisiones debidas al desgraciado conflicto sureño!

Comenzaron los rugidos en las tribunas.

Horas más tarde, a dos kilómetros al oeste, dentro de la Casa Blanca, el demacrado y barbado presidente Abraham Lincoln recibió un memorándum por medio de un mensajero vestido como marino:

—Señor presidente, esto se lo envía el secretario Seward desde el Congreso. Ya tiene el respaldo de los legisladores.

Suavemente, el amable mandatario tomó el mensaje en sus manos. Decía:

Sea cual sea la política que adoptemos, debe ser una persecución enérgica contra esta situación. Alguien debe encargarse de esto, y hacerlo en forma incesante.

Lincoln volteó a la ventana, al Jardín de las Rosas.

—Otra guerra en México... —y comenzó a entrecerrar los ojos—. Apenas han pasado dieciséis años. Nos costó seis mil soldados. Cuatro mil heridos, mutilados.

Se le aproximó por la espalda su atemorizante y macizo general Ulysses S. Grant, de cuerpo cúbico, con las cejas retorcidas hacia arriba:

—Señor presidente, la guerra por Texas que hicimos contra México fue injusta y vil. La guerra civil que estamos sufriendo hoy es el resultado directo de ese conflicto.

Lincoln miró el retrato de Thomas Jefferson:

—Francia tiene controlado a México desde hace más de un año. Nosotros no podemos intervenir de ninguna forma. Al menos no por ahora. Estamos en esta guerra civil —y se dirigió a su general Grant—: No podemos tener dos guerras al mismo tiempo. Eso usted lo comprende. Sería un sucidio.

—Señor presidente...

—Prométame que ésta va a ser nuestra política: sólo una guerra a la vez. No podemos iniciar una guerra contra México por la llegada de Maximiliano. Terminando nuestro conflicto interno, veremos cómo sacarlo.

El general Grant silenciosamente dio un paso atrás.

—Sólo un detalle, señor presidente —le dijo—. Napoleón III está suministrando armamento a los estados del sur.

Abraham Lincoln tragó saliva.

—¿Esto está comprobado?

El general Grant levantó del piso un rifle Étienne.

—Esto estaba entre los restos de la batalla de Lexington. Fabricado en Saint-Étienne, Francia. Estas armas las están subiendo los franceses desde México. Entran por Veracruz y se transportan por tierra a Matamoros. Abastecen a Kentucky, Tennessee, Virginia. El encargado de este tráfico de armas francesas es el mariscal Achille Bazaine, brazo militar de Napoleón III. La invasión a México es sólo una parte más de nuestra guerra civil. Ellos la patrocinaron.

Lincoln comenzó a negar con la cabeza:

—*Dios nuestro...*

—Señor presidente —le dijo Grant—, debemos actuar respecto a la llegada del príncipe austriaco. Este hombre es Napoleón III burlándose de nosotros. Su presencia en América es un insulto, una amenaza contra los Estados Unidos. Mientras no saquemos a Francia de México, México va a ser sólo lo que es para Napoleón III: la plataforma militar para abastecer de armas a nuestros estados sureños con el objetivo de romper al país en dos segmentos.

35

Cuatro años después, aprisionado en su decadente celda del convento de las monjas capuchinas en la ciudad de Querétaro, el ex emperador Maximiliano, con el rostro chupado por la diarrea, miró los ojos vidriosos de su interrogador, el fiscal y coronel Manuel Azpíroz.

—Tengo sed. Deme agua.

El fiscal negó con la cabeza. Le dio una poderosa cachetada en la cara. Le inflamó la mejilla.

—¡¿Dónde está la chica del Jardín Borda?! ¡¿Está embarazada?!

—Deme agua. Se lo suplico —y comenzó a derramar lágrimas.

El fiscal se volvió hacia su tímido escribano, Jacinto Meléndez.

—¿Tú qué estás mirando? ¡Escribe, maldita sea!

Observó a su detenido.

—Señor invasor… —le dijo Azpíroz a Maximiliano—, usted debió dedicarse a gobernar esta nación, pero en lugar de ello se dedicó a fornicar en Cuernavaca con una mujer mexicana que no era su esposa. ¡¿Esto le parece lealtad hacia ella?!

Maximiliano cerró los ojos. Azpíroz le dijo:

—Mientras se estaban enredando todos estos problemas en torno a usted; mientras sus enemigos se estaban multiplicando en diversos países, usted se dedicó a sus conquistas amorosas… Nadie puede negar que usted, invasor, en su infantil ingenuidad, trató de hacer las cosas bien en este país —y lo miró fijamente—. Usted fue justo. Usted instituyó las entidades de sanidad y creó el sistema de formación gratuita para niños. ¡Incluso les garantizó a las prostitutas los servicios médicos por medio de sus extrañas tarjetas! Se preocupó por informar a la prensa cada mes sobre los ingresos y los gastos del Imperio —y lo miró fijamente—. Tal vez usted fue uno de los mejores líderes que hemos tenido, pero llegó cuando estábamos en una guerra civil —le sonrió—. Usted tuvo mala suerte. Tal vez usted pasará a la historia como uno de los gobernantes más justos y bondadosos y honestos que ha tenido este continente, y no muchos han sido honrados… con excepción única del presidente Juárez. ¡Pero usted sigue siendo un maldito invasor! ¡Hábleme de ella! ¡Hábleme de la india que conoció en Cuernavaca, en el Jardín Borda! ¿Dónde la tiene usted ahora? ¡¿Ella está embrazada?!

Maximiliano empezó a llorar.

—¡No voy a hablar de ella! ¡No vayan por ella!

Azpíroz se acercó a su oído.

—Si usted tuvo un hijo aquí en México, con alguna mexicana, debe decírmelo —y lo aferró por el cuello—. Yo, por mi parte, se lo voy a informar al presidente Juárez. ¡El presidente Juárez decidirá, conforme a derecho, qué debe proceder con esa criatura y con la india! —y le gritó—: ¡¿Dónde está esa mujer indígena con la que fornicó?! ¡¿Dónde la tiene escondida ahora?! ¡¿Ella está embarazada?!

Maximiliano permaneció en silencio. Tragó saliva.

36

—Su nombre fue Concepción Sedano y Leguízamo.

Esto me lo dijo, a bordo del bamboleante autobús ETN, la amable y delgada señora indígena Salma del Barrio de Dios, madre adoptiva de Juliana Habsburgo. Miramos hacia afuera, por la ventana. Eran ya las 4:25 de la mañana. Las estrellas brillaban mucho sobre la carretera. Otros coches, más veloces que el autobús, nos dejaban atrás con facilidad, iluminando tramos de la carretera que en un santiamén volvían a quedarse a oscuras.

Le dije:

—Vaya.

—Por mucho tiempo mantuvieron contacto, siempre en secreto. Maximiliano tenía miedo de que esto lo descubriera Carlota. Él vio en esta dulce chica todo lo que no encontró nunca en su propia esposa.

Atrás de nosotros, Jasón Orbón estaba con su celular, listo para oprimir el botón de "llamar".

Escuchó mi conversación con la nana.

Ella me dijo:

—En 1917 hubo un chico que murió fusilado en Francia por ser espía de Alemania. Su nombre fue Julián Sedano y Leguízamo. Mire su fotografía.

Me la mostró.

Observé en silencio la increíble imagen. Era una foto de grupo: ocho personas de trajes elegantes. Uno de ellos era el poeta Rubén Darío. Atrás de todos, de pie, estaba un hombre alto, de barbas claras y rostro bondadoso, idéntico a Maximiliano.

Tragué saliva.

—Dios… —le dije—: ¿Este "Julián" es el bisabuelo de Juliana? ¿Por qué murió fusilado? ¿Por qué nunca se supo que él era el hijo de Maximiliano?

—Por la misma razón que Juliana.

Me quedé perplejo.

—En esta casa Olindo… —y miré hacia adelante—. ¿Maximiliano ocultó ahí su tesoro, el "tesoro Maximiliano"?

La señora sacó de sus pertenencias una pequeña carta y la desdobló.

—Esto es ahora para usted. Cuando me entregaron a Juliana me dieron esta acta. Me dijeron: "Tú tienes el mapa".

Me la entregó.

Abrí los ojos. El acta decía:

Valle de México, día de San Juan noveno del m.: m.: Teveth del año 5866 de la V.: L.: correspondiente al 27 de diciembre de 1865:

Ad universum terrarum
S.: E.: P.:
Los GG.: II.: GG.: residentes de la Ciudad de México, reunidos en Gran Consejo bajo la presidencia del M.: I.: H.: Manuel B. da Cunha Reis, instalador, han decretado y decretan:

La instalación provisional de un Supremo Consejo Masónico y formarán los Estatutos generales que deben regir todos los cuerpos masónicos del Grande Oriente de México, bajo la superior vigilancia y dirección del Sup.: Cons.:

Acta que nombra oficialmente al emperador Maximiliano de Habsburgo protector de la Orden, y que eleva a sus ministros Federico Semeleder y Rodolfo Günner, médico y chambelán imperiales, a grado .: 33.

—Dios… ¿qué es esto? —le pregunté.
—Maximiliano fue invitado por la masonería.
Parpadeé.
—¿Esto cómo tiene que ver con el "tesoro"?
Me miró con fijeza:
—El día de 28 de julio de 1864, a pocos meses de que llegó a México Maximiliano, lo visitaron en el castillo trece masones esclavistas, enviados por los estados sureños que estaban en guerra civil en los Estados Unidos contra el presidente Lincoln. El principal de ellos fue éste —y tocó el nombre en el papel—: Manuel Basilio da Cunha Reis. Este hombre fue un traficante de esclavos africanos occidentales. Los vendía en Brasil, Cuba y en los Estados Unidos. También comerciaba esclavos vietnamitas y chinos. Le entregó al emperador Maximiliano su "Carta Patente", la cual demostraba que Reis venía apoyado por los estados sureños esclavistas, es decir, por su "gobierno secreto": el Gran Supremo Consejo Masónico de Charleston, Virginia.
—*Dios…*
—Este señor traficante, Cunha Reis, le ofreció a Maximiliano el mando máximo de la masonería en México, siempre y cuando los apoyara en su guerra civil contra los estados del norte. Esto lo iba a poner en guerra directa contra Lincoln.
—Diablos… ¿Y el tesoro…? —miré hacia enfrente, a la carretera.
Ella me mostró la parte inferior del documento.
—Lo que usted busca no está en Olindo, Cuernavaca. Mire.
El documento decía:

Supremo Consejo de México. Puente de Alvarado, número 90.: Palacio Scala.

—¡Diablos! —gritó King Rex en la patrulla—. ¡El maldito Palacio Scala no está en Cuernavaca! —le gritó al amoratado comandante Dorian Valdés.

—Pinche Max León —y torció el volante—. ¡Está jugando con nosotros! ¡Dense vuelta todos!

Las cinco patrullas se giraron, rechinando las llantas, de vuelta a la Ciudad de México.

—¡Alerten a la unidad nueve! ¡Calle Puente de Alvarado, número 90, colonia Tabacalera! —encendieron las luces de las torretas—. ¡Prepárense para allanamiento y clausura por presunta actividad delictiva!

King Rex le preguntó:

—Mi jefe… ¿está pensando usted allanar un edificio de la masonería…? —y lo miró de reojo—. ¿Eso está… permitido…?

Valdés miró a la oscuridad.

—A mí me vale madres quién sea —y miró a Remberto—. Ya me harté de ser pobre.

37

En el Castillo de Chapultepec, Maximiliano bajó la mirada. Tragó saliva. Acarició su anillo dorado. A su espalda esperaban una respuesta los trece hombres provenientes de Charleston, Virginia.

—*Su Alteza…* —le susurró el esclavista y mercader de prostitución Manuel Basilio da Cunha Reis, investigado por el presidente de los Estados Unidos, Abraham Lincoln—. Me acompañan aquí los caballeros del grado 33 —y ceremoniosamente le presentó a los inquietantes señores, comenzando por James H. Loohse y Andrés Cassard.

Todos le sonrieron con sus destellantes colmillos. Cunha Reis le dijo al emperador:

—Habremos de constituir aquí en México el Supremo Consejo del Gran Oriente del Rito Escocés Antiguo y Aceptado —y suavemente lo tomó del antebrazo—. Majestad, este Supremo Consejo tendrá las cartas patentes del Gran Oriente Neogranadino de Colombia y la del Gran Oriente de Francia. Estamos apoyados por Napoleón III. ¿Aceptará usted el cargo de Soberano Gran Comendador del Supremo Consejo Masónico de México y el de Gran Maestro de la Orden? Su Alteza Napoleón III se sentirá complacido —le sonrió.

Maximiliano vio que el traficante de mujeres asiáticas tenía el distintivo del Consistorio Masónico de Nueva York.

Maximiliano sacudió la cabeza.

Escuchó una voz diabólica en sus oídos.

38

—Hey, imbécil, ¿qué demonios estás haciendo? ¡¿No está ahí el tesoro, en esa "Casa Olindo"?!

—Verá… —le dije yo a Carlos Lóyotl, el Papi, jefe del Cártel de Cuernavaca, desde mi teléfono celular, una vez que su mensaje me ponía en comunicación con él—, hubo un cambio de planes.

—Cambio de planes…

—El tesoro está en otro lugar.

—¡Ya lo escuché, idiota! ¡Tengo mi maldita oreja dentro de tu maldita oreja! ¡¿A dónde estás yendo ahora?! ¡¿Qué es eso de… la masonería…?!

Yo seguí trotando a la intemperie, por debajo de las estrellas, acompañado por Jasón Orbón y por la señora Salma del Barrio de Dios.

Jasón caminó como siempre: bamboleando su cuerpo ovoide sobre un pie a la vez.

A mi costado vi las luces de un poblado.

—Esto es una pésima idea —me dijo Jasón—. ¡Debimos llegar primero a Cuernavaca y ahí tomar un estúpido camión de regreso a la Ciudad de México!

Yo seguí avanzando.

—Tú eres mi Robot Huevo. Oye y obedece.

En mi celular seguí oyendo la vocecita aterradora. Me lo llevé al oído.

—Sí, señor —le dije al Papi. Seguí caminando.

—No sabes lo que le voy a hacer a tu maldita puta. ¡Vela en tu pantalla! No dejes de verla en mensaje en tu celular. ¡La tengo aquí colgada del techo! ¿Qué quieres que le haga ahora mismo? —y escuché los ruidos de unas cadenas—. ¡Le estás regalando un maldito pasaporte a la diversión! Si estás jugando conmigo, la voy a hacer pedazos.

Miré el filo de la luna. A mi derecha, en el oscuro horizonte, comenzó a pintarse una delgada raya de luz roja.

—No me amenace.

—¡¿Qué estás diciendo?!

Sobre el horizonte observé mi constelación: las nueve estrellas de Escorpión. Su corazón era rojo: Antares.

Me dijo:

—Envié veinte cabrones a Acapantzingo. ¡Por tu culpa causaron la baja de tres!

—Envíelos ahora a Puente de Alvarado, número 90, en la Ciudad de México. Pero que lleven armas. No creo que a los masones les agrade lo que estamos a punto de hacerles en su "Supremo Consejo".

El Papi permaneció en silencio.

Respiró en mi oído a través del auricular.

—Si el tesoro está ahí, lo quiero dentro de una hora. Va a ir gente mía, y sí, van a llevar bastantes armas.

—Como usted ordene, señor. Oigo y obedezco.

—A pie no vas a llegar nunca, pendejo. Estate atento al camino. Estoy enviando una camioneta para que los lleve.

—Sí, señor —y miré a los lados de la tenebrosa carretera—. Es lo bueno de tener un GPS en el cuello —volteé hacia el Huevo—. Es como el Uber.

La señora Salma me tomó de la mano mientras arrastraba sus pies por el asfalto:

—Usted sólo no pierda el valor, joven Max. La vida, Dios, nos puso justo aquí para un momento como éste. Es en un instante como éste donde se demuestra para qué vinimos.

No dejé de pensar en mi mala suerte: iba de un lado para otro sin saber.

En la Ciudad de México el Papi, dentro de la oscura galera del Recluso-rio Oriente en el sótano nueve, a los pies de la negra y metálica estatua de la Santa Muerte, en un calabozo con siete cámaras, miró fijamente a Juliana Habsburgo, colgada de los tubos del techo, semidesnuda. Le preguntó:

—¿Estás segura de esto?

Juliana le dijo:

—Usted me dice que su gente entró al castillo donde murió la em-peratriz Carlota, en Bélgica, y que ella tenía en su habitación un mu-ñeco del tamaño de Maximiliano con la cara del emperador pintada en la cabeza para utilizarlo sexualmente, y que dentro de su boca estaba el papel que originó todo esto.

—Así es —le sonrió—. Ese papel dentro de la boca de Maximiliano, escrito por Carlota en su vejez, tiene estas cuatro letras —y se lo mostró—: "ERBE". En alemán significa dos cosas al mismo tiempo: "heredero" y "tesoro".

Suavemente acarició entre sus dedos el delicado cabello rubio de Juliana:

—Sí, mujer hermosa. Tú eres al mismo tiempo la heredera y el tesoro.

39

—Te están manipulando. Todos te están manipulando. De hecho, no hay nadie que no lo esté haciendo, querido Maximiliano.

Esto se lo dijo el comerciante de brea Ildefonso López, con sus botas tamaulipecas de piel de serpiente y su acento de español mexicanizado, al emperador de México de treinta y dos años, Maximiliano de Habsburgo-Lorena.

Maximiliano se asomó por el balcón de mármol. Observó abajo la enormidad de la Ciudad de México: sus palacios, el humo que salía de las chimeneas. Escuchó los estallidos. Estaba en lo alto del Castillo de Chapultepec, ahora en remodelación debido a las instrucciones de Carlota.

El joven secretario de Maximiliano, Poliakovitz, tomó suavemente al comerciante y lo retiró de la presencia del emperador.

—Gracias por su visita, señor López de las Rusias —lo condujo afuera. El hombre siguió diciéndole cosas a Maximiliano.

—¿Cómo puede usted recibir a ese pirata? —le preguntó el auxiliar Bunder—. Ildefonso López trabajó para Juárez. ¿Usted lo sabía? No le conceda nada de lo que le pida. Fue él quien ayudó a vender los bienes que Juárez y sus hombres le robaron a la Iglesia con esa Ley de Reforma.

Maximiliano vio a Ildefonso irse por el corredor, saludando a todas las personas con su sombrero, caminando a zancadas, como ranchero.

Se le aproximó por la espalda el enviado especial del papa Pío IX, rodeado de escoltas:

—Amado Maximiliano —y le ofreció la mano para que le besara su dorado anillo.

Era el cardenal Pedro Francisco Meglia.

—Yo voy a ser el nuncio de Su Santidad aquí en México —le sonrió a Maximiliano.

—Eminentísimo cardenal Meglia —lo saludó el emperador.

El cardenal abrió espacio para su hombre clave en México: el poderoso jerarca eclesiástico Pelagio Antonio Labastida y Dávalos, ex "presidente" de México. Labastida era el arzobispo que había negociado con los hombres de Napoleón III para que Francia invadiera México y derrocaran a Benito Juárez. En cuanto la destitución ocurrió, Napoleón III nombró a Labastida —junto con otros dos "peleles"— cabeza de un "gobierno provisional de México", un "triunvirato" conformado por otros dos personajes: Juan Nepomuceno Almonte y José Mariano Salas.

El arzobispo Labastida le sonrió a Maximiliano. Ambos recordaron cuando se vieron en Trieste en 1862:

—Su Alteza —se inclinó Labastida ante él—, le informaron a Su Santidad que usted se está demorando con su compromiso de devolver a la Iglesia los santos tesoros y terrenos que le fueron robados por Juárez y por los masones: los edificios, los conventos, las escuelas, los terrenos, los templos, las ganaderías… El valor total del robo perpetrado es de más de trescientos millones.

Maximiliano frunció los ojos. Buscó a Ildefonso López en el corredor. Se había ido.

—Es complicado porque…

El cardenal Meglia, nuncio papal, comenzó a ladear la cabeza.

—¿Es *qué*…?

Maximiliano tragó saliva. Meglia lo tomó del antebrazo. Comenzó a jalarlo a la terraza. Le dijo en italiano:

—El papa Pío IX nunca acepta un no como respuesta, hijo —le sonrió.

—¿Perdón…?

El nuncio lo presionó por el brazo. Avanzó con sus zapatillas brillantes sobre el mármol ajedrezado.

—Tú debes estar con Jesucristo, no con el diablo —y tiernamente le sonrió.

—¿El… diablo…?

—En Europa se está diciendo que tú ya hiciste un pacto con la masonería. ¿Te iniciaron ya en ella, hijo? ¿Traicionaste a Cristo?

El emperador tragó saliva.

—No, no… No entiendo de qué está hablando usted —y comenzó a sacudir la cabeza.

Detrás de él estaba su secretario Nikolaus Poliakovitz, sonriendo.

—Nos asombra la lentitud con la que has actuado en esta materia —le dijo Meglia. Frunció los labios—. La razón de tu visita a este país es la devolución de los bienes del clero. Tal vez Benito Juárez ya te enredó por medio de sus agentes. Te incorporó a la masonería. Tal vez ellos ya te iniciaron. ¿Lo hicieron, hijo? ¿Te convencieron de sus ideas "modernas" para traicionar a tu Iglesia? ¿Por eso estás tomando todas estas medidas "liberales"? —y miró fijamente al emperador—. El papa Pío IX está estrictamente en contra del liberalismo.

Siguió caminando. Le dijo:

—Formalizar la prostitución… Permitir la publicación de libros no permitidos… Eliminar la obligación del bautizo…

Maximiliano abrió los ojos. Comenzó a sacudir la cabeza. El cardenal le dijo:

—Te están involucrando en una guerra masónica —y lo detuvo de golpe. Le apretó el brazo—: Debes escucharme, hijo. La masonería está decidida a destruir a la Iglesia. ¿Vas a defender a tu santa madre Iglesia? —y retorció una ceja—. El Señor te exhorta a que devuelvas los bienes que le fueron robados por los masones del gobierno de Benito Juárez.

Maximiliano miró hacia la Ciudad de México.

Comenzó a temblarle un párpado.

—Sucede lo siguiente, excelencia —le dijo a Meglia.

Delicadamente volteó hacia el nuncio:

—Sucede que va a "estar difícil".

El nuncio se perturbó.

—¿Cómo dices…?

Su negro faldón se detuvo sobre el mármol.

—Excelencia —le dijo Maximiliano—, en estos momentos todos esos terrenos y edificios que fueron expropiados por el gobierno ya pertenecen a particulares. El gobierno los vendió. No podemos quitárselos a las personas que los compraron. Sería ilegal.

Meglia abrió los ojos.

—¿Cómo dices…? ¡Sí puedes! ¡Son bienes de la Iglesia! —y se llevó las manos a la cabeza.

—Excelencia, hacerlo sería ilegal. No voy a realizar actos ilegales en mi imperio.

El nuncio Meglia comenzó a entrecerrar los ojos.

40

—Maximiliano se convirtió en un francmasón. Ahora es un sirviente de Satán —le dijeron en Roma al papa Pío IX—. Ésta es la mayor decepción que está sufriendo la Iglesia.

El pretoriano Ionos Vadelli abrió un pesado libro. Caminó con él. Le dijo al papa.

—Significa excomunión. Aquí lo indica la encíclica *In Eminenti apostolatus specula* de Clemente XII del 28 de abril de 1738 —y con un dedo señaló el texto—: "Por esto prohibimos seriamente, y en virtud de la santa obediencia, a todos y cada uno de los fieles de Jesucristo de cualquier estado [...] osar o presumir bajo cualquier pretexto, bajo cualesquiera color que éste sea, entrar en las dichas sociedades de francmasones [...], esto bajo pena de excomunión" —y cerró el libro.

—No podemos excomulgarlo.

—¿Por qué no, Santidad?

—¡Pertenece a la familia Habsburgo, maldita sea!

—Entonces el joven Maximiliano está traicionando a su propia familia. Debe ser expulsado de los Habsburgo.

El papa vio a lo lejos a un diminuto hombre que se le aproximaba con un papel en la mano, caminando por el suelo de mármol, gritándole:

—Terrible, Santidad. ¡Terrible!

Pío IX ladeó la cabeza.

El sujeto se aproximó por el brillante suelo.

—Carta desde México, Santidad. Un mensaje de Maximiliano.

El delgado papel se posó en los dedos del papa. Lo leyó:

Para S. S. Pontifex Maximus Pius IX
Concordato que le propone el Imperio mexicano de Maximilian I

La Iglesia cede y traspasa al gobierno mexicano todos los derechos con que se considera, respecto de los bienes eclesiásticos que se declararon nacionales durante la república.

Pío IX permaneció en silencio, inmóvil, en medio del corredor de las estatuas.

El pretoriano Vadelli, temblando, se acercó al documento.

—No, no… —y miró al papa—. Maximiliano nos está traicionando. ¡Maximilian nos traicionó! ¡Ya perdimos para siempre los bienes en México!

Cayó de rodillas. Comenzó a persignarse. El papa movió una de sus alpargatas. Con lágrimas en los ojos, observó al joven mensajero.

—Ahora puedes irte.

Siguió leyendo el concordato de Maximiliano. Decía:

1. El gobierno mexicano tolerará todos los cultos; no únicamente el católico (protegerá, sin embargo, al católico, apostólico, romano, como religión del Estado). Se va a permitir el protestantismo.
2. El tesoro público proveerá los gastos del culto católico y el sostenimiento de los ministros.
3. Los sacerdotes católicos administrarán gratuitamente los sacramentos. Los sacerdotes no podrán cobrar a los fieles.

El papa estrujó el papel entre sus dedos. Crujió como un trueno.

—El joven Maximiliano acaba de traicionar a la Iglesia. Ahora es un sirviente del diablo.

En México, Maximiliano le dijo al obispo Labastida:

—Mi error fue no impedir que estos sacerdotes interfirieran tanto en la política —y se dirigió a José Fernando Ramírez—. Escriba por favor: Decreto de Pase de Bulas y Rescriptos, para publicarse el próximo 7 de enero en el Diario del Imperio. Se prohíbe en el Imperio Mexicano la publicación de la encíclica papal *Quanta Cura* de diciembre de 1864.

El obispo bajó la mirada. Se persignó.

—Ay, hijo. No sabes lo que estás haciendo.

Se retiró llorando. Minutos después, bajo la luz de una vela, aún llorando, empezó a escribirle al papa:

Santidad Amada:

El Ministro de Exteriores del joven Maximiliano, José Fernando Ramírez, es un masón del rito yorkino, simpatizante de Benito Juárez. Es el Venerable Maestro de la Logia Masónica "Apoteosis de Hidalgo Número 54". Maximiliano se está rodeando de masones.

41

Al norte, en el frío París, dentro del sombrío Palacio de las Tullerías, el emperador francés Napoleón III, vestido de blanco —como siempre—, recibió un mensaje secreto por parte del presidente de los Estados Unidos, Abraham Lincoln.

Lentamente abrió el sobre.

Sabemos que ustedes están apoyando a nuestros estados rebeldes.

Napoleón III tragó saliva.

Con terror, se dirigió a su medio hermano, el duque Carlos Augusto de Morny, presidente del Parlamento:

—Lo peor que podría pasarnos ahora en el mundo es que los *américains* terminen su guerra civil —y observó el mapa—. Si se declaran la paz, van a invadir México. Vamos a estar en guerra en ese maldito continente de *merde*.

Al otro lado del mundo, en el campo de batalla Appomattox, Virginia, en los Estados Unidos, un enorme buitre de dos metros de envergadura —un *Coragyps Atratus*—, con las patas chorreando de sangre, voló sobre el ancho lodazal de los pedazos de cuerpos mutilados: un total de seiscientos cadáveres.

Mojado en lodo, el corpulento general Ulysses S. Grant caminó acompañado por sus generales delegados William T. Sherman, George Gordon Meade y Philip Sheridan a la tienda de mando. Adentro los estaba esperando un joven con el correo para entregarles una carta.

El general Grant traspasó la lona. Extendió su mano.

—Dame eso.

El chico le dijo:

—General, ésta es la rendición del general Lee, jefe de las fuerzas rebeldes de los estados del sur.

Ulysses S. Grant se quedó inmóvil. Comenzó a retorcer sus extrañas cejas y le arrebató el papel mojado.

—Los rebeldes del sur se rinden —le sonrió el mensajero al general en jefe de los ejércitos de los Estados Unidos del norte—. ¡Se acabó la guerra!

Entre la densa capa de humo podrido, el general Grant, con los dedos temblando, comenzó a leer la carta a sus generales Sherman, Sheridan y Meade.

El general Lee le ofrece la rendición de los estados del sur. Me pide a mí, coronel Charles Marshall, transmitirle lo siguiente: "Soy Lee. Me encuentro a cuatro millas al este de Walker's Church. Me moveré hacia el frente con el propósito de encontrarme con usted para pactar la paz y terminar esta guerra. El mensaje que usted me envió señala que quiere una entrevista conmigo. Puede encontrarme para entregarle mi rendición por escrito en una casa adecuada. Hay una que pertenece al vendedor de abarrotes Wilmer McLean, en Appomattox Court House. El señor McLean nos va a prestar su sala. Allá lo espero. Estaré sin armas.

El general suspiró lentamente:
—*Now, on Mexico.*
Sheridan, Sherman y Meade asintieron.
—Amén, general Grant. Ahora sobre México.
El general Meade, con sus cejas peludas, se apoyó sobre su retorcido bastón masónico de madera, cuyos símbolos eran los siguientes: la escuadra y el compás, el ojo, la cadena horizontal compuesta de tres eslabones, y, por debajo, una calavera con dos fémures cruzados, con las iniciales F. H. C.

42

Al sur, en México, tres sombrías figuras se aproximaron temblando en la oscuridad a un edificio en apariencia abandonado en la calle Puente de Alvarado 90: la señora del Barrio de Dios, el ovoide Jasón Orbón, y yo, Max León.

En el silencio, observé la parte alta del edificio, donde se leían las palabras:

SUPREMO CONSEJO MASÓNICO DE MÉXICO.

Tragué saliva. Contemplé las ventanas enrarecidas, las grietas en el muro de la fachada. A mi espalda, el Huevo me dijo:
—Los masones son muy poderosos. No deberíamos meternos con ellos.
Volteé hacia él.
—No digas pendejadas —y seguí caminando—. A ellos no los va a perjudicar en nada.

—Espera —me sujetó por el brazo, pero me desafané:

—Mi tarea suprema en esta vida es no dejarme contagiar por tus miedos. Tú eres Huevo, y sobre este Huevo edificaré mi karma.

Por detrás de nosotros avanzaron quince hombres del Papi con armas largas Barrett calibre .50, de 1.44 metros de largo. Cada una pesaba catorce kilos y tenía un valor aproximado de catorce mil dólares.

Me dijo uno de ellos.

—Tú eres el detective. Tú diriges la operación —y me sonrió—. El Papi ya está confiando en ti.

Me aproximé a la puerta. Era de metal.

Con la planta del pie la pateé. Se trozó. Rechinó hacia el interior. Grité:

—¡Soy Max León! ¡Policía de investigación! —y observé el espacio oscuro adentro: efigies antiguas. Comencé a caminar.

Mis pasos, en el silencio total, hicieron crujir las piedras. Me detuve. La señora Salma contempló todo con asombro.

—Joven, no vamos a salir de aquí. Siento algo anormal —y comenzó a temblar—. Tengo miedo.

La sujeté por el brazo:

—Señora, me detectaron un problema médico en el oído. No oigo pendejadas.

Eso era para acabar pronto.

43

Cuarenta metros afuera de la tienda de Ulysses S. Grant, el general Philip Sheridan, de bigote crespo y caído, caminó sobre los cadáveres, sobre el fango con sangre y carne, junto con el general William T. Sherman, de rostro aguileño y expresión de "estresado".

—Maximiliano estuvo apoyando en secreto a los estados del sur. Que ahora no se atreva a ocultarlo. Lo hizo desde que llegó, por órdenes de Napoleón III —y le mostró un revólver LeMat—. Éste lo fabricaron en París. Malnacidos —y cortó cartucho—. Encontramos cientos como éste en Nashville. Entraron todo el tiempo por México, por Matamoros. Maximiliano ayudó a Jefferson Davis a tal grado que éste dijo temer que Maximiliano le cobrara por este servicio con la devolución de Texas —y le sonrió a Sherman, quien aligeró su expresión de "suspenso".

Se les aproximó por la derecha el general Lew Wallace, de Indiana, un sujeto delgado, barbudo y de ojos hundidos.

—Éste es el comunicado que nos envía Crittenden desde Kentucky —les mostró el papel húmedo, con manchas de intestinos—: "Los estados sureños confederados, de triunfar, van a expandirse más al sur, hacia lo que queda de México, e insisten en que van a transformar esos territorios de raza latina en plantaciones de esclavos mexicanos. Tienen el apoyo de un general mexicano".

Philip Sheridan tomó el papel. Lo leyó.

—"En la Constitución que redactaron en su llamado 'Congreso' de Montgomery, los estados sureños estipularon en su párrafo tres, sección tres, artículo cuarto: 'Los Estados Confederados del Sur podrán adquirir nuevos territorios, tomados de México, y en todos ésos extender la institución de la esclavitud, como ahora existe en el sur, y se promoverá y protegerá por el Congreso del Sur y por los gobiernos territoriales."

El delgado Lew Wallace, de treinta y ocho años, con bigote de cuáquero, les dijo:

—Querían crear un país que incluyera sus propios territorios y además la parte norte del actual México, incluyendo la zona del Caribe.

—¿Maximiliano estaba de acuerdo con eso?

—Iban a tomárselos; ya estaba acordado con él. La nueva nación iba a llamarse "El Imperio del Círculo Dorado".

—¿Círculo Dorado…? —le preguntó Sherman. Siguió avanzando sobre el lodo.

—… Un dominio esclavista, incluyendo esas partes de México. Los mexicanos iban a ser esclavizados para labrar nuevas plantaciones en los estados de Nuevo León, Sonora, Chihuahua, Coahuila, Tamaulipas, San Luis Potosí, Puebla, Guanajuato.

El general Philip Sheridan negó con la cabeza:

—Estos Confederados del Sur estuvieron todo el tiempo coludidos con Maximiliano —y se detuvo—. Varios generales sureños, en este mismo instante, están escapando hacia México —y señaló el sur—. Tienen un pacto con él. Él los va a proteger —y de su bolsillo sacó un documento enrollado. Lo mostró a los demás—. Los generales del sur que están pasando a México son Magruder, y —desenrolló el papel—: Joseph Orville Shelby, Thomas C. Hindman, Sterling Price, Alexander W. Terrell, y otros treinta —y de nuevo enrolló el documento—. Maximiliano les está regalando Córdoba, en Veracruz, para que se instalen ahí, para que creen su colonia. Se llama ya Nueva Virgina, "Ciudad Carlota".

Le sonrieron.

—*Dios… Dios…* —intervino William Sherman—. Una colonia de esclavistas en la costa de México.

—El diseñador de la colonia es amigo de Maximiliano. Se llama Matthew Fontaine Maury. Se conocen desde hace diez años por los viajes del navío *Novara* con el doctor August Jilek. Es astrónomo naval y oceanógrafo. Su hijo, Richard Launcelot, está viviendo en México, protegido por Maximiliano. Es él quien está construyendo la colonia para los esclavos mexicanos.

—¿Los generales están huyendo con sus ejércitos? —le preguntó Sherman.

—Están cruzando con todo y sus tropas: un total de siete mil soldados. Se los están regalando a Maximiliano para un futuro ataque contra los Estados Unidos.

Sherman cerró los ojos. Siguió avanzando sobre los pedazos humanos. Un brazo aún se contraía. Lo pisó con su bota. Tenía la manga "gris cadete" de los Confederados del Sur.

Se les emparejó el enviado del *New York Times*, Peter Paul, quien iba tras ellos y escuchaba la conversación de los generales y tomaba nota de la carnicería a su alrededor:

—Tengo aquí un reporte del *St. Louis Republican* —y les mostró un papel—. Es el informe de un hombre de Lexington que ya vio con sus propios ojos la colonia "Carlota", en México.

—¿La colonia "Carlota…"? —le preguntó el moreno Philip Sheridan.

—Son doce haciendas grandes. Van a plantar ahí algodón, café, cocoa y tabaco. El emperador Maximiliano les va a dar lotes de seiscientos cuarenta acres por familia a todos estos colonizadores. La colonia incluye también territorios en las ciudades de Cuernavaca, Monterrey, Tampico y Chihuahua. Además de los generales, hay otros en este proyecto: el ex gobernador de Tennessee, Isham Harris; el juez de Louisiana Perkins; y también el gobernador de ese estado, Henry Watkins Allen, todos ellos rebeldes contra Lincoln. Allen ya puso un periódico en la Ciudad de México con el propósito de impulsar su proyecto. Se llama *Mexico Times*, apoyado por Maximiliano. El gobernador de Missouri, Thomas Caute Reynolds, ya se adhirió también al emperador. Se dirige a la Ciudad de México. Van a complotar ahí contra los Estados Unidos. Iniciaron todo esto desde hace meses, cuando creyeron que la derrota podría ser posible.

El general Philip Sheridan permaneció en silencio. Cerró un ojo. Lentamente caminó sumiendo las botas en el fango, junto a una pierna amputada. Vio el torso de un soldado abierto por el diafragma. Sosegadamente volteó hacia los otros generales:

—Señores, es evidente que Maximiliano y Napoleón van a seguir dañando a los Estados Unidos. Lo hicieron mientras nosotros no podíamos defendernos. Ahora podemos.

Con discreción, el general Sherman lo tomó del brazo:

—El problema es el secretario William Seward. No quiere que provoquemos a Francia.

44

Dos mil cuatrocientos treinta y seis kilómetros al sur, dentro del Castillo de Chapultepec, en el alto monte sagrado de los aztecas, el emperador Maximiliano de Habsburgo —el nuevo "Moctezuma"— comenzaba a engalanarse.

Con delicadeza roció su fino perfume de acacias sobre su rostro y su cuello.

Comenzó a pintarse las líneas de los párpados.

—*Sie warten auf dich* —le gritó su esposa Carlota—. ¡Te están esperando, cariño! ¡Tu ciudad está siendo cuidadosamente diseñada!

Afuera lo aguardaban de pie siete hombres: generales y políticos de los estados sureños estadounidenses, derrotados por Abraham Lincoln, todos ellos esclavistas: Virginia, Kentucky, Tennessee, Mississippi, Missouri y Louisiana. Tres de ellos llevaban incluso armas consigo.

Maximiliano caminó hacia ellos, con aplomo, de la mano de su hermosa Carlota. Ella los impactó con su belleza. Los reverenciaron.

—Milady —le dijo el terrorífico John B. Magruder, de Virginia. Se dirigió a Maximiliano—: El emperador de Francia, Napoleón III, nos recomendó recurrir a usted —y le sonrió—. Nos indicó que usted atenderá esta solicitud sin presentar objeción alguna a la misma —y chocó sus duros tacones.

Maximiliano tragó saliva. Comenzó a caminar en torno a Magruder.

—Sí, sí, claro… —y miró a Carlota. Magruder, amenazadoramente, acarició el mango de su espada. En su pecho, Maximiliano vio el botón de los Confederados: la calavera cruzada de los Caballeros del Círculo Dorado.

—El Soberano Gran Comendador Albert Pike, mando supremo de los masones de los estados del sur, es un gran amigo de Napoleón III. Usted lo sabe. Me pidió entregarle este presente.

Con extremo cuidado, Magruder colocó en las manos del emperador una diminuta esfera de cristal llena de un líquido azul. Dentro del fluido, Maximiliano vio un pequeño caserío hundido.

—Lo llamamos la "Ciudad Sumergida".

Maximiliano comenzó a asentir con la cabeza.

—Gracias, gracias —y tomó el objeto. Lo apretó entre los dedos—. Bienvenido a México —le sonrió al general. Lo tomó del brazo. Comenzó a caminar con él por la terraza, sosteniendo la esfera de cristal en la mano—: Me honraría que usted aceptara entonces el puesto de jefe de la Oficina de Colonización de Tierras del Imperio Mexicano. ¿Le agrada?

El joven Poliakovitz, secretario de Maximiliano, se asombró. Comenzó a negar con la cabeza.

Se les emparejó otro de los visitantes: el astrónomo marítimo Matthew Fontaine Maury, de sesenta años, diseñador del proyecto "Nueva Virginia".

—Mire, Alteza —y le mostró los diagramas. Se dirigió también a Carlota—, así va a ser la colonia. Esto de aquí son las edificaciones para los esclavos mexicanos.

Maximiliano le sonrió:

—Me enorgulleces, viejo amigo. Hiciste proyectos brillantes para mí en el *SMS Novara*, y me recuerdas los bellos días de Brasil, cuando buscabas espacios para esclavos. Te nombro comisionado de Inmigración y Colonización del Imperio Mexicano. ¿Te parece bien?

—Excelente, Majestad. Gracias… —le sonrió a Carlota.

—Trae más gente de Europa a México: alemanes, austriacos, lo que sea. Necesitamos más gente europea en este territorio. Pero en este imperio la esclavitud no está permitida —los miró a todos.

Magruder le dijo a Maximiliano:

—Los torpedos eléctricos que inventó Matthew hundieron más barcos de Lincoln que cualquier otra arma marina —y le sonrió a Maury.

Los hombres atrás de Magruder se incomodaron. Se miraron unos a otros. Se les aproximó un sujeto de cabeza apretada, bigotón.

—Señor emperador —le dijo a Maximiliano—, yo soy el gobernador de Louisiana. Mi nombre es Henry Watkins Allen —y le extendió la mano—. Nos conocimos por carta. ¿Me recuerda?

—No lo recuerdo —le sonrió.

—Inicié aquí un nuevo periódico: *Mexico Times*. ¿Cree usted que el Imperio Mexicano pueda patrocinarlo? El emperador Napoleón III me dice que se sentiría muy complacido —le sonrió.

Maximiliano observó en su mano la diminuta esfera de vidrio con la "Ciudad Sumergida". Suavemente agitó la bolita.

—¿Espera usted que lo patrocine con impuestos de los mexicanos o con el tesoro de la familia Habsburgo? —le sonrió.

Allen le ordenó a su esclavo negro:

—Apunta: *Maximilian is a very funny Emperor. Mexico is the best country in the world for our people, and we expect large emigration.*

Su esclavo negro, de cabellos chinos, escribió a toda velocidad.

—Escribe —le dijo Allen—: México es el mejor país del mundo para venir a habitarlo y colonizarlo. Uno puede ir a la iglesia en la mañana, asistir a una corrida de toros por la tarde y escuchar una ópera por la noche. El emperador Maximiliano desea traer grandes contingentes poblacionales desde Europa: alemanes, austriacos, daneses, para ir europeizando a esta nación nativa, volverla más blanca. Se necesitan más personas de raza blanca.

Maximiliano se dirigió a su joven secretario particular, Nikolaus Poliakovitz:

—Coloca a todos estos hombres en los puestos principales del Imperio. Thomas Caute Reynolds, ex gobernador en Missouri, será ahora mi comisionado para el desarrollo del sistema de los ferrocarriles. El general Magruder será también mayor general en mi Ejército Imperial —y los miró a todos—. ¡Señores! ¡Ustedes tendrán su colonia aquí en México: la Nueva Virginia! —y les sonrió—. ¡Completen la construcción! ¡Será como cuando creé el puerto de Trieste! ¡Será mejor que cuando construí Miramar! —y en el aire levantó su pequeña esfera de cristal. La agitó de nuevo: la "Ciudad Sumergida"—. ¡Completen cuanto antes la Ciudad Carlota, la joya de mi corona!

Magruder le sonrió con desprecio.

—Estamos construyendo la gran nación del Círculo Dorado. Tú sólo eres el comienzo.

Por la espalda de Maximiliano, Nikolaus Poliakovitz le susurró:

—Majestad, ¿no le preocupa lo que va a pensar el presidente Lincoln? Usted está armando su gobierno con todos sus enemigos. Tal vez suponga que usted planea declararle la guerra, apoyado por Francia.

45

En Washington, le informaron al presidente Abraham Lincoln los peligrosos movimientos de los generales sureños con Maximiliano de Habsburgo.

Lincoln abrió sus hundidos ojos.

El general Ulysses S. Grant se le aproximó:

—Señor presidente, ¡actuemos ya! ¡Debemos hacer algo ahora! —y le mostró la lista de los generales conspiradores.

En su sillón, con su rostro de buitre, sus cabellos blancos y sus largas y delgadas piernas de zancudo cruzadas, el septuagenario ministro de Asuntos Exteriores, William Seward, se levantó.

—¡No, demonios! —le gritó a Grant—. ¡¿Usted quiere provocar a Francia?!

Grant llevó la mano al puño de su mosqueta.

—Francia nos está provocando a cada instante. Esto es una vergüenza. ¡Ahora tenemos a todos los esclavos negros del sur que estamos liberando de sus amos! ¡Con ellos podemos hacer un ejército reforzado! ¡Ya los estoy reclutando! ¡Tenemos ciento setenta y nueve mil ya enlistados!

Seward le dijo a Lincoln:

—Señor presidente —y de reojo miró al general—, no podemos involucrarnos en una guerra nueva por ahora. ¡Nuestros ejércitos deben reponerse! Nuestros soldados quieren volver a sus casas, con sus familias... se lo aseguro. ¡No todos quieren vivir siempre en guerra! —y señaló a Grant—. Señor presidente, manténgase por lo pronto alejado de la guerra. Yo solucionaré este malestar de Maximiliano por medio de la diplomacia.

Lincoln le sonrió.

—¿Diplomacia...? —y ladeó su huesuda cabeza.

—Yo haré caer a Maximiliano.

El general comenzó a negar con la cabeza. Pensó: "Estás equivocado, maldito cabeza de pelícano —y miró fijamente a Seward—. Lo voy a hacer caer yo. ¡Yo soy quien terminó con nuestra guerra civil a través de las armas!". Y, enfurecido, salió del Salón Oval con sus zancadas abiertas de sapo, amasando en la palma el mango de su mosqueta.

—Ya me cansé de oír siempre: "¿Qué es lo que va a hacer el general Lee? ¿Qué es lo que va a hacer el general Lee?" —e hizo una mueca fea—. Idiotas. Yo les digo: "Piensen ustedes qué van a hacer en vez de preguntarse qué va a hacer el general Lee" —y se dirigió a su agente Lovel—: Desde este instante nada sobre el tema de México se comentará con el secretario Seward. Él nos quiere sometidos ante Francia.

46

Al sur, en México, ciento cincuenta años en el futuro, dentro del avejentado edificio número 90 de la calle Puente de Alvarado, la delgada y anciana Salma del Barrio de Dios con su faldeado vestido blanco, mi compañero policía Jasón Orbón, y yo, Max León, andábamos por el corredor apagado entre las estatuas resquebrajadas, seguidos por los quince hombres del Papi, armados con sus rifles Barrett .50. Ellos se internaron en los corredores, arriba y abajo, para tomar el edificio. Asesinaron a tres de los guardias con ráfagas. Uno de ellos alcanzó a gritarles:

—¡No saben con quiénes se están metiendo, pinches pendejos! —y le volaron la cara con las balas expansivas de 13.8 centímetros de largo y media pulgada de ancho.

—¿Esto es la masonería...? —me preguntó Jasón con la boca abierta y los ojos brillosos. Observó la enorme estatua de un hombre gordo, titánico, barbado, semejante a un profeta de la Biblia. No notó las cámaras en la parte de arriba, ni la alarma silenciosa que se activó en el pasillo con nuestro movimiento.

Detrás de la estatua vi una gran roca adosada al muro, semejante al calendario azteca: un enorme círculo de gran tallado con la mitad inferior aparentemente llena de agua. Adentro del agua vi, flotando, un pequeño caserío sumergido. Decía *Urbs Subaquanea*, "Ciudad Sumergida". Entre el caserío y la superficie del agua había una escalera tenuemente labrada.

No entendí el significado.

La dulce señora Salma comenzó a aproximarse a la imponente estatua del hombre bíblico. Con temor, lo tomó del pie descalzo, hecho de mármol. Miró al hombre hacia arriba. El letrero en sus pies decía:

—Joven Max —me dijo la señora Salma. Tragó saliva—, el enfrentamiento de México con Francia y la "guerra civil" de los Estados Unidos fueron un mismo conflicto masónico que no se ha revelado al mundo.

Abrí los ojos.

—¿Perdón, señora…?

—Le aseguro que nada de esto lo va a encontrar en ningún libro escrito hasta ahora, al menos en México. Esto es parte de la historia prohibida.

Con su delgada mano sumió en la roca el botón de hierro situado justo debajo de las palabras *Urbs Subaquanea*, "Ciudad Sumergida". Me dijo:

—Cuando llegue a mi edad, se dará cuenta de algo muy importante —y me sonrió—: vivimos muy poco tiempo.

Comenzó a abrirse la roca. La estatua misma, incrustada al muro, empezó a girar hacia adentro.

47

En la Casa Olindo, recién construida, con rocas y pasta de yeso en el suelo y partes de las paredes sin terminar, el atlético y respingado emperador Maximiliano, desnudo de pies a cabeza, caminó en la oscuridad, sobre la alfombra nahua de la jovencita indígena Concepción Margarita Sedano y Leguízamo.

Con gran delicadeza, en el silencio, Maximiliano le acarició el rostro con las yemas de sus largos dedos. Le dijo:

—*Ein Kaiser verdient es auch, geliebt zu werden. Du bist hübsch* —le sonrió—. Un emperador también merece ser amado. Tú eres bonita.

Ella tragó saliva. Cautelosamente volteó a la oscura ventana. A lo lejos vio a su papá, entre las ramas. Observó al Habsburgo.

Le dijo al príncipe:

—*Mach tictomachiliah occeppa mohualhuiliz, totonaltzin*. No me someterás como a los otros. Mi pueblo ya no volverá a ser conquistado.

Él comenzó a besarle el rostro.

Concepción, con sus brillantes ojos negros, levantó la mirada. Leyó las cinco letras: "A. E. I. O. U".

En medio de las cinco letras vio un dibujo: una ciudad inundada.

En su mente sintió un relámpago. Empezaron a temblarle los brazos. Sintió ser amarrada, en un calabozo, encadenada a una piedra. Escuchó una voz que le gritaba:

—¿Dónde está el tesoro? ¡¿Dónde está el maldito tesoro?! ¡El rey Carlos V quiere el tesoro!

Ella vio el reluciente casco de acero y el rostro de un hombre con barbas: Julián de Alderete, tesorero real del emperador Carlos V de Alemania y España, acompañado por los soldados de Hernán Cortés. El conquistador le aproximó aceite hirviendo a los pies. Empezó a quemárselos, derritiéndole las plantas.

—Éste es el día en el que termina tu "Anáhuac". Vamos a borrarte la memoria. La familia Habsburgo quiere el tesoro azteca. ¡¿Dónde está el oro?! ¡¿Dónde está?!

—Lo arrojaron todo al lago. Se trataba de treinta toneladas de oro. Todo eso, o parte, se trasladó por mar para la familia Habsburgo. Es la razón por la que torturaron a Cuauhtémoc.

—Diablos.

Esto se lo dijo, en las catacumbas del Castillo de Chapultepec, el arqueólogo enviado por el emperador francés Napoleón III, Eugène Boban, con su chaleco de camello, al chaparro general francés Achille Bazaine.

—Nuestro capitán Jean Fleury en 1522 logró capturar dos de los barcos de Domingo Alonso de Amilibia, en el cabo San Vicente, con una parte del tesoro de la puerta de Alonso Yáñez, el que traían Antonio de Quiñones y Alonso Dávila.

—¿El tesoro de Ango? —le preguntó Bazaine, con sus ojos de sapo.

—Así es. Es la puerta del palacio imperial azteca —y Boban siguió abriendo las vigas con las manos—. El otro barco de Amilibia fue ocultado por el capitán Martín Cantón y el marino Juan de la Ribera en la isla Santa María. Pidieron auxilio al emperador Carlos V en Sevilla, pero los dejó morir solos. Cuarenta y cuatro mil novecientas medidas de oro; 8.139 toneladas de plata; huesos de mamuts; tres jaguares vivos. Uno de éstos rompió la jaula y devoró al contador de Carlos V, Julián de Alderete. El monarca envió a Pedro Manrique con el obispo Juan Rodríguez de Fonseca, presidente de la apenas creada Junta de Indias. El obispo trasladó el tesoro a la bóveda secreta de los Habsburgo. En 1637 un indígena, Francisco de Tapia, informó al virrey español aquí en la Nueva España, en Cadereyta, que el resto del tesoro estaba, en efecto, debajo de la laguna de San Lázaro, delimitada por el albarradón del Peñón de los Baños —y señaló el oriente.

—¿Ya excavaste ahí?

Eugène Boban lo miró fijamente.

—¿Tú qué crees, maldita sea? ¿Acaso crees que vine a estafar a mi emperador Napoleón III? —siguió avanzando.

En Cuernavaca, Maximiliano suavemente introdujo su miembro viril "Habsburgo" dentro del delicado cuerpo de la India Bonita. Le acarició los bellos ojos.

—Te voy a decir la verdad sobre el tesoro azteca, niña bonita. Eres tú, Concepción Sedano —le sonrió.

Ella se giró sobre la almohada.

—No digas mamadas.

48

Tres mil setecientos kilómetros al noreste, el "presidente" de los estados sureños, Jefferson Davis, estaba prisionero en un barril de hierro, encadenado con grilletes que le cortaban los tobillos colocados por el general Nelson Miles. Ahora el aguileño y rubio sureño, líder de los estados esclavistas apoyados desde Europa por Napoleón III, estaba dentro de una celda de hormigón reforzado del Fort Monroe, Virginia. El techo era redondo, asfixiante.

Parecía una cueva.

—¿Qué le parece ser "presidente" de los "estados confederados"? —le sonrió el general Philip Sheridan, de rostro casi mexicano. Retorció su bigote hacia arriba. Le colocó la punta de su espada debajo de la barbilla.

El arrestado no le contestó. Bajó la mirada.

El general George Meade se acercó a él, arrastrando su bastón masónico con el símbolo de la calavera cruzada. Le puso el bastón en la boca. Le dijo:

—Si acaso tú eres mi hermano, entonces no sólo será mi placer, sino también mi deber moral, ayudarte —y lentamente le sonrió—. ¿Eres mi hermano…?

Jefferson Davis lo miró fijamente con sus brillantes ojos azules. Le escupió en la cara.

—No soy masón —le dijo—. Mi padre lo fue. Nunca he sido un masón libre y aceptado. Todo esto lo sabe J. L. Power, el secretario de la Gran Logia de Mississippi. Es mi amigo.

Meade lo observó fijamente. Entrecerró los ojos. Con la manga se limpió el escupitajo.

—¿Qué demonios es el país del "Círculo Dorado"? —le preguntó—. Háblanos de ello. ¿Quiénes son los "Caballeros del Círculo Dorado"? ¿Tú eres, acaso, uno de ellos? ¿Qué es la "Ciudad Sumergida"? ¿Quién dirige la "Organización"? ¿Acaso tú firmaste el pacto secreto con Maximiliano?

Philip Sheridan le dijo a Jefferson Davis, en medio del silencio:

—Necesito que me digas la verdad: ¿cuál es exactamente el pacto con Maximiliano? ¿Qué va a hacer ahora contra los Estados Unidos? ¡¿Cuál es el plan completo?!

Jefferson Davis permaneció callado. Comenzó a sonreír.

El general George Meade le puso su bastón masónico en la cara.

—No quiero lastimarte. Dime quiénes están contra los Estados Unidos. ¿Quién es la cabeza? ¿Es Napoleón III?

Jefferson Davis se mantuvo mudo. Miró a Sheridan. Le escupió.

Sheridan volteó hacia George Meade. Procedió a limpiarse la saliva del esclavista.

Jefferson Davis les dijo a los tres generales:

—John Magruder transportó el algodón de los estados del sur a México. Desde ahí Maximiliano lo exportaba a Francia en cargueros mexicanos. Así evitamos el control naval de Lincoln, el "bloqueo del Atlántico", sus buques de guerra. Frank Yturria es el traficante marítimo, amigo de Maximiliano.

—¿Amigo de Maximiliano? —se miraron los tres.

—… Y es aliado de Napoleón III. Ese triángulo nos dio dinero. Por eso los estados del sur siempre tuvimos flujo financiero. El bloqueo no nos hizo daño.

El general Meade le preguntó:

—¿Maximiliano les permitió a Yturria y a Magruder controlar las aduanas en Matamoros y en Brownsville para transferir todo ese algodón a México?

—Comerciamos miles de toneladas en secreto hacia Europa —sonrió para sí mismo con la cara inflamada por los golpes—. Así engañamos a los barcos de Lincoln en el Atlántico. Usamos barcos de México, barcos del "Imperio de Maximiliano".

El cuáquero Lew Wallace, con su huesudo rostro de barbas de Drácula, le mostró un papel al moreno y "mexicanoide" general Philip Sheridan:

—Los cargamentos de algodón de los esclavistas salían desde Veracruz y desde Puerto Bagdad, Tamaulipas, en transportes mexicanos. Maximilian le dio a Yturria, como premio por estos servicios, la Medalla Caballero de la Orden de Guadalupe.

Philip Sheridan se le aproximó a Jefferson Davis:

—Tú fuiste el jefe de esta insurrección. Tú quisiste partir a los Estados Unidos, crear en el sur un nuevo país, el "Círculo Dorado", un imperio de plantaciones de esclavos negros y mexicanos con porciones de México que quisiste arrancarle a Maximiliano. Quisiste crear con este nuevo "Estados Unidos Confederados" una potencia mundial algodonera dueña del comercio del Atlántico y destruir lo que quedara del norte. ¿Qué me puedes decir ahora sobre Maximiliano? ¿Quién es la cabeza detrás de todo esto? ¿Es Napoleón III? ¡¿Quién quiere destruir a los Estados Unidos?!

El rubio Jefferson Davis comenzó a sonreír.

—Esta guerra no terminó —empezó a llorar—. ¡Ellos no van a dejarse ganar!

Philip Sheridan se enderezó. Se dirigió a Lew Wallace y al general George Meade.

—¿*Ellos*...?

Jefferson Davis rio, con la mirada en el piso.

—Ellos son intocables —y lloró más—. Ustedes no pueden alcanzarlos. ¡Ellos nunca van a dejarse ganar!

—¡¿Ellos...?! ¡¿Quiénes son "ellos"?!

—Van a vengarse de Lincoln. Ya lo verán.

49

Doscientos noventa kilómetros al norte, dentro del ladrillado teatro Ford del número 511 de la calle 10 en Washington, D. C., la horda de los políticos norteños se apiñó alrededor del presidente Abraham Lincoln. Lo escoltaron a empujones escaleras arriba, hacia su palco.

—Señor presidente —le preguntó un periodista—, el general Sheridan está acumulando tropas en la frontera con México. ¿Vamos a invadir este país de nuevo, como en 1847?

El presidente abrió los ojos. Se detuvo.

—No deseamos conflictos con ninguna de las potencias de Europa, y menos ahora que acabamos de salir de nuestra propia guerra —y en el descanso de la escalera, vio un cartel teatral: "Harry Hawk y Laura Keene estelarizan esta comedia: *Our American Cousin*". Subió los escalones. Le sonrió al hombre de la prensa—. ¿A ustedes les parecería inteligente hacerlo?

—Pero, señor —lo siguió el reportero—, el emperador Napoleón III está advirtiendo que estas tropas en el Río Grande son para invadir México, y que son una agresión contra Francia.

—No sé de qué tropas está usted hablando. No tenemos en la frontera más tropas que las que están persiguiendo al general rebelde Kirby Smith, quien no se ha rendido.

—¡Napoleón III ha ordenado a su ejército que se prepare para un estado de guerra en Francia contra los Estados Unidos!

Lincoln les sonrió:

—Usted se deja llevar mucho por las especulaciones, querido amigo. Nunca publiquen especulaciones —le guiñó su ojo hundido.

—Señor presidente —lo detuvo un sujeto de cabellos rojos—, ¿usted va a castigar a los miembros de la sociedad secreta "Caballeros del Círculo Dorado", que estuvieron detrás de la rebelión de los estados del sur? ¿Son masones?

—No los conozco.

—¿Están apoyados por Francia, o por el emperador Maximiliano, o por Napoleón III? ¿Teme usted que esta organización permanezca actuando en secreto?

El presidente vio, a través de las cortinas, su palco honorífico y el enorme cuenco del teatro lleno de gente que comenzó a aplaudirle con sólo ver el movimiento de la cortina. Lo recibió, en su traje de gala, el fornido general Ulysses S. Grant.

—Señor presidente —y le extendió la mano. A su lado, la esposa de Grant, Julia, también lo saludó.

Los espectadores de la parte de abajo comenzaron a levantarse de sus butacas. La orquesta empezó a tocar con sus cornetas el himno para Abraham Lincoln: *Hail to the Chief* —el *Saludo al Jefe*—.

Lincoln, con sus largas piernas delgadas, caminó al barandal del palco. Volteó, sonriendo, hacia su general en jefe, quien le dijo:

—Señor, el general Philip Sheridan me informa que ya tiene montado el aparato para simular la persecución del general Kirby Smith en Galveston, Texas, diciendo que no se ha rendido. Con este pretexto vamos a movilizar a veinticinco mil soldados del general Canby, a doce mil del general Reynolds de Arkansas, y a veinte mil negros recién liberados y entrenados a los puntos clave de la frontera con México. Sheridan los va a distribuir a lo largo del borde del Río Grande. El armamento lo va a abastecer Lew Wallace, desde la fábrica de Indiana; lo vamos a colocar justo frente a la población de Camargo: rifles, municiones y equipos de asalto para que los hombres del señor Benito Juárez los tomen ahí. Ya tenemos el acuerdo con su general José María Carbajal para que este trasiego de armamento se haga en secreto. El general Meade está investigando si existe financiamiento de los "Caballeros del Círculo Dorado" que provenga directamente de las arcas de México, del tesoro de Maximiliano.

El presidente Lincoln comenzó a entrecerrar los ojos. Observó a la gente en el teatro, aplaudiéndole.

—Es extraño —le susurró a Grant—: ayer tuve un sueño muy semejante a esto —y se dirigió al general, quien frunció las cejas.

—¿Un sueño…?

Sacudió la cabeza. Le dijo al presidente:

—Esto es lo que acabo de escribirle al general Sheridan —le leyó el papel—. "Para ser claro en este último punto: el Río Grande debe ser mantenido fuertemente con esas tropas, ya sea que las fuerzas de Texas de Kirby Smith se rindan o no. No debemos tardar nada en tener esas tropas ahí, en la frontera con México, para su eventual uso" —y comenzó a doblar el telegrama.

El presidente Abraham Lincoln cerró los ojos.

—Que el secretario Seward no se entere de esta operación. Él debe continuar sus negociaciones con Francia en forma natural, por medio de Montholon.

—Se lo prometo, señor. Ésta es una operación secreta. Se llama Operación México-Operación Benito Juárez. Colocaremos al señor Juárez de vuelta en la presidencia de México.

Abraham Lincoln permaneció absorto. Observó a la gente, que cantaba para él, y le aplaudían desde el escenario por haber terminado la guerra de separación de los estados del sur. Lentamente le susurró a su general:

—Juárez es un hombre al que yo admiro —y se volteó con su esposa Mary. Ella lo tomó de la mano:

—Amado, has vencido la esclavitud. Has cambiado el mundo —y le apretó los dedos—. Nunca más triunfarán los esclavistas en el mundo.

50

Abraham Lincoln suspiró. Sonrió para sí mismo. Vio en su memoria una cabaña de troncos: el piso con lodo, sus juguetes de trapo, el rostro joven de su mamá. Cerró los ojos. Tomó la mano delicada de su esposa Mary. A su derecha le sonrió el general Ulysses S. Grant. Los tres miraron hacia el escenario.

Los delgados actores comenzaron a gritar, a bailar, y la gente a reír. Lincoln observó a la actriz Laura Keene, de cabellos rizados. Él se carcajeó. La actriz le gritó al actor Harry Hawk, sin dejar de mirar al presidente:

—¿Qué tiene que ver la condenada cola de un perro con un carro?

Lincoln, sonriendo, volteó con su esposa. Sintió en su brazo la mano fuerte y caliente del general:

—Señor presidente... ¿cuál fue su sueño?

Lincoln entrecerró los ojos. Se perturbó. Comenzó a temblarle el antebrazo. Vio al actor Harry Hawk gritándole a Keene:

—¡Señora Mountchessington! ¡No conozco los modales de la buena sociedad! ¡Bueno! ¡Supongo que sé lo suficiente como para volverla a usted al revés!

Entre las risas del público, Lincoln comenzó a ladear la cabeza. Se volvió hacia el general Grant. En su mente vio un lago gigantesco, grisáceo. Del agua comenzaron a salir seres sin forma. Le susurró:

—Soñé que usted, el secretario Seward y yo íbamos a bordo de un gran barco...

—¿Un gran barco...? —le preguntó Ulysses Grant a Lincoln, en el teatro.

—Un transbordador muy largo, sobre las olas, en silencio.

Grant abrió los ojos.

—¿Olas...? ¿Hacia dónde?

Lincoln hizo una pausa.

—Hacia una costa extraña... —y lo miró a los ojos—. Hacia lo incierto...

Las risas del público se volvieron ensordecedoras.

Lincoln observó a los actores. Estaban felices.

En su cabeza sintió una punta de metal dura y fría. Le entró desde la nuca. El disparo le atravesó el cerebro hacia la frente. Le hizo estallar los tejidos dentro del cráneo. Su hueso frontal reventó hacia adelante.

—¡El sur no está vencido! —le gritó al oído un hombre—. ¡Viva el Clan Círculo Dorado! ¡Viva el Patrón de la Orden!

Con un cuchillo, el asesino comenzó a herir en los brazos al mayor Henry Rathbone, capitán del décimo segundo Regimiento de Infantería durante la guerra, quien protegía al presidente.

—¡Mueran los tiranos!

El general Grant se levantó de golpe. Con enorme violencia comenzó a golpear al hombre, pero se retrajo para proteger a su propia esposa. El sujeto con el cuchillo en el aire lo miró con fijeza, respiraba como un demente. Le sonrió a Grant, mostrándole los dientes.

—*Sic Semper Tyrannis! Sic Semper Tyrannis!* Así mueran siempre los tiranos. *Sic Semper Tyrannis!*

Saltó del balcón, al escenario, resbalándose por la bandera estadounidense a través de sus treinta y cuatro estrellas. Gritó mientras caía sobre el aterrado público:

—*Sic Semper Tyrannis!* ¡Independencia!

Dentro de la casa de Seward, el despeinado criminal Lewis Powell, de veintiún años, con los ojos desorbitados, subió corriendo por las escaleras con una pistola en el aire. Gritó:

—*Sic Semper Tyrannis!* ¡Así mueran siempre los tiranos! —y comenzó a tirar con su revólver los faroles del balaustro—. ¡Voy a matar al secretario Seward!

Los faroles cayeron abajo, a los pies del horrorizado hijo del secretario, Frederick Seward. Frederick comenzó a subir la escalera:

—¡¿Quién es usted?! ¡Deténgase! ¡Auxilio! ¡Fanny!

—¡El sur no está vencido! —y jaló del gatillo. Le rompió el cráneo.

En la habitación cerrada, el secretario William Seward, con su cabeza canosa de pelícano, se encontraba acostado en la cama, con su brazo enyesado, leyéndole un cuento a su hija, Fanny Seward: *El fin de la esclavitud en el mundo*, escrito por el presidente Abraham Lincoln.

En la habitación, el secretario le imploró al asesino:

—No lastime a mi familia. ¡Por favor!

El asesino, con el cuchillo, comenzó a cortarle la cara.

—¡Soy un demente! ¡Soy un total demente! —le dijo Lewis Powell. Le rebanó el rostro por los dos lados—. ¡Viva el Círculo Dorado!

51

Nueve horas más tarde, en la oscura casa del sastre William Petersen, a veinte metros del teatro Ford, a punto de amanecer el día 15 de abril, el presidente Lincoln permanecía vivo, recostado en diagonal sobre la cama.

Respiró gracias a la acción de los sistemas vegetativos de su cerebro medio.

Su secretario John Hay suavemente le apretó la mano. Observó la inflamación enorme que tenía en el ojo derecho. Al fondo, la señora Mary Lincoln se cubrió la boca y empezó a llorar en silencio. Le dijeron:

—También hubo atentados contra el vicepresidente Andrew Johnson y contra el secretario Seward.

El cirujano militar Charles Keale, de veintitrés años, se arrodilló junto al presidente. Delicadamente lo tomó de la otra mano. Observó sus ojos que miraban al techo, sin expresión, con las pupilas dilatadas.

—No voy a soltarlo. Voy a estar aquí —y le dolió la tráquea. Volteó con John Hay—. Tiene fractura en las placas orbitales, en ambos lados. Muerte cerebral.

Junto a la cama estaba el secretario de Guerra, Edwin Stanton, y el secretario de la Marina, Gideon Welles.

A las 7:22 de la mañana se detuvo la respiración.

52

—Maximiliano fue parte de la Guerra Civil de los Estados Unidos. Ésta es la realidad que no se enseña en los libros de historia: ni en México ni en el mundo. Maximiliano proveyó armas por parte de Francia y de las demás potencias de Europa para debilitar a los Estados Unidos. Francia y en general Europa patrocinaron la insurrección independentista de los estados del sur que querían crear un segundo Estados Unidos abajo, con el objetivo de destruir la expansión de "América" y recuperar el continente recién descubierto para los poderes europeos.

—Diablos… —le dije a la nana de Juliana H.—. ¿Por qué esto no se enseña en las escuelas? —y seguí avanzando, en la oscuridad.

Ella continuó trotando.

—Todo esto se ha mantenido debajo de la mesa para no crear una nueva enemistad entre los Estados Unidos y los países de Europa, quienes son hoy sus grandes aliados. Si este pasado saliera a la luz, la población actual sabría que Europa nunca quiso que los Estados Unidos surgieran como potencia. Esto es lo que hoy está en juego.

Esto me lo dijo al interior del inmueble de los masones. Seguimos trotando dentro del apretado corredor en declive, flanqueado por las estatuas rotas.

Me dijo:

—Si toda esta historia ha permanecido un siglo y medio sin ser contada es porque nadie quiere contarla. Nadie la ha escrito como ocurrió realmente porque a nadie le conviene, y menos a los Estados Unidos. Han cubierto este pasado.

Me quedé perplejo. Sin dejar de caminar, observé los rostros rotos de las estatuas. Decían: Manuel Basilio da Cunha Reis, Federico Semeleder, Rodolfo Günner, James H. Loohse, Andrés Cassard.

—¿Por qué los Estados Unidos…?

—Esto tiene una explicación —me dijo la delgada y frágil pero correosa nana—. La explicación es tan siniestra como la historia misma que oculta: los Estados Unidos no quieren que esto se conozca; su gobierno no lo informa a sus propios ciudadanos por la simple razón de que ello haría regresar el odio de los estados del norte contra los del sur, que son los que ahora votaron por Donald Trump. Esta reconciliación de norte y sur les ha costado décadas, y no se ha logrado del todo. Sigue existiendo el Ku Klux Klan, se sigue odiando a los afrodescendientes. Buscan olvidar el pasado, mantenerse unidos, sin rencores por el magnicidio de Lincoln. El sur y el norte tienen dos visiones completamente diferentes de la vida, del mundo. Esto se debe al perfil psicológico de los que colonizaron Texas cuando fue arrancado de México tras la guerra de 1847: piratas, buscadores de tesoros, esclavizadores. Tampoco quieren que esto lo sepan los niños estadounidenses actuales porque se destaparía la cloaca: se crearía un resentimiento contra los países poderosos de Europa por haber complotado para destruir a los Estados Unidos con esta maquinaria de la que fue parte Maximiliano. Se alteraría el orden actual del mundo —y continuó trotando—. Por eso los gobiernos de las actuales potencias mejor mantienen a la gente en la ignorancia sobre toda esta trama de la historia con una leyenda falsa de lo que ocurrió: la que se consume en las películas y en los libros, creada para las actuales generaciones del planeta, en la que Juárez venció por sí solo a Maximiliano y a Francia sin la intervención de los Estados Unidos; en la que Lincoln fue asesinado por un psicópata sin respaldo de Europa; en la que la Guerra Civil americana ocurrió sólo porque había unos esclavos negros. México es sólo una parte más de toda esta mentira —y me miró fijamente—. Están ocultando quién fue la mente que movió todo, el Patrón de la Orden, cuyo poder no ha desaparecido.

Tragué saliva.

—¿No ha… desaparecido…? Dios… ¿Quién es ese Patrón de la Orden?

Ella continuó trotando por el corredor, hacia el "tesoro Maximiliano".

—Son los mismos que crearon la desestabilización de los Estados Unidos en 1861, trajeron a Maximiliano a México en 1864 y mataron a Lincoln en 1865. Ulysses S. Grant lo dijo: "El problema de Maximiliano en México es parte de nuestra Guerra Civil con el sur". Investiga la organización Caballeros del Círculo Dorado. Siguen existiendo. Hoy son doce mil personas. Se llaman Ku Klux Klan. Son los que pusieron en el poder al actual presidente de los Estados Unidos, Donald Trump.

—Diablos. ¡No, no! —me puse las manos en la cabeza.

La nana se detuvo a mitad del oscuro pasillo. Suavemente me tomó por el antebrazo:

—Joven Max León, el archiduque Maximiliano fue utilizado por todos esos hombres. Él fue parte de un complot planetario. Pero ¿qué?, o ¿quién?, o ¿por qué? Ni siquiera el emperador mismo lo supo. Lo mataron antes de que él averiguara quién lo controló desde el día uno, al lanzarlo a México. ¿Cómo vamos a saber hoy con veracidad nosotros, quince décadas después, qué pasó? —y siguió avanzando. Miró a los ojos, en la negrura, la estatua del masón Albert Pike—. El gobierno tiene prohibido investigar todo esto, por la Comisión Educativa. Se persigue al que cuestione la historia oficial sobre Juárez, sobre la Guerra de Reforma. ¡Basta de mentir así a los niños! —y siguió trotando a la oscuridad—. Por eso no crecerá México; mientras esto se oculte, no creceremos jamás.

Al fin se detuvo frente a una pared y lentamente colocó su delgada palma sobre ella. Comenzó a quitarle el polvo. Había unas letras en la piedra:

SECRETO MAXIMILIANO. INTERROGATORIO EFECTUADO POR MANUEL AZPÍROZ. TESORO HABSBURGO.

53

—Son la organización secreta Caballeros del Círculo Dorado —le dijo el general Philip Sheridan al cuáquero y barbudo general Lew Wallace, de Indiana. Juntos entraron a la tenebrosa celda de la Military Prison de Louisville, Kentucky.

Por debajo de las paredes y techo reforzados de acero y roca, iluminado desde arriba por una perturbadora corona de velas, vieron al detenido implicado en el asesinato del presidente Abraham Lincoln.

Era un sujeto con una barba que le colgaba como un pesado grillete. Estaba sonriéndoles, sin parpadear, esposado a la silla por detrás. Observó al general Sheridan, quien le dijo:

—Usted fue arrestado desde el 25 de julio de 1863 por espionaje confederado contra el presidente Lincoln.

El doctor George Washington Lafayette Bickley, del estado sureño de Virginia, no se movió. Permaneció sonriéndole sin cerrar los ojos. Observó a Sheridan.

El general le dijo:

—Quiero que usted me diga ahora todo lo que sabe sobre el ataque de ayer contra el presidente Lincoln. ¿Usted es parte de esto?

El convicto no abrió la boca. Le sonrió. Philip Sheridan colocó su mano sobre la cabeza del médico apresado.

—¿Qué sabe usted sobre este asesinato y sobre el perfil del tirador, John Wilkes Booth? —y le mostró la brillante pistola utilizada por Booth para matar al presidente: la pequeña y redondeada Derringer calibre .44, de madera con plata.

El doctor Bickley miró el objeto.

—Es bonita —le sonrió. Philip Sheridan se volvió al general Lew Wallace.

—¿Es usted sí o no el creador de la organización racista llamada Caballeros del Círculo Dorado, la cual preparó el estallido de la Guerra Civil en este país, y cuyo integrante era el señor John Wilkes Booth?

Bickley lo miró fijamente.

—Yo soy sólo el sobrino del general Bickley —le sonrió.

—¿Usted pertenece a alguna logia masónica?

—Yo no sé nada —le respondió. Miró el techo, hacia el candelabro con velas.

—¿Usted dirigió la Logia Know-Nothing?

Se le aproximó, con su bastón masónico, el general George Meade.

—El partido Know-Nothing es anticatólico, pero también es antimasónico —y miró a Sheridan—. Es una antilogia.

Philip Sheridan se dirigió a Bickley:

—¿Usted tiene algo que ver con el asesinato del presidente Abraham Lincoln? ¿Quién está detrás de esta organización? ¿La financia el emperador Maximiliano o el emperador de Francia?

Bickley le sonrió al general Meade:

—El secretario Seward pertenece al Partido Antimasónico. Supongo que usted lo sabe.

A Meade le brillaron los ojos.

Philips Sheridan le dijo al médico:

—¿Es usted, sí o no, el creador de la organización de los Caballeros del Círculo Dorado?

Bickley le dijo:

—Yo no pertenezco a ninguna organización secreta. Y si fuera secreta, ¿cómo es que usted sabe sobre ella? Al parecer usted sabe más sobre ella que yo —y soltó una risita con sus dientes chuecos.

Sheridan y Meade se miraron el uno al otro. El general Lew Wallace caminó por detrás de la mazmorra. Leyó un papel.

—Cuentan con veintiún puntos de reunión en todo el sur de los Estados Unidos. Los llaman "castillos". Tienen inscritas a cuatro mil personas, principalmente oficiales militares en activo: se llaman a sí mismos "jinetes". Tienen un culto a dos dioses: el "Brujo Imperial" y el "Gran Dragón". Su lema es "Superiores por Raza-Derecho a Esclavizar". Se disfrazan con túnicas de inquisidores y se cubren los rostros con sombreros de cono medievales. Han secuestrado a los esclavos negros que escapan. Los torturan, los queman vivos en postes, mientras los integrantes sostienen antorchas.

Sheridan comenzó a negar con la cabeza. De la mesa tomó un pequeño libro, oloroso. Se lo mostró al doctor Bickley.

—Usted escribió este libro, ¿cierto? ¿Son las instrucciones para torturar a los esclavos? —y se volvió hacia George Meade—. Este libro, llamado *Degree Book*, fue encontrado por el mayor Fry en el baúl de este demente —y comenzó a hojearlo. Vio las ilustraciones: figuras de demonios. En la página 66 decía: "Génesis 9:25. Maldito sea Canaán; siervo de siervos será para sus hermanos. Génesis 9:27. Engrandezca Dios a Jafet, y habite en las tiendas de Sem; y será Canaán su siervo". En la imagen, Meade vio dos individuos: uno de piel oscura. Debajo decía: "Canaán, hijo de Cam". El otro decía: "Jafet". Era blanco.

Levantó las cejas.

Bickley le dijo:

—Jafet representa a la raza aria —y le sonrió—. Son los tres hijos de Noé, los que poblaron el mundo. Cam es la raza negra: los que degeneraron África. Sem son los judíos-sirio-caldeo-arameos. Jafet es la raza blanca: Grecia, Germania. La Biblia nos otorga a los Elegidos el derecho a esclavizar a los hijos de Cam el oscuro.

Meade subió su bastón masónico. Se lo colocó en la barbilla.

—Dígame quién está detrás de todo esto. ¿Usted y su organización reciben subsidios desde México, del emperador Maximiliano?

El psicópata médico y botánico miró arriba, hacia el anillo con velas.

—Fui huérfano desde niño —y cerró los ojos, sonriendo—. Me tiraron al mundo sin un centavo, sin un amigo. Me eduqué por mí mismo. Me volví médico. Soy eminente en esta profesión. Encuentre mi carta del 16 de agosto de 1860. En esa carta de Dios está la respuesta a todo.

Meade le colocó el bastón en la mejilla:

—¡¿Quién es la persona dentro del gobierno mexicano que lo está apoyando para este proyecto?! ¡¿Quién es el traidor que le dio tres millones y que quiere vender su propio país, a su propio pueblo como esclavo, a un extraño como usted, para que los mexicanos sean tiranizados y absorbidos a una nueva nación de plantaciones que usted quería crear, dominado por la sociedad secreta de los jinetes llamada Círculo Dorado?!

Bickley comenzó a llorar. Le sonrió a Meade.

—¡Todo esto es tan gracioso! —y lo miró con ternura.

—¿Es acaso Maximiliano?

—Es Juárez.

Meade se quedó perplejo. Comenzó a dar pasos atrás. Sheridan y Lew Wallace abrieron la boca.

—¡¿Juárez...?! —le dijo Lew Wallace—. ¡Eso no es cierto!

—Encuentre mi carta del 16 de agosto de 1860. El traidor de los mexicanos es un hombre de Benito Juárez. Él me ofreció los tres millones para invadir México y para colocar a Juárez en el poder. Él está respaldado por la organización del Círculo Dorado... por el Patrón Gran Dragón.

54

—¡Eso no es cierto!

Esto lo gritó la rubia y prisionera Juliana H., encadenada desde el techo en el Reclusorio Oriente de la Ciudad de México, al Papi.

El narcotraficante, fumando, le mostró un mapa:

—Esto es lo que iba a ser el Círculo Dorado, o Nación del Clan Sagrado —y lentamente lo repasó con el cigarro—: iba a contener todo el actual México; todo el "chorizo" de Centroamérica; el norte de Colombia, Venezuela y Guyana; toda la fila de islas de las Antillas que suben hasta Cuba; y de ahí hasta Florida con todo el sur de los Estados Unidos.

Juliana observó el hipotético país.

—Diablos. Iba a ser grande —y lo miró a él, con sus brillantes ojos dorados, semejantes a miel.

El Papi le acercó el mapa:

—Iba a ser un aro, mira —y con su cigarro comenzó a trazar la curva—: un círculo de islas y terrotorios costeros alrededor de un gran "cráter" con forma de "8": la suma del mar Caribe y del Golfo de México. Iban a contar con el apoyo de Maximiliano.

—No puede ser. ¡Maximiliano no!

—Y también de Juárez.

—¡No! —Juliana cerró los ojos—. ¡Ya no entiendo nada! —y sacudió sus muñecas atrapadas en los grilletes—. ¡Déjeme ir!

El Papi le mostró el antiguo libro llamado *Degree Book*, hoy despellejado, de George Washington Lafayette Bickley, sacado del Museo Histórico de Virginia. En su portada, Juliana vio la calavera cruzada con los símbolos del "Brujo Imperial" y del "Gran Dragón".

—En este instructivo de su nefasta orden secreta —le dijo Carlos Lóyotl— está el plan para apoderarse de México, para convertirlo en una plantación de esclavos, como las que habían tenido en Louisiana y Virginia, contra las cuales luchó Lincoln al decretar la prohibición de la esclavitud, motivo por el cual lo mataron. Trabajos forzados, flagelación, secuestro, violación a esclavos, tortura…

Juliana lo miró a los ojos.

—O sea, todo lo que usted hace —y le escupió en la cara—. ¡¿Quién, aquí en México, podía haber aceptado algo como esto: ayudar con ese plan a destruir al propio país?! ¡¿Entregarnos a enemigos?! ¡¿Vendernos como esclavos?!

Con el brazo, Lóyotl se limpió la bella saliva de la heredera al trono.

—Este manual lo dice todo —le sonrió. Abrió el libro a la mitad—: "Memorando a la Organización del Círculo Dorado". Dice así: "Se requiere a los cincuenta mil miembros de la organización para reagruparse el 15 de septiembre próximo en el campamento de Texas para iniciar la Americanización y Sudernización de México. Los Caballeros del Círculo Dorado marcharemos a México como emigrantes. Contamos con la colaboración del gobierno legal mexicano. La empresa dispone de recursos por un millón de dólares, la mitad aportada por el estado de Texas, con el propósito del establecimiento de la Confederación del Sur. 16 de agosto de 1860" —y delicadamente bajó el avejentado libro—. Los Caballeros del Círculo Dorado tenían planeado concentrarse en Guanajuato, con la complicidad del gobernador mexicano de ese estado, "con quien el Círculo Dorado ya ha suscrito un convenio formal", para iniciar el ataque contra México, es decir, apropiarse de toda la parte norte y de todo el Golfo.

Juliana lo miró fijamente:

—¿Quién era el gobernador…?

El Papi le sonrió.

—El 10 de abril de 1860 el *New York Times* publicó en su página ⟩ cuatro —y le mostró el largo recorte amarillento— que una embarcación con ciento sesenta Caballeros del Círculo Dorado zarpó desde Nueva Orleans, con cargamentos de pólvora, hacia México, invitados por un líder del país. Un traidor. Un mexicano que vendió a su propio pueblo.

Juliana abrió los ojos.

—¡¿Qué líder…?! —y observó el filo caliente del cigarro.

—"Esos piratas esclavistas iniciaron sus movilizaciones el 21 de septiembre de 1860, con la complicidad del gobernador mexicano de Guanajuato, en la frontera de Texas y en Hampton, Virginia. Querían conquistar México como los que antes habían conquistado Texas. Ese gobernador mexicano pactó apoyarlos para esta invasión al territorio de México a cambio de poder esclavizar a su propia raza."

Juliana bajó la mirada. Comenzó a negar con la cabeza.

—¿Qué político…? ¿Quién fue ese gobernador?

—El 30 de agosto, el mismo *New York Times*, junto con *The Spectator*, publicaron el plan del "Clan del Círculo Dorado": movilizar dieciséis mil hombres para conquistar México. Ése era el proyecto de los estados sureños, ¡apoyados por el presidente de los Estados Unidos, el anterior a Lincoln, el señor James Buchanan! Maximiliano, poco después, iba a ayudarles con armas.

—¡¿Qué gobernador mexicano?!

El Papi le sonrió:

—Para poder pagar esa cantidad de soldados, ese gobernador mexicano hipotecó todo el estado de Guanajuato.

—No… —y lo miró fijamente—. ¡¿Qué gobernador?! ¡¿Cómo un gobernador mexicano pudo traicionar así a su propia gente?! —y de nuevo se sacudió de sus correas—. ¡Déjeme ir!

—Pareces nueva —y se llevó el cigarro a sus deformes labios—. El 4 de octubre de 1861 el doctor Bickey y sus hombres recibieron el comunicado con la confirmación de este apoyo por parte de este político mexicano: les iba a aportar un millón de dólares en Matamoros y dos millones de dólares en Monterrey, provenientes de impuestos pagados por los mexicanos.

—Maldito…

—El gobernador de Guanajuato ya tenía organizado el recibimiento para los Caballeros del Círculo Dorado y el inicio de la invasión el 6 de octubre, con el propósito de tomar inmediatamente posesión del Palacio Nacional en la Ciudad de México, derrocar al enemigo de Juárez, Miguel Miramón, y tomar así el gobierno e iniciar la esclavización. ¡Esto iba a ser un gran triunfo para el presidente de los Estados Unidos anterior a Lincoln, el señor James Buchanan! Acto seguido, comenzarían a diagramar las plantaciones, a tiranizar a las familias —y se le aproximó—. Los dieciséis mil sureños venían para convertirse en amos feudales de la raza mexicana, y, según el instructivo de Bickley —levantó el viejo libro—, a cada caballero invasor le iban a tocar mil habitantes mexicanos, como esclavos, incluyendo mujeres y niños, los cuales dejarían de tener derechos constitucionales para convertirse en bienes.

Juliana comenzó a negar con la cabeza.

—No puedo creerlo. ¡No puedo creerlo! —sacudió los brazos para zafarse—. ¡Por favor libéreme! Ya me harté de todo esto. ¡Usted parece un caballero de Bickley!

—El médico Lafayette Bickley ya había intentado anteriormente separar del país a la península de Yucatán, junto con Chiapas, Tabasco y Oaxaca para transferir todo este tramo a los Estados Unidos. ¿Por qué todo esto no se estudia en la historia de México? Porque lo suprimió la Comisión Educativa —y se colocó cerca de su oído—. Todo esto lo había hecho Bickley con el apoyo del gobierno de los Estados Unidos, del presidente James Buchanan, que era un racista. Pero todo este proyecto se vino abajo cuando el partido de Buchanan perdió en las elecciones de 1860. Su enemigo ganó la presidencia. ¿Quién crees que era?

—Abraham Lincoln.

—Los sureños y Buchanan se horrorizaron. Lincoln era un joven liberal, idealista, opositor de la esclavitud. Los estados del sur, que soñaban con anexarse más partes de México y seguir conquistándolo todo hacia el sur, hasta Centroamérica, vieron frustradas sus esperanzas: ya no iban a ser como sus padres y abuelos que conquistaron Texas. Iniciaron el proceso para separarse, para "independizarse". Comenzaron su insurrección para arrancarse de los Estados Unidos y crear un nuevo país donde ellos mandaran y pudieran conquistar todo lo que desearan. Ése fue el origen de la Guerra Civil.

—Libéreme —miró sus amarras—. Esto me está lastimando —y cerró sus ojos dorados—. ¿Quién era el gobernador...? —le preguntó a Carlos Lóyotl—. ¿Quién pactó con estos hombres estadounidenses para entregarles México? ¿Quién era ese gobernador de Guanajuato?

El Papi la miró con su único ojo.

—El traidor fue un hombre de Benito Juárez. El hoy reverenciado héroe nacional mexicano: Manuel Doblado.

Juliana comenzó a negar con la cabeza.

—No... no... ¡No!

—Cuando Napoleón III armó su equipo multinacional de países para venir a invadirnos por una deuda que Juárez no quiso pagarles a los europeos, Doblado fue el que negoció con los ingleses y los españoles para que se fueran con sus pinches barcos. Sólo se quedaron los franceses, e invadieron México. El resto lo conoces: pusieron a Maximiliano. Consiguió que los gringos les pagaran una lana con tal de alejarse de este continente.

—¿Eso les dijo?

—El contrato decía: de no pagar los gringos, México entregará a España y a Inglaterra todas las minas del noroeste del país.

—Diablos. ¡¿Eso es negociar?!

55

El emperador Fernando Maximiliano de Habsburgo, sobre su brillante caballo dorado Orispelo, vio el amanecer en el cruce de las actuales avenidas Bucareli y Chapultepec, por debajo de los antiguos arcos gigantescos —hoy desaparecidos— de la Garita de Belén —el actual Mercado Juárez—, en medio del enorme, silencioso y desértico páramo de matas.

Obsevó los límites solitarios de la Ciudad de México. Le pegó el viento frío en la cara.

Orispelo levantó el casco de la pata.

El joven secretario de Maximiliano, Nikolaus Poliakovitz, le dijo:

—Por esta puerta entraron, hace diecisiete años, los soldados yanquis —señaló la monumental Garita de roca—. Siete mil soldados comandados por el general Winfield Scott y por el cruel teniente Ulysses S. Grant. Cuarenta cañones. Noventa minas. Fue el 13 de septiembre de 1847. Fue entonces cuando invadieron México. Los hombres de Garland entraron por allá arriba, por los arcos del acueducto —y señaló hacia lo alto—. Ulysses S. Grant colocó sus cañones *howitzer* allá, en la iglesia de San Cosme, para destruir el Castillo de Chapultepec. Balas modelo Washington, de cien kilos y veinte centímetros de diámetro. Tomaron el castillo y pusieron la bandera americana. Colgaron vivos a cincuenta soldados irlandeses que ayudaron a México. Como condición para salirse de la Ciudad de México, el secretario de Estado, James Buchanan, forzó a México a desprenderse de Texas, Arizona y California: a perderlas para siempre bajo el nombre "La Cesión Mexicana", es decir, la mitad del territorio de este país. George Bancroft, secretario de Guerra, ya había enviado a California las tropas. Ahí comenzó la tragedia de México —y observó el horizonte: el sol naranja, subiendo por el distante monte Tláloc—. El secretario Buchanan se convirtió en presidente en 1857, y nunca perdió la esperanza de continuar expandiendo su país cada vez más al sur, sobre lo que quedaba de México. Pero el Congreso no aprobó sus proyectos, y en 1860 Abraham Lincoln ganó la presidencia. Le detuvo este plan.

Maximiliano sacudió la cabeza.

—El problema —le dijo Nikolaus Poliakovitz— es que ahora Lincoln está muerto. El vicepresidente Andrew Johnson, quien ahora será el presidente, es leal a Buchanan. Lo apoyó en su campaña de 1857.

Maximiliano bajó la mirada. Se le aproximó galopando un militar francés, Léopold Magnan, con sus insignias de la masonería. Le extendió la mano al emperador:

—Buen día, Alteza —le sonrió—. Vengo aquí para protegerlo.

Maximiliano tragó saliva.

—Vengo a informarle sobre los movimientos de ochenta mil soldados *américains* en la frontera del Río Grande.

56

Cuatro mil kilómetros al noreste, en Lancaster, Pennsylvania, dentro de
una abrigadora casa en las montañas llamada "Wheatland", con paredes
de roca, frente a una caliente chimenea, un grueso vaso de whisky con
hielos se posó sobre el brazo del sofá.

Las llamaradas crujieron.

El ex presidente de los Estados Unidos, James Buchanan, de setenta
y cuatro años, le sonrió a su viejo aliado político Tennessee Tailor, el
Sastre de Tennessee.

—Entonces… ¿me dices que asesinaron al joven Lincoln? —le sonrió.

Plácidamente se recargó sobre su acolchonado sofá.

—Al parecer el asesinato del señor Lincoln sucedió en segundos —le
dijo el Sastre—. Se utilizó un revólver Derringer calibre .44. La bala le
destruyó el hueso del cráneo, por el dorso izquierdo —y tocó la parte
trasera de su propia cabeza.

—Sí, sí —cerró los ojos Buchanan. Con un dedo acarició los hielos
dentro del vaso de cristal. Se lamió el dedo mojado—. Verás. Las expediciones que hizo Walker para separar más partes de México entorpe-
cían el destino de nuestra raza —y miró las flamas crepitando.

El Sastre se sentó. Buchanan le dijo:

—El destino de nuestra raza blanca es extendernos por Norteamérica. Es inevitable —y comenzó a sorber su whisky—. No está lejano
el día en que esto va a ocurrir —y sonrió para sí mismo—, pero debemos dejar que los acontecimientos sigan su curso natural. Yo exigí
que compráramos la isla de Cuba a los españoles. Nos habría costado
ciento cincuenta millones de dólares, pero hoy controlaríamos todo el
Caribe, y lo necesitamos para bloquear el Atlántico. Por otra parte, pedí
al Senado que aprobara el tratado con el hombre de Juárez, Ocampo.
De haberse firmado ese documento, donde Juárez nos ofrecía derechos
incondicionales para mover nuestras tropas en México, no tendríamos
hoy al sur a ese Maximiliano —y torció la boca.

Los leños tronaron con un crujido caliente.

—Lo envié para firma del senado el 24 de enero de 1860. Hoy
tendríamos, por sólo cuatro millones de dólares y por darle el recono-

cimiento estadounidense a ese Juárez, la posesión *de facto* del Istmo de Tehuantepec para nosotros, el puente hacia el océano Pacífico. Fue ese joven orador, ese Abraham Lincoln, el que me boicoteó en todo —y cerró los ojos—. Basó su maldita campaña presidencial en descalificarme —y sonrió para sí mismo—. A los idiotas les gustan los idealistas. Tú aprenderás —y lo señaló— que lo "bueno" y lo práctico son dos cosas diferentes.

Su acompañante, el Sastre, atemorizado, vio sobre la mesilla un viejo recorte del *New York Times*. Decía:

BUCHANAN DETRÁS DE LOS REBELDES DEL SUR
BUCHANAN, TRAIDOR: PRUEBAS
PRUEBAS DE LA TRAICIÓN DEL EX PRESIDENTE JAMES BUCHANAN
New York Times. 6 de agosto de 1863

El general Francis Herron, nombrado por Ulysses Grant para la batalla de Vicksburg, logra derrotar a rebeldes sureños en Natchez, Mississippi. Encuentra cartas que comprueban la traición del ex presidente James Buchanan: su complicidad con los rebeldes.

James Buchanan relajó su vaso de whisky sobre el brazo del sofá.
—Yo soy el último presidente de los Estados Unidos —le sonrió.
Su acompañante, su viejo pupilo, hoy presidente de los Estados Unidos, el "joven" Andrew Johnson, llamado el Sastre de Tennessee, le sonrió.
—Trataré de hacer bien este trabajo, maestro.

57

—¿Nunca te has preguntado por qué el tipo que iba a matar al vicepresidente, Andrew Johnson, falló? Porque el día que atentaron contra Lincoln también lo hicieron contra él y contra Seward. Se suponía que el plan era desarticular al gobierno.

Abrí los ojos. Seguí caminando. Le dije a la señora Salma:

—La verdad es que yo nunca he sabido bien ese complot. Nunca pensé que tuviera que ver con México.

—Tiene que ver totalmente. Demasiado. Pobre de Lincoln. En mucho lo mataron por nuestra culpa: porque no quiso la invasión de

México. El vicepresidente Andrew Johnson tomó su lugar y echó para atrás todas las medidas de Lincoln, a pesar de las protestas. La lucha de Abraham Lincoln por terminar con la esclavitud y darles derechos iguales a todos —y negó con la cabeza—. Siguió habiendo esclavos. El Ku Klux Klan floreció y sus "caballeros" asesinaron a negros, judíos y católicos por las siguientes décadas. Durante los siguientes cien años la servidumbre de los negros continuó, con tormentos, con asesinatos como el de Martin Luther King y Malcolm X, hasta que hubo un presidente católico que quiso cambiarlo todo y lograr el sueño de Lincoln: John F. Kennedy, y también a él lo mataron.

—Demonios —le dije.

—Andrew Johnson se comportó como un "gato" del ex presidente Buchanan, y hoy se le considera como el peor presidente en la historia de los Estados Unidos, por encima de Donald Trump y del propio James Buchanan —y me tomó por el antebrazo—. El disparo que mató a Abraham Lincoln cambió el resultado de la Guerra Civil. Fue como si el ganador no hubiera sido el norte, sino el sur.

—Diablos. ¿Entonces ese Buchanan era la mente detrás de todo? ¿Él provocó la Guerra Civil de los Estados Unidos para fastidiarle la presidencia a Lincoln, para destruir al país por no haber votado por su partido? ¿Por eso dijo "yo soy el último presidente de los Estados Unidos"?

La nana siguió avanzando hacia el "tesoro Maximiliano".

—Hubo un hombre por encima de Buchanan.

—¿Quién?

Se detuvo al final del pasillo.

Tocó la estatua de Albert Pike.

Levanté la vista.

—¿Otra vez este gordo?

Observé de nuevo las monstruosas barbas atemorizantes de este masón de apariencia bíblica.

En el calce leí:

ALBERT PIKE. INSPECTOR SUPREMO

Debajo decía:

Gran Comendador del Supremo Consejo de los Masones grado 33 del Rito escocés antiguo y aceptado. Jurisdicción sur de los Estados Unidos. 1858-1891.

—Éste es el mero chingón.

Esto se lo dijo, quince metros arriba, el compañero de corporación de Max León, King Rex, con su subfusil Mendoza HM-3, calibre 9 milímetros en mano, al comandante Dorian Valdés:

—Albert Pike es el secreto de todo —y le mostró la pantalla de su celular—. Es el complotador. Son los masones —y, seguido por sus elementos, igualmente armados y cubiertos con tapabocas, se precipitó desde arriba, desde la azotea, por las escaleras de servicio al sótano—. ¡Nadie en la historia de México sabe qué pedo con este cabrón de Albert Pike, ni de su rol en lo que pasó! —les gritó a sus compañeros—: ¡Alisten armas!

Trotó hacia abajo con mucha violencia, tronando los escalones. No le importó que lo escucharan. Les gritó a sus elementos:

—¡No saluden! ¡Dispárenles a todos! ¡Tumben lo que vean! ¡Estamos por toparnos con el cártel del Araña Carlos Lóyotl! ¡Estamos acordonando la zona! ¡Vienen refuerzos!

Arriba, los dos estruendosos helicópteros de la Policía de Investigación, modelo AgustaWestland A109S, se acomodaron suavemente en el espacio, soltaron cuerdas para descenso tres metros por encima de la cabeza del comandante Dorian Valdés, revoloteándole el cabello.

Él observó detenidamente la Ciudad de México. Vio que el sol salía por las fracturas lejanas del monte Tláloc, en los confines del Valle de México: la Montaña Fantasma. Se puso las manos en las caderas. Se llevó el radio a la boca.

—Háganlo rápido —y miró hacia las calles circundantes—. Si hay algo aquí adentro, tenemos media hora para sacarlo, borrar todo y repartirlo con los perros. Maten a quien vean.

Diez cuadras al sur, en una casa de cinco pisos, por debajo del domo astronómico con redes metálicas geodésicas, el Soberano Gran Comendador del Supremo Consejo Masónico de México, Dante Sofía, se relajaba sobre un tapete persa. Estaba sentado en posición de flor de loto, con los ojos cerrados. Sobre el suelo, su teléfono celular comenzó a vibrar, encendiéndose y apagándose.

—Qué extraño… He pedido que a esta hora no me molesten.

Suavemente tomó el aparato.

Observó la pantalla. Decía: "URGENTE".

Se lo llevó a la boca.

—¿Sí?

—Problema. Alguien está entrando al Consejo.

—¿Cómo dices? —abrió los ojos.

—Es la policía.

—¿La policía…?

—Las alarmas están sonando desde hace quince minutos. Alguien entró al edificio.

En silencio, miró la ciudad a través de los cristales, hacia la azotea del inmueble de Puente de Alvarado. Observó los helicópteros arriba.

—Maldición. Comunícame con el director de la Policía de Investigación. Quiero que alguien me diga qué demonios están haciendo ahí estos pendejos. Cúbranlos con lodo.

Ciento cincuenta años atrás, debajo de donde estarían en el futuro aquellos helicópteros, en el sótano, frente a la estatua de mármol del Soberano Comendador Albert Pike, en ese momento brillante y recién pulida por el arquitecto Lorenzo de la Hidalga, el emperador Maximiliano de Habsburgo abrió los ojos.

—¿Es él…? —y, en total silencio, lo señaló con su largo y delgado dedo blanco.

Se lo explicó su joven secretario Nikolaus Poliakovitz.

—Él es quien está provocando todo esto, Majestad —y siguió caminando en la oscuridad por el corredor en construcción, aún con olor a yeso: era el "Sótano Real" del Supremo Consejo.

Maximiliano, en medio del silencio, observó la luz al fondo del túnel.

Nikolaus Poliakovitz le dijo:

—Los hombres que acaban de invitarlo a la masonería no son el verdadero Supremo Consejo Masónico de México. Son impostores.

Maximiliano sacudió la cabeza.

—¿Cómo dices…?

—El señor Cunha Reis, el traficante de esclavos asiáticos y negros, es un impostor. Existe otro Supremo Consejo Masónico de México. Ellos lo saben.

—¡No lo entiendo!

—Majestad, el señor Cunha Reis es un enviado del Supremo Consejo Neogranadino de Colombia. Pero la instalación de la organización que él está creando, involucrándolo a usted, es un ataque contra el cuerpo masónico vigente. México ya tiene otro Supremo Consejo Masónico: el de los juaristas.

—Vaya… —y observó la pared. Las estatuas nuevas: el mercader Cunha Reis, el señor Loohse, el señor Cassard.

—Es el Supremo Consejo de Grandes Inspectores Generales del Grado 33, creado hace cinco años por Charles Laffon de Ladebat, del Supremo Consejo de Nueva Orleans, por orden del Soberano Gran Comendador del Supremo Consejo de la Jurisdicción Sur de los Estados Unidos de América, quien es… —y miró atrás, hacia la estatua.

—¿*Albert Pike…*?

—Sí, Majestad. Albert Pike fue el hombre que desencadenó la Guerra Civil de los Estados Unidos, contra Lincoln. Controló al ex presidente Buchanan desde que éste inició su mandato en 1857. Lo hizo rodearse de sus hombres: Howell Cobb de Georgia como secretario del Tesoro y John B. Floyd, de Virginia, como secretario de Guerra.

Maximiliano se llevó las manos a la cabeza. Poliakovitz le dijo:

—Albert Pike es el operador. En 1858 ambos, Albert Pike y Charles Laffon, escribieron en Nueva Orleans "El Rito escocés antiguo y aceptado: los Grados 31 y 33". Laffon le sirvió como Gran Maestro de Ceremonias del Supremo Consejo de Charleston, Carolina del Sur, estado esclavista, del cual Albert Pike es Soberano Gran Comendador.

—Entonces… no entiendo… ¿qué sucede con este Manuel Basilio da Cunha Reis? ¿Por qué me pide que yo sea la cabeza de la masonería mexicana? ¿Quién lo envía?

El joven Poliakovitz le dijo:

—Cunha Reis viene aquí por intermediación de Andrés Cassard, un cubano que es también hombre de Albert Pike, con Carta Patente o recomendación del Supremo Consejo Neogranadino de Colombia, el cual a su vez está regido por Carta Patente del Gran Oriente de Francia —y miró al emperador—. En pocas palabras, Majestad, existen hoy dos organizaciones masónicas escocesas en México. El Supremo Consejo de Laffon es el puente con un poder antiguo que ya está derrocado: el de Juárez. El nuevo Supremo Consejo, de Cunha Reis, obedece a Napoleón III de Francia. Es para controlarlo a usted.

—Dios —y bajó la cabeza.

—El general Léopold Magnan, que hoy está a su lado siguiéndolo para todo, es el hijo de Bernard Magnan, mariscal de Napoleón III, a quien el emperador designó para derrocar al jefe de la masonería francesa, que era el Gran Maestro del Gran Oriente de Francia: Lucian Murat, a quien los masones siguen reconociendo como verdadero, en contra del golpe de Napoleón. Bernard Magnan es ahora el jefe de la masonería francesa, siendo que ni siquiera era masón. Napoleón III decretó que a Magnan se le otorgara, por edicto, el grado 33, mire —y le mostró el papel:

11 de enero de 1862
Decreto Imperial N. 9862.
Napoleón III declara expulsado al Gran Maestro Lucian Murat. Designa como Gran Maestro del G. O. F. [Gran Oriente de Francia] al Mariscal Bernard Magnan.

—Diablos —le dijo Maximiliano—. ¿Napoleón III ordenó un golpe de Estado en la masonería?

—Así es, Majestad. Está ocurriendo un golpe de Estado en la masonería a nivel mundial, dirigido por Napoleón III, para convertirse él mismo en el mando supremo. Bernard Magnan y el propio emperador están enviando a este país al joven Léopold Magnan como ayudante militar del mariscal Achille Bazaine, pero su verdadera misión es infiltrarse con usted, estar a su lado.

—Dios. No, no… ¡No! ¿Para espiarme?

—Para controlarlo, Majestad.

58

Atrás en el pasillo, frente a la estatua de Albert Pike, ahora cuarteada, deteriorada por el tiempo, con partes del mármol manchadas de sulfato, leí las pequeñas letras: "Lorenzo de la Hidalga, 1861". Observé de nuevo los ojos impactantes del jefe masónico. La señora Salma suavemente me tomó por el antebrazo.

—Joven Max León, es muy probable que Maximiliano haya escondido aquí el tesoro de su familia, en este edificio, el lugar donde lo invitaron a pertenecer y a ser el patrono de la orden masónica mexicana los enviados de Napoleón III.

Acaricié la estatua, la grasa rancia sobre el mármol. Las medallas masónicas de Albert Pike estaban enmugradas.

—Si así fuera —le dije a la señora—, los enviados de Napoleón III se lo habrían llevado todo. El tesoro estaría ahora en alguna parte de Francia.

Ella miró por detrás de la estatua: había una enorme roca circular detrás de Pike, el calendario azteca. La mitad inferior tenía cinceladas ondas, indicando agua. Abajo, dentro del agua, había un conjunto de casas hundidas con la apariencia de un complejo castillo o ciudad fortificada. Debajo decía: *Urbs Subaquanea*, "Ciudad Sumergida". Vimos el botón de hierro que ya habíamos oprimido antes.

Ahora me intrigó algo que no me había interesado antes: la tenue escalera cincelada, que subía a través del agua, desde la cúpula de la ciudad hundida a la superficie.

Comencé a ladear la cabeza.

—¿Palacio Scala…? —y me volví hacia la señora—. ¿Scala no significa "escalera"…?

La señora Salma abrió los ojos. Me apretó el brazo. Con su dedo, tembloroso, volvió a apretar el botón de hierro.

Por detrás de nosotros, el Huevo, custodiado por los numerosos hombres del Papi, me dijo:

—Prepárate para una función estelar.

Arriba, en la calle, Pako Moreno, un joven adulto de cabello chino envaselinado y vestido con una larga gabardina de cuero, salió de un taxi y se aproximó con aplomo a la fachada del Supremo Consejo, ahora sellado con cinta de operativo.

—No puede pasar —le dijeron los agentes de investigación.

Les mostró su gafete, con su fotografía.

—Seguridad del Congreso. Me ordenaron supervisar este decomiso.

Uno de los agentes negó con la cabeza. Mascando un chicle, colocó su radio en la boca. Le dijo al comandante Valdés:

—Está llegando un cabrón. Dice que viene del "Congreso" —y siguió masticando su chicle. Lo miró fijamente.

—Dile que se vaya a la verga —le dijo el comandante—. Que nadie entre.

—Señor —le dijo a Pako Moreno—, mi jefe dice que se vaya a… por su propia seguridad —y señaló la lejanía. Le sonrió.

Pako Moreno miró arriba, hacia los dos helicópteros sobre la azotea. Junto al edificio vio dos camionetas verdes del Cártel de Cuernavaca y a tres tipos esposados por la espalda, en el piso, con cintas en sus bocas. Observó a los tres policías con pasamontañas y visores que custodiaban la puerta, armados. A lo lejos vio las sombras del sol de la mañana. Les disparó a los policías, tiros directos a las gargantas con su plateada pistola sable Bernardo Reyes 1898.

—Alguien tiene que defender el Congreso —y siguió avanzando a la entrada.

En el vehículo Lincoln Continental color rojo con placas A-0001-Z, el masón Dante Sofía, Soberano Gran Comendador del Supremo Consejo Masónico de México, mordisqueando una lechuga, observó la pantalla que tenía frente a su cara en el respaldo del asiento delantero:

—Señor —le dijo su asistente—, los atacantes están en la Cámara de los Secretos. Se detonó dos veces el módulo de acceso. Están bajando por la Escalera de Osiris. El resto de los sicarios está disperso en el edificio. La policía no tiene aún reporte de quiénes son, ni de qué pretenden.

Dante Sofía tranquilamente tragó la lechuga. Observó su reloj dorado.

—Ya tengo el reporte de la policía —se limpió los labios con una servilleta de tela. En su dedo brilló un anillo negro. Se llevó a la boca un envase de leche—. ¿Qué dice el diputado? ¿Sabe algo?

59

Cincuenta kilómetros al noreste, en el pasado, entre los expedicionarios con linternas de aceite, el emperador mexicano Maximiliano de Habsburgo, vestido de campiña, descendía una colina de piedras entre matorrales en la oscuridad. En la tenebrosa luz azul vio, surgiendo de la tierra, titánica e iluminada desde abajo por medio de toneles de aceite, la antigua Pirámide del Sol en Teotihuacán. Semejaba una gran montaña mordida por todas partes con algunos arbustos que le habían crecido a los costados, pero la base y la forma atípica demostraban que era un pirámide.

—Esto es grandioso —abrió los ojos—. Esto es para lo que yo vine a México.

Comenzó a bajar, trotando.

—¡Esto es para lo que yo vine aquí! ¡Yo nací para explorar! ¡Mi espíritu de exploración nunca ha cesado! ¡Vine aquí para explorar nuevas fronteras! —y se volvió hacia su joven secretario, Nikolaus Poliakovitz—. Yo amo la ciencia. Yo quiero investigarlo todo. Yo no soy aburrido como mi hermano.

Poliakovitz le sonrió. Los dos trotaron hacia los pies de la gigantesca pirámide, de dos y medio millones de toneladas y tres veces más alta que el barco *Novara*.

—¡Deberíamos construir muchas de éstas en todo el país! ¡La Ciudad de México debería parecerse a esto! —y asombrado contempló la colosal estructura de los antiguos teotihuacanos—. ¿Por qué todo tiene que parecer europeo, si tienen esto? —y avanzó al gigantesco cuerpo rocoso—. México tiene que ser único en el mundo... ¡Díganle esto a Knechtel! ¡Que ponga una como ésta en Chapultepec! Traigan a Émile Prisse d'Avennes, que utilice las medidas de la pirámide de Keops.

Eso pensaba cuando lo tomó por la espalda su joven protector, el brigadier francés Léopold Magnan, de treinta y dos años.

—El emperador Napoleón va a llevarse sus tropas a Europa a partir de mañana. Usted tiene que irse del país.

Maximiliano se detuvo.

—¿Perdón?

Entumecido, se volvió a su alrededor. Todos lo miraban. Alcanzó a distinguir las insignias del Gran Oriente de Francia en el pecho de Léopold Magnan.

Magnan le insistió:

—Terminó su imperio. El emperador Napoleón III le pide que renuncie a la corona aquí en México. Usted entregará el poder a los rebeldes, al presidente Benito Juárez, y se embarcará a Europa mañana:

Maximiliano se levantó sudando de la cama.

—¡Dios! ¡Carlota! ¡Tuve una pesadilla!

Carlota no estaba.

Maximiliano estaba solo, en el cuarto de juegos, el cual ya había sido transformado en habitación.

Azotaron la puerta. Entraron a la habitación quince soldados trotando.

Maximiliano comenzó a temblar.

—¡¿Qué ocurre?!

En medio de los soldados, se le aproximó el jefe mismo de los ejércitos franceses en México, el chaparro y gordo Achille Bazaine, con sus ojos desorbitados como los de un sapo.

Con su chirriante voz le dijo a Maximiliano:

—El emperador Napoleón III ha decidido retirar sus divisiones de este país. Las tropas comenzarán a marcharse a partir de mañana en las siguientes porciones —y miró al techo—: la primera, de trece mil soldados, abandonará este país comenzando mañana y hasta antes de noviembre de este año. La segunda, también de trece mil soldados, hasta antes de marzo del próximo año. La tercera y última, hasta antes de noviembre del próximo año. *Monsieur empereur* Napoleón III me pide decirle lo siguiente: usted incumplió con las cláusulas que acordó en el Tratado de Miramar. No ha entregado los pagos prometidos. Esta misión ha sido un fracaso.

Maximiliano entrecerró los ojos.

Sacudió la cabeza.

—¿Perdón…?

Lentamente se bajó de la cama de sedas doradas.

Con los pies descalzos pisó el suelo frío.

El mariscal Bazaine lo miró fijamente y le mostró el edicto.

—"Francia ha cumplido lealmente con las obligaciones que había aceptado en el Tratado de Miramar para con el archiduque de Austria, con el objetivo de que se entronizara en México, pero únicamente ha recibido de este Imperio, y muy incompletas, las compensaciones equivalentes que se le habían prometido."

Bazaine procedió a doblar el mensaje.

—Me retiro.

Maximiliano bajó la mirada.

60

Ojeroso, en el cuarto de billar, comenzó a sudar.

Con la camisa abierta, se volvió hacia su asesor Félix Eloin, enviado por Napoleón:

—¿Cómo le voy a decir esto a Carlota…?

Eloin lo miró fijamente. Empezó a temblar.

—Si *Monsieur* Napoleón ha decidido que usted debe irse, entonces usted hacerlo. De cualquier manera, los gastos militares de la expedición se habían estipulado de doscientos cincuenta a doscientos sesenta millones, y ahora *Monsieur* Napoleón III quiere que le pague doscientos setenta millones. Alégrese de que no le exija el dinero.

Maximiliano caminó a la ventana.

—Es que… —y tropezó con los cajones. Se colocó contra los barrotes—. Me acostumbré a la idea de ser un "emperador" —y observó la Ciudad de México: las construcciones en la avenida Paseo de Carlota—. Simplemente no hay cómo sacarle a esta población todo ese dinero. ¡Éste es un país pobre, con una guerrilla! —y negó con la cabeza—. Las aduanas, que son lo más rico, las controla directamente Bazaine, y él le envía todos esos ingresos a Napoleón…

Félix Eloin se acomodó junto a él.

—Archiduque, vuelva a la realidad —y le sonrió—. Será más feliz ahora que regrese a su casa.

—Dios… —y cerró los ojos—. Es que, Carlota… Es que ella piensa que soy un cobarde —y miró al piso—. No, no —se llevó la mano a la cara—. ¡Yo no puedo seguir una orden como ésta por parte de Napoleón! ¡¿Por qué quiere llevarse sus malditas tropas?! ¡¿Por qué me quiere hacer pasar esta vergüenza?!

Se le aproximó su leal y antiguo asesor de los tiempos de Lombardía y de la escuela naval en Austria, Stefan Herzfeld, ahora recién llegado desde Europa.

—Olvida a tu esposa —y lo tomó del brazo—. Vámonos. Tienes que irte —y lo jaló hacia la puerta—. Esto es tu vida.

—¡Espera…! ¡¿De qué hablas?!

—El sueño llamado "México" terminó. Nunca fue real. Todo esto es una ilusión. Tú mismo eres el espejismo. Empaca tus cosas. Nos vamos a Europa mañana mismo. Vuelve a ser real.

Maximiliano, en medio del silencio, seguido por el atemorizado Félix Eloin, caminó por el pasillo.

Stefan Herzfeld le insistió:

—No te quedes aquí en este país con tu esposa, solos, en las manos de una guerrilla que mutila personas y que va a hacerse del poder en pocos meses —y lo jaló hacia una fuente—. Sin el ejército de Bazaine no eres nada. Los guerrilleros van a tomar este castillo. Te van a capturar. Te van a despedazar. Van a destrozar a tu esposa. Los van a mostrar a los dos ultrajados en la plaza, como trofeos de victoria. ¿Ya olvidaste cómo acabaron Luis y Antonieta, con las cabezas cercenadas? Entrégale el poder a Benito Juárez —y se dirigió al Salón de Carruajes, hacia el enorme y dorado carro de Césare Scala: la Carroza del Amor—. En Veracruz ya está esperándote un barco en el muelle. Te va a llevar a Europa, con tu madre.

Félix Eloin, detrás de ellos, parpadeó perplejo.

Maximiliano miró la carroza.

En las montañas del estado de Michoacán, el soldado austrohúngaro de veinticinco años llamado Carl Khevenhüller les dijo a sus amigos Naghy, Vazya y Zsiga Zichy:

—Acaba de llegar una noticia desde Europa —y les mostró el papel mojado. Se reacomodó en el hombro la correa de su Lorenz 54-II, calibre 13.9 milímetros. Observó la oscuridad—. Napoleón III va a sacar a todas las divisiones francesas. Se regresan a Europa. Se acabó la invasión.

Naghy, Vazya y Zsiga Zichy se quedaron inmóviles.

—¿Cómo dices? —lentamente se le aproximaron—. ¿Nos vamos?

Comenzaron a gritar y a bailar.

—*Hála Istennek!* ¡Gracias a Dios! *Köszönöm Isten!* ¡Gracias, Señor!

Khevenhüller los detuvo por los brazos.

—Nosotros nos quedamos.

—¿Cómo dices?

—Nosotros somos austrohúngaros, no franceses. Estamos aquí para proteger al emperador Maximiliano. Mientras él decida permanecer aquí, nosotros nos quedamos, así sea con el costo de sacrificar nuestras vidas.

Naghy comenzó a golpearlo:

—¡No, no, maldita sea! ¡Yo tengo dos hijos! ¡Nosotros sólo somos seis mil! ¡La guerrilla es de cincuenta mil! ¡Mataron a Huart! ¡Los clavan en árboles! ¡La población está con Juárez!

Carl Khevenhüller lo lanzó al suelo.

—Hiciste un juramento para con el emperador Francisco José de Austria. Ahora vas a respaldar tu promesa.

61

En Austria, el emperador Francisco José recibió a su asesor Folliot de Crenneville. Lo aferró por el cuello.

—¿Cómo es esto de que Napoleón III está retirando de México todas las malditas tropas que protegen a mi hermano? ¡¿Por qué se las está quitando?! ¡Ése no era el convenio!

Con enorme violencia, lo arrojó al suelo.

Folliot de Crenneville empezó a temblar.

—Señor, las tropas francesas estuvieron en México el tiempo en el que los Estados Unidos se mantuvieron en guerra civil. Al día siguiente de la rendición del general Lee, aún antes del asesinato del presidente Lincoln, el secretario William Seward envió una nota al emperador Napoleón III, por orden de Lincoln. Esa nota dice: "Para las Naciones Extranjeras. Si no recibimos explicaciones satisfactorias de Francia, yo convendré al Congreso de los Estados Unidos para declarar la guerra".

Francisco José abrió los ojos.

—¿Guerra…? —miró a la ventana—. ¿Guerra con Francia?

—Majestad, William Seward sobrevivió al atentado el día en el que asesinaron a Lincoln y atacaron a Johnson. Amenazó al embajador de Francia, Charles François Frédéric de Montholon, con este comunicado oficial que firmó el ahora presidente Andrew Johnson —temblándole la mano, se lo ofreció:

Señor Montholon:

En opinión del presidente de los Estados Unidos, Francia no puede retrasar un instante más la retirada de sus fuerzas militares de México. América es para los americanos. Quedaremos complacidos cuando el emperador Napoleón III nos dé, ya por el estimable conducto de usted, ya por cualquier otra vía, el aviso definitivo de la fecha en la que terminarán las operaciones militares de Francia en México. El gobierno de los Estados Unidos sólo reconoce y sólo reconocerá como legítimo el gobierno que encabeza el señor Benito Juárez; y en ningún caso va a consentir el tener relaciones con el príncipe Maximiliano.

—Lo consideran un invasor no sólo de México, sino de todo el continente americano —continuó Crenneville—. Por su parte, el señor Seward acaba de nombrar un nuevo embajador para París, de corte mucho más agresivo: el señor John Bigelow, quien acaba de amenazar al emperador Napoleón III. Observe —y le mostró el papel:

Lo primero que quiero decirle es tocante al asunto de México y del príncipe Maximiliano. Los Estados Unidos no sentimos la necesidad de intervenir para sacarlo de México, pues Maximiliano, como todas las trasplantaciones anormales, si se le deja por sí solo, se va a secar. Morirá en forma natural. Los Estados Unidos no tendremos que malgastar sangre ni recursos del tesoro para expulsarlo por medio de tropas. Hace unos meses usted manifestó su voluntad para ir retirando a su ejército de México por bloques. Esperamos lo realice de inmediato.

—¿Y con qué más lo amenazó? —quiso saber el emperador Francisco José.

Crenneville suspiró.

—Con qué no lo amenazó, su excelencia, con la guerra.

—No queda otra opción. La guerra —le susurró John Bigelow a Napoleón III, a mil doscientos treinta y siete kilómetros de Viena, en París, que salía de un chubasco ocasional.

Esto lo escuchó, oyéndolo con miedo, el poderoso Napoleón III mientras leía el telegrama posado en su guante blanco, en su siniestro Palacio de las Tullerías.

Observó el extraño código del telegrama:

1436, one hundred nine, 109, arrow,
twelve sixty-four, 1264,
fourteen hundred one, 1401,
fifteen forty-four, 1544,
three sixty, 360, two hundred eight, 208,
eleven hundred eight, 1108, five twenty, 520

John Bigelow se le aproximó al emperador francés.

—Majestad —y tronó sus tacones—. El gobierno de los Estados Unidos me ha encomendado insistirle que saque ya esas tropas. Esos treinta y ocho mil soldados en México representan un insulto contra América. América es de los americanos —le sonrió.

Napoleón lo miró fijamente. Se recordó a sí mismo diciéndole al general Frédéric Forey:

Tenemos interés en que la república de los Estados Unidos sea poderosa y próspera, pero no en que se apodere de todo el golfo de México, domine allí las Antillas y la América del Sur; y que sea la sola dispensadora de todos los productos del Nuevo Mundo para Europa. Dueña de México, y por tanto de América Central, no habrá más potencia en América que los Estados Unidos. Pero si un gobierno estable y firme llega a formarse en México, con apoyo en las armas de Francia, habremos puesto ahí un dique al desbordamiento de los Estados Unidos.

Cerró los ojos.

Escuchó los pasos lentos del embajador estadounidense sobre el mármol. Le dijo:

—¿Cómo se atreve usted a hablarme así? ¡Yo tengo el ejército más grande de Europa!

John Bigelow le sonrió.

—Pues lo va a necesitar en casa. Créame.

—¿De qué habla usted?

Bigelow le mostró el periódico nuevo. Decía:

PRUSIA INVADE AUSTRIA.

62

Novecientos cuarenta kilómetros al este se encontraban seiscientos mil soldados germánico-prusianos, dirigidos por el general Helmuth von Moltke, en las locaciones Elbsandstein y Görlitz. Comenzaron a cruzar en estampida sobre la frontera sur de Prusia, hacia su hermana de lengua alemana, Austria, por las montañas Erzgebirge —los montes Metálicos—. Se abalanzaron sobre los principados de Sajonia y Bohemia.

Las tropas avanzaron con setecientos dos cañones Krupp hacia Königgrätz para arrasar de golpe a todas las huestes del emperador Francisco José de Habsburgo desde dos frentes: el Ejército del Elba, que irrumpió por el oeste, y el Primer Ejército, que entró por el este. Al sur, en la hermosa Viena, dentro de la apacible Sala de las Ventanas en el amarillo Palacio de Schönbrunn, el solemne emperador Francisco José observó por última vez la paz de la existencia: su jardín de flores de colores, plantadas por orden de su amada madre Sofía.

Apoyó las manos sobre la fría ventana.

Sonrió para sí mismo.

—Maximiliano, seré un mejor hermano contigo —y su vaharada caliente empañó el cristal. Comenzó a dibujar la cara de Maximiliano. Pensó en su madre—. Te prometo que cuidaré a tu niño sol. Cuidaré a Maximiliano.

Permaneció así, apoyado en el vidrio. Sintió en las mejillas sus dos largos y espesos bigotes de morsa, los cuales le rozaban por debajo del duro collar de acero contra puñaladas que le había regalado Crenneville.

En su pecho sintió la suave tela de su permanente casaca azul de la infantería austriaca, la "Waffenrock".

Respiró lentamente.

—¡Nos están atacando! —le gritó un demente, por detrás.

Con el corazón acalambrado, el emperador volteó hacia atrás, a la puerta. Vio a su consejero, el calvo conde Agenor Romuald Gołuchowski:

—¡Ejércitos de Bismarck! ¡Prusia nos está invadiendo desde el norte! —y le mostró unos reportes—. ¡Sus tropas ya entraron también a Holstein, en la península danesa, y están penetrando por Liberec!

Francisco José abrió los ojos.

Se agarró el vientre.

Agenor avanzó nervioso hacia el jefe de la Casa Habsburgo, con sus papeles, por debajo del techo decorado con el León Rojo de Radbot, fundador de la dinastía Habsburgo.

—¡Bismarck! —le dijo a Francisco José—. ¡Está comenzando una guerra! ¡Sus tropas están entrando a Bohemia y a Sajonia!

Francisco José sintió una vibración en las manos, en las piernas. Recordó a su madre: "Tú eres el fuerte. Maximiliano es el niño sol".

—Alerta al general Thun… —le dijo a Gołuchowski—. ¡Alerta a Benedek! —y señaló la puerta.

—¡Thun está en México! ¡Está con Maximiliano!

—Diablos… —bufó el emperador, con los ojos abiertos—. ¡Alerta a la división cinco, los Dragones!

—¡La división cinco de Dragones está en México, con Maximiliano! ¡Usted asignó al archiduque las mejores tropas de élite!

Francisco José volteó hacia la ventana. Suavemente susurró:

—Reúnan inmediatamente a los generales Von Teschen y Von Benedek. Que movilicen los ejércitos de Bavaria, Hanover, Württemberg, Hesse, Baden, Saxe, Frankfurt y Sajonia. Gołuchowski se le aproximó por la espalda.

—Majestad, Bismarck debe haber seleccionado este momento para atacarnos justo porque usted está sin todas sus tropas. Le tendieron una trampa.

63

Al norte, en Berlín, Prusia, dentro del tenebroso palacio alemán Berliner Stadtschloss, el robusto y tétrico canciller prusiano Otto von Bismarck, con cara de furioso perro mastín bigotudo y ataviado con su brillante *Picklehaube*, le sonrió a su joven banquero Gerson von Bleichröder, de patillas peludas:

—Los Habsburgo ya fueron los dueños de Europa por demasiados siglos. Se acabó. Llegó el momento de reemplazarlos por una nueva familia germánica, los Hohenzollern —y levantó de su escritorio el deteriorado retrato del antiguo rey de Prusia, Federico II de Hohenzollern, enemigo de la Casa Habsburgo.

Le susurró a Von Bleichröder, con su acento sajón:

—Uniré de nuevo a toda la población alemana de Europa, a la raza germánica, en un solo Estado. Reuniré a los treinta y nueve reinos, que hasta ahora han estado desintegrados, sobre las bases de la Unión Zollverein de Comercio. Todos menos Austria —y en su mano comenzó a doblar un latón que tenía las cinco letras de la familia Habsburgo: "A. E. I. O. U." El latón empezó a tronar entre sus gordos dedos—. Austria se contaminó con todas esas razas inferiores adoptadas: croatas, eslavos, húngaros. Sin Austria vamos a crear Alemania: la Confederación Germánica del Norte.

Gerson von Bleichröder le sonrió:

—Así es, señor canciller. Funcionó muy bien —y se levantó de su silla—. Contaremos con nueve millones de *thalers*, provenientes de los bonos del Preussische Seehandlung, para refinanciar los gastos de esta guerra y preparar la siguiente sin necesidad de la aprobación del *Landtag*, ni de la intervención del idiota de Von Bodelschwingh. También tendremos recursos por la venta del Cologne-Minden. En diez días la plata se va a transferir del Banco en París a nuestra Tesorería para reanudar la construcción del armamento. Me lo están confirmando Carl Mayer y Otto von Camphausen.

Bismarck le sonrió. Se levantó de su silla de cuero avejentado. Suavemente tomó a su amigo por el hombro.

—Amado Gerson, ¿qué haría sin ti y sin mi querido "tío Oro", August von der Heydt? La guerra no se gana sólo con armas. La guerra se gana con dinero.

Por la puerta entraron tres diplomáticos. Venían cargando una caja de botellas.

—Mis amigos estadounidenses: —les sonrió Bismarck—: Bienvenidos. Con una lágrima en su ojo membranoso, se quitó el casco *Pickelhaube*.

—Me alegra que hayan venido.

—¡Felicidades, maestro del engaño! —le sonrió uno de los visitantes: Amory Coffin, algodonero de Carolina del Sur.

Los otros eran George Bancroft, ex secretario de la Marina Armada de los Estados Unidos, y el galante novelista John Lothrop Motley, embajador de los Estados Unidos en Austria. Este último observó a Bismarck con sus cristalinos y abultados ojos azules.

—Lo lograste —y le estrechó la mano—. Me enorgulleces, amigo.

Bismarck le sonrió:

—Tú eres mi amigo de los ojos hermosos —y le aproximó sus bigotes de foca con expresión de bulldog.

Se volvió hacia el rubio Amory Coffin. Observó la caja en el piso. Le dijo:

—Prometiste que ibas a darme una caja con veinticinco botellas de champaña si algún día lograba mi sueño de la universidad: unificar todos los reinos de raza alemana, convertirlos en un país. Pues bien, hoy está prácticamente creada la Confederación Germánica del Norte —y señaló atrás, hacia un mapa de Europa sostenido con clavos—: Prusia, Hanover, Hesse, Sajonia, Brunswick, Saxe-Coburg, Anhalt, Lübeck, Bremen, Mecklemburgo, Lippe, Reuss, Waldeck, Schwarzburg, Hamburg. Un total de veintidós coronas. Durante tres siglos estuvieron desintegradas. Ahora todo esto es ya una sola entidad política: Alemania.

Amory Coffin le sonrió:

—Tú me prometiste que ibas a lograrlo en veinte años. Ya pasaron treinta —y batió con la mano.

Bismarck se volvió hacia un lado.

—¡Diablos! Tardé un poco más —y le sonrió—. Aun así, me merezco mis champañas —y señaló la caja.

Coffin levantó del suelo la pesada caja.

—Aquí las tienes: veinticinco champañas Gold Seal 1864, San Francisco, California, calle Montgomery 809, hechas en América. Tú comprenderás que no íbamos a traerte champañas de Francia —le sonrió.

—Lo entiendo, lo entiendo.

—Sin duda lo lograste —le dijo, orgulloso, su ex compañero de clase John Lothrop Motley—. Aplastaste a Francisco José de Habsburgo. Terminaste con el dominio de Austria. Todos los estadounidenses te admiramos. Cumpliste con una imposible e increíble promesa universitaria. Lograste ser mejor que lo que escribí de ti en *Morton's Hope*.

Bismarck volteó hacia el malencarado George Bancroft. Le dijo:

—Tú también lo lograste —y le puso la mano sobre el duro antebrazo—. En 1846 tú, como secretario de la Armada de los Estados Unidos, iniciaste la moderna expansión de América hacia el sur. Es gracias a ti que se anexaron Texas y California. ¡Duplicaste el tamaño de los Estados Unidos! Te felicito, mi hermano —y le estrechó la mano—. Tú también cumpliste tu promesa de la universidad. Denle una botella.

—¡Bah! ¡Eso no fue nada! —le dijo Bancroft y ondeó la mano. Destaparon la primera de las veinticinco botellas.

El corcho salió, en una explosión de burbujas, volando por el espacio: giró lentamente en el aire y los mojó a todos con su espuma.

Así celebraron los antiguos compañeros de la Universidad de Göttingen, recordando que en 1833, mientras bebían en su dormitorio, se prometieron mutuamente alterar el mundo.

John Lothrop Motley levantó su copa:

—El general Grant te envía una afectuosa felicitación. Ahora haz que Francia saque sus malditas tropas de nuestro continente.

64

Minutos más tarde, al norte de Austria en el bosque de Swiep, campo de la batalla de Königgrätz, el emperador Francisco José, aterrorizado y empapado de sangre en los brazos, observó las bolas de humo. Vio entre los árboles que caían por las llamaradas a su capitán Von der Groeben sin un brazo, gritándole en medio de la estampida de los cuchillos enemigos:

—¡Majestad! —le gritó llorando a alaridos—. ¡Estamos perdiendo a nuestros cincuenta mil soldados! ¡Ellos tienen fusiles de aguja Dreyse, cañones Krupp de acero, no de hierro como los nuestros! —y una espada le atravezó el tórax. Le salió por la clavícula.

—¡Carl! —le gritó el emperador. Comenzó a caer de rodillas sobre los troncos llenos de sangre.

Von der Groeben empezó a escupir sangre, ardiendo en fuego:

—¡Majestad! ¡Ayúdeme! ¡Necesitamos a los seis mil que se llevó Maximiliano! ¡Nos están destruyendo! —y se sacudió en el charco de sangre con fuego—. ¡Aquí va a acabarse Austria! —y lo golpearon en la cara. Se la aplastaron con un mazo de acero.

—*Stille, verdammt!* ¡Silencio, maldito! —le gritó el soldado prusiano. Una explosión de granada hizo estallar los cuerpos tanto del austriaco como del prusiano.

Francisco José empezó a llorar, con el rostro cubierto de lodo y sangre.

—Esto no está pasando… —y con sus enormes ojos azules comenzó a explorarlo todo: las ramas, las llamas, las explosiones; los cuerpos flotando en el río, estallando. Vio que el joven Paul von Hindenburg recibía un disparo en su casco *Pickelhaube*.

—Esto es el fin de Austria —le dijo una voz—. Perdiste el Imperio Habsburgo, que rigió a Europa durante trescientos años con un poder prácticamente absoluto, por cuidar a tu estúpido hermano, a quien enviaste a un país de nativos sólo para que él tuviera algo que gobernar.

Se lo dijo, dos horas después, en medio del humo caliente y de los cadáveres, el general prusiano Helmuth von Moltke, de cabeza cuadrada, a Francisco José después de la batalla de Königgrätz.

Moltke y sus guardias prusianos, todos ellos con cascos *Pickelhaube* y largos fusiles de aguja Dreyse colgando de sus hombros, condujeron a Francisco José, derrotado, a través de los restos humanos destripados, con las manos sujetadas por detrás de la espalda.

—Todo esto es su obra, señor Francisco José de Habsburgo. ¿Ahora cómo va a enfrentar su vergüenza? ¿Cómo va a explicar esto a los historiadores? Usted ha destruido el imperio de sus antepasados. Se acabó la era Habsburgo.

Con su casaca de infantería mojada en sangre, el emperador austrohúngaro avanzó por el bosque sobre los cuerpos de trescientos trece soldados austriacos despedazados, muertos o agonizantes, algunos aún hablando. Vio caballos mutilados con las patas aún moviéndose en espasmos.

Cerró los ojos. Olió el fango con sangre, orines y defecaciones de los muertos.

—*Dios* —le lloraron los ojos—. Dios, Dios… Dios.

—Usted es el último de los Habsbugo —le dijo Helmuth von Moltke—. Usted es el fin de la era que inició con Carlos V —y le apretó el brazo. Lo empujó hacia adelante—. Austria ahora deberá entregar a Prusia los siguientes reinos: Schleswig y Holstein de la península de Dinamarca, Hanover, Nassau, Hesse-Kassel, Frankfurt, Sajonia, Saxe-Meiningen, Reuss-Greiz y Schaumburg-Lippe Hohenzollern. Todos ellos se integrarán a la nueva Confederación Germánica del Norte bajo la autoridad del canciller Bismarck, y el nuevo Estado se llamará Alemania. Austria entregará a Francia el virreinato de Venecia para su transferencia al reino de Italia. El reino de Hungría será independiente de Austria y tendrá igualdad política para celebrar tratados con las potencias, sin la mediación de Austria.

—Ha desaparecido Austria como potencia. Gracias, Maximiliano. Éste es el fin de la era Habsburgo —le dijo con sarcasmo y felicidad.

Esto se lo dijo, un año más tarde, en la celda con orines del convento de las monjas capuchinas en Querétaro, México, el teniente de la guerrilla mexicana, Manuel Azpíroz, a su prisionero, el joven y semidesnudo Maximiliano de Habsburgo.

—¿Qué sintió usted al destruir a su hermano?

Lo miró fijamente.

Maximiliano se quedó enmudecido. Miró al piso. Le temblaron los brazos.

—Esos seis mil soldados austriacos no decidieron la guerra —le dijo Azpíroz—, pero hubieran ayudado a su hermano. ¿Para qué los quería usted aquí?

Maximiliano lentamente se volvió hacia su interrogador.

—No le hagan nada a Concepción Sedano.

Azpíroz se le aproximó:

—Usted pasará a los libros de historia como el hombre que desencadenó la desaparición de los imperios Austria y Francia, y como el instrumento para la creación de los dos nuevos monstruos del mundo: Alemania y los Estados Unidos.

En Prusia, en el palacio Berliner Stadtschloss, el canciller Otto von Bismarck levantó su copa hacia sus amigos estadounidenses: John Lothrop Motley, George Bancroft y Amory Coffin.

—¡Queridos amigos! ¡Ya tengo el poder sobre Austria! Ahora, excompañeros de dormitorio en Göttingen, ¡aprovechemos que tenemos en pie una fuerza de casi un millón de hombres y que Napoleón III tiene en México distraídos a treinta mil de sus estúpidos soldados! ¡Vamos sobre Francia!

Todos gritaron.

65

—Ahora va a invadir Francia. ¡Como Napoleón tiene aquí casi cuarenta mil tropas, Bismarck va a atacar Francia! Está reuniendo a sus ejércitos en la frontera con Francia, en Westfalia y en el Rhin. Un millón de soldados.

Maximiliano no lo escuchó. Estaba a diez metros de distancia, corriendo sobre el pasto con sus botas de expedición, enlodadas, en el huerto de la casa de la Nueva Virginia, en Córdoba, Veracruz, cazando mariposas.

Stefan Herzfeld lo observó, perplejo.

—¡Hay una red que conecta a Bismarck con los Estados Unidos! —y vio que el sol se metía por detrás de los árboles—. ¡Bismarck tiene en su oficina dos retratos, uno de Lincoln y otro de Ulysses S. Grant! ¡Todos ellos son amigos!

El emperador continuó persiguiendo a los bellos insectos azulados. Herzfeld volteó con el joven secretario de Maximiliano, Nikolaus Poliakovitz, quien también estaba perplejo.

—Hay un vínculo entre Otto von Bismarck y los estadounidenses. ¡Bismarck conoció a gran parte de ellos en la Universidad de Göttingen! Son amigos desde jóvenes, mira —y le mostró sus papeles—. ¡Todos son una misma jauría: John Bigelow, Bancroft, Seward, Motley! —y observó al Habsburgo—. El emperador debe irse ahora. Va a ocurrir un tremendo complot aquí en México.

Poliakovitz abrió los ojos.

—Dios… Nunca pensé que existiera relación entre los Estados Unidos y Bismarck.

—Están actuando como pinza —le dijo Herzfeld—. Esperaron a que Napoleón III se enredara en la trampa.

—Diablos… ¿Un millón de soldados…? ¿Cómo consiguió Bismarck enlistar un millón de hombres? ¿No hay regulaciones…? ¿La Convención de Viena…? ¿La Convención de Génova…?

Herzfeld miró a los acompañantes de Maximiliano, quienes corrían como niños detrás de las mariposas con las redes que el padre y biólogo Dominik Bilimek, de 2.2 metros de altura, les facilitó: el astrónomo náutico de sesenta años Matthew Fontaine Maury, diseñador del proyecto Ciudad Carlota; el joven y desdentado jardinero imperial y botánico Wilhelm Knechtel; y el mismo padre Bilimek.

—Bismarck no reportó más de seiscientos mil soldados a la Convención —le dijo Herzfeld a Poliakovitz—. Pero en secreto creó una reserva secundaria con un sistema de entrenamiento no auditado. Se llama "Segunda Reserva".

—¿Segunda Reserva…?

—Para construir el armamento consiguió fondos de bancos internacionales por medio del banquero Gerson von Bleichröder. Ahora Bismarck tiene el ejército más grande del mundo, no Francia —y lo tomó del brazo—. Tienes que hablar con Maximiliano. Debe irse ahora.

La presencia de las tropas francesas en México es lo que Bismarck necesitaba para atacar a un Napoleón III indefenso —y le apretó el brazo—. El retiro de las tropas francesas ahora va a tener que ser mucho más rápido: Napoleón las necesita allá, urgentemente, para defenderse. Tú convence al emperador de que tome de inmediato el barco a Europa —y señaló hacia el puerto, por encima de los árboles aromáticos—. No debe quedarse aquí por más tiempo. Cuando las tropas de Napoleón se hayan ido, este país va a quedar en manos de los guerrilleros. Tú también debes irte. Sabes lo que hacen con sus prisioneros.

Herzfeld le dijo a Poliakovitz:

—Ten cuidado con tu vida.

—¿Cómo dices…?

Herzfeld lo miró fijamente.

—Hay gente que no va a permitir que se vaya Maximiliano. Lo necesitan aquí por sus negocios. Van a luchar a muerte para obligarlo a quedarse, hasta que lo maten.

Nikolaus Poliakovitz tragó saliva. Observó a Maximiliano.

Cuando caía la tarde, los cazadores de mariposas se quedaron de pronto perplejos. En medio de ellos comenzó a encenderse y apagarse, flotando en el aire, una pequeña luz verde.

—¡Una luciérnaga! —les gritó Maximiliano.

El padre Dominik Bilimek suavemente le detuvo la mano.

—A ella no la atrapen… —y la miró con asombro—. *Lampyris noctiluca…* —y la tomó entre los dedos—. La luz de Dios vive en cada uno de los seres —y le acarició el vientre—. En ustedes también vive esta luz divina —les dijo. Los miró uno a uno—. Aunque ciertamente no lo parezca —les sonrió.

Todos rieron.

66

Nikolaus Poliakovitz, tembloroso, se subió al caballo. En la oscuridad de la noche comenzó a cabalgar sobre las piedras a la estancia de los visitantes, en medio de los matorrales de grillos. Sintió por la espalda un objeto moviéndose. Se detuvo. Jaló de la rienda para girar el caballo. En la espesura no vio nada. De pronto notó un área oscura. La sombra estaba cortando una parte del follaje.

—¿Quién está ahí? —y comenzó a ladear la cabeza—. ¿Herzfeld…?

La sombra no respondió.

—¿Herzfeld...?

—Tírenlo del caballo.

En París, dentro del Palacio de las Tullerías, el emperador Napoleón III comenzó a sudar.

—¡¿Qué están diciendo?!

Su ministro de Asuntos Exteriores, Édouard Drouyn de Lhuys, le presentó un telegrama:

—Alteza —y se inclinó tembloroso—, el embajador Benedetti en Berlín le transmitió al señor Bismarck el mensaje que usted nos pidió enviarle, solicitándole al canciller que el territorio de Mainz se transfiera a Francia, o que podría iniciarse una guerra.

—No debí hacer eso... —cerró los ojos—. ¡No debí hacer eso! —y se llevó las manos a la cabeza.

—El canciller Bismarck le envía a usted ahora esta respuesta —y le entregó el papel:

Bien, entonces que sea guerra.

Napoleón III tragó saliva.

—Preparen todo para una guerra. ¡Enlisten un millón de soldados!

—¡¿De dónde, Alteza?! —le preguntó el mariscal Adolphe Niel—. ¡Nuestro ejército no sobrepasa los trescientos mil hombres, de los cuales sesenta y cuatro mil están en Argelia y cinco mil en Roma!

Napoleón III lo aferró por el cuello.

—Consígueme un millón de soldados, maldita sea. ¡Hazlo como puedas!

67

En Veracruz, el teniente coronel Charles Loysel, enviado de Napoleón III, lentamente se aproximó al joven Maximiliano con la mano en la daga.

—¿Majestad...? —y ladeó la cabeza.

Maximiliano, recién bañado, se encontraba escribiendo sobre la mesa, entre los insectos que había atrapado, haciendo anotaciones al proyecto de reforma de la justicia en México.

—¿Sí, Loysel? —siguió escribiendo.

—Majestad, Poliakovitz sufrió un accidente en su caballo. Lo están llevando al puerto para curarle las fracturas. Allá se están reuniendo los médicos del mariscal Bazaine. Están asistiendo el embarque de las tropas que están regresándose a Francia. Tenemos un contingente de seis mil hombres en muelles, esperando nave. Majestad, váyase ahora, aún es tiempo.

—Tráeme a Poliakovitz. Que lo curen aquí. Tengo a los mejores doctores aquí mismo.

Loysel lo miró fijamente.

—Mi asistente Blasio va a ser ahora su secretario —y tomó desde atrás a un joven tímido de veinticuatro años.

El chico le sonrió a Maximiliano.

—Majestad —se inclinó.

Loysel le dijo a Maximiliano:

—José Luis Blasio fue traductor al servicio de Félix Eloin. José Luis lo va a acompañar al puerto. El barco lo está esperando en el muelle cuatro —y señaló al este, hacia el Golfo.

—Mis pertenencias —le dijo Maximiliano—. Tendría que regresar por ellas a la Ciudad de México, sin mencionar las de Carlota.

Charles Loysel le dijo:

—Majestad, no hay tiempo para eso. Los rebeldes de Juárez están reconquistando el territorio. En cuanto los destacamentos franceses se retiran de un pueblo, los guerrilleros asesinan y cuelgan a los soldados remanentes.

Maximiliano miró al piso.

—Diablos —y empezó a temblarle la boca—. Tengo que hablar con mi esposa.

68

Fernando Maximiliano arrastró los zapatos para dormir. Avanzó a la habitación de su esposa.

Se dijo a sí mismo, temblando: "Me parece imposible que el monarca más sabio del siglo y la nación más poderosa del mundo cedan ante los yanquis de un modo tan indigno... ¿Cómo es posible que los estadounidenses estén obligando al emperador de Francia a retirarse?".

En la pared vio el retrato del emperador francés, Napoleón III. Tragó saliva. "Los Estados Unidos ya no están en guerra civil —se dijo a sí mismo—. Ahora están nuevamente unificados… y mucho más fuertes: Todo ha cambiado —y comenzó a negar con la cabeza—. El emperador Napoleón III no quiere confrontarse con los Estados Unidos ahora que tiene su maldito problema con Bismarck en Europa: ¿Y yo tengo que irme? Es injusto."

Con un dedo acarició la pared. Las líneas del pasillo parecieron alargarse al infinito.

El siguiente cuadro que vio fue el de Francisco José, con la mirada firme y sus cachetes de morsa.

Maximiliano cerró los ojos. "Dios… Dios."

Al lado vio el retrato de su madre, la reina Sofía. Adelante vio el más perturbador de todos: el de su suegro Leopoldo de Bélgica. Debajo del cuadro vio un cuenco con flores.

Se detuvo ante la puerta.

Comenzó a persignarse. "Dios y los apóstoles me protejan. Voy a ver a Carlota." Lentamente colocó la mano sobre la perilla de la puerta. Comenzó a temblarle el brazo.

Empezó a empujar. "Me va a decir 'cobarde'." Las bisagras soltaron un rechinido. La luz de las lámparas estaba encendida.

Carlota estaba despierta, orando, hincada en la cama:

—*Papa, mutiger Mann, es wird niemals einen Mann wie dich geben. Alle anderen sind feige.*

Maximiliano tragó saliva.

La vio arrodillada. Ella se volvió hacia él. Le sonrió. Comenzó a levantarse.

—Ya lo sé todo.

Él se quedó inmóvil. Abrió los ojos.

—¿Lo sabes?

Carlota sacudió la cabeza para extenderse el cabello. Asintió. Le dijo dulcemente:

—Estoy contigo en todo lo que concluyas. Hagas lo que hagas, decidas lo que decidas. Quiero tu bien.

—Carlota… —abrió los ojos.

—A mí no me importa si eres un emperador o un pordiosero. No me importa que renuncies. No me importa si eres un noble o si eres pobre. No me importa si conquistas el mundo o si te derrotan. Siempre voy a amarte, aunque tengamos que vivir en una choza. Así sea sólo un pan por las noches y un simple vaso de agua al día lo que me des, yo siempre voy a estar contigo. Estaré contigo siempre —y comenzó a acercarse a él para abrazarlo.

Maximiliano empezó a llorar y se arrodilló ante ella.

—Esposa…

Le puso la mano en el tobillo. Recordó la mañana en el Castillo de Miramar. Le abrazó las piernas. La rodeó con sus brazos. Empezó a besarla.

—Gracias, mi amada. ¡Gracias! —y le lloró sobre los muslos—. ¡Yo siempre te voy a amar!

Tragó saliva. "Dios y los apóstoles me protejan…"

No vio a Carlota en la cama.

Maximiliano abrió los ojos.

—¿Esposa…?

Empezó a caminar hacia adentro de la habitación. En la pared observó otro retrato del rey Leopoldo de Bélgica, realizado por el gran artista Santiago Rebull, amigo de Carlota. Debajo del cuadro vio una flor muy extraña, olorosa. El rostro del rey pareció observarlo, con dureza, desde lo alto.

—No me vea así… —le dijo Maximiliano—. ¿Tan mal esposo he sido para su hija…? Ni muerto me deja en paz.

Una mano le prensó la nuca.

—Archiduque…

Lentamente, Maximiliano se volvió hacia atrás.

—¿Carlota…?

La vio de arriba a abajo. Estaba desnuda. Su mirada penetró a Maximiliano como si fuera una navaja.

—Ya lo sé todo —le sonrió ella—. Ya me lo dijo Herzfeld.

Maximiliano abrió los ojos. Empezó a sacudir la cabeza.

—¿Qué es lo que sabes…?

Ella caminó frente a él, con los movimientos de un gato.

—El cobarde de Napoleón III está retirando sus tropas y quiere que también te vayas, por miedo a los estadounidenses. Tú no vas a huir de México. Eso nunca va a pasar.

—Dios… ¿Perdón…?

—Tú no eres un cobarde. ¡Tú no vas a entregarle el poder a la guerrilla! —y se pegó en la cabeza—. ¿Vas a entregar este país a unos criminales?

Maximiliano pestañeó.

—¿Cómo dices?

—Lo que escuchas. Renunciar es de un cobarde. No vas a abandonar a este país que confió en ti, que te hizo llamar para que lo gobernaras.

Maximiliano se recargó contra la pared.

—Dios, Dios... —suspiró. Cerró los ojos—. Sin el ejército de Francia, sólo tenemos seis mil húsares de mi hermano, tres mil belgas que nos dio tu padre y una tropa mexicana que no está bien entrenada. Los juaristas nos van a aplastar en un día. ¿Quieres morir capturada, torturada?

—Yo no voy a rendirme. Yo no soy una cobarde, y tú tampoco.

Maximiliano se le arrodilló. Miró al piso:

—La guerrilla de Juárez es de cincuenta mil soldados. ¡Además tienen ochenta mil soldados de los Estados Unidos, del general Sheridan, esperando en el Río Grande!

Carlota empezó a parpadear.

—Tú no vas a entregarle este país a Benito Juárez. No te lo voy a permitir —y comenzó a peinarse el cabello con los dedos.

Maximiliano, con temblor en la voz, le dijo:

—Esposa... Bazaine, Loysel y también Magnan me pidieron que empaquemos nuestras cosas. Nos tienen una corbeta en el puerto, en el muelle cuatro —y señaló al este, hacia el puerto de Veracruz—. La corbeta nos va a llevar a Europa. ¿No quieres volver a casa?

—Ésta es mi casa. ¡Este país es mi casa! Yo acepté ser emperatriz mexicana. ¡No voy a abandonar a esta gente, maldita sea! —y se puso a llorar. Se volvió hacia el retrato de su papá.

—Este país se va a quedar desprotegido, a merced de los guerrilleros de Benito Juárez. Cada nueva ciudad que Francia abandone, será arrasada por los rebeldes. Van a masacrar a los que nos apoyan. ¿Quién va a defenderlos? ¿Con qué armas?

—Te engañaron —le sonrió Carlota. Comenzó a aproximársele—. ¡¿Cómo podría ser alguien tan estúpido como para sacar su ejército por partes y dejar un tercio para el final, para que lo masacren?! ¡Significaría perderlo! Si Napoleón tiene problemas con Prusia, ¡no va a dejar que le exterminen trece mil soldados!

Maximiliano abrió los ojos.

Carlota lo increpó:

—Si Napoleón quisiera irse, sacaría todo su ejército ahora mismo, de golpe, no por partes —y con mucha violencia pateó contra el piso. Empezó a llorar—. ¿Cómo puedes ser tan cobarde?

Maximiliano trató de abrazarla.

—Esposa…

—¡No me toques! —y apartó sus brazos—. ¡Pelea por lo que quieres, maldita sea, aunque sea una sola vez en tu vida! ¿Qué le vas a decir a tu madre cuando regreses a Europa, que perdiste, que fracasaste? ¿Eso es lo que hace un Habsburgo, un príncipe de treinta y cuatro años? ¿Cómo puede pasarle eso a un caballero? ¡En mi familia nunca perdemos! —y miró el retrato de su padre: el patriarca de la familia Saxe-Coburgo-Gotha—. Dile a Napoleón III que no se llevará sus tropas de este país. Tú harás que se queden.

—¿Perdón…?

—¡Son tuyas! ¡¿No eres tú el emperador de México?! ¡¿Dónde está tu autoridad?! —y con toda su fuerza pateó el florero.

—Pero esas tropas son de…

—¡A mí no me importa! ¡Tú tienes la autoridad; las harás tuyas! ¡Que no te doblegen! ¡Esas tropas tienen que obedecerte! ¡Tú eres el emperador de México! —y lo miró fijamente—. ¿No tienes capacidad de mando? Ejércela —y comenzó a llorar.

—*Esposa…* —y de nuevo intentó abrazarla.

—¡No me toques! —lo golpeó en la cara—. ¡No me hables, cobarde! Maximiliano comenzó a limpiarse la boca.

—Carlota… ¿Mi bella…? —y se volvió hacia la puerta—. Es posible que la servidumbre nos esté oyendo. ¿Quieres que escuchen esto? Permaneció mirando la alfombra.

—Aun si Napoleón III se llevara sus tropas —le dijo a Maximiliano—, tú puedes defenderte por ti mismo. No necesitas ese ejército. Maximiliano sacudió la cabeza.

—Explícame cómo.

—Tú no necesitas a los soldados franceses. ¡Nunca los has necesitado! Tú no necesitas a "Napoleón III" —le sonrió—. Demuéstrale que eres más hombre.

—No sé de qué me hablas —y comenzó a torcerse el cuello. Escuchó la explosión afuera. Volteó a la ventana. Vio el resplandor del estallido. Eran los juaristas. Comenzaban a bombardear el puerto para matar a los franceses.

Sintió el retumbar del piso en sus pies.

—Tú debes enfrentar esto solo —le dijo Carlota—. Te defenderás por ti mismo, como un valiente, como un hombre. Ahora dependes de ti mismo, como lo hizo mi padre. Yo te bautizo.

—Como un hombre… —tragó saliva.

—Si te doblegan, aplástalos. Haz lo que tú quieras. Que ellos te sigan o se mueran. Mi papá se abrió paso a espadazos para ser rey en Bruselas.

—Eso ya me lo dijiste —y miró al techo.

—¡Los holandeses no querían que mi padre fuera el rey de los belgas! ¡¿Crees que les preguntó si querían?! ¡No! ¡Tomó el poder con su espada! —lo miró fijamente—. Ésta es la hora en la que te conviertes en un hombre. Ésta es la hora de la verdad para ti. Eres un valiente o un cobarde.

Maximiliano bajó la mirada. Observó el florero roto manchado con sangre del dedo de Carlota. De nuevo vio por la ventana. Otra explosión.

Carlota le sonrió con desprecio.

—Quiero que demuestres lo que eres. Abdicar es cobardía. Abdicar es condenarse. Es extenderse a sí mismo un certificado de incapacidad —y delicadamente lo besó en la cabeza—. El fracaso sólo es aceptable en ancianos o en imbéciles… no en el emperador de México. Mientras tú estés aquí, éste va a ser un Imperio, aunque sólo te queden seis pies de tierra. Tú eres el Imperio.

Maximiliano comenzó a asentir.

—Está bien, está bien… —y tragó saliva—, seis pies de tierra…

—El Imperio no es otra cosa que su emperador —le sonrió Carlota—. Que no tengas dinero porque ya se vaciaron las arcas por los pagos a Francia no es una objeción. Puedes pedir más préstamos.

—Préstamos, claro… ¿Te refieres a endeudarnos más?

—El crédito se obtiene con el éxito, y el éxito se conquista.

—Tienes razón. Como tú digas… —y se volvió hacia la ventana—. El éxito se conquista… Pediré prestado a alguien…

En el piso vio otra de las extrañas flores olorosas de color morado, con pétalos carnosos, y venas. Del centro le salían delgados tubos transparentes, como barbas. A un lado vio un pequeño galón militar dorado. Decía "Charles Loysel".

Carlota le dijo:

—No se cede el puesto a un adversario. ¡Nunca! —y comenzó a caminar a la ventana, contra la luz de las explosiones—. Afortunadamente conozco a un hombre que es valiente. Un verdadero soldado.

En el clóset ocurrió un movimiento.

69

—No quiere irse.

Le dijeron a Napoleón III.

—Su esposa lo convenció de quedarse en México.

En su Salón de Meditación, el emperador Napoleón, vestido de blanco, violentamente se volvió hacia su ministro de la Armada, Prosper de Chasseloup-Laubat, responsable de la marina y las colonias.

El ministro, un burócrata grasoso y redondo, con el cabello parecido a tiras de goma sobre un cuero cabelludo brilloso, empezó a temblar.

El secretario de Napoleón, Edmond Chojecki, con su acento polaco, le entregó al emperador un telegrama:

Del Mariscal Achille Bazaine para Su Alteza Napoleón III:

Maximilien paraît vouloir rester au Mexique. Maximiliano no desea irse de México. Desea permanecer aquí. Dado que nuestra evacuación de soldados termina en marzo, es urgente que lleguen los transportes. La comitiva de los generales Campbell y Sherman llegó a Veracruz desde los Estados Unidos. Van a ofrecerle su respaldo militar a Benito Juárez.

Napoleón III comenzó a entrecerrar los ojos.

Permaneció varios segundos con la mirada en el vacío.

—Maximiliano me está desobedeciendo. Ese bastardo me está desobedeciendo. Le estoy diciendo que se vaya, y no quiere irse de ese país. ¡Yo lo puse en ese maldito trono!

Suavemente se llevó la mano a la empuñadura de su espada. La desenvainó con un chirrido filoso, frente a los ojos aterrorizados de Prosper de Chasseloup-Laubat.

También Chojecki tembló.

—Ese maldito bastardo me está poniendo en los peores aprietos que he conocido. ¡Un maldito joven imbécil!

Con enorme violencia arrojó el filo de su espada contra las piernas de un guerrero zulú disecado. El muñeco, con los ojos abiertos, comenzó a caer al suelo, por encima de Prosper.

Napoleón lanzó su espada contra el adivino de Borneo. Le quebró los tobillos.

—¡Quiero a ese maldito austriaco aquí de vuelta, ahora mismo! ¡¿Cómo puede hacerme esto cuando su hermano ya está aplastado?! ¡Maximiliano ya no es nada! ¿Cómo puede insultarme? ¡Los Habsburgo ya no son nada! —y comenzó a trozar los envases egipcios traídos desde Tebas: tesoros del complejo de Luxor—. ¡Estoy acorralado por los alemanes y por los Estados Unidos! ¡Necesito un millón de reservas! ¡Quiero mis malditas tropas de México para defenderme de Bismarck! ¡Quiero la neutralidad de los Estados Unidos! —y observó en el fondo del salón un pequeño dibujo del archiduque Maximiliano.

Comenzó a aproximarse al retrato. Le apuntó con la espada.

—Maldito bastardo. Siempre supe que ibas a ser un problema para mí. ¡Tráiganmelo en pedazos! Si ese estúpido no renuncia ahora mismo al trono, comiencen a entregarle a Juárez todo el armamento que no quepa en nuestros barcos.

En el Castillo de Moritzburg, en Dresde, a pocos kilómetros del lugar de la derrota de Austria, el pulcro embajador John Lothrop Motley miró con desdén al emperador austriaco, Francisco José, ahora prisionero.

—Su aventura de México fue un fracaso. Un estúpido fracaso —le sonrió—: Si Napoleón en realidad deseaba destruir a los Estados Unidos, debió hacerlo con decisión, con firmeza, apoyando abiertamente a los Confederados. ¡Lo hizo todo a medias, con maniobras secretas!

Francisco José comenzó a bufar, golpeado. Miró al suelo.

—Alteza —le dijo Lothrop Motley—: mi secretario de Estado, William H. Seward, víctima del terrible atentado del 14 de abril junto con Lincoln, le exige a Austria que retire de México a sus seis mil soldados que aún están protegiendo a Maximiliano. No debe haber tropas europeas interfiriendo en América. América es para los americanos —le sonrió—. Haga que Maximiliano renuncie. ¡Haga que salga de México, maldita sea!

70

En México, sumergido en el agua cálida del baño-manantial de Moctezuma, al pie del cerro del Castillo de Chapultepec, el joven emperador Maximiliano dijo para sí mismo: "Esto es vida".

Sintió en el cuerpo el agua tibia y humeante, y las burbujas calientes. Suavemente se apoyó sobre la pared de roca en la que siglos atrás también había recargado su espalda el antiguo emperador azteca Moctezuma.

Su joven *vallet* Venisch entró gritando con las toallas reales en el antebrazo:

—¡Majestad! ¡Nos arrasaron! ¡Arrasaron a nuestros soldados en Michoacán y en Oaxaca! ¡Mataron a novecientos!

Maximiliano se quedó perplejo. Se desplomó hacia atrás, dentro del agua.

Su joven *vallet* le dijo:

—¡Fue una mujer, Majestad! ¡La mujer que llaman Tona-Taati; ella alebrestó a la población! ¡Acaban de destruir al Batallón 91 en Juchitán, Oaxaca! ¡Masacraron a mil soldados franceses!

Maximiliano, con los ojos bien abiertos y enrojecidos por el vapor, observó los verdes árboles de Chapultepec. Cerró los párpados.

—Percibo en mi nariz los olores del bosque...

—¿Perdón, Majestad...?

—¿Sabías que en estos parajes, según me informa el padre Bilimek, abundan las coníferas? Me pregunto cuántas especies de coleópteros viven en este bosque —y levantó el brazo hacia las frondas—. Yo nací para la exploración.

El *vallet* Venisch comenzó a negar con la cabeza:

—Majestad, la gente está con los rebeldes. ¡La rebelión de Oaxaca ya se apoderó del sur del estado! ¡Lo mismo ocurrió en Tacámbaro! ¡Asesinaron a trescientos...!

Maximiliano se volteó hacia él.

—No deberías enfadarte tanto —le sonrió—. Estropeas tu rostro. Te recomiendo darte baños como éste —y volvió a sumirse en el agua.

Venisch empezó a caminar nerviosamente por el borde de la poza.

—Majestad, los rebeldes están comenzando a apoderarse de todas las ciudades; por el norte, por el este, por el occidente. ¡Están acercándose a usted! —y se volvió hacia el horizonte—. Yo le recomendaría abandonar este país de inmediato. ¡Hágalo ahora! —le acercó las toallas—. Váyase esta noche.

Maximiliano se quedó mudo. Frunció las cejas.

Comenzó a carcajearse. Varios pájaros volaron.

Empezó a capotear en el agua.

—El mariscal Bazaine me dio anoche una grandiosa idea. ¡Vamos a resolver todo!

—¿Vamos a resolver todo?

—Se ejecutará a cualquier persona que porte un arma.

Venisch se quedó perplejo.

—No, no, no: Majestad… Los guerrilleros de Ramón Corona están tomando las poblaciones de Palos Prietos y El Presidio —señaló al norte—. En Chihuahua ya no quedan franceses, el rebelde Terrazas se apoderó del gobierno y declaró a Juárez como presidente de México. Lo mismo en Zacatecas con Trinidad García de la Cadena. En Sonora, el jefe chinaco Ángel Martínez se apoderó del estado. ¡Juárez está avanzando hacia el sur, de El Paso a Chihuahua, con todos sus ejércitos! Sus divisiones vienen hacia nosotros desde cuatro frentes: por el norte, Mariano Escobedo; por el occidente viene el general Ramón Corona; por el oriente y el sur, el general Porfirio Díaz; en el área central está el general Vicente Riva Palacio con Nicolás Régules —y lo miró fijamente—. Váyase ahora que aún es posible. No espere a que lo capturen.

Maximiliano observó el bosque. Escuchó los trinos de las aves. Miró una ardilla. Entre los árboles vio aparecer una figura desnuda: su esposa Carlota.

Sintió un calambre.

Ella le sonrió, con sus ojos de vidrio, como una muerta. Comenzó a transformarse en una boa.

El emperador lentamente se sumergió en el agua.

"No quiero salir", pensó.

Soltó burbujas por las fosas nasales. Comenzó, lentamente, a sacar la cabeza. Le dijo a Venisch:

—Tengo una idea. Voy a contactar a este hombre.

—¿Perdón?

—Lo voy a contactar, a convencer. Siempre convenzo a cualquiera. Ése es mi carisma; el que no tiene mi hermano. Yo voy a convencer a Benito Juárez. Finalmente, ¡él y yo no somos tan diferentes! Es valiente, inteligente… ¡Vamos a hacer la paz! Sí, sí… —se alegró—. ¡Pensamos de forma muy similar! ¡Vamos a gobernar juntos, como corregencia!

Venisch abrió los ojos.

—Majestad… ya hemos hablado sobre esto —y miró al suelo—. Usted ya intentó dos veces invitar al señor Juárez a hacer un gobierno juntos. ¡Juárez no quiere nada con usted! ¡Ya se lo dijo! ¡Lo considera un invasor, un oprobio para su nación! ¡Prefiere "ajusticiarlo"!

Maximiliano le sonrió.

—En ese caso —y observó el agua humeante del manantial, burbujeando—, la idea del mariscal Bazaine es lo correcto —le sonrió—. Mañana haré el decreto.

71

Al día siguiente, en Guadalajara, frente a los ojos de la población amotinada en la Plaza de Armas, el representante del emperador Maximiliano, Mariano Morett, comenzó a desenrollar el extenso decreto.

En medio del silencio, les gritó:

—¡Decreto para mantener el control del Imperio! ¡Su Majestad, Maximiliano I de México, en ejercicio de sus poderes imperiales, establece! ¡Mexicanos: la causa que con tanto vigor y entusiasmo sostuvo don Benito Juárez ha sucumbido! ¡Su rebelión está derrotada! ¡El gobierno nacional fue por largo tiempo indulgente y ha prodigado su clemencia a los rebeldes! ¡El gobierno desde hoy será inflexible con el castigo! ¡El que pertenezca a la rebelión será ejecutado! ¡Artículo Primero! ¡Todos los que pertenezcan a bandas o reuniones armadas que no estén legalmente autorizadas, proclamen o no algún pretexto político, serán condenados a la pena de muerte, y ésta se ejecutará dentro de las primeras veinticuatro horas! ¡Quien sea hallado portando un arma, será ejecutado! —y se dirigió a sus fuerzas armadas—: oficiales, procedan a decomisarles las armas a quienes las tengan y a detenerlos para sentencia.

La población se quedó inmóvil. Pasó por encima de sus cabezas un extraño silencio en el aire.

Comenzaron a mirarse unos a otros.

—No, no... ¡No!

Empezaron a levantar sus palos.

—¡Tiranía! ¡Tiranía! —y les gritaron a los soldados franceses—: ¡Chinguen a sus putas madres, hijos de mierda!

Los soldados empezaron a reprimirlos con garrotes.

—*Aborigènes dégoûtant!* ¡Atrás, aldeanos abominables! ¡Quítenles las armas a todos! ¡Aprehendan a los portadores! —y los golpearon en las caras con mazas—. ¡Desde hoy portar armas es pena de muerte para cualquier civil!

En medio de la gente que gritaba, se aproximó un chico de dieciséis años, abriéndose paso a codazos:

—¡Regrésense a Francia, pinches putos! —y le escupió en la cara al coronel—. ¡México es de los mexicanos!

Se hizo el silencio.

El coronel Isidro Garnier, escoltado por dos sargentos, se limpió la saliva.

—Arréstenlo —les dijo a sus soldados—. Llévenselo al detentorio. ¡Lastimen *au misérable*!

Al costado de la plaza, desde un balcón, una mujer enloquecida comenzó a gritarles:

—¡No lo lastimen! ¡Él es mi hijo! ¡Es mi hijo!

Los guardias franceses sometieron al adolescente. Empezaron a doblarle el brazo por la espalda para fracturárselo. Lo golpearon en la cara. Uno de ellos los detuvo.

—*Un moment...* Este chico es sobrino del viejo gobernador Ignacio Vallarta. Trabajó con Juárez. Es amigo de los hombres de la guerrilla.

El joven lo pateó para soltarse. El coronel lo miró. Se colocó encima de él. Observó que le habían abierto la cara con un golpe. Tenía el ojo hundido en sangre.

—¿Vas a perder la vista, *mon garçon...*? —y se le acercó suavemente—. ¿Esa mujer de ahí es tu madre? —y señaló el balcón.

El joven la miró.

—Sí. Ella es mi madre.

Un oficial, con su rifle Étienne, le dijo:

—Ella es Juana Ogazón, tía del ex gobernador Pedro Ogazón, del bando liberal. Su esposo murió hace unos meses, en combate. También era juarista.

El coronel Garnier miró al adolescente.

—Muy bien, muchacho. Eres hijo de rebeldes —y le sonrió—. Te mostraré cómo sufren los rebeldes.

Lentamente levantó su escopeta Étienne hacia el balcón. Le apuntó a la señora.

—¡Un momento! —le gritó el chico—. ¡¿Qué hace?! —y comenzó a patearlo en las piernas. El coronel hizo fuego contra la cabeza de la mujer.

La gente se quedó paralizada.

Observaron, en silencio, a la señora caer sobre el barandal con sangre en la cabeza. Bernardo Reyes comenzó a patear al coronel:

—¡Hijo de puta! ¡Bastardo! —y retorció el cuerpo para zafarse—. ¡Suéltenme, malditos! ¡Suelten a mi país!

—Llévenselo al detentorio. Ejecútenlo de acuerdo al decreto de Maximiliano.

La gente empezó a gritar mientras agitaba sus palos:

—¡Muerte al bastardo! ¡Muerte a Maximiliano! ¡Insurrección!

72

—Te están manipulando.

Esto se lo dijo, horas más tarde, frente a la tenebrosa laguna de San Lázaro, a un costado del albarradón del Peñón de los Baños, la chica morena de diecisiete años, Concepción Margarita Sedano y Leguízamo, a Maximiliano.

Los dos vieron luciérnagas. Ella intentó tomar una. Le sonrió a Maximiliano.

—El padre Bilimek tiene razón. El decreto contra los rebeldes es contrario al cristianismo. La religión cristiana es la religión del amor, no del odio. No debes iniciar esta carnicería —y miró la laguna—. Hazle caso a Dominik Bilimek, no a tus funcionarios.

Maximiliano abrió los ojos. Comenzó a caminar con ella alrededor del cuerpo de agua.

—¿Por qué quisiste verme ahora? ¿Qué es tan urgente?

—Me pidieron que hablara contigo. Piensan que soy a la única que vas a escuchar —lo miró a los ojos—. Debes irte ahora. Vuelve a tu tierra. Deja este país —y señaló el horizonte—. Ve a casa. Aquí van a matarte.

Maximiliano tragó saliva. Observó la inmensidad: la oscuridad de la laguna.

—Eugène Boban me dice que debajo de esta laguna está el tesoro del Imperio azteca —y le sonrió a Concepción Sedano—. Dice que aquí lo arrojaron los aztecas por orden de Cuauhtémoc. Siete toneladas de oro con piedras preciosas —y la miró a los ojos—. Todo esto según la *Historia General de la Real Hacienda*, del virrey Revillagigedo. Por supuesto, el virrey no tenía entonces los equipos de buceo que tiene hoy mi amigo Boban, los de John Deane —y vio la albarrada, construida desde los tiempos antiguos—. El marqués de Cadereyta pagó nueve mil novecientos ochenta y cinco pesos hace cien años para que exploraran estas aguas.

La India bonita negó con la cabeza.

—Yo no creo que vayas a encontrar ningún tesoro. Y ultimadamente, ese tesoro es de México. Basta de saquearnos —lo detuvo—. Tu amigo Boban es un ratero. Va a traicionarte. Es uno de ellos.

Maximiliano miró hacia el agua oscura. Concepción Sedano suavemente lo tomó de los dedos. Le dijo en náhuatl:

—*Nimitztlazohtla nochi noyolo. Xinechpipitzo* —y le sonrió.

Maximiliano abrió los ojos.

—¿Qué dices…?

—Quiero besarte.

El emperador se le aproximó, pero ella lo detuvo:

—Lárgate ya. Este país ya no es tu casa. ¡Vete ahora, esta noche! ¡No quiero volver a verte!

Maximiliano desvió la mirada.

—Me haces sentirme solo.

—Prefiero que estés vivo. Vivirás en Austria, en tu casa. Tendrás una vida larga, feliz. No recordarás que estuviste aquí —le acarició el brazo.

—Si me voy —la miró fijamente—, ellos van a lastimarte porque estuviste conmigo.

Ella lo observó con sus brillantes ojos negros.

—*Nochipan ipan noyoltzin* —le sonrió.

Maximiliano comenzó a besarla.

—Qué bella eres —y observó las oscuras aguas. Ella lo separó con los brazos.

—¡Lárgate ahora!

73

El humo aromático del incienso comenzó a subir en espirales incandescentes por la iluminación de los gigantescos vitrales de colores de la gran Catedral de la Ciudad de México. Sonaron las treinta y cinco campanas, cada una de trece toneladas.

Cientos de mexicanos católicos presenciaron la misa más bella del reinado de Maximiliano.

Al centro de la nave caminó, con su vestido de brillantes esmeraldas y cuatro metros de largo, la hermosa emperatriz Carlota de Saxe-Coburgo-Gotha, con sus bellos ojos negros y sus manos juntas, orando con dulce piedad.

El arzobispo Pelagio Antonio de Labastida y Dávalos cuidadosamente la recibió. Le ofreció el podio para que ella hablara ante el público.

Con su gesto exquisito, la emperatriz agradeció al hombre de Cristo. Se volvió hacia las masas:

—¡Amados míos! ¡Mexicanos! —les gritó—: ¡Me es grato recibir vuestros votos en nombre del príncipe Maximiliano, que os ha consagrado toda su existencia, y estén seguros de que la vida de él y la mía no tienen más objeto que vuestra dicha!

Los feligreses se levantaron llorando, aplaudiéndole, gritándole:

—¡Mamá Carlota! ¡Mamá Carlota! ¡Mamá Carlota!

El sacerdote y ex presidente también lloró. Lentamente se llevó un paño a los ojos. Se volvió hacia su asistente:

—Asegúrate de que no dejen ir a Maximiliano. Almonte está en Francia negociando con Napoleón III.

Los creyentes levantaron sus veladoras con la efigie de Carlota al cielo. Agradecieron a Cristo por dotarlos de una reina que no fuera mexicana. Imploraron ante el gigantesco Cristo del altar monumental:

—¡Señor, salva a nuestra emperatriz! ¡Salva a Carlota! ¡Salva a Mamá Carlota! ¡Que viva la emperatriz! ¡Que viva nuestra amada emperatriz Carlota, la hija de la Guadalupana!

La emperatriz se colocó sobre la cabeza un manto azul con estrellas, como el universo.

—¡Se parece a la Virgen de Guadalupe! —le gritaron los mexicanos—. ¡Eres hermosa! ¡Te amamos, grande y joven señora! ¡Te amamos por amar a la Guadalupana!

Los mexicanos se quedaron pasmados, estupefactos ante esa belleza soberbia. Lloraron. Se persignaron. Cantaron el himno de Mamá Carlota, arrodillados.

—¡Virgencita! —y se golpeaban en las costillas—. ¡Regresaste para amarnos!

Ella, aún con su acento belga, les gritó:

—¡Queridos míos! ¡Mexicanos! ¡Mañana iniciaré un largo viaje a Europa para pedir ayuda al mundo! ¡Voy a recuperar las tropas que nos están quitando desde Francia! ¡Voy a hablar con nuestros aliados! ¡Voy a volver y voy a traerles miles de soldados!

—¡Sí, Mamá Carlota! ¡Sí, mi virgencita! —le gritaron con sollozos—. ¡No queremos que ustedes se vayan! ¡Los mexicanos no podemos gobernarnos por nosotros mismos! ¡Necesitamos extranjeros que vengan a dominarnos!

—Mis amados mexicanos, les pido a todos que recen por mí y por mi esposo —y se llevó su pañuelo raído a la boca. Comenzó a morder los bordes—. Recen por mi esposo. ¡Recen por mi esposo!

Comenzaron a caer pétalos sobre su cabeza desde los ventanales.

74

En su habitación, Maximiliano se aproximó a su esposa y le dijo, con temblor en la voz:

—Escuché que piensas ir a Europa… ¿Es así…?

La siguió con la mirada.

Carlota caminó por la habitación, de un lado a otro, desnuda. Alocadamente tomó sus ropas de los cajones. Comenzó a zambutirlas con violencia dentro de sus cinco grandes maletones abiertos que tenía sobre la cama.

—¡Tus embajadores en Europa no sirven para nada! —le gritó—. ¡Tengo que hacerlo todo yo misma! ¿Cómo es que nadie puede convencer a Napoleón III? ¡Es sólo un maldito hombre! Yo voy a ir a hablar con él, y él te va a regresar a los soldados —y aplastó su abrigo dentro del baúl.

—*Esposa…* —comenzó a caminar detrás de ella.

—¡Tú mismo debiste convencerlo! ¿Él es más que tú? Te dejaste rendir. Napoleón es sólo un hombre, igual que tú. ¿Qué lo hace más fuerte? Debiste tener los tamaños para imponerte ante alguien como él, doblegarlo, ¡someterlo! ¡Que impere tu voluntad, no la de los otros! —y sacudió la cabeza—. Tú simplemente lo obedeces, y eso en verdad me da bastante asco —y le sonrió al retrato de su padre que estaba en la pared—. Un verdadero hombre no obedece a nadie, sólo a sí mismo.

Maximiliano miró al suelo.

—*Dios…* —y sonrió para sí mismo—. Siempre me ha sido tan agradable platicar contigo… Siempre… comprensiva… Siempre… amorosa… —y miró el retrato de Leopoldo I—. ¿Tú qué me ves…? —y tragó saliva.

Debajo del retrato del monarca vio una pila de flores y una veladora mexicana encendida, con san Antonio.

Carlota siguió empacando, hablando para sí misma en alemán, azotando sus muchas prendas contra el maletón.

—¡Yo voy a arreglar todo en Europa! Alguien tiene que imponerse. ¡Yo voy a hablar con todos esos idiotas!

—¿Idiotas…? —y abrió los ojos.

—¡Ellos nos prometieron tropas! El papa también te vio la cara. ¡Aquí va a haber tropas de Francia! Cobardes.

Maximiliano tragó saliva.

—¿Qué es… exactamente… lo que piensas hacer…?

—Voy a hablar con Napoleón III, ya te dije.

—¿Qué piensas… decirle…?

—Le voy a decir que sea hombre, que cumpla con sus compromisos.

—*Dios…*

—¡Yo soy la prima de la reina Victoria de Inglaterra! ¡Soy la prima del emperador Guillermo I de Prusia! ¿Acaso no soy nadie en Europa? Soy pariente de Otto von Bismarck —y le sonrió—. Me va a escuchar —y con enorme fuerza hundió sus collares dentro de la maleta—. Mi hermano es el rey de los belgas. Mi primo es el zar Alejandro de Rusia. ¿Quién es Napoleón III? Sólo un rey al que puso mi prima Victoria.

Delicadamente Maximiliano caminó detrás de ella.

—Esposa… ¿vas a enfrentarte con Napoleón III…? ¿Sabes lo que eso puede afectarme…?

Ella se detuvo de golpe. Se volvió hacia él.

—Yo represento a todas las familias de Europa. Somos la descendencia de Braunschweig-Blankenburg y de Saxe-Gotha. Por eso te eligieron para esta misión en México: por lo que yo represento —le sonrió—. El día que yo quiera levanto una cruzada contra Napoleón con Rusia, Inglaterra y Prusia respaldándome.

Maximiliano tragó saliva.

—Vaya… si que eres una Saxe-Coburgo…

Ella lo miró fijamente. Lo tomó de la barbilla de cabellos rojizos. Comenzó a jalársela para abajo.

—Yo voy a traerte tus tropas —lo vio con ternura—. Vamos a conservar este país para que sigas gobernando, amado. Tu hermano ya me está enviando cinco mil soldados adicionales desde Trieste, incluyendo doscientos húsares.

—¿Estás segura de eso…? —abrió los ojos.

Detrás de la celosía de madera, el alto y corpulento sacerdote católico Dominik Bilimek, experto en biología de los insectos, comenzó a persignarse.

—No, no, no… Señor del universo… —susurró para sí mismo—. Protege por favor a Maximiliano. Por favor protege a México. Protege al mundo… Protégenos de Carlota —y besó la cruz hecha con sus dedos.

En el piso, el emperador distinguió una extraña flor de color morado metida entre las patas de la credenza. Tenía tres grandes pétalos carnosos, con venas.

—Esto ya lo he visto antes... —y comenzó a ladear la cabeza. Del centro de la flor vio que salían muchos tubos transparentes, como barbas.

Lentamente se inclinó para recogerla. Entre sus dedos tomó la carnosa flor. Suavemente la levantó. Estaba pesada. Percibió su olor a pasta de cacahuate. Se volvió hacia Carlota.

—¿Quién te obsequia estas flores...?

Recordó el galón dorado que vio la última vez:

Charles Loysel

Ella lo miró fijamente.

—No sé de qué hablas. Sólo es una maldita flor —y siguió empacando.

Él observó la flor. El tallo estaba anudado con un listón. Decía:

Mon amour est ton secret.
Ma chair est ta luit selle. Ch. L.

—"Mi amor es tu secreto. Mi carne es tu brillante montura."

Lentamente se volvió hacia Carlota.

—¿Me estás traicionando...?

Ella siguió empacando, y comenzó a cantar. Sonrió para sí misma.

—Esta flor —le dijo Maximiliano al padre Dominik Bilimek. Suavemente caminó con él por el corredor del alcázar, en la oscuridad, a la luz de la luna.

—¿Qué quieres saber, hijo?

El sacerdote botánico sintió el aire frío en su cara. Con sus gordos dedos tomó la flor.

—Es una flor extraña —le dijo al emperador—. *Tacca Chantrieri.* Es de Asia —y se la llevó a la nariz—. Esta planta es de Indochina. La utilizan como medicina para la hepatitis en China. La llaman *Jiàn gēn shǔ* —y exprimió las carnosas venas de color morado de los tres pétalos de la flor, semejantes a las alas de un murciélago—. Ésta es la famosa "planta vampiro" de Borneo.

Maximiliano abrió los ojos.

—¿*Planta vampiro...?* —y suavemente la tocó.

201

El sacerdote lo miró a los ojos.

—Hijo, tu esposa recibe visitas por las noches. Debes saberlo. Existe una entrada secreta a su habitación. Ella le ordenó a Gangolf Kaiser que se construyera así. Tu *vallet* Venisch y tu secretario Blasio ya lo saben. Un hombre visita a Carlota en su aposento. No incurro en sacrilegio pues esto no procede de secreto de confesión —y se persignó—. Mi deber, considero, es decirte la verdad.

Maximiliano bajó la mirada. Delicadamente acarició entre sus dedos el listón dorado. Leyó las letras bordadas: "Mi amor es tu secreto. Mi carne es tu brillante montura. Ch. L.".

Lentamente llevó su delgada mano al bolsillo. Comenzó a sacar de él un pequeño objeto metálico: un galón militar dorado. Decía:

Charles Loysel. Aide de Camp.

75

Salió el sol. Carrozas con cien caballos, seguidas por miles de soldados belgas y austriacos, se dirigieron en caravana cien kilómetros al sureste, hacia el mágico poblado de Ayutla, rumbo al puerto de Veracruz.

A lo largo del camino los mexicanos, formando una enorme valla humana por ambos lados, aclamaron a "Mamá Carlota", incluso con música de todas clases: trompetas, tambores. Le lanzaron moños y confetis. Le rogaron que los bendijera o los tocara. Ella les sonrió con su majestuosa rostro.

Algunas personas, al verla, al sentirse observadas por ella, se desmayaron.

Ella simplemente siguió avanzando.

Así fue como la emperatriz Carlota, con su vestido de encajes, descendió de su carruaje al llegar a Ayutla ayudada por su musculoso escolta: el joven militar francés Charles Loysel, enviado a México por Napoleón III.

El atlético joven le sonrió al colocarla sobre el piso de empedrado. Le guiñó el ojo. Carlota discretamente le puso en la mano una pequeña cajita roja. Le dijo:

—*Enregistrez ce document très bien* —le sonrió—. Guarda muy bien este documento. Guárdalo donde nadie lo encuentre nunca —y cautelosamente miró a los lados—. Este documento es de importancia suprema. Que nunca lo encuentre nadie. No puede verlo Maximiliano.

Loysel reverencialmente se inclinó ante ella.

—Lo que usted me ordene, *madame* —y le besó la mano—. ¿Le parece bien en el altar?

—El altar… —le dijo—. El altar me parece perfecto.

Ella siguió avanzando entre la multitud.

76

Ciento cincuenta años después, en la Ciudad de México, quince metros por debajo del edificio del Supremo Consejo Masónico, le pregunté a la nana de Juliana:

—¿"Altar…"?

Ella, con temblor en los dedos, oprimió el botón de hierro que estaba en la enorme roca redonda detrás de la estatua del masón Albert Pike.

La roca comenzó a rugir, raspándose contra el piso. La estatua y la roca misma giraron a la izquierda. De pronto vimos otra puerta, hacia otra oscuridad.

Le dije al Huevo:

—Debe haber una razón cósmica para que todo esto nos esté pasando —y comencé a entrar con mi linterna.

—¡No! —me contestó—. ¡No hay ninguna maldita "razón cósmica" para que esto nos esté pasando!

—Sí la hay —le dije. Iluminé los nuevos muros.

Me siguió la señora Salma con su linterna. Nos acompañaron cuatro de los hombres del Papi armados con fusiles QBZ-95 Norinco, hechos en China, a los que llamaban Cuernos de Chino.

—¿Es aquí? —me preguntó uno de ellos.

Le dije:

—Es aquí donde ustedes van a encontrar el tesoro, se los aseguro —y apunté con la linterna a la pared. La luz iluminó las letras hundidas en la roca. Decían:

Urbs Subaquanea. Ciudad Sumergida. Altar del Tesoro.

—Qué extraño —me dije.

—¿Dónde está el tesoro? —me preguntó el jefe de los sicarios, un chaparro dientón y cadavérico.

La cámara estaba vacía.

Caminamos entre las cuatro paredes sin encontrar nada más que superficies frías de cemento, lisas y deterioradas.

—¡Aquí no hay nada! —me gritó mi compañero Jasón—. ¡¿Dónde está el pinche tesoro de los Habsburgo?! ¡¿Y el tesoro de Carlos V?! ¡¿Dónde está el refregado tesoro de Moctezuma y Carlos V?!

Por varios segundos observamos los muros. La señora Salma observó todo, azorada, negando con la cabeza. No dijo una palabra.

El sicario me dijo:

—¿Dónde está tu tesoro, pendejo? —y me apuntó con su QBZ-95—. Te recuerdo que tu mujer está en el calabozo.

Me quedé paralizado.

Arriba, dentro de su brillante automóvil rojo Lincoln Continental placas A—0001-Z, el líder del Supremo Consejo Masónico de México, Dante Sofía, se llevó el celular a la boca.

—Me decías —y masticó una pastilla de menta.

Una voz le dijo:

—Bajaron la escalera de Osiris. Ahora están en la cámara de agua.

—Entiendo —y por el parabrisas contempló la fachada del edificio, rodeada por elementos de la policía. Escuchó los disparos.

En su muñeca relució un reloj dorado. La voz le dijo:

—¿Los inundamos?

Abajo, nosotros seguíamos mirando los muros lisos.

El más feo de los hombres del Papi —el bajito de dientes saltones, cadavérico, al que los demás llamaban el Nibelungo —me dijo:

—¡¿Dónde está tu maldito tesoro?! —y sacudió la cabeza—. Esto está muy cabrón —y me acercó la boca de su Cuerno de Chino—. ¡A mí se me hace que ya se chingaron a tu puta vieja! —y me empujó con el filo del arma. Me abrió la piel de la cabeza—. ¡Arrodíllate, puto!

Cerré los ojos.

—¡Esto ya valió madres! —lloriqueó el Huevo.

La señora Salma comenzó a llorar. Ella también se hincó.

Yo empecé a descender sobre mis rodillas.

Me golpeó en la nuca con el cañón del fusil.

—¡¿Dónde está el maldito tesoro?! ¡Tú debes saberlo! ¡Qué te dijo tu pinche vieja! ¡Ella es descendiente de Maximiliano! ¿Ella es el tesoro?

Tragué saliva.

—Juliana jamás me mencionó que existiera el tesoro.

El Huevo me dijo:

—Pinche Max León. Siempre supe que me iba a llevar la chingada por trabajar contigo. Todo por esa maldita vieja, por sus malditas nalgas. Ve a dónde te llevaron.

Lentamente me volví hacia él:

—¿Qué dijiste?

Arriba comenzaron los disparos. Los policías de investigación a cargo de King Rex bajaron hacia nosotros con sus armas Mendoza HM-3 de nueve milímetros. Ametrallaron a los hombres del Papi que se toparon y recibieron las descargas de vuelta.

Yo escuché las ráfagas y los gritos de los sicarios desde abajo. Estalló una granada. El techo tembló. Empezó a caernos roca en polvo.

Me volví hacia el Nibelungo.

—¿Sabes qué está pasando? —y miré al techo.

—A mí no me importa. ¡Tú sigue explorando! Todos quieren el maldito tesoro de Maximiliano.

Miré a mi alrededor. En la pared norte noté unas pequeñas líneas desdibujadas, por detrás del moho. Arrodillado, comencé a aproximarme. Observé detenidamente las líneas.

—Son letras —le dije al Nibelungo.

Me escupí en la mano. Con la saliva tallé los trazos. El moho y el polvo empezaron a escurrirse. Vi que las letras se abrillantaban. Decían:

CHARLES LOYSEL
ALTAR DE ITURBIDE
1866

Me volví hacia el Nibelungo.

—Creo que ya tienes la siguiente pista de tu tesoro.

En Ayutla, el brigadier francés Charles Loysel, con la pequeña caja roja aún en su mano, observó las letras doradas de la tapa: "Dokument 1". Estaban por encima del sello, también dorado, de la casa real Saxe-Coburgo-Gotha: el Trileón.

Con extremo cuidado la metió en su bolsillo.

Le susurró a Carlota en el oído:

—*Madame*… este tesoro será guardado en el altar de Iturbide.

Ella le apretó el antebrazo.

—Cuento contigo. Europa cuenta contigo. Este documento puede cambiar el futuro del mundo.

El misterioso Charles Loysel se distanció de la aglomeración con su cajita, con su misión. Se perdió entre la multitud. Detrás de la portentosa diligencia Scala 1864, descendió el emperador Maximiliano con su barba rojiza y su traje de fanfarria, ayudado por su *vallet* Venisch y su nuevo secretario personal, el joven José Luis Blasio. Le aplaudieron. Ambos trotaron detrás de Maximiliano, apartándole a los fanáticos que querían tocarlo.

Con el resplandor rojo de la tarde, entre las siluetas oscuras de la comitiva, Maximiliano y Carlota se dirigieron al transporte reforzado, el que llevaría a Carlota al puerto de Veracruz a través de las peligrosas Cumbres de Maltrata.

El grupo los siguió, con gritos, con cornetas, con tambores. En la comitiva, los guardias venían protegiendo a un adolescente de dieciséis años: el joven Salvador de Iturbide, y a su tía de cincuenta y un años: doña Josefa de Iturbide, hija del primer emperador, Agustín de Iturbide.

Doña Josefa le gritó a Carlota:

—¡Que Dios la proteja siempre, preciosa reina! ¡Gracias por su gentileza para con mi familia! —y fuertemente apretó a su sobrino por el hombro—: La emperatriz Carlota no sólo te adoptó como hijo para que tú seas el sucesor al trono en caso de que ellos mueran —y miró al chico—, también te asignó los seis mil cien pesos que desde ahora recibirás todos los años por el resto de tu vida, al igual que tu primo. Esto es lo mínimo que mereces por la forma en la que tu abuelo fue asesinado por los masones —y miró a Carlota—. Ella nos va a devolver la gloria.

—Es gracias a ti, tía. Tú hiciste el trato.

Ella le sonrió.

—Alguien tiene que proteger a nuestra familia, mi niño. Nunca olvides a tu abuelo. Él fue el verdadero emperador que creó este país.

Detrás de ellos corrió el arqueólogo oficial del Imperio, Eugène Boban, con su chaleco; con su bata arremangada, enlodado. A codazos llegó hasta Charles Loysel. Lo aferró por el brazo:

—¡Por favor llévale esto al emperador Napoleón! —y le mostró un bulto redondo. Loysel lo tomó en su mano.

—¡Diablos, esto pesa! ¡¿Qué demonios es?!

Boban se le aproximó:

—Un cráneo azteca de vidrio.

—¿Vidrio?

—Podemos vender docenas, cientos de estas reliquias a cualquier museo de Europa: el Louvre, el Belvedere, el Hermitage. Nos pagarán lo que pidamos.

Suavemente Loysel se lo regresó.

—No quiero andar cargando esto. Se lo mencionaré al emperador.

—¡Espera! —lo aferró con fuerza—. Instalé mi taller —y miró los lados—. En mi taller podemos hacer miles de réplicas, copias como ésta. Nadie notará que son falsas.

Loysel le sonrió. Prosiguió de vuelta hacia Carlota, quien ya estaba en el transporte. Sin preocuparse, golpeó con su hombro al secretario de Maximiliano, José Luis Blasio, a quien hizo tambalearse entre la gente.

—Me estorbas —le dijo.

El secretario se sobó el brazo.

—Demonios —y se volvió hacia el ahora maestro de ceremonias imperiales, Anton Grill.

Grill le dijo:

—Es él —y miró a Loysel. Lo vio alejarse, aproximarse la emperatriz—. Los emperadores nunca durmieron juntos. Es una pena —y los miró—. Los dos son hermosos. Míralos. Nunca se tocaron.

—¿Pero ese Loysel…? —le dijo Blasio.

—Tú no sabes lo que yo sé —le sonrió Grill—. Tú los atiendes en el día. Yo los atiendo también por las noches.

Blasio observó a Charles Loysel, quien saludó a los militares, a los ministros, a la princesa de Iturbide y a su sobrino. Incluso saludó al propio Maximiliano.

Anton Grill le susurró:

—Desde que estoy con los emperadores nunca los he visto dormir juntos. El emperador instala su camastro en el salón de juegos y pasa la noche solitario. Pero… no siempre duermen solos.

Blasio se volvió al camarista sonriente.

—Dime lo que sabes.

—Duermen acompañados —y miró a Charles Loysel, quien besaba la mano de doña Josefa de Iturbide mientras le colocaba en la otra mano una pequeña caja de color rojo.

José Luis Blasio comenzó a negar con la cabeza.

—Yo nunca he visto a ninguno de los emperadores cometiendo adulterio. En el castillo no hay lugar donde un visitante pueda esconderse. ¡Yo los habría visto!

—Es que no has visto lo suficiente —le susurró Grill—. La recámara del emperador ha sido visitada muchas veces. También en Cuernavaca, en el Jardín Borda, hay un espacio secreto. ¿Recuerdas el muro del jardín donde hay una puertecita muy estrecha por la que apenas cabe una persona?

—*Una puertecita…* —y cerró los ojos—. Sí, sí… la recuerdo… —y en su memoria vio la Casa Olindo rodeada de flores.

—Pues bien —le dijo Grill—, en esa puertecita que siempre parece cerrada, uno puede hacer muchas cosas —y cerró los ojos. Pensó en la India Bonita.

Blasio abrió la boca:

—¿Concepción Sedano ha entrado al castillo, en Chapultepec? ¿Ha visitado al emperador…?

—Concepción Sedano vive en el castillo —y siguió caminando hacia los emperadores.

—¡¿Dónde?!

—Me preocupas ahora más tú —y lo miró fijamente—. No te portes mal en este viaje a Europa. Te eligieron para acompañar a la emperatriz como su secretario. No vayas a traicionar a Maximiliano.

Blasio sacudió la cabeza.

—¿De qué hablas?

Grill le sonrió.

—Nadie se resiste a una mujer como Carlota. Mírala. Sé que te gusta. No vayas a aprovecharte de su gran deseo de placer.

Blasio observó a la hermosa mujer de veintiséis años, delgada, de rostro perfecto, de maneras exquisitas, con movimientos de cisne, que caminaba hacia el transporte reforzado, saludando a los cientos que se amontonaron para besarle las manos.

—Yo nunca haría algo como eso —le dijo a Grill.

Sonó el pitido del transporte.

Anton Grill le dijo:

—No vayas a embarazarla.

77

Entre los rayos de sol del ocaso, Blasio miró a la bellísima princesa de Bélgica con su largo cabello negro anudado en trenzas.

Su corazón comenzó a latir. La emperatriz involuntariamente se volvió hacia él. Ella lo miró por un momento. Blasio cerró los ojos. La imaginó en el camarote del barco. La imaginó en la cubierta, en el barandal de la proa, mecidos por las olas, debajo de las estrellas. Imaginó el olor de las mejillas de la princesa.

—¡Que te muevas, pendejo! —le gritó un hombre, con el equipaje. Decía con cintas: "A París". Venían detrás quince hombres más con las cajas.

Al pie del transporte, la bella Carlota le susurró al oído a su barbudo esposo:

—Pase lo que pase, nunca renuncies. ¿Me entiendes? —y lo miró fijamente.

—Sí, sí, lo entiendo —el cielo se volvía cada vez más oscuro—. Renunciar es de cobardes.

—Así es: renunciar es de cobardes. Nunca te rindas. Prométemelo.

—Sí, sí, sí… Abdicar es de ancianos.

Carlota lo sujetó por los brazos.

—Yo voy a conseguirte tus tropas. Te voy a traer noventa mil soldados de Francia, y éste será el imperio más grande y fuerte que haya habido en América. Pero… en tanto yo regrese, tú no entregues a nadie este gobierno, y menos a Benito Juárez. ¡Prométemelo! ¡No entregarás a nadie el trono de México!

Maximiliano continuó mirando hacia arriba. Subió los dedos:

—Prometido.

—La sangre de todos tus antepasados está en ti ahora. Éste es tu momento de prueba. Demostrarás tu valor y tu hombría. Dios te dio esta corona. No la deshonres —y sus hermosos ojos negros comenzaron a lagrimear—. ¡Prométeme que nunca vas a traicionar a este pueblo que te hizo llamar en Miramar para que tú fueras su protector, su guardián, su señor!

Maximiliano tragó saliva. Se volvió a la muchedumbre: las personas nativas con sus sombreros hilados que gritaban:

—¡Mamá Carlota! ¡Mamá Carlota! ¡Mamá Carlota! ¡Oh, dulce Virgen María!

La joven emperatriz abrazó a Maximiliano con mucha fuerza por la cintura, triturándole los costados.

—Prométeme que nunca te vas a rendir, ¡¿me lo prometes?! ¡Por ninguna razón debes renunciar!

Sin aire, él le respondió:

—¡Te lo prometo!

—Cuando yo no esté aquí, ¿de dónde vas a sacar la fuerza? Todos van a tratar de acobardarte, ¡porque ellos son unos cobardes! ¡No te atemorices! —lo sacudió con enorme violencia—. ¡Desde ahora —y le tocó el pecho— tú eres tu propia fuente, tu propia fuerza! ¡Yo estoy dentro de ti! —y lo miró con ferocidad.

Maximiliano sonrió.

—Sin importar el miedo que tengas, o la incertidumbre, o el terror, ¡cuando sientas que todo está en peligro, o perdido, o sin esperanza…! ¡Cuando los hombres de Juárez estén entrando al castillo, subiendo con sus armas para capturarte…! ¡Cuando sientas que no hay forma de salir adelante y que todo es una noche negra… recuerda que fuiste creado emperador de México por Dios! ¡Y recuerda que Él creó el Universo! ¡Y es Dios mismo el que te protege y te respalda! ¡No defraudes su encomienda!

—Gracias, esposa… Me estás motivando…

—Nunca serás derrotado. Yo lo decreto —y le puso su delicada mano en el corazón—. Tú eres el emperador de México.

Maximiliano la miró a los ojos.

—*Dios*…

Carlota comenzó a bendecirlo con su mano, haciendo una dulce cruz con los dedos en su frente, su pecho y sus hombros. Le besó el corazón. Maximiliano cerró los ojos. Levemente abrió sus carnosos labios para besarla.

Ella le empujó una carta contra el cuerpo, sumiéndole el diafragma.

—Lee esto cuando te sientas con miedo. No lo abras hasta el momento en que pierdas todo el valor, todo el coraje, toda la esperanza —y lo miró fijamente—. Esta carta tiene el secreto. Te va a dar el poder para vencerlo todo. Es el secreto de la Casa Saxe-Coburgo. Es el secreto de mi padre.

Ella le guiñó el ojo. Comenzó a caminar hacia el transporte reforzado levantándose la falda. Maximiliano la vio irse.

La siguieron cinco hombres, escoltados a su vez por sus respectivos guardias: el fornido caballerizo imperial y tutor ecuestre de la emperatriz, Feliciano Rodríguez, vestido de charro; el comandante de las fuerzas belgas en México, general Alfred van der Smissen, con la cabeza deforme semejante a una cebolla; el coronel Miguel López, auxiliar militar de Maximiliano y confidente de la propia Carlota; el joven secretario del emperador, José Luis Blasio, con su portafolios; y el atlético brigadier francés Charles Loysel.

Maximiliano volvió los ojos al sobre que le había dado Carlota. Estaba sellado. Vio la cera amarilla con el sello real de Carlota: los tres leones dorados de la Casa Saxe-Coburgo-Gotha, originarios de Sajonia, Alemania.

En la parte inferior del sello, leyó:

FÜR DEN MOMENT
DER MAXIMALEN ANGST

—"Para el momento de máximo miedo"…

Miró a Carlota a lo lejos. Ella le deletreó en silencio: "No renuncies".

Maximiliano apretó entre sus dedos el sobre.

La masa de gente quiso avanzar hacia la emperatriz, gritándole desde el muelle.

—¡Te amamos! ¡Ojalá tú fueras el emperador! ¡Señor, protege a Mamá Carlota!

La emperatriz dulcemente se colocó encima de la cabeza un largo chal de seda, oscuro como la noche, con cientos de estrellas bordadas en oro y plata. Se lo acomodó como manta y se volvió por última vez para ver a los mexicanos, rodeada por los rayos del ocaso.

Con enorme dulzura les sonrió, como la Virgen de Guadalupe.

—*Ich liebe sie!* —les dijo—. ¡Los amo! —y con su delicada mano comenzó a persignarlos—. *Ich liebe sie euch alle!* —y les lanzó muchos besos, llorando—. ¡Los amo a todos!

Comenzó a subirse al transporte.

Los altos y rubios policías belgas, pertenecientes al comandante Alfred van der Smissen, ahora gobernador imperial en Michoacán, mantuvieron a la gente contra las cuerdas, llorando. La empujaron para atrás con las culatas:

—*Benimm dich, Dorfbewohner!* ¡Compórtense, campesinos!

En la parte superior del transporte, el robusto y enorme padre Dominik Bilimek recibió a Carlota besándole la mano.

—Majestad —y agachó su fornida cabeza—. El emperador me solicitó bendecirla antes de su viaje. ¿Me lo permite?

Carlota le sonrió.

—Adelante, padre —y miró a un lado. Les sonrió a los tripulantes.

El sacerdote la tomó por los dedos.

—*Benedicat vos omnipotens Deus, Pater, et Filius, et Spiritus Sanctus* —y comenzó a persignarla con amor—. Que su misión en Francia sea exitosa.

Ella lo besó en la mejilla. Le sonrió con su cara juguetona.

—Padre… ¿puedo decirle algo?

El padre comenzó a asentir con la cabeza.

—Claro, Majestad. Lo que usted quiera.

De reojo ella observó a las personas en el transporte. Todas la estaban mirando.

Le susurró al padre en el oído:

—México es la nada que no quiere ser destronada.

El sacerdote comenzó a ladear la cabeza.

—¿Cómo dice usted, Majestad?

—Lo que escuchó. En este país uno se tropieza con la nada a cada paso. Es la nada la que gobierna. Fue menos difícil construir las pirámides de Egipto que vencer la nada mexicana —y le sonrió.

El padre Bilimek se quedó perplejo.

—No entiendo. ¿En verdad usted piensa así sobre esta gente? —y miró a los pasajeros.

Ella le sonrió.

—No se puede hacer nada con ellos.

—Dios… —y miró al piso—. Si en verdad usted piensa así sobre esta gente… ¿por qué desea tanto gobernarlos? ¿Por qué ahora va hasta Francia para conseguir más tropas…? ¿Por qué presiona tanto a su esposo para no renunciar al trono…?

Ella lo miró fijamente, con sus brillantes ojos negros. Se le aproximó. Lo abrazó por el cuello.

—¿Me recibe esto como confesión?

—Sí, hija, por supuesto —tragó saliva.

Ella le cuchicheó al oído. Comenzó a decirle palabras que cada vez perturbaron más al sacerdote. Él cerró los ojos:

—No, no… No, hija, por favor.

Ella le dijo más.

—¡No, hija! ¡Por favor! —y comenzó llorar.

Ella le sonrió.

—Así es, padre. Me despido —y comenzó a caminar a su cabina, sin dejar de mirarlo—. ¡Padre! ¡Usted no puede decirle nada de esto a nadie! ¡Se lo dije en confesión! Es secreto de confesión. Sería pecado mortal que usted dijera una sola palabra.

Se alejó entre la gente.

El padre la vio irse y siguió llorando.

Minutos después, abajo, entre la gente y los caballos que se preparaban para el retorno a la Ciudad de México, a la luz de la luna, viéndolo perturbado, Maximiliano se le acercó al biólogo.

—¿Padre…? ¿Está usted bien?

El sacerdote prosiguió caminando. Lo miró. Empezó a llorar.

—¿Qué ocurre, padre? ¿Está bien mi esposa? —y vio hacia arriba, a la parte alta del transporte, que ya estaba avanzando—. ¿Qué le pasa, padre? ¡Dígamelo, por favor!

Bilimek cerró los ojos. Siguió llorando.

—¿Qué le dijo mi esposa? —le preguntó Maximiliano.

El padre hizo una expresión de mucho dolor.

—Te amo tanto, hijo. ¡Te amo tanto! —y lo abrazó por la derecha, sin dejar de caminar juntos—. Yo voy a estar contigo cuando pase todo. Ellos no deben dañarte.

—¿Ellos…? —y miró al transporte. ¿A qué se refiere?

—No puedo decírtelo. Es secreto de confesión.

Maximiliano se quedó solo, con su papel en la mano. "Para el momento de máximo miedo."

78

En la Ciudad de México, la cámara de agua donde estábamos comenzó a inundarse.

—¡Esto ya valió madres! —me gritó el Huevo. Se llevó sus regordetas manos a la cabeza—. ¡Te dije que me iba a llevar la chingada por trabajar contigo!

Las paredes empezaron a compactarse.

El sicario Nibelungo, apuntándome a la cabeza con el fusil QBZ-95 Norinco, me gritó:

—¡¿Qué está pasando, cabrón?! —y le cayó agua en el cabello—. ¡¿Tú sabías que pasaría esto?!

—¡No sabía nada! —y miré hacia arriba, a la puerta por la que habíamos entrado. Ahora estaba bloqueada por los tubos hidráulicos—. ¡Esto es de los masones! ¿Qué esperabas? ¡Estamos allanando un inmueble!

En la pared vi de nuevo el letrero:

213

El Huevo comenzó a gritarme:

—¡Odio mi vida! —y se cubrió del agua—. Antes de que me lo pidas, ¡no voy a ponerme a investigar en internet qué es ese "altar de Iturbide"! ¡Búscalo tú, imbécil! ¡Ya me cansé de ser tu esclavo!

—Entonces muérete aquí, ahogado —y me volví al Nibelungo—. Nuestra única opción ahora es resolver el acertijo —y le señalé el letrero—. ¡En algún lugar de México tiene que haber un "altar de Iturbide"! Ahí está el tesoro Maximiliano.

—Lo investigaremos afuera —y apuntó con su fusil hacia arriba, a los ruidos de la policía, que venía en tropel a buscarnos. Lo colocó entre los gruesos tubos de acero que nos impedían la salida. El agua empezó a subirnos a las rodillas. Se mojó la boca.

—¡Dios! —me gritó el Huevo—. ¡Nunca pensé que iba a morir ahogado!

—¡Siempre hay una reencarnación para morir ahogado! —le dije. Sentí en mi cabeza la cascada—. Debí pensarlo… —me dije—. "Ciudad Sumergida": ¡Debe haber una salida! ¡No podemos acabar así!

—¡Es obvio que no quieren que sepamos la verdad! —me gritó el Nibelungo—. ¡Esto debieron haberlo diseñado para evitar que salga de aquí cualquier tipo de información!

El agua nos llegó al ombligo.

—Creo que sí vamos a morir aquí —me dijo la nana. Cerró los ojos.

—No, señora —le dije yo—. Súbase a mi espalda. Su niña me pidió cuidarla y lo haré. Tenemos que sobrevivir a esto si queremos salvar a Juliana.

El Huevo me dijo:

—¡Odio mi vida! —y sacó su celular. En medio de la caída del agua comenzó a teclear: "altar de Iturbide", y pulsó "Buscar"—. ¡Ya tengo algo! —me gritó—: ¡Mira! ¡No existe ni madres! ¡No hay ningún altar de Iturbide! ¡Lo único que existe es una tumba de Iturbide, y está en la catedral, pero eso no es un "altar"!

Su celular se apagó. En medio de sus alaridos el agua nos llegó a los hombros. Me dije:

—Esta situación está bastante jodida.

Observé en la pared más líneas. El agua disolvía el sarro.

—Un momento… —me aproximé a la pared con la señora en mi espalda. Con el agua en la barbilla, observé las líneas. Comencé a frotarlas con mis dedos—. ¡Son letras! —y vi el texto que empezó a emerger; un pegoste antiguo:

Maximiliano, emperador de México.
Decreto Núm. 53- 16 de septiembre de 1865
Se decreta la erección de un sarcófago de bronce para las cenizas del emperador Iturbide, considerando que la justicia y la gratitud nacional exigen que se erija un monumento fúnebre a la memoria del emperador Agustín de Iturbide, libertador de México.

Decreto Núm. 54.
En virtud de los arreglos celebrados con los miembros de la familia Iturbide, el emperador Maximiliano toma desde hoy a su cargo la tutela de los príncipes Agustín y Salvador de Iturbide, nombrando co-tutora a la princesa Josefa de Iturbide.

Me volví hacia el Nibelungo:
—El tesoro se transfirió a esa "Josefa". Se construyeron ellos mismos su caja fuerte para guardar el tesoro. Está en ese monumento.

79

Al otro lado del gigantesco océano, en París, dentro del tétrico Palacio de las Tullerías, el emperador Napoleón III recibió un mensaje perturbador.
—Su Majestad, viene un barco desde México.
El poderoso Bonaparte se dirigió al mensajero, quien comenzó a orinarse en los pantalones.
—*Qu'est-ce que tu dis, misérable?* ¿Cómo dices, miserable?
—¡Cuidado! ¡No lo mate! —le gritó su general Niel.
Napoleón desenvainó su plateada espada. Comenzó a caminar hacia el mensajero. Le colocó la punta del filo en la boca.
—*Qu'est-ce que tu dis?*
—El buque *Emperatriz Eugenia*. Viene para acá. Es la esposa de Maximiliano, la princesa Carlota. Viene a entrevistarse con usted y con todos los líderes de Europa.

Napoleón abrió los ojos.

—*¿Con todos los líderes de Europa…?* —y se volvió hacia Adolphe Niel. El general le dijo:

—Alteza, la princesa quiere hablar con el papa Pío IX, con el canciller Bismarck, con su hermano Leopoldo de Bélgica, y con la reina Victoria de Inglaterra —y miró al piso de mármol—. Seguramente pretende convencer a los monarcas para que la respalden, y con ello exigirle a usted que le devuelva las tropas a México.

Napoleón comenzó a negar con la cabeza.

—No puedo hacer eso. ¡No puedo hacer eso! —y empezó a caminar por el salón, con las manos en la espalda—. Mantener tropas francesas en México es asegurarnos una guerra contra los Estados Unidos, ¡y ellos ahora están más fuertes que antes! No puedo tener una maldita guerra en América. No, no, no… ¡Aquí mismo, en Europa, estoy amenazado en mi propia maldita frontera con un millón y medio de hombres de Otto von Bismarck que ya están en Westfalia y en el Rhin, listos para invadir Francia! ¡No puedo librar dos guerras al mismo tiempo! —y estrelló su espada contra el mármol—. ¡Quiero ahora mismo a todos mis malditos soldados aquí para defenderme de Bismarck!

Adolphe Niel le susurró, temblándole la voz:

—La princesa quizá intente fincar un caso internacional contra usted por violar el Tratado de Miramar. Tal vez los ducados se unan a ella.

Napoleón III lo miró fijamente.

—Nunca debí involucrar a esa maldita mujer —y se volvió hacia la pared—. ¿Cómo se detiene a una muchacha que viene a destruir tus relaciones internacionales, a enemistarte con tus aliados, cuando estás en peligro de iniciar la peor guerra de tu historia?

El mensajero, temblando, le aproximó otro papel:

—Alteza —y bajó la cabeza—, me permito entregarle esta carta que acaba de llegarle, es del emperador Maximiliano.

Napoleón, entumido, la tomó entre sus dedos:

Gran Alteza:

Suficientemente amigo de usted como para evitar convertirme en causa, directa o indirecta, de un peligro para Vuestra Majestad, os propongo consecuentemente, con la misma cordialidad, que retiréis inmediatamente vuestras fuerzas del continente americano. Por mi parte, guiado por el honor solamente, buscaré arreglármelas con mis compatriotas en forma leal y digna de un Habsburgo, poniendo mi alma y mi vida al servicio de la independencia de mi nueva patria.

Napoleón se quedó inmóvil.

—*Su nueva patria...* —y negó con la cabeza—. ¡¿No ha entendido aún que los estadounidenses me están exigiendo que él se salga ya de ahí?! —siguió negando con la cabeza al tiempo que apretaba, ansioso, el pomo de su espada—. Ese bastardo ya olvidó que yo lo puse ahí. ¡Pude haber puesto a cualquier otro en ese maldito trono! ¡Alguien que me fuera más útil! ¡¿De qué me sirvió poner ahí a un familiar de los Austria, cuando Austria ya no sirve de nada?!

Adolphe Niel cerró los ojos. Napoleón III empezó a caminar por la habitación.

—¡Que se salga de ahí, maldita sea! ¡Haz que se salga! ¡Dile algo al maldito Bazaine! —y con su espada impactó el barandal—. ¿Cómo se atreve ese imbécil a desafiar mis órdenes? ¡Que renuncie ya a ese trono! ¡Que le entregue el gobierno al señor Juárez! ¡Me está causando problemas! —y se volvió hacia Niel—. Tráelo en cadenas. Tráelo en pedazos.

Niel cerró los ojos.

Napoleón le ordenó:

—Necesito un millón de soldados para enfrentarme con Bismarck. Consíguelos cuanto antes. Bismarck debe estar en complicidad con los malditos estadounidenses.

80

—¡Éste es el fin de Francia! *This is the end of France!*

Esto lo gritó ante sus miles de soldados afroamericanos, en la frontera con México, el general estadounidense Philip Sheridan.

Levantó en alto su sable Washington. Lo miró: su resplandor plateado reflejaba el sol.

—¡Maximiliano representa la agresión de Francia contra los Estados Unidos! ¡Le pedimos sacar sus malditas tropas de nuestro país vecino porque insultan al continente americano, pero el pequeño Napoleón se rehúsa a sacarlas de golpe! ¡Está retirando contingentes en bloques, siempre manteniendo un remanente, para impedirnos invadir! ¡Mientras tenga aunque sea mil soldados europeos en México, él es el invasor!

Sus soldados le gritaron, levantando sus rifles Remington.

—*Now on Mexico! Now on Mexico!*

Les gritó:

—¡Soldados! ¡Nuestro amigo Juárez tiene ya en jaque mate al imperialista invasor Maximiliano! ¡Norte y sur ya son de Juárez! El invasor está arrinconado en la franja central. ¡Pero en su cobardía, Maximiliano está enviando a su esposa a Francia para que ella recrudezca las nefastas intenciones antiamericanas del emperador Napoleón III! ¡Yo les pregunto a ustedes! ¿Vamos a permitir que vengan más tropas desde Europa a tomar posesión de nuestro continente?

Los soldados comenzaron a golpear los rifles contra sus dagas.

—*Never! Never! Never! Never!*

—El general Ulysses S. Grant, en acuerdo con el difunto presidente Abraham Lincoln, acordó las medidas que hemos de tomar para apoyar a nuestro amigo Juárez: ¡los Estados Unidos vamos a inocular al territorio mexicano una gran cantidad de soldados encubiertos, disfrazados como mexicanos, la mayoría de raza negra como ustedes, esclavos del sur que ya son libres, y que van a luchar por la libertad de nuestro continente! ¡Se van a mezclar con el ejército rebelde de Benito Juárez para sacar de México a Maximiliano! —y los miró en redondo—. Se les está enseñando a hablar español para que pasen por perfectos mexicanos —y les sonrió—. ¡También vamos a infiltrar en México un afluente masivo de armamento! ¡Los equipamientos y municiones se van a colocar en territorio mexicano, al otro lado del Río Grande, para que ahí lo tomen los mexicanos que odian a Maximiliano! —y señaló al sur—. Los hombres de Juárez ya saben dónde tomarlo. ¡De Matamoros entraron las armas francesas para fastidiarnos, de Matamoros entrarán las armas americanas para expulsarlos!

Al sur, al otro lado del río, en las afueras de Matamoros, Tamaulipas, el general estadounidense Herman Sturm, de Indianápolis, con un puro en la boca, revisó su memorando. Escuchó el torrente del río. Su barco de vapor *J. W. Everman* estaba anclado contra los maderos.

Les gritó a los mexicanos José María Jesús Carvajal y Martín León Garza:

—¡Cinco mil rifles Enfield! ¡Mil pistolas! ¡Seiscientos dieciocho mil cartuchos! ¡Un millón cien mil tapas de percusión! ¡Cinco mil libras de pólvora DuPont! ¡Mil espadas de caballería! ¡Seis cañones con veinte mil cuatrocientos proyectiles! ¡Tres mil equipos de cocina! ¡Trece mil ochocientos un belices de espalda! ¡Mil trescientos ocho pantaloncillos!

¡Ochocientos trece sartenes! ¡Equipo médico y para cirugías de campo, incluyendo instrumentos dentales! ¡Seis tiendas hospital! Así como hombres estadounidenses para el combate, incluyendo a mi propio hermano, Frederick —y le sonrió a su hermano, seis años menor.

Le pasó la pluma al general mexicano juarista José María Jesús Carvajal, de expresión turbia.

—De conformidad con nuestro acuerdo firmado el 1º de mayo de 1865 —le dijo Herman Sturm—, entrego a usted este material militar así como el primer contingente de cinco mil hombres negros entrenados y vestidos como mexicanos. Hoy, a 16 de julio de 1866.

81

En la Ciudad de México, la cámara de agua quedó completamente cubierta. Yo, con la señora Salma del Barrio de Dios montada en mi espalda, aferrada a mi cuello, ahorcándome, subí por el tubo cilíndrico de cemento hacia donde caía el agua en cascada que inundaba la cámara.

El torrente me impactó en la cara al punto de no poder abrir los ojos. Alcancé a distinguir una luz arriba. Les grité a todos:

—¡Ésta es la única forma de salir! ¡Hay que seguir subiendo a través del agua!

Se atragantaron. El peso del líquido nos empujaba muy fuerte. En forma perturbadora, noté que cada uno de los peldaños de hierro tenía en letras hundidas las palabras: "Scala Carlota 1866". Cada peldaño decía lo mismo. Era la escalera de Loysel.

Seguí subiendo. Al llegar arriba, pasando el ducto transversal alimentador de agua, topamos con la coladera. Tenía hoyos. Pude ver lámparas de argón. La coladera estaba cerrada con dos candados. La golpeé:

—¡Auxilio!

Fue inútil. El agua continuó subiendo.

Arriba, en el vestíbulo del edificio, el masón Dante Sofía, con su aroma exquisito a loción Dakkar, su reloj dorado en la muñeca y su enorme anillo negro, colocó los puños en los costados.

—¿Están en el ducto?

Su mano derecha, Ruvel Tamez, le dijo:

—Así es.

El ingeniero Sofía permaneció en silencio. Se llevó el radio a la boca.

—Déjenlos que se vayan —les dijo a sus operadores—. Ábranles la compuerta.

—¿Perdón...? —le preguntó Ruvel Tamez.

—Déjenlos que exploren.

—¡No...! —y comenzó a caminar tras él.

—Los que exploran son los que expanden las fronteras de lo desconocido. Ellos descubrirán lo que nosotros no sabemos y cambiarán el destino.

—Pero...

—¡Los que exploran son los que conquistan las zonas secretas del pasado colectivo y abren nuevos espacios que antes no existían —y violentamente se volvió hacia Tamez—. Así comenzó la historia, hace miles de años, con exploradores como esos muchachos.

—Pero... ¿y la Comisión Educativa?

Dante Sofía miró el enorme corredor ajedrezado. Comenzó a caminar hacia la estatua de Benito Juárez.

—Estos exploradores van a crear las nuevas rutas para todos hacia el futuro porque están desenterrando lo que hoy nadie se atreve a investigar del pasado —y lo miró fijamente—. Libertad es cuestionar el pasado.

En verdad, ese hombre, por medio de la instrucción por radio, abrió la compuerta para que escaparan Max León y los demás: dos personas abrieron la reja de hierro hacia el tubo del Metro. Los exploradores salieron al metro Revolución.

Ruvel Tamez levantó su pequeño revólver y le apunto en la cabeza a Dante Sofía. Le dijo:

—El documento Maximiliano no debe salir a la luz. No puedo permitir que estos idiotas descubran el secreto de Juárez —y jaló el gatillo.

—Lo que importa es el secreto de México —me dijo uno de los masones. Ahora estaban con nosotros, él y otros de sus compañeros, ambos comunicándose todo el tiempo con sus radios.

Nos acompañaron.

El Nibelungo, detrás de mí, con su celular en la mano, me dijo:

—Aquí tengo info sobre la señora Josefa —y me mostró la pantalla—. Si lo que quieres son los archivos de ella para dar con el dichoso altar de Iturbide, aquí tengo el lugar donde ella vivió y murió. Ahí debe haber algo.

—Excelente —le dije—. ¿Está lejos?

—Bastante cerca. Podemos irnos en metro.

Le sonreí.

—Ahora soy amigo de un narcotraficante. Eres mucho más eficiente como coinvestigador que mi amigo el Huevo —y observé a Jasón. Estaba desfigurado de la cara.

Realmente sólo tuvimos que caminar por un pasillo. Era el andén. Ni siquiera tuvimos que pagar los boletos.

82

Nueve minutos más tarde, en la calle 5 de Mayo, número 40, nos detuvimos frente al muy conocido Café La Blanca.

—¿Es aquí…? —le pregunté al Nibelungo.

Guardó su celular en el bolsillo. Con discreción alistó su semifusil Cuerno de Chino. Lo ocultó por debajo de su larga camisa mojada. Sus compinches —tres sicarios, acompañados ahora por dos masones— nos siguieron guardando la retaguardia, sobre la acera. Observaron el edificio: un bloque gris antiguo.

Nos metimos.

La nana caminó jorobada. Se sentó en una silla redonda:

—Para mí un café con leche por favor. Estoy muy cansada —le sonrió al atemorizado hombre de la barra. Nos vio mojados, con sangre. El Huevo tenía daños en la cara.

El barista tragó saliva.

—¿Y para ustedes? —nos preguntó. Nos vio también desfigurados. Yo le dije:

—Para mí por favor la siguiente información: necesito que me diga quién de aquí sabe lo referente a la defunción de la señora Josefa de Iturbide y Huarte acaecida en la noche del 5 de diciembre de 1891.

Volvió a tragar saliva.

—Yo… —y vio la placa colgándome del cuello, empapada en sangre.

—Es policía —le dijo su compañero—. Deben ser los de las noticias. Son prófugos…

Tomó el teléfono para delatarnos.

—No va a ser necesario —nos dijo una voz por detrás. Lentamente me volví.

Era un hombre de complexión redonda, español, rosado. Me dijo:

—Sé quiénes son ustedes. Los estaba esperando.

—¿Perdón…? —le dije.

Miró hacia los faroles.

—Era obvio que iban a acabar visitándonos —y me extendió la mano—. No son los primeros. Todos llegan preguntándome lo mismo: "Palacio Scala", "carroza dorada", "altar de Iturbide", "tesoro Maximiliano". Todos terminan aquí —y me sirvió un café—. Síganme.

Con su mandil en la barriga, caminó con pasos de pato hacia el fondo, entre las mesas, dando órdenes de servicio. Esquivamos a las bellas meseras, quienes me miraron con interés, sonriéndome al verme ensangrentado. Pensaron que era importante.

Me dijo el Nibelungo:

—No confío en este hombre —me cuchicheó—. Nos va a entregar el hijo de puta, o nos está preparando para un viaje por el universo —y aferró su ametralladora—. A mí nadie me va a poner la nariz de payaso.

En la pared vi el retrato de la princesa Josefa de Iturbide y Huarte, una dama regordeta, de rostro duro. El hombre me dijo tarareando:

—La princesa vivió en una de las habitaciones de arriba, cuando esto fue el hotel Comonfort, hasta sus setenta y seis años. La habitación sigue maldita. Nadie entra —y abrió la puerta a la cocina—. Se ven espectros en el piso donde ella murió.

En medio de los vapores calientes y del balbuceo de los cocineros, me dijo:

—El altar de Iturbide es un símbolo. El altar fue ella.

Yo abrí los ojos.

—¿Ella…?

—Esto es un embuste —me dijo el Huevo.

El hombre abrió la puerta trasera, hacia el sótano. Comenzó a bajar.

—Ya quiero deshacerme de todo esto. Quiero una vida normal. No me gustan las cosas paranormales, me entiendes. Tengo un negocio.

—Sí, sí. Lo entiendo —le dije. Me volví al Nibelungo. Él me mostró su fusil QBZ-95.

Con velocidad rodó el cilindro de su rechoncha y sólida caja fuerte, la cual se abrió expulsando aire caliente. Sacó un sobre viejo, oloroso.

—Aquí tienes. Llévatelo, maldita sea. Juré que al siguiente que viniera a preguntar por este jijo altar se lo daría. Y aquí estás, ya estoy cansado de esto, llévatelo —y volvió a cerrar la caja fuerte.

Con temblor en las manos, tomé el sobre entre los dedos. Me volví al Nibelungo. Con letras garigoleadas muy antiguas, del siglo xix, decía:

SECRETO JUÁREZ

Manuel Doblado
José María Carbajal
Matías Romero
Herman Sturm
Traición a México

Tragué saliva.
—¿Qué es esto?
—Revísalo. Es la letra de doña Josefa.
Saqué el primer documento:

Tampico, 5 de diciembre de 1866.
Señor presidente don Benito Juárez.

Muy estimado señor mío:
El barco de los Estados Unidos *Susquehanna* llegó ayer nuevamente a estas aguas. El mismo buque condujo al honorable Mr. Lewis D. Campbell, Ministro de los Estados Unidos, y al teniente general del ejército estadounidense, Mr. William F. Sherman ante el supremo gobierno constitucional que usted dignamente preside. Ambos han venido con la misión de tratar con usted asuntos de alta política, sobre la retirada voluntaria u obligada de los franceses de nuestro territorio. Estos dos personajes tuvieron la bondad de honrar mi casa. Me han dicho que las armas de los buques estadounidenses situados en el golfo, y especialmente los que estuvieren anclados en este puerto, me ayudarán a repeler a los franceses.

Su afectísimo servidor,
Ascensión Gómez.

—No entiendo… —le dije—. ¿Quién es ese "señor Sherman"?
—Siga leyendo —y me pasó el siguiente papel:

Washington, 5 de noviembre de 1866.
Señor coronel don Ascensión Gómez.

Muy estimado amigo:
Mr. Campbell saldrá esta semana de Nueva York en el vapor de los Estados Unidos *Susquehanna*. Para darle más importancia a la misión, lo acompañará como consejero el teniente general del ejército de los Estados Unidos, William J. Sherman, quien está autorizado para disponer de las fuerzas de mar y tierra de los Estados Unidos. Ambos se dirigirán a Veracruz para cerciorarse del estado que guarda la retirada del ejército francés y de violentarla si fuere posible. No es probable que el general Sherman se interne mucho en el país. Es seguro que esto producirá la rápida retirada de los franceses y la salida de Maximiliano.

Soy de usted afectísimo,
Matías Romero.

—¿Matías Romero…?
—Lo conoces por la calle en la Colonia del Valle. Observa esto —y me pasó otra nota:

Washington, 4 de diciembre de 1866.
Ciudadano Ministro de Asuntos Exteriores, Chihuahua.

Se publicó el informe oficial del general Ulysses S. Grant y con él varios de los partes de los jefes de los departamentos militares en los que están ahora divididos los Estados Unidos. El principal de estos partes es el del general Philip Sheridan, fechado el 14 de noviembre en Nueva Orleans. El general Sheridan expresó que la intervención francesa en México es parte de la rebelión del sur y reportó las medidas que tomó para prohibir la inmigración de insurrectos sureños de Nueva Orleans para Veracruz. Esto, unido a las comunicaciones de Mr. Seward, me hace creer que no será difícil el que esta cuestión produzca una crisis dentro de poco.

Matías Romero.

—¿Por qué habrá guardado la señora Josefa estos documentos?
—La princesa Josefa conservó también esta carta de su amiga común con Carlota, cuando las tres ya estaban viejitas, mírala:

Barcelona, 7 de agosto de 1917.

El diabólico masonismo se puso en boga cuando alcanzó su triunfo al tener a la cabeza a los jefes del Estado. Las logias masónicas tenían a gala colocar en sus balcones grandes enseñas, y sus procesiones salían públicamente por las calles de la capital, presididas por algún hermano tres puntos que generalmente ocupaba algún alto puesto en la política. Hemos visto salir de la presidencia a hombres que no tenían un centavo, poseyendo fortunas. Pero lo que causa verdadera indignación es que la mayor parte de ellos deben su elevación a nuestro enemigo común, el yankee, quien les ha prestado apoyo y protección a cambio de obtener toda clase de franquicias y privilegios, ruinosos para nuestra desgraciada patria. Juárez, fiel a sus compromisos con la Casa Blanca, murió plácidamente en su cama, ocupando hasta el último suspiro la presidencia de la República, llevándose a la tumba el deshonor de haber firmado el tratado McLane y la gloria de haber mandado asesinar a un emperador. Porfirio Díaz también murió en su cama, pero proscrito en el destierro, porque cansado de la tutela americana, se quiso emancipar.

Concepción Lombardo, viuda del general Miguel Miramón.

—¿Concepción Lombardo? —le pregunté.
—La princesa Josefa le confió muchas cosas a doña Concepción. El esposo de esta última, Miguel Miramón, fue el presidente de México que Juárez destituyó en 1860, antes de la llegada de Maximiliano. Posteriormente, Miramón fue parte del equipo de Maximiliano, y los fusilaron juntos. Observa esto:

Discurso del general Porfirio Díaz al abrir el 8° Congreso, el último periodo de sus sesiones, el 1° de abril de 1878.

Señores diputados y senadores:

El segundo abono de la deuda contraída con el gobierno de los Estados Unidos de América, conforme á la convención del 4 de julio de 1868, pudo satisfacerse sin necesidad de recurrir á arbitrios extraordinarios, si bien, sí, aceptando el concurso patriótico de los mexicanos y principalmente de los empleados civiles y militares, quienes depositaron y continúan depositando en las arcas públicas el producto de subscripciones voluntarias destinadas á aquel objeto.

—Estamos pagando una deuda del secreto Juárez.

Me quedé inmóvil.

—¿Deuda…? ¿De qué está usted hablando?

—Observa —y me mostró otra nota:

Convenio militar México-Estados Unidos.

Secreto.

Suscrito entre el general Herman Sturm y C. Campbell.

25 de septiembre de 1866.

Conviene el primer contrayente, Herman Sturm, por sí y su ya referido principal, el gobierno de la República Mexicana, con el mencionado segundo contrayente, C. Campbell, en comprarle y efectivamente le compra los artículos que siguen; a saber: mil quinientas carabinas que se cargan por la recámara, cien mil cartuchos para las mismas, ciento cincuenta cajas para empacarlas, cien ídem para municiones; pagándose lo expresado en la ciudad de Nueva York en los bonos válidos de la República Mexicana, al respecto de sesenta centavos por peso de papel moneda de los Estados Unidos, a razón de $40.00 por cada carabina, $40.00 ídem por cada millar de cartuchos, $4.00 por cada caja de empaque para las carabinas y $2.00 por cada caja para empacar las municiones; siendo el importe total de dichos artículos $64,800.00 en papel moneda de los Estados Unidos o $108,000.00 en bonos de la República Mexicana. El segundo contrayente, C. Campbell, conviene con el primero, Herman Sturm, en vender y entregar los efectos mencionados hasta el importe de $108,000.00 en bonos de la República Mexicana, en la ciudad de Nueva York, tan luego como aquéllos queden empacados y embarcados y estén preparadas las municiones; aceptando los términos de pago antes especificados.

Firman:

H. Sturm

A. C. Campbell

Agente por la República Mexicana

Testigos, Hassam O. Whiting E. L. Plumb

—No comprendo. ¿Qué tiene que ver esto con el tesoro de Maximiliano?

—¿Es que no entiendes aún…? —me miró fijamente—. ¡Los gringos colocaron en el poder a Benito Juárez! ¡Y no sólo en 1867, sino también antes, en 1860, cuando el presidente era James Buchanan! Éste es el secreto que el gobierno de México no quiere que sepas —y se volvió hacia la puerta—. Por eso me han visitado tantas veces los hombres de la Comisión de la Verdad, de la Comisión Educativa —y negó con la cabeza—. La Comisión Educativa pertenece a los Estados Unidos: quieren controlarnos por medio de lo que sabemos. Borraron incluso partes de nuestro pasado. Investiga a Cameron Townsend... al Instituto Lingüístico de Verano, a la fundación Rockefeller —y me miró a los ojos—. ¡La imagen que hoy conocemos de Juárez fue creada por los Estados Unidos! ¡Fue un agente suyo contra los europeos, y lo sigue siendo!

Empezó a temblarle la mano. Del sobre sacó otro papel.

—¡Míralo! ¡Éste lo escribió el general que condujo la operación!

Informe del General Philip Sheridan
1888.

Durante el invierno y primavera de 1866, nosotros continuamos suministrando secretamente armamento y municiones a los liberales comandados por Benito Juárez en México —enviándoles hasta treinta mil mosquetas sólo del arsenal de Baton Rouge— y para la mitad del verano, Juárez, habiendo organizado un ejército considerable en tamaño, tenía posesión de toda la línea del Río Grande, y de hecho casi de todo México bajando hasta San Luis Potosí. Mi envío del puente flotante a Brownsville y estas demostraciones resultaron alarmantes para los imperialistas de Maximiliano, tanto que recularon de Matamoros los soldados franceses y austriacos, y prácticamente abandonaron todo el norte de México bajando hasta Monterrey.

—El investigador Robert Ryal Miller ha hecho estudios sobre el otro general que armó esta operación. Él afirma esto: "La victoria de Juárez [en 1867, contra Maximiliano] se debió en parte a las armas, hombres, y dinero asegurado a él en los Estados Unidos por agentes como Lew Wallace".

—¿Lew Wallace...? —y miré la nota.

Me mostró otra antigua carta:

Washington, 27 de septiembre de 1866.

Ciudadano Ministro de Asuntos Exteriores, Chihuahua.

Hoy volvió Mr. A. C. Campbell de Nueva York con el contrato celebrado antier con el general Herman Sturm. Lo he aprobado hoy. A fin de que pueda hacer el pago de estos efectos, envío hoy al general Sturm un libramiento de cien mil pesos en bonos a su orden y a cargo de los señores John W. Corlies y compañía, del cual envío a usted copia. Quedan pues estas armas y municiones en este país a disposición del supremo gobierno de don Benito Juárez con las demás que después se compren.
Matías Romero.

—¿Corlies…? ¿Quién es "Corlies"?
—Corlies es el que consiguió el dinero. Lo obtuvo en Wall Street. Mira —y me dio otra carta:

Washington, 14 de octubre de 1866.

Ciudadano Ministro de Asuntos Exteriores, Chihuahua.

El general Sturm me ha comunicado que tenía pendiente un contrato para la compra de veinte mil rifles de Enfield; pero que le exigía cincuenta mil pesos en bonos adelantados. Me determiné a enviar hoy una letra de cincuenta mil pesos en bonos a cargo de los señores John W. Corlies y compañía, y a la orden del general Sturm. Acompaño a usted copia de los documentos.
Matías Romero.

—Insisto, ¿quién demonios es "Corlies"?
—¡Yo te insisto también! ¡Corlies es el gringo que consiguió el dinero para el armamento que puso en el poder a Benito Juárez y sacó a Maximiliano! ¡Mira!

John W. Corlies y Compañía,
Agencia Financiera
Broadway 57, Nueva York
23 de octubre de 1865
Préstamo mexicano
Firmado por José María Carvajal, representante de Benito Juárez

La república constitucional de México, por medio de su presidente Benito Juárez y de su comisionado José María Carbajal, ha contratado con John W. Corlies y Compañía de Nueva York, por la negociación y venta de treinta millones de pesos en bonos con la denominación de $50, $100, $500, y $1,000 pagaderos a los veinte años, contados desde el 1º de octubre de 1865, para pagar el armamento estadounidense suministrado a la rebelión del señor Juárez, con interés de 7 por ciento al año. El pago fiel de los bonos y premio están garantizados por México con la hipoteca de los estados de Tamaulipas y San Luis Potosí.

Le pregunté:
—Dios… ¿qué significa esto?
—Significa que —acarició el papel— a cambio del armamento gringo para derrotar a Maximiliano, Juárez ofreció a los Estados Unidos entregar los estados de Tamaulipas y San Luis Potosí para que se anexaran a aquel país como pago colateral o alternativo.
—No, no… Esto no puede ser… ¿Juárez?
Observé el papel.
Comenzó a latirme más deprisa el corazón y sentí reseca la garganta.
—Todo lo medió este Carbajal —y señaló su nombre en el documento—. Él fue la parte más secreta de toda esta operación, anteriormente ya había participado en la traición por la que perdimos Texas. Texas primero se separó de México en una rebelión instigada por los gringos. El general Zachary Taylor contactó a José María Jesús Carbajal el 29 de enero de 1846. Fue Carbajal quien le dio el plan para la rebelión contra México: separar Texas.
—Dios…
—El 17 de enero de 1840 Carbajal había complotado para independizar Texas bajo otro nombre: la República del Río Grande, y se declaró su primer Ministro de Asuntos Exteriores. En 1855, después de que perdimos Texas, Carbajal y Santiago Vidaurri fueron parte de otro golpe para crear un nuevo país: la República de la Sierra Madre. Estados

Unidos los apoyó en esa ocasión para quitarle a México los estados de Coahuila, Nuevo León y Tamaulipas. También organizó el ataque del 19 de septiembre contra Camargo, Chihuahua. El 6 de octubre tomó Reynosa; el 20 de octubre invadió Matamoros. En pocas palabras, José María Jesús Carbajal trabajó para los estadounidenses, todo esto con la ayuda del *major* Alfred Norton y de A. J. Mason. ¡Éste es el hombre que fue elegido para mediar la compra de armamento a los Estados Unidos para México, con el fin decolocar a Juárez en el poder! Este traidor de México, Carbajal, era el enlace de Juárez con los Estados Unidos para una de las operaciones encubiertas más grandes de la historia del mundo: ¡inseminar a México con armas Remington y DuPont para recolocar a Juárez en el poder!

Negué con la cabeza.

—Todo esto es… abominable.

—Carbajal contactó al banquero Corlies de Nueva York —me mostró el papel—, quien montó un mecanismo financiero: un "bono" abierto al público para que cualquiera pudiera meter ahí su dinero, como una inversión, a cambio de un rendimiento, es decir, intereses: al fin, ese dinero se los pagaría en el futuro Corlies con un interés del siete por ciento. Pero ¿de dónde iba a sacar este banquero todo ese dinero para pagarles de vueta a esos inversionistas?

Me quedé mudo.

—No lo sé.

—¡De México! Juárez se había comprometido a pagarle ese dinero cuando ya fuera presidente, tras quitar a Maximiliano, con cargo a los impuestos del pueblo de México. En caso de que México no pudiera pagar estos dos millones de dólares, los Estados Unidos tomarían, "por la buena", los estados de Tamaulipas y San Luis Potosí, y hoy serían parte de los Estados Unidos.

—Dios… —le dije—. Dios, Dios, Dios.

El Nibelungo le puso el Cuerno de Chino contra la cabeza:

—Todo esto es muy interesante, pero ¡¿dónde está el maldito tesoro de Maximiliano?! ¡Yo no vine a tomar clases de historia! ¡¿Está aquí?! —y miró su reloj.

El hombre, temblando, agitó las manos. Le dijo:

—¡No está aquí! —se arrodilló—. ¡Se lo dio doña Josefa a Concepción Lombardo!

—¿Concepción Lombardo? —nos miramos todos.

—¡Calle 16 de Septiembre, allá! —y señaló la ventana—. Allá está la casa de Concepción Lombardo, la esposa del presidente Miguel Miramón. Les dieron a ellos el material.

Le contesté al hombre:

—Antes dígame una cosa… Hace rato usted mencionó que vinieron otras personas antes que nosotros… ¿Quiénes eran ellos? ¿Qué pasó con ellos? ¿Dónde están?

El hombre comenzó a abrir la boca.

El Nibelungo le disparó.

—La Comisión Educativa siempre va a impedir que se descubra el secreto de la historia de México. Ellos controlan el pasado. Este hombre les iba a decir dónde estamos.

83

En los Estados Unidos, ciento cincuenta años atrás, el general Herman Sturm, con una pipa transparente en los labios, junto a su hermano seis años menor, Frederick Sturm, se detuvo en seco frente al enorme edificio de ladrillos de la planta ensambladora E. Remington & Son, cuyo techo era un enorme ático de dos aguas.

Vestido como general de combate con sus botas llenas de sarro y su barba gruesa acomodada en trenzas, comenzó a caminar hacia la potente fábrica de armamento.

Sintió en los pies el retumbar de las máquinas.

Adentro, rodeado de empleados, estaba el jefe de la armadora: el barbudo millonario Philo Remington. Al ver al general de la Guerra Civil, tragó saliva.

—Voy a necesitar treinta mil rifles —le dijo Sturm a Remington. Philo abrió los ojos:

—¿Treinta mil? ¿Vamos a estar en guerra?

—Ya lo estamos, pero ésta es una guerra secreta —le sonrió—, y tú no debes decir nada. Es un proyecto del general Ulysses Grant, acordado con Lincoln.

Remington permaneció callado. Herman Sturm caminó observando las líneas de ensamblaje: cientos de seres humanos lo miraron como si fuera un inspector. Sturm mordió su pipa.

—Mi trabajo es darte lo que necesites —le dijo Remington—. ¿Para cuándo los quieres?

—Para de inmediato. Detén todo lo demás que estés fabricando. Esto es lo más importante para el gobierno.

Remington se detuvo.

—Dime de qué se trata.

—Es clasificado —y lentamente se le aproximó—. Es para derrocar a Maximiliano, para expulsarlo de México —y le sonrió—. Son para el indígena Benito Juárez.

Remington sacudió la cabeza.

—Diablos. Voy a necesitar un pago anticipado. Necesito comprar cien toneladas de acero —y señaló hacia las vertedoras.

—¡Tú fabrícalos! ¡No te preocupes por el dinero!

—Necesito el anticipo. Tengo que pagar los insumos. Acero, madera.

—¡Pide prestado! ¡Haz los malditos rifles! —le gritó sin soltar su pipa—. ¡Es por la seguridad nacional de los Estados Unidos!

En Washington, dentro del soleado Hotel Metropolitan, el general Lew Wallace, con su cara de cuáquero consternado, le sonrió al poderosísimo general Ulysses Grant.

—Ya tenemos cincuenta mil hombres en el Río Grande con una gran cantidad de reclutas negros. Están listos para la invasión. Los comanda el general Sheridan. Como jefe de las tropas en Brownsville tiene a Sedgwick. Le está ayudando también el mayor Henry Harrison Young. El general Herman Sturm ya está fabricando las armas.

Grant miró al horizonte, hacia una chica rubia de minifalda escocesa. Le guiñó el ojo.

—Es importante que esos rifles no parezcan estadounidenses —le dijo a Wallace—. Seward se asusta de que este despliegue de tropas pueda provocar una reacción francesa. Tiene miedo de que empecemos la guerra.

—General, estamos listos para invadir México.

Ulysses Grant bajó la cabeza.

—Seward tiene miedo de que los ingleses respalden a Napoleón III si invadimos México. Temen que repitamos lo del 47, la anexión de Texas, y que crezcamos más a costas de México y Centroamérica. Así que la intención, de momento, no es invadir, sino sólo darle un susto grande a Maximiliano —y lentamente se recargó hacia atrás, en el sillón—. Asegúrate de que Maximiliano vea nuestras tropas. Le van a temblar las piernas —le sonrió.

Lew Wallace le mostró sus papeles.

—El armamento lo está solicitando Herman Sturm a fabricantes de Boston, Cincinnati, Cleveland, Indianápolis, Louisville, Nueva York, Pittsburgh y St. Louis. DuPont de Nemours le está fabricando los explosivos. Remington va a hacer los fusiles y las municiones. Puedo adquirir ochocientos barriles de pólvora y explosivos a cambio de bonos que pueden ser valuados en treinta y dos mil cuatrocientos ochenta y siete dólares. Aquí tengo, con fecha del 23 de junio de 1865, la firma del embajador de Juárez, Matías Romero, autorizándonos hacer esto —y le mostró el papel—. El dinero lo están consiguiendo Dewhurst y Emerson, junto con Merritt, Walcott y compañía; y lo sacaremos del bono de deuda que creó Corlies con Carbajal por treinta millones de pesos mexicanos. Una deuda secreta.

—Muy bien. Muy bien —le sonrió Grant. Lentamente se llevó un puro a la boca—. Dale el armamento a Benito Juárez para sacar al intruso europeo. Todo esto debe ser en absoluto secreto. Que no se entere Seward ni el Congreso —y pausadamente expulsó el humo. Se volvió a la ventana, buscando a la mesera—. Sin embargo, Maximiliano tiene un arma mucho más peligrosa contra nosotros, y ahora mismo la está usando: su esposa —se le aproximó—. La está enviando a Europa para manipular a Napoleón III y traerse de vuelta al ejército de Francia —y volvió a echarse hacia atrás—. Carlota es, en este momento, el arma más peligrosa que existe contra los Estados Unidos.

—Pero Maximiliano tiene un arma mucho más peligrosa contra nosotros —le sonrió Lee Wallace.

—¿Más peligrosa…? —y pestañeó el general Grant—. ¿De qué hablas?

84

Al otro lado del mundo, un séquito de cincuenta personas consternadas siguió en estampida, por las escaleras reales del Palacio de las Tullerías, a la muchacha de veintiséis años que venía subiendo de prisa, recogiéndose la enorme falda dorada, y dándole instrucciones en alemán a su camarera, la señora Kuhachevich, así como en español a su dama de compañía, la señora Manuela Gutiérrez Estrada del Barrio:

—¡Me parece una vergüenza inaceptable que no haya enviado a nadie a recibirme al puerto, y ese Nazaire no cuenta! ¡Ni siquiera tuvieron la dignidad de izar la bandera del Imperio Mexicano; en su lugar pusieron la de Perú!

—Ya está llegando —le dijeron a Napoleón III.

El emperador cerró los ojos.

Caminó por el Salón Negro, acompañado por su ex mariscal Adolphe Niel y por el diputado Adolphe Thiers. Se dirigió, alterado, al Gran Salón de los Mariscales —Salle des Maréchaux— para entrevistarse con el embajador de los Estados Unidos, John Bigelow, que traía un mensaje "importante".

—Es nuestra última opción —le dijo el anciano diputado Adolphe Thiers.

Napoleón III lo miró con aprecio:

—*Monsieur* Thiers, años atrás usted se me opuso en todo lo que yo proponía como cabeza de esta nación. Me vi obligado a mantenerlo en prisión, haciéndole perder los años más valiosos de su vida. Espero me perdone.

Thiers le dijo:

—Me importa Francia. Francia ya no tiene aliados en Europa.

—¿De qué habla usted ahora?

—Austria está destruida. Italia ya no está con nosotros. Inglaterra y Rusia ya no están con nosotros. Sólo nos quedan los Estados Unidos para mediar ante Otto von Bismarck, para disuadirlo de atacarnos. El embajador John Bigelow es buen amigo del canciller Bismarck.

Napoleón miró al piso.

—¿Ahora me veo obligado a rogar a los Estados Unidos su ayuda para que medien por mí ante Bismarck?

Comenzó a negar con la cabeza. Se dijo:

—*C'est un monde de merde.* Esto es un mundo de mierda.

Caminando por el piso ajedrezado, llegó a *l'Escalier d'Honneur* para dirigirse al Salón de los Mariscales.

Comenzó a subir.

—Nunca debimos llegar a esto. ¿Qué ocurrió? —y en su cerebro comenzó a repasar sus propias acciones: decidir un plan contra los Estados Unidos de América... crear un Imperio de Centroamérica, desbancar a los Estados Unidos...

Adolphe Thiers le dijo:

—Majestad, nunca debimos permitir que Prusia aplastara a Austria. ¡Usted debió proteger a Francisco José!

—Pero Francisco José es un Habsburgo. ¡Los Habsburgo dominaron Europa por demasiado tiempo, y usted olvida que ellos exprimieron a Francia! —lo miró con furia.

—Ahora los necesitamos. La victoria de Bismarck en Sadowa no fue contra Austria. ¡Fue contra Francia!

Napoleón III se detuvo en la escalera.

—¿En verdad usted piensa eso?

Thiers lo tomó del brazo:

—Alteza, ahora que Bismarck destruyó a Austria vamos a ver la creación de un nuevo imperio germánico: el imperio de Carlos V que alguna vez residió en Viena, ahora va a residir en Berlín; un imperio que va a triturar a Francia —y se le arrugó la cara—. ¡Alteza! ¡Usted nunca debió hacer el dispendio de la aventura colonial en México! ¡¿Por qué lo hizo?! ¡Las minas mexicanas no generan más de ciento treinta millones por año! ¡El campo mexicano no genera más de ciento cuarenta y cinco millones por año! ¡Sólo el campo en Francia genera siete billones! ¡¿Por qué tuvo este proyecto, esta idea de ir a México, país al que ni siquiera conocía?! ¡Ahora estamos en la peor deuda de los últimos tiempos con el fracaso del *Crédit Mobilier* que usted creó para librarse del dominio de los Rothschild; y todo por sostener esas malditas tropas en esa selva remota donde son aniquiladas por salvajes!

Napoleón III lo detuvo en seco. Con enorme fuerza lo estrelló contra el muro de *l'Escalier d'Honneur*. Lo sujetó por el cuello, contra el mármol.

—No debí perdonarte la vida, miserable anciano —y comenzó a estrujarlo por el cuello—. Desde que inicié mi gobierno no has hecho otra cosa que criticarme en todo lo que haga o diga o piense.

Gimiendo, Thiers le respondió:

—Alteza, recuerde que yo lo puse a usted en el poder en 1848 —y se le cortó la voz—. ¡Yo lo puse a usted en el poder!

Napoleón III empezó a llorar. Lo arrojó por las escaleras. Lo vio caer y fracturarse los huesos.

—¡Tú no me pusiste en el poder, maldito anciano amargado! ¡Yo me puse en el poder! ¡Yo soy el poder! —y prosiguió subiendo ante la aterrada mirada de Adolphe Niel—. ¡Tú no creas ni construyes! ¡Yo construyo y tú criticas a los que crean!

Trotó hacia arriba, maldiciendo:

—Maldito Bismarck. Maldito Bismarck.

Lo tomó del brazo el embajador de Prusia, el conde Robert von der Goltz, representante personal de Otto von Bismarck:

—¿Decía usted algo, excelencia?

—Ehhh… —y Von der Goltz le mostró la propuesta imperial alemana: el matrimonio entre Isabel II de España y Leopoldo de Hohenzollern.

Apareció por el otro lado el embajador de los Estados Unidos, John Bigelow, sonriéndole.

—Alteza, me pide el gobierno de mi país entregarle a usted este mensaje —y le colocó el pequeño papel en la mano. Con sus guantes blancos, Napoleón III comenzó a desdoblar el mensaje:

> Estados Unidos sólo intercederá por usted ante Bismarck si Maximiliano renuncia en México y abandona el continente. Francia debe sacar todas sus tropas de México o habrá guerra. Tenemos el respaldo del canciller Bismarck.

Napoleón III miró a los dos embajadores. Ellos lo vieron fijamente, sin parpadear. Tragó saliva. El conde Von der Goltz suavemente lo tomó del brazo.

—Acompáñeme, Alteza —le sonrió. Lo condujo hacia una enorme puerta—. Desean verlo ahora mismo los embajadores de Rusia y de la Gran Bretaña, *Herr* Andrey Fedorovich y *Herr* Henry Wellesley; así como el embajador de España y el representante de Su Santidad Pío IX. Nos pidió la princesa Saxe-Coburgo-Gotha realizar este acuerdo en la presencia de los embajadores de Europa.

Napoleón III abrió los ojos.

—¿Perdón…?

Se abrió la puerta.

Ahí estaban todos los embajadores, y también Carlota.

—La emperatriz de México desea pactar con los embajadores de las potencias el que usted cumpla con las disposiciones que firmó hace dos años en el Tratado de Miramar: los ejércitos para su esposo.

85

Napoleón III tuvo un sueño:

—Soñé que nada de esto había sucedido —y se vio a sí mismo cayendo en un precipicio.

En el fondo, una voz deformada le gritó, desde las tinieblas:

—*Stupide. Vous pensiez que vous étiez comme moi.* Estúpido. Creíste que eras como yo.

Era un ser de rostro redondo, con un sombrero bicornio negro y con la mano metida entre los botones de su chaleco rojo.

—¿Tío…?

Era Napoleón I, Napoleón Bonaparte.

—Tú no eres como yo —le dijo el ser cadavérico con los pedazos de carne cayéndosele del cráneo—. Yo conquisté Europa y tú la estás destruyendo. Europa tiene un nuevo Napoleón Bonaparte. No eres tú. Es Otto von Bismarck.

Napoleón III comenzó a llorar.

—Pero…

—Tú eres falso. Ni siquiera eres el hijo verdadero de mi hermano. No eres mi sobrino. Tu madre traicionó a mi hermano y fornicó con el conde Charles Auguste Joseph de Flahault. Él es tu padre. No te atrevas a usar mi nombre.

Llorando, Napoleón III abrió los ojos.

Vio en el Salón de los Mariscales, al pie de las cuatro gigantescas estatuas de las diosas masónicas de Francia, a la pequeña pero peligrosísima Carlota.

Ella estaba de pie, cubierta con su manto azul de estrellas, mirándolo, rodeada por veinte embajadores de las potencias de Europa. Suavemente le sonrió.

—¿Alteza…? —y ladeó su hermosa cabeza—. ¿Está usted bien?

Detrás de ella se irguió su leal protector militar, el brigadier Charles Loysel, antes predilecto de Napoleón III. El brigadier miró fijamente al emperador.

Napoleón III tragó saliva.

Comenzó a avanzar con una mano temblándole por la espalda.

—Bienvenida a Francia —le sonrió.

En el silencio absoluto, mirados por todos, Carlota lo miró directamente a los ojos, sin parpadear.

—Un hombre es aquél que cumple con su palabra. Esto es el modelo de hombría de mi padre. ¿Usted qué piensa? —y le sonrió—. ¿Qué opina usted del Tratado de Miramar?

Todos observaron a Bonaparte, que en realidad no era un Bonaparte.

De su delgado bolsillo del chaleco Napoleón sacó una pequeña cápsula azul. La observó detenidamente. En la superficie brillosa leyó las pequeñas letras en latín: *Pilula Hydrargyri*.

Pensó en deglutirla, llevársela a la boca. Lo hizo. Se colocó la píldora entre los dientes y la mordió. Escuchó el crujido. Sintió su sabor amargo en la lengua. Cerró los ojos.

—Normalmente es el hombre quien ataca… —le dijo a Carlota—. En mi caso, son ellas las que atacan.

Los embajadóres rieron. Ya era nuevamente el Napoleón III que ellos conocían, un engreído enamorado de sus propios chistes.

A su espalda, su ministro de Finanzas Achille Fould, con el cabello engomado, le dijo al oído:

—Alteza, se lo suplico… Como banquero que soy se lo advierto. Por favor no coloque más tropas en México. Saque las que aún quedan ahí. ¡Esta aventura de México nos está destruyendo! ¡Debemos ya trece mil millones de francos, la mayoría a Inglaterra! —y lo sujetó por el brazo—. Esta deuda es seis veces mayor que nuestros ingresos nacionales. Usted está llevando a Francia a la quiebra, todo por este proyecto de México.

Napoleón cerró los ojos.

—Mi error fue confiarte las finanzas de este imperio. Maldito hipócrita —y lo miró fijamente. Le susurró—: Debí conservar conmigo a James de Rothschild, o tener a mi lado a alguien como Gerson von Bleichröder, el banquero de Bismarck. Bleichröder está creando un ejército de un millón y medio de hombres. ¿Tú qué has hecho por mí? Tú sólo eres el que me sugirió crear el *Crédit Mobilier* para deshacerme de Rothschild. Ahora estoy deshaciendo Francia.

86

En la Ciudad de México, en el calabozo del sótano nueve del Reclusorio Oriente, el criminal Carlos Lóyotl, jefe del Cártel de Cuernavaca, observó a la encadenada Juliana Habsburgo. Le sonrió:

—En verdad Napoleón III no fue descendiente de Napoleón I —y le mostró la pantalla de su celular—. Éstos son los genes del cuerpo de Napoleón III que se analizaron en 1971. Haplogrupo Y I2a2-CTS6433. No pertenecen a la familia Bonaparte. Los Bonaparte procedían de Córcega, con sangre del norte de África, genoma E-M34-E1b1b1c1 norafricano. El gen de Napoleón III, en cambio, es alemán. Su madre fornicó con un alemán. Se desconoce cuál. Ése fue el padre verdadero de Napoleón III. En esta investigación de Gérard Lucotte, los dos medios hermanos que cambiaron el mundo y a México, Napoleón III y Carlos Augusto de Morny, fueron hijos de sanchos.

Juliana le dijo, llorando:

—Déjeme ir.

—Y de hecho tú eres efectivamente la heredera al trono de México. La cláusula tres del Decreto del 16 de septiembre de 1865, con el cual Maximiliano de Hasburgo adoptó a los hijos de Agustín de Iturbide como herederos, dice: "Este título no es hereditario, y en el evento de que los mencionados príncipes tuvieran sucesión legítima, el emperador reinante o la regencia se reservarán la facultad de conceder el expresado título, en cada caso, a aquél o aquéllos de sus sucesores que estimaren convenientes". Esto significa que, dado que tú estás viva y eres descendiente de Maximiliano, tú eres la heredera, no los descendientes de Iturbide. Ellos no fueron ratificados.

—Quiero irme. ¡Quiero irme! —y se sacudió de las correas.

—Cuando Carlota se enfrentó al emperador de Francia en el Salón de los Mariscales, estuvo a punto de revelarles a todos este secreto de la ascendencia deshonrosa de Napoleón III para devastarlo frente a los poderes de Europa. Pero le hizo otra amenaza, mucho más intolerable para el falso Bonaparte.

87

La Operación México se inició así, justo al otro lado del río:

3 de julio de 1866.
Cinco kilómetros al sur de Brownsville.
A las afueras de Matamoros, Tamaulipas, México.
Operación México.
Sheridan / Sturm / Wallace / Grant.
Recuperar dominio estadounidense sobre México.

En la oscuridad de la noche, doscientos hombres estadounidenses de raza negra comenzaron a trotar en silencio, sobre las laderas. Estaban vestidos como soldados mexicanos del ejército de Benito Juárez.

—*Get on, motherfuckers!* —les gritó uno de ellos—. *Do just as told…!*

Metros más al sur, el general francés Baron Neigre, ya sin gran parte de sus hombres, comenzó a movilizar a mil cuatrocientos soldados mexicanos de Maximiliano, uniformados con pantalones blancos y camisas azules. Avanzó también con él un cuerpo selecto de trescientos austriacos, de casacas rojas, en una fila oscura, al sur. Su objetivo: trasladar una batería de cañones y municiones Veracruz para fortificar el puerto contra ataques de Juárez.

Cabalgaron en línea bajo la lluvia, con los carros cargados de pesado armamento. Cada cañón pesaba trescientos kilogramos.

Sintieron las gotas de lluvia en sus orejas. Las ruedas de los carros comenzaron a atascarse en el lodo, por debajo de los relámpagos. El general Neigre les gritó:

—¡No discutan esta orden! ¡Así nos lo manda nuestro mariscal Bazaine! ¡Su orden es simple! ¡Las armas del fuerte de Matamoros, que está a punto de ser tomado por los estadounidenses, deben ser llevadas a Veracruz ahora mismo para resguardar el muelle y para transportar el resto a la Ciudad de México con el objetivo de reforzar la seguridad del emperador! ¡La capital del Imperio debe ser reforzada!

Los soldados comenzaron a caerse sobre el fango, exhaustos.

—¡¿Por qué no nos vamos ya todos de una vez a la mierda?! —le gritó un soldado austriaco.

—¡¿Por qué tiene que ser por bloques?! —le preguntó uno de los pocos franceses—. ¡Esto es una pesadilla!

Neigre desenfundó la espada. Se la colocó en la quijada:

—Si usted no puede soportar estos ochocientos cincuenta kilómetros de pantanos y barrancos... ¡Si a usted le da miedo pasar en medio de una selva con rebeldes... —y miró hacia adelante—, entonces no debió ser nunca soldado!

Con la bota comenzó a patearlo en el pecho. Lo arrojó al lodo.

—¡Sumérgete, miserable gusano! ¡Tú no sabes lo que es estar en Argelia, en un hoyo de los zuavos! ¡Si el emperador Napoleón III ha decidido no sacar de golpe a todas nuestras fuerzas es para evitar que los Estados Unidos se apoderen de todo este territorio en una noche! ¡¿Quieren que todo este continente caiga en el poder de los yanquis?!

Por detrás, en la retaguardia, otros soldados con sudor en la frente y los pantalones orinados, comenzaron a gemir.

—¡Auxilio...!

Pegaron la cara a los costados calientes de los caballos. Uno de ellos les dijo a sus compañeros:

—*Les derniers qui restent ici...* Los últimos que se queden aquí son los que van a vivir el infierno. Va a ser uno contra siete mexicanos —y él mismo orinó su calzón.

—Ésos no van a regresar. Los últimos en retirarse nunca van a zarpar. Son para morir aquí. Son el regalo a la lujuria azteca.

En la fila de en medio, el soldado austriaco-italiano Zampani, aterrorizado, los vio irse por debajo de las laderas de malezas, en un deslave, hacia las grietas negras entre las rocas. Sin dejar de abrazarse de su caballo, comenzó a gritar:

—¡Se están cayendo! ¡Se está rompiendo el desfiladero!

Escuchó los tronidos de la maleza.

—No… —y miro a los lados—. Son los chinacos.

Comenzó a persignarse. Vio los pedazos de montaña irse por el barranco.

—¡Son guerrilleros de Juárez!

Su compañero Helmut le susurró:

—¡Son los plateados!

—¡¿Qué dices?!

Por los costados comenzaron a subir caballos negros desde el fondo de la cañada. Los jinetes tenían disfraces negros de cadáveres, con largas lanzas por ambos lados, riendo a carcajadas.

—*Dios mío*… —se dijo a sí mismo Zampani. Comenzó a disparar contra esos sujetos—. ¡Mueran, malditos! ¡Mueran! ¡Maldita jungla de la muerte! —y le cayó un líquido caliente en la cara. Su piel comenzó a quemarse.

Desde el cielo le cayeron luces de colores, como estrellas. Zampani se volvió hacia arriba.

—No, no… ¡No! —y quiso arrancarse la cara.

Adelante, los carros austriacos comenzaron a caer al barranco en una cascada de lodo, con todo y caballos, sobre largas picas de madera instaladas ahí por los chinacos, en las cuales quedaban atravesados los caballos por el pecho. Entre los gritos de pesadilla, Zampani empezó a temblar:

—¡¿Qué está pasando?! ¡¿Qué está pasando?!

Los hombres de los caballos negros lo rodearon. Comenzaron a cabalgar alrededor de él.

—*Get on the floor, you fuck!* —le gritó uno de ellos—. *Drop your weapon right now!*

Zampani negó con la cabeza.

—¿Qué dice…?

Su compañero Helmut pausadamente levantó las manos.

—No lo sé.

El jinete de negro comenzó a quitarse la máscara. Era de raza negra. Era estadounidense:

—*On the floor, you motherfucker* —y le apuntó a Zampani a la cabeza con su rifle Remington, fabricado bajo la supervisión de Herman Sturm—. *Uncle Sam is here now. This land is our.*

88

—¡Son estadounidenses! ¡Son negros de los Estados Unidos! ¡Son soldados del ejército de los Estados Unidos!

Esto se lo dijo un hombre pálido al atribulado Maximiliano.

El emperador de México estaba posando en una postura muy antinatural en su estudio para su pintor de la corte Albert Gräfle.

—¿Debo estar así, con la pierna hacia adelante?

—Sí, Majestad —le dijo el pintor de cincuenta y siete años—. Lo importante es mostrar su gracia —le sonrió. Y siguió con el pincel mojado en óleo.

Maximiliano sintió el peso de cargar un mantón de pieles moteadas.

—¿Mi mano está bien en esta posición?

—Sí, Majestad. La mano derecha suave sobre la tela refleja la paz de su espíritu.

Le gritaron:

—¡Fueron dos regimientos de negros estadounidenses! ¡Están cruzando la frontera! ¡Son esclavos del sur liberados por Lincoln! Ulysses Grant y Sheridan los están entrenando para invadir México. No sabemos cuántos más hayan sido introducidos.

El pintor suavemente se volteó:

—Disculpe, lo está distrayendo. Si se ha percatado, estoy pintando —y siguió con su pincel—. Su Majestad debe proyectar autoridad y dominio —y le sonrió a Maximiliano—. Ni siquiera la reina Victoria me resultó tan distraída.

Por detrás, el fotógrafo de la corte, de treinta y ocho años, el Ardoroso François Aubert, reacomodó su pesado aparato de emulsiones de plata. Lo enderezó sobre sus tres estorbosas patas.

—También lo voy a fotografiar, Majestad —y delicadamente colocó su ojo francés por detrás de la mirilla. Comenzó a disparar.

—¡Tú no le hables! —le gritó Gräfle—. ¡La fotografía es inferior al arte! —y agitó su pincel lleno de óleo—. ¡Franceses!

Herzfeld se le aproximó a Maximiliano:

—Ya basta de esta farsa —le dijo—. Yo quiero que vivas. ¡Ya comenzó la invasión a México! Rescatamos al brigadista Zampani, fue uno de los catorce que sobrevivieron a la masacre. ¡De trescientos austriacos sólo viven catorce! —y le mostró el reporte—. Khevenhüller le comunicó al mariscal Bazaine: "Hay cañones y armas americanas en abundancia con el enemigo; para nadie aquí es ya un secreto que Juárez es apoyado con dinero de los Estados Unidos, y que el cónsul estadounidense acreditado con los juaristas está con ellos". Los cuatro franceses fueron decapitados.

Maximiliano miró al piso.

—No, Majestad —le dijo el pintor Gräfle—. Por favor mantenga su mentón en alto. Refleja el dominio que usted tiene de sí mismo.

—Sí, claro.

Stefan Herzfeld le dijo:

—El general Sheridan está utilizando la misma ruta que usamos nosotros, la del general Magruder, la de los rifles Étienne para Jefferson Davis. Las cajas de los rifles y las municiones están pasándolas en balsas de camuflaje por el Río Grande. Los juaristas las toman ahí. El punto de contacto es Camargo. Veinte o treinta mil rifles del arsenal de Baton Rouge, Louisiana. ¡Los Estados Unidos están invadiendo México por medio de los mismos mexicanos!

Maximiliano, sin bajar el mentón, se volvió hacia su leal *vallet* Venisch. Le sonrió:

—¿Tú que piensas sobre esto? ¿Te parece mejor este retrato que está haciendo mi querido Albert Gräfle, o el que me hizo su maestro, el prodigioso Winterhalter? —y le sonrió al pintor—. A Rebull le voy a pedir que me elabore mi gigantesco retrato ecuestre allá —y miró a la ventana, hacia el centro de la ciudad—. Estaré montando mi caballo Orispelo, una grandísima escultura. ¡Será tan alta que la van a poder ver desde muy lejos, resplandeciendo, desde las afueras de la ciudad! —y sonrió para sí mismo—. Construiremos una gran columna de la Independencia de México —y comenzó a entrecerrar los ojos—. Ésa se la encargaré a mi querido amigo Rodríguez —y le sonrió a Herzfeld—. ¡Y aquí donde está este castillo desabrido, vamos a construir la réplica exacta de la ciudad de Teotihuacán, tan grande y tan suntuosa! ¡Porque yo llegué aquí como Quetzalcóatl, pues ellos hablaron de mí en su profecía; pues en ella me refirieron como un hombre barbado! —y siguió sonriéndole a Herzfeld.

Stefan Herzfeld lo miró fijamente. Con la pierna cruzada sobre la silla, le dijo:

—Están avanzando los juaristas hacia acá desde todos los frentes —y colocó el sextante de Maximiliano sobre la mesa. Comenzó a levantarse—. Los estadounidenses están penetrando el país con tropas para atacarte, para tomarte preso. ¿Sabes cómo están tratando a Jefferson Davis? Napoleón III está encolerizado porque sigues aquí, aferrado a este trono. En pocas horas este lugar va a ser un pozo de sangre. ¿Se puede saber qué estás esperando para largarte a ese muelle? —y señaló a la ventana.

Maximiliano le sonrió con dulzura.

—Amigo mío, te arruinas el rostro —y apenas cambió su impostada posición—. ¡No te preocupes por las tropas! —y le preguntó a Albert Gräfle—: ¿Estoy proyectando "majestad y dominio"? —le sonrió.

—Sí, Majestad.

Maximiliano le dijo a Herzfeld:

—Mi esposa me dijo que va a conseguirnos esas tropas de vuelta. Ella siempre logra lo que se propone. Si mi esposa dijo que va a conseguirnos esas tropas de vuelta, va a conseguir esas tropas de vuelta. ¡En este mismo instante debe estar convenciendo a Napoleón III, y él va a hacer lo que ella diga! Carlota tiene la fuerza del carácter de los Saxe-Coburgo, una voluntad inconmovible. ¡Veanme a mí! —les sonrió a todos—. Carlota me tiene totalmente sometido.

Todos rieron a carcajadas.

89

En Europa, dentro del dorado Salón de los Mariscales en el gigantesco Palacio de las Tullerías, al pie de las cuatro esculturas de las diosas masónicas —Libertad, Razón, Fraternidad y Misterio—, Napoleón III empezó a temblar.

Con sus pasos medidos, se aproximó a la joven Carlota.

Ella le sonrió sin mover la cabeza. Lo miró fijamente:

—*Monsieur* Napoleón. *Wenn du mir nicht gibst was ich frage...* —y comenzó a girarse hacia él—. Si usted no me da lo que le estoy pidiendo, yo voy a revelar a los Estados Unidos y a todo el mundo su secreto. Y no me refiero al conde Charles Auguste Joseph de Flahault, a quien usted mantuvo hasta hace poco como su embajador ante mi prima Victoria, pues Flahault, en Londres, tampoco es su padre.

Napoleón abrió los ojos. Miró a los veinte embajadores. Tragó saliva.

—Mi secreto…

—El mundo va a saber quién inició todo esto, quién lo controla a usted… quién lo impulsó a colonizar América para destruir a los Estados Unidos.

Napoleón abrió los ojos. Miró a los embajadores. Todos lo estaban observando, horrorizados.

—Todos sabemos que usted no se dirige solo —le dijo Carlota—. Usted es un títere, un arlequín, un muñeco en la mano de otro hombre —y negó con su hermosa cabeza—. Quiero las tropas para la protección de mi imperio, o, ante el mundo, aquí presente, yo arrancaré el velo para que vean la verdad.

90

En México, saliendo del estudio de caballetes, el archiduque Maximiliano se despidió afectuosamente de su amigo pintor Albert Gräfle.

—Salúdeme por favor al maestro Von Cornelius.

Se desentumió la pierna.

Lo tomó del brazo el robusto y colosal padre Dominik Bilimek.

—Majestad, debe irse ya —y señaló por encima del barandal—. ¿Escucha eso de allá? ¿Esos estallidos? Es la gente de Juárez. Están cada minuto más cerca. Cuando no tengamos un solo soldado francés porque todos se hayan ido, entonces ellos van a llegar aquí, y van a escalar esta montaña, y entonces…

—No se preocupe, padre —lo detuvo Maximiliano—. Mi esposa está en Europa. ¡Ella nos va a conseguir muchas más tropas! —y siguió avanzando—. Carlota siempre obtiene las cosas.

El padre y biólogo comenzó a negar con la cabeza. Recordó a Carlota en lo alto del transporte, sonriéndole: "México es la nada. Es la nada la que gobierna".

Cerró los ojos.

—Padre… ¿esto es respecto a lo que le dijo mi esposa? ¿Qué fue lo que le dijo? —y lo detuvo.

Bilimek se quedó inmóvil. Empezó a balbucear, arrugando la cara, mirando hacia la Ciudad de México.

—Yo... es... —y miró los ojos angustiados de Maximiliano—. Es secreto de confesión. Lo que se dice en confesión es siempre secreto —y siguió avanzando—. Revelar un secreto de confesión es excomunión, pecado mortal, perder la vida eterna, el infierno —y miró al piso de mármol de la terraza del castillo. Empezó a llorar.

En el muro del castillo vio un letrero acompañado del símbolo imperal de la casa dinástica sajona-belga-británica Saxe-Coburgo-Gotha:

ARCHIVOS DE LA EMPERATRIZ

Minutos más tarde, entre los resoplidos del viento, el padre Bilimek solo, caminando de puntitas con una larga y delgada varilla de bronce entre sus dedos, auxiliado únicamente por una vela, se aproximó de nuevo a la bodega de los archivos de Carlota.

En la puerta de madera barnizada, el letrero de bronce tenía palabras en varios idiomas: "Archiv der Kaiserin", "Archives de l'impératrice", "Archivos de la emperatriz", "A Császárné Dokumentumai". El sacerdote y explorador científico introdujo la varilla de bronce en la cerradura.

Escuchó que abría. Lentamente empujó la puerta hacia la oscuridad. Sintió el aire azulfurado de la montaña.

Se metió a las profundidades. Respiró el olor de la roca cortada.

Con su vela alumbró hacia adelante. Vio entre las telarañas hileras de repisas de hierro con objetos de vidrio. Algunos eran objetos aztecas. Al fondo vio el retrato del rey Leopoldo I de Bélgica. Había un letrero debajo que decía: "Private Korrespondenz", "Correspondencia Privada".

Tragó saliva.

Siguió avanzando.

En el Salón de los Mariscales, la emperatriz Carlota de México mantuvo fija su mirada en Napoleón III, completamente inmóvil, esperando una respuesta.

Todos los embajadores permanecieron expectantes, también mirándolo a él, atentos a su reacción. El embajador de los Estados Unidos, John Bigelow, estaba sonriendo. De reojo miró al embajador de Prusia, Robert von der Goltz, quien también tenía una sonrisa.

Napoleón III se aproximó a la emperatriz, tambaleándose. Inclinó la cabeza ante ella. Le ofreció su guante blanco.

—*Madame*... usted es indudablemente una reina —y le besó su delicada mano. Con los dedos forrados en el guante, suavemente le acarició la palma de la mano. También recorrió sus suaves dedos.

Comenzó a alejarse de ella, sonriéndole.

—Sería recomendable que usted, *madame*, no se dejara llevar más por sus ensoñaciones —le sonrió.

Ella comenzó a ladear la cabeza.

—¡¿Cómo dice usted...?! —y se llevó las uñas a la boca, para morderlas.

91

En Australia, el detective del Ministerio de Asuntos Exteriores, Steve Felder, buscó lentamente con su linterna en los archivos secretos de la familia Maxel-Yturbide:

—Todo el mundo sabe que la joven Carlota se mordía las uñas. Era una compulsión nerviosa. Eso aparece en todos los recuentos biográficos e históricos —y cautelosamente se volvió hacia su colaborador de raza pigmea, Bertholdy—: ¿No crees que es más que probable que Napoleón III lo supiera? Tal vez colocó algo en su guante. Un polvo. Algo. Pregúntate qué habrías hecho tú para encargarte de ella —y comenzó a hurgar en los documentos.

En el Castillo de Chapultepec, el robusto padre Dominik Bikimek, con su vela, caminó en la oscuridad. Suavemente se colocó por encima de la repisa, debajo de la grieta de Cincalco.

El armario, empotrado con hierros en la roca, decía:

"Dokumente der belgischen Krone", "Documentos de la Corona Belga".

Abrió los ojos.

El cajón superior estaba cerrado.

De su mantón sacó la vara de bronce. Empezó a introducirla en el cerrojo. Escuchó pasos a su espalda.

El cajón se abrió. La barra transversal decía: "Geheim das Maximilien", "Secreto de Maximiliano".

Tragó saliva. Vio una carta en medio con el sello de la casa Saxe-Coburgo-Gotha. Estaba la firma del rey Leopoldo I.

Con temblor en los dedos, la tomó. Comenzó a desplegarla. La cera de la vela se escurrió, caliente, por sus dedos.

Vio las letras, escritas por Leopoldo de Bélgica, ahora muerto.

—No… —se dijo—. ¡No! —comenzó a llorar—. ¡No, por favor!

Cayó al piso, con la vela, con la carta.

92

En París, los guardias de la *Armée* vieron a Carlota salir del salón, llorando, perturbada, jalándose la falda. Cerraron detrás de ella las doradas puertas.

Napoleón III miró a su ministro Achille Fould. Comenzó a gritarle:

—¡No debí recibirla! —y con enorme violencia, el emperador comenzó a golpear su propia cara, sangrándose con sus anillos.

Achille Fould se aterrorizó:

—¡Majestad! ¡No lo haga! —e intentó detenerlo.

Napoleón III se derrumbó sobre el piso.

—Ahora sí estoy perdido. Esto es un infierno.

Comenzó a golpear el suelo de mármol con los puños, abriéndose la piel de los nudillos. Desde lo alto lo observaron las cuatro diosas masónicas de Francia. Le sonrieron desde el confín del tiempo.

—¡Ella no escucha! —le gritó Napoleón III a Fould. Observó en el piso el diseño del mármol: el gran globo terrestre—. Ella no se va a detener. ¡No se va a detener!

—*Alteza…*

Napoleón comenzó a negar con la cabeza.

—Carlota Leopoldina de Coburgo. ¡Ella me va a destruir! Maldita bruja. Tiene la maldita determinación de su padre. ¡Ahora ella es mi mayor peligro aquí en Europa! —y con la cabeza sangrando comenzó a balbucear—: Maldita prostituta. Me vas a destruir.

El banquero Fould se quedó pasmado. Comenzó a descender.

—Alteza… ¿qué tanto daño nos puede hacer? Es sólo una muchacha.

Napoleón lo miró a los ojos.

—No sabes lo que es esa familia. Los Saxe-Gotha. Su nombre "Gotha" lo representa todo. Es el nombre de los bárbaros godos, los que invadieron Europa. Goth es su dios Gotan. Descienden de Godokindo de Sajonia. Los Saxe-Hanover crearon la masonería —y se volvió hacia las diosas masónicas, en lo alto—. Esta mujer va a ir mañana a ver al papa, y va a destruir todas mis alianzas —y empezó a levantarse.

Su ministro de Finanzas, banquero del reino, lo ayudó.

—Majestad, el papa Pío IX no va a hacer nada contra usted. ¡No puede hacerlo! Usted fue quien lo salvó en 1849 de los masones. Pío IX está en el Vaticano porque usted lo protegió.

Napoleón cerró los ojos:

—Maldita puta. Va a organizar la destrucción de Francia, pero no se lo voy a permitir. Ya está hecho —y dejó rodar por el piso la cápsula azul, rota por en medio.

93

La hermosa Carlota se jaló el faldón de olanes. En los labios sintió un sabor extraño, y el entumecimiento de su lengua. Se llevó los dedos a la mejilla. También sintió adormecidas las yemas de los dedos.

—Qué extraño…

La siguieron a trote las personas de su nutrida escolta: mexicanos, italianos, alemanes, incluso franceses. El joven secretario José Luis Blasio, aterrorizado, subió con ella a gran velocidad por la Scala Regia o escalinata real del Palacio Apostólico Vaticano.

Carlota se volvió atrás, hacia su carruaje de cuatro brillantes corceles. Le gritó al cochero:

—¡Usted váyase! ¡Regrésese al hotel, maldita sea! ¡No vuelva más por mí! ¡Yo voy a quedarme a vivir aquí, en el Vaticano! ¡Voy a vivir con el papa!

—Pero… ¿Su Majestad? —le gritaron, preocupados, sus acompañantes: la señora Pacheco, Matilde, y la señora Manuela Gutiérrez Estrada del Barrio.

Imperiosamente, la princesa caminó entre los aterrorizados guardias suizos pontificios, de larguísimas lanzas. Los apartó con los brazos. Ellos no supieron qué hacer ante la hermosa e iracunda dama.

—*Cosa c'è che non va in questa signora?* ¿Qué le pasa a esta señora? Carlota avanzó entre ellos.

—*Abheben!* ¡Quítense! ¡Vengo a hablar con el papa! ¡Él me va a escuchar! ¡Soy la emperatriz Carlota I de México!

A su espalda, el atemorizado secretario Blasio corrió tras ella:

—¡Majestad, espere un momento! —e intentó detenerla por el brazo—. ¡El papa la recibió hace minutos! ¡Para verlo de nuevo usted deberá solicitar otra cita!

Ella se detuvo. Con enorme violencia le gritó:

—¡Usted no sabe nada! —y lo abofeteó—. ¡La primera cita no sirvió para nada! ¡Él va a escucharme de nuevo! ¡No me va a enviar de vuelta con las manos vacías!

El joven Blasio la sujetó con mucha fuerza:

—¡Majestad! ¡Deténgase por favor! —y la miró fijamente. "Quiero besarte", se dijo—. Yo le conseguiré una nueva cita. ¡Se lo prometo! Ahora venga conmigo —y comenzó a bajar con ella.

Ella lo observó. Respiró muy agitada, como un toro. Le dijo a Blasio:

—Tú tienes que ayudarme, valiente José —y comenzó a llorar en silencio. Suavemente lo separó con los brazos—. ¡Todos aquellos que alguna vez nos juraron protegernos son los que nos hicieron ir a México! ¡Malditos traidores! ¡Hoy son unos cobardes…! —y se volvió hacia la puerta de la oficina del papa, custodiada por los guardias con las grandes lanzas—. ¡Todos ustedes son unos cobardes! —y les escupió—. ¡El Santo Padre nos está traicionando, está abandonando a nuestras fuerzas! ¡¿No prometió usted respaldar a Maximiliano?! —y se zafó de José Luis Blasio—. ¡Él me va a escuchar! ¡¿No es usted ahora un maldito cobarde?!

Comenzó a avanzar hacia la puerta, gritándoles a los guardias:

—¡¿Cuándo Cristo dijo: "Premiaré a los cobardes"?! —y se volvió a José Luis Blasio—: Dile a mi camarera Kuhachevich que no quiero volver a verla. Voy a vivir aquí, con el papa. ¡La señora Kuhachevich, el conde del Valle y el doctor Bouslaveck, todos se vendieron al emperador Napoleón III! ¡Quieren matarme! Tú también vete. No quiero volver a verte.

—¿Perdón…? —le preguntó Blasio.

—¡Lárgate! —y con enorme fuerza lo golpeó en la cara.

—¡Deténganla! —le gritó uno de los guardias papales.

Carlota se abalanzó sobre la puerta pontificia. La tronó con un golpe. Al otro lado vio, perplejo, al papa Pío IX, de setenta y cuatro años.

El monarca de la fe, perturbado, les dijo a sus visitantes, el cardenal secretario de Estado Giacomo Antonelli, el comandante del Ejército Pontificio Hermann Kanzler y el pelirrojo enviado británico Odo Russell:

—¿Me permitirían un momento a solas con la joven Carlota…?

Ella avanzó entre los hombres, levantándose las enaguas:

—¡Usted me va a escuchar!

El papa tragó saliva.

—*Dios…* —se dijo el pontífice. Se volvió hacia sus visitantes. Los invitados se quedaron atónitos.

Carlota le mostró al papa un documento:

—¡Ésta es la carta que usted le escribió al líder de los rebeldes esclavistas sureños, Jefferson Davis, cuando estaban en guerra contra los Estados Unidos para dividirlos!

El papa comenzó a sacudir la cabeza.

—No, no, no... ¡No sé de qué me hablas, hija! ¿Qué me estás haciendo? —y la tomó por los hombros. Ella a gritos le leyó la carta:

—"Diciembre de 1863. Gen. Jefferson Davis, *Praesidi foederatorum Americae regionum*". ¡Usted aquí reconoce a Jefferson Davis como "presidente de una región confederada de América"! ¡Lo reconoció como presidente del nuevo país que usted también quería formar! ¡Sí! ¡Usted complotó contra los Estados Unidos para crear un segundo país controlado por el Vaticano!

—No, no... —y miró al piso—. Señor mío...

—¡La gente no sabe que usted apoyó en secreto la rebelión de los estados del sur en complicidad con Napoleón III! ¡Usted estuvo detrás de todo! —y agitó la carta—. ¡Esto se lo voy a revelar al mundo, pero sobre todo al nuevo presidente de los Estados Unidos!

El papa comenzó a negar con la cabeza.

—Ay, hija... —y la miró fijamente—. Hija, hija... Dame esa carta. Dámela, hija mía...

La imperial mujer se arrojó hacia el papa. Tiró el papel a un lado. Se arrodilló frente a las piernas del pontífice. Empezó a llorarle en el regazo.

—Por favor, Santo Padre, adópteme aquí.

Compulsivamente comenzó a besarle las manos, los dedos, mordiéndoselos como si fueran sus propias uñas o su pañuelo.

—¡Por favor! —le mojó las manos—. ¡Necesito que usted me permita vivir aquí, en el Vaticano, con usted! ¡Ellos quieren matarme! —y se volvió hacia atrás, temblando.

El Sumo Pontífice retorció las cejas.

—¿Perdón...? —y comenzó a ladear la cabeza—. ¿Quiénes...?

—¡Ellos quieren a matarme, ellos! —y se volvió hacia los guardias suizos. Ellos se miraron unos a otros, atemorizados, negando con la cabeza—. ¡Todos trabajan para Napoleón III! ¡Él les pidió envenenarme! Sólo aquí me siento segura, con usted. ¿Me permite quedarme?

El papa observó a sus invitados. Uno de ellos, el pelirrojo Odo Russell, se aproximó a ella.

—Emperatriz... —le susurró—, ¿qué fue exactamente lo que sucedió entre usted y Su Alteza Napoleón durante su entrevista...? —y comenzó a entrecerrar los ojos.

Ella comenzó a llorar. Apretó la mano del papa contra su suave rostro.

—Ya nadie está conmigo. Napoleón III quiere matarme. Envió personas a matarme. Por favor —le imploró—. ¡No me deje sola! Tengo mucho miedo —y miró al papa a los ojos—. ¿Podría aceptarme aquí, con usted? ¿Puedo vivir aquí, en el Vaticano? ¿Puede usted protegerme desde hoy?

El papa en silencio comenzó a acariciarle la cabeza. Notó en los labios de la princesa Saxe-Coburgo una hinchazón de color morado con negro.

El papa cerró los ojos.

94

—La envenenaron.

Esto se lo dijo el detective polinesio Steve Felder, en los Archivos Secretos de la familia Maxel-Ytubide, en Sydney, a su ayudante de etnia pigmea, Bertholdy.

—¿La envenenaron...? —le preguntó. Levantó su linterna.

—De eso ya no hay ninguna duda —y observó en su bolsa de plástico las placas de los estudios de ADN—. Sus síntomas de los días siguientes a la entrevista con Napoleón III lo demuestran. Se utilizó "veneno azul", "blue mass". Es la poción que tomaba precisamente Abraham Lincoln para sus depresiones. Se utilizó durante el siglo XIX como veneno. Es un veneno. Es mercurio.

—Diablos... ¿Mercurio...? —abrió los ojos.

—Siempre será injusta la historia de Carlota, a menos que logremos que el gobierno de Bélgica exhume el cadáver. El cuerpo de Carlota está en Laeken. Si tú me ayudas con el Parlamento de Gran Polinesia y con el Congreso mexicano, ambos podrían solicitar formalmente a Bélgica la exhumación de los restos de Carlota. Sabremos lo que en realidad pasó con ella. Debe haber restos del mercurio en sus tejidos. Su cerebro debió sufrir un daño como el que tienen los pacientes de esquizofrenia: ventrículos ensanchados por la muerte celular masiva de la materia blanca, debido al mercurio.

—¿La envenenó el emperador de Francia?

Steve continuó con su linterna y avanzó por el corredor.

—Es un crimen que hasta la fecha nadie ha investigado. La gente simplemente se limita a sobajarla diciendo: "Se volvió loca". *Assholes* —negó con la cabeza—. No investigan. Es la historia de su propio país, caramba.

—¿Quiénes son los que secuestraron al príncipe Augustus Maxel? ¿Creen que el tesoro está en México?

Steve Felder llegó a la calavera de cristal. Estaba dentro de una bolsa transparente, cubierta de polvo. Suavemente sonrió. Con la mano le limpió el polvo. Le observó los ahuecados ojos de vidrio. La luz de la linterna penetró el cristal causando difracción, reflejos de luz en los propios ojos de Felder y de su asistente. En la frente le distinguió pequeñas letras, raspadas con un filo:

Eugène Boban
1866
Palazzo Yturbide

Cuidadosamente la tomó entre sus manos.

—Cuando la princesa Carlota sufrió el daño en su cerebro, su hermano Leopoldo II creó un imperio colonial, intentando replicar el británico, y el portugués. Ése había sido el sueño de su padre. Se implantó en el Congo en 1885; en Tianjín, China, en 1900; y en Ruanda en 1916. En el Congo exterminó a once millones de personas, además de ordenar la mutilación de millones. Pagaba por las manos cortadas de los negros y por cajas de hule de las selvas de Kivu. Fue una de las personas más crueles y sádicas que ha existido en el mundo, y murió rico, gozando de sus sadismos. Ése fue el hermano de Carlota. Por suerte para los mexicanos, no llegó a consumar su imperio, que podría haber incluido a México. Los exterminios los hubiera hecho ahí.

En Roma, Carlota de Bélgica, a los pies del papa Pío IX, entre cinco distinguidos hombres, vio que siete guardias del Sumo Pontífice se aproximaban a ella con sus lanzas:

—Llévensela.

La joven comenzó a sacudir la cabeza.

—No. No. ¡No! —y la aferraron por los brazos. Ella empezó a patalear contra ellos:

—¡Suéltenme! ¡Bastardos! ¡Suéltenme! ¡Yo soy la emperatriz de México! ¡Yo soy la hija de Leopoldo de Bélgica!

El papa Pío IX comenzó a llorar en silencio. Cerró los ojos:

—*In nomine Patris, et Filii, et Spiritus Sancti…* —la persignó—: Amada hija, no puedo tenerte más tiempo aquí en este palacio pontificio. Llévensela al Albergo di Roma —y señaló la puerta—. Su presencia aquí está comenzando a provocar graves consecuencias para las cortes internacionales.

—¡No van a detenerme! —le gritó al papa—. ¡Usted no va a detenerme! —y le escupió a uno de los soldados en el ojo.

El papa le dijo a su secretario de Estado:

—Comuníquese con el hermano de la emperatriz. Que mande a alguien por ella. Que me haga el favor de sacarla de Roma.

En el pasillo, la hermosa princesa pataleó contra el mármol y contra las espinillas de los guardias suizos. Empezó a gritar:

—¡Me van a matar! ¡Los hombres de Napoleón III me van a matar! ¡Malditos! ¡Malditos! ¡Están coludidos con el papa!

95

—Fundieron una de las mentes más brillantes que existió en el mundo. El abogado estadounidense Federico Hall llegó a decir: "Si Carlota hubiera sido un hombre a la cabeza de un gobierno poderoso, la hubieran considerado el soberano más eminente de su era. Pero el gobierno lo tuvo su esposo, no ella". Pero supongo que todo esto lo debió saber perfectamente tu tía tatarabuela, la señora Josefa.

Carlos Lóyotl, jefe del Cártel de Cuenavaca, le mostró el hierro caliente a la rubia Juliana Habsburgo.

—Dime dónde está el tesoro —le sonrió—. ¿Está en la casa de la amiga de Josefa de Iturbide, como lo están investigando el detective y la señora anciana? ¿O los Yturbide lo transfirieron a Gran Polinesia? —y la miró fijamente.

Ella, semidesnuda, le respondió:

—Estás destruyendo lo poco que queda de tu karma —y negó con su cabeza de cabellos dorados—. Con la maldad que has dejado en este mundo… ni cómo ayudarte —y lo miró sin parpadear, con sus cristalinos ojos dorados, semejantes a la miel. Ondeó su cabellera.

—La historia oficial en México afirma que Carlota de Bélgica simplemente se volvió loca; que la internaron en un castillo, después de lo cual no volvió a saberse nada más de ella. Cuando murió en ese lugar mortífero se encontró que ella tenía un muñeco tamaño natural de Maximiliano con el cual platicaba de manera terrorífica, diciendo que ella era un hombre y que su nombre era Charles Loysel. Pero nunca nadie, hasta ahora, tuvo la decencia de investigar por qué le pasó todo eso. ¡Pues cuando ella dijo que Napoleón III la envenenó, era cierto! ¡Nadie le creyó! ¡¿Por qué entonces nadie lo investigó?! ¡¿Por qué nadie, ahora, lo está investigando?!

—Un caso muy mexicano de la impunidad —le dijo Juliana—. La misma que se aplica para ti. Yo ya te di todas las claves que tengo. Max León ha utilizado bien lo que yo le dije. Es más listo que yo. Max va a encontrar el tesoro.

Arriba, sobre la fría ciudad, en la calle 16 de Septiembre del centro histórico de la urbe azteca, los dos masones del Soberano Comendador Dante Sofía —ya fallecido— caminaron detrás de los cuatro sicarios armados del Papi, los cuales a su vez seguían al narcotraficante cadavérico Nibelungo, quien, con su Cuerno de Chino levantado, caminaba tras los pasos de los detectives prófugos Jasón Orbón y yo, Max León.

La nana de Juliana era quien me guiaba:

Señora, al parecer esta calle —y le mostré la pantalla de mi celular— antiguamente se llamó "Coliseo Viejo". El número 16 era la casa de la amiga de Josefa de Iturbide —y miré los edificios.

La nana me dijo:

—Concepción Lombardo conoció muy bien a Carlota —y me miró tiernamente—. Algunos dicen que el envenenamiento no fue verdad. En su libro *Tras las huellas de un desconocido*, Konrad Ratz dice que al llegar a Trieste, de vuelta al castillo de Miramar, Carlota vio a su viejo doctor August Jilek, amigo a su vez de Maury, el diseñador de la Ciudad Carlota en Córdoba, Veracruz. Cuando la revisó, no observó nada anormal en ella, físicamente. Esto, efectivamente, lo registró Jilek en su diario. Pero Jilek mismo informó el 11 de octubre de 1866, junto con el doctor Riedel, que Carlota tenía un daño psicológico.

Yo le dije:

—Nunca imaginé que Carlota fuera un peligro tan grande para Napoleón III…

255

—Y para Europa misma, y para los Estados Unidos —siguió avanzando—. En realidad muchos complotaron para eliminarla. Por eso nadie investigó lo sucedido. Carlota fue la mujer rebelde a la que los poderes querían destruir porque ella sabía la verdad, porque iba a decirla, y porque no quiso someterse a los poderes.

Yo le sonreí en la oscuridad.

—¿Qué le parecería a usted que hoy, por primera vez, después de un siglo y medio de una mentira, demos a conocer que Carlota todo el tiempo estuvo diciendo la verdad?

Ella me sonrió.

—Tú salva a Juliana.

Detrás de mí, el Nibelungo, con su filosa ametralladora Norico, me golpeó en la espalda. Me hizo tambalearme hacia adelante.

—Tú encuentra el tesoro, Max León. Yo voy a interceder por ti ante el Papi para que no te ponga la nariz de payaso. Yo me voy a encargar de que te dé una buena parte del pastel de moras para que te vayas con tu vieja bien pinches felices a donde quieran, pues ya me caíste bien.

96

En el Albergo di Roma —un hotel controlado por el Vaticano—, la bella Carlota, ahora demacrada, con los labios hinchados, muy adoloridos y de color morado oscuro por el mercurio, comenzó a gritarles a sus sirvientes:

—¡Quiero agua! —y aferró una de las jarras—. ¡Esta agua está envenenada! —y con todas sus fuerzas la arrojó contra la cabeza de la señora Manuela Gutiérrez Estrada de Barrio. Ella logró esquivarla, sudando:

—¡Dios padre y salvador!

La jarra se estrelló contra la pared. Los cristales cayeron a los pies de la señora Manuela.

—Dios santificador… —y comenzó a persignarse. Se volvió hacia Carlota.

—¡Ustedes la envenenaron, malditos! ¿Van a matarme? —y con agresividad se aproximó a la señora Barrio, levantándose la falda.

La aterrorizada señora Manuela comenzó a agitar los brazos:

—¡Pero Su Majestad…!

—¡Ustedes trabajan para Napoleón III, miserables! —y con mucha fuerza la golpeó en la cara. La tumbó al piso—. ¡Traidores! ¡No puedo confiar en nadie! —y empezó a correr por la habitación, asustando a todos sus criados—: ¡Voy a hablar con todos los reyes de Europa! ¡Todos van a saber que Napoleón III y el papa son unos traidores, unos asesinos!

Levantó los brazos al techo. Comenzó a gritar, hincándose:

—¡Se ha alzado el velo!

Todos, incluyendo al joven secretario José Luis Blasio, corrieron alarmados por detrás de la Alteza, quien de nuevo se puso de pie y corrió por el cuarto. Carlota comenzó a arrojar al suelo todas las jarras:

—¡Ésta tiene veneno! ¡Esta otra también tiene veneno! ¡Toda esta agua está envenenada, malditos! —y se volvió de golpe hacia sus muchos acompañantes—: ¡Usted, obispo Ramírez! ¡Usted, señor Martín Castillo! ¡Usted, conde del Valle! ¡Usted, marqués del Barrio! ¡Usted, ministro Velázquez de León! ¡Usted, señor Felipe Degollado! ¡Que alguien tome dictado de este decreto, ahora mismo, para mi firma! ¡De inmediato!

Todos se apresuraron con sus lápices y papeles, temblando.

—Estamos listos, Majestad —le susurró, atemorizado, el conde del Valle.

Ella les dictó:

—En atención a que el señor Juan Suárez Peredo, conde del Valle de Orizaba —y lo miró a los ojos—, ha formado parte de una conspiración fraguada para atentar contra la vida de su soberana, hemos tenido a bien destituirlo inmediatamente, ¡como lo destituimos por medio del presente de todos sus títulos, cargos y honores!

—Pero… ¡¿Majestad?! —le preguntó el conde del Valle—. ¡¿Por qué me está usted haciendo esto?! ¡Yo no hice nada!

—¡Usted lárguese! —y le zorrajó una fortísima bofetada. El conde comenzó a caer hacia atrás, sobre la alfombra, con la cara reventada, llorando.

—A Maximiliano le ha hecho eso —lloró la señora Manuela. Carlota les gritó a todos:

—¡Señor Felipe Neri del Barrio, marqués del Apartado, quiero que usted se destituya a sí mismo! ¡De inmediato! ¡Y por mi orden, destituya también al doctor Bouslaveck del cargo de médico de cámara! ¡Y al señor Kuhachevic, tesorero imperial! ¡Y a su esposa! ¡Y al maldito señor Martín Castillo! —y se volvió hacia Castillo—. ¡Quiero que usted también firme todas estas renuncias!

Castillo, con los ojos abiertos por el estupor, le preguntó con su voz chirriante, de rodillas:

—Señora mía —y le temblaron los párpados—. ¿Quiere que yo firme estas renuncias? ¡Usted ya me despidió! ¡Lo hizo hace un instante! ¡Ya no trabajo para su gobierno!

—¡Maldito! —y le aventó un lápiz contra el ojo—. ¡Usted fírmelas, maldita sea! ¡Haga lo que le ordeno!

Su criada austriaca Matilde, aterrorizada, le gritó:

—¡Emperatriz! ¡Lo que usted necesita es comer! ¡Coma algo! —y le acercó fruta—. ¡Está enflacando! ¡Mírese! ¡Está empeorando! —y empezó a llorar—. ¡Tome una de éstas…! —y le acercó la charola.

—¡Estas frutas están envenenadas! —y tomó la manzana. Se la estrelló a Matilde en la boca. Comenzó a metérsela en la tráquea—. ¡Cómetela tú primero, traidora! ¿Quieres asesinarme? ¿Cuánto te pagó Napoleón III por asesinarme?

97

—Así terminó la gran tragedia europea —le dijo el detective polinesio Steve Felder a su asociado pigmeo Bertholdy. Bajo su brazo cargó la dura y pesada calavera de cristal azteca—: El mercurio comenzó a desintegrar en Carlota las selenoenzimas de su cerebro, especialmente la tiorredoxina reductasa, que es la coraza contra la oxidación. El cerebro de Carlota comenzó a oxidarse por dentro, indefenso. En pocas horas, una gran cantidad de sus células cerebrales murieron. Gradualmente perdió el treinta por ciento de su masa cerebral. Se le agrandaron los huecos ventriculares, como te dije hace un momento. Se llenaron de agua, de líquido cefalorraquídeo.

Siguió caminando con Bertholdy dentro del pasaje clasificado Maxel-Yturbide, de vitrinas de acero, con el cráneo de vidrio pegado a las costillas.

Steve se volvió hacia el joven pigmeo:

—Con su peor enemiga de Europa ahora fuera de combate, el cobarde Napoleón ya pudo proceder libremente para continuar con su plan: sacar a todas sus tropas de México, congraciarse con los Estados Unidos y concentrar sus ejércitos para enfrentarse con su nuevo y peor enemigo, el canciller Otto von Bismarck de Prusia. Ahora sólo le estorbaba una cosa en el mundo: el "imbécil" de Maximiliano.

En la oscuridad, tendida sobre la cama, con el cuerpo mojado por el sudor, pálida como una muñeca de cera, Carlota de Saxe-Coburgo-Gotha, con los ojos inflamados, le sonrió al joven José Luis Blasio, quien estaba mirándola fijamente, conteniendo el llanto.

Él, con temblor en la mano, le acarició el cabello.

Ella le sonrió.

—Eres un hombre valiente, hijo mío. Eres bueno, como tu padre.

Quiso llorar el secretario. La miró fijamente. Con la luz de la vela, la emperatriz se veía hermosa.

Ella perdió la mirada en el techo.

Blasio le vio en el cuello unas manchas oscuras.

La princesa belga, heredera de los vikingos Gudrod Bjornsson y Halfdan el Oscuro, y de los piratas anglosajones que conquistaron la isla de Inglaterra en el año 400, con temblor en su mano, tomó a José Luis por los dedos.

—Regresa a México —le sonrió—. Cuida a Maximiliano. Esto es lo que único que me importa. Dile que nunca deje de ser valiente. Dile que nunca se rinda. Quiero que lo protejas de sí mismo.

—¿De sí mismo…?

—De su cobardía.

Blasio tragó saliva.

—¿Majestad…?

—No dejes que renuncie —y lo miró fijamente, con ferocidad. Sus labios estaban inflamados con bultos negros—. La cobardía es el único enemigo del hombre: su propio miedo. Tú mismo no te acobardes. Nunca te acobardes. Destruye tu miedo —y lo vio directamente a los ojos.

Blasio se tragó las ganas de llorar.

La piel de la hermosa princesa sajona estaba fría. Cautelosamente, el secretario llevó el dedo índice, temblando, al rostro de porcelana de la monarca. Acarició suavemente su mejilla. Ella abrió los ojos.

—¿Me estás tocando…? —le preguntó a Blasio—. Lo miró sin parpadear.

—*Dios…* —se atemorizó el joven mexicano. Sintió en la cama un temblor: el temblor del cuerpo de Carlota.

Lentamente alejó su mano de la mujer.

—Disculpe…

Ella lo vio con ternura.

—Tal vez deseas besarme —y cerró los ojos—. ¿Lo deseas…?

José Luis tragó saliva.

Suavemente, la emperatriz le sonrió:

—Puedes hacerlo. Lo decreto.

José Luis Blasio, con el corazón acelerado, se volvió hacia la puerta. Estaba abierta. La luz del corredor estaba encendida. Escuchó pasos.

Lentamente comenzó a aproximarse a ella por encima de las sábanas, hacia sus labios. Ella le susurró, sin abrir los ojos:

—Prométemelo. No dejarás que Maximiliano se rinda nunca. No dejarás que se deprima —y de nuevo abrió los ojos—. Ahora tú serás la fuente de fuerza de Maximiliano. La derrota no existe. Sólo la gloria.

Desde la puerta, el doctor Jilek entró gritando, golpeando, azotando la madera:

—¡Va a venir su hermano por ella, el conde de Flandes! Lo está enviando el rey Leopoldo II de Bélgica. Está embarazada.

Mil cuatrocientos kilómetros al noroeste, en su Palacio de las Tullerías, el emperador Napoleón III miró al piso. Entre sus dedos amasó la pequeña fotografía de la princesa Carlota. Comenzó a acariciarle la cara.

—Hermosa —y cerró los ojos.

Lentamente se volvió atrás, hacia su protegido militar, el joven y musculoso ayudante de campo Charles Loysel. Le dijo:

—Hiciste bien tu trabajo. Ahora quiero que regreses a México. Encárgate de Maximiliano.

—Sí, Majestad.

98

Al otro lado del mundo, en México, en la soleada y húmeda ciudad de Orizaba, con olor a insectos, cerca de la costa de Veracruz, el emperador Maximiliano de Habsburgo, ahora de treinta y cuatro años, caminó entre las plantas exóticas veracruzanas a la enorme mansión de color blanco de la familia Bringas.

Por el cielo voló una escuadra de garzas.

A su espalda, el doctor Karl Bouslaveck le gritó de una forma horrible. Los pájaros volaron despavoridos.

El doctor levantó en el aire el cable recién llegado desde Europa, de emergencia:

—¡Majestad! ¡Su esposa! ¡Su esposa! ¡Telégrafo!

Maximiliano se detuvo en seco. Lentamente se volvió atrás:

—¿Qué sucede?

Bouslaveck se le aproximó, sudando, mojándose las botas en un charco.

—Majestad, la emperatriz ha sido atacada el día 4 de octubre en Roma.

—¡¿Atacada?!

—De una congestión cerebral.

Maximiliano miró hacia el pasto.

—No… —y lo miró—. *¿Congestión cerebral…?* ¡¿Qué demonios es eso?! ¡Llamen al padre Bilimek!

Bouslaveck le mostró el cable:

—La princesa está por ser conducida a Miramar. Esto se lo está transmitiendo Hertzfeld. Ya está con ella.

Maximiliano observó las palmeras calientes que escurrían el agua del trópico.

—*¿Miramar…?* —y tragó saliva. Recordó a Carlota gritándole en dicho castillo, junto a la ventana. La rememoró también saltando en el Castillo de Chapultepec, en la recámara, gritándole:

—¡Nunca abdiques, no seas un cobarde!

Retorció las cejas.

—¿Ella está bien…?

Se interpuso otro doctor, más joven, de treinta años, enviado por el médico austriaco Ludwig Türck: el judío Samuel Basch, recién llegado del sanatorio militar de Puebla.

—Majestad… ¿me permite revisar este mensaje…? —y tomó el cable entre los dedos.

Lo leyó con atención. Le dijo al emperador:

—Esto no puede ser.

—¿No puede ser…?

—Una mujer de veintiséis años no puede tener *congestión cerebral…* —y lo miró fijamente.

Llegó trotando y sudando otro hombre con el correo:

—¡Majestad! ¡Le está llegando esta carta de su secretario, el joven José Luis Blasio! Ya viene en el vapor de regreso a México. La carta es de su señora Carlota.

El emperador Maximiliano observó al mensajero. Lentamente tomó la carta. Comenzó a leerla:

París, 22 de agosto de 1866.

Tesoro entrañablemente amado:

Mañana por la mañana me marcho hacia Miramar por Milán; esto te indica que no he logrado nada aquí con Napoleón III. Él tiene el infierno en sí, no yo. No es el miedo a los Estados Unidos. Él quiere cometer una mala acción, preparada desde hace mucho tiempo, contra ti. Ayer tenía la expresión para ponerme los pelos de punta. Desde el principio hasta el fin nunca te quiso. Te fascinó como una serpiente. Bazaine y Fould son sus satélites; tiene otros. No hay ningún agente directo. Le he explicado a Gutiérrez de Estrada y ahora comprende por qué tú te has apoyado en los liberales. Debes mantenerte el mayor tiempo posible en tu trono, pues una vez desaparecido el infierno, cuando Napoleón III se vaya, será del interés de Francia y de toda Europa crear en México un gran imperio, y eso sólo lo podemos hacer nosotros. Austria va a ser absorbida por el Imperio húngaro. Así lo quiere Bismarck. Es el fin de Austria. Debes deshacerte de los agentes financieros. Debes quitar a los franceses que quedan de los asuntos militares: ellos van a traicionarte. Apóyate en los indígenas para crear un ejército que sea mexicano. Todos los franceses están interesados en el asunto de México: por su comercio y por su poderío. Mi viaje fue para Napoleón III el peor golpe: muchas personas se interesan ahora en todas partes por mí y por México. Pronto hablaré con el papa.
Te abraza de todo corazón tu eternamente fiel Carlota.

Una mano envuelta en un fino y transparente guante de seda se extendió hacia el emperador. Era el dueño de la gran mansión Bringas: el señor José María Bringas.

Con su bigote enchinado, le sonrió:

—Majestad, por ahora no piense en los problemas. Los problemas se resuelven. Hemos preparado para usted un grandioso baile allá arriba, con banquete —y señaló la parte superior del edificio—. Cortesía de los orizabeños.

Maximiliano vio en las ventanas de la mansión a la gente mirándolo, saludándolo. Escuchó los sonidos, los tambores.

Minutos más tarde, el emperador estaba arriba, levantando su copa.

—¡Viva Orizaba! ¡Viva México! —les gritó a todos. Desde atrás le gritaron—: ¡Y viva Iturbide!

Él buscó con sus ojos a la persona:

—Sí. Y viva Iturbide —le sonrió. Sorbió su copa.

—Es un torito —le sonrió el señor Bringas—. Bebida típica de Orizaba. La mejor del mundo. Por allá tenemos chileatole, el mejor del mundo. Hay verde y rojo, como usted guste: con camarones o con chivo.

El doctor Basch se le acercó al padre Dominik Bilimek. Con discreción, miró hacia los invitados. Le susurró:

—Padre, disculpe usted mi intromisión. Sé que usted es muy próximo a Su Majestad.

—¿Sí, hijo…? —y se detuvo el bocado en los labios.

Samuel Basch los observó a todos.

—La mayor parte del país ya está en poder de los guerrilleros —y observó las risas de los invitados: sus atuendos, sus joyas.

—Sí, hijo. Lo sé —le dijo Bilimek—. Yo mismo me pregunto qué diantres sigo haciendo aquí —y se metió un pambazo a la boca.

—El más temible de los militares rebeldes, Porfirio Díaz, acaba de escapar de la cárcel. Con sus hombres derrotó a nuestros regimientos en el sur. Ya tiene todo el estado de Oaxaca. Acapulco y todo el estado de Guerrero lo tomó el señor Álvarez, hombre de Juárez. Morelia y Toluca están en crisis por los juaristas Nicolás Régules y Vicente Riva Palacio —y revisó su papel, con sus anotaciones—. Mazatlán y Tepic ya cayeron en poder del jefe de las guerrillas, Ramón Corona, cuyos hombres ya controlan los estados de Sonora y Sinaloa con sus coroneles Eulogio Parra y Donato Guerra, y están por tomar Guadalajara y controlar Jalisco. Coahuila, Nuevo León y Tamaulipas los capturó el juarista Mariano Escobedo con sus lugartenientes Francisco Naranjo, Jerónimo Treviño y Nicolás Gorostieta. Zacatecas lo tiene el guerrillero Trinidad García de la Cadena —y lo miró a los ojos—. Como usted ve, el país ya pertenece en su mayor parte a Benito Juárez, y se están acercando a la capital.

—Por eso estamos aquí, en Orizaba —le sonrió el padre Bilimek. Masticó su antojito mientras hablaba—. Por esto le sugerí a Su Majestad hacer este viaje —y le sonrió—. ¡Estamos a sólo ciento treinta kilómetros del maldito puerto, para largarnos! —y señaló la costa, hacia el puerto de Veracruz.

—Muy bien —le dijo el joven médico—. Los cuarenta mil guerrilleros de Juárez se han estado acercando al centro del país desde los cuatro frentes, mire —y le mostró sus anotaciones—. Ya están en posición, alrededor de la capital. A la orden de Juárez, van a atacar todos simultáneamente. Ya sólo es cuestión de tiempo. Si no se va al puerto en estos días, si regresa a la capital, lo van a entregar a la barbarie. Lo van a ejecutar.

Bilimek observó a los invitados. Todos estaban aglomerados alrededor de Maximiliano. Él parecía estarles contando anécdotas verdaderamene graciosas, a juzgar por las risotadas de ellos.

—Estas personas no van a dejar que él se vaya —le dijo Samuel Basch. Observó detenidamente a los invitados—. Son la gente poderosa, los dueños del ganado, de las mineras. Están aterrados de que recupere el gobierno un hombre como Juárez. A ellos no les importa el destino del archiduque.

Bilimek se quedó inmóvil, con el bocado junto a los labios.

El emperador caminó con su anfitrión, el hacendado José María Bringas. Con su bigote enchinado, Bringas le dijo:

—Majestad, los líderes del partido conservador estamos preocupados por los rumores de que usted piensa abdicar. Se dice que vino a Orizaba para aproximarse al mar y que trae equipaje para marcharse a Europa. ¿Usted desea marcharse, renunciar?

Se le aproximó a Maximiliano por su derecha el barón Alfons von Kodolitsch, directivo de la guardia austrohúngara.

—Su Majestad nunca va a renunciar puesto que los juaristas tomarían el poder y se iniciaría una carnicería contra todas estas personas que lo respaldaron para venir a México. El emperador no los va a abandonar —y miró a Maximiliano—. Majestad, nunca un jefe de Estado austriaco traicionó a un deber contraído por juramento. Usted es miembro de la familia Habsburgo. No le haga algo tan triste a su hermano. No insulte el honor de su madre.

Al otro lado del territorio mexicano, entre el humo de las explosiones de los cañonazos de los juaristas, el joven de dieciséis años Bernardo Reyes Ogazón, sobrino del gobernador liberal Pedro Ogazón —desposeído por Maximiliano y por los franceses—, con su ojo inflamado y cubierto con cintas, avanzó en cuclillas entre los otros soldados juaristas, uniformado y con su rifle Remington.

—Ahora sí, hijos de puta —amartilló su arma.

Su amigo José Corona subió con él las escaleras.

—¿Te enrolaste para esta venganza?

Subieron los escalones del Palacio de Gobierno de Jalisco en el centro mismo de la ciudad de Guadalajara.

Adentro, en la habitación, estaba aterrorizado el representante de Maximiliano, el prefecto político: el general Mariano Morett; quien escuchó las explosiones, protegiendo con sus brazos a su aterrada esposa

María Josefa Marcos Álvarez Marroquín, y a sus dos hijos de veintidós y veinticuatro años: Miguel y Francisco, quienes estaban llorando.

El prefecto comenzó a gritarles a sus soldados:

—*Empêcher l'accès!* ¡Impidan el acceso! *L'autorité militaire dans Guadalajara ést réprésentée par le Colonel Garnier!*

El coronel francés Isidro Garnier cubrió con su cuerpo la puerta de madera de la habitación de gobierno.

—*Personne ne passera par ici!* ¡Nadie va a pasar por aquí! ¡Se lo prometo! —le gritó a Morett.

El joven Bernardo Reyes y su amigo José Corona tronaron la puerta con una bomba. La cabeza del coronel Garnier estalló. Se volvió pulpa.

Entre los pedazos con sangre, entre el humo del azufre, Bernardo Reyes caminó con su Remington y sus botas hacia el prefecto político y sus hijos. Les apuntó con su rifle.

—Ahora sí, maldito asesino. ¿Por qué le disparaste a mi madre?

El prefecto abrió los ojos. Comenzó a sacudir la cabeza.

—No a mi familia. ¡No a mi familia!

—¡¿Por qué no pensaste en mi familia, maldito bastardo?! Mi madre también merecía vivir —y dirigió el arma a la cara—. Hijo de tu puta madre —y amartilló de nuevo—. Prepárate para saber cómo sufren los rebeldes.

Los hijos del hombre, ambos mayores que Bernardo Reyes, le gritaron:

—¡No mates a mi padre, maldito! ¡Asesino! ¡Asesino! —y abrazaron fuertemente a su madre María Josefa.

Bernardo Reyes se volvió al coronel Garnier, quien tenía la cabeza rota. Vio los pedazos del cerebro del militar esparcidos por el suelo. Le susurró a José Corona:

—¿Matarías al hijo de puta que mató a tu madre frente a sus hijos? —y le sonrió.

José Corona, hermano menor del general Ramón Corona, tragó saliva.

Bernardo Reyes les dijo:

—Esto es por traicionar a México —y con enorme violencia le arrojó su rifle a Morett—. Aprehéndanlos —les dijo a los soldados juaristas que estaban a su espalda—. Llévenselos vivos al general Corona. Ya tenemos Guadalajara. Pongan la bandera mexicana.

En Orizaba, el dueño de la enorme mansión, José María Bringas, jaló a Maximiliano del brazo a la mesa central. Estaba llena de uvas y una pila de barras de plata y oro:

—Mire, Majestad —le sonrió Bringas. Acarició una de las barras—. La Iglesia católica, junto con el Partido Conservador, me pidió entregarle a usted esta aportación. Dos millones de pesos. Con ellos usted puede construir un ejército mexicano.

Maximiliano comenzó a sacudir la cabeza.

—*Dos millones de pesos...* —le brillaron los ojos—. *Ejército mexicano...*

Su maestro de ceremonias imperiales, Anton Grill, le susurró:

—Se enteraron del traslado a Veracruz porque uno de los nuestros evaluó la cantidad de su equipaje, y por los documentos que usted estuvo quemando antier en el Castillo de Chapultepec. Suponen ya la partida hacia el puerto.

Maximiliano torció la boca.

—¿Quién pudo darles esos datos? —y lo miró fijamente—. ¿Tenemos un Judas?

Entre la gente se le aproximó el ex gobernador de Missouri, Thomas Caute Reynolds, miembro de los estados esclavistas del sur de los Estados Unidos, derrotado por Lincoln. Con una copa en su mano, le sonrió a Maximiliano:

—*Don't leave, your majesty. We need you here* —le colocó en la mano un botón de algodón. Le cerró el puño alrededor del esponjado producto cosechado por esclavos negros, ahora residentes en Córdoba, Veracruz, a veinticinco kilómetros de Orizaba, en dirección hacia el puerto—. Esto lo estamos fabricando ya en la Nueva Virginia, en la Ciudad Carlota —le sonrió—. Maury y los generales esperamos muy pronto su visita. Anhelan verlo los generales Shelby y Magruder.

Maximiliano se quedó inmóvil.

—Usted sabe que... —y miró las barras de oro— la esclavitud está prohibida en el Imperio... No debe haber...

Por su lado izquierdo lo tomó violentamente del brazo su nuevo doctor, el judío Samuel Basch.

—Majestad, ¿me permite un momento? —y con mucha fuerza lo jaló hacia los ventanales para separarlo del grupo—. Espero que usted se dé cuenta de que todo esto es una trampa.

Maximiliano observó a los muchos hombres que alzaron sus copas hacia él; especialmente el señor Bringas y el comandante austriaco Kodolitsch.

—¿Una trampa?

Samuel Basch le aclaró a Maximiliano:

—Majestad, le están pidiendo que se suicide aquí en México. No regrese a la capital. Los juaristas se están aproximando por todos lados. No va a haber escapatoria. Usted no va a tener tiempo para armar ningún ejército, y menos con estos dos millones de pesos. Usted tiene que irse ya de este país —y señaló al puerto de Veracruz—. Ésa es la salida. Suba ya a su diligencia. No espere. Vaya al muelle. Después no va a poder hacerlo. No acabe sus días torturado por estos rebeldes.

Maximiliano tragó saliva.

99

Cuatro mil kilómetros al noreste, dentro de la Casa Blanca en los Estados Unidos, el embajador de Francia, Charles François Frédéric de Montholon, cautelosamente caminó hacia la oficina del secretario de Estado, William Seward.

Antes de entrar se persignó.

—*Au nom du Père et du Fils et du Saint-Esprit. Amen* —y besó la cruz entre sus dedos. Los soldados de trajes verdes le abrieron las puertas.

Montholon observó, al fondo de la oficina, al secretario Seward parado junto al escritorio, con sus cuatro cicatrices marcadas en las mejillas.

En la pared vio enmarcado el retrato de su atacante: el sureño Lewis Powell. Era una fotografía tomada por el escocés Alexander Gardner donde Powel posaba esposado.

Comenzó a aproximarse y se acomodó en el asiento.

—Señor secretario —le dijo a Seward—: Tengo para usted un mensaje de esperanza.

El secretario de Estado de los Estados Unidos enderezó la cabeza, como un flamingo viejo.

—¿Un mensaje de esperanza…? —frunció las cejas.

—Mi emperador Napoleón III me pide informarle a usted, con alegría, que el archiduque Maximiliano ya está decidido a irse de México. Se va a ir. Se encuentra en Orizaba, a pocas millas del puerto, listo para abandonar el continente americano. Va a entregar el gobierno del país al presidente Benito Juárez, tal como usted lo desea. No habrá más problemas entre nuestras dos naciones. Las pocas tropas francesas que aún quedan en el territorio mexicano abandonarán el país antes de lo previsto para honrar la amistad entre Francia y los Estados Unidos —y le sonrió.

William Seward comenzó a asentir con la cabeza.

—Eso me alegra, señor embajador —y miró a la ventana—. Si es así, por fin vamos a tener paz al sur de nuestra frontera… y también la va a tener el señor Napoleón III —le sonrió—. Y tal vez… no lo sé… Tal vez los Estados Unidos podremos interceder ante el canciller Bismarck para evitar que la Nueva Alemania se decida por una guerra destructiva contra Francia —y le sonrió—. Todo depende ahora del señor Maximiliano.

100

En París, el emperador Napoleón III respiró tranquilo. Satisfecho, miró al horizonte a través de la ventana apenas se enteró de la conversación entre su embajador y el secretario Seward.

—*Enfin, il y aura la paix…* —y corrió una lágrima por su mejilla—. Por fin habrá paz.

En el atardecer observó los colores de las flores. Al fondo vio el sol. La ciudad de París se extendía en el horizonte, sus edificios, las arboledas.

Lentamente cerró los ojos.

—Todo ha vuelto a la normalidad… —y comenzó a sonreír—. *Merci, mon Dieu…* ¡Gracias, Dios mío! ¡Te prometo cambiar!

—No va a renunciar. Acaba de anunciarlo.

Lentamente se dio vuelta hacia atrás. Vio a su ministro de Finanzas, el banquero Achille Fould, temblando:

—¿Qué dijiste…? —le preguntó Napoleón.

—No va a renunciar, Alteza —y empezó a sacudir la cabeza con el telegrama en la mano—. Ya se está regresando a la Ciudad de México.

Napoleón volvió la cabeza entera al piso.

101

—¡¿Pero cómo demonios lo convenciste?!

Esto se lo preguntó, dentro de la carreta de oficiales, en el camino de vuelta a la Ciudad de México, el auxiliar húngaro Naghy al comandante de caballería Karl Khevenhüller.

El príncipe Khevenhüller, austrohúngaro de veintiséis años, le dijo a Naghy:

—Le dije: "Majestad, usted nos dijo ayer al llegar a Córdoba: 'Abandonar México, el país de mis esperanzas, me llena de dolor'. Por lo tanto yo le digo ahora a usted, Majestad, que el emperador de México no puede irse tan fácil siguiendo ciegamente a los franceses como si fuera un títere de Napoleón III o de Bazaine. ¡Usted es el emperador! Creo que es mejor quedarse, por dignidad".

Naghy observó el piso. Comenzó a negar con la cabeza.

—No, no, no… —y miró fijamente a Khevenhüller—. ¡No puedo creerlo! ¡No puedo creerlo! ¡Estuve a punto de irme a mi maldita casa! —y comenzó a golpear al príncipe en la cabeza—. ¡¿Por qué hiciste eso?! ¡¿Por qué lo hiciste, maldito?! ¡Nos vamos a morir aquí!

Golpeó tantas veces a Khevenhüller que le abrió la cabeza. El príncipe soportó los golpes con los párpados cerrados.

Por varios segundos ambos miraron por las ventanas del carruaje hacia las escarpadas montañas llamadas Cumbres de Maltrata. Estaban oscuras, desoladas.

Naghy cerró los ojos.

—No quiero vivir —y comenzó a llorar en silencio.

Kevenhüller se quedó mudo y comenzó a palmear a Naghy.

—Los estadounidenses están concentrando tropas en Monterrey —y señaló al norte—. ¿Quieres eso? La guerra civil americana terminó. Ahora vienen por todo.

—A mí no me importan los estadounidenses.

Khevenhüller miró hacia afuera:

—Qué error cometió Europa al no apoyar con tiempo a los estados del sur —y negó con la cabeza—. Habríamos acabado con esa república infame. Ahora nada va a poder cambiar el futuro. Ellos se van a apoderar de este continente y luego van a ir sobre Europa, por el control del mundo.

Se derrumbó en su asiento. Lentamente se llevó la mano al bolsillo. Extrajo una pequeña fotografía. Una mujer. Se la mostró a Naghy.

—¿Sabes? En verdad lo hice por ella —y le sonrió—. ¿No es hermosa?

Se enderezó Naghy.

—¿Cómo dijiste? —vio la fotografía: era una chica mexicana, elegantemente vestida.

—Se llama Leonor Rivas Mercado —le sonrió Khevenhüller—. Su esposo es un hombre muy violento. El rey del pulque —y negó con la cabeza—. No voy a dejarla sola aquí cuando los juaristas se apoderen de todo. Su familia es enemiga de Benito Juárez. Imagina qué le van a hacer a ella.

Naghy acarició la fotografía.

—Diablos… —y empezó a temblarle la mano—. ¿Por esta estúpida mujer mexicana nos estás condenando a quedarnos aquí?

—Yo…

—¡El país está a punto de caer por completo en manos de la guerrilla! ¡Nos van a masacrar! ¡En dos malditas semanas se van a ir treinta mil de los soldados franceses! ¡Sólo vamos a quedar nosotros, los austrohúngaros!

Khevenhüller permaneció en silencio. Miró hacia afuera. Le dijo a Naghy:

—Está embarazada. Voy a ser padre.

102

—Por un bebé que ni siquiera era suyo usted decidió quedarse en México, y ni siquiera lo supo.

Esto se lo dijo, siete meses después, el teniente coronel Manuel Azpíroz a Maximiliano en la celda del convento de las monjas capuchinas, ahora en poder de los juaristas. El demacrado Maximiliano, capturado, temblaba de frío. Sus brazos desnudos estaban esqueléticos por la diarrea.

Azpíroz le vio las costillas, el sudor en el cuerpo casi azul. Lo miró fijamente:

—El capitán Karl Khevenhüller se las arregló para convencerlo a usted de quedarse y de esa manera él condenó a seis mil de sus propios soldados austriacos y a más de veinte mil mexicanos que murieron cercenados sólo por la conflagración que se desencadenó cuando usted se aferró a permanecer aquí.

Lo miró fijamente.

—¿Sabe usted qué es lo peor? El niño de Khevenhüller acaba de nacer. El capitán no ha ido a visitarlo. Ni siquiera lo tomará como hijo. La mujer adúltera ya organizó todo: el rey del pulque cree que ese pequeño es su hijo —y le sonrió a Maximiliano—. Lo van a llamar "Luis" o "Agustín".

Maximiliano comenzó a sonreírle.

—Esto no es un juego —le dijo Azpíroz—. El señor Javier Torres Adalid, quien tanto se preció de ser amigo suyo al llenarle la barriga a México con su licor embriagante, cree que el bebé le pertenece. Tal vez cuando lo vea crecer notará que es de diferente raza.

Lentamente le colocó el filo de la espada contra el brazo:

—Pero usted hizo algo mucho peor que todo esto. Usted, al decidir estúpidamente permanecer como emperador aquí, encolerizó a los Estados Unidos.

103

El secretario de Estado Seward, en Washington, se alteró.

—¡¿No se va a ir?! —coléricamente golpeó el escritorio presidencial—. ¡¿El archiduque se va a quedar en México?!

El presidente Andrew Johnson, carente de personalidad, permaneció inmóvil, viendo hacia la ventana, temblándole la quijada.

Sobre su escritorio estaba un artículo del periódico *Washington Republican*: "El presidente que ocupa el lugar tras el asesinato de Lincoln ha sido un inútil sin voluntad propia. El Congreso lo acusa de traicionar a Lincoln y de complicidad con el sur".

En los sillones estaban sentados el general Ulysses S. Grant y el periodista Peter Paul del *New York Times*.

El periodista se llevó el puño a la quijada:

—Señores, el príncipe Maximiliano no va a renunciar. Permanecerá en México. Aquí tengo las fuentes —y les mostró sus papeles.

William Seward y el general se volvieron hacia él.

El periodista les mostró los documentos:

—No hay signos de que se vaya a ir de México. En Orizaba hizo reunir a su nuevo consejo de ministros para que estos hombres, elegidos por él, decidieran por votación si debía quedarse en el país o retirarse a Europa —y con el dedo humedecido de saliva pasó sus notas—. Sólo tres de estos reaccionarios se opusieron a mantenerlo en México: Luis Robles Pezuela, Juan de Dios Peza y Francisco Somera. Los demás convencieron al joven Habsburgo de quedarse en México, y le ofrecieron ayudarlo para crear un ejército mexicano. Le aseguraron que contaría, por parte de la clase alta y de la Iglesia católica, con quince millones de pesos anuales, y que ellos se encargarán de traer de regreso a México a dos generales clericales muy "feroces": el joven Miguel Miramón, de treinta y cuatro años, quien fue presidente de México entre 1859 y 1860, y que ahora está en París. Este Miguel Miramón gobernó antes que Juárez, pero Juárez lo expulsó del gobierno en 1860 por medio de un golpe naval en Veracruz, del cual Miramón acusó de intervención a los Estados Unidos. El otro general que los clericales quieren traer de regreso a México es el "zorro" Leonardo Márquez, que hoy está en Constantinopla, y que ordenó el asesinato del juarista Melchor Ocampo. Con estos dos militares de derecha los conservadores mexicanos esperan armar un ejército nacional de treinta mil soldados nativos para combatir a Juárez y para sostener a Maximiliano en el poder.

El secretario Seward, con su expresión de jefe sioux, miró hacia Grant, el cual levantó una ceja. La otra la torció hacia abajo.

El periodista del *New York Times* les leyó el proyecto de nota de primera plana para el 6 de diciembre de 1866:

—"El ex presidente Miguel Miramón es pasajero en el último vapor francés hacia México. Ya está en ruta. Lo acompañan desde Europa varios de sus ayudantes y su familia. Miramón comandó las tropas del partido de la Iglesia en la lucha contra Juárez hace siete años. Han caído Jalapa y Pachuca. Muere el arzobispo de Guadalajara. El general Philip Sheridan desaprueba el plan del general Sedgwick para invadir Matamoros. Sedgwick ordena a su ejército cruzar hacia Río Grande para invadir México y expulsar a Maximiliano antes de que llegue a reforzarlo el ex presidente Miguel Miramón."

El general Grant abrió los ojos. Se volvió hacia el secretario Seward.

Seward le gritó al general:

—¡Le dije que no podemos movilizar tropas hacia México! ¿Qué es eso de Sedgwick en Matamoros? ¡Eso va a provocar a Francia para un conflicto, y tal vez también a Inglaterra!

Grant rodó los ojos hacia arriba.

—Sí, sí... —le gruñó a Seward—. No estamos haciendo nada —y sonrió para sí mismo.

Seward se le aproximó, arqueando las piernas, con su bastón:

—General Grant, una guerra contra Europa ¡es lo último que necesitamos por ahora!

El general se levantó. Con las manos se sacudió el polvo del saco.

—Señor secretario, Francia e Inglaterra tienen bastantes problemas en Europa. No pueden atacarnos. Su problema se llama Otto von Bismarck —y le sonrió.

104

En la Ciudad de México, dentro del castillo imperial de Maximiliano —el Castillo de Chapultepec—, al interior de la roca misma de la montaña, por debajo del edificio, el joven *vallet* Venisch le susurró al emperador Maximiliano:

—Entre, Majestad. Siéntase como en su casa —le sonrió.

Los dos caminaron en silencio por el largo y oscuro pasillo de piedra cavado dentro de la montaña, iluminado por antorchas.

—Este corredor no lo conozco —le sonrió Maximiliano—. ¿Por qué nadie me lo mostró antes?

—Eso es porque lo ordenó construir la emperatriz Carlota al arquitecto Kaiser.

Maximiliano miró las paredes.

—¿Para qué…?

—Para usted.

Maximiliano abrió los ojos.

—¿Para mí…?

—Es un último refugio, Majestad. Mire —y en el muro tocó un león metálico, empotrado en la roca, erguido sobre sus dos patas traseras. Estaba barnizado en color rojo, con la lengua de fuera, barnizada en azul.

Maximiliano lo tocó.

—Dios… Es el blasón de mi familia —y tragó saliva—. Es el león rojo de los Habsburgo. El león de Radbot…

—Así es. Es una aleación de estaño —le dijo Venisch. Con mucha fuerza oprimió la cabeza del felino y la lengua.

El león de metal rojo comenzó a retroceder dentro del muro con tronidos. Se detuvo muy atrás, con un ruido metálico. Abajo quedó un agujero oscuro, con escaleras de roca. Maximiliano sintió el frío venir de abajo.

—Acompáñeme, Majestad —lo tomó del antebrazo. Ambos iniciaron el descenso, hacia la oscuridad.

El emperador miró las profundidades, aparentemente sin fondo. Venisch le dijo:

—El arqueólogo Eugène Boban ha explorado extensamente esta gruta subterránea, por instrucciones de doña Carlota. Es de los tiempos de los aztecas. Fue un lugar sagrado. Los aztecas lo consideraron una parte del inframundo.

Siguió bajando. Respiraron el olor mojado de la roca. Venisch le dijo:

—Cuando las situaciones del cosmos parecían adversas para los aztecas, el monarca se veía obligado a venir a esta montaña, entrar al inframundo, entrar en contacto con los dioses subterráneos, pedirles su auxilio. El primero de ellos fue Huemac, el tolteca, último rey de Tula. Vino a aquí en el año 1170 cuando su ciudad Tollan estaba a punto de ser destruida. El segundo fue Moctezuma II, trescientos años después, cuando los españoles estaban a punto de destruir Tenochtitlan.

Descendiendo, Maximiliano le dijo:

—¿Crees que a mí me está pasando lo mismo?

Venisch guardó silencio.

—Majestad, los generales Sturm, Sheridan, Sherman y Grant están actuando en conjunto. Es una operación orquestada desde la Casa Blanca. La diseñó el presidente Lincoln. Es una operación secreta para eliminarlo de este continente.

El joven príncipe austriaco Maximiliano de Habsburgo tragó saliva.

—¿Por qué me odian?

—Tal vez sea porque usted les dio armas a los confederados por medio del general Magruder —le sonrió.

—Eso lo hizo Bazaine. Yo no tuve que ver con nada de eso.

—Tal vez nos odian porque representamos todo lo que ellos odian. Somos Europa. Somos la vieja monarquía, el viejo mundo. La existencia misma de usted aquí es un insulto para ellos. Quieren demostrar al mundo que ellos mandan en el planeta.

Lunes 26 de noviembre de 1866, 11:00 h
Matamoros, Tamaulipas

Al norte, en la ciudad portuaria de Matamoros, Tamaulipas, en la frontera de los Estados Unidos con México, el marino Jeremiah Spencer gritó:

—¡Operación México!

Sus marinos a toda prisa, gritándose unos a otros, empezaron a anudar sus sogas. Las lanzaron hacia los que estaban más adelante, a lo largo de las noventa plataformas flotantes.

—*Take over these assholes!* —les gritó.

En el otro lado del agua —del lado mexicano—, los perplejos habitantes de Matamoros, amontonados contra la orilla, en el borde del río Bravo, observaron el fenómeno que estaba ocurriendo del lado estadounidense:

Desde el borde de Brownsville, un gigantesco puente flotante constituido con maderos, sogas y hierro sobre embarcaciones conectadas con nudos comenzó a expandirse hacia México.

—Dios... ¡¿es un puente?! —le preguntó un niño a su mamá.

—No lo sé, hijo —y lo apretó contra su falda.

Las largas plataformas flotantes articuladas empezaron a crujir en su expansión hacia el sur, rechinando sus goznes, mientras los estadounidenses se gritaban.

—*Move! Move! Move!*

Los ciudadanos mexicanos comenzaron a gritar:

—¡¿Qué está pasando?!

Un hombre abrazó a su pequeño. Entrecerró los ojos. Los dos vieron a los soldados de los Estados Unidos trotar por ese puente improvisado, en paso de marcha, gritándose unos a otros, y golpeándose con sus armas. Estaban cantando en coro de cuartel:

—*Come not to me my son! Go to Mexico!* ¡Hijo mío no vengas a mí! ¡Vete a México! ¡Véngate allá de la muerte de tu hermano, y sostén allá el honor de América!

Entraron con sus rifles Remington al territorio mexicano a través del puente flotante.

—Están invadiendo... —le dijo el padre al hijo—. Van a tomar México para sacar a Maximiliano.

En medio de los "muchachos", la mayoría de raza negra, el coronel J. G. Perkins les gritó:

—¡Soldados de América! ¡Nuestro general Thomas D. Sedgwick nos ha dado órdenes expresas, y éstas provienen del comando supremo del ejército de los Estados Unidos, que es el general Ulysses Grant! ¡Nosotros estamos aquí para cumplirlas!

Le respondieron con un grito atronador. Él les gritó:

—¡En su mensaje a nuestro general Philip Sheridan del pasado 22 de noviembre, le declaró: "La condición de los asuntos a lo largo de la frontera con México, y especialmente en Matamoros, hace necesario que los Estados Unidos intervengamos en el territorio de los mexicanos; considerando que el general mexicano Servando Canales está cometiendo atrocidades al erradicar los residuos de las tropas francesas, debemos proteger con nuestras armas la vida y las propiedades de los ciudadanos estadounidenses que viven en Matamoros". ¡Así que, soldados de América, entremos a México! ¡Recuerden lo que hace dieciocho años nuestros antecesores lograron arrancar a los mexicanos! ¡Aún queda mucho México con territorio para nosotros! ¡A la conquista, mis soldados!

Una mujer mexicana comenzó a gritar:

—¡Están entrando! ¡Estan entrando con armas!

Su esposo la abrazó.

—Tranquila, mi amada. Ya comenzó la verdadera invasión de México. No es de Francia. No es de Austria. Es de los Estados Unidos. Ellos necesitaban a Maximiliano.

105

Maximiliano observó las fisuras en el muro, en la escalera de roca, dentro de la montaña.

—Dime una cosa, Venisch, ¿les sirvió de algo a ese Huemac de Tula, o a ese Moctezuma de los aztecas, bajar a este "lugar sagrado"? ¿Lograron algo?

Venisch miró hacia las paredes.

—Huemac se suicidó aquí mismo. Se dice que ahora habita la gruta a la que estamos a punto de entrar. Ahora es a él a quien vamos a implorar —le sonrió.

Abrió la puerta de negro hierro. Con un rechinido, el portal cedió. Maximiliano recibió en la nariz el olor de las velas.

Al fondo vio una extraña escena: la gruta estaba iluminada con antorchas: sus deformaciones, sus grietas, sus protuberancias del techo. Vio sillas, mesas y a sus principales asesores reunidos.

—Diablos… ¿qué hacen aquí? —les preguntó.

También vio docenas de calaveras aztecas de cristal. Las tenía Eugène Boban ahí, alineadas sobre cajas llenas de más calaveras. Lo recibieron con aplausos.

—¡Bienvenido, Majestad! —y se levantaron.

El joven secretario Blasio se aproximó a Maximiliano con un hombre de botas y casaca:

—Majestad, esta excavación la ha comandado su arqueólogo imperial —y lo saludó el barbado y joven Eugène Boban.

—¿Por qué no me hablaste sobre este lugar? —y comenzó a caminar por el espacio subterráneo con los brazos a la espalda.

Boban le dijo:

—Majestad, aquí abajo hay tesoros inimaginables. Podemos hacer una fortuna en Europa con todas estas reliquias.

Al norte, los soldados estadounidenses, armados hasta los dientes, trotaron en dos columnas, cada una de cuatro filas, rodando cuatro cañones Parrott por la ciudad de Matamoros, ante la mirada impotente de los habitantes y de los guardias imperiales de Maximiliano.

—*Take'em on! Take'em on! Take'em on!*

El coronel Perkins, acompañado por la escolta del general Thomas D. Sedgwick, subió trotando a lo alto del Palacio de Gobierno. Con su bota trozó la puerta. Le gritó al atemorizado lugarteniente de Maximiliano, Pedro J. de la Garza, quien estaba acompañado por el vicecónsul español D. M. Frossard y por el capitán de navío Blas Godines:

—*Get on the floor, you motherfuckers!* —les gritó. Los sometieron en el piso—. *This is now territory of the United States of America!*

Subió las botas al escritorio. Sus soldados sacaron del edificio a los guardias mexicanos, presos. Abajo, sus soldados cantaron al trotar:

—*Come not to me my son! Go to Mexico! Revenge your brother's death! Go to Mexico! Look up on that Banner! Go to Mexico!*

Subieron la bandera de los Estados Unidos a la torre de la iglesia mientras hacían fuego sus cañones. Hicieron sonar el himno estadounidense.

Al otro lado del río, el general Herman Sturm le dijo a su hermano Frederick:

—Comiencen a transferir las municiones —y les señaló el puente flotante—. Cuatrocientas cajas. Nueve cañones. Aquí comenzamos.

—Ya comenzó la invasión de México.

Esto se le dijo a Maximiliano, dentro de la cueva, un ranchero de botas de piel de serpiente, Ildefonso López, comerciante de petróleo y brea de Tamaulipas.

—Majestad, me pidieron mostrarle esto —y le enseñó el documento—: Esto es el *New York Times* del 24 de diciembre de 1866. Dice: "El buque estadounidense *Susquehanna* tocó puerto en Tampico, donde emisarios acreditados de Benito Juárez esperaron a los embajadores de los Estados Unidos, y de donde dichos embajadores partieron hacia Matamoros, lugar en el que acordaron en conferencia con los agentes de Juárez un plan conjunto de acción entre los Estados Unidos y la República Mexicana. El general teniente William T. Sherman anuncia que los rebeldes de Juárez van a instalarse en una ciudad de México más cercana a la capital del país, cuya localización aún no se puede dar a conocer, pero que, en sus palabras: 'Es un lugar estratégico bien elegido'. El general Sherman asegura que 'me expusieron los planes enteros de los juaristas y los considero, en forma general, juiciosos y prudentes'. Entonces, en el caso de que sobreviva cualquier fragmento de poder imperial en México, simbolizado por su emperador 'Maximiliano', quien se rehúsa a abandonar el país, las tropas estadounidenses marcharán sobre el Río Grande y apoyarán a Juárez; y el ministro Campbell regresará a Juárez al asiento mexicano del gobierno para reiniciar sus relaciones oficiales con México".

Suavemente cerró el periódico.

Le dijo a Maximiliano:

—Majestad, mis hombres en Tamaulipas han contabilizado más de cien mil soldados al mando del general Philip Sheridan en toda la frontera, listos para cruzar hacia México, si no es que ya lo han hecho en Matamoros. Eso es cinco veces el ejército con el que nosotros contamos. La invasión ya comenzó. Majestad, quieren eliminarlo.

Maximiliano tragó saliva. Observó las paredes de roca iluminadas por las flamas de las velas. El petrolero le dijo:

—Majestad, quieren que usted sea ejecutado conforme a la ley de Juárez de enero de 1862. Los estadounidenses van a desquitarse con usted porque necesitan un chivo expiatorio de esta intromisión europea. Desean enviar un mensaje al mundo: no meterse en territorio de los Estados Unidos, que es todo este continente. El mensaje va a ser el castigo de usted: su martirio, su calvario, algo que horrorice al resto de Europa para que nadie se atreva a intentar algo como esto de nuevo.

El emperador miró al piso.

Ildefonso López, quien recordó por un instante aquella ocasión en la que le solicitó permisos de excavación a Maximiliano, lo tomó del brazo:

—Majestad, todos lo necesitan para este sacrificio: Napoleón III quedará bien con los Estados Unidos cuando le haya cortado a usted la cabeza, y podrán hacer la paz esas naciones. Los Estados Unidos se sentirán tranquilos tras haber demostrado su fuerza ante el mundo. La Iglesia se va a satisfacer porque usted traicionó los pedidos del papa. Austria va a aliviarse de esta tensión que atormentó hasta ahora a su hermano al no saber qué hacer con usted. En pocas palabras: se necesita una víctima —y lo miró fijamente—. Usted va a ser el blanco de todos los odios, de todos los resentimientos. Se van a desquitar con usted, con sadismo: con su destrucción total, con su humillación, con su tormento, para ultrajar a su familia y a su línea dinástica; sólo así se va a aliviar el mundo.

En el silencio, Maximiliano observó los ojos brillantes de José Luis Blasio, quien también tragó saliva. Blasio bajó la cabeza.

El ingeniero Ildefonso López agregó:

—Majestad, lo que usted está viviendo es lo mismo que hace cuarenta años vivió el emperador Agustín de Iturbide. La historia se está repitiendo.

Maximiliano abrió los ojos.

—¿Qué debo hacer?

—Usted debe acompañarme a Padilla, Tamaulipas.

—¿Padilla, Tamaulipas…?

—Tamaulipas es el lugar donde fue asesinado Agustín de Iturbide por los mismos poderes que hoy quieren asesinarlo a usted —y lo miró fijamente—. Conozca por qué usted fue enviado a México; quiénes están realmente detrás de todo —y lo observó—. Usted aún puede cambiar su propio futuro, y el de este país, y no terminar como el anterior emperador.

Le ofreció la mano. Le dijo:

—Venga conmigo. ¿Recuerda usted el monumento que doña Josefa le pidió levantar ahí, en el sitio del fusilamiento? En Padilla, Tamaulipas, está el secreto de todo.

106

—Doña Josefa vivió aquí. Josefa Iturbide. Vivió en esta casa.

Esto se los dije yo, Max León, a la nana y al narcotraficante Nibelungo. Les mostré la pantalla de mi celular.

—De acuerdo con el *Almanaque Imperial para el año de 1866*, aquí enfrente vivía el señor don Felipe Raigosa, comendador de la Orden Imperial de Guadalupe, con su esposa doña Manuela Moncada de Raigosa, en el número 14 —y señalé a la izquierda—: Allá vivía doña Luz Robles de Bringas, en el número 8 —y me volví hacia adelante—. Ahí vivió el doctor Julio Clement, del servicio médico de Maximiliano, en el número 4; hoy esta calle es 16 de Septiembre. Y allá vivió el inspector de tercera clase de la comisaría número 4 de la policía de Maximiliano: Policarpo Sánchez, en el número 15.

El Huevo observó los edificios y descubrió que tenía unos tubos de neón escondidos en el muro y que comenzaron encender sus luces. Me sonrió:

—¡Un policía como nosotros! Su vida debe haber sido la peor de todos aquellos pinches vecinos.

Por atrás, sobre la misma 16 de Septiembre, nos siguieron los cuatro hombres armados del Papi con sus Cuernos de Chino, y también los dos masones del soberano Dante Sofía.

Arriba, dos cuadras atrás, en un helicóptero de la Secretaría de Relaciones Exteriores, se aproximó a ras de los techos, zumbando con sus hélices, el señor Lorenzo D'Aponte de la Comisión Educativa, con sus matones. Se llevó el radio a la boca:

—Los tengo —y miró hacia abajo—. Están por entrar a la casa del agente de negocios Manuel Lombardo y Partearroyo, calle Coliseo Viejo, número 16; hoy 16 de Septiembre, número 51. En 1866 Partearroyo tenía veinte años. Su hermana fue la esposa del general Miguel Miramón. Se hospedó ahí. Ahí debe estar el secreto Maximiliano —y cortó la comunicación.

Desde el aire pudo ver la antigua traza de los modernos edificios: la huella de que ahí existió una vez un coliseo semejante al romano en los tiempos de la Colonia.

Abajo, caminamos al número 51. Observé el edificio que estaba en la esquina con la calle Motolinía, junto a los Pastes Kiko's y el restaurante Círculo Vasco Español. Respiré el olor de la paella.

Atrás, el Huevo comenzó a decir frases sin sentido:

—Odio la vida. No vas a ponerme la nariz de payaso.

El Nibelungo miró hacia el viejo edificio, parcialmente deteriorado. El toldo azul decía Salón Corona. Pastas y Mariscos.

—Tengo hambre —le dije. Me sonrió.

—Yo también —me respondió.

Avanzamos juntos hacia la cortina metálica del edificio. Suavemente la acaricié.

—No puedo creerlo —les dije a todos—. ¿Es aquí donde está guardado el secreto más importante de México… un tesoro?

El Nibelungo me miró fijamente. También puso su mano sobre el portal metálico.

—Lo que hay aquí dentro puede cambiar al mundo, te lo garantizo, y te va a devolver a tu chica. Pero más importante aún: va a convertir al Papi en uno de los hombres más poderosos del orbe.

De su bolsillo sacó un largo alambre de bronce. Lo metió dentro del cerrojo del candado. Lo abrió.

—Vamos —me dijo. Comenzó a levantar la pesada cortina—. Te invito al pasado. Cortesía del Cártel de Cuernavaca.

Entramos al inmueble. Olía decadente.

Lo primero que vimos en la pared al fondo del pasillo fue un gran retrato del general Miguel Miramón, con su esposa, pintado por Santiago Rebull. Debajo vimos un texto antiguo con letras garigoleadas enmarcado con un bastidor gigantesco chapado en oro. Decía:

Querétaro, 31 de mayo de 1867.

Amada Carlota:

No pudiendo prever los acontecimientos, en la posición en que actualmente me hallo, doy esta carta para que conste que deseo vivamente que en caso de que sufriésemos la muerte el general Miramón y yo, se encargue mi esposa la emperatriz Carlota del cuidado de la señora Miramón y de sus hijos menores para que de este modo pueda yo dar prueba al dicho general Miramón de mi gratitud por su fidelidad mientras estuvo a mi lado, como también la amistad que de todo corazón le profeso. Maximiliano.

—A los dos los fusilaron —me susurró el Nibelungo—. Los dos fueron capturados por los generales de Juárez y encarcelados en un convento en Querétaro. Los fusilaron igual que a Agustín de Iturbide.

Caminó dentro del caserón vacío.

Avanzamos en la oscuridad. Apenas entraba un resplandor de luz oscura desde arriba, entre el polvo. Los muebles estaban volteados, cubiertos con mantas.

En la pared vi un letrero inquietante:

CHARLES LOYSEL

Era una pintura antigua: un sujeto engreído, con una rajada en el rostro, ataviado con las insignias militares del ejército de Francia. Me aproximé.

—*Charles Loysel*... —me coloqué enfrente—. Disculpa —le pregunté—, ¿tú sabes algo sobre un altar de Iturbide? ¿Está aquí, en esta casa?

No me respondió.

Con toda violencia lancé un golpe contra el cuadro. Pasó a través de la tela. En efecto, atrás estaba hueco. Comencé a arrancar los restos del lienzo: la cara de Charles Loysel. Se reveló una oquedad: un túnel dentro de la casa.

Me metí. Encendí mi linterna.

Le susurré al Nibelungo:

—"Charles Loysel. 1866. Altar de Iturbide..."

El pasadizo olía a carne podrida. Desde atrás, leyendo su celular, el Nibelungo me dijo:

—Al final de 1866, cuando Maximiliano decidió quedarse en México ya prácticamente sin guardia francesa y en peligro de caer ante la guerrilla, la Iglesia católica mandó llamar desde París, como medida de emergencia, al general Miguel Miramón, quien había sido presidente de México antes que Juárez, y que era con mucho el mejor militar de los conservadores. Era la "estrellita marinera" de la Iglesia católica, además de que en París se capacitó aún más con los militares franceses, y de hecho vino respaldado por el papa. Apenas pisó México, comandó un ejército de Maximiliano hecho con soldados mexicanos para tomar Zacatecas y capturar a Juárez, quien tenía en ese momento su capital rebelde ahí, y lo logró. Se apoderó de Zacatecas, pero no consiguió apresar a Juárez porque él huyó a Jerez.

Yo, sin dejar de avanzar, alumbré con mi linterna las paredes. En la oscuridad vi unos cuadros perturbadores, tenebrosos: Carlota ya anciana, con un muñeco de felpa a imagen y semejanza de Maximiliano, hablándole; otro era de la señora Josefa de Iturbide, también anciana, abrazando el ataúd de su padre Agustín, el emperador; y otro era la propia Concepción Lombardo de Miramón, vestida de negro, enlutada por el asesinato de su marido, junto a su retrato.

El Nibelungo nos dijo:

—Pero el gusto de reconquistar Zacatecas no les duró "ni un día" a Miguel Miramón, ni a Maximiliano. El día 1º de febrero de 1867 el ejército de Juárez volvió a quitarles Zacatecas, y hasta le mataron a Joaquín Miramón, su hermano.

—Diablos —le dije—. ¿Cómo pudieron vencerlo tan rápidamente? El Nibelungo me dijo:

—Miramón, supuesto gran general de los conservadores, tuvo la ocurrencia de dejar la ciudad para irse al sur, con todas sus tropas.

—No....

—Fue entonces que los hombres de Juárez recapturaron Zacatecas y volvieron a instalar su capital rebelde y desde ahí orquestaron el ataque a la Ciudad de México.

107

Cuatro kilómetros al oeste, en lo alto del monte del castillo imperial de Maximiliano, dentro del Salón de Carruajes, el mensajero Merlos, con su antorcha, interceptó a los funcionarios del emperador, quienes estaban a punto de abordar la Carroza del Amor. Detuvo a Maximiliano del brazo:

—¡Miramón acaba de reconquistar Zacatezas! —y en el aire agitó el telegrama—. ¡Mire, Majestad! —le sonrió—. ¡Miramón lo logró! ¡Juárez está huyendo! ¡Vamos a recuperar el control de México! ¡Vamos a vencer a los rebeldes!

Todos comenzaron a gritar de alegría: el secretario José Luis Blasio, el padre Dominik Bilimek, el doctor Samuel Basch, el militar austriaco Alfons von Kodolisch, el comandante austrohúngaro Karl Khevenhüller, el ministro mexicano José Fernando Ramírez, y el inspector de policía Policarpo Sánchez. Se vivió un júbilo increíble. Por fin Maximiliano tenía a su lado un joven general invencible, que ya había sido presidente de México.

—Miramón acaba de perder Zacatecas.

Esto lo dijo una voz grave. Provocó el silencio. Todos se volvieron hacia la oscuridad, a la entrada de la cochera. Iluminado por el tenebroso farol, vieron a un sujeto barbado, semejante a un temible conquistador español, con su espada bajándole desde el cinto. Era el general Leonardo Márquez, el Tigre de Tacubaya, recién llamado por invitación de la Iglesia católica, traído en barco desde Constantinopla, en Turquía.

Comenzó a caminar hacia Maximiliano, raspando con sus botas el piso de losas, con otro telegrama en la mano.

—Conquistó Zacatecas, pero de inmediato se movió con sus dos mil quinientos soldados al sur, hacia Aguascalientes, por motivos inexplicables —y sacudió el telegrama—. ¡Juárez ya volvió a tomar Zacatecas por medio de Auza y Escobedo! Escobedo y Treviño, con tres mil quinientos rebeldes, rodearon y destrozaron a Miramón en las haciendas de Ledesma y San Jacinto. Le aprisionaron ochocientos de nuestros mejores hombres, y le confiscaron todas nuestras municiones, y dos de nuestros trenes. Escobedo los está ejecutando en grupos de diez en diez. Ya son cien los ejecutados.

Maximiliano tragó saliva. Comenzó a temblarle la cabeza.

—¿Miramón esta muerto?

—No. Escapó, el cobarde.

Todos permanecieron callados.

—¿Pero cómo Miramón…? —se preguntó el joven José Luis Blasio, negando con la cabeza—. ¿No decían que Miramón era como Alejandro Magno…, o siquiera como Santa Anna…?

Leonardo Márquez, con su estola de Constantinopla y su barba negra con blanco, le dijo al emperador:

—Majestad, Miramón es una amenaza contra usted. Sáquelo del mando. Póngame a cargo del ejército del Imperio.

El padre católico Agustín Fischer, recién llegado de Roma, le dijo a Maximiliano:

—Es verdad… Miramón es un joven muy arriesgado —y le sonrió al general Márquez—: Yo estoy de acuerdo con defenestrarlo.

Leonardo Márquez aferró el puño de su espada:

—Miramón es un joven imprudente. Retírele los poderes. Nómbreme a mí general supremo del Ejército Imperial.

—¿Perdón?

—¡Miramón es estúpido! —le gritó a Maximiliano, frente a los ministros—. ¡Tomó Zacatecas cuando sólo tenía mil quinientos hombres, sabiendo que iba a tener que desplazar toda esa fuerza al sur para enfrentar a Escobedo en San Luis Potosí! ¡Todo lo hizo por lucirse, para llevarse el aplauso, como siempre lo ha hecho! ¡Quiere asombrar a México, demostrar que él puede volver a ser el presidente!

Maximiliano se volvió hacia su secretario José Luis Blasio, y hacia su médico personal, el judío Samuel Basch.

—¿Tú qué piensas…? —le preguntó a Blasio.

El joven secretario sólo pudo recordar los labios de la emperatriz Carlota: "No dejes que renuncie. Ahora tú debes ser su fuente de fuerza. Que ya no sea cobarde".

Tragó saliva.

Comenzó a negar con la cabeza.

Vio llegar, también desde la entrada de la cochera, caminando con violencia, rodeado por su escolta, al bajito y moreno general otomí Tomás Mejía, quien, también aferrando la empuñadura de su espada, le gritó a Maximiliano:

—¡El general Porfirio Díaz acaba de capturar la ciudad de Oaxaca! Atacó por frentes múltiples, por el lado del valle de Etla. Sólo en una hora capturó a setecientos de nuestros soldados, incluyendo a trescientos austrohúngaros y a noventa polacos. Les confiscó seiscientas carabinas, mil fusiles y ocho cañones de montaña, y cuarenta mulas cargadas de nuestras municiones. Guanajuato también acaba de caer —y señaló al noroeste—. Lo tomaron los rebeldes Antillón y Rincón, por la Cañada de Marfil. Ya tienen la ciudad y se apoderaron de veintidós cañones nuestros y cuatrocientos de nuestros soldados. Éstas son las pérdidas, Majestad: muy considerables para nuestro ejército; especialmente Guanajuato. Establecidos ellos ahí, ya nos cercaron todo el norte; en tanto que Díaz, Riva Palacio y Régules ya nos tienen cercado todo el sur —y tomó un respiro de dos segundos. Se detuvo—. En pocas palabras, Su Majestad: la rebelión de Benito Juárez está a punto de comenzar a apoderarse de todo México. Los están ayudando los Estados Unidos. Las tropas estadounidense están penetrando desde Matamoros.

El joven comandante austriaco Carl Khevenhüller se aproximó a Maximiliano:

—Majestad, su imperio ya no son más que cinco ciudades, las que forman el collar hacia el mar del golfo: Querétaro, la Ciudad de México, Puebla, Orizaba y Veracruz. El resto del país, al norte, al sur y al occidente, ya está totalmente en poder de los guerrilleros.

Maximiliano miró al piso.

—*Dios…* —y pensó en su madre.

Comenzó a caminar silenciosamente. Observó los muchos carruajes estacionados: el de Carlota, de color rosa, y los de los ministros Teodosio Lares y Juan de Dios Peza.

El barbado general Leonardo Márquez tomó a Maximiliano del brazo.

—Majestad, usted está ahora en un callejón sin salida —y le sonrió—. Lo tienen rodeado por el norte, por el sur y por el oeste. Ya lo encerraron en el centro de este país. ¡No hay escapatoria!

Comenzó a caminar sobre los adoquines de roca.

—Usted ya no puede abandonar el país como pudo hacerlo cuando estaba en Orizaba, pues ahora el camino está bloqueado en el puerto mismo de Veracruz —y por su derecha se le aproximó el embajador Anton von Magnus, de Prusia, vestido de etiqueta:

—Es verdad, Majestad —y se le colocó enfrente—. Mi canciller Otto von Bismarck le envía un saludo. Si Puebla cayera en manos de los juaristas, esta Ciudad de México quedaría totalmente acorralada, desconectada del mar, porque es parte del "collar". Pero de cualquier manera, ese evento ya ocurrió, pues el puerto de Veracruz no lo tiene ya usted, sino Napoleón III por medio de Bazaine, quien ya está regalando armamento francés a los hombres de Juárez para simpatizar con los Estados Unidos; y en cuanto Bazaine termine su evacuación de tropas hacia Francia, va a entregar el puerto a Juárez. Ya está pactado con los Estados Unidos. Napoleón III entregó la cabeza de usted al señor Juárez para satisfacer a los estadounidenses.

Maximiliano se volvió hacia la pared llena de antorchas.

—¡Pero mi hermano es el emperador de Austria! —y los miró a todos. Nadie le respondió.

En Viena, el emperador Francisco José, en silencio, se colocó frente al espejo de su baño. Observó sus ojos azules, rodeados de arrugas. Observó sus largos bigotes de morsa. Desde atrás, los guardias prusianos de Otto von Bismarck, asignados para vigilarlo, le dijeron:

—Llegó el momento de disolver la Dieta austrogermana. Disuélvala. Éste es el fin del Imperio de Austria.

El general Leonardo Márquez le sonrió:

—Ahora lo tienen cercado desde todos lados, Majestad. No hay quien lo proteja —y comenzó a rodearlo con su cuerpo—. Ahora está dentro de una trampa mortal. Cada minuto que pase va a ser más difícil salir de este cerco.

Maximiliano miró a su alrededor: las muchas luces del castillo no lograban iluminar la oscuridad del futuro.

—Debí irme cuando estábamos en Orizaba —y se volvió hacia el joven Carl Khevenhüller—. Tú me convenciste de quedarme. ¿Por qué lo hiciste?

Khevenhüller tragó saliva.

—Yo... es...

—Usted aún puede rendirse —le dijo su camarista Venisch—. Ríndase ahora, Majestad —y se le arrodilló—. Pida clemencia ante los hombres de Juárez. Sé que Escobedo es un buen hombre. O mejor aún: ¡renuncie al trono, como se lo están pidiendo todos! Renuncie ahora mismo! ¡Entregue el gobierno a Benito Juárez, Majestad! ¡Se lo imploro! Juárez no puede ejecutarlo ni torturarlo si usted renuncia, pues eso iría contra las normas internacionales, contra la Convención de Ginebra. ¡Solicite que se le otorgue un perdón, un salvoconducto para dirigirse al puerto de forma segura, con un tratado de Juárez! Y marchémonos todos a Europa, ¡marchémonos a casa! —y empezó a llorar—. Hágalo, Majestad. No prolongue esto.

Maximiliano se quedó callado. Pensó en su madre, la reina Sofía, recibiéndolo cálidamente en la cocina de Schönbrunn, en Viena, con el olor a rosas del jardín vienés, junto a su hermano, el morsa Francisco José, ambos sonriéndole:

"Regresaste derrotado. No hubieras nacido. Eres una abominación. Acabaste con la familia Habsburgo."

Cerró los ojos.

Sintió un relámpago por su cuerpo.

"No valgo nada."

Imaginó a los austriacos, a los checos, a los húngaros, a los franceses, todos riéndose de él, escupiéndole en la cabeza, tirado en el piso, en un manicomio de Viena, orinado en los pantalones.

"¡Es un perdedor! ¡Es un cobarde! ¡Maldito miserable!"

El barbado y entrecano general Leonardo Márquez hizo una mueca. Le sonrió:

—Majestad, tengo para usted una idea mucho mejor. Es una idea grandiosa —y lo miró fijamente.

Maximiliano abrió los ojos.

—¿Una idea grandiosa...?

El general arrastró su espada por el piso. Le susurró:

—La Ciudad de México ya no es segura para usted, pues los rebeldes van a capturarla en cualquier momento desde las cuatro regiones. Tampoco es seguro Veracruz, pues Bazaine ya trabaja para Juárez y sus guerrilleros, y el puerto ya está perdido para nosotros. El único lugar seguro desde hoy para usted, por su posición estratégica en el centro geográfico del país, es sin duda alguna al norte de aquí —y con su espada señaló hacia el noroeste—. Querétaro. Todos se sorprendieron.

—¿*Querétaro*…? —se preguntaron todos.

108

—¡Esto es una estupidez!

Esto lo gritó el capitán Khevenhüller. Le dijo a Maximiliano:

—¡Querétaro está hacia el norte, fuera de todas las rutas de escape! ¡Sería meternos a una trampa! ¡Está en medio del desierto! ¡No tiene salidas a ningún lado! ¡Los juaristas lo tienen rodeado! ¡Sólo cien kilómetros al noroeste están los rebeldes con su cuartel de operaciones en Guanajuato, al mando de Florencio Antillón y Rincón! ¡Van a atacarnos!

El padre Fischer se volvió hacia Maximiliano:

—Es verdad, hijo. Yo pienso que tú, el emperador, debes quedarte aquí, en la Ciudad de México. Es aquí donde están tus tropas más leales: los austriacos y los belgas. Incluso por respeto al principio: ¡el emperador le pertenece a la capital del Imperio! —y le sonrió—. No creo que sea prudente este plan de mudarnos a "Querétaro". Sería… cobarde…

Khevenhüller se aproximó al padre Fischer:

—Disculpe, señor, lo cobarde es insignificante. ¡Este plan es una trampa! —y señaló al noroeste—. ¡Querétaro es una maldita trampa! ¡Le quieren quitar al emperador la capital del Imperio! ¡Una vez que caiga la Ciudad de México, nos van a capturar a todos en Querétaro, como si fuéramos ratas!

Maximiliano, en forma imperial, se colocó frente al tenebroso general barbudo Leonardo Márquez. Lo miró con ferocidad.

—¿Esto es una traición? —y con gran autoridad lo señaló con el dedo—: ¿Es verdad lo que se está diciendo aquí? ¿De eso se trata este plan? —y lo miró con furia—. Si ése es el caso, general Leonardo Márquez, ya que usted es un hombre valiente —le sonrió—, desde este instante yo lo declaro mando supremo del Ejército Imperial, por encima de Miramón y por encima del general Tomás Mejía, y de todos los demás militares de este Imperio. Sé que sólo usted no va a traicionarme.

Todos se quedaron pasmados.

El doctor Samuel Basch cerró los ojos. Comenzó a bajar la cabeza. Le temblaron los labios.

—מיהולא... *Mein Gott... Dios mío.*

Vio a Maximiliano colocar su propia espada en el hombro de Márquez, ungiéndolo.

Khevenhüller se dijo:

—No puedo creerlo —y se llevó a los ojos la fotografía de su amante, Leonor Rivas Mercado—. Esto va a ser el Apocalipsis.

109

—Fue así como usted acabó yéndose a la ratonera —le dijo, seis meses después, en el propio Querétaro, dentro del Convento de Capuchinas, ahora federalizado, el interrogador Manuel Azpíroz a Maximiliano.

Lo miró con lástima:

—Usted mismo, de nuevo manipulado por todos, acabó metiéndose en su propio callejón sin salida: Querétaro, esta ciudad en medio del desierto, incomunicada con el mar por todos lados, cortada desde arriba por los ejércitos del presidente Benito Juárez. Usted mismo se catapultó a este lugar: hacia su suicidio; hacia el lugar de su muerte.

Despertó, sudando.

Lentamente miró todo a su alrededor. Se vio a sí mismo sobre su catre de resortes, en su celda del convento de las monjas, capturado por el ejército de los rebeldes mexicanos.

Comenzó a palparse el pecho. Estaba mojado, desnudo. Sintió frío en las costillas.

Se dijo a sí mismo:

—*So beginnt der Tod?* ¿Así comienza la muerte...?

En su nariz sintió el olor fétido de sus propios orines. Los vio en el piso. En la pared observó, colgada del clavo oxidado, la silenciosa corona de espinas hecha de alambres afilados, manufacturada por los soldados de Juárez.

Sobre la mesa vio el muñeco de sí mismo, con la cara de cráneo.

Comenzó a rezar:

—*Heiliger Leopold der Fromme, Mäzen Österreichs* —y se persignó—. San Leopoldo el Bueno, patrono de Austria... —y aferró en su pecho la Virgen de Brasil.

Escuchó el rechinido de la puerta.

—No, señor Jesucristo.

Comenzó a temblar. Vio aparecer las brillosas botas del fiscal Manuel Azpíroz. Cerró los ojos.

—Así que usted, señor invasor —le gritó Azpíroz—, se creyó el cuento en el que lo envolvió el general Leonardo Márquez: el cuento en el que usted, en ausencia del francés Bazaine, iba a convertirse en el verdadero jefe militar de su propio imperio, con Márquez como subalterno, y que en Querétaro iniciarían su reconquista de México. Usted se divirtió con la idea de que ahora iba a comandar las tropas directamente, y que acudiría a los combates en persona, como un Napoleón, con su propio cuerpo, con su propia espada, dirigiendo con sus gritos a miles de hombres.

Maximiliano lo miró fijamente con los ojos llorosos.

110

Seis meses atrás, debajo de las muchas estrellas, en una noche muy oscura, los nueve mil soldados del emperador Maximiliano de Habsburgo, conducidos por él mismo y por sus comandantes Santiago Vidaurri y por el príncipe Félix Salm-Salm —recién llegado desde los Estados Unidos tras auxiliar al general Ulysses S. Grant en la Guerra Civil contra los estados sureños—, subieron por la escarpada maleza, hacia la cumbre deshabitada del Cerro de las Campanas, en la parte central de la ciudad de Querétaro.

Avanzaron en medio del sonido de los insectos nocturnos.

En la oscuridad, con sólo la luz de los quinqués de petróleo cargados por los soldados, le iluminaron al emperador el lugar donde estaba a punto de pasar la noche: un pedazo de pasto desnivelado en medio de las rocas.

—¿Aquí voy a dormir? —les preguntó a sus oficiales. Sintió en la cara el frío del viento.

El joven y alto general Miguel Miramón, ya de regreso de su fracaso en Zacatecas, con su larga herida cortándole la cara, supurándole en los vendajes, le dijo:

—Majestad —y cerró los ojos. Se inclinó ante él—: este cerro nos permite dominar toda la extensión de este enclave —y señaló las luces de la ciudad—: Allá tenemos un destacamento, a la derecha del río

Blanco, y a la izquierda de la Casa Blanca; y la puerta de entrada desde la ciudad de Celaya; y por allá —señaló— tenemos la reserva de hombres en la alameda.

En la oscuridad le sonrió, con el sonido de los grillos a su alrededor:

—Nosotros, en este cerro, estamos en la mejor posición, un lugar muy privilegiado para contemplarlo todo; y tenemos el agua que se abastece desde las montañas por medio de ese grandioso acueducto, ¿lo alcanza a ver, Su Majestad?

El emperador esforzó los ojos. En la negrura consiguió distinguir, cortando con oscuridad las luces de las casas, un altísimo acueducto hecho de arcos desde los tiempos del virrey Juan Vázquez de Acuña, de treinta metros de altura, semejante a un acueducto romano.

—Lo veo.

—Esas aguas que nos llegan provienen de los manatiales. Es el abastecimiento de agua de la ciudad de Querétaro. Ahora es nuestro. Beberemos esa agua. Los soldados de Juárez, cuando estén rodeándonos desde los flancos, no la tendrán. Se agotarán por falta de agua y alimento.

Comenzaron a caminar por la hierba, pisando las alimañas de piel brillosa.

Los soldados comenzaron a instalar los cañones. Los apuntaron hacia toda la periferia: cañones Obusier 12 de seiscientos treinta kilogramos cada uno, fabricados en Francia. Los zapadores empezaron a quitar la hierba, y a clavar los postes para armar las casas de campaña; a cavar las trincheras para los tiradores; a construir abajo las paredes fortificadas.

Miramón le dijo al joven Maximiliano:

—Majestad, los enemigos vienen en camino: Escobedo, Corona, Riva Palacio, Régules. Vienen por allá —y señaló en distintas direcciones—. Cada uno trae su propio ejército. Serán un total de cincuenta mil. Seguramente van a ubicarse en esas tres posiciones —y las señaló—. Una vez que hagan el cerco, estaremos atrapados. Mi recomendación para usted, desde luego, es atacarlos primero, antes de que lleguen y se integren, pues una vez instalado el cerco por parte de ellos, estaremos perdidos. Debemos tomar la iniciativa ahora: atacarlos antes, a cada uno por separado.

Maximiliano miró la oscuridad.

—Suena razonable. Sí. Antes de que hagan el cerco.

—El primer cuerpo, que es el de Ramón Corona y del joven teniente Bernardo Reyes, estará aquí en setenta horas. Esto significa que debemos iniciar la ofensiva mañana mismo, a primera hora. No esperar —y lo miró fijamente.

—Estoy de acuerdo —y abrió los ojos—. Mañana a primera hora.

Se aproximó entre la hierba, con sus pesadas botas de Constantinopla, el barbudo general Leonardo Márquez, el Carnicero de Tacubaya, aferrando la espada. Se le acercó a Maximiliano:

—¿Otra vez está escuchando a este jovencito? —y le colocó a Miramón la punta de su espada en la quijada—. Tú acabas de condenar a la prisión y tortura a ochocientos de mis mejores soldados. ¡Causaste la muerte de doscientos de ellos! ¡Estoy escuchando al hombre más fracasado de la estrategia bélica de México! —y con su poderosa mano de tigre aferró al emperador, por el hombro—: Majestad, usted no escuche a este joven aventurero.

Maximiliano abrió los ojos.

—Pero… —y se volvió hacia Miramón, de treinta y cinco años—. El general Miramón fue presidente de México…

—¡Miguel Miramón fue el peor presidente que ha tenido este país! ¡Apenas si duró veintitrés meses en el poder, endeudando a México como nadie lo hizo antes, condenándolo a esta intervención del extranjero! ¿Sabe siquiera a qué se debe que usted esté aquí, en México? ¿Lo sabe…? —y lo miró fijamente, en la oscuridad.

Maximiliano se perturbó. Tragó saliva.

—¿De qué habla usted…?

Leonardo Márquez comenzó a caminar frente a él y frente a Miguel Miramón sin soltar su larga espada de Constantinopla.

—El joven Miramón llegó al poder cuando sólo tenía sus estúpidos veintisiete años. Actuó como un niño, gobernó como un niño. Nos llevó al peor hoyo de nuestra historia, que es el que estamos viviendo: esta invasión por parte de Francia.

Maximiliano comenzó a sacudir la cabeza.

—No comprendo… ¿Fue por…? —y se volvió hacia su joven general—, ¿fue por usted…?

El alto y joven Miramon pisó el pasto.

—Yo no cometí ningún error más que el de nombrarlo a usted general —le dijo a Márquez—. Ahora usted me ataca.

—Lo único que este ex presidente infantil hizo durante su ridículo mandato fue endeudar a este país como nadie lo había hecho antes; ¡y es por esa maldita deuda que usted está aquí, señor emperador! ¡Es por esa deuda! —le sonrió, y eructó—. ¡Napoleón III armó toda esta invasión a

México con el pretexto de cobrar esa miserable deuda que contrató Miramón, y que se le debía al banquero suizo Jean-Baptiste Jecker! ¡Usted está aquí por esa deuda! ¡Todo esto que ve, toda esta invasión, se debe a esa deuda del traidor Miguel Miramón, y al uso que le dio Francia para invadirnos con sus tropas! ¡Dele las gracias! ¡Vamos! ¡Dígale: "Gracias, joven estúpido, por traerme a morir en esta trampa, en un país que no me desea y que está invadido por una maldita deuda que tú no pagaste ni pagarás nunca"!

Maximiliano se volvió hacia el joven, quien ahora estaba temblando.

—¿Esto… esto es verdad…?

Con la luz de las flamas de los lejanos quinqués, le brillaron los ojos a Miramón.

El barbado Márquez lo observó con desprecio. Le dijo al emperador:

—Majestad, usted no sabe por qué vino a México. Todos le han dicho alguna mentira diferente. Yo le voy a decir la verdad. Usted está aquí por esa deuda de Miguel Miramón: setenta y cinco millones de francos. Esa deuda es el secreto de todo: quince millones de pesos con una tasa neta de noventa por ciento anual, de los que México sólo recibió un millón, pero debió pagar los quince millones completos más los intereses de usura; deuda que un estúpido presidente niño pensó que era necesaria porque su gobierno no tuvo nunca la capacidad de hacer que este país generara dinero por sí mismo. ¡En vez de crear industria, o comercio, o un imperio minero o ganadero del cual obtener y crear dinero, endeudó a su pobre país con un banquero suizo que después Francia adoptó para poder hacer esta invasión: el señor Juan B. Jecker! ¡Además, Napoleón III recibiría treinta por ciento del cobro de la deuda! ¡Cuando México no pudo pagar eso, y Miramón fue derrocado por Juárez, Juárez anunció que México simplemente no iba a pagar esta estúpida deuda! ¡Napoleón III tuvo lo que necesitaba: el pretexto para armar la invasión de México que tanto había planificado! —y violentamente, con su espada, señaló al joven Miramón—: ¡Este infame no sólo no logró crear un país rico que produjera dinero por medio de la industria o del comercio de la exportación de productos! ¡No hizo otra cosa que condenar a México pidiendo prestado para sus malditas armas! ¡Vendió este país a los banqueros internacionales! ¡¿No es esto traición?! —y de nuevo empezó a reírse a carcajadas. Le gritó al joven Miguel Miramón, casi en el oído—: ¡Dile ahora a Su Majestad quién te dio la orden, en París, para endeudar así a México! ¡Dilo! ¡Dilo ahora, maldita sea!

El alto y delgado Miramón, atemorizado, pues los soldados estaban escuchando todo, le respondió al emperador con muy temblorosos susurros:

—El general Márquez me está calumniando: Me está difamando.

Márquez lo golpeó en el pecho con el pomo de su espada. Comenzó a empujarlo hacia atrás. Lo arrojó al suelo, al pasto lleno de grillos.

—Tú te has hecho la imagen falsa de ser un gran estratega. Dime una cosa, joven infame: ¡si tú fueras tan buen militar como dices que eres, entonces ¿cómo fue que en 1860 alguien como Benito Juárez, que ni siquiera es un militar, pudo vencerte, quitarte la presidencia, sacarte de este país para que te fueras a refugiar a Francia, con tus amigos Jecker y Napoleón III? —le sonrió—. ¿Y qué hacías ahí, protegido por ellos, además de complotar contra México todo lo que hoy está pasando, incluyendo la próxima muerte de Fernando Maximiliano?

111

Al sur, en la nocturna Ciudad de México, dentro del inmueble número 51 de la calle 16 de Septiembre, caminé en la oscuridad del corredor con mi linterna. Me coloqué frente al tétrico retrato de doña Concepción Lombardo de Miramón, vestida de negro, de luto, de pie y sonriente, con su ramo de flores, junto al cuadro de su esposo muerto, el general Miguel Miramón, señalándolo con el dedo.

—Qué triste… —me dije—. Pero también… qué extraño… —y comencé a ladear la cabeza—. Un cuadro dentro de otro cuadro. Ya ni Escher… —y empecé a acariciar el retrato dentro del retrato: el alto y delgado señor Miguel Miramón. Pareció verme desde atrás.

Me pregunté:

—¿Acaso alguien habría ocultado el mayor tesoro de México detrás de este cuadro…?

Observé, por detrás de Miramón, un cuadro a sus espaldas. Era el de Fernando Maximiliano, pintado por el eminente alemán Albert Gräfle. Debajo decía: SECRETUM MAXIMILIANUS. Miramón lo estaba señalando con su largo dedo.

—Sin duda es por aquí —les dije a todos. Le sonreí al Nibelungo, y también a la nana. Con el puño rompí el cuadro. Nos condujo a un siguiente corredor de la casa.

112

Tres mil kilómetros al sur, en el pasado, en lo alto del oscuro Cerro de las Campanas en Querétaro, el joven doctor Samuel Basch se introdujo en una tenebrosa cueva.

—Esta cueva va a ser ahora la oficina del emperador —le sonrió el secretario José Luis Blasio. Observó las siniestras paredes. Escuchó el escurrimientos del agua.

—*Was für eine miserable Situation.* Qué miserable situación.

El secretario le dijo:

—¡Ciertamente aquí nadie va a entrar a molestarnos!

Por detrás de ambos, el robusto padre Dominik Bilimek observó unos escarabajos transparentes que caminaban por el muro.

—*Extraños...* —dijo para sí mismo. Suavemente tomó uno de ellos. Le susurró en su antena—: Tú eres de una especie que no existe... —y le sonrió—. Yo te daré un nombre para que existas en el Jardín del Señor.

Afuera, el emperador Maximiliano, guiado por su criado Severo Villegas, llegó hasta el espacio entre las piedras donde él mismo iba a pasar la noche, junto a los demás soldados, sobre el pasto con piedras y sobre los insectos. Severo Villegas le dijo:

—Majestad, usted no debería de dormir aquí. ¡¿Por qué al descubierto!? Mire —y señaló unas lonas—. El general Tomás Mejía ya le preparó a usted esa cabaña allá. Usted es el emperador de México. ¡Duerma bien!

Maximiliano vio al general indígena Tomás Mejía invitándolo con la mano.

Comenzó a negar con la cabeza.

—No —le dijo a Severo—. Yo voy a dormir igual que ustedes, mis soldados —y le sonrió—. No puedo tener más privilegios.

—Pero Majestad —abrió los ojos—. ¡En estas hierbas hay gusanos! ¡Mírelos!

Maximiliano miró a su alrededor. Observó a sus muchos soldados. Todos lo estaban viendo. Estaban emocionados pues el emperador mismo estaba a punto de pernoctar con ellos. Los vio haciendo sus preparativos, sus pertrechos, aceitando sus rifles, sin dejar de mirarlo, sonriéndole. Algunos se hablaban entre sí en otomí.

Por un momento vio brillos dorados aparecer como líneas entre sus soldados, prolongándose hacia el cielo como varas luminosas: los muros pintados de su palacio familiar en Austria: el Castillo de Schönbrunn. Recordó la aterciopelada sala de estar de su Palacio de Miramar, el sonido de un dulce vals, y de pronto un vaso de vino dulce húngaro caliente le aparecía en la mano. Vio los esponjados cobertores encima de la mesa de billar, en el Castillo de Chapultepec.

Lentamente observó a sus muchos soldados. Les dijo a ellos:

—¡Muchachos! ¡He dormido en muchos castillos! ¿Pero saben qué? —y los miró fijamente—: ¡Ninguno es mejor que éste! ¡Mi castillo es estar con ustedes!

Todos lo ovacionaron. Le aplaudieron. Comenzaron a gritarle:

—¡Quetzalcóatl! ¡Quetzalcóatl! ¡Quetzalcóatl!

—Todos ellos están aquí por mí —le susurró al joven Severo Villegas—: Todos ellos van a morir aquí por mi culpa —y de pronto los vio a todos convertidos en esqueletos con carne putrefacta, con sus penachos aztecas, colgados por los juaristas. Se volvió a los confines del horizonte—. En pocas horas vamos a estar rodeados —y cerró los ojos.

Le dijo a Severo:

—Yo voy a dormir aquí con mis soldados mientras pienso en la solución de todo esto. Dormiré sin techo, aquí afuera, igual que todos ellos. Desde hoy soy uno más de mis soldados. Desde hoy soy mexicano —y muy dulcemente les sonrió a sus hombres. Les gritó—: ¡Desde hoy sólo seré un soldado! —y levantó su brazo—. ¡Maximiliano de Habsburgo ha muerto esta noche, pues nunca existió! —y susurró para sí mismo, en medio de los gritos felices de sus hombres—: Hoy ha nacido un nuevo hombre que nunca antes había nacido: yo.

Con una gran sonrisa, rodeado por quince soldados muy morenos que estaban absolutamente asombrados al verlo y tenerlo, se recostó esa noche sobre la frazada, en medio de cincuenta escarabajos y de cuarenta ciempiés hambrientos, con aserradas mandíbulas.

Con los ojos abiertos observó las estrellas. Vio el río mudo y espectacular de la Vía Láctea. Le sonrió.

—*Bist du… Gott?* ¿Eres tú, Dios…?

Permaneció observando las constelaciones, en silencio.

Comenzó a contarles a sus compañeros soldados las historias de Austria, y del barco fragata *SMS Novara*, y de los viajes de exploración en Asia.

Ellos, excitados al grado de no querer dormir para platicar con su emperador, le contaron las historias de terror de la Ciudad de México, incluyendo la estremecedora leyenda de *La Llorona*. Por un momento todos parecieron verla entre las sombras.

Maximiliano, feliz, cerró los ojos.

Veinte metros abajo, en las faldas del cerro, un hombre con uniforme de soldado mexicano comenzó a subir. Tenía la cara rota por una explosión de granada. No era mexicano. Era el teniente coronel francés Charles Loysel. Entre los dedos apretó una pequeña pastilla de color azul. *Pilula hydrargyri.*

113

En Avarua, Gran Polinesia, el detective Steve Felder, con el cráneo de vidrio azteca bajo el brazo, sentado en el asiento 34-M del avión Boeing 767 con destino a Bruselas, Bélgica, le sonrió a su ayudante pigmeo Bertholdy:

—Así fue como Maximiliano se convirtió por fin en un general de primer nivel —y comenzó a asegurarse el cinturón de seguridad—. Su personalidad cambió completamente. En verdad se volvió un soldado. Luchó en las batallas, cuerpo a cuerpo. Dirigió a sus soldados como un Alejandro Magno. Le hirieron el cuerpo muchas veces, y continuó luchando sin rendirse, aun lastimado. Un verdadero guerrero. Surgió una entidad que no había existido antes: Maximiliano el Grande. Así es como debería ser recordado, pues en verdad llegó a ser grande en esa montaña de la ciudad de Querétaro.

Se acomodó en su asiento. Miró la ventana: la ciudad de Sydney, la puntiaguda Casa de la Ópera. Le dijo al pequeño Bertholdy:

—Esa primera noche en Querétaro, Maximiliano se desprendió de todo lo que había sido su pasado: su "realeza". Se desprendió de sus pomposos nombres, que ya no significaban nada: "Fernando Maximiliano José María de Habsburgo-Lorena". Se desprendió de su abolengo. Se desprendió de sus nombramientos hereditarios. Se desprendió de sus recuerdos, de sus inútiles castillos que nunca habían sido realmente suyos, sino de su hermano y de sus padres. Se desprendió de sus vestimentas a las que odiaba, y mandó quemarlas. Se despidió de todas sus múltiples herencias. Ahora ya no era nadie. Disfrutó de ese instante, como si en ese mismo momento hubiera nacido de verdad y para siempre, y conoció la sensación de existir.

El avión comenzó a avanzar sobre la pista, rumbo a Europa. El pigmeo Bertholdy sintió el impulso del avión al despegar sobre su estómago, por la velocidad. Se apretó el cinturón. Le temblaron sus anchos labios. Felder le dijo:

—En esa montaña hoy llamada Cerro de las Campanas, Maximiliano murió y renació. Desde la humildad, desde el sacrificio, decidió ser uno con todos esos hombres que estaban ahí para sacrificar la vida por él. Él también debía hacer lo mismo por ellos. Como consecuencia de estos cambios en su personalidad, sus soldados lo amaron, y él se convirtió en un verdadero líder. Su leal doctor judío Samuel Basch también combatió a su lado, también empuñando las armas, y también recibió las cortadas en su carne, y no lo abandonó ni en el momento mismo de su muerte.

De pronto se volvió hacia el pigmeo:

—¿Y sabes qué fue lo que le permitió al archiduque austrohúngaro dar este gigantesco salto en su personalidad y convertirse por fin en él mismo?

—No... —le dijo el pigmeo, sacudiendo la cabeza. Se asomó a la ventana. Vio el piso de Sydney alejarse, convirtiendo los edificios en cajitas—. ¡No, no! ¡¿El clima?!

—Su esposa.

El pigmeo cerró los ojos.

—¡¿Su esposa?!

—Su esposa ya no estaba. Eso fue lo que cambió. Carlota ya no estaba para decirle: "Debes ser como mi padre", o "Debes ser como tu hermano", o "Debes ser como un Habsburgo" —y le sonrió—. Ahora Maximiliano pudo por fin existir. Descubrir su identidad.

—*Diablos*... —le dijo el pigmeo—. Lo mismo me pasó con mi esposa —y le mostró la imagen de una pigmea peinada con un chongo.

—Por eso debemos ahora ir con Carlota —y abrazó el cráneo de cristal bajo el brazo—. Ahí la visitó el coronel Loysel y también Eugène Boban, el arqueólogo de Napoleón III: en el lugar donde ella mantuvo su máximo secreto, en el Castillo Bouchout, al norte de Bruselas, donde ella murió a sus ochenta y seis años —y se volvió hacia la ventana—. ¿Podrías creer que el secreto de todo está dentro de un maldito muñeco de felpa del tamaño de Maximiliano que ella utilizó hasta el último instante como objeto sexual?

114

Lunes 22 de abril de 1867, 11:00 h
Querétaro, México

—El "tesoro Maximiliano".

Esto lo dijo para sí mismo, ciento cincuenta años atrás, el soldado francés Charles Loysel mientras oscurecía su rostro con betún para zapatos, para parecer mexicano.

Caminó dos kilómetros al este del Cerro de las Campanas con su rifle Étienne a la espalda, hacia el convento de La Cruz, junto a la iglesia llamada del mismo nombre, en la loma Sangremal. Maximiliano tenía ahí su última fortaleza. Vio la enorme cruz sobre la torre, y la imponente fachada de enormes columnas griegas, semejantes a las del Partenón.

En la banqueta vio al fotógrafo imperial de Maximiliano: el Ardoroso François Aubert, sacándole fotos al convento, a la fachada. Loysel lo vio encorvado sobre su pesado aparato de emulsiones de plata, manteniendo el equilibrio para no tirar las tres estorbosas patas de la cámara. Loysel lo pateó hacia la calle.

—*Va te faire foutre, merde!* ¡Vete a la mierda!

Adentro, en la tranquila habitación del emperador, los rayos del sol entraron calientes a las paredes irregulares de yeso aplanado, en el primer piso del convento.

Con sus ropas rasgadas, el emperador se levantó de su catre desvencijado.

A su lado vio acostados en el piso a sus cinco hombres más leales: el doctor judío Samuel Basch; su joven secretario José Luis Blasio, su cocinero húngaro Tüdos, su jefe de ceremonias húngaro Anton Grill, y el padre católico Dominik Bilimek.

Entró con prisa el alto, joven y distinguido ex presidente de México, el general Miguel Miramón, junto con el general Manuel Ramírez de Arellano. En medio de ellos, contra la luz del sol que venía del patio, Maximiliano vio a un distinguido coronel del bando de los juaristas.

Maximiliano entrecerró los ojos. Tragó saliva.

—¿Qué es esto? —le preguntó a Miramón. Tensó los músculos—. ¿Me está usted entregando a los rebeldes?

Miramón le sonrió:

—No, Majestad. Ellos le traen una oferta de paz.

Maximiliano abrió los ojos.

—¿Una oferta de paz…? —y alargó su enrojecido cuello.

El jefe juarista le dijo:

—Mi nombre es José Rincón Gallardo, coronel del ejército de la República, jefe en la captura de Guanajuato —y le extendió un papel—. El señor presidente Benito Juárez me envía a entregarle a usted este mensaje. Está dispuesto a terminar con esta guerra.

Maximiliano observó al militar mexicano: un moreno de mirada penetrante. Miramón le dijo:

—El coronel José Rincón Gallardo es un militar de honor. Lo conozco. La propuesta es seria.

Con lentitud, el emperador comenzó a caminar entre los apretados muros monacales de su propia habitación. Sintió el calor del muro. Observó fijamente a la mosca que estaba bronceándose en la pared. La asustó con la mano. Le dijo al coronel Rincón Gallardo:

—¿En qué consiste la propuesta…?

El coronel avanzó un pie hacia el centro del dormitorio:

—Señor Fernando, el gobierno del presidente Benito Juárez considera que esta guerra ya debe terminar, y que usted no es nuestro enemigo, sino Napoleón III. Todos hemos sufrido mucho: particularmente el pueblo de México. Si usted se rinde hoy mismo, en forma pacífica, se omitirá la pena de muerte. Se le permitirá a usted marcharse en paz a su país, con entera libertad, para reiniciar allá su vida. Pero usted debe rendirse ahora mismo, entregarle el poder al presidente de México, Benito Juárez. Él, por su parte, se compromete a facilitarle todos los medios para su salida segura a Europa, y tiene usted su palabra de honor, y la mía. Capitule ahora mismo. Tengo aquí el documento, y sólo necesito su firma. Abdique de su trono. Termine ya esta guerra —y le extendió el documento, y con la otra mano, la pluma para la firma.

Maximiliano abrió los ojos.

Alcanzó a leer abajo: "Abdicación al Trono de México", y la línea para su firma con el nombre "Fernando Maximiliano de Austria".

El coronel Rincón le aproximó la pluma para firmar.

Maximiliano la vio, brillante por la luz del sol. Observó los ojos del coronel mexicano. Permaneció en silencio por cuatro segundos.

Se volvió hacia sus hombres de confianza: Grill, Tüdos, el doctor Basch, el secretario José Luis Blasio, el padre Bilimek. Miró la ventana. Al otro lado del cristal distinguió las escabrosas y atemorizantes montañas del oriente: la Sierra Gorda de Querétaro, el reino montañoso de los indios otomíes.

Lentamente se volvió al coronel Rincón:

—Me parece que... —y miró al piso— ¿Podría marcharme con vida... a Europa, sin peligro? ¿No habrá sentencia de muerte contra mí? ¿No habría fusilamiento?

—No nos rendiremos nunca —se interpuso, gallardamente, el delgado y alto joven Miramón, quien había cambiado repentinamente de opinión.

Todos se quedaron mudos.

—¿Qué está pasando? —preguntó para sí mismo el doctor Samuel Basch.

Con su blanco guante, Miguel Miramón empujó hacia abajo la mano del coronel José Rincón Gallardo, incluyendo el documento, el cual cayó al piso. Miramón lo restregó con su bota, en el suelo.

—Con respeto, coronel —le dijo a Rincón Gallardo—, Su Majestad imperial no es un cobarde, y no va a renunciar. Ninguno de nosotros va a renunciar —y los miró, sus compañeros temblaban—. Nuestros hombres aún no están en situación de capitular y no se rendirán. Aún tenemos armamento y parque con el cual defendernos, y nos defenderemos, créame —lo señaló con el dedo—. Sostendremos este imperio hasta el último hombre, así muramos todos.

A dos metros de distancia, el doctor Samuel Basch bajó la cabeza:

—¿Así muramos todos...? —y comenzó a negar.

115

—¡Y usted, maldita sea, decidió volver a quedarse! —le gritó, un mes después, el interrogador Manuel Azpíroz, en otro convento y en otra celda, de las monjas capuchinas, al otro lado de la ciudad de Querétaro—. ¡Esa maldita decisión costó la vida de más de veinte mil mexicanos! ¡¿Por qué tenía usted que matarlos?! ¡Pudo haberse rendido, maldita sea! ¡¿Para qué quedarse más tiempo, cuando ya sabía que estaba derrotado de cualquier manera, y que iba a morir?!

En la oscuridad de la nueva celda, el ahora ex emperador, detenido por conspiración contra México, prácticamente desnudo, tembló.

—Necesito ver mis papeles. Los tiene el embajador Magnus. Es hombre de Otto von Bismarck.

El teniente coronel Azpíroz le gritó:

—¡Si usted simplemente se hubiera rendido esa tarde, maldita sea, nadie más habría muerto! ¡Maldito! ¡¿Por qué no lo hizo?! ¡Una de las personas que murieron fue mi madre! —y lo miró con desprecio—. Usted estaría hoy en Europa, disfrutando de la vida, aunque lo llamaran "fracasado". ¡¿A quién le importa ser llamado "fracasado"?! ¡Acaso a alguien le importa! Y viviría en castillos, y tendría sirvientes, y estaría con Carlota.

—En este país no —sonrió al escuchar el nombre de su esposa, su terquedad de que no renunciara, de mantenerse en México. ¿Lo hacía por ella? ¿Seguían utilizándolo? Comenzó a llorar.

—¡No sea gracioso! ¡Por su culpa murieron miles! —y con enorme fuerza pateó el catre del príncipe austrohúngaro. El golpe le sacudió las vértebras que se le salían de la espalda.

116

Al otro lado del mundo, en Viena, dentro del Castillo Burg, el emperador de Austria, Francisco José, caminó con su azul casaca de la infantería austrohúngara por el largo pasillo, con su cuello blindado para protegerle las arterias de la tráquea.

Con sus espesos bigotes hacia abajo, sus "colmillos de morsa", le dijo a su asesor supremo Franz Maria Folliot de Crenneville:

—¿Cómo está la situación de mi hermano? ¿Él sigue en peligro? Tráelo de vuelta.

El siniestro Crenneville negó con la cabeza:

—Es grave, muy grave —y ondeó los telegramas en el aire.

—¡Explícame, maldita sea! —y lo sujetó de las solapas.

—Hace pocos días, este 2 de abril, la ciudad que conecta el centro de México con el puerto hacia Europa, Puebla, cayó en manos de los juaristas. La capturó el general rebelde Porfirio Díaz, quien ya se está dirigiendo con sus tropas a la Ciudad de México para apoderarse de la capital del Imperio y destronar a Maximiliano, quien está aislado en Querétaro, en medio del desierto.

—¿En medio del desierto…? ¡¿Cómo permitiste que sucediera esto?!

—Los jefes juaristas ya tienen prácticamente estrangulada la ciudad de Querétaro, rodeada desde todas direcciones. ¡No podemos evitarlo!

—¿Desde todas direcciones…? ¡¿Quién le recomendó hacer eso?! ¡Tráelo de vuelta!

Crenneville le mostró el mapa.

—Majestad, Maximiliano ha quedado completamente rodeado por los hombres de la guerrilla. Ya no hay salida. Está atrapado en esta ubicación. Nuestros agentes no pueden llegar a él, pues está el anillo juarista. Detienen y destripan a quien lo cruza. El ejército enemigo que lo rodea está compuesto por cincuenta mil juaristas y diez mil negros estadounidenses liberados, entrenados por Sheridan y Sherman.

Francisco José cerró los ojos.

—*Dios, Dios...* —y miró el retrato de su madre, la reina Sofía—. Debe haber alguna salida...

—Enviémosle más tropas...

—¡No podemos enviarle más tropas! ¡Estoy amenazado por los Estados Unidos! —y lo miró con ira.

Temblando, Crenneville volvió a acercarle el mapa.

—Mire, Majestad, uno de los principales hombres de su hermano, el general Leonardo Márquez, en busca de reforzar Querétaro con más tropas, salió hacia el sur por las restantes agrupaciones imperiales que aún quedan en la Ciudad de México. Para ello salió de Querétaro llevándose con él a cuatro mil soldados, como escolta, para romper el anillo juarista. El problema... —y lo miró fijamente.

—¡Habla, maldita sea!

—El problema es que... nunca fue su intención regresar a Querétaro. Se quedó en la Ciudad de México. Se autonombró emperador de México. Ahora gobierna desde el castillo. Lo está apoyando la Iglesia católica.

El hombre cerró los ojos. Comenzó a bufar entre los bigotes.

—¡¿La Iglesia católica...?!

—El clero ya desconoció la utilidad de Maximiliano. Consideran que usted ya no es un poder aquí en Europa. No les importa que Maximiliano sea sacrificado.

Francisco José se llevó las manos a la cabeza.

—¿Por qué lo dejé ir? —y en el muro observó el largo retrato, silencioso, de su hermano, sonriéndole—. ¡¿Por qué lo dejé ir?! ¡Es mi hermano!

Lentamente se volvió hacia Crenneville.

—Tú me convenciste, maldita sea. ¡Tú me convenciste! —y violentamente lo aferró por el cuello. Comenzó a estrujarlo—. ¡Tú me dijiste que Maximiliano estaba degradando mi autoridad aquí, que debía alejarlo de mí! ¡Ahora estos malditos primitivos lo van a capturar, y yo no puedo hacer nada para rescatarlo! —y comenzó a llorar en silencio—.

¿Cómo lo voy a defender ahora, preciosa madre? —y se volvió hacia el retrato de la silenciosa señora anciana, doña Sofía.

Volvió a golpear al anciano Crenneville.

—¡Maldito!

Le abrió la piel al asesor.

—¡Majestad, usted no puede matarlo! —le gritaron desde la puerta las criadas.

—¡Claro que puedo! ¡No va a ser el primero en la historia de la familia Habsburgo!

Por la puerta entró caminando de prisa el antiguo escritor de novelas, el alto embajador de los Estados Unidos en Austria y amigo de la juventud del ahora poderoso canciller alemán Otto von Bismarck, John Lothrop Motley, con sus brillantes ojos azules abultados.

—Excelencia, le tengo una buena noticia. Los Estados Unidos podemos interceder ante los rebeldes en México para salvarle la vida a su hermano y evitar que, de ser capturado, lo condenen a muerte. Lo recobraremos con vida.

Francisco José tragó saliva.

—¿Lo harían…?

—Usted sólo debe declarar su alianza incondicional y permanente con los Estados Unidos, en todos los conflictos que se avecinan.

—No comprendo… ¿Qué conflictos…?

—Usted firme aquí —le aproximó un documento.

117

En Washington, el embajador austriaco Winderbruck se aproximó, con un telegrama en la mano, al anciano y malencarado secretario William Seward, que estaba, como siempre, desgreñado. Vio las cuatro cortadas en su cara de pelícano, y el retrato fotográfico de Lewis Powell en la pared. Winderbruck se inclinó ante el secretario. Le ofreció el pequeño papel.

Seward lo leyó, en silencio.

Con esta fecha, 4 de abril de 1867, mi hermano Maximiliano está sitiado en México, en la ciudad de Querétaro. Suplico al gobierno de los Estados Unidos que interponga su influencia sobre Juárez. Si mi hermano fuera capturado, suplico que no se le mate, y que se le permita volver a mi lado.

Con su rostro arrugado, el secretario Seward se volvió hacia su asistente Dorothy:

—Escribe. 6 de abril de 1867. Telegrama para nuestro embajador en Nueva Orleans, nuestro enlace con Juárez, Lewis D. Campbell: "Comunicará usted al presidente Juárez, prontamente y por medios eficaces, el deseo de este gobierno de los Estados Unidos de que, en caso de ser capturado el príncipe austriaco y sus secuaces, reciban el tratamiento humano concedido por las naciones civilizadas a los prisioneros de guerra". Creo que eso es suficiente.

Mil quinientos kilómetros al suroeste, en la tropical y lluviosa Nueva Orleans, el embajador Lewis D. Cambell se volvió hacia la máquina del telégrafo. Vio las letras imprimiéndose en el artefacto de metal como si las escupiera una ametralladora. Con violencia arrancó el papel.

Tras leer el mensaje con minucioso cuidado, le gritó a su secretaria, la voluptuosa Samantha:

—Escriba. Telegrama para el ministro de Asuntos Exteriores del señor Benito Juárez, don Sebastián Lerdo de Tejada: "El gobierno de los Estados Unidos simpatiza sinceramente con la República de México y tiene gran interés en su prosperidad; mas yo debo expresar la creencia de que la repetición de las severidades como los fusilamientos de San Jacinto, debilitaría las simpatías, enervando su acción. Se cree que tales actos con los prisioneros de guerra, según se ha dicho, no pueden elevar el carácter de los Estados Unidos Mexicanos en la estimación de los pueblos civilizados; y tal vez perjudiquen a la causa del republicanismo, retardando su progreso en todas partes".

Mil cuatrocientos kilómetros más al suroeste, en San Luis Potosí, México, ahora nueva sede de la capital rebelde, el presidente Benito Juárez recibió el mensaje de las sudorosas manos de su ministro de Asuntos Exteriores, el calvo y alto Sebastián Lerdo de Tejada:

—Quieren que dejemos en libertad a Maximiliano, que lo dejemos regresar a Europa. ¿Qué respondemos a esto?

El presidente Juárez dejó caer un simbólico hilo de saliva sobre el telegrama.

—Que se pudran, pinches gringos —y le dijo a Lerdo de Tejada—: Por favor escriba lo siguiente al embajador Campbell: 27 de abril de 1867. "He tenido la honra de recibir ayer el mensaje que me dirigió usted de Nueva Orleans el día 6 de este mes. Retiradas las fuerzas francesas, el archiduque Maximiliano ha querido seguir derramando estérilmente la sangre de los mexicanos. Excepto tres o cuatro ciudades dominadas todavía por la fuerza de estos invasores, ha visto levantada contra él a la República entera. No obstante esto, Maximiliano ha querido continuar la obra de desolación y de ruina de una guerra civil sin objeto, rodeándose de algunos de los hombres más conocidos por sus expoliaciones y graves asesinatos y de los más manchados en las desgracias de la República, como son el general Leonardo Márquez y el general Ramón Méndez. En el caso de que llegaren a ser capturadas personas sobre quienes pesase tal responsabilidad de la crueldad, no parece que se pudieran considerar como simples prisioneros de guerra, pues son responsabilidades definidas por el derecho de las naciones y por las leyes de la República. El gobierno legítimo, que ha dado numerosas pruebas de sus principios humanitarios y de sus sentimientos de generosidad, tiene también la obligación de considerar, según las circunstancias de los casos, lo que puedan exigir los principios de justicia y los deberes que tiene que cumplir para con el pueblo mexicano. Espera el gobierno de la República Mexicana, que con la justificación de sus actos, conservará las simpatías del pueblo y del gobierno de los Estados Unidos, que han sido y son de la mayor estimación para el pueblo y el gobierno de México. Tengo la honra de ser de usted muy respetuoso y muy obediente servidor", y fírmalo con tu nombre: Sebastián Lerdo de Tejada.

Su secretario de la diplomacia abrió los ojos:

—Señor presidente… ¿Usted va a decirle a Estados Unidos que no aceptamos su petición…? ¿Va a decirle "no" al embajador Lewis D. Campbell?

—Ellos quieren al Habsburgo vivo, en su poder, para seguirlo utilizando contra nosotros. Nos van a hacer lo mismo que hicieron con Agustín de Iturbide hace cuarenta años.

El preocupado Sebastián Lerdo de Tejada le dijo:

—Señor presidente, aquí tengo una carta bastante grave del general Herman Sturm. Dice que sus fabricantes ya no le quieren hacer más armas. Quiere una garantía de que se le va a pagar todo el dinero. Dice que la mayor parte lo sufragó él personalmente, con préstamos. Que ahora debe todo ese dinero, que ha hipotecado su casa y sus bienes, que el fondo Corlies falló y que el gobierno de su país no quiere pagarle. Son veinte millones de dólares.

El presidente Juárez se volvió hacia su secretario.

—¿Veinte millones de dólares…? Dile que no le vamos a pagar ni madres.

Dos mil quinientos kilómetros al noroeste, en el fuerte Kokomo, en Indiana, el temible general Herman Sturm, con su pipa traslúcida en la boca, caminó atemorizado, junto con el general Lew Wallace.

—¡No les hemos pagado! ¡Necesito pagarles algo! ¡Todo eso lo debo ahora yo personalmente! —le gritó al delgado Lew Wallace, de rostro cuáquero—. ¡Mis proveedores ya me están demandando ante la justicia!

Lew Wallace observó el tendido de las vías férreas.

—Conectaremos Kokomo con Indianápolis… —y señaló a la lejanía—. Esto será el futuro… —y cerró los ojos—. Será como un camino romano…

—¡A mí me importa el presente! —le gritó Sturm—. ¡Esto urge! —y le mostró las demandas—. ¡Remington, DuPont, Snow! ¡Yo pedí prestado todo este dinero! ¡¿Cuándo voy a recibir algo yo?! ¡Hipotequé mi maldita casa! ¡Me dijiste que confiara en ti!

Lew Wallace lo miró fijamente.

—Te dije que el dinero lo vamos a pagar cuando Juárez llegue al poder. ¡Ten paciencia! Ya vamos a derrocar a Maximiliano —y prosiguió caminando con sus delgadas botas.

—No, no —y Herman Sturm trotó detrás de él—: ¡He pedido préstamos personales para pagar todo este armamento! ¡Debo mucho dinero! ¡Dos millones de dólares! ¡¿Dónde está el maldito dinero del bono en Wall Street, el de Corlies?!

Lew Wallace se detuvo violentamente. Le puso la mano en el hombro. Le sonrió.

—El bono Corlies falló porque lo desconoció el señor Juárez. Su agente Matías Romero. Dicen que Corlies y José María Jesús Carbajal son un fraude. La inversión se vino abajo. Ya no hay bono. No hay dinero.

Siguió caminando.

Herman Sturm se quedó solo, en medio de la inmensidad.

118

Doscientos kilómetros al sur, en Querétaro, el emperador Maximiliano caminó a La Cruz de Sangremal, en las parcelas del convento del mismo nombre, donde presuntamente se apareció siglos atrás una cruz en el cielo, el 25 de julio de 1531.

Su camarista Venisch le dijo:

—Majestad, la situación ya se agravó —y le mostró el papel—. Dicen que el señor Juárez se enfureció aún más con usted, pues usted lo desairó en su propuesta de paz. Se dice que ahora va a ser más difícil que le perdone la sentencia de ser ejecutado, puesto que, si lo deja marcharse con vida a Europa, o a cualquier otro lugar, pasará algún tiempo y después otro país lo va a volver a utilizar para dar un golpe aquí; que por lo tanto no pueden dejarlo vivo. Dicen que esto es lo mismo que pasó hace cuarenta años en el caso de Agustín de Iturbide, que ya hasta se había ido de México y lo volvieron a zambutir desde afuera; que por eso hubo que matarlo.

Maximiliano bajó la cabeza y acarició la cruz de Sangremal.

—Se me ocurre una alternativa. Si con esta cruz que hace trescientos años apareció en el cielo… se rindieron los indios chichimecas, y pudieron conquistarlos los españoles, entonces… —y le sonrió a Venisch— nosotros compremos el alfil de Benito Juárez… su alfil más brillante.

Trescientos kilómetros al sureste —pasando hasta el otro lado de la Ciudad de México—, frente a su tienda de campaña en Acatlán, Puebla, el joven general juarista de treinta y seis años, Porfirio Díaz, de 1.9 metros de altura, afiló sus cuchillos con el fuego de los leños. Vio entrar al emisario proveniente del emperador Maximiliano, un hombre rubio.

Todos estaban asombrados. Arrojaron al hombre contra los troncos.

—¡¿A qué viene usted, maldito bellaco?!— le gritaron los tenientes.

El joven general Díaz se levantó:

—No lo lastimen. No somos primates, ¿o sí? —les sonrió a sus hombres.

Lo revisaron para asegurarse de que no llevara consigo un arma. Uno de ellos le sacó del pantalón un papel.

—Mire, mi general —le dijo a Díaz. Le mostró el papel—. Aquí dice "Carlos Bournof".

El detenido les dijo a todos:

—Traigo un mensaje del emperador.

El alto y atlético general Díaz se colocó junto a las brasas.

—¿Un mensaje del invasor…? ¿Cuál podría ser? —y le mostró sus cuchillos al asustado emisario.

El señor Carlos Bournof, con los labios mojados de sus propios mocos, le dijo:

—El emperador sabe que usted tiene previsto invadir en breve la Ciudad de México, expulsar al señor Leonardo Márquez, y darle la capital del país al presidente Juárez.

—Así es —y siguió afilando sus cuchillos—. Eso es exactamente lo que voy a hacer. ¿Eso es todo?

—No, general —tragó saliva—. Su Majestad me pidió decirle, como opinión mía, que él tiene un gran concepto de usted, y también del señor Juárez; y que si pudiera contar con la cooperación de usted, se desharía de todos los conservadores que lo rodean y le daría a usted el mando de todas las fuerzas imperiales. En particular, arrojaría del poder a los señores Lares, a Leonardo Márquez y al padre Fischer, jefe de su gabinete particular, para que usted tenga todo el poder de su gobierno: la mayor jerarquía dentro de su imperio —y, temblándole la mano, le acercó un delgado papel:

Únase a mí.
Afectísimo de usted:
Maximiliano I de México, M. M. M.

El alto y moreno general Díaz, con su delgado bigote detenido en el aire, sin soltar el cuchillo ni el papel, se quedó mudo. Se volvió hacia sus hombres:

—Interesante…

—¿Qué opina usted, mi general? —le dijo su escolta Irigoyen. Le sonrió.

Porfirio Díaz miró al maltratado mensajero y se inclinó hacia él. Le sonrió.

—¿El invasor me está ofreciendo el mando de su ejército? —y se tocó el pecho— ¿Voy a ser el jefe del ejército imperial de Maximiliano I, es decir, un traidor? —y comenzó a negar con la cabeza.

El señor Bournof comenzó a negar, sudando.

Porfirio Díaz se volvió hacia el fuego. Dejó caer el papel sobre las brasas.

—Mi única respuesta para el invasor es la siguiente: mi relación con él va a ser batirlo en combate y expulsarlo de México, o ser batido por él —y le sonrió a Carlos Bournof—. Yo no voy a traicionar al presidente Juárez.

—Por cierto —le dijo Bournof—, el emperador le envía una felicitación por su boda, y este presente para la joven Delfina —le aproximó una flor.

—Sí —y miró hacia el fuego. Vio el papel incendiándose—. Lamento un poco el no poder estar presente el día de mi boda —y restregó los filos de sus cuchillos—. Tuve que enviar en mi representación al joven Juan de la Mata —y le sonrió—. Denle un mezcal para el susto.

119

En su cuartel general, en San Luis Potosí, el moreno y rebelde Benito Juárez, a la luz de una diminuta vela, comenzó a dictarle a su secretario:

—Carta para el señor don Bernardo Revilla: "Mi querido amigo: Recibí la grata carta de usted del día 16 del corriente, que me envió desde Chihuahua. Hasta ahora todas las probabilidades están en contra de la supervivencia de Maximiliano y de su ilegal imperio, no porque el gobierno del norte, es decir, de los Estados Unidos, haya exigido a Napoleón III que retire sus tropas para mediados de mayo, lo que no pasa de un borrego, sino porque la opinión pública en Francia está pronunciada abierta y enérgicamente contra la permanencia del ejército francés en esta República Mexicana, y porque el número reducido de éste y la escasez de recursos hacen difícil, si no imposible, la consolidación del imperio de Maximiliano".

—Señor presidente —le preguntó tímidamente su secretario—: ¿no debería dormir esta noche? Con el debido respeto, tiene muy marcadas sus ojeras.

—Continúe escribiendo: "Lo que el gobierno del norte ha hecho últimamente es pedir a Napoleón que fije el tiempo en que él ha de retirar sus tropas del territorio de México, y tal pretensión servirá, por lo menos, para reforzar la carga que la opinión está dando en Francia a Napoleón para que pronto realice su promesa de retirar sus fuerzas en forma completa; y como éste tiene un interés más grande que asegurar, que es la permanencia de su dinastía, poco le importa que se lleve el diablo a Maximiliano".

El secretario escribió todo, lamiéndose el labio:

—...*que se lleve el diablo a Maximiliano*... Esto suena poético, señor presidente. Le agradaría al joven Santacilia.

—Continúe: "Así lo indica el hecho de que los traidores prominentes que una vez respaldaron a Maximiliano comienzan a retirarse ya de la escena, como Almonte que se va a París y los ministros Ramírez y Ampudia que han dejado sus carteras".

Su secretario le susurró:

—Señor presidente, tenemos aquí una nueva carta de su embajador en Washington, Matías Romero, sobre el informe del general Sheridan del 4 de diciembre.

—Léamela.

El secretario sacó el papel del sobre. Comenzó a desdoblarlo.

—"Señor Presidente —le leyó a Benito Juárez—, soy Matías Romero, suyo afectísimo: Diré a usted solamente que el general Philip Sheridan aprovechó esta buena oportunidad para decir, en informe al gobierno del presidente Andrew Johnson, que considera la intervención francesa en México, y la colocación de Maximiliano en el poder por parte de Napoleón III, como una parte de la rebelión que tuvo el sur de dicha nación; que cree que si se hubiera exigido de Francia el retiro de sus fuerzas por esa razón, Napoleón habría accedido y se nos habrían ahorrado dos años de desolación y sangre. El general Sheridan habla de Maximiliano y de los franceses en los términos más duros; hace mención de las simpatías que los insurrectos, los sureños confederados esclavistas, tenían por Maximiliano, del proyecto de formar un partido angloamericano que los sostuviera en México y de las medidas que él, Sheridan, tomó para impedirlo, prohibiendo la inmigración de los generales traidores sureños de Nueva Orleans para Veracruz; y habla, por último, del apoyo moral que nos ha dado con sus simpatías y de los buenos resultados que hemos obtenido desde que él se encargó del departamento militar que actualmente manda. Esto, unido a las comunicaciones de Mr. Seward, secretario de Estado de los Estados Unidos, a quien me refiero en nota separada de hoy, me hace creer que no será difícil el que esta cuestión produzca una crisis para Maximiliano."

Benito Juárez le sonrió a su secretario.

—Ya ganamos. Pero no es por gracia de esos pinches gringos —y batió con el dedo—. Y ni un peso para ese señor de Indiana, ese malencarado general Sturm.

En Washington, el encorvado general George Meade, con su retorcido bastón de madera, con los símbolos masónicos FHC, le dijo al general Ulysses S. Grant:

—El retrógrada Maximiliano ahora sí está a punto de convertir-se en estiércol —le sonrió—. Lo tenemos acorralado en Querétaro —y levantó su bastón masónico—. Lo logramos. Nuestras tropas encubiertas han funcionado bien para contribuir a este estado de pánico. La gente de la localidad no sabe distinguir cuántos soldados son mexicanos y cuántos son enviados por nosotros a través de Lew Wallace y Herman Sturm, quizá porque, de cualquier manera, todos son morenos —se carcajeó—. Ante el mundo, la victoria va a parecer obra exclusiva de nuestro prohombre: el indio Benito Juárez. Así lo recordarán los mexicanos.

Ulysses Grant lo miró fijamente.

—El objetivo de esta operación ha sido siempre hacer invisible nuestra intervención en México. Nadie debe saber cómo participamos. Ésta fue la orden de nuestro presidente Lincoln —y se volvió hacia la pared, donde estaba, sonriéndole desde el "espacio exterior", el difunto Abraham Lincoln.

En su cabeza, Ulysses Grant recordó la voz del presidente asesinado: "Soñé que llegábamos usted y yo una costa extraña." Escuchó los disparos.

Sacudió la cabeza.

Meade se le aproximó, con una sonrisa:

—Imagina este escenario: si Juárez vence así, con el mérito atribuido a su propio ejército, va a hacer creer a su país que él es el verdadero dueño de México. Se nos va a insubordinar.

—Eso es lo que suponemos que va a hacer. ¿Cuál es el problema?

—Juárez siempre ha sido un necio. Tú lo sabes. Yo lo sé. Juárez, igual que todos los mexicanos, se va a sentir dueño del territorio, y se va sentir con la arrogancia para desobedecer a los Estados Unidos.

Ulysses S. Grant sumió una ceja.

—Bueno, en este instante comienza la Operación Maximiliano.

120

—Quieren llevarse vivo a Maximiliano a los Estados Unidos, ¡por eso están pidiendo que no se le mate! ¡Lo van a usar como reserva por si Juárez se les insubordina, para volver a hacer un derrocamiento, para destituir a Juárez! ¡Eso es lo que nos han hecho siempre, ocurrió con Iturbide! ¡Por eso hay que fusilarlo!

Esto lo dijo el soldado Tolentino Lerma. Le dispararon en la cabeza.

El tirador, Charles Loysel, siguió caminando por el largo pasillo de columnas del primer piso del convento de La Cruz, en Querétaro, en la loma de Sangremal.

Era la noche del 13 de mayo de 1867.

Maximiliano olió el calcinante humo de la pólvora. Las poderosas paredes del monasterio retumbaron por las explosiones causadas por los juaristas. El cielo estaba iluminado por los estallidos de los proyectiles.

Los explosivos provenían de los cañones de tres ejércitos juaristas: el de Mariano Escobedo, proveniente del norte; el de Ramón Corona, proveniente del occidente, y el de Vicente Riva Palacio y Nicolás Régules, proveniente del sur.

El emperador sintió en los pies los movimientos del piso. Sintió el mareo, semejante al del barco *Novara*. Desde el techo le cayeron hilos de yeso pulverizado. Por sus costados, trotando, se le aproximaron en el oscuro corredor sus máximos generales: el moreno y achaparrado general Tomás Mejía, de la Sierra Gorda de Querétaro; el príncipe alemán Félix Salm-Salm, proveniente de los Estados Unidos, enlistado como voluntario para ayudar a Maximiliano, antes al servicio del general Ulysses S. Grant; el alto y gallardo ex presidente de México, Miguel Miramón y el rubio coronel Miguel López, de brillantes ojos azules, jefe de las caballerías imperiales de Maximiliano y Carlota.

Estaba ahí también, entre esos hombres, el joven y poco bromista médico judío Samuel Basch, de treinta años, sudado. Con seriedad, este último le dijo a Maximiliano, frente a los otros:

—*Unsere Verhältnisse hier in Queretaro sind schon unmöglich.* Nuestras circunstancias aquí en Querétaro son ya imposibles. ¡Tenemos que irnos! —y se volvió a la ventana. Señaló hacia los bombazos—. ¡Ya se acabó la comida! ¡Incluso la carne de caballo se está terminando, y sin caballos no vamos a poder huir a las montañas! ¡Vámonos ahora, Majestad! —y señaló El Cimatario, hacia el pedazo de cerco militar juarista recién abierto por el ataque del ex presidente Miramón.

Maximiliano lo miró fijamente.

—Doctor Basch... —le sonrió—. El general Leonardo Márquez va a volver con nuestras tropas de la Ciudad de México. Vamos a ganar —y miró a sus otros generales, quienes estaban aterrados—: Leonardo Márquez es un buen hombre.

Todos comenzaron a negar con la cabeza.

Samuel Basch le gritó:

—¡El general Leonardo Márquez es un traidor! ¡Nunca va a regresar! —y se llevó las manos a la cabeza, para jalarse sus pocos cabellos—. ¡Él ya nos traicionó a todos! ¡Sólo se llevó a cuatro mil de nuestros hombres y nos dejó a la mitad de nuestras defensas! —y le gritó a Miramón—: ¡Explíquele, maldita sea!

Miramón se le aproximó:

—Majestad, Márquez ya nos traicionó.

—¿Perdón? —y tragó saliva.

—No va a volver nunca —y cerró los ojos.

—Ésta es la terrible realidad, Majestad —le dijo el general indígena Tomás Mejía—. Nos burló a todos. En quince días Márquez no ha respondido uno solo de nuestros mensajes, mire —y le mostró todas las cartas no contestadas—. Nos está ignorando. Ya está gobernando en la Ciudad de México, como sustituto de usted. Lo apoyaron los hombres de la Iglesia católica. Se desilusionaron de usted por sus actitudes liberales, y, bueno, por no devolverles los bienes.

El emperador comenzó a sacudir la cabeza. El otomí le dijo:

—En cuanto usted sea asesinado, Leonardo Márquez va a levantar la bandera de los conservadores. Va a pelear por ellos contra Juárez, apoyado por el Vaticano, y va a ser el nuevo campeón de la Iglesia.

Maximiliano bajó la mirada.

El doctor Basch se aproximó al emperador:

—Vámonos ahora, Majestad. Aún podemos hacerlo. Podemos huir por el hueco de El Cimatario, allá —y señaló la falda del monte—. Ése es el camino para escapar a Europa, esta misma noche. ¡Salve su vida! —y los miró a todos—. ¡Juárez ya nos tiene rodeados por todos lados, excepto por ese punto que hoy abrió el general Miramón! —y tomó al joven ex presidente del brazo—. Si no nos vamos ahora por esa garganta, mañana esta fortificación va a caer en manos de rebeldes; y a usted lo van a capturar. ¡Lo van a ejecutar!

Maximiliano tragó saliva. Se mordió los labios.

Por su lado izquierdo se adelantó el general Ramón Méndez, de cara ancha, con la mirada muy preocupada, conocido por sus crueldades:

—Su Majestad —y cerró los ojos—: en todas las direcciones nuestras salidas están bloqueadas por los juaristas, incluyendo El Cimatario.

—¡¿El Cimatario…?!

—Ya lo tomaron —y le mostró sus papeles—. Ya llenaron el hueco con cañones. Son tropas de Vicente Riva Palacio —y señaló al sur—. Mil cuatrocientos hombres. Por otra parte, tampoco podemos regresar ya a la Ciudad de México, pues la está obstruyendo un destacamento del general Mariano Escobedo con un ejército de seis mil hombres del general Ramón Corona. Son mucho más numerosos que los nuestros. Más al sur está el ejército de Porfirio Díaz, mucho más grande, de doce mil hombres, que ahora está cercando la Ciudad de México para destituir a Leonardo Márquez. La Ciudad de México está sufriendo un muy intenso bombardeo, con dieciséis unidades de artillería del general Díaz. De momento han muerto en esos bombardeos siete mil quinientos seres humanos.

Maximiliano se quedó paralizado.

—Diablos… ¿No hay opciones…? —y los miró a todos—. ¡Hablen ahora! ¡¿No hay opciones?! ¡Debe haber alguna!

—Nuestra única alternativa es rendirnos.

Se hizo un profundo silencio. Miguel Miramón se le acercó.

—Majestad, el problema es el siguiente: el general Rincón Gallardo ya se lo advirtió, la última opción para rendirse ya pasó. Fue cuando nos hizo la oferta. Ahora, pase lo que pase, si lo capturan a usted, aunque se rinda lo van a fusilar. Así lo ordena la ley de traición que el propio Juárez escribió y decretó el 25 de enero de hace cinco años. Rendirnos significaría la muerte, la ejecución por traición. Es mejor morir en combate —y comenzó a desenvainar su filosa espada.

Samuel Basch, el doctor de Viena, bajó la cabeza.

—*Verdammter Albtraum.* Maldita pesadilla —y se volvió a Miramón—. ¿No es verdad que usted tiene hijos? Me dicen que tiene al menos tres —y lo aferró por la solapa—. ¡¿No prefiere continuar vivo, para estar con sus hijos, en vez de regalarles un cadáver por padre?!

Con una voz muy tenue, un tímido oficial que había estado atrás, con la cabeza parcialmente despellejada, vestido con el rasgado uniforme de los comandos juaristas, le dijo a Maximiliano:

—Señor emperador —y dócilmente bajó la cabeza—, hace pocos días usted me capturó. Usted me perdonó la vida a cambio de unirme a su ejército de los imperiales. Soy José María Pérez, servidor de usted, proveniente del regimiento juarista llamado Supremos Poderes —y comenzó a persignarse—. Usted, en vez de apresarme y castigarme por servir a Benito Juárez —empezó a llorar—, me invitó a luchar a su lado, como imperialista, y comenzar una nueva vida, y combatir a Juárez, igual que a mis otros cuarenta compañeros. Debido a la escasez de los trajes de guerra del ejército de usted, me permitió conservar este mi uniforme juarista, así de sucio y roto que está, al cual yo le arranqué la insignia de la república, mire —y tocó su empolvada casaca gris—. Si usted me lo permite, mis compañeros y yo podemos penetrar el campo enemigo y decir que somos de los mismos, al fin que estamos con el uniforme de Juárez.

—¿Abrir una… brecha…? —le preguntó el emperador.

—Podemos regresar a la barraca —y señaló afuera—. Puedo buscar al general Mariano Escobedo, decirle que tengo información importante de usted para él. Puedo llegar hasta él. Puedo llegar y matarlo. Usted deme la orden —y levantó en el aire un pequeño cuchillo. El soldado estaba tuerto.

Maximiliano lo miró fijamente. Le sonrió. El doctor Samuel Basch se aproximó al soldado mexicano.

—Dígame una cosa —y lo miró de arriba abajo—. ¿Por qué deberíamos confiar en usted?

Se les interpuso el moreno general Tomás Mejía, valiente indio otomí. Le dijo al emperador:

—Su Majestad, existe una mejor alternativa. Es peligrosa y cansada, pero es la mejor opción, y es hoy nuestra última salida. Podemos escapar esta misma noche por la Sierra Gorda —y señaló hacia la ventana, hacia las montañas—. Usted podrá escapar con dirección al noreste, a la sierra, y llegará en cuatro días a las playas de Tuxpan, Veracruz. Una vez alla podrá dirigirse por la costa trescientos kilómetros al sur, hacia el puerto, y Europa. Éste es el camino: la Sierra Gorda.

Maximiliano se volvió hacia los oscuros picos arbolados, tenebrosos, al otro lado de la ventana.

—¿La sierra…? ¿Las montañas…?

—El enemigo no puede seguirnos por esas montañas. No las conocen. Yo sí —le dijo Mejía, convencido. Se volvió hacia el doctor Basch—. Usted sabe que yo soy indígena otomí. Yo conozco esta sierra.

El doctor lo tomó del brazo.

—Así es.

—Allá, en esas montañas, nació mi madre. El camino pasa por barrancas y abismos, insuperables para el enemigo. No van a poder mover por ahí sus cañones. Ningún ejército va a poder pasar por esos riscos a menos que los conozcan, y no son amigos de los indios. En El Cimatario logramos quitarles a los juaristas trece cañones de montaña. Subámoslos ahora —y de nuevo señaló la sierra.

Maximiliano observó los negros picos boscosos.

—Pero… ¿habremos de llevar a nuestro ejército de seis mil hombres a través de esos barrancos y abismos…?

El general Tomás Mejía comenzó a trazar un plan con el dedo sobre la cuarteada palma de su propia mano otomí.

—La sierra está compuesta de gargantas y desfiladeros intransitables para otros ejércitos, es verdad; pero yo los conozco todos. No va a haber fracaso.

—¿Por qué no nos dijo esto antes? —le preguntó Miramón.

—Los pueblos de la sierra son mi gente. Nos van a proteger mientras pasamos. No pensé que tuviera que hacerse esto, hasta ahora, pues aún con las precauciones, tiene peligros. Algunos de nosotros caerán durante la travesía. Eso es inevitable, pues son muy grandes las hondonadas y no existen caminos. Todo metal resbalará.

El emperador se volvió hacia el doctor Basch.

—Creo que aquí hay una esperanza.

—Majestad, confíe en mí —intervino el príncipe alemán Slam-Slam, quien se mantenía atento a la conversación—. En el puerto de Veracruz ya lo está esperando la corbeta austriaca *Elisábetta* para que la aborde. Ya lo arreglé todo. Va a salir de esto con vida —y lo tomó de las manos. Le apretó los dedos—. Usted ha sido bueno conmigo. El capitán Groller va a mover la corbeta de Veracruz a Tuxpan para que la salida a Europa sea inmediata. Groller es amigo mío. Este plan no lo había podido externar hasta ahora. Una vez a bordo de la corbeta, usted va a dirigirse hacia Europa. Va a poder olvidarse de todo, incluso de nosotros. Usted no va a morir fusilado. Debe vivir. Va a ser feliz.

Maximiliano comenzó a sonreír, a asentir.

—Bueno, bueno… —y comenzó a torcer la boca. Los miró uno a uno. A Salm-Salm le vio la cara de Carlota, diciéndole: "No renuncies. No seas cobarde. No abandones este país que confió en ti. Sé hombre". Al doctor Samuel Basch le vio la cara de su mamá Sofía, descarnada, quien llorando le gritaba: "¡No me hagas esto, hijo mío! ¡No me avergüences ante Europa! ¡No humilles así a tu familia! ¡Eres la devastación de los Habsburgo!"

Maximiliano tragó saliva, se mesó la barba desaliñada y se llevó las manos a la cabeza.

—Quiero que todos desaparezcan. ¡Quiero que todos desaparezcan! ¡Sálganse de mi mente! ¡¿Cómo me atreveré a enfrentar a la sociedad de Europa?!

El príncipe, con sus largos bigotes horizontales, les dijo a todos:

—Creo que el emperador desea que nos vayamos. Vámonos, señores. Debe hacerse esta misma noche. El camino es por la sierra —y le dio una calurosa palmada en el hombro al general Tomás Mejía—. *You are the man.*

Comenzaron a irse para montar los preparativos.

Salm-Salm tomó al emperador del brazo:

—Majestad, yo voy a organizar su escolta para esta huida por la Sierra Gorda. Tuve entrenamiento especial durante la guerra en Tennessee, bajo la instrucción del general Grant. Esta alternativa del general Tomás Mejía es sin duda nuestra mejor opción, y probablemente es la única, y la última —le sonrió—. No espere un minuto más, o será capturado. Debemos hacer esto ahora mismo —y miró hacia las oscuras montañas—. Estas montañas del general Mejía son nuestra última salida.

Maximiliano, con los ojos temblándole, le dijo:

—¿Habré de escapar indignamente como un cobarde...? —una punzada en el estómago lo hizo cerrar los ojos. En el fondo del espacio negro vio el escudo oxidado de la familia Habsburgo: el león rojo sacando su lengua azul de fuego, las letras A. E. I. O. U. creadas por Radbot en el año 1040: *Austriae Est Imperare Orbi Universo.* "Austria Imperará sobre Todo el Universo".

—Empaque todo lo que deba —le dijo Salm-Salm—. Iniciaremos la caravana ahora mismo, esta misma noche.

121

Maximiliano entró a su habitación. Cerró la puerta. Se miró en el brillante espejo que estaba sobre el lavabo: su cortada reciente en la cara. Se alumbró con la vela. Sonrió para sí mismo. Se dijo:

"Yo soy Radbot."

Horas más tarde entró precipitadamente su leal médico judío Samuel Basch. Sin hablar, se sentó sobre el catre. Observó al emperador.

—*Alles wird gut gehen* —y le sonrió—. Todo va a salir bien.

Se volvió a la ventana, hacia las montañas filosas de la Sierra Gorda. Le dijo a Maximiliano:

—El tiroteo va a ser fuerte en el trayecto a la montaña, pero una vez llegando no podrán seguirnos. Ellos no tienen un Tomás Mejía. Mejía es un hombre bueno.

Entró el aguerrido príncipe Félix Salm-Salm.

—Todo está listo, Majestad. Los doscientos hombres del coronel Campos. ¿Está usted preparado? —y se volvió hacia sus hombres—. ¡Carguen los carros de Su Majestad! ¡Informen al coronel Pitner!

Entró, seguido por dos soldados, el alto y garboso general Miguel Miramón, vestido de gala. Los miró a todos, de una forma extraña, sonriéndoles.

Todos permanecieron callados. Lo miraron. Él, con una loción intensa, y ataviado con los galones militares color dorado de ex presidente de México, les sonrió a todos. Le dijo al emperador:

—Majestad, no debemos escapar. Sería cobardía.

Todos abrieron los ojos.

—¿Cómo dice…? —se alarmó el doctor Basch.

Miramón avanzó. Aferró su plateada espada.

—La ciudad —y señaló hacia la ventana—, con los medios que tenemos a nuestra disposición, puede resistir todavía unos tres o cuatro meses.

Basch se quedó inmóvil y luego comenzó a sacudir la cabeza.

—Esto no puede estar pasando —y empezó a llevarse las manos a las orejas—. ¡¿Qué demonios está usted diciendo?! —y por la ventana vio las montañas de la Sierra Gorda.

El emperador abrió el grifo del agua.

—Necesito mojarme la cara.

Sólo bajó una gota de líquido. La vio irse en espiral por el sifón.

—No hay agua —le dijo Basch—. Debieron informarle —y se volvió hacia Miramón—. ¡Los rebeldes quebraron el acueducto! ¡Mire! —y señaló la ventana—. ¡Esta ciudad, sin agua, no va a resistir "tres o cuatro meses"! ¡Ni siquiera seis días!

Maximiliano comenzó a temblar.

Sus labios se abrieron sin decir palabra. Cerró los ojos y volvió a abrirlos.

—¿Qué diría sobre esto mi amada Carlota…? —y de su ropón extrajo, con temblor en los dedos, la carta que Carlota Leopoldina le dio antes de irse a Europa. Vio el sobre; el sello de cera amarilla con el emblema real Saxe-Coburgo-Gotha: los tres leones; vio las letras bajo el sello: "Für den Moment der Maximalen Angst". "Para el momento de máximo miedo".

El doctor Basch comenzó a negar con la cabeza.

—¡No! ¡No, no…! ¡Tenemos que irnos ahora! —y comenzó a temblarle el párpado—. ¡El general Miramón quiere el suicidio de todos!

Entraron por la puerta el general Mejía, el general Ramón Méndez, el rubio coronel Miguel López —de ojos azules—, el secretario Blasio, el señor Pradillo, el caballerango Feliciano Rodríguez, y el oficial ex juarista José María Pérez, del regimiento Supremos Poderes.

—Nos llamó, Majestad —le dijo Tomás Mejía—. Todo está listo para emprender ya el escape —y observó al príncipe Salm-Salm. Consultó el reloj de cadena—. Salimos en dos horas.

El emperador los miró a todos fijamente y se volvió hacia su cajón, atrás de él, junto al catre. Empezó a sacar sus muchas monedas pesadas, de oro y plata, varias de ellas con el perfil barbudo y calvo del propio emperador estampado en el metal.

—Señores —les dijo—, quiero que cada uno de ustedes se lleve consigo, por cualquier cosa que suceda, en los compartimientos de sus cinturones de víbora que les repartí, una porción de este tesoro, para que si cualquiera de nosotros cae en manos del enemigo, los demás no queden desamparados —y comenzó a distribuir las duras y anchas monedas, ayudado por su secretario José Luis Blasio.

Comenzaron las sonrisas.

—¡Gracias, Majestad! —le dijo el señor Pradillo. Mordió el metal.

El emperador mismo empezó a guardar monedas dentro del cierre secreto para contrabando de su cinturon de víbora.

Miramón le dijo:

—Pero... Majestad... ¿Piensa abandonar México...? —y tragó saliva.

Sonriendo, los diversos individuos empezaron a enterrar las monedas en sus cinturones de serpiente. El peso les agradó en sus cinturas.

—Esto es un buen alivio —sonrió para sí mismo el fornido y temerario caballerango Feliciano Rodríguez.

José Luis Blasio se metió veinte onzas en el cinturón. El doctor Basch se introdujo otras veinte.

—*Glückliche Reise nach Hause!* ¡Feliz viaje a casa! —les sonrió a todos.

El emperador se volvió hacia el rubio coronel Miguel López, de brillantes ojos azules. Le sonrió y le acarició la cara:

—Amado coronel Miguel López, tú fuiste siempre muy cortés y consecuente con mi esposa Carlota, quien procuró con regularidad estar a tu lado, por tu lealtad a mí. En este momento yo te condecoro con la medalla del valor militar —y cerró los ojos—. Te pido que en tu cinturón guardes para mí estas veinte monedas de plata.

El rubio coronel López cerró los ojos. Se vio a sí mismo en la alcoba, con la emperatriz Carlota, antes de que ella saliera a Europa. Comenzó a lamerse la boca. Abrió los ojos, perplejo.

—Un momento... ¿No de oro...? —y, pasmado, observó las doradas monedas de los demás—. ¿Para mí no hay de oro...?

Sin abrir los ojos, Maximiliano le dijo:

—En caso de que alguien me hiera durante la fuga, yo te pido, por el amor que le tuviste a mi esposa, que pongas fin a mi vida con esta bala —y le entregó una pequeña munición, ésta sí de oro.

A Miguel López le brillaron los ojos.

—Bueno, así sí, Su Majestad —le sonrió. La mordió para comprobar el material.

122

Metros atrás, en el silencio de la noche, entre las oscuras habitaciones del convento, se asomó el teniente coronel francés Charles Loysel por el filo de una coluna del corredor, disfrazado de soldado mexicano, con betún negro en la cara.

Sigilosamente comenzó a caminar a la habitación del médico Samuel Basch con la pastilla azul, *Pilula Hydragiri,* entre sus dedos. Al avanzar vio en el patio los preparativos para la fuga: los hombres estaban ensillando los muchos caballos imperiales.

Diez metros atrás de él, el robusto padre católico Dominik Bilimek, con una vela, se persignó en la cabeza. Vestía su ropa de noche, y arrastraba sus zapatillas de dormir. Se aproximó, temblando, a la oscura puerta de la habitación del emperador.

Los guardias lo detuvieron.

—¿Está usted bien, padre? ¿Qué necesita?

—Necesito ver al emperador —los iluminó con su vela.

—Su Majestad está descansando. Está preparando sus cosas para la caravana. Usted también debería empacar sus pertenencias. Partimos en dos horas —y le señalaron su habitación.

El padre Bilimek sacó del bolso de su camisón una de las monedas de oro que acababa de darle el emperador.

—Ténganlas ustedes. Yo no necesito monedas.

El guardia le sonrió.

—Adelante, padre. Está en su casa —y le abrió la puerta.

Lentamente se introdujo, con su vela.

El pesado sacerdote se sentó al lado del emperador, sobre la cama, la cual crujió por su peso. Los resortes rechinaron.

Maximiliano le sonrió. Ambos vieron a Venisch y a Blasio acostados en el piso, sobre las colchas. Maximiliano le pasó el brazo por encima del hombro al sacerdote.

—Todo va a salir bien, padre. Gracias por darme siempre su confianza.

Bilimek lo miró fijamente. Le sonrió. Abrió los labios. Los cerró. Miró al piso.

—¿Qué viene a decirme? —le preguntó Maximiliano.

Bilimek lo miró de nuevo.

—Verá... —y miró de nuevo hacia abajo.

—¿Qué le sucede, padre? ¿Qué ocurre?

El padre lo miró fijamente. Le habló en susurros.

—¿Recuerda usted la confesión que hizo conmigo su esposa... antes de irse a Europa...? —y lo miró con cierta tristeza.

Maximiliano se enderezó.

—Sí... sí... Recuerdo.

Bilimek se quedó callado.

—No debería decirle esto —y cerró los ojos.

—¿Qué fue lo que le dijo mi esposa? ¡Dígamelo! ¡Por favor! ¡Dígamelo ahora! ¿Qué le dijo?

El sacerdote y científico se llevó la mano al bolsillo del camisón. Comenzó a sacar un papel doblado, con un sello dorado. Con sus anchos dedos temblándole, lo colocó en las manos de Maximiliano.

—Éste es el secreto de Carlota —y cerró los párpados—. Estaba en el archivo personal de la emperatriz. Es importante para usted. Es sobre por qué usted está aquí. Es sobre por qué lo enviaron a México. Es un proyecto —y le siguieron temblando los dedos—. Es un proyecto mucho más vasto de lo que usted podría imaginar —y empezó a llorar, en silencio.

Maximiliano se quedó inmóvil. Suavemente apretó entre los dedos el pequeño papel doblado. Observó la estampa dorada: el sello de la dinastía Saxe-Coburgo-Gotha, los tres leones amarillos, el emblema del difunto rey Leopoldo.

—¿Puedo leerlo...? —le preguntó a Bilimek. Comenzó a retirar la estampa para desdoblar el pliego.

—Espere un momento —lo detuvo Bilimek. Lo sujetó por el antebrazo. Suavemente empujó el papel hacia abajo—. El momento en que usted lea este documento... yo habré cometido traición contra el secreto de confesión. Es excomunión inmediata de la Iglesia católica. Seré excomulgado ante los ojos de Dios, y perderé mi oportunidad para la salvación —y volvió a llorar.

Maximiliano se quedó inmóvil.

—*Dios...* —observó la carta, aún doblada. Imaginó a Dominik Bilimek ardiendo en el infierno, junto al demonio. Sacudió la cabeza—. *No, no... no...*

El padre se levantó. Comenzó a caminar hacia la puerta, arrastrando sus zapatillas.

—Majestad, yo lo amo. Lo amo mucho. Voy a estar con usted en todo momento. No voy a permitir que ellos lo destruyan. Ellos no saben lo bueno que usted es con todos —y de nuevo lloró.

Maximiliano lo vio salir por la puerta, en medio de los dos guardias.

—Descanse bien, padre —le dijo Maximiliano.

Se volvió hacia el papel doblado. Lentamente miró la otra carta de Carlota que él tenía en su bata. Decía: "FÜR DEN MOMENT DER MAXI-MALEN ANGST". "Para el momento de máximo miedo".

Las puso juntas. Eran semejantes. Una de ellas estaba cerrada con el sello de cera amarilla de Carlota, y la otra con el sello dorado de su padre, el rey Leopoldo I. Sintió la tentación de abrirlas.

Cuatro celdas atrás, en la tenebrosa habitación del doctor Samuel Basch, una mano comenzó a meterse por la puerta de madera, haciendo rechinar los hierros, para abrir el dormitorio.

El doctor abrió los ojos. Sin moverse, comenzó a aguzar el oído. Observó el reloj. Las manecillas marcaban las 3:30 de la mañana.

Escuchó el tronido. Era su puerta. Se levantó de golpe. Temblando de las manos, con el corazón retumbándole, empezó a palpar la almohada, buscando su pistola. Con miedo la dirigió al punto del cual provenían los ruidos.

—¡¿Qué sucede?! —apuntó a la oscuridad. Tanteó en su mesa de noche para encender el quinqué.

Entre las sombras del patio distinguió una silueta.

—¡Venga, doctor! Su Majestad tiene un cólico. Necesita que usted vaya a atenderlo.

El doctor se colocó los anteojos. Cautelosamente se asomó entre las cortinas. Vio a Severo Villegas, el ayudante personal del emperador.

Se vistió apresuradamente. Abrochó mal su bata. Zambuyó los pies en sus deshilachadas pantuflas. Aferró violentamente su maletín de instrumentos médicos. Comenzó a trotar hacia afuera, por el pasillo de siniestros muros de roca. Por los diminutos ventanales perforados en la pared vio la negrura de la noche: los "ojos encendidos" del enemigo, rodeando el convento. Los juaristas habían prendido sus fogatas.

En el silencio sintió la presencia de las cuarenta mil personas que estaban rodeando el convento: los nueve mil hombres del general Mariano Escobedo; los siete mil del general Ramón Corona; los ocho mil del general Vicente Riva Palacio; los nueve mil del general Nicolás Régules, y los siete mil del general Amado Antonio Guadarrama.

El doctor Basch siguió avanzando, por detrás del criado Severo Villegas, quien se dirigió sin detenerse entre las habitaciones al dormitorio del emperador.

Al abrir la puerta, permitió el paso al doctor Basch, quien vio desfallecer a Maximiliano, tendido sobre su desvencijado catre, con la cara blanca. El joven archiduque, heredero de la sangre de los Reyes Católicos y de Carlos V de Alemania y España, le sonrió como si ahora fuera un cadáver.

Tenía los ojos hundidos dentro del cráneo y le brillaban por la enfermedad. Debilmente extendió su delgada mano hacia el doctor.

—Mi amado Samuel Basch. Vienes para curarme.

El doctor se colocó al lado del príncipe austriaco, sentándose sobre el rechinante catre.

—Es la disentería. Ataca de súbito. Nuestra alimentación es mala. ¿Ha logrado defecar en pasta? —y se volvió hacia la taza del escusado. Vio en el piso a los dormidos: Venisch y Blasio, ambos roncando.

Maximiliano cerró los ojos.

—Debo agradecerle por las píldoras de opio. A veces el dolor de cabeza me hace querer estallar —y se volvió la ventana, hacia la Sierra Gorda—. A veces pienso que nada de esto está sucediendo. ¿Está sucediendo? —le preguntó a Basch—. Tal vez esto es un sueño. Tal vez ni usted ni yo estamos aquí realmente, sino dormidos cada uno en otra parte, en otra realidad —le sonrió.

—Usted está sufriendo un exceso de estrés —y suavemente le acarició la cabeza—. Su cuerpo está reaccionando ante el miedo, como es normal. Todos sentimos este miedo —y le tomó el pulso en la muñeca, con los dedos. Cerró los ojos para contar los latidos.

—De un momento a otro siento que voy a despertar en otro lugar —le insistió Maximiliano—. Tal vez en Austria, tal vez en Miramar, y nada de esto ha sucedido —y sonrió para sí mismo—. O tal vez despertaré en otro lugar que ni siquiera existe.

El doctor le tocó la frente. Sintió el frío del tejido. La piel tenía un tono blanco. Las ojeras alrededor de sus ojos resecos ahora sorpresivamente estaban oscuras. Le apretó de nuevo la muñeca para tantearle el cambio en el pulso. Con la otra mano le registró el latido del corazón en la vena del cuello. Maximiliano le dijo:

—No tengo ninguna opción, doctor. Sólo la muerte.

El médico se colocó en las orejas las terminales del estetoscopio.

—¿De qué habla? La muerte nunca es la opción para un vivo —y con la campana del dispositivo empezó a oscultarle el pecho. Le apartó las ropas.

—Si escapo de este convento, de este país, va a ser peor que la muerte —y cerró los ojos—. ¿Sabe usted lo que es vivir la infamia?

—¿Por qué dice usted esto, Majestad?

—¿Cómo voy a vivir? —y empezó a llorar en silencio—. ¿Quién va a aceptarme? ¿Quién va a quererme? —y se mordió el labio de abajo, mojado con sus propias lágrimas—. Voy a ser para todos un cobarde. Creo que debo morirme.

El doctor se retiró el aparato de los oídos. Tomó la mano de Maximiliano.

—Usted va a vivir. Eso es lo único que importa. Mientras haya vida, habrá esperanza.

—¿Dónde voy a esconderme? —y Maximiliano sintió una náusea que le hizo voltear la cara—. Nadie va a respetar a un archiduque que huyó. Desde hoy, si cruzo esas montañas, seré el que fracasó, el cobarde. Ya no soy nada. Nunca lo fui —y comenzó a gemir—. No pude ser un hombre como mi hermano —y se tapó la cara con las manos—. Nunca debí haber existido.

El doctor le colocó el estetoscopio en el abdomen. Se llevó una de las olivas al oído, para percibir los intestinos. Le dijo:

—Su hermano acaba de ser derrotado por Otto von Bismarck en Königgrátz y en Lamacs. ¿Eso no es derrota? No hay nadie que no fracase. Todos fracasamos. No hay hombres invencibles. Y ¿para qué vencer? ¿A quién? La felicidad no es vencer a otros —y, en medio del silencio, lo miró fijamente a los ojos—. Ésta es una de las cosas que deberán cambiar en el futuro. El deseo de aplastar a otros para sentir un logro… es lo que produjo a los engendros de esta época: Napoleón III, Bismarck, y, disculpe que lo diga, su propio hermano —le sonrió—. El destino de los destructivos es destruirse mutuamente, y será lo mejor para todos. Los que quedemos, es decir, todos los demás, viviremos en paz.

—Mi hermano perdió por mi culpa —y se volvió hacia la ventana.

—No es así, Majestad.

—Yo debilité al imperio al venir aquí —y apretó los párpados—. Distraje al ejército de mi patria —y miró al piso—. Yo destruí a mi familia. ¡Yo destruí a la descendencia de mi padre! ¡Yo acabé con el imperio de Austria-Hungría!

Se le aproximó el barbado doctor.

—Majestad, si usted logra salir de esto, escapar entero a través de esas montañas —y señaló la ventana—, iniciará una nueva vida totalmente diferente a la que alguna vez tuvo. En esa nueva vida a usted no le va a importar el triunfo, ni el dominio. Usted no va a ser emperador, ni príncipe, ni gobernante, y no le va a importar la opinión de ningún idiota. Usted sólo será simplemente feliz —y le sonrió—. Sea un hombre normal, pero especialmente sea muy, muy feliz —y le apretó el antebrazo—. ¿Me lo promete, Majestad? Usted merece la felicidad, igual que todos nosotros.

Maximiliano le sonrió:

—¿Usted me va a amar… cuando yo ya no sea "Majestad"?

Basch le vio el cabello rojo, las barbas rojas.

—Lo voy a amar más que ahora, cuando, siendo ya un par de insignificantes, disfrutemos juntos, como cualquier otro, unas salchichas asadas de la plaza Michaelerplatz de Viena —le sonrió.

A Maximiliano se le iluminó el rostro por el recuerdo. El doctor le dijo:

—Pregúntese ahora —y se le acercó—: ¿qué es lo que a usted lo hace realmente feliz? Respóndase usted mismo esta pregunta, y cuando tenga en su corazón la respuesta, vaya por esa cosa.

Maximiliano permaneció en silencio, con los ojos cerrados.

¿Qué me hace feliz…?, se preguntó. Miró con lentitud entre las oscuras paredes de su propia mente. Observó una selva olorosa en Brasil, y el rostro de la princesa María Amélia. Vio las plantas enormes filtrando las rebanadas del sol. Era Cuernavaca, la selva: la entrada de la pequeña Casa Olindo, hecha de adobes, rodeada de flores. Sintió acercarse hacia esa casa. Comenzó a llorar. Entre las plantas exóticas, de largos tallos, vio formarse la figura de una delgada mujer de diecisiete años. Ella le dijo:

—*Nochipa tonalli nelia xiyolpakto, notlazohtzin.* Siempre serás muy feliz, mi amado.

Y tras ella, un niño, su hijo, su descendiente, el mayor tesoro que podría haber imaginado, el tesoro que ya no podía palpar, acariciar, ni mirar, ni oler, ni enseñar a convertirse en un ser humano en ese siglo. Su secreto.

Maximiliano comenzó a llorar.

El doctor Basch le apretó la débil mano. También comenzó a llorar.

—¡Mi amado príncipe, no sufra! ¡Esto ya va a terminar! ¡Vaya a donde está lo que tanto ama! ¡Vaya hacia la felicidad!

Afuera, los soldados silenciosamente comenzaron a agruparse alrededor de la habitación del emperador, comunicándose por medio de señales.

Eran miembros del regimiento Supremos Poderes, dirigidos por el francés Charles Loysel.

Noventa y seis kilómetros al sur, en Cuernavaca, entre los tallos de la selva, en la Casa Olindo, empezaron a caer las antorchas sobre las construcciones recién edificadas por Maximiliano para incendiarlas. El padre de Concepción Margarita Sedano y Leguízamo se despertó sudando, temblando.

—¿*Tlein pano nican?* ¿Qué pasa? —se levantó corriendo entre las antorchas que entraron por la ventana.

Los soldados del sargento Yáñez comenzaron a gritar:

—¡Sáquenlos a todos! ¡Los habitantes de esta finca son cómplices de Maximiliano! ¡Entren a la casa!

Llegó trotando, desde atrás, el enviado del emperador, rodeado por sus escoltas imperiales: el fornido general Francisco Lamadrid. Entró a la finca en llamas, gritando:

—¡Niña! ¡Niña Conchita! —y le dijo a su acompañante Ramiro—. ¡No debimos traerla de vuelta a ver a su familia!

—¡Ella quiso estar con ellos!

Lamadrid vio las columnas de fuego. Cerró los ojos. Besó la cruz hecha con sus dedos. "Santa María, madre de Dios, ruega por nosotros los pecadores en la hora de nuestra muerte. Amén."

Avanzó con sus soldados y desenvainó la espada.

—¡Ahí están! —le gritó su segundo flanco.

Se les aproximaron veinte hombres a caballo por el túnel de árboles, en la oscuridad.

Por los costados les llegaron otros cincuenta hombres armados, veinticinco de cada lado, con sus pechos marcados por el murciélago Tzinacan.

—Son los plateados… —se dijo el general.

Comenzaron a acribillar al general Lamadrid.

Él alcanzó a gritarles:

—¡¿Dónde está la India Bonita?! ¡Está embarazada! —y le hicieron estallar el pecho.

El líder de los plateados, con una máscara de mapache, se colocó encima del cadáver. Lo vio distenderse por la vida que se le iba.

—Sáquenle los ojos. Tráiganme a la niña.

Sus hombres trajeron a rastras a la muchacha que estaba gritando, por el piso, llorando, amarrada.

Ella les gritó:

—*¡Mach tictomachiliah occeppa mohualhuiliz, totonaltzin!* ¡Nuestro Sol va a brillar de nuevo en el universo! ¡Volverá a levantarse nuestro Sol sobre la Tierra y sobre el universo! *¡Totlazohtlalnantzin Anáhuac, Tlaltícpac!*

123

En el convento de La Cruz, el doctor Samuel Basch, en bata y con su maletín de medicamentos, sacó su reloj del bolsillo. Las manecillas marcaban las 4:00 de la madrugada. Sólo le quedaba una hora para el inicio de la caravana de escape a la sierra.

De nuevo arrastró sus zapatillas hacia la habitación. Dijo para sí mismo:

"*Hier kann man nie gut schlafen*. Aquí uno no puede dormir bien jamás."

Se detuvo un instante. Se volvió atrás, a la habitación de Maximiliano. Le susurró:

—*Ruhe gut, geliebter Prinz*. Descanse bien, príncipe amado —y en su mente le besó la frente—. Usted es bueno.

En el pasillo, pegado a la pared, vio a Severo Villegas dormido en el piso, abrazando su escopeta, babeando y roncando.

Al fondo del corredor vio a los vigías. Eran los ex juaristas capturados y perdonados por Maximiliano: los antiguos miembros del regimiento Supremos Poderes. En sus uniformes vio las insignias arrancadas. Le sonrieron. Caminó por el andador paralelo, junto al patio. En la negrura, pudo ver el leve resplandor de las estrellas sobre las copas de los naranjos.

A la distancia, en la huerta detrás de las rejas del convento, escuchó los ruidos de los saltamontes, los crujidos de los escarabajos. Sintió la presencia de un ser humano. Se detuvo. Hacia la loma Sangremal vio aparecer puntos de luz verde, encendiéndose y apagándose en medio del aire. Les sonrió.

—*Glühwürmchen...?* ¿Luciérnagas...?

En realidad toda la loma de Sangremal estaba repleta de luciérnagas. Eran el anuncio de la muerte.

—*Es gibt eine alte Legende* —le dijo una voz en alemán—. Hay una leyenda antigua.

Violentamente se volvió, con fuertes latidos en el corazón. Sacó el revólver de su bata.

—¿Quién me llama?

En la oscuridad distinguió la figura: un sujeto de cuarenta años cuyo bigote eran dos espadas apuntando hacia los lados. Era el príncipe prusiano-estadounidense Félix Salm-Salm.

—*Eine Legende...?* ¿Una leyenda...? —le preguntó el doctor austriaco.

El príncipe prusiano apoyó los codos sobre el barandal de roca. Observó las distantes luciérnagas, apagándose y encendiéndose en el silencio.

—Se dice que cuando los españoles conquistaron todos estos territorios se libró un gran combate justo en esta loma, aquí en Sangremal, donde hoy está este convento —le sonrió al doctor Basch—. Fue el 25 de julio de 1531. Los indígenas que resistieron contra estos invasores españoles eran los otomíes, y su líder, llamado Conin, dijo haber visto en el cielo un evento mágico. En la oscuridad de la noche vio formarse una cruz de color rojo con blanco, como un relámpago —y la dibujó con la mano—. Era la cruz de Cristo —y le sonrió al doctor—. ¿Usted cree esta historia?

El médico, asombrado, comenzó a asentir.

—Eso significa que hay esperanza.

—No —le dijo el príncipe Salm-Salm. De nuevo observó los cientos de luciérnagas—. Esa historia la inventaron los españoles siglos después de que murió el indio Conin. La inventaron para decirles a todos estos indios que su propio líder se había convertido al cristianismo —y empezó a negar con la cabeza—. Así pudieron dominarlos por trescientos años. Ésta es la historia del mundo, doctor Basch. Ésta es la historia de la manipulación del hombre por el hombre: la fabricación de la historia, la fabricación del pasado —y en silencio total observó al doctor—. Ahora los pobladores de este país, y del mundo, creen en un nuevo espejismo: la democracia republicana —y le sonrió—. El nuevo espejismo es aquí Benito Juárez. Lo inventaron los Estados Unidos para dominarlos.

El doctor Basch miró hacia el piso. Le preguntó al príncipe:

—¿Usted es hombre de Bismarck?

Salm-Salm sacudió la cabeza. Le sonrió.

—¿De qué habla usted?

—Es que me pregunto qué diablos hace usted aquí. Es extraño que venga desde los Estados Unidos un valiente militar estadounidense con la idea de auxiliar al emperador Maximiliano a cambio de nada, cuando los Estados Unidos detestan a Maximiliano —y lo miró fijamente—. Me parece más que casual que el presidente Andrew Johnson lo haya nominado a usted, apenas hace un año, el 13 de enero de 1866, para el grado Brevet, y que lo haya confirmado el Senado de los Estados Unidos el 12 marzo. Asimismo es peculiar el hecho de que usted sirviera para el ejército de Ulysses S. Grant en la guerra contra el sur; y que el enviado de Bismarck en los Estados Unidos, Friedrich von Gerolt, un especialista en mapear los recursos de México para una futura invasión germánica, lo haya presentado a usted personalmente con el presidente Abraham Lincoln en la misma fiesta donde también acudió su esposa, que, de acuerdo con algunos, es también una agente enviada aquí por el señor Grant.

Salm-Salm le sonrió.

—Usted es perspicaz. Pero hace muchas suposiciones.

—Y usted es el primer benemérito que conozco que, siendo prusiano, se ofrece a salvar a un austriaco —y se le acercó—. Usted puede engañarlos a todos aquí, pero no a mí. ¿Por qué diablos quiere usted con vida al joven Maximiliano? ¿Quién le encargó rescatarlo? ¿Qué hace usted realmente aquí?

El príncipe Salm-Salm permaneció callado. Sonrió hacia las brillantes luciérnagas. Suavemente, con los dedos limpió el polvo húmedo del barandal de piedra. Le dijo a Basch:

—Buena noche, doctor —y le sonrió. Se fue a su habitación. Antes de desaparecer en el pasillo, se detuvo por un instante.

Se volvió hacia Basch.

—Lo quiero con vida. ¿No es esto lo único que a usted debería importarle? —y, agarrando su sable, prosiguió su camino hacia la oscuridad, observado desde la columna por el francés Charles Loysel, quien, de puntitas, trotó detrás de Samuel Basch, con su pastilla.

124

El doctor Basch entró a su habitación. Eran pasadas las cuatro de la mañana. Ni siquiera se quitó la bata. Estaba tan cansado que, sin quitase las pantuflas, se desplomó sobre su catre, sobre los muchos resortes.

—*Dios*... qué cansado estoy —se dijo. Giró la cabeza sobre su almohadón roto, lleno de insectos. Cerró los ojos.

Afuera, dos hombres, en completo silencio, se colocaron detrás de su puerta, con movimientos sigilosos: el rubio coronel Miguel López, de ojos azules, y el oficial José María Pérez, del regimiento Supremos Poderes, ambos con pistolas Parker & Snow en las manos.

Se hicieron una muda seña con los labios. Se les sumó un par de hombres a la comitiva, uno era el siniestro coronel Antonio Jablonsky, y el otro era el joven criado Diensbote, ambos parte de los hombres que iban escalando y desapareciendo en importancia durante los días finales de la guerra.

El coronel Jablonsky abrió a patadas la puerta del doctor Samuel Basch. Él y Miguel López entraron precipitadamente. Lo sacaron a gritos:

—¡¿Dónde está el príncipe Salm-Salm?! ¡¿Dónde está Salm-Salm?! ¡¿Usted lo vio?! ¡Despierte, maldita sea!

Sin comprender, el doctor, con su revólver en mano, les gritó:

—¡¿Qué sucede, diantres?! ¡Explíquenme qué sucede!

Sin dejarlo siquiera terminar de vestirse, lo jalaron hacia afuera:

—¡Despierte al príncipe Salm-Salm! ¡Hágalo ahora! ¡Despierte al emperador! ¡Los juaristas acaban de meterse al convento! ¡Ya están aquí!

—¡¿Se metieron al convento?! —y miró a todos lados.

—¡Están colocándose en la iglesia, mire! —y señalaron al patio—. ¡Están entrando por la huerta!

—No, no, no —se dijo el doctor. Escuchó los pasos—. *Dios*... —se acomodó los lentes, trotando—. *Dienstbote!* —gritó hacia atrás, a su criado—. *Saddle mein Pferd jetzt!* ¡Ensilla mi caballo ahora mismo! ¡No demores! ¡Tenemos que escapar ahora!

El joven Diensbote trotó por detrás de Basch.

—¿Doctor...?

—¡Ve ahora! —y señaló hacia el patio.

El criado y los coroneles se fueron corriendo hacia la oscuridad, a los árboles. El doctor escuchó los ruidos en el convento, en los pasillos de arriba. Voces airadas recorrían los pasillos, sombras funestas, crudas, se pegaban a las paredes horribles. El mal había llegado. El doctor se detuvo. Con su revólver en la mano, tragó saliva.

—Mi príncipe amado… —y se volvió hacia la habitación de Maximiliano. Comenzó a trotar hacia la misma.

Metió la pistola en el cordón de la bata. En la otra mano aferró con fuerza su maletín médico. Dentro de éste se encontraba el cinturón con las veinte onzas de oro imperial. Atrás vio a Jablonsky, quien regresaba para patear la puerta de José Luis Blasio.

—*Dios mío…*

El doctor Basch pateó la puerta del príncipe Salm-Salm:

—¡Despierte! *Die Feinde betraten das Kloster!* ¡Los enemigos están entrando al convento! ¡¿Usted sabía esto?! ¡Hay que emprender la huida ya!

El príncipe, recién vestido y con su olorosa loción, abrió la puerta. Sin terminar de rasurarse, salió caminando hacia el corredor. Enjuagó la navaja de rasurar. Se la encajó en el cuello a uno de los soldados.

—Venga conmigo —jaló al doctor—. ¡Corra conmigo! ¡Nos han sorprendido! ¡Dígale a Fürstenwarther que suba a todos los húsares a sus caballos! ¡Nos vamos ahora mismo! ¡Hay un traidor entre nosotros!

Basch empezó a temblar. Le gritó:

—¡El emperador! ¿Está bien el emperador? ¡Tengo que verlo!

—¡Usted vaya con Fürstenwarther, maldita sea! ¡Yo me encargo del emperador! ¡Prepare la caballería!

125

El doctor Basch trotó a las caballerizas, entre las ramas de los árboles, en la oscuridad. Gritó hacia las sombras:

—¡Fürstenwarther! ¡Fürstenwarther! —y apuntó con su revólver hacia lo incierto—. ¡Haga montar a todos los húsares! ¡¿Dónde están todos nuestros soldados de caballería?! ¡Ensille de inmediato todos estos caballos! —y en la oscuridad, entre los establos, buscó a su propio caballo, el plateado Hipócrates. Su criado, llamado Dienstbote, le gritó desde las sombras:

—¡Doctor! ¡Aquí estoy! —y agitó el brazo—. ¡Este hombre de aquí no me deja ensillar el caballo! ¡Me quitó los sudaderos, mírelo! —y lo señaló.

Basch vio al individuo: era una sombra que se estaba moviendo junto al caballo. Tenía el uniforme gris del regimiento juarista Supremos Poderes, con el escudo arrancado.

—¡También me quitó los arneses, obsérvelo! —le gritó Dienstbote—. ¡Me ordenó que no se ensillara ningún caballo, que es la indicación del coronel Miguel López! ¡Mataron a todos estos palafreneros, mire! —y señaló al piso.

El médico imperial los vio tirados en la tierra, con los brazos doblados y los cuellos trozados, sin ojos. Se quedó atónito.

—*Mein Gott...* —y miró al uniformado. Le apuntó con su pistola.

—Devuélvame mis malditos sudaderos. ¡Ensille mi caballo!

El soldado, con los sudaderos de Basch en los hombros, con la cara desfigurada, le sonrió al doctor. Empezó a ondear en el aire los arneses de Basch.

—¿Qué, no me reconoce, doctor?

Basch distinguió que estaba tuerto.

—Usted es José María Pérez —y entrecerró los párpados—; usted es el oficial del regimiento Supremos Poderes.

El soldado le sonrió a Basch. Le apuntó con su pistola Parker & Snow a la cabeza:

—Desármenlo —les dijo a sus hombres. Los demás soldados, también del regimiento, capturados y perdonados por Maximiliano hacía sólo unos días, comenzaron a salir por detrás de los animales.

Con sus trajes grises levantaron sus bayonetas hacia el doctor. Formaron una corona de picos con ellas, apuntándole al pecho al médico judío.

El oficial José María Pérez, con la cabeza parcialmente despellejada, le sonrió a Basch:

—Llévenlo allá arriba —y miró hacia la azotea—. Súbanlo al campanario de la iglesia. Allá arriba han de estar sus sudaderos —y tomó a Basch del brazo—. Doctor, este convento está tomado por nosotros desde hace diez días, y ustedes no lo notaron. Nos dejamos capturar —le sonrió de nuevo—. ¿Recuerda su "victoria" en la batalla de El Cimatario, donde nos "venció" su gran general Miramón? Nosotros somos el Caballo de Troya —y se volvió hacia sus soldados—. Amárrenlo. ¡Aprehendan al general Miramón y al invasor!

En su habitación, el emperador Maximiliano se levantó por el ruido. Con el corazón retumbándole por el miedo, comenzó a vestirse a toda prisa. Se puso los pantalones, la camisa, el cinturón de víbora cargado de monedas que tenían su propia cara. Comenzaron a caérsele al suelo.

—Dios… —y se miró en el espejo.

La puerta reventó desde afuera por una patada.

—¡¿Qué está pasando?! ¡Salm! ¡Mejía!

Entró violentamente el coronel Jablonsky, armado. Le gritó a Maximiliano:

—¡Dese prisa, Majestad! ¡El convento está en manos de los juaristas! ¡Están bajando desde la azotea! ¡Vienen para capturarlo vivo!

Lo jaló del brazo, hacia afuera. En el pasillo, se lo entregó al coronel Miguel López, de cabello rubio.

—Aquí lo tiene.

El coronel López, con sus ojos azules, tomó a Maximiliano del brazo. Comenzó a caminar con él a la entrada del convento, al vehículo. Le pegó el rostro al cuello:

—Majestad, los juaristas ya tienen tomada la iglesia y gran parte del convento —y señaló al patio—. Yo tengo un lugar perfectamente seguro para protegerlo —y le sonrió. ¿Recuerda usted la bala que me regaló? —y le mostró el proyectil de oro puro.

Maximiliano lo miró por un segundo.

—¿Usted me entregó a estos hombres?

López lo miró fijamente.

—Fue más placentero copular con su esposa —y le sonrió. Se lamió la boca. Lo derribaron el príncipe Salm-Salm, el secretario Blasio, el teniente coronel Pradillo, y el general Severo Castillo.

—¡Venga por aquí, Majestad! —lo jalaron violentamente su cocinero imperial húngaro Tüdos y Anton Grill.

Maximiliano trotó con ellos sin saber a dónde iba, sin saber a quién estaba siguiendo, o quién lo estaba manipulando ahora. Comenzaron a dispararles desde lo alto, desde la azotea.

—¡Que no se vayan! ¡Sellen la puerta!

Salieron a la plaza del convento, frente a la iglesia. El atrio extenso estaba frío, oscuro, lleno de soldados de Benito Juárez. Todos, en silencio, le sonrieron a Maximiliano, aferrando sus rifles Remington.

El emperador tragó saliva.

—Por aquí, Majestad —lo jaló Anton Grill hacia el carruaje dorado, la Carroza del Amor.

Debajo del débil farol a mitad de la plaza, Maximiliano vio a un militar recargado contra el poste, también sonriéndole. Maximiliano ya lo había conocido, era el coronel José Rincón Gallardo.

Comenzó a disminuir el paso.

—¿Coronel…? —le preguntó Maximiliano.

El coronel Rincón Gallardo se llevó un largo cigarro a la boca.

Le sonrió al emperador.

—Hoy no tengo para usted una propuesta de paz, sino esta orden de arresto —se la mostró, bajo la luz— por invasión, por usurpación y por violación a la Independencia de México.

El humo del cigarro subió hacia el farol, haciendo formas espirales entre los insectos.

Maximiliano cerró los ojos.

127

El emperador y su pequeño grupo, con gabardinas cubriéndoles las espadas que les habían colocado los hombres de Tomás Mejía, comenzaron a bajar sus cabezas, rodeados por los soldados juaristas del coronel Rincón Gallardo.

Se inició una ligera lluvia, de gotas frías.

El coronel Gallardo le susurró a Maximiliano:

—Usted es un invasor, pero la victoria que se obtiene por medio de traidores no es victoria —y miró al interior del convento—. ¡Soldados! ¡Dejen pasar a estos paisanos! ¡Ninguno de estos hombres es el emperador Maximiliano!

Sus soldados comenzaron a sacudir las cabezas.

—¿No, mi coronel…? Pero… ¿no se parece bastante…? —y observaron las barbas rojas del Habsburgo.

El coronel Rincón les dijo:

—El archiduque tiene dos horas de ventaja desde este instante para escoger otro punto de combate, y para prepararse para enfrentarme. Nos batiremos como hombres. Y entonces será capturado.

—Qué suerte tuvo usted —le dijo treinta días después su interrogador, Manuel Azpíroz, brazo derecho del general Mariano Escobedo y actual fiscal del caso, en el convento de las monjas capuchinas—. Así de bondadoso fue Dios con usted. ¡Le ofreció una cantidad incontable de oportunidades para salvarse! —y lo miró fijamente—. ¿Cómo podría explicarse en este universo que un mando como el coronel Rincón Gallardo, de probada integridad, teniéndolo a usted rodeado, en sus garras, lo dejó ir, le permitió a usted fugarse, cuando aprehenderlo le habría dado a él la gloria en la historia?

Maximiliano, esquelético, tragó saliva.

—Aún hoy no encuentro explicación para esto —le dijo Azpíroz—. Bueno, sí la hay —le sonrió—. Probablemente habría sido un error aprehenderlo ahí y desatar un tiroteo entre sus hombres y los de Juárez en ese punto de la zona urbana. Mejor dejarlo ir con su escolta a su ridículo puesto del Cerro de las Campanas, y que el intercambio de fuego ocurriera en despoblado.

Lentamente caminó hacia él. Le dijo:

—Usted llegó con cinco mil soldados de nuevo hasta esa montaña, como si sirviera de algo seguir empeñado en aferrarse a su trono. Cuando allá arriba vio que sería inútil y estúpido seguir luchando y sacrificando más vidas, usted mismo, o sus hombres, entraron en razón y levantaron la bandera blanca.

—No fui yo.

El fiscal Azpíroz lo miró fijamente:

—¿No fue usted?

—No.

Azpíroz negó con la cabeza.

En el Cerro de las Campanas, veinte días atrás, en la cima del monte, poco antes de las seis de la mañana, sin salir aún el sol, Maximiliano caminó entre las piedras.

En la cara sintió el golpe frío del viento. Lo sintió también en las manos, como hielos. Escuchó en las rocas el sonido del aire que corría, el eco semejante al de veinte gigantescas campanas. Cerró los ojos.

Lentamente se volvió hacia su amado Blasio:

—Si me apresan, estos documentos no deben caer en manos de Juárez —y del bolsillo sacó su cartera—. Por favor quema todo ahora mismo. Si no logras quemarlos, entrégaselos al embajador de Prusia, Anton von Magnus. Que él se los lleve al canciller Otto von Bismarck.

Sin comprender la maquinación, el joven Blasio, con la cartera en la mano, miró hacia abajo de la montaña: los soldados juaristas, con sus antorchas, estaban subiendo desde todas direcciones. Tragó saliva. Pensó en Carlota, en su cama. Sintió mirarla a los ojos, tomar su mano.

—Su Majestad, esto es el fin —le dijo a Maximiliano—. Ríndase antes de que lo capturen. Serán más clementes.

—Ve y quema los papeles. ¡Hazlo ahora!

El secretario, tembloroso, trotó hacia la cabaña que estaba arriba, de cuya ventana salía la luz de un quinqué de bujía. Era la cabaña del coronel Gayón.

El emperador miró hacia arriba, a las estrellas. Comenzaron a diluirse con la luz azulada del amanecer. Sonrió para sí mismo. Se dijo lentamente:

—Nuestro Sol volverá a brillar en el universo. *Mach tictomachiliah occeppa mohualhuiliz, totonaltzin* —y en mano acarició la pequeña punta de obsidiana azteca que le regaló la joven Concepción Margarita Sedano y Leguízamo, en la Casa Olindo.

A su lado, los generales Tomás Mejía y Severo Castillo, sudando, observaron a los juaristas que subían con sus armas. Comenzaron a sacudir sus cabezas.

—Majestad —le dijo el general Castillo—. ¿Qué hacemos?

Maximiliano le sonrió.

—Yo no voy a rendirme. Tampoco voy a escapar. El mundo no va a disfrutar mi humillación, ni mi deshonra —y lentamente comenzó a caminar hacia abajo, con sus botas, entre las hierbas olorosas, abriendo los brazos para recibir los disparos en el pecho—: ¡Una de estas granadas va matarme! ¡Ojalá! —les gritó a sus generales—. ¡Vengan conmigo! ¡Nos veremos en el universo!

Por detrás, el general Castillo le gritó:

—¡Dios! ¡Esto debe parar! —y le gritó a Tomás Mejía—: ¡El emperador quiere morir! ¡Quiere que nos maten a todos!

El capitán Agustín Pradillo, llorando por el terror, violentamente comenzó a arrancarse la ropa. Levantó su camisa blanca al aire.

—¡No disparen! ¡No disparen!

Maximiliano, con los brazos abiertos y los ojos cerrados, vio la habitación de su madre, forrada de cuadros. Ella lo recibió, levantándose de su silla:

—¿Maximiliano…? ¿Hijo…? ¿Fuiste valiente…? ¿Moriste en batalla…? —y tiernamente le sonrió—. Siempre supe que ibas a ser un buen Habsburgo, pequeño hijo mío, mi niño sol.

Nerviosamente, el oficial Pradillo siguió agitando su camisa al viento, por debajo de las estrellas, hacia los juaristas:

—¡Nos rendimos! ¡Nos rendimos! ¡La guerra termina ahora! ¡Nos rendimos! ¡Nos rendimos! ¡¡Nos rendimos!!

Treinta días después, en la celda, el coronel Manuel Azpíroz miró sus papeles:

—Así que no fue usted. Fue un capitán de medio rango, Agustín Pradillo, quien terminó con esta maldita guerra entre Francia y América —le sonrió. Comenzó a doblar sus papeles—. Ni siquiera esta decisión final la tomó usted. Y ocurrió, a continuación, lo peor que usted había temido en toda su vida: morir en la inmundicia —y lentamente observó los sucios excrementos en el piso, secretados por el propio Maximiliano—; morir aquí, derrotado, como un reo, por su fracaso, fusilado. ¡Que pasen los testigos!

Lentamente entraron por la puerta de la celda dos jóvenes oficiales uniformados: José Corona, hermano menor del general Ramón Corona, y el lancero Bernardo Reyes, de Guadalajara, de diecisiete años.

—¡Soldados! —les gritó—. ¡¿Ustedes estuvieron presentes en el momento de la rendición del invasor Fernando Maximiliano de Austria?!

Sin mirarlo, en posición firme, el delgado Bernardo Reyes le respondió, encarando el muro:

—¡Sí, señor! ¡Yo me encontraba con mi general Ramón Corona y con los generales Echegaray, Cortina y Mirafuentes, al pie del cerro, cuando el invasor entregó su espada a mi general Corona!

El fiscal Manuel Azpíroz le mostró un papel a Maximiliano.

—Esta carta fue encontrada entre sus pertenencias —y comenzó a leérsela—: "No vengas a Europa. Debes morir. Si te rindes hoy, serás por siempre un cobarde. Nunca regreses. Franz Maria Johann Folliot de Crenneville".

Le sonrió a Maximiliano.

—También encontramos ésta —y se la mostró:

Enero de 1867
Amado hijo:

Tu pobre Carlota me ha escrito sobre su gran alegría por los regalos de Navidad que les enviamos papá y yo. No puedo más que aprobar tu resolución de quedarte en México, a pesar de tu natural deseo de correr al lado de Carlota. De esta manera has evitado la apariencia de haber sido expulsado. Debo esperar que permanezcas en México todo el tiempo posible, con honor.
Tu madre,
Emperatriz Sofía de Austria-Hungría

Maximiliano entrecerró los ojos. El fiscal les dijo a sus jóvenes testigos:
—¿Qué es lo que les confesó el sacerdote Agustín Fischer? —y señaló las otras celdas. El joven José Corona miró hacia el muro:
—El padre Fischer nos aseguró en interrogatorio que, tras salir de Roma para dirigirse a México, pasó por Viena y habló personalmente con la madre del invasor, y que ella le dijo literalmente lo siguiente: "Mi pobre Max. Será muy difícil para él reaparecer en Europa como un fracasado". El propio Fischer reconoce que, ya estando aquí en México, él mismo le dijo al invasor: "Usted debe enterrarse bajo las cenizas de México antes de aceptar la derrota".
Azpíroz se volvió hacia Maximiliano.
—Todos lo manipularon —y negó con la cabeza—. Estoy tratando de indagar por qué usted se aferró hasta el final en esta masacre infernal que costó tantas vidas innecesariamente, en lugar de renunciar desde un principio, o en las tantas veces que pudo hacerlo: y la respuesta es siempre que alguien lo manipuló para torcerle la mente. La única decisión que usted parece haber tomado por sí mismo alguna vez en su vida fue la de bajar por ese cerro maldito para recibir en su pecho un proyectil: la decisión de matarse, el deseo de suicidarse. Pero alguien, de nuevo, volvió a decidir por usted: el capitán Pradillo.
Maximiliano empezó a llorar. Los dos jóvenes soldados tragaron saliva. Cerraron los ojos.
Azpíroz se volvió hacia Bernardo Reyes:
—¿Usted sabe que este invasor es parcialmente responsable de los cambios que están ocurriendo en el mundo? Cuando este invasor llegó a México existía un mundo que hoy ya no existe. ¡Dos potencias ultrapoderosas en los hechos acaban de desaparecer como tales y para siem-

pre: Austria y Francia! ¡Y como contrapeso surgieron dos nuevos países en parte gracias a este invasor Maximiliano: Alemania e Italia; no por lo que hizo, sino por el estorbo que representó para todos!

Bernardo Reyes no le respondió. Permaneció observando el muro, para no ver al desfigurado Maximiliano que estaba sacudiéndose por la disentería. Azpíroz le dijo al joven lancero:

—Usted vaya por la chica que capturaron los hombres del general Francisco Leyva, la india de la Casa Olindo. Tráigamela aquí para que la vea el detenido —y le sonrió a Maximiliano—. Si esta mujer está embarazada, la criatura es también una amenaza para el Estado.

129

En París, dentro de su tenebroso Palacio de las Tullerías, el solitario emperador francés Napoleón III, con el rostro blanquecino por la tensión, permaneció en silencio.

Violentamente entró a verlo el mariscal Adolphe Niel, gritándole:

—¡Ya están entrando las tropas de Bismarck! —y señaló al este—. ¡Están en Saarbrücken! ¡El general Charles Frossard está enfrentando a la División 16 de Infantería de Bismarck! ¡Moltke está metiendo su primer ejército desde Saarlouis; el segundo desde Forbach, y el tercero está pasando a Francia desde Wissembourg!

Napoleón III cerró los ojos.

Al otro lado del océano, en los Estados Unidos, el general Herman Sturm, con su pipa transparente en la boca, nervioso, se acarició las insignias del pecho. Comenzó a caminar hacia el temible general Ulysses Grant, quien estaba en el sillón de su oficina.

—Mi general… —le dijo Sturm. Se colocó frente al que ahora era el comandante general del Ejército de los Estados Unidos.

—Sí —le respondió secamente Grant. Se llevó su ancho puro a la boca.

Herman Sturm se quitó su sombrero de Indiana. Con sudor en todo el cuerpo, volteó a los lados. En la penumbra distinguió a los cuatro hombres sentados: Lew Wallace, Philip Sheridan, George Meade y William T. Sherman. Todos le estaban sonriendo.

—Habla —le dijo Grant.

—Mi general, usted puso a mi cargo, por medio del general Lew Wallace, que estableciera un canal de fabricación de armamento para el rebelde Benito Juárez, con el cual derribaría a Maximiliano. Lo hice en coordinación con el representante mexicano José María Carbajal, hombre de Juárez. El general Wallace estaba ansioso porque esperaba recibir concesiones en México para telégrafos y trenes, y volverse rico con las promesas de Juárez y de su embajador Matías Romero —y se volvió hacia Lew Wallace, el cual se intimidó:

—¡Eso es falso, general! —lo señaló—. ¡No ataque a la verdad!

—Continúe —dijo Ulysses Grant.

—Yo firmé con el general Carbajal nuestro contrato el 1° de mayo de 1865. Se me nombró "Agente para la República Mexicana", con la misión de transportar hacia México emigrantes estadounidenses, que una vez allá pudieran operar como soldados contra Maximiliano, así como armamento para la guerrilla del señor Juárez. El contrato lo certificó aquí el ministro juarista Matías Romero. Organicé la fabricación del armamento en Boston, Cincinnati, Cleveland, Indianápolis, Louisville, Nueva York, Pittsburgh y St. Louis —contó con los dedos—. Mi primer envío de municiones lo efectué vía Matamoros el 16 de julio de 1866 en el vapor *J. W. Everman*. Cinco mil rifles Enfield, mil pistolas, seiscientos dieciocho mil cartuchos, un millón cien mil tapas de percusión, cinco mil libras de pólvora DuPont, mil espadas de caballería, seis cañones con veinte mil cuatrocientos proyectiles, tres mil equipos de cocina, trece mil ochocientos un belices de espalda, mil trescientos ocho pantaloncillos, ochocientos trece sartenes, equipo médico y para cirujías de campo, incluyendo instrumentos dentales, y seis tiendas hospital, así como hombres estadounidenses para combate, incluyendo a mi propio hermano, Frederick.

Ulysses Grant, sin dejar de leer sus papeles, sumió una ceja.

—¿Qué más?

—El 11 de noviembre de 1866 envié a Minatitlán, Veracruz, el buque *Vixen*, con un cargamento semejante, tripulado, entre otros, por mi hermano Robert. Cinco mil rifles para el señor Juárez. Cincuenta pistolas Remington. Ciento diecisiete mil municiones. Trescientas treinta y cuatro mil tapas de percusión, seiscientas dieciséis espadas de caballería. Dos telescopios. El 27 de noviembre envié el transbordador *Suwanne* a Michoacán, para el juarista Juan José Baz, con armamento para el general Ramón Corona. El 3 de marzo de 1867 envié el vapor *McCallum* a Tampico con armas para el general Pavón, destinadas a

Escobedo. Cinco mil rifles, mil cajas de carabinas. En agosto envié los vapores *Zingarella* y *Keese* para el general Porfirio Díaz con un bote torpedo tripulable por un hombre, desarrollado por Neafie & Levy.

—Basta —le dijo Grant—. Como usted puede ver, estamos ocupados —y brutalmente le mostró sus muchos papeles. Los demás generales comenzaron a sonreír.

—Mi general —le imploró Sturm—, debo mucho dinero. Recurrí a cuantiosos préstamos personales que ahora pesan sobre las pocas posesiones que le quedan a mi familia, incluyendo mi caballo. Usted y el general Wallace me prometieron que todo me sería reembolsado —y, temblándole el brazo, extendió la mano—. Le suplico ayudarme.

Los generales se miraron entre sí. Se rieron. El general Ulysses Grant suavemente se levantó de su cómodo asiento.

—General Sturm, ¿todo esto qué tiene que ver conmigo? Yo no voy a pagar nada de eso. Tampoco los Estados Unidos. ¡Nunca existió una operación para inocular armamento a México! ¡Qué falsedad! —le sonrió a Wallace.

—Señor —se inclinó hacia Grant—. ¡Tengo que pagarles dos millones de dólares a los proveedores…! —se arrodilló.

—Mire, amigo —le dijo Grant. Le puso la mano en la cabeza—, los asuntos de México son de México. Cóbreselo al señor Juárez.

Lo sacaron.

En la calle, con su ropa militar rota y la cara golpeada por los guardias, el general Herman Sturm arrojó su pipa transparente a la acera. La pisó una carreta.

—Está usted bajo arresto por tirar basura frente a un edificio federal —le dijo un oficial. Le mostró su placa. Sturm se volvió hacia él. Con sus fuertes dedos le metió los ojos dentro del cráneo.

—¿Tú vas a pagar mis deudas? ¡Tú no estuviste en combate! ¡Mira mis heridas! ¡Tú no viste los cuerpos sin carne! ¡Tú no estás demandado por Parker & Snow y por William Henderson! ¡No eres tú el que va a ser expulsado con su familia, con sus niños, para que estén en la calle!

—¡Trasladen al general y a sus hermanos a la prisión del condado!

—¡Malditos! —pataleó Sturm—. ¡Malditos! —lo arrastraron.

Pasaron dos años.

Herman Sturm, ahora con arrugas, caminó con la pierna rota por la misma calle, apoyándose en sus bastones de pedacería. Le sopló el viento con polvo. En el muro vio el cartel recién pegado: "Hiram Ulysses Grant, nuevo presidente de los Estados Unidos". Negó con la cabeza.

En la fotografía tomada por Mathew Brady, Grant aparecía sonriendo. Sturm comenzó a llorar. Debajo leyó:

"Su victoria en México contra los poderes de Europa expulsó al dictador Maximiliano. ¡Viva el *New Chief*!"

Pasaron dos meses.

Con dolor en la rodilla, arrastró sus bastones en México, dentro del Palacio Nacional, en la Ciudad de México, en medio de los soldados republicanos del ahora presidente Benito Juárez.

—Señor presidente —le dijo el general retirado—. Hace dos años —y miró hacia los lados— yo organicé con el señor Carbajal el suministro de armamento que lo trajo a usted al poder... en Brownsville... los buques cargueros... ¿Lo recuerda...?

—Ni madres. No sé de qué está usted hablando. Por favor sáquenlo.

—Debo dos millones de dólares —y lo jalaron—. ¡Señor! ¡Además del interés moratorio acumulado durante estos dos años y siete meses! ¡Señor!

Cinco horas más tarde, Herman Sturm esperó en la antesala, en el Salón Morado del Palacio Nacional. Observó el reloj. Vio a un sujeto aproximársele por el pasillo, con un cheque en la mano. Abrió los ojos.

—¿Dinero...? —y empezó a levantarse, temblando sobre sus bastones.

—No podemos darle dos millones de dólares. ¡Quebraría a nuestro país...! —le sonrió—. Podemos darle esto —y delicadamente le puso el cheque en la mano. Sturm lo revisó, horrorizado:

—¡¿Cuarenta y tres mil quinientos dólares?! ¡Eso no vale más que uno de los malditos torpedos! —y empezó a golpear al mensajero con sus bastones—. ¡Quiero mi maldito dinero! ¡¿Dónde están mis dos millones?! ¡Le quité los años de salud a mi familia!

Lo sacaron.

Adentro, en la oficina presidencial, el embajador estadounidense Campbell suavemente le susurró a don Benito Juárez.

—El presidente Grant desearía hacerle una petición a usted, si me lo permite —y disminuyó el volumen de la voz—. Es la siguiente: que este tema de Herman Sturm y de las armas no se mencione nunca. El presidente Grant no quiere crear nuevas polémicas con Europa.

Juárez le ofreció un puro.

—De eso no se preocupe —le sonrió—. México no va a pagarle ni un centavo de esto —y comenzó a arrugar un papel con la mano.

Sturm intentó suicidarse.

En 1876 la Comisión Binacional Secreta para Reclamaciones dictaminó que México sólo debía pagarle seiscientos setenta mil dólares, dejándolo sin esperanzas sobre el resto de los dos millones que él seguía debiéndoles a los fabricantes, más los intereses.

En Washington se le ordenó a Sturm que ya no mencionara esta deuda, pues la participación de los Estados Unidos en la tragedia de Maximiliano debía ocultarse ante Europa para no crear adversidad con las potencias. Para 1888 el presidente de México ya era el general Porfirio Díaz. Herman Sturm decidió visitarlo.

Díaz no lo recibió.

Al salir del Palacio, el acaudalado William Henderson, a quien Sturm le debía miles, le gritó:

—¡¿Vine contigo para esto?! ¡Maldito inútil! —y comenzó a golpearlo en la espalda—. ¡Pagué tus boletos de este viaje! —y lo arrojó al piso, en el Zócalo, entre los miles de paseantes. Se estaba construyendo una nueva asta para una bandera monumental.

Una pobre mujer lo levantó:

—¿Está usted bien, señor…? —lo llevó a su casa. Lo alimentó con té y con verduras—. Voy a adoptarte aquí, mi viejito. A ver, a comer.

La policía dictatorial de Porfirio Díaz, en diez vehículos modelo La Marquise, rodeó la casa de la señora. Violentamente se bajaron veinte hombres con armas. Uno de ellos era el ahora ex senador Manuel Azpíroz, vestido de negro.

—¡Abran ahora! —pateó la puerta. Introdujo su guante negro.

La señora tembló.

—¡Ay, Diosito! —se persignó—. ¡Aquí no hicimos nada! ¡Amamos mucho al señor don Porfirio! —y se hincó—. ¡No se lo lleven! ¡Este señor es mi viejito! —y Azpíroz se colocó frente al general Sturm. Le sonrió:

—El presidente Díaz no va a pagarle a usted los dos millones ni los seiscientos mil. Acepte estos doscientos diez mil ochocientos cincuenta y cuatro dólares con cincuenta centavos, y esto es todo, ¡para que deje de chingar!

Le dejó caer unos papeles sobre el pecho.

Sturm, alarmado, se enderezó. Comenzó a manosear los papeles.

—¿Qué es esto? ¡Esto no es dinero! ¡Esto son "bonos" del gobierno mexicano! ¡Con esto no puedo pagar lo que debo!

Pasó un mes. En la Bolsa de Nueva York, Herman Sturm, acompañado por William Henderson, se colocó frente a la mujer de la caja de pago para cambiar ahí sus bonos mexicanos del presidente Díaz.

—*This isn't money* —le dijo la chica de trenzas rojas—. *Next* —y señaló al que seguía en la cola.

—La bolsa no nos va a dar más que un tercio de su valor marcado. Díaz nos estafó —le dijo Henderson.

Pasaron tres años más.

En 1891 Sturm pidió un último préstamo a su hija Henrietta, tomado de los estudios de su propia nieta Jennie. Con ese dinero pagó su último boleto hacia México, esta vez para suicidarse.

Preparó todo. Llevó consigo una carta del general Lew Wallace para entregársela al presidente Porfirio Díaz.

Una vez frente al dictador, le dio la carta. Díaz la leyó:

Querido presidente Díaz:

¿Acaso no valen para usted los servicios que proporcionó Herman Sturm? ¿Acaso no valen la libertad de su pueblo, por no decir la vida del México republicano? Este hombre se empobreció, y a su familia, y a muchos de sus amigos, en el trabajo al cual se dedicó.

Lloroso, el general Porfirio Díaz, presidente de México, comenzó a doblar de nuevo la misiva estadounidense. Se secó los ojos. Le susurró a su amigo Bernardo Reyes, ahora gobernador del estado de Nuevo León:

—Me entristece tanto esta historia de Herman Sturm… —se limpió las lágrimas—. ¡Entérese, pinche gringo, que no vamos a pagarle ni madres…! ¡Ya le dimos lo justo! ¡Sáquenlo!

De nuevo estuvo tirado en la plancha del Zócalo. Los mexicanos pasearon a su alrededor cuidando no pisarlo. Ahora no hubo una anciana que lo levantara.

Una semana más tarde, de vuelta a su triste casucha de láminas en Denver, Colorado, completamente solitario, salió, apoyándose en sus bastones, hacia el desértico borde del acantilado del Gran Cañón, para matarse.

Caminó temblando, vestido con su carcomido traje de la Guerra Civil.

En el completo silencio observó el precipicio: las paredes inmensas. Pudo contemplar las edades geológicas de la Tierra. Cerró los ojos.

—*God in Heaven...* —oró para matarse.

Arrojó primero su bastón al abismo. Lo vio caer lentamente, golpeando contra las salientes, hacia el lejano y estruendoso río.

De pronto vio algo brillar en el precipicio. Vio destellos, como estrellas, en las rocas junto al río. Abrió los ojos.

—Dios... es... ¡¿oro?!

Por detrás de él, el señor William Henderson le dijo:

—¿Eso es oro? —y lentamente se colocó al borde del acantilado—. ¡Diablos! —le gritó—. ¡Vamos a hacernos ricos! —y se arrodilló en el borde—. ¡Podemos abrir aquí una mina! ¡Esto es grandioso! ¡Todo nuestro sufrimiento del pasado ha terminado! —y comenzó a llorar—. ¡Con los sesenta mil dólares de Porfirio Díaz podemos excavar una mina aquí! ¡Vamos a hacernos millonarios!

Herman Sturm suavemente le sonrió.

—Tú no —lo empujó hacia el abismo.

Herman Sturm murió rico. Inmensamente rico. El 17 de octubre de 1906 murió millonario, al lado de su feliz esposa y de sus cinco hijos. Pasó sus últimos quince años siendo un magnate minero.

—Dios... esto es... magnífico... —le sonrió el pigmeo polinesio Bertholdy al detective Steve Felder, a bordo del avión de ochenta toneladas Boeing 767, originario de Gran Polinesia.

Las llantas de la aeronave tocaron la pista en el aeropuerto Zaventem, en Bruselas, Bélgica. Felder le dijo a Bertholdy:

—La tumba del general Herman Sturm es una triste lápida gris en el Fairmount Cemetery en Denver, Colorado, y ni un solo mexicano ha ido ahí a ponerle una flor por expulsar a Maximiliano. Su nombre debería haber quedado para siempre en el anonimato, en la inexistencia, para que Juárez fuera el único héroe. Tampoco le han dedicado siquiera un minuto los que visitan Indianápolis y circulan por la Sturm Avenue. Por su parte, el general que lo metió a este *via crucis*, Lew Wallace, arrepentido por destruirle la vida a su amigo, se retiró a las montañas. Hoy es conocido por el mundo con otro nombre: "Lewis Wallace", el famoso escritor. Su obra maestra se llama *Ben Hur: La historia de dos amigos*, la cual ha visto dos veces el cine: una en 1959, cuando ganó once Oscares, y otra en 2016, cuando fue un fracaso monumental. Se borró de la historia que ése fue el general estadounidense responsable de colocar a Benito Juárez en el poder y de expulsar a Maximiliano.

Bertholdy, atemorizado por el zarandeo del avión sobre la pista, aferró sus manitas a los brazos del asiento. Se puso a rezar en polinesio:

—*Ho'oponopono! Ho'oponopono!*

Steve Felder, con el hermoso cráneo de cristal azteca de Eugène Boban en las manos, le sonrió al pigmeo:

—Ahora prepárate para entrar al corazón mismo del misterio: el tesoro de Carlota —y lentamente le dio la vuelta al cráneo. Debajo decía, cincelado en el vidrio: "El Secreto está en el cuerpo de Carlota".

A diez kilómetros de distancia, dentro del oscuro y tenebroso Castillo Bouchout, en las afueras de Bruselas, la ex emperatriz Carlota Leopoldina de Saxe-Coburgo-Gotha, aún de veintisiete años, encinta, comenzó a golpear el cerrojo triple de su habitación. Gritó, llorando:

—¡Déjenme salir de aquí, malditos! —y comenzó a golpear la perilla con el retrato de su hermano Leopoldo II—. ¡Maldito bastardo! ¡Déjame libre! —y arrojó el cuadro al piso—. ¡Ellos engañaron a papá! —y con sus brillantes ojos negros violentamente se volvió hacia el retrato de su padre—. ¡Bélgica es una creación de Inglaterra! ¡La gente tiene que saber la verdad! ¡La crearon los ingleses! ¡Separaron a Bélgica para dividir a Holanda, para destruir al Imperio de Flandes! ¡Por eso los holandeses no querían dejar a papá ser rey del nuevo país! ¡Bélgica fue el plan de Inglaterra para acabar con Holanda, para volverse el imperio marítimo del planeta! ¡Mi padre sólo fue un instrumento!

130

En París, dentro del Palacio de las Tullerías, la esposa de Napoleón III, la exquisita y exuberante Eugenia de Montijo, recibió un reporte alarmante:

—Majestad —le gritó el telegrafista a la emperatriz—, ¡el canciller Von Bismarck acaba de aplastar a nuestros ejércitos en Sedán, en la frontera con Bélgica! ¡Al emperador Napoleón lo capturaron vivo!

Ella cerró los ojos. Se llevó la mano con el abanico al corazón, en medio de su voluptuoso escote.

El telegrafista, sin quitarle la vista a sus pechos, le dijo, tragando saliva:

—El total de bajas contabilizadas hasta este instante es de ciento treinta y ocho mil soldados nuestros —y revisó su reporte—, además de ciento cuarenta mil heridos que están siendo llevados a los hospitales, y quinientos mil soldados nuestros capturados, que están siendo trasladados a campamentos de detención por los hombres de Von Bismarck, cuarteles de trabajos. Los alemanes sólo perdieron cuarenta mil soldados —y le mostró el papel—. Ésta es la guerra más mortífera de toda la historia, con más de medio millón de cadáveres, la mitad de ellos civiles.

La dama se abanicó el cuello. Se volvió hacia el ojo del dentista Evans que asomaba a través de la cortina.

El telegrafista le dijo:

—Pelearon un millón y medio de alemanes contra dos millones de franceses. De acuerdo con este informe sobre los mutilados, nunca se experimentó antes un terror como éste en el mundo, con esta tecnología alemana que ahora es capaz de destruir ciudades. El ejército alemán se dirige a París en dos divisiones: el Tercer Ejército y el Ejército de Meuse.

Eugenia abrió los ojos.

—¿Dónde está mi esposo?

—Lo aprisionaron en el Chateau de Bellevue, en Glaire-et-Villette, en Frénois, Ardenne, al sur del río Meuse, en la frontera con Bélgica, a dos kilómetros del lugar de la batalla y a cien kilómetros de Alemania. Él le envía este telegrama urgente —y, con la mano temblorosa, se lo entregó:

Amada:

Me es imposible decirte lo que he sufrido y estoy sufriendo ahora… Habría preferido morir que rendirme.
Napoleón III

Ella cerró los ojos.

—No debió rendirse…

El telegrafista se quedó inmóvil.

—¿*Madame*…? No comprendo…

La mujer, con enorme violencia, negó con la cabeza.

—¡No! ¡No! —y le arrojó el telegrama al hombre, a la cabeza—: ¡Un emperador nunca se rinde! ¡Esto debe ser una mentira! ¡Simplemente no puede ser! ¡Lo voy a poner a usted bajo arresto!

—¿*Madame*…? —y sacudió la cabeza—. ¿Qué está usted haciendo? Ella le arrojó su abanico al ojo.

—¡Escríbale que no sea cobarde! ¡Si lo vencieron debe matarse, pero nunca rendirse! ¿Cómo pudo rendirse? ¿Por qué no mejor se suicidó? ¡Ya debería haberse matado! ¡Ahora no vale nada! ¡Si perdiste ahora tienes que matarte!

Doscientos cincuenta kilómetros hacia el este, en el Palacio de Bellevue, Napoleón III, derrotado, se apoyó sobre sus rodillas, en la oscuridad. Volvió la cabeza hacia el piso. Se jaló la gorra militar. Comenzó a llorar.

—Eugenia… amada rosa… —y se llevó la mano a la cara.

El general Emmanuel Félix von Wimpffen, a las órdenes de Otto von Bismarck, suavemente le acercó un pequeño objeto enigmático: una joya arcaica.

—Esto es para usted.

Napoleón abrió los ojos. Observó el rubí, atrapado en cintas de cobre.

—¿Qué es?

Wimpffen se sentó junto a él.

—Perteneció, en el año 490, al rey Clodovech, el primer rey de Francia… Clodovech fue el creador de Francia —y suspiró—. Hoy, con usted, termina el dominio de ese imperio —le sonrió—. El canciller Von Bismarck y el señor Gerson pensaron que usted la querría.

Napoleón observó la joya.

—¿*Gerson*…?

—Se la envía Gerson von Bleichröder, el banquero de Bismarck.

—¿Bleichröder…? —y con los dedos acarició el objeto antiguo.

—Gerson von Bleichröder es la sucursal prusiana de la familia Rothschild. Todo el tiempo fue un contacto de Alfonso de Rothschild y de Carl Mayer von Rothschild. Bismarck financió esta guerra con el apoyo de esa familia.

Napoleón III cerró los ojos.

Wimpffen le mostró la nota:

Querido Fritz zu Eulenburg, Ministro del Interior:
Por el momento podríamos obtener un 4.5 por ciento; en el momento en que la guerra amenace, podríamos lograr un 90 por ciento, por eso no debemos esperar un mejor momento. Bleichröder me dice que Rothschild va a tomar nuestro asunto por entero, que en diez días la plata va estar en nuestra Tesorería.
Otto von Bismarck

Napoleón, gimiendo, recordó a su medio hermano Carlos Augusto de Morny —cuando estaba vivo y recordó sus días finales. Le habían mandado construir una tumba hermosa en el cementerio de Père Lachaise— diciéndole con una sonrisa:

—¡James de Rothschild financió la elección que te hizo presidente! ¡Metternich lo supo todo el tiempo! De no ser por James de Rothschild, podrían haber ganado Cavaignac o Ledru-Rollin. ¡Rothschild te dio la presidencia de Francia!

—Yo no necesito ayuda —le respondió Napoleón, entonces de cuarenta y tres años. Miró ferozmente a su hermano—. ¡¿Por qué dices que yo necesité ayuda?! ¡Gané con el setenta y cinco por ciento de los votos! ¡¿Eso es necesitar ayuda?! —y golpeó a su hermano en la cara.

Carlos Augusto de Morny se retorció frente a él, limpiándose la sangre de la nariz:

—En cuanto ganaste la presidencia depusiste a tu secretario Ferdinand Barrot. ¡Lo reemplazaste por un agente de Rothschild, Auguste Chevalier! ¡Rothschild ha estado aquí para gobernar por ti! —y se alejó de Napoleón por miedo a un nuevo golpe—. ¡Cuando saliste de la cárcel de Ham le mostraste a James de Rothschild tu proyecto del canal marítimo en México, el Canal Centroamericano de Tehuantepec-Coatzacoalcos, para crear el imperio atlántico! ¡Le pediste a Rothschild el dinero para el proyecto! —y le enseñó la vieja carta de 1840—. ¡Si quieres liberarte de que te llamen peón de Rothschild, debes fortalecer a otros banqueros, como los hermanos Pereire de Portugal, o como los hermanos Camondo, o como Achille Fould! ¡Dale el poder bancario a Achille Fould, el enemigo de los Rothschild! —y lentamente se le acercó—. Es crucial para tu gobierno que te liberes ya del patronazgo de los hermanos Rothschild, que gobiernan a pesar de ti —y recordó el día en que James de Rothschild lo mantuvo por horas esperando en la antesala, sin importarle su parentesco con el emperador. "Si se siente tan importante denle dos sillas."

Napoleón abrió los ojos.

Ahora, en el Pastillo de Bellevue, frente a Wimpffen, acarició el rubí rojo de Clodovech, el caudillo ancestral de los francos. Se volvió hacia Wimpffen.

—Deseo matar al archiduque austriaco. Deseo matar a Maximiliano.

131

—Fue Morny —le dijeron a Maximiliano en la cárcel del Convento de Capuchinas—. Fue él, un hermano bastardo que deseaba algo de grandeza, quien planeó todo: el dinero, el préstamo al presidente mexicano Miguel Miramón para enredarlo en una deuda y justificar la invasión militar de 1861, y así apoderarse del gobierno de México. Su intención era ser nombrado emperador en México, pero lo trajeron a usted.

Maximiliano bajó la mirada. Negó con la cabeza. Le preguntó a Manuel Azpíroz:

—¿Por qué no lo nombró a él? ¿Por qué no a su propio hermano?

—Por celos. Por desconfianza —le sonrió—. ¿Acaso usted no conoce la historia de Caín y Abel? Debería conocerla bien, pues es la misma de usted con su hermano.

Le mostró dos papeles.

—Éstos son cables interceptados, mírelos.

16 de junio de 1848

Este hombre Luis Napoleón nos va a traer muchos problemas.
James de Rothschild a sobrinos

Septiembre de 1848

Los franceses son unos tontos rematados en lo que se refiere a la política, y siempre actúan en contra de sí mismos. Es grave que Luis Napoleón tenga tantos partidarios. Si el presidente de la República es nombrado por el pueblo, no hay ninguna duda de que van a votar por Luis Napoleón.
Nathaniel de Rothschild a sus hermanos

Azpíroz le dijo a Maximiliano:

—El 10 de diciembre de 1848 Luis Napoleón fue elegido presidente. Cuatro años después, con la complicidad de su hermano Morny, se autodeclaró emperador, anulando la democracia. Mire esto —y le mostró un periódico:

New York Times-
14 de marzo de 1863

Sir Charles Wyke, el ministro inglés, en su despacho antes citado, dice: "Cuando el gobierno de Miramón estaba totalmente sin un centavo, la casa de Jecker le prestó $750,000, y recibió, a cambio de este adelanto, bonos para serle pagados en un periodo futuro por un monto de $15,000,000". Las fuentes en París nos informan que muchos "altos personajes" de la corte francesa tienen un interés pecuniario directo en este adeudo. Uno de ellos es el hermano de Napoleón III: el Duque de Morny. El emperador Napoleón tiene sus maquinaciones. Su proyecto fue: 1. Conquistar México; 2. Luego convocar a una junta compuesta por sus hermanos para resolver todos estos reclamos en nombre del pueblo mexicano; y 3. Asegurar una transferencia a Francia de Sonora y toda la región minera del norte de México.

Azpíroz le quitó el periódico.

—Napoleón III no pudo tolerar el apoyo que la familia Rothschild le ha propinado siempre a la familia Habsburgo y a la Iglesia católica. Especialmente los novecientos mil florines que Salomón de Rothschild entregó al príncipe Metternich y a la casa Habsburgo, sin considerar las demás incontables riquezas aportadas con anterioridad a su familia y a la Iglesia.

Detrás de la puerta, los dos coroneles a cargo de la vigilancia del emperador: la Hiena Miguel Palacios y el Sabueso Juan C. Doria, así como el coronel Ricardo Villanueva, entraron con un mensaje para Azpíroz:

—Teniente, tenemos aquí una visita.

Azpíroz se enderezó.

—¿De quién se trata?

Los militares le dijeron:

—Es la esposa del brigadier Salm-Salm. Es la princesa Inés Salm-Salm Leclerc.

—¡Salm-Salm es un traidor! ¡Llévensela lejos! ¡Salm-Salm ayudó al invasor! ¡No le permitan a esta mujer visitar a su esposo!

—No viene a ver a su esposo. Viene a ver al invasor Maximiliano.

Absorto, Azpíroz se dirigió a la puerta. Ellos le dijeron:

—La princesa Salm-Salm viene con una carta del general Ulysses S. Grant, de los Estados Unidos, que nos obliga a protegerla. Tiene inmunidad diplomática y protección de su embajada. No podemos tocarla.

El fiscal frunció las cejas. Observó, cuando los coroneles se abrieron hacia los lados, a la bella e impactante estadounidense, de larga falda. Ella ladeó la cabeza, le sonrió.

Azpíroz tragó saliva.

—*Let me get inside* —le dijo ella, sin parpadear.

Azpíroz la dejó pasar. El escribano Jacinto Meléndez también los dejó solos.

La enviada de los Estados Unidos le sonrió a Maximiliano. Suavemente lo tomó de la mano.

—Yo lo voy a sacar de aquí —le dijo. Observó la pequeña ventana.

Maximiliano levantó una de sus cejas pelirrojas.

—¿Usted me va a sacar de aquí...? —y se volvió hacia los guardias.

—Ellos trabajan para mí —le dijo ella—. Los coroneles Miguel Palacios y Ricardo Villanueva me van a ayudar a realizar la huida. Ya lo tengo todo arreglado. Sólo necesito dinero para pagarles sus sobornos.

—Diablos... yo no tengo dinero aquí conmigo. ¿Sirven unas monedas de oro?

—No, no —y miró hacia la puerta—. Necesito dinero. Si usted no lo tiene, escriba aquí una orden para el embajador prusiano, Anton von Magnus. Escríbale que necesitamos cien mil pesos para cada guardia, que lo aporte la caja de su embajada. Ellos van a darle parte de ese dinero a sus respectivos soldados. Le permitirán a usted salir hasta el caballo, que estará allá afuera —y señaló por la ventana.

Desde la puerta se asomaron discretamente la Hiena Palacios y el Sabueso Doria. Le sonrieron a Maximiliano. Le guiñaron los ojos.

Maximiliano le sonrió a la princesa estadounidense.

—¿Usted sola va a enfrentarse al regimiento del general Mariano Escobedo? ¿Va a robarles a un preso acusado de amenazar la seguridad del Estado?

Afuera, el joven José Corona caminó junto al lancero de diecisiete años Bernardo Reyes. Le dijo:

—Su nombre es Agnes Elisabeth Winona Leclerc Joy, esposa del brigadier Félix Salm-Salm. Ella es pariente del presidente de los Estados

Unidos, Andrew Johnson. Trabajó para el presidente Lincoln, quien la condecoró como primera y única capitana mujer en la historia de ese país.

Bernardo Reyes abrió los ojos:

—¿Tanto así?

—Por su participación en la Guerra Civil contra los estados del sur. Ella y su esposo alemán trabajaron como agentes espías para el general Grant. Ella acaba de enviar un comunicado a San Luis Potosí, a Juárez, exigiendo que no se fusile a Maximiliano.

—¿Por qué quiere salvarlo?

José Corona observó hacia abajo, hacia los árboles de naranjas.

—Esto debe ser un maldito complot para rescatarlo: una operación de Prusia o de los Estados Unidos. Ahora lo quieren vivo. Las potencias lo necesitan ahora, todas las potencias, para utilizarlo en el siguiente golpe contra México. Los enemigos de los Estados Unidos van a volver a intentar una desestabilización como la que hizo Francia para desde aquí invadir a los estadounidenses, y ellos lo quieren tener bajo su control para evitar el ataque, o para reutilizarlo.

—Dios… —y se dirigió a la celda del regimiento de Cuernavaca. Su misión era tomar de ahí a la chica capturada en la finca de Olindo, para llevarla ante Maximiliano.

Adentro, la princesa Salm-Salm le susurró al emperador:

—*Pferde sind bereits auf einen Flug vorbereitet.* Los caballos ya están preparados allá afuera, para la fuga. Tengo conmigo a Guillermo Daus, comerciante alemán aquí en Querétaro. Dentro de una hora mi esposo y yo vamos a resolver si el intento se hace hoy o mañana. Permanezca preparado. Sólo fírmeme esta carta para Von Magnus.

Maximiliano le sonrió:

—¿Está segura de esto…? —y comenzó a firmar el papel, solicitando doscientos mil pesos. Ella le sonrió:

—Tengo comprado a todo el comando Cazadores de Galeana —y señaló atrás, hacia los guardias. Todos ellos se asomaron por la puerta, especialmente Palacios y Doria. Le sonrieron a Maximiliano.

Maximiliano movió la cabeza.

—Está bien. Está bien —y, asombrado, observó al hombre que entró con la princesa.

—Archiduque Maximiliano —le dijo él—, mi nombre es Federico Hall. Estoy aquí con la princesa para ayudarlo. Soy abogado de los Estados Unidos. Represento al presidente Johnson.

Maximiliano tragó saliva.

Afuera, el lancero Bernardo Reyes vio pasar la charola con los alimentos para Maximiliano: una brillante bandeja de plata con una cantidad inusual de panes. El que la llevaba era el cocinero mismo del austriaco, Tüdos, seguido por dos soldados de Galeana.

—Un momento —lo detuvo Bernardo Reyes con su curvado sable. Tüdos comenzó a temblar.

—¡Majestad! ¡Majestad! ¡Majestad! ¡Me están atacando!

Adentro, la princesa Salm-Salm irguió la cabeza.

—*What's happening...?*

También se perturbó el abogado Federico Hall, y el propio Maximiliano.

En el pasillo, Bernardo Reyes, con su sable, tomó uno de los abultados bolillos. Tenía un agujero por un lado. Llevó el pan hacia la mano. Se enfundó el sable en el cinto.

Su amigo José Corona se quedó perplejo. Se aproximó. Bernardo Reyes examinó el bolillo. Dentro del agujero vio un papel hecho rollo, metido en la masa. Lentamente lo sacó, mientras Tüdos temblaba, gritando:

—¡Majestad! ¡Me están lastimando!

Bernardo Reyes lo desenrolló. Decía:

PRINCESA ARREGLÓ. MAGNUS. ESCAPE MAÑANA. PALACIOS A CARGO.

—¡General Corona! ¡Mi general! —gritó Bernardo Reyes. Desenvainó de nuevo su sable—: ¡Ordene un cambio de guardia! —y con su arma ordenó a Tüdos arrodillarse en el piso—. ¡Los reos están usando los panes para transmitirse mensajes! ¡Los guardias de este piso están comprados!

El coronel Miguel Palacios, la Hiena, le sonrió al lancero de diecisiete años.

—Eres un idiota —y se lanzó contra él, con su espada—: Te voy a matar, hijo de puta —y con la espada le abrió el brazo—. ¡Mátenlo! ¡Maten a Reyes!

El lancero, herido, le regresó el sablazo en la cara.

—¡Estás arrestado, traidor! —y la Hiena le lanzó la espada contra la oreja. El Sabueso Juan C. Doria les brincó por el otro lado. Derribó a Reyes. José Corona desenvainó su espada. Se lanzó contra Palacios:

—Malditos traidores —y le gritó a su hermano, el general Ramón Corona—: ¡Hermano! ¡Los guardias de Cazadores de Galeana están comprados! ¡La princesa Salm-Salm es una agente de los Estados Unidos! ¡Van a ayudar a fugarse al señor Maximiliano! ¡La princesa y su esposo son espías de Prusia o de los Estados Unidos! ¡Los está apoyando el embajador de Alemania, el barón Magnus y el cónsul Bahnsen de Hamburgo!

La Hiena le lanzó el filo de su espada contra la quijada.

En la habitación, el abogado estadounidense Federico Hall, aterrado por el ruido, le apretó el brazo a Maximiliano:

—Esto va a salir bien —y se volvió hacia la puerta.

La princesa Salm-Salm les dijo a ambos:

—No confío en los hombres que mi esposo seleccionó para esta misión. Si nos fallan, va a ser una catástrofe para todos: para ustedes y para mí —y tragó saliva.

Entraron violentamente, con sus espadas, los jóvenes José Corona y Bernardo Reyes. Les apuntaron con las armas llenas de sangre.

—¡Están detenidos! ¡Ustedes están comprando a una parte del ejército de México!

Afuera, la escolta del general Ramón Corona trotó a toda velocidad por el corredor con sus fusiles de bayonetas, apuntando contra todos los soldados:

—¡Todos al suelo, malditos traidores! ¡Todos ustedes están detenidos! ¿Recibieron sobornos de la señora Salm-Salm?

Empezaron a esposarlos por las espaldas.

—¡Trasládenlos de inmediato al casino español, allá abajo! —y señaló hacia el patio inferior, a través del largo barandal—. ¡La guardia de todo este convento va a ser reemplazada por el Batallón de Nuevo León, por órdenes del general Mariano Escobedo! ¡Bájenlos al casino!

Bernardo Reyes, sangrando de la cabeza, salió de la habitación de Maximiliano con la alta y bella princesa esposada. Ella lentamente se volvió hacia el joven:

—Qué idiota eres —le sonrió—. No sabes con quién te estás metiendo. Mañana vas a tener muchos problemas —le sonrió de nuevo.

El joven Reyes le dijo al coronel Villanueva:

—Es increíble que usted también se haya vendido —y lo miró fijamente. Le escupió en la cara—. Usted es el asistente personal del general Mariano Escobedo. ¡Espósenlo! ¡Está traicionando al ejército mexicano!

—¡Tú no puedes detenerme, maldito! —lo golpeó Villanueva. Le abrió el ojo de nuevo a Bernardo Reyes, quien cayó hacia atrás.

Entró corriendo el general Ramón Corona, entre sus escoltas:

—¡Tráiganme a la princesa! ¡También tráiganme a su esposo!

La princesa lo miró con desprecio:

—Usted no sabe —y le sonrió—. Mañana va a tener un muy serio problema con los Estados Unidos.

132

En Washington, el embajador francés Montholon, temblando, se aproximó al pelícano viejo y arrugado: el solemne secretario de Estado, William H. Seward. Le vio las cuatro cicartices que le dejó el atentado.

—Excelencia —le susurró Montholon—. Mi emperador Napoleón III me solicita presentarle a usted esta propuesta para disminuir nuestras tensiones en México —y, con contracciones nerviosas, le aproximó el documento. Decía:

Podemos, Francia y los Estados Unidos, deshacernos al mismo tiempo de Maximiliano y de Benito Juárez, y darle el poder a un hombre que está dispuesto a traicionar a Juárez: el general Jesús González Ortega.

El ministro Seward, perplejo, lo observó fijamente.

—¿Por qué querría yo traicionar a Juárez…?

—Usted no debe confiar en él…

Seward negó con la cabeza.

—Sáquenlo.

El asesor de Seward, Gideon Hard, jefe del Partido Antimasónico al que también pertenecía el propio Seward, le mostró los papeles:

—Acaban de convertir en una fortaleza el convento de Querétaro. Descubrieron el complot de la señora Salm-Salm.

—Ahora esto va a ser una guerra de espionaje y sabotaje. Cualquier potencia que se lleve a Maximiliano puede usarlo después para desestabilizar de nuevo a los Estados Unidos. Lo harán regresar con más tropas. Es importante que tengamos nosotros a Maximiliano —y se volvió hacia la ventana—. Recuerda lo que sucedió hace cuarenta años, cuando Inglaterra conservó vivo al destronado Iturbide… Recuerda cómo lo hicieron regresar… y cómo terminó todo.

133

Tres mil kilómetros al suroeste, en la ciudad semidesértica de San Luis Potosí, en el cuartel provisional del presidente Benito Juárez, su gabinete de guerra lo rodeó.

Recibió en silencio a la mortífera comitiva del general Mariano Escobedo, recién llegada a caballo desde Querétaro.

El general Mariano Escobedo, con su mirada de preocupación y sus grandes orejas echadas hacia adelante como radares, señaló a sus acompañantes:

—Señor presidente, el pasado 24 de mayo, por instrucción de usted, nombré como fiscal para investigar el caso del detenido Fernando Maximiliano de Habsburgo al ciudadano teniente coronel de infantería Manuel Azpíroz, aquí presente —y lo señaló—, quien a su vez determinó nombrar como el escribano del caso al ciudadano Jacinto Meléndez, soldado de la tercera compañía del batallón Guardia de los Supremos Poderes, también aquí presente.

Tanto Azpíroz como Jacinto Meléndez se inclinaron ante el presidente de 1.37 metros de altura.

El presidente Juárez los observó con atención.

Mariano Escobedo se sentó. Los demás lo imitaron:

—Le pido al fiscal investigador que exponga el caso.

El teniente coronel Manuel Azpíroz se aclararó la garganta. Alistó sus muchos apuntes.

—Señor presidente, el pasado 15 de mayo se realizó la captura del señor Maximiliano de Habsburgo y de ocho mil soldados suyos en Querétaro, junto con cuatrocientos jefes y oficiales del invasor, entre ellos, el propio Fernando Maximiliano de Habsburgo, quien se ha titulado a sí mismo emperador de México, como consta en el comunicado de la Secretaría de Estado y del Despacho de Guerra y Marina, Sección Primera, y como lo ha afirmado mi general Mariano Escobedo. Antes de dictar ninguna resolución acerca de los presos, el gobierno presidido por usted ha querido deliberar con la calma y detenimiento que corresponden a la gravedad de las circunstancias para determinar la sentencia o el perdón hacia los detenidos —y miró a todos en la sala—. Por orden de usted se han puesto a un lado los sentimientos que pudiera inspirar una guerra prolongada, deseando sólo escuchar la voz de sus altos deberes para con el pueblo de México.

Se levantó Mariano Escobedo:

—Señor presidente —y suavemente aferró el barandal de madera—, como lo indica el fiscal investigador, se ha meditado hasta qué grado pueden llegar la clemencia y la magnanimidad, por ejemplo, para decidir evitar el fusilamiento de Maximiliano; y qué límite no permiten traspasar la justicia y la estrecha necesidad de asegurar la paz y el porvenir de la República. Después de que México ha sufrido todas las desgracias de una guerra civil de cincuenta años, cuando el pueblo había conseguido al fin hacer respetar las leyes y la Constitución del país, cuando había reprimido y vencido a unas clases corrompidas, entonces los restos más espurios de las clases vencidas apelaron al extranjero, esperando con su ayuda saciar su codicia y su venganza. Fueron a explotar la ambición y la torpeza de un monarca extranjero, y se presentaron en la República, inicialmente asociados, la intervención extranjera y la traición. El archiduque Fernando Maximiliano de Habsburgo se prestó a ser el principal instrumento de esta obra de iniquidad que ha afligido a la República por cinco años, con toda clase de crímenes y con todo género de calamidades. Maximiliano vino para oprimir a un pueblo, pretendiendo destruir su Constitución y sus leyes, sin más títulos que las bayonetas extranjeras. Maximiliano no sólo se prestó a servir como instrumento de una intervención extranjera, sino que trajo a otros extranjeros austriacos y belgas, súbditos de naciones que no estaban en guerra con nuestra República. Trató de subvertir para siempre las instituciones políticas y el gobierno que libremente se había dado la nación. Promulgó un decreto sanguinario el 3 de octubre de 1865, con prescripciones de barbarie, para asesinar a los mexicanos que defendíamos, o que siquiera no denunciábamos a los que defendían la independencia y las instituciones de este país. Maximiliano hizo que se perpetrasen numerosísimas ejecuciones sangrientas, conforme a ese bárbaro decreto. Ordenó que sus propios agentes, o consintió que los agentes del extranjero, como el señor Charles Dupin, asesinaran a muchos millares de mexicanos, a quienes se les imputó como crimen la defensa de su país. Entre los hombres que han querido sostenerlo hasta el último instante, pretendiendo consumar todas las consecuencias de la traición a la patria, figuran como principales cabecillas los llamados generales Miguel Miramón y Tomás Mejía, que han estado con carácter prominente en Querétaro como generales en jefe de cuerpos del ejército de Maximiliano. Por tales delitos, y por el peligro que estos hombres representan, deben ser juzgados conforme a los artículos sexto a undécimo de la ley del 25 de enero de 1862, expedida por usted, contra la invasión extranjera. Es decir —y miró a todos—: fusilamiento —y se sentó.

Desde las butacas, un hombre comenzó a gritarle a Mariano Escobedo:

—¡Si fusilamos a Maximiliano usted nos va a meter en una nueva guerra contra toda Europa! ¡El emperador Francisco José! ¡El rey Leopoldo II de Bélgica! ¡La emperatriz española de Francia, Eugenia! ¡¿Usted quiere una cruzada contra México?!

—¡Cállese! —le gritaron a su lado.

—¡Fusilar a Maximiliano va contra la Convención de Ginebra! ¡No hay necesidad de matarlo! ¡Sería un acto de barbarie ante las naciones! ¡Van a organizar otra invasión contra México, teniendo como pretexto el asesinato de un archiduque europeo!

El fiscal investigador Manuel Azpíroz lentamente se levantó con los folios de su interrogatorio.

—Señor presidente —le dijo a Benito Juárez—, en los últimos siete días hemos reunido la información concerniente al detenido Fernando Maximiliano de Habsburgo en busca de material probatorio para su condena a fusilamiento, o para su eventual perdón. En esta serie de interrogatorios, el detenido se negó constantemente a proporcionarme datos sobre por qué fue enviado a México. En todas las ocasiones aseveró que la respuesta a estas preguntas sería de materia política, y que por tanto él no estaba en condiciones para responderla, pues afirma que, en primera instancia, este tribunal no es digno para juzgarlo.

Los hombres en las butacas murmuraron. Azpíroz continuó:

—Segundo: el detenido asegura que él no tiene hoy en su poder los papeles críticos que contienen la respuesta a las preguntas claves sobre por qué fue enviado a México, puesto que él entregó estos papeles estratégicos al embajador de Alemania en México, el barón Anton von Magnus, quien niega tener en su poder tal documentación, que, en su caso, podría haber sido ya enviada a Prusia, a dominio del canciller Otto von Bismarck.

El presidente se quedó mudo.

Los presentes hicieron ruidos de perplejidad. Con los ojos húmedos, el presidente Juárez se volvió hacia su ministro de Asuntos Exteriores, el alto y calvo Sebastián Lerdo de Tejada.

—¿Sería aún justo, o seguro para México, el perdonarlo del fusilamiento?

Desde las butacas, con su cabello hecho bucles a los lados, el abogado Mariano Riva Palacio, padre del general Vicente Riva Palacio, le gritó:

—¡Señor presidente! ¡Si usted fusila a un miembro de la familia real de Austria va a haber consecuencias! ¡Sería un crimen de guerra! ¡Nunca nos van a perdonar matar a un príncipe europeo! ¡Indulte a Maximiliano! ¡Déjelo volver vivo a su casa! ¡No provoque otra guerra!

Juárez se volvió hacia su ministro Lerdo de Tejada, quien apretó la boca, negando con la cabeza.

Lerdo, solemnemente, con su larga altura y su cabeza calva, se puso de pie. Los miró a todos, a un lado y al otro. Se llevó los dedos a los bolsillos del chaleco. Les dijo:

—Señores, hemos venido debatiendo esta cuestión de perdonar el fusilamiento al archiduque Maximiliano antes de tiempo. Deseo darles a ustedes una respuesta sobre las consideraciones que se han presentado en esta conferencia. Si otorgamos el perdón a Maximiliano, pudiera resultar muy amable para los países europeos, y sin duda el presidente Juárez va a ser aplaudido en el mundo, pero este perdón también pudiera ser muy nefasto para nuestro país.

Desde su butaca, el abogado Rafael Martínez de la Torre le gritó:

—¡¿Por qué puede ser funesto evitar el asesinato de un hombre?! ¡El joven Maximiliano no le ha hecho ningún mal a México!

Azpíroz, encolerizado, se levantó. Le gritó a Martínez de la Torre:

—¡Maximiliano hizo matar a cientos de mexicanos con su decreto del 3 de octubre! ¡Además de cuarenta mil mexicanos que han muerto por esta maldita guerra!

El secretario Lerdo de Tejada, con un suave movimiento de manos, le indicó que se sentara.

—Señores —les dijo a todos—, es por todos conocido, tanto aquí en México como en cualquier otra parte del mundo, lo variable que es el carácter de Fernando Maximiliano. Imaginemos que se le perdona de la ejecución, que él se marcha con toda libertad su casa en Europa. ¿Qué posibilidad existe de que Maximiliano va a vivir tranquilo en su retiro y de que se va a abstener de otra seducción por parte de las potencias exteriores cuando alguna de ellas decida enviarlo de regreso a México para causar otra usurpación de nuestro gobierno, respaldada por ejércitos extranjeros? —y los miró a todos—. ¿Qué ocurriría entonces con nuestro México? Señores, la guerra civil puede y debe acabar con la reconciliación de los partidos, pero para ello es preciso que el gobierno quite los principales elementos de un trastorno probable.

Desde atrás le gritaron:

—¡Asesino! ¡Usted quiere sangre! ¡No siembre más odio entre nosotros! ¡No provoque otra venganza! ¡Respete la vida de un príncipe extranjero! ¡Déjelo regresar vivo al hogar de su madre!

El secretario Lerdo los observó a todos:

—¿Quién puede asegurar que Maximiliano va a vivir en Miramar tranquilamente, o donde la Providencia lo lleve, sin suspirar jamás por regresar a un país donde fue "emperador"?

Nadie le respondió. Les dijo:

—¿Qué garantías pudieran darnos los soberanos de Europa de que algo así no va a suceder en adelante, y que no vamos a tener en próximos años una nueva invasión? —y se apoyó hacia adelante—. Señores, Europa no quiere ver en los mexicanos hombres dignos de formar una nación libre. Nunca nos van a ver así. Los gobiernos de Europa, con el pretexto de moralizarnos, van a armar siempre nuevas legiones para colonizarnos. ¡Es preciso que la existencia de México como nación independiente no la dejemos en manos del azar una vez más!

Se hizo un largo silencio. Lerdo les dijo:

—Señores, el indulto a Fernando Maximiliano sólo puede significar para México el peligro potencial de tener una nueva guerra donde van a morir otros miles de seres humanos, cuando hoy tenemos el poder para resolver este problema con un único fusilamiento —y los miró detenidamente—. En este mismo instante, mientras hablamos, las potencias de Europa, y los Estados Unidos, están intentando sacar de su celda a Maximiliano. Debemos preguntarnos qué desean hacer con él en cuanto lo tengan.

Afuera del salón, por el corredor, los guardias de Juárez trajeron capturada a la princesa Inés Leclerc de Salm-Salm.

—¡Suéltenme, miserables! ¡Van a tener problemas con el presidente Andrew Johnson!

La metieron al salón de audiencias.

Sebastián Lerdo de Tejada, con papeles en las manos, caminó junto a Benito Juárez:

—La princesa Salm-Salm se inició como acróbata.

—¿Qué dices? ¿Acróbata?

Sebastián Lerdo le sonrió:

—La princesa fue una acróbata en un circo —y le mostró el papel—. Montaba caballos con los pies sobre el lomo del animal, haciendo piruetas a galope, entre los aplausos. Así fue como la conoció su esposo, el brigadier Salm-Salm. Siempre les ha gustado el peligro. Son los espías preferidos del general Ulysses Grant. Gracias a ellos y a sus actividades de espionaje, en parte, se ganó la Guerra Civil contra los rebeldes del sur.

Entraron al salón donde estaba la princesa. Metros atrás vieron a la esposa del general Miguel Miramón, llorando mientras abrazaba a su bebé Lola.

—¡Señor presidente! —le gritó Concepción Lombardo de Miramón. La detuvieron los soldados.

Juárez y Lerdo de Tejada vieron a Salm-Salm sentada, rodeada por los soldados juaristas. La hermosa y atlética princesa de cabellos rojizos, de veintitrés años, le sonrió.

—Buenas noches, señor presidente —y ladeó la cabeza—. Pronto usted va a estar recibiendo una fuerte carta del presidente Andrew Johnson para que libere a Maximiliano. Él me respalda.

El presidente Benito Juárez se volvió hacia los hombres que lo rodeaban: Lerdo y el secretario del propio Juárez, José María Iglesias. Miró fijamente a la princesa.

—Señora, yo no soy el que decide la vida del invasor. Es la gente de este país la que que decide su vida, así como la mía.

La princesa abrió los ojos y la boca. Negó con la cabeza.

—Usted debe perdonarlo. ¡Usted es el presidente! ¡Usted impida este asesinato! —y se llevó las manos a la cara—. ¡El presidente Andrew Johnson cuenta con este acto de cortesía!

Juárez se volvió hacia la pared.

—Lo siento. No puedo alterar una decisión del consejo. Al detenido sólo puedo no prolongarle más su agonía.

La princesa lo tomó por el brazo:

—¡Señor Juárez! —y se arrodilló ante él. Comenzó a gritarle—. ¡Se lo suplico! ¡Míreme! ¡No ejecute a este príncipe de Europa! ¡Es un delito! ¡Permítale que viva, que resida bajo nuestra protección en los Estados Unidos!

El presidente mexicano miró a la mujer en el suelo.

—Señora, me duele verla de rodillas —e intentó levantarla—. Pero aun si todas las reinas y todos los reyes de Europa me exigieran lo que usted me está pidiendo ahora, yo les daría la misma respuesta —y se volvió hacia Sebastián Lerdo—. Que un buque se la lleve a Cuba y de ahí a Nueva York. Al príncipe Salm-Salm envíenlo de vuelta a Europa.

El escribano Jacinto Meléndez tímidamente trotó hacia Juárez. Le acercó un perro Terrier de color negro, que traía en los brazos:

—¿Qué le hacemos a éste, señor presidente? Se llama Jimmy. Es del príncipe Salm-Salm. Lo tenía en su celda.

Juárez observó detenidamente al cánido.

—Éste... éste puede quedarse en México —y suavemente lo tomó entre sus brazos. Le sonrió.

134

Dentro de su celda, en el convento de Querétaro, el príncipe Salm-Salm, con su bigote horizontal de filosas "espadas", permaneció acostado en su catre, sin pensar en nada. Miró hacia el techo.

—Éste es el esposo de la conspiradora —le gritaron los guardias. Abrieron la celda.

—¡Regrésenme a mi perro, maldita sea! —y les arrojó a la cara el plato que decía "Jimmy".

—¡El presidente Juárez acaba de ordenar que a usted se le embarque de nuevo hacia Europa, hacia su amo Bismarck! ¡Y por favor dígale a ese tal Bismarck que no va a tener a Maximiliano en su poder cuando quiera enviárnoslo para hacer su invasión a México y apoderarse de todos nuestros recursos que ya le mapeó su agente Friedrich von Gerolt! ¡Amárrenlo!

—¡Déjenme acabar mi cena! —les gritó Salm-Salm. Les arrojó el tenedor y el cuchillo—. *Verdammt Bastarde! Bastarde!* —les gritó Salm-Salm—. ¡Malditos bastardos!

Minutos después, Salm-Salm salió vestido como un soldado mexicano con betún en la cara para oscurecerse la tez. Se dirigió a la celda de Maximiliano.

En el piso de arriba, dentro de su celda, el prisionero más importante de todos, Maximiliano de Habsburgo, con la piel pegada a los huesos y su barba rojiza, le susurró al canoso y robusto padre agustino Dominik Bilimek:

—*Was kann ich tun, damit Gott mir vergibt?* ¿Qué puedo hacer para que Dios me perdone por todos los crímenes que cometí aquí? —y le lloró en el hombro.

El científico imperial y hombre de fe comenzó a persignarlo con los votos católicos.

—Cierre los ojos, Majestad.

Fernando Maximiliano cerró los ojos. El padre le dijo:

—Recuerde que esta vida no es sino el puente hacia la eternidad, pero usted causó muchas muertes por no rendirse cuando era debido. Murieron cuarenta mil mexicanos. Ellos merecían estar vivos, estar hoy con sus familiares.

Maximiliano comenzó a llorar en silencio.

El padre Bilimek, con amor inmenso, lo abrazó:

—No sufras más, hijo. Eres un hombre bueno. Que tus buenas obras en este país y tu bondad en el trato para con todos te sean siempre recompensados en el cielo.

Con mucha violencia tronaron la puerta desde afuera. Los guardias echaron hacia adentro al moreno general Tomás Mejía:

—¡Su Majestad! —le dijo Mejía, llorando—. ¡Me apena informarle que su señora, Carlota, acaba de morir!

Maximiliano, con los dedos temblando, comenzó a levantarse.

—No, no… ¿Mi esposa…? ¿Muerta…?

El padre Bilimek, aterrado, lo apretó por la muñeca:

—Tranquilo —y cerró los ojos—. Esto puede ser una mentira para manipularlo.

Comenzaron a retumbar en el pasillo los pasos de los soldados del Batallón de Nuevo León.

—¡Atención, centinelas! —gritaron. Se detuvieron frente a la puerta abierta.

El emperador comenzó a temblar. Sintió en la pierna su propia orina caliente. Entraron dos hombres: el general Refugio González y el coronel Miguel Palacios, la Hiena. Le sonrieron:

—¡Señor Fernando Maximiliano! —le gritó la Hiena con la cara sangrando. Comenzó a leerle un papel, un telegrama desde San Luis Potosí—: ¡El ciudadano que hasta hoy fungió como su fiscal de caso, el teniente coronel Manuel Azpíroz, ha decidido desistir de este proceso, pues ha dañado su salud! ¡Por tal motivo, se ha nombrado esta tarde a un nuevo fiscal que atenderá en adelante su caso: el ciudadano Refugio González, aquí presente! —y se volvió hacia el obeso general acompañante.

Con timidez, el general Refugio observó a los que estaban en la habitación. Sudó por su ancho cuello. Le dijo al emperador:

—Señor Fernando —y tragó saliva—, con gran pena me permito informarle que el Consejo de Guerra ha deliberado y ha dictado su resolución final, en confirmación con el abogado Joaquín María Escoto. Conforme a lo anterior, y según lo registra mi escribano Félix Dávila, la sentencia para usted y para los generales Miguel Miramón y Tomás Mejía es la muerte por fusilamiento por el cargo de invasión y violación a nuestra libertad e independencia. La ejecución tendrá lugar dentro de, exactamente, tres horas —y miró su reloj—. Disponga de estas tres horas para poner en orden sus cosas.

Por la espalda se le aproximó llorando el padre Manuel Soria y Breña, con un rosario en la mano.

—Señor Maximiliano, vengo a confesarlo y a administrarle la extremaunción —y avanzó abriéndose paso entre los guardias.

Venía siguiéndolo el fotógrafo imperial, con su aparatosa cámara, el Ardoroso François Aubert:

—¿Majestad…? —y se apresuró a entrar—. ¿Le importaría que saque unas cuantas emulsiones de este momento? —e insertó la hoja de plata en la caja. Lo miró fijamente el padre Bilimek. Negó con la cabeza. Empujó a Aubert hacia afuera. El fotógrafo francés se cayó, y tronaron las tres estorbosas patas de su aparato. El nuevo fiscal se aclaró la garganta. Le mostró al emperador el documento:

—Le ruego me firme aquí de recibida esta sentencia de muerte —y le ofreció una pluma con la tinta chorreada.

En el silencio, junto al sacerdote Soria y al padre Bilimek, Maximiliano comenzó a firmar el mortal documento: MAXIMILIANO y las dos letras M-M trenzadas, con una corona. Le dijo al nuevo fiscal:

—Estoy listo.

El general Refugio González se volvió hacia los guardias:

—¡Soldados! ¡He informado al detenido su sentencia! ¡Den llamado al cuerpo de fusileros para que se presente en un término de tres horas en la pared del Cerro de las Campanas, en tres destacamentos, para acción de fusilamiento! ¡Preparen también las tres cajas! ¡Den llamado a los embalsamadores para que se encarguen de rellenar los cuerpos! ¡Avisen a los hombres del general Jesús Díaz de León para que sus tropas atestigüen la ejecución!

135

El general González salió con los guardias. Les gritó:

—Dejen a solas al sentenciado. Merece unos cuantos minutos para reflexionar sobre su vida.

En medio de la guardia entró un soldado del cuerpo médico con el quepí cubriéndole hasta la nariz. Le dijo a González:

—Traigo orden del general Escobedo para revisar la salud del detenido —y le mostró la papeleta— y para suministrarle el elíxir del embalsamamiento —y en el aire extendió dos lienzos de cebo—. Solicito a los visitantes me permitan unos minutos. Este olor puede matarlos.

Los sacerdotes Soria y Bilimek se salieron. Esperaron afuera, angustiados, junto al general González.

Por debajo de la luz del techo, el soldado médico se levantó el quepí. Le sonrió a Maximiliano.

—¡¿Salm-Salm…?! —y abrió los ojos. Le sonrió—. ¡¿Eres tú, mi amigo?!

El príncipe Salm-Salm se sentó a su lado.

—No hay tiempo —y señaló la ventana—. Haga exactamente lo que yo le diga, sin preguntas —y saltó hacia la ventana. Comenzó a amarrar, a toda prisa, las tiras de tela entre los barrotes de hierro, tejiendo fuertes nudos—. Este país sigue siendo un imperio: el imperio es usted, y va a seguirlo siendo, aunque usted tenga que refugiarse lejos de México. Cuando llegue el momento, usted regresará.

Maximiliano negó con la cabeza.

—No comprendo… ¿Usted…?

—Ya lo tengo todo arreglado allá abajo —y señaló hacia la ventana—. Los caballos: el señor Feliciano Rodríguez, caballerizo de la emperatriz Carlota: Ella no está muerta. Quieren que usted piense eso para que se resigne a morir fusilado. Tengo comprada a la guardia de allá abajo —y miró hacia los caballos, entre los barrotes.

Maximiliano se quedó perplejo. Permaneció sentado en su catre. Bajó la mirada.

—¿Qué hay de las exploraciones de Friedrich von Gerolt aquí en México? ¿Es por eso que usted desea salvarme? ¿Quieren los recursos de México? —y lo miró fijamente.

—No comprendo —le sonrió el príncipe—. ¡¿De qué habla?! —y siguió anudando las cintas.

—¿Planea algo aquí el canciller Otto von Bismarck? ¿Una colonia? —y observó la pared—. Algunos me dicen que están presionando al canciller para apropiarse de Fiji y de Curazao con el fin de iniciar un imperio marítimo germánico contra Inglaterra y poner colonias en América Latina. Me dicen que están enredando a Venezuela en una deuda como la de México con Jecker, ésta con el señor Friedrich Krupp y con Disconto-Gesellschaft por sesenta millones de marcos, al siete por ciento anual. ¿Es para apropiarse de Venezuela?

Salm-Salm lo miró por un instante.

—Majestad —le sonrió—. Le recomiendo que nos vayamos —y miró hacia los caballos.

Al otro lado del gran océano, en Berlín, Alemania —antes llamada Prusia—, Bismarck, el también conocido como el Canciller de Hierro, ahora unificador de este país, le sonrió a su amigo John Lothrop Motley, recién llegado de Viena:

—Amigo mío —y suavemente lo empujó por el pasillo, bajo los cristalinos candelabros—. Voy a llenar Alemania de gigantescas fábricas de armamento. Plantas Krupp. Los rifles y cañones ya no los van a ensamblar personas. Los harán otras máquinas. Máquinas que construirán máquinas.

En las paredes, el estadounidense Lothrop Motley sintió escuchar el retumbido de los motores industriales. Bismarck le sonrió:

—Impide cualquier alianza de tu país con Inglaterra.

—¿Perdón…? —abrió sus grandes ojos azules.

Bismarck lo miró fijamente. Le prensó los brazos.

—¡Inglaterra fue la que construyó el buque de guerra *Alabama* para los rebeldes confederados del sur que buscaban independizarse de los Estados Unidos, destruir a la flota de Lincoln y aniquilar a tu país!

—¿Alabama…? —sacudió la cabeza.

—Lo armaron en 1862, en el muelle de John Laird Sons, Liverpool. Su nombre real fue "Enrica 290". También construyeron el CSS *Florida*, cuyo verdadero nombre era "Oreto". Asimismo fabricaron el CSS *Shenandoah*, construido en Glasgow; el CSS *Tallahassee* y el CSS *Lark*, construidos en Birkenhead y en Londres, todos ellos en secreto. ¡Inglaterra está detrás de la Guerra Civil de tu país! ¡Despierta, amigo mío! ¡La reina Victoria quiere separar a los Estados Unidos! ¡Debes ser leal hacia Alemania!

Lothrop Motley se quedó perplejo. Bajó la cabeza. Bismarck le dijo:

—Alemania va a respaldar a los Estados Unidos si quieren Guam y Samoa en el Océano Pacífico, para que derroten a Japón en el comercio Asia-Pacífico. Así ustedes neutralizarán el control de Inglaterra sobre China.

—Dios… ¿ahora vas hacia una guerra contra Inglaterra…?

Bismarck le sonrió.

—No te oculto mis planes. Siempre te los he dicho. Después de destruir Francia me es necesario ir sobre Inglaterra. Así tendré Europa. Alemania va a estar por encima de todo. *Deutschland über alles.* No te sorprendas. Todo esto lo sabes. Te lo dije desde la universidad.

Lothrop Motley tragó saliva.

—*God Almighty…* Dios todopoderoso…

Bismarck lo empujó hacia dentro del salón de ópera del palacio. Los esperaban ciento cincuenta representantes del Landtag para el estreno de la saga operística *Der Ring des Nibelungen, El anillo de los Nibelungos,* de Richard Wagner, amigo de Bismarck, protagonizada por el dios vikingo Wotan, también llamado Odín, jefe del universo.

Se sentó John Lothrop Motley, intimidado.

Inició la ópera con un estruendo: el golpe del martillo de Thor, la música del amanecer de Alemania.

—Así fue como se fijaron las condiciones del mundo para que estallara la Primera Guerra Mundial. Alemania creció y se convirtió en la nueva amenaza para Inglaterra y para los Estados Unidos.

Esto se lo dijo el detective Steve Felder a su asistente Bertholdy, ambos a bordo de un taxi. Observaron, a través de la ventana, el grisáceo castillo belga de Bouchout, al norte de Bruselas: la última morada de la anciana Carlota, donde murió en estado de locura.

—La Primera Guerra Mundial no fue otra cosa que la guerra de Inglaterra para aplastar a Alemania. Y ni siquiera esa "primera guerra" bastó. Se requirió de otra: la Segunda Guerra Mundial, pues un bigotón llamado Hitler se sintió un nuevo Bismarck.

Ambos se bajaron. Trotaron hacia el Castillo Bouchout con el cráneo de cristal azteca bajo el brazo de Felder. Arriba los estaba esperando, en una habitación transformada en sala de museo, un muñeco de tela del tamaño de Maximiliano, con el rostro del emperador.

En México, el príncipe Salm-Salm le gritó a Maximiliano:

—¡Tiene que ser ahora mismo! ¡Venga conmigo! —y lo jaló de la muñeca.

—Pero… ¡ya firmé mi sentencia…! ¡Nunca he inclumplido una firma!

En el silencio absoluto, el príncipe Salm-Salm se quedó mudo.

—¿Majestad? Debe ser ahora —y se volvió a la ventana, hacia el sonido de los caballos—. Los guardias de Nuevo León estarán aquí en cualquier momento. ¡No va a haber otra oportunidad para salvar su maldita vida! ¡Sólo tenemos estos treinta segundos!

Maximiliano se quedó sentado en su catre.

Miró alrededor de su habitación: el piso de ladrillos diagonales, la pared blanca con una pleca roja que corría por abajo. Vio la horrible mesa de escritorio, pintada de blanco. Vio las cuatro sillas. Observó en la pared la corona de espinas que confeccionaron para él los soldados de Benito Juárez. En la mesita vio el muñeco de madera con el rostro de calavera. Con los ojos llorosos miró a Salm-Salm:

—¡Ya le tomé cariño a este lugar!

—Maldita sea, ¡venga conmigo! —y violentamente lo tomó del brazo. Lo jaló hacia la ventana. Maximiliano sintió el viento en su cara.

—¿Miramón y Mejía también se van a salvar? ¿Tiene usted un plan para salvarlos?

El príncipe Salm-Salm lentamente comenzó a negar con la cabeza.

—Usted es más difícil que cualquiera. ¡Me van a matar a mí, maldita sea! ¡¿Usted se quiere morir?! —y lo jaló violentamente del brazo—. ¡En Tuxpan lo está esperando el estúpido barco hacia Europa!

Afuera, en el pasillo, tres personas avanzaron tronando el piso, con sus armas y sus botas militares: el general Mariano Escobedo, el general Ramón Corona y el joven lancero Bernardo Reyes. El embajador británico Peter Campell Scarlett los acompañaba.

Bernardo Reyes desenvainó la espada.

—¡Ahí! —y señaló hacia la puerta de la habitación de Maximiliano—. ¡Es Salm-Salm quien está ahí adentro!

Adentro, Salm-Salm observó a Maximiliano.

—Le suplico que venga conmigo. ¡Venga conmigo! —y lo jaló hacia la ventana. Maximiliano, con sus brazos esqueléticos, se aferró a su catre.

—¡Usted debe salvar también a Miramón y a Mejía, o yo me quedo aquí!

Abajo, los hombres de Feliciano Rodríguez corrieron con los caballos, tirando de una cuerda, con un remolque arnesado y anudado a los asideros de hierro de la ventana. La reventaron. El viento frío empezó a meterse en ráfaga a la celda de Maximiliano. El príncipe Salm-Salm lo arrastró:

—¡Usted se viene conmigo, Majestad! ¡Aférrese del poste! ¡Vamos a caer de una gran altura!

—¡Y no voy a ningún lado! ¡Suélteme! ¡¿Qué va a pasar con Miramón y Mejía?!

—¡Olvide a esos idiotas! ¡Estoy salvando su vida!

Maximiliano se zafó. El príncipe Salm-Salm se quedó perplejo, junto al chiflón de aire frío.

—Se lo suplico, Majestad… —se arrodilló. Le extendió su mano sangrada—. Venga conmigo —y miró hacia la ventana, hacia los caballos, hacia el fornido Feliciano Rodríguez, quien le estaba gritando, asustado.

—*Eure Majestät* —le dijo Salm-Salm a Maximiliano—, hágalo por el amor de Dios. ¡Salte conmigo! —y lo aferró por la mano—. ¡Dios le está permitiendo una nueva oportunidad más de vida! ¡Si no se salva pudiendo hacerlo, es suicidio! ¡El suicidio es el pecado máximo!

—¡No voy a vivir aquí, en este mundo, para ser despreciado! ¡Si vivo para ir a Europa, ése va a ser mi infierno! ¡¿Quiere usted ser despreciado?!

—¡Nadie va a despreciarlo, maldita sea! ¡No diga idioteces! ¡Usted es el archiduque de Austria!

—¡Si escapo me llamarán siempre cobarde! ¡Salte usted! ¡Lárguese!

—Cobarde es el que rechaza la vida —y suavemente lo tomó del brazo—. Majestad, la vida sólo ocurre una vez. ¡Es ésta! ¡Cuando esté muerto va a anhelar cada instante aquí, por malo que hoy le parezca! El barco *Elisábetta* está listo allá, en Tuxpan, para salvarlo —y señaló hacia el horizonte.

Maximiliano bajó la mirada.

—Voy a ser un cobarde si muero… y también si vivo. No tengo escapatoria —le sonrió a Salm-Salm. Comenzaron a golpear la puerta.

—¡Abran, maldición! —les gritó el general Corona—. ¡El príncipe Salm-Salm está bajo estricto arresto! ¡Será llevado en cadenas hacia Europa, devuelto al canciller Bismarck!

Del interior de su pantalón, de su ropa interior, Maximiliano comenzó a sacar dos papeles arrugados. Uno era el sobre con la carta que alguna vez le dio su esposa Carlota. "Para el momento de máximo miedo."

Vio el sello de cera, de color amarillo: el emblema real de Carlota: los dos leones de la dinastía Saxe-Coburgo-Gotha. Abajo vio las letras: "FÜR DEN MOMENT DER MAXIMALEN ANGST".

"Para el momento de máximo miedo", y escuchó afuera un relámpago. Abajo, los caballos del caballerizo Feliciano Rodríguez comenzaron a relinchar. Sonaron los disparos.

—¡Vamos, maldita sea! —le gritó el príncipe Salm-Salm—. ¡Es ahora o nunca! ¡Se lo ruego! —y escuchó el ruido de los fusiles y los golpes en la puerta.

—¡Abran ahora!

Maximiliano lo miró fijamente. Suavemente vio el otro sobre: el que le dio el padre Dominik Bilimek.

"Secreto de confesión de Carlota…"

—¡¿Qué espera, maldita sea?! —le gritó el príncipe Salm-Salm—. ¡Vámonos! ¡Es ahora!

Lentamente comenzó a retirar la estampa dorada del rey Leopoldo I de Bélgica. Desdobló las esquinas del pliego. Abrió el papel. Vio la caligrafía. Era la letra del puño y letra del Rey Leopoldo I, temblorosa. Abajo vio la firma del difunto rey.

Para Carlota, de tu padre Leopoldo, que te ama.

Soporta todo lo que tengas que soportar. Tolera todo lo que tengas que tolerar, incluso al estúpido de tu esposo. Asegúrale a tu hermano esa corona. Tendremos un imperio con miles de colonias. Cuando Maximiliano se atemorice, tú debes impedirle renunciar, aunque lo maten. Si lo matan, el territorio pasará a poder de tu hermano Leopoldo.

Maximiliano cerró los ojos. Empezó a llorar en silencio con los dos papeles en la mano. Debajo vio el otro: "Para el momento de máximo miedo".

Tenía el sello de cera amarilla con los tres leones Saxe-Coburgo. Recordó a Carlota, cuando se dirigía hacia el transporte: "Cuando te sientas falto de valor, pequeño, afeminado, acobardándote, lee esta carta mía. Aquí están mis palabras para ti, mi amado, para darte hombría y aliento, y nunca más sentirás miedo".

La vio disolverse a través de la pared del convento. Rompió el sello de cera. Comenzó a desdoblar la carta. Con los dedos temblándole, la extendió. Decía: "Para el momento de máximo miedo. Cuando te sientas cobarde, no seas Maximiliano. Imita a mi padre".

Maximiliano se quedó inmóvil.

Comenzó a reír, llorando.

—Éste es el secreto de Carlota… Éste es el secreto de Carlota… ¡Siempre quiso que yo fuera otra persona! —y le arrojó la carta al príncipe Salm-Salm. Éste lo tomó por el brazo:

—¡Esto ya fue suficiente! —lo jaló hacia el chiflón de viento—. ¡Su esposa nunca lo amó! ¡Acostúmbrese a eso, pues lo saben todos en Europa! ¡Usted fue sólo una apuesta del rey Leopoldo! ¡México fue uno de los primeros proyectos cuando se creó Bélgica, mucho antes de que Napoleón siquiera concibiera la idea de la invasión, antes incluso de que subiera al poder de Francia! ¡México fue siempre el proyecto del rey Leopoldo para armar un imperio colonial semejante al británico, incluyendo partes del África y de Indonesia! ¡Por eso está usted aquí!

Lloroso, Maximiliano le preguntó:

—¿Ella está viva…?

—Ella está viva, pero ella no lo ama a usted. Ella ama a otro hombre, y va a tener un hijo.

—¿Un hijo…? —le brillaron los ojos.

—Será llamado heredero de México.

136

En Bélgica, el detective australiano Steve Felder corrió, con el cráneo azteca bajo el brazo, seguido por su pigmeo colaborador Bertholdy, por el lado del mágico espejo de agua hacia el rocoso pórtico del Castillo de Bouchout, una construcción gris con torres medievales del año 1150, de la Segunda Cruzada.

Llegaron a la puerta del castillo. El hombre uniformado los recibió hablándoles en flamenco:

—*Zomer, laatste toegang, 17:30.* El horario para visitar el museo termina a las 17:30 horas —y les mostró el reloj—. Lo lamento. Retírense.

Felder observó su reloj de pulsera.

—Maldita sea, no sea malo, son las 17:31 —y le sonrió al guardia—. Le suplico dejarnos pasar. Esto es de seguridad nacional para Australia, Bélgica, Francia, Inglaterra, México y los Estados Unidos —y de nuevo le sonrió—. Tenemos que ver el muñeco de tela de la señora Carlota, el muñeco sexual.

—Lo siento. No pueden pasar —y llamó a otros guardias.

—Mira, imbécil —Steve Felder le mostró su revólver—, tú no eres el que va a detenerme. Vengo por el secreto sobre México para el heredero del Imperio Mexicano —y le disparó en la cabeza—. Vamos —le dijo al pigmeo, quien saltó detrás de Felder.

Diez kilómetros al sur, dentro del imperial Koninklijk Paleis van Brussel, ciento cincuenta años atrás, el poderoso y joven Leopoldo II, de treinta y dos años, se arrodilló frente al ataúd abierto donde estaba el cuerpo embalsamado y conservado de su difunto padre Leopoldo I.

—Intento ser cada día como tú —le lloró al pie del ataúd—. ¡Bélgica será fuerte y próspera, y por lo tanto tendrá colonias propias, y serán tranquilas y bellas, como las que tiene Inglaterra! ¡Lograré lo que tú soñaste, un imperio planetario!

Suavemente, de rodillas, acarició el pie preservado del impactante rey.

—Al doctor Livingstone lo tengo explorando el Congo, cartografiando el río Zambezi, para preparar la colonización del centro de África. En cuanto a Carlota, ¡el proyecto de América…!

Por detrás escuchó el rechinido de la puerta. Sintió los pasos rápidos sobre el piso. Se dijo:

—¿Cohen…? —y se volvió hacia el visitante. Entre los muchos espejos que multiplicaban su imagen, se aproximó su millonario amigo judío David de Léon Cohen, banquero de Marsella, de bigotes en espiral. Cohen se inclinó hacia el joven.

—Majestad, me hizo llamar —y observó el tétrico ataúd. El joven Leopoldo II, con su apretada banda cruzada sobre el pecho, le sonrió:

—David, tú eres uno de los hombres en quienes más confió mi papá. Hoy yo debo pedirte el más importante de los favores. Cuidar al hijo de mi hermana, criarlo como si fuera tuyo.

David de Léon Cohen abrió los ojos.

—Pero… ¿Majestad…? —tragó saliva.

El nuevo rey de los belgas suavemente se aproximó a él. Le dijo:

—Mi hermana tiene un heredero —y lo miró a los ojos—. Es importante que nadie sepa nunca su identidad, hasta que yo te lo indique —y suavemente lo apretó del antebrazo—. Desde hoy, tú serás su padre.

El banquero silenciosamente observó el piso.

—¿Qué va a pasar con Carlota?

—Carlota… —y Leopoldo II se volvió hacia la pared—. Verás… ella… No puedo arriesgarme. No quiero conflictos con Francia ni con el papa. Está en Miramar. La guardaré en Bouchout —y miró con ferocidad al banquero.

David de León Cohen respetuosamente se inclinó ante él.

—Ese hijo lo haré mío, Majestad —y le besó la mano.

137

En el Castillo Bouchout, el agente australiano Steve Felder trotó por encima del guardia muerto.

—¡Vamos, tortuga! —le gritó a su asistente pigmeo—. ¡El banquero David de León Cohen le dio al niño el apellido de su contador, Francisco José Weygand, y lo nombró Maxime Weygand. Nació el 21 de enero de 1867 en el número 59, boulevard de Waterloo, Bruselas, declarado por el doctor Luis Laussedat el día 23, según las historiadoras Suzanne Desternes y Henriette Chandet. Este niño acabó convirtiéndose en un importantísimo general francés de la Primera Guerra Mundial y nunca se dijo que él era el hijo de Carlota de Bélgica, emperatriz de México. En la Segunda Guerra Mundial llegó a ser el jefe máximo de los ejércitos de Francia. Peleó contra los nazis que estaban invadiendo Bélgica, donde reinaba Alberto I, otro nieto de Leopoldo I. Pero resultó un total fracaso. Como todos sabemos, Hitler arrasó Bélgica en veinte días, e inmediatamente pasó a invadir Francia.

El pigmeo lloró. Trotó por detrás de Felder, esquivando los balazos disparados por los guardias del castillo.

—Sin embargo —le gritó Felder—, el otro posible niño producto del embarazo de Carlota pudo ser el empresario Carlos Augusto van Steenberghe de Cohen, quien vivió en Mérida, México, y tuvo a su vez un hijo llamado Federico van Steenberghe de Evia Ramírez, quien tuvo dos hijas: Lourdes van Steenberghe Ávila y Sabel Socorro van Steenbergue Ávila. Lourdes y Sabel tuvieron, respectivamente, a los siguientes hijos que hoy están vivos: Sabel, Bernardo y Guillermo Núñez van Steenberghe; y Eleazar Ortega van Steenberghe, cuya hija Paulina parece una réplica genética de Carlota, mírala —y le mostró en su teléfono móvil la fotografía de la chica.

—Dios… ¿Ella es la heredera…? —abrió los ojos Bartholdy. Recibió un tiro en la pierna.

138

En su celda, en México, Fernando Maximiliano, demacrado y con la piel blanca semejante a la de un cadáver, comenzó a arrugar la carta, con los dedos temblándole, llorando.

—Carlota nunca me amó.

El príncipe Salm-Salm le susurró:

—Vamos ya —y le extendió la mano.

—Váyase usted. Yo voy a morir aquí. Que todo acabe ya.

Salm-Salm, perturbado por el frío de la ventana, con la mano extendida hacia el emperador, tragó saliva. Lo iluminó un relámpago. Comenzó a llover.

—¡Venga ya, maldita sea! ¡Sálvese ahora! ¡Sálveme a mí! ¡Tenemos que saltar! ¡Vamos!

Afuera, el coronel Charles Loysel golpeó la puerta. Tras él se acomodó el padre Dominik Bilimek.

—¿Qué está pasando?

—No lo sé… —y Loysel pegó la oreja a la puerta.

Maximiliano le dijo a Salm-Salm:

—Déjeme dormir —y lentamente se recostó sobre su rechinante catre desvencijado—. Me quedan sólo dos horas para disfrutar de la vida —y cerró los ojos sobre la almohada.

Afuera, Loysel empezó a gritar:

—¡Abran, maldita sea! —y con su bota pateó la puerta. El príncipe Salm-Salm, con sudor, sangre y betún en la cara aproximó la mano de nuevo hacia el emperador.

—Majestad, ¡se lo ruego! —y con enorme violencia lo aferró por la muñeca—. ¡No elija morir! ¡Lo voy a arrojar por la ventana! —y se volvió hacia los caballos de Feliciano Rodríguez.

La puerta se quebró. Vio la silueta de Charles Loysel, y la del robusto padre Bilimek, quien se persignó.

—*Arrêtez-vous, crétin!* —le dijo Loysel a Salm-Salm. Le apuntó con su revólver—. ¡Deténgase ahí, imbécil!

El padre Bilimek lentamente se aproximó a Maximiliano.

—Tranquilo, Majestad —y suavemente lo envolvió con su fuerte brazo. Lo levantó de la cama—. Todo está bien ahora —y lentamente comenzó a caminar con él hacia Félix Salm-Salm, hacia la ventana, sonriendo. Observó los caballos de Feliciano Rodríguez, abajo, en la lluvia. Cerró los ojos. Charles Loysel le gritó:

—¿Qué demonios…? ¡¿Qué está haciendo?! —y apuntó con el arma al padre. Bilimek apretó a Maximiliano con su cuerpo. Le susurró en su tembloroso oído:

—Le dije que iba a estar con usted hasta el final. Éste no es el final —y se impulsó para saltar—. *In nomine Patris, et Filii, et Spiritus Sanc-*

ti —y vio abajo a los hombres de Rodríguez que extendían una manta para la caída. Aferraron a Bilimek tres de los guardias.

—¡Alto, maldito complotador! ¡Está con el señor Salm-Salm! ¡Dispárenle! ¡Derriben al sacerdote!

El cuerpo robusto del sacerdote lentamente empezó a descender en el vacío, entre las gotas de lluvia, hacia los caballos. Balbuceó el Canon 1388 de la Iglesia católica:

—"El sacerdote que viole el secreto de confesión incurre en excomunión automática." Hoy te veré, Satanás, en tu casa, y ahí pelearé contra ti.

139

En México, muchos años en el futuro, nosotros quebramos el muro. Corrimos con nuestras pistolas por debajo de la casa de la señora Lombardo de Miramón. Arriba, los helicópteros de la policía de investigación, y treinta preventivos, estaban acordonando la zona. El nuevo corredor estaba mucho más profundo, inundado hasta las pantorrillas.

Le grité al Nibelungo:

—¡Estoy empezando a pensar que este maldito tesoro no existe! ¡Esto no conduce hacia ningún lado! —y observé el fondo oscuro.

—¡Tiene que existir! ¡Loysel se lo entregó a la señora Iturbide! ¡Tiene que estar aquí, o todos nosotros vamos a morir!

En Bélgica, Steve Felder subió trotando, con su amigo Bertholdy, las escaleras del Castillo Bouchout, en espiral, con el cráneo azteca de Boban bajo el brazo.

—¡Deténganse ahí! —les gritaron los guardias desde abajo. Les apuntaron con sus armas—. ¡Deténganse, maldita sea! ¡Vamos a disparar!

El pigmeo se tropezó en los escalones. Empezó a caer.

—¡No! ¡No! ¡Mi pierna! ¡Mi pierna!

En el Reclusorio Oriente de la Ciudad de México, el Papi le puso el revólver en la cabeza a Juliana Habsburgo. La miró fijamente.

—Ahora sí te voy a decir qué es realmente el tesoro, y por qué lo necesito tanto.

Ella abrió los ojos. Comenzó a sacudir la cabeza.

—Usted déjeme ir. Se lo ruego —y le temblaron los brazos.

El narcotraficante comenzó a decirle:

—El tesoro de Maximiliano no es dinero. No son joyas. No es oro. No son bonos. Es algo mucho más importante, mucho más poderoso. Va a cambiar el orden del mundo. Me lo están pidiendo desde la embajada de China.

Juliana ladeó su cabeza rubia:

—*¿China...?*

En Querétaro, el teniente coronel Charles Loysel se lanzó a los golpes contra el príncipe Salm-Salm.

—¡Vas a morir, maldito!

Los soldados comenzaron a golpear a Salm-Salm con mazos:

—¡Al suelo, miserable! ¡Maldito agente de los Estados Unidos!

En su cabeza, dos de los guardias comenzaron a ensartarle los picos metálicos de la corona de espinas perteneciente a Maximiliano, y empezó a escurrirle la sangre de su propia piel sobre las sienes.

—¡Suéltenme, imbéciles! —los apartó a golpes. A Loysel lo arrojó contra el catre de Maximiliano.

Entraron trotando los jóvenes José Corona y Bernardo Reyes con sus espadas desenvainadas.

—¡¿Qué pasa aquí?!

Charles Loysel, desde el catre, señaló a Salm-Salm:

—¡Él es un enviado de Ulysses Grant! ¡Está haciendo este trabajo para los Estados Unidos! ¡Quiere al emperador vivo para planear otro golpe de Estado! ¡Ellos van a derrocar a Juárez cuando deje de servirles! ¡Así lo hicieron con Barragán, y con José de Obaldía en Colombia!

El brigadier Salm-Salm se arrojó sobre Loysel para golpearlo nuevamente.

—¡Tú haces lo mismo, maldito francés! —y los separó el general Ramón Corona, ayudado por sus soldados, quienes salieron lesionados. Aferró con toda su fuerza a Loysel. A Salm-Salm lo prendió Bernardo Reyes. Los jalaron hacia la puerta, forcejeando:

—Ustedes se regresan a sus países ahora mismo —les gritó el general Corona—. ¡Embárquenlos hacia Europa! ¡¿Creen que esto es un circo?!

Charles Loysel le escupió en la cara:

—*Ne me touche pas, monstre indigène* —y golpeó a los soldados hacia atrás con su bota hecha en París.

Abajo, entre los árboles, el caballerizo Feliciano Rodríguez miró hacia la ventana, hacia Maximiliano, quien estaba en bata, viéndolo. Rodríguez comenzó a abrir los brazos. Los soldados del batallón Nuevo León empezaron a acribillarlo. Maximiliano se agarró la cara:

—¡No, Dios mío! —y se tiró de rodillas—. ¡Que esto acabe! —y miró abajo el cuerpo robusto del padre Dominik Bilimek, arrastrado sobre las piedras, por los guardias.

—¡Está vivo! ¡El sacerdote está vivo!

En el pasillo, el general Ramón Corona caminó junto a Bernardo Reyes y José Corona:

—Muchachos, en Colombia el golpe de Estado de 1854 se gestó dentro de la embajada de los Estados Unidos. Lo organizó el embajador James Green —y dio vuelta en el corredor—. Ellos conservaron vivo al vicepresidente depuesto, José de Abadía, con el fin de usarlo para derrocar al general José María Melo, porque Melo era el obstáculo para los productos estadounidenses, pues quería una industria nacional colombiana —y se detuvo de golpe—. Muchachos, todos van a querer robarnos a Maximiliano vivo, pues quien lo tenga va a poder derrocar a Juárez e invadir México de nuevo. Esto no ha terminado —y miró hacia los lados. Se le aproximó trotando un mensajero:

—¡General! —y le mostró un papel—. ¡El presidente Benito Juárez ha decidido una prórroga! ¡No fusilar a Maximiliano hoy, sino en tres días! ¡Es una orden!

Ramón Corona se quedó inmóvil.

—¿Cómo dices…? —y violentamente le arrebató el telegrama. Decía:

Como resultado de las gestiones de la señora Inés Salm-Salm y del embajador prusiano Anton von Magnus, el presidente Juárez ha decidido aplazar el fusilamiento del prisionero para dentro de tres días, contados a partir de ahora.

Corona lentamente cerró el telegrama. Se volvió hacia el techo.

—Díganle al mayor Sayas que acorace todo este edificio, que ponga toda la guardia de Querétaro alrededor de este convento; que envíe a Tacubaya a todos los embajadores extranjeros porque todos están complotando —y miró fijamente al mensajero—. Ahora nosotros somos los que estamos bajo ataque. Este convento es hoy la guerra por México.

140

Por el pasillo caminó un hombre completamente vestido de negro, con una manta con capucha cubriéndose la cabeza.

Con una señal de sus dedos índice y medio juntos, como bendiciendo, hizo que los soldados se movieran. Avanzó hacia los guardias del Batallón de Nuevo León que protegían la celda de Maximiliano.

—*Ego habeo informatio magna* —les susurró.

Le abrieron el paso.

Entró.

Lentamente se quitó la capucha. Maximiliano lo vio. Observó sus anchas cejas, como de mapache, y sus insignias militares del rango de coronel juarista.

—Mi nombre es Karl von Gagern. ¿Me recuerda? —le dijo con su acento marcadamente alemán—. Soy coronel del presidente Benito Juárez, dentro del cuerpo de Mariano Escobedo —y lo miró fijamente.

Maximiliano tragó saliva. Con enorme dolor se enderezó.

—Señor Maximiliano —le dijo el visitante—. Por favor véame en este momento como lo que realmente soy: un hermano que viene a ayudarlo.

—¿Ayudarme…? —abrió los ojos.

—Si usted es mi hermano, yo estoy moralmente obligado a auxiliarlo —y lentamente le ofreció su mano—. ¿Usted es mi hermano?

Maximiliano tragó saliva. Débilmente le dio la mano. Gagern suavemente le presionó la muñeca con sus dedos.

—Yo, yo… —le dijo Maximiliano. Notó la profunda decepción en el rostro del coronel—. Verá… Estoy muy agradecido con usted, señor… ¿Gagern? Usted es muy gentil. No comprendo lo que usted me está diciendo.

Gagern lo apretó fuertemente. Le dijo:

—¿Usted conoce la acacia…? —y comenzó a entrecerrar los ojos.

—¿Perdón?

—La acacia… —Gagern lo observó sin parpadear.

—¿Se refiere usted a la planta, al árbol…?

Gagern lentamente cerró los ojos. Negó con la cabeza.

—Demonios… O, por ejemplo… —pensó—. ¿Le parecería pasar a la vida bajo la Bóveda de Acero? ¿O caminar descalzo…?

Maximiliano se quedó perplejo.

—No comprendo de qué me habla. ¿Bóveda de Acero…? ¿Caminar descalzo…?

Von Gagern no soltó su mano. Se la apretó más fuerte, con movimientos extraños de sus dedos.

—Querido hermano… —le dijo—. ¿Asistirás al Consistorio? —y levantó la quijada, sonriéndole.

—¿Consistorio…? —y comenzó a sacudir la cabeza—. ¿De qué habla?

—¿Despertarás de tu sueño? —y lentamente cerró los ojos—. ¿Te despojaste alguna vez de tus metales?

—No, no… ¡no comprendo…! —y se llevó las manos a la cabeza—. ¡Dígame ya de qué me está hablando!

Karl von Gagern lentamente miró hacia el piso. Le sonrió con ternura:

—Hermano Maximiliano, por favor olvide mi uniforme —y suavemente se acarició el pecho, sus condecoraciones—. Usted es un buen hombre, y esto se lo dice también el presidente Benito Juárez. Esta guerra no fue contra usted —y le entregó un regalo: un pequeño barco hecho de madera. Decía "*S. M. S. Novara*"—. Se lo envía Benito Juárez.

Afuera, los guardias del Batallón de Nuevo León vieron salir al coronel Gagern, con la capucha puesta.

Lo escoltaron. Comenzó a dictarle a uno de ellos:

—Telegrama para el ciudadano presidente Benito Juárez García: "Traté de darme a conocer como miembro de la fraternidad masónica ante Maximiliano por medio de las señas usuales, pero éstas no fueron correspondidas por él. Me parece que no es masón, como se sospecha. Mezclé en la conversación expresiones masónicas. Le dije que olvidara mi uniforme, que viera en mí sólo a una persona que no nada más tendría mucho gusto en ayudarlo, sino que estaba moralmente obligado a hacerlo. Maximiliano me agradeció cordialmente. Sin embargo, no mostró con una sola palabra que hubiera comprendido mis insinuaciones masónicas".

En San Luis Potosí, en la oscuridad, por debajo de la luz del techo, el presidente Benito Juárez lentamente desdobló el telegrama. Tenía la tinta aún fresca. Lo leyó. Comenzó a llorar en silencio.

Sobre su escritorio vio la otra carta: la que ese joven austriaco le había escrito a bordo del barco, tres años antes, cuando ni siquiera había pisado México:

Usted, señor Juárez, es un hombre de justicia y lo admiro por ello. Usted y yo no tendremos por qué hacernos la guerra. Podemos sumar nuestras fuerzas y unir nuestros sueños para construir un gran México.

Juárez suavemente tomó entre sus dedos un objeto de latón: el pequeño barco *S. M. S. Novara* que le había regalado Maximiliano hacía tres años.

—Si no es masón… —y lentamente se volvió hacia su ministro Sebastián Lerdo de Tejada—, no podemos salvarlo.

—Señor presidente —se le aproximó—. No llore por un enemigo de México. Mientras esté vivo, va a ser un peligro.

Juárez miró de nuevo el barco de latón. Lo acarició.

—No lloro por un enemigo. Lloro por el joven que una vez fue marinero, el explorador del mundo.

141

—Su viaje de navegación será ahora hacia otro mundo: hacia el valle de la muerte.

Esto se lo dijo, tres días después, en el Convento de Capuchinas, el coronel Miguel Palacios, la Hiena, al médico que venía caminando a su lado, hacia la habitación de Maximiliano: un ginecólogo con la cara retorcida llamado Vicente Licea, contratado para vaciar el cadáver, para embalsamarlo.

Licea le sonrió al coronel Hiena:

—Vamos a hacer una verdadera fortuna con los pedazos del cadáver.

—¿A qué te refieres?

Licea se emocionó y se detuvo. Lo aferró por el brazo:

—¡Todas las señoras de la ciudad me están rogando por pedazos del emperador! ¡Un dedo, un trozo del corazón, un pulmón, para ponerlos en relicarios! —siguió caminando—. Algunas ya me dieron sus pañuelos, mira —y entreabrió su maleta llena de cortadores de carne y paños de tela—. Me piden que los moje en la sangre del Habsburgo —le sonrió—. ¡Creen que su sangre es realmente azul!, la voy a entintar, mira —y le mostró el gotero—. Hasta este momento ya tengo contados treinta mil pesos que vamos a ganar tú y yo con estos restos.

Palacios, sin dejar de caminar, le sonrió:

—Hazlo con discreción —miró hacia los lados—. El presidente Juárez nos podría fusilar si se entera de esto.

En la celda, sobre su catre desvencijado, Maximiliano lentamente abrió los ojos. La luz del sol ya estaba entrando por la ventana. Vio un rayo sobre una mosca que se limpió su pequeña trompa con las patas.

La puerta de maderos comenzó a rechinar.

—¿Ahora qué? —les preguntó Maximiliano. Se volvió hacia la entrada. Vio la figura del coronel Miguel Palacios, la Hiena, junto a un hombre de traje negro, el embalsamador. El doctor Licea, sonriéndole, le mostró su maletín negro, del cual sobresalía un largo serrucho, cuyas puntas brillaron.

—Yo voy a embalsamarlo, "Majestad" —le sonrió—. Me asignaron para disecarlo. Vengo a tomarle medidas.

Comenzó a aproximársele con un cinto de cuerda.

Detrás de Palacios aparecieron siete soldados.

La Hiena le dijo al príncipe:

—Señor Fernando Maximiliano, llegó el momento final. Vístase para el fusilamiento —y con una mano apartó al doctor Licea, quien cayó sobre el catre.

Maximiliano se volvió hacia la mesa, hacia sus ropas elegidas para morir. Las tenía dobladas ahí: su pantalón negro rasgado, su camiseta y su camisa blancas, también rasgadas; su banda de seda, su levita larga y su desgastado chaleco. Se las había facilitado un amigo.

Le dijo a Palacios:

—Estoy listo.

En la celda contigua, los soldados Mateos y Neria entraron con sus armas. Le gritaron al joven y alto ex presidente Miguel Miramón, quien estaba arrodillado junto a su catre, rezándole a Cristo:

—General, prepárese para su fusilamiento. La ropa que elija para este evento será con la que lo van a recordar sus familiares.

Uno de los soldados aproximó su mano hacia el hombro de Miramón.

—General, el príncipe Salm-Salm nos hizo una propuesta. Usted aún puede salvarse.

Miramón parpadeó.

—¿Perdón…?

—Todo está preparado. Lo está organizando su esposa.

—¿Mi esposa…?

El hombre le susurró en voz baja:

—Sígame —y lo tomó del antebrazo—. Lo vamos a llevar hacia los Estados Unidos. Usted puede ser el próximo presidente de México.

Con lágrimas en los ojos, se volvió hacia el soldado.

—¿Lo está organizando mi esposa…?

Afuera, en la entrada del convento, un hombre de físico extraño se presentó con un abrigo que le colgaba de los hombros, con una crinolina.

—Disculpe, usted no es hombre —le dijo uno de los soldados, impidiéndole el acceso.

La señora impostó la voz.

—Soy el señor Carlos Rubio, mire —y le mostró en su traje el bordado de oro. Decía "Propiedad de Carlos Rubio".

Los soldados se sonrieron.

—Señora, el señor Carlos Rubio ya nos avisó que usted venía. Nos dijo que usted vendría con doble ropa para entrar a visitar a su esposo y dejarle las prendas de dama, así él saldría vestido de mujer, y usted se quedaría aquí, en su lugar, presa. Es usted una mujer muy heroica.

El otro soldado le dijo:

—Ya quisiera que así fuera mi esposa.

Se llevaron a rastras a la señora Concepción Lombardo de Miramón, que hasta se había puesto bigote.

En el centro de la ciudad, el banquero Carlos Rubio, sentado en su sillón, leyó la carta de Maximiliano:

16 de junio de 1867
Sr. Don Carlos Rubio:

Lleno de confianza me dirijo á usted, estando completamente desprovisto de dinero para obtener la suma necesaria para la ejecución de mi última voluntad. Deseo que mi cadáver sea llevado á Europa cerca de la emperatriz Carlota, confío ese cuidado a mi médico el doctor Basch. Usted le entregará el dinero que necesite para el embalsamamiento y transporte. La liquidación de este préstamo se hará por mis parientes. El doctor antes citado hará con usted estos arreglos.

Carlos Rubio, con un pulque en la mano, se dirigió a su sirviente:

—¿Puedes creerlo? El señor Maximiliano ahora me pide que le envíe dinero "a título de préstamo". ¿Cuándo me lo va a pagar? ¿Cuando sea fusilado? —y negó con la cabeza—. ¡Ya que alguien le informe que va a ser un doctor del general Escobedo el que lo va a rellenar de paja y le va a poner ojos de vidrio!

—Pero señor, ahí dice que el dinero se lo van a pagar sus familiares, mire —y señaló la carta.

—¿Quiénes? ¿Francisco José de Austria? ¿Carlota? —y se levantó de su sillón—. Ya hice bastante prestándole mi traje negro y mi levita para el día de la ejecución, para que me lo llene de agujeros. No le envíen el dinero.

Justo al otro lado de la calle, el comandante coronel Julio María Cervantes observó por la ventana, hacia la casa de Carlos Rubio. Bebió su café. Le dijo a su muy obeso sargento Telésforo Fuentes:

—Este banquero nos está dando todo lo que necesitamos. A cambio de agradarle a Juárez nos está informando todas las acciones de la princesa Salm-Salm y del embajador Magnus.

Su sargento le sonrió:

—Yo creo que a usted lo van a nombrar gobernador.

En su celda, el general Miramón le gritó al soldado:

—¡Mi emperador es Maximiliano! ¡Yo no voy a traicionar a mi emperador! ¡No aceptaré de nuevo la presidencia de México!

—¡Pero su esposa…! —y el guardia se asomó a la ventana. Vio a los soldados llevándose a rastras a la señora, vestida como hombre, con el abrigo de Carlos Rubio.

—¡El emperador es Maximiliano! —le gritó Miramón—. ¡Yo voy a morir con él, y será hoy! Yo lo traje a este país.

—¡Pero usted tiene hijos! —comenzó a llorar el guardia—. ¿No le importa dejarlos sin padre?

Desde afuera le gritaron:

—Arresten a ese soldado por traición. ¡Indícienlo para fusilamiento!

Se lo llevaron a rastras.

—¡Yo no hice nada!

Tres puertas adelante, Maximiliano, con su levita larga colgándole sobre los pantalones, se abotonó la camisa blanca, propiedad de Carlos Rubio. Caminó por el pasillo, conducido por los soldados, hacia las escaleras de piedra para ir a la planta baja.

Cerró los ojos. Sintió el frío en la cara.

—Hoy es un bello día para morir… —y abrió los ojos.

Uno de los soldados suavemente lo tomó del brazo.

—Señor don Fernando —le susurró—, mi general Mariano Escobedo desea saber si usted tiene alguna petición final previa a la ejecución. Me pide decirle que lo respeta y que lamenta la situación.

—Sí —y se sorbió la nariz—. Dígale por favor al general Escobedo que deseo, si es posible, que mi cuerpo sea entregado al embajador de Alemania, Anton von Magnus, y al doctor Samuel Basch, para que ellos se encarguen de embalsamarme. No confío en este hombre —y se volvió hacia el tenebroso ginecólogo Vicente Licea, que le estaba sonriendo—. Que me lleven, aunque sea muerto, a Europa, para que pueda verme mi madre. Le ruego al general Escobedo que no se me dispare a la cara para que mi mamá no me vea desfigurado.

—Así será, don Fernando —y, imperceptiblemente, le apretó el brazo—. Usted fue un hombre bueno. Que Dios lo bendiga.

Metros atrás, los soldados llevaron al joven ex presidente Miguel Miramón. Lo empujaron por los brazos:

—¡Usted vendió el país, traidor! —le dijo uno de ellos. Le escupió en la nuca—. ¡Usted vendió a México! ¡Es por usted que se inició toda esta tragedia en el país, por ese maldito préstamo al que usted nos condenó! ¡Por eso nos invadieron los franceses!

Miramón cerró los ojos. Recordó el día en que los hombres del Duque de Morny, hermano de Napoleón III, vinieron a verlo con la oferta del préstamo, cuando él era presidente de México. "El hermano del emperador Napoleón desea ayudarlo. Con este dinero usted comprará armas, y vencerá al señor Juárez."

Bajaron por las escaleras. Caminaron a lo largo del sombrío atrio, lleno de soldados, hacia las tres lúgubres carretas negras que iban a transportarlos al lugar del fusilamiento.

Recordó el día en que Juárez le quitó el poder, cuando aparecieron en el mar tres enormes barcos de guerra de los Estados Unidos para respaldar a Juárez y derrocar al propio Miramón. Eran los buques *Indianola*, *Saratoga* y USS *Wave*. El préstamo de Jecker y Morny no había servido de nada.

En el atrio, corrió el doctor judío Samuel Basch hasta Maximiliano. Apenas vestido, llorando, lo aferró por el brazo:

—¡Majestad! ¡Ellos me perdonaron la vida! ¡Yo no creo justo que usted deba morir y yo deba vivir! ¡No tengo nada en Austria! ¡Voy a ir con usted! ¡Que me maten a su lado!

Los cuatro guardias que venían trotando detrás de él lo sujetaron de los brazos:

—¡Tranquilo, doctor! ¡Le dijimos que se comporte! ¡Regrésenlo a su celda! ¡Bloqueen la puerta!

Lo arrastraron hacia atrás. El doctor le gritó, llorando:

—¡Majestad! ¡Yo voy a ir con usted! ¡Voy a morir con usted, a su lado!

Maximiliano suavemente forcejeó con los soldados. Se volvió hacia el doctor Basch. Lo vio en el piso, gimiendo. Llevó su delgada mano al bolsillo derecho del chaleco. Comenzó a sacar un anillo dorado.

—Amado doctor —y empezó a aproximársele a pesar de los jaloneos de los guardias—. Por favor llévele esto a mi madre —le sonrió. Lo colocó entre sus dedos. Le apretó la mano y se la besó.

El doctor Basch leyó en el costado del anillo: "A. E. I. O. U. *Austriae Est Imperare Orbi Universo*".

El doctor Basch comenzó a llorar.

—¡Majestad! ¡Sea feliz! ¡Sea feliz a donde vaya!

En San Luis Potosí, dentro del cuartel provisional del presidente Benito Juárez, tres hombres entraron con mucha prisa a ver al mandatario: el embajador de Alemania, el barón Anton von Magnus, de rostro perturbador, y sus dos secretarios.

—¡Señor presidente! —se inclinó ante Juárez—. ¡Le suplico de la manera más atenta que suspenda el fusilamiento de Maximiliano! ¡Aún puede detener esto! ¡Evite un conflicto internacional!

Juárez se quedó perplejo. Comenzó a levantar la cabeza hacia el techo.

—¿Para esto desea verme ahora, después de complotar con la señora Salm-Salm? —y se volvió hacia el reloj en la pared—. ¿Ahora Alemania desea apropiarse de partes de México?

—Señor presidente, ¡derramar la sangre real europea no es una buena idea! —y con la palma de la mano golpeó el escritorio—. Usted no debe provocar una guerra contra Europa. ¡No le conviene!

Benito Juárez entrecerró los ojos.

—Esto no es porque yo lo quiera.

—¡Permítame llevarme a Maximiliano vivo, a Europa! ¡Se lo imploro!

—¿Para qué lo quiere vivo?

—¡Yo le garantizo que él no va a participar en un futuro golpe de Estado! ¡Lo garantiza mi canciller, Otto von Bismarck! ¡No habrá un golpe de Estado, ni invasión, por parte de Alemania!

Juárez se volvió hacia su leal Sebastián Lerdo de Tejada. Lerdo negó con la cabeza. Juárez le dijo a Magnus:

—Señor embajador, un acto de clemencia como el que usted me está exigiendo se opone a las más graves consideraciones de justicia y a la necesidad de asegurar la paz en esta nación —y alzó el mentón—. México ya no se va a dejar manipular por las potencias. Dígaselo a su canciller.

El embajador prusiano lentamente retrocedió, hacia la penumbra.

—Lo informaré a mi canciller. Lo informaré a mi canciller.

Se sumió en la oscuridad.

Dentro de la carroza funeraria, el ex emperador Maximiliano observó por la ventana. A su lado, uno de los soldados le dijo:

—Majestad, el embajador de Inglaterra lo verá en el Cerro de las Campanas. Se evitará su fusilamento.

Maximiliano abrió los ojos.

—¿Perdón?

—Presentarán el cuerpo de un hombre que murió hace días, el 25 de mayo, en la Ciudad de México, muy semejante a usted —y le mostró la fotografía color sepia—. Éste es el cadáver del señor Armin Friedrich Herbert Hilmar Wilhelm Gottfried Freiherr von Hammerstein. Al fusilamiento se va a presentar un actor, también muy parecido a usted. Le harán disparos con salvas. El cuerpo de Freiherr será colocado en el Templo de San José, en el Convento de Capuchinas, y se fingirá un nuevo embalsamamiento. El doctor Licea ya está enterado. Usted saldrá vivo —le sonrió. Lo tomó del antebrazo—. Prepárese para una nueva vida.

Maximiliano comenzó a sacudir la cabeza.

—Dios… esto no para.

142

Ciento cincuenta años después, en el Castillo Bouchout, el detective polinesio Steve Felder comenzó a disparar hacia abajo, desde lo alto de las escaleras espirales. Le gritó a su aterrado pigmeo Bertholdy:

—¡Lo que no sabe nadie es que todo fue un plan de Inglaterra.

—¡Demonios! Eso no me lo esperaba. Lo sabes todo.

—¡Todo esto lo publicó Lyndon LaRouche el 18 de septiembre de 1992, siendo él ex candidato a la presidencia de los Estados Unidos! *Lord Palmerston's personal puppet, Napoleon III of France!* ¡Napoleón III, el títere de la Gran Bretaña! ¡Napoleón III estuvo todo el tiempo al servicio del primer ministro británico, Lord Palmerston!

—No —y cerró los ojos el pigmeo. Le pasó un disparo por la cabeza.

—Palmerston, siendo aún ministro de Asuntos Exteriores británico, planeó también apoderarse de España por medio del matrimonio entre un primo de Carlota y de Victoria, el príncipe Leopoldo Francisco Julio de Saxe-Coburgo-Gotha, y la reina de España, Isabel II. ¡Así amarraría un bloque británico, pues ya tenía en su poder a Portugal por medio de Fernando II de Saxe-Coburgo-Gotha, como rey! ¡Así los ingleses tendrían todo! Ante esto, el rey francés Luis Felipe de Orleans, que vio en todo esto una amenaza de Inglaterra para convertir a Francia en un sándwich, se defendió manipulando a la reina de España para que se casara mejor con un francés borbón, y ella lo hizo: se casó con François d'Assise Marie Ferdinand de Bourbon. Como venganza —y comenzó a disparar hacia abajo, contra los guardias belgas—, el ministro inglés John Temple Palmerston provocó, aunque sea indirectamente, el levantamiento de Francia en 1848, donde Luis Felipe de Orleans fue derrocado, y en su lugar puso a un títere que había vivido en Inglaterra: Napoleón III, adoctrinado por los británicos en Carlton Gardens. Hoy hay una placa azul para conmemorarlo en la calle King Street, número 1-C. El 2 de diciembre de 1851 Napoleón dio el autogolpe de Estado que lo convirtió en emperador "absoluto", apoyado desde Londres por Lord Palmerston. Un sirviente del imperio británico.

Bertholdy empezó a temblar. Comenzó a rezar en polinesio:

—*Ho'oponopono! Ho'oponopono!* —e hizo los ademanes sagrados de Nueva Zelanda.

—Mira —le dijo Felder. Le mostró la pantalla de su celular—: "Los Estados Unidos peleamos tres guerras contra la monarquía británica. Primero, la lucha por nuestra independencia". La segunda fue la guerra de 1812 entre Estados Unidos e Inglaterra por su disputa por Canadá. "La tercera guerra que peleamos explícitamente contra Gran Bretaña, o las fuerzas dirigidas desde Gran Bretaña, fue la Guerra Civil, la guerra más sangrienta de nuestra historia." Una guerra que, de acuerdo con... un traidor... August Belmont, fue lanzada por los británicos con el propósito de dividir a los Estados Unidos en varias partes, de modo que pudiera ser demolido fácilmente. ¡Todo el tiempo han sido los británicos! ¡Han estado detrás de todo!

Bertholdy, con su pequeña pistola, llorando, también comenzó a disparar contra los guardias belgas. Le atravesó el pecho a uno.

—¡Maté a un hombre! ¡Maté a un hombre!

Steve Felder le gritó:

—¡Carlota tuvo que ser parte de todo esto! —y siguió disparando hacia abajo—. ¡Carlota fue enviada a México por una misión de la familia Saxe-Coburgo-Gotha! ¡Ella y su padre eran la sangre de la reina de Inglaterra! ¡La presencia misma de Leopoldo I en México fue parte del proyecto británico para dominar el mundo. Colocarían una base militar allá y desde ahí devastarían a su único oponente en América: su antigua colonia, los Estados Unidos! ¡Para lograrlo, los británicos tenían que construir en México un poderío industrial y económico lo suficientemente potente como para socavar los contratos comerciales de los Estados Unidos con el resto del mundo, y sustituirlos en las exportaciones! ¡Por eso en 1824 apoyaron al ex emperador mexicano Agustín de Iturbide, dándole primero refugio en Londres cuando se le expulsó por parte de un congreso mexicano manipulado por los Estados Unidos, y por eso los ingleses lo enviaron de vuelta a México para que recuperara el trono con un golpe de Estado! ¡Por lo mismo, los Estados Unidos movieron a todos sus agentes en cuanto llegó Iturbide, para que se le fusilara antes de siquiera meterse tierra adentro, en Padilla, Tamaulipas! México ha sido, durante todo el siglo XIX, el patio trasero de la guerra entre Inglaterra y Estados Unidos.

Un disparo le pegó en el oído. Comenzó a sangrar. Su revólver cayó por el abismo espiral. Vio a los guardias subiendo como arañas, gritándole:

—*Stop now, you motherfucker!* —y en flamenco—: *Stop nu, klootzak!*

Felder, a falta de arma, levantó en el aire el pesado cráneo de cristal azteca, el que había pertenecido alguna vez a Eugène Boban y a la familia Iturbide. Se lo arrojó al guardia a la cabeza.

—Ten un souvenir del pasado —y le quebró el cráneo. Trotó, sangrando, hacia la habitación que hasta 1927 fue ocupada por Carlota.

143

Dentro de la carroza fúnebre, bamboleándose por el camino, Maximiliano se volvió hacia el soldado, quien en realidad era Ildefonso López disfrazado:

—¿Agustín de Iturbide...?

Ildefonso López lo tomó del brazo:

—Iturbide y usted son un mismo problema. Es el mismo plan británico —y observó por la ventana—. Es la misma guerra: Inglaterra contra los Estados Unidos por el control del mundo. ¡Majestad! ¡Éste es el secreto de México, y de toda América Latina! ¡Porqué los Estados Unidos se volvieron poderosos mientras los demás países de este continente se volvieron pobres! ¡Ellos lo decretaron! ¡Fue su "destino manifiesto" apoderarse de todo, adueñarse de este continente! ¡Lo establece su religión! —y lo miró fijamente—. Napoleón III y usted sólo son instrumentos, igual que lo fue Iturbide.

Los guardias le abrieron la negra puerta metálica del carruaje. Le ofrecieron las manos con guantes a Maximiliano para que bajara.

—Bienvenido, don Fernando —le dijo un hombre desde abajo, con la cara deforme. Era el oficial Miguel Palacios, la Hiena—. Ya estamos de vuelta aquí, en el Cerro de las Campanas, ahora para fusilarlo —le guiñó el ojo—. Su ejecución va a ser allá arriba —y señaló hacia el terraplén lleno de magueyes—. Lo acompañarán en este ceremonial mortuorio cuatro mil soldados, por orden del general Mariano Escobedo. Presenciarán el evento.

Maximiliano, en el silencio de la mañana, observó a los soldados formados. Le estaban sonriendo de formas grotescas, aferrando sus armas, formando una gigantesca valla hacia el sitio de fusilamiento. Algunos gritaban:

—¡Muere, traidor! ¡Regrésate a Austria! ¡Déjenlo irse! —y hasta hubo golpes.

De la carroza trasera bajó, auxiliado por los soldados, el general y ex presidente Miguel Miramón, y detrás de él, el moreno general Mejía. Los empujaron, asidos por la espalda, manteniéndoles la cabeza hacia el piso.

—¡Vamos, avancen! —les gritó la Hiena. Observó su reloj. Marcaba las seis de la mañana con cincuenta minutos.

Maximiliano caminó hacia el terraplén, entre los cactos. Se le emparejó el doctor Vicente Licea, con su cara curvada.

—Señoría —le sonrió al ex emperador—. Me pidieron operar a su chica. ¿Sabe cuántas semanas tiene el embrión?

Maximiliano abrió los ojos.

—¿Qué dice?

—El embrión, el hijo de la india. Me pidieron abortarlo.

Se aproximó también el fotógrafo de Maximiliano, el Ardoroso François Aubert, con su pesado aparato de emulsiones de plata, del que salían hacia abajo tres estorbosas patas. Miguel Palacios lo detuvo en seco. Colocó su sable de tal forma que le obstruyó la cámara.

—Esto no. Regrésese abajo. Nadie va a tomar fotografías del fusilamiento —y lo empujó.

Lo vio irse ladera abajo, protestando en francés, entre los soldados de las vallas. Uno de ellos le pateó su cámara. Aubert le gritó:

—*Salop natif puant!* ¡Maldito nativo apestoso, pagarás por esto!

Los tres convictos sentenciados a morir avanzaron seguidos por los guardias. Caminaron en medio de las dos largas paredes de soldados que les gritaban, les sonreían, les escupían, y les hacían muecas de burla.

Subieron por el terraplén hasta el punto donde la ladera estaba despejada de magueyes. Maximiliano saludó al jefe de los cuatro mil soldados, el general Jesús Díaz de León, el cual le dio la mano. Maximiliano vio la pequeña barda de ladrillos de adobe, resquebrajados.

—Aquí —les indicó el jefe de los destacamentos, el oficial Simón Montemayor, de veintidós años. Con su delgado sable picó entre las pequeñas piedras.

Se detuvieron todos.

Se hizo un silencio.

Maximiliano miró a su alrededor. Los cactos, las rocas. En el horizonte comenzó a formarse la cinta del amanecer. Sintió el viento del cerro en su rostro. Abajo vio la ciudad de Querétaro.

—Ésta es una hermosa vista —le dijo a la Hiena.

—Sí, sí —le respondió Miguel Palacios—. Acomódense.

El general Tomás Mejía miró la ciudad:

—Debimos haber cerrado Matamoros —y señaló hacia el norte—. Por ahí nos metieron todas las armas los gringos —y se volvió hacia Maximiliano—. En Matamoros, y no en la Ciudad de México, estaba la llave del Imperio —y miró fijamente a los soldados del general Díaz de León—. Debimos poner en Tamaulipas una guarnición fuerte. Esa guarnición habría impedido la entrada de armamento de los Estados Unidos para Juárez, los convoyes de Herman Sturm —y miró hacia el suelo.

Observó el rifle del soldado. Tenía muy brillantes las letras metálicas: REMINGTONINC.

En la Ciudad de México, en el pasillo subterráneo y encharcado de la casa de la señora Conchita Lombardo de Miramón, caminamos con nuestras linternas yo, el Nibelungo, la señora Salma del Barrio —madre *de facto* de Juliana— y el Huevo.

Por detrás nos siguieron los dos masones y tres de los miembros del Cártel de Cuernavaca, también con sus linternas.

En el silencio, palpé el muro al que llegamos. Tenía barrotes. Los postes subían por un tubo vertical. Eran los peldaños de una escalerilla. Iluminé hacia arriba, con mi linterna. Comencé a subir.

—Esto debe llegar a alguna parte.

—Yo ya me estoy cansando —me dijo el Huevo—. Odio la vida. Éste es mi peor día como policía.

—Para mí es el mejor —le dije—. Esto es investigar —y me coloqué la linterna entre los dientes—. Hoy vamos a triunfar contra un golpe de Estado.

Llegamos a una abertura: un corredor de limpieza. La puerta de rejas nos llevó a otra sección de la casa. Estaba completamente oscura, llena de telarañas.

Mojados, alumbramos con nuestras linternas hacia los muros.

—Es una sala —me dijo el Nibelungo. Iluminó los candelabros empolvados, llenos de telarañas. Al fondo, en la pared, la luz nos reveló un cuadro gigantesco.

Lentamente comenzamos a acercarnos a esa pintura, deshaciendo las telarañas con nuestras piernas. El cuadro empezó a volverse claro.

Debajo decía: "Fusilamiento de Agustín de Iturbide. 19 de julio de 1824. Fundación de México". Al lado estaba el retrato de Josefa de Iturbide, con su cara de enojada.

Todos observamos al hombre de largas patillas rojas en el cuadro de la ejecución, enfrentando a sus fusileros, en medio de la plaza de un pueblo, recibiendo las detonaciones de los mosquetones.

Me aproximé, iluminando la pintura con mi linterna.

Observé las características del pueblo: una iglesia, un edificio grande al otro lado de la plaza.

Suavemente toqué el enorme cuadro. En el lugar donde estaba pisando Agustín de Iturbide, por debajo de sus botas, había un símbolo: un león con tres cabezas.

Comencé a ladear la cabeza.

—Diablos... —dije para mí mismo—. El altar de Iturbide. Es aquí —y toqué la pintura de nuevo—. Es aquí donde Maximiliano decretó construir el monumento. El lugar de la muerte.

El Nibelungo me sonrió.

—Siempre supe que eras bueno, Max León —y me apuntó con su semifusil QBZ-95 Norinco—. Por eso te reclutó el Papi. Ya no te necesito —y les disparó en la tráquea a los dos masones—. ¡Amárrenlo! ¡Cuélguenlo del candelabro!

Le disparó a la nana en la cabeza.

—¡¡No, maldito!! —le grité. Me lancé a golpearlo. Me derribaron sus sicarios de caras cicatrizadas. Empezaron a golpearme en la cabeza con las culatas.

—¡Toma esto, maldito detective de mierda! —me abrieron la piel—. ¿De qué te sirvió investigar si no averiguaste para quién trabajas?

Le grité al Nibelungo:

—No me hagas esto. ¡Necesito recuperar a Juliana!

—¡Amárrenlo! ¡Cuélguenlo! —y dos de ellos empezaron a atarme con una cuerda, con las piernas apretadas y los brazos torcidos hacia atrás.

—Nadie sabe para quién trabaja —me dijo el Nibelungo: En el piso, donde me tenían, me volví hacia las luces de las linternas. Volví a ver al Huevo.

—No les digas.

Se inclinó hacia mí.

—Yo conozco el lugar donde fusilaron a Iturbide. Padilla, en Tamaulipas. La ciudad fue inundada en 1971. Hoy es la presa Vicente Guerrero. El gobierno ordenó sepultar todo con agua. Lo que buscan debe estar debajo. Van a necesitar buzos. Es una presa de cuatro mil millones de toneladas de agua, pero ya déjennos libres, ya quiero que todo esto termine.

Estaba desesperado.

El Nibelungo le sonrió:

—La ciudad sumergida... —y negó con la cabeza. Le apuntó con su Cuerno de Chino al Huevo—: Tú también te quedas aquí, por cobarde. ¡Amárrenlo también! ¡Cuélguenlos a los dos del candelabro! —y me sonrió—. Se van a quedar los dos juntos aquí, colgaditos de cabeza, y a ver cómo se bajan —y miró a su alrededor, hacia las telarañas. Las iluminó con su linterna—. Tengo la impresión de que somos los primeros que entramos a esta pinche pocilga desde hace siglos. No creo que vengan muchas visitas. A ver cuántos días viven sin agua.

Les gritó a sus hombres:

—¡Nosotros nos vamos, amigos! Nos espera un tesoro que va a cambiar al mundo, y además, una chica rubia y deliciosa a la que voy a violar. Tráiganse el cadáver de la anciana. Se lo voy a mostrar a su muchachita —les sonrió.

En el borde de la puerta se detuvo. Se volvió hacia mí. Me echó la luz de su linterna.

—Max León, el tesoro de Maximiliano nunca fue lo que tú imaginas. Ni siquiera fue de Maximiliano. Fue de su esposa Carlota. Es un documento: la razón verdadera de por qué y quiénes lo enviaron a México. Ese documento va a crear una nueva separación entre las naciones, y va a cambiar el orden del mundo. Se lo pidió al Papi el gobierno de China.

144

Nos dejó colgados del candelabro, en total oscuridad. Estábamos amarrados por los pies, de cabeza, rozando las telarañas, con las manos atadas por la espalda. Pronto sentí la sangre estallándome en las sienes.

En el silencio, comenzamos a balancearnos para tirar el candelabro. Después de minutos de no decirnos nada, el Huevo habló:

—Es inútil. Estos candelabros no son como los que hacen ahora.

Me volví hacia él. En la penumbra no distinguí su forma.

—¿Por qué me hiciste esto, porqué les dijiste? —y comencé a sacudirme.

Él comenzó a llorar.

—No quiero pensar en eso. Me preocupa más cómo vamos a estar dentro de cinco horas, y dentro de diez, y mañana a esta misma hora. ¿Seguiremos vivos? ¿Cuándo empieza uno a tener dolor de cabeza por la falta de líquido? ¿Cómo es la muerte por hambre?

—Te odio, hijo de puta —le dije. Miré hacia el oscuro piso—. ¡Sólo pusiste en peor peligro a Juliana!

—¡Vamos! —se rio de mí—. ¡Ni siquiera la conoces realmente! Todo es tu imaginación. Ella sólo es una persona más de todas las que te están usando. Eres igual o peor que Maximiliano.

Me quedé perplejo.

—Tú también eres un Nibelungo. Eres una criatura del fango —y lo busqué en la negrura—. ¿Por qué dices que Juliana me está usando?

—Ella también quiere el documento. Lo quiere para el gobierno de Rusia. Ella trabaja para la embajada.

—*Dios…* —y seguí buscándolo en la oscuridad—. ¿De qué es el documento…? ¿Desde cuándo sabes que es un documento? ¡¿Por qué nadie me lo dijo?!

Se quedó mudo.

—Tal vez pensaron que buscarías más motivado si imaginabas que íbamos a encontrar un tesoro real, y que te quedarías con una parte, como en los decomisos. Quiero decir: joyas, dinero. Necesitaban de alguien que conectara las pistas. Tú eres el mejor en la policía de investigación. Eres el que resolvió el caso de Pemex. Todos lo saben. Cuando fracasas es por huevón. Saben que trabajas mejor cuando estás bajo presión. Ella te eligió por eso, la Habsburgo. El Papi simplemente la agarró por ser Habsburgo. Tú ya estabas en el paquete. Incluso el Maximiliano von Götzen murió como parte del plan. A nadie le importa.

—Dios —y miré hacia abajo—. ¿Qué vamos a hacer ahora? Necesito ir por ella. ¿Qué van a hacerle?

Él comenzó a sacudirse.

—¡No creo que podamos hacer nada! ¡Éste es el peor día de mi vida, y en general mis días son todos de mierda! Tú sabes que odio la vida.

—¡Ayúdame, maldita sea! ¡Piensa conmigo!

Guardó silencio por varios minutos.

—Así es precisamente como pensé que terminaría mi vida: en un lugar así de jodido, en una situación así de jodida, con la peor compañía. Ni siquiera creo en la vida después de la muerte. Aquí se acabó todo.

Medité mi respuesta.

—Nunca se acaban las cosas. Siempre hay una salida.

Al otro extremo de la ciudad, salió del penal en su limosina, seguido por sus veinte escoltas, por doce motocicletas de la policía, por siete automóviles militares y por seis patrullas, el jefe del Cártel de Cuernavaca, Carlos Lóyotl, el Papi.

A su lado estaba esposada Juliana Habsburgo, parcialmente desnuda.

El Papi, con sus anillos dorados, se llevó el teléfono a la oreja.

—Lleven a los embajadores al hangar siete. De ahí nos vamos por espacio aéreo MMTY hacia Tamaulipas, coordenadas 23-57-34 norte, 98-39-57 oeste, cerca del plantío de los Plateados.

Suavemente se volvió hacia Juliana. Comenzó a acariciarle la pierna. Se la apretó con fuerza:

—¿Te gusta el buceo? —y masticó un chicle—. Acabo de rentar veinte trajes de buzo. Tú vas a usar uno. Los que no saben bucear van a aprender hoy —y miró su reloj—. Quiero decir: tienen cuatro horas.

Se volvió hacia la ventana. Le dijo a Juliana:

—Éste es el secreto de tu familia, y de México, y para el caso, del mundo —y la miró a los ojos. Observó el color cristalino, dorado, de los iris de Juliana Habsburgo. Le susurró—: los mismos que trajeron a Maximiliano son los que antes trajeron a Iturbide, es decir, los ingleses. Todo ha sido una guerra entre Inglaterra y los Estados Unidos, desde que ocurrió la independencia estadounidense en 1776: las dos ramas de la raza anglosajona han estado peleándose por el poder mundial. Se hicieron temporalmente amigos cuando surgió Hitler y después los rusos, en la llamada Guerra Fría. Pero esta lucha se reanuda ahora, con el documento Maximiliano, y la destrucción del príncipe europeo por parte de los gringos debe ser cobrada. En la división que va a oscurecer al mundo, imperaremos nosotros: la serpiente blanca —y le mostró sus tatuajes chinos: un dragón de color blanco, retorciéndose por su brazo—. Bai Suzhen. Ésta es la guerra por la supremacía del mundo.

Suavemente tomó a Juliana de la muñeca. Observó su delicado tatuaje: las letras "A. E. I. O. U. R1b-U152. Palacio Scala".

—Agradezco a tu nana que no te haya borrado las marcas, aunque te borraron la memoria. Estas pistas son las que nos llevaron a la habitación de Carlota.

Al norte de México, en las coordenadas 23-57-34 norte, 98-39-57 oeste, espacio aéreo MMTY, Tamaulipas, el pesado helicóptero AgustaWestland A109S de la policía de investigación comenzó a sobrevolar la gigantesca presa Vicente Guerrero.

—Es aquí —les dijo a sus acompañantes el comandante Dorian Valdéz. Revisó la pantalla de su celular—. Ponerle ese transmisor a Max León fue el mejor recurso —y observó por la ventana las ondas del agua. Por encima del suave oleaje vio emerger un campanario antiguo, con espacio para tres campanas y la fachada triangular color blanco de una iglesia. La parte inferior estaba totalmente sumergida. Enfrente de la misma miró otro edificio, aproximadamente de 1750, muy alargado, también parcialmente sumergido en el agua.

—De donde yo vengo —les dijo a sus acompañantes— existe una leyenda de los tiempos de los aztecas. Una princesa tarasca llamada Eréndira se rehusó a doblegarse ante los conquistadores españoles. Los purépechas nunca se habían rendido ante los aztecas. La princesa prefirió morir antes que someterse. Se ahogó en un lago como éste —y observó por la ventana el edificio alargado frente a la iglesia—. Eréndira, al morir, se transformó en un pez lobina que aún se llega a ver en el lago de Zirahuén —y se volvió hacia sus acompañantes, colaboradores de esta investigación—. Lo interesante es que existe un mito idéntico en China. Ellos la llaman "la mujer dragón", o "la serpiente blanca". Bai Suzhen, enamorada de un hombre, se transformó ella misma en un dragón de agua, el dragón blanco. La serpiente blanca es el símbolo de la futura resurrección de la civilización china, como dominio del mundo. Esto es lo que hace ocho años profetizó el político estadounidense Henry Kissinger —y les mostró un libro llamado simplemente *China*—: la supremacía futura pertenece a China.

Wenceslao Vargas Márquez, periodista e historiador, le dijo:

—¿Usted piensa que por esto trajeron de vuelta al polinesio, como un nuevo Iturbide, como un nuevo "Maximiliano", para dar un golpe de Estado?

Dorian Valdés se volvió hacia su corpulento agente King Rex, que estaba quemado de la cara, con parte del ojo rostizada. Lentamente se inclinó hacia el periodista Wenceslao Vargas:

—Los chinos necesitan una presencia militar aquí en América para prepararse y protegerse de una confrontación con los Estados Unidos, cuyos movimientos ya están iniciándose en las bases navales del mar Nán Häi por el conflicto de las islas Spratly, que involucra a veinte países, incluyendo a Japón, Rusia, China y los Estados Unidos. El general Ben Hodges, ex comandante de la OTAN en Europa, lo acaba de declarar ante el Foro de Seguridad de Varsovia: "Los Estados Unidos vamos a estar en guerra contra China en un máximo de quince años" —y los miró fijamente—. Señores, en todos los aspectos económicos y comerciales, China está derrocando a los Estados Unidos. Va a ser la próxima potencia el mundo. La siguiente guerra del mundo es la de Estados Unidos contra China. México va a ser una de las bases.

Wenceslao observó hacia la presa, a través de la ventana.

—*Dios...*

—Ahora dime —le dijo el comandante Valdés—: ¿qué es lo que sabes del polinesio?

Vargas Márquez revisó sus papeles:

—El individuo que está capturado por los del Cártel de Cuernavaca, y que bajó del avión boeing hace veinte horas, no es el verdadero heredero de Iturbide. Es un impostor. Yo conocí al verdadero. Se llama Maximilian von Götzen-Yturbide. El señor Götzen es un hombre valioso e íntegro que no tiene ningún interés en desestabilizar la política de México. Por el contrario, el hombre al que trajeron los del Cártel de Cuernavaca, Maxel-Ytubide, es una persona enteramente distinta: ni siquiera es real —y le mostró la fotografía del sujeto gordo vestido de rojo—. Este individuo fotografiado al lado del papa Benedicto, cuya imagen se publicó y circuló por el mundo, no es Götzen. Tampoco es el impostor que bajó el avión.

—¿Quién es entonces? —le preguntó Dorian Valdés, mirando la foto. Lentamente se volvió hacia el otro invitado de la investigación: el empresario de cincuenta años, Guillermo Núñez van Steenberghe. Le mostró el comunicado:

—Según este informe tú eres hijo de Lourdes van Steenberghe Ávila, hija de Federico van Steenberghe de Evia Ramírez, hijo a su vez de Carlos Augusto van Steenberghe de Cohen, quien vivió en Mérida, y que, según este documento, fue el hijo que Carlota tuvo en Bélgica, cuando ella regresó de México, y que fue criado en secreto por el banquero judío David de León Cohen. ¿Es así?

Guillermo Núñez le dijo:

—Así es —y se llevó a la boca un agua embotellada Icefield, procesada en su empresa, traída desde los glaciares de Canadá. Comenzó a beberla.

—¿Qué es lo que buscas? —le preguntó el comandante Valdés—. ¿También buscas reclamar el trono y crear un maldito disturbio? —le sonrió.

Guillermo negó con la cabeza.

—No, señor —y le ofreció una de sus botellas de agua purificada—. Proteja sus riñones. Ningún agua embotellada en el mercado tiene cuarenta partículas por millón. Ésta los tiene —y lo miró fijamente—. Lo que yo busco es la verdad. Por eso estoy financiando esta investigación. Soy igual que usted: quiero descubrir el pasado.

En la ventana, el corpulento King Rex observó la pantalla de su celular. Le dijo al comandante Valdés:

—En cualquier momento van a estar aquí los hombres del Papi —y revisó su sistema de radar—. Viene con treinta vehículos, por las carreteras 38 y 75, desde Soto la Marina —y señaló hacia abajo—. Si nos ve aquí, va a haber una guerra —y tragó saliva.

Dorian Valdés miró hacia las carreteras, en medio de los árboles:

—Para esto estamos aquí, para librar esta guerra. Nadie debe sacar de aquí ese documento de Carlota.

145

En el Cerro de las Campanas, en el frío de la mañana, frente a los miles de soldados convocados por Mariano Escobedo para atestiguar el sacrificio, ahora formados en filas escalonadas en la ladera, el general Miguel Miramón, en silencio, contempló a dos lagartijas que estaban sobre las piedras.

Se volvió hacia el capitán Montemayor.

—Capitán, tengo una petición —y miró hacia el horizonte—. Le pido a usted que les diga a mis hijos que yo no soy un traidor. Protesto contra la acusación de traidor que se me ha imputado en el rostro. No quiero que esta calumnia sea el recuerdo de mi persona en la historia —y lo miró fijamente—. Que no me calumnien ante mis hijos, ni ante mi familia. Se lo pido —y miró hacia las rocas—. ¿Puede usted hacer esto?

El capitán tragó saliva.

—Haré lo que yo pueda.

—Muero inocente de este crimen —y miró a Maximiliano—. Tengo la esperanza de que Dios me va a perdonar. Mis compatriotas van a apartar de mis hijos esta vil mentira.

Montemayor tragó saliva. Se volvió hacia sus tiradores.

—¡Atención, armas!

Los veintiún hombres del pelotón se reacomodaron los rifles, haciendo ruido con los metales. Los colocaron con un golpe contra sus pechos. Con las suelas de sus botas golpearon las rocas, levantando el polvo.

Maximiliano lentamente se aproximó al capitán:

—Joven Montemayor, yo tengo una petición más —y de su bolsillo lentamente sacó un pañuelo de color blanco—. Le suplico que los disparos sean aquí, en mi pecho —y con el pañuelo entre los dedos, suavemente se dibujó un círculo alrededor del corazón—. No quiero que me disparen a la cara. Mi mamá no soportaría verme desfigurado.

El capitán lentamente asintió con la cabeza.

—Señor Fernando, nadie le va a disparar a la cara. Tiene mi promesa —y les gritó a los tiradores—: ¡Atención! ¡Ningún disparo a la cara! ¡Todos los disparos en el pecho!

Por detrás del capitán, el deforme ginecólogo Vicente Licea, vestido de negro, le susurró a Maximiliano: "Voy a abortar a tu criatura, al hijo de la india".

El general Miramón, con la tez pálida, susurró:

—Que se haga la justicia —y cerró los ojos—. Voy a comparecer ante la presencia de Dios —y se acomodó en su lugar. Colocó un pie y luego el otro. Se afianzó.

Los tres condenados, Miramón, Maximiliano y Tomás Mejía, se emplazaron a un metro de distancia entre cada uno. En el silencio, cerraron los ojos. Cada uno oró a Dios a su manera. El viento frío del monte les pasó a todos por el rostro. Un sonido extraño empezó a formarse arriba entre las piedras, detrás de ellos, en la parte superior del cerro, semejante a campanas.

El capitán Simón Montemayor les gritó a los tiradores:

—¡Posiciones! ¡Tiros al sector del plexo y a corta distancia para evitar el sufrimiento de los sentenciados! ¡Es la orden del presidente Benito Juárez García! ¡Acérquense!

Los veintiún tiradores, con un paso marcial, se acercaron. Alistaron sus rifles Remington.

El petrolero Ildefonso López, detrás de los tiradores, cautelosamente pellizcó en el brazo al coronel Miguel Palacios, la Hiena. Le dio un suave jalón.

Palacios lentamente se volvió hacia él. Le respondió con un discreto guiño. Delicadamente aferró su pistola. Doscientos metros más abajo, cuatro soldados, en silencio, trotando de puntitas, trasladaron una pesada y enorme caja negra de 1.7 metros de largo hacia la carroza.

—¡Métela rápido! El cadáver está listo —le susurró uno al otro.

—Listo, maquillado. La vestimenta es idéntica.

—¡Qué mal huele, maldita sea! —y frunció la nariz. Empujó.

—¿Qué esperas? Lleva más de veinte días apestando. Descanse en paz, señor Armin Friedrich Herbert Hilmar Wilhelm Gottfried Freiherr von Hammerstein —y cerró la compuerta—. ¡Llévenlo al sanatorio! ¡Pónganlo en la mesa de embalsamamiento!

Abajo, mil quinientos metros al sur de la falda del cerro, dentro del Templo de San José, en el Convento de Capuchinas, la hermosa Concepción Sedano, de diecinueve años, estaba amarrada con cintas a la pila de operaciones, forcejeando para zafarse, amordazada. Suavemente la acarició el soldado Luis Pinzón, el Erizo.

—No te preocupes, bonita. Ya viene el ginecólogo —le acarició la pierna—. Él va a hacer dos cosas: embalsamar a un muerto, y sacarte el feto. Tal vez a ti no te maten. Sólo quieren a tu niño —y suavemente le puso la mano en la barriga, en la ligera redondez del embarazo.

—¡No lo toque! —mugió a través de la mordaza. El hombre le sonrió a la joven indígena.

—Tu niño podría un día reclamar el trono de México. Podría venir a vengarse, tú sabes, por el fusilamiento de su papá, y matar a millones de mexicanos —y cerró los ojos—. No, no. Tu hijo, siendo un Habsburgo, podría reclamar también el trono de Austria. ¡Imagina todo eso junto! ¡Nadie quiere un nuevo Alejandro Magno! ¡Vendría a quedarse con todo!

Por detrás del Erizo, el embajador de Inglaterra, Peter Campbell Scarlett, con su monóculo, le dijo al joven lancero Bernardo Reyes:

—Mientras tu país no construya sus propias armas siempre va a ser un esclavo de otros países, en este caso, de los Estados Unidos. ¡Construye tus propias armas! ¡No dependas de los gringos! ¡Haz lo mismo que está haciendo Bismarck! ¡Este país tiene que ser fuerte! ¡Debes poder enfrentarte a los Estados Unidos!

Bernardo Reyes, quien tomaba nota de todos los sucesos, asintió. Si quería que México fuera grande debía, si alguna vez tenía la oportunidad, profesionalizar el ejército. De qué servían ejércitos como esos, mal uniformados, mal entrenados, con armas viejas. Ojalá un día tuviera esa oportunidad.

Luego observó a la chica en la plancha, amarrada de los brazos y de los tobillos, lista para que se le practicara el aborto. Ella estaba gritando:

—¡Dios mío, ayúdame! ¡Salva a mi hijo!

Bernardo Reyes se quedó perplejo. Tragó saliva. Juan C. Doria, el Sabueso, lo miró fijamente.

—¿Qué diablos te pasa?

El joven señaló a la chica:

—No deberíamos hacer esto.

Con enorme violencia, el Sabueso pateó a Reyes en la rodilla, quebrándole la pierna. Le apuntó con su pistola.

—¿Eres un traidor? ¿Ahora estás pensando en ayudar a esta chica, escaparte con ella, salvar a este niño para amenazar el futuro de México? —y con enorme fuerza lo pateó en el tórax. Le quebró las costillas. En el suelo, Bernardo Reyes escupió sangre.

146

En la Ciudad de México, colgado de cabeza de un candelabro antiguo, en una sala vieja y completamente oscura, comencé a sentir los efectos de la saturación de sangre en mi cerebro. Empecé a ver cosas. Habían pasado tres horas.

Comencé a escuchar una música perturbadora. No venía de ninguna parte. Era mi cerebro. Me sacudí, gritando.

—¡Auxilio!

Escuché voces:

"Tu verdadero nacimiento es cuando ya todos te mandaron a la verga y descubres que no va a haber nadie que te ayude, que estás tú enteramente solo para salvarte, y que ahora te toca ser el superhéroe, si es que alguna vez iba a existir un superhéroe."

Era la voz de mi padre, Julio León.

En la oscuridad vi que se formaba el cuerpo de Maximiliano, descompuesto, surgiendo del piso con gusanos. Sacudí mi cara.

—¡Auxilio! ¡Auxilio!

No escuché a Jasón. Pensé que había muerto.

—Dios, no —me dije—. ¡Dios, no!

—Voy a ir a Padilla —me dije. Grité con toda mi fuerza—. ¡Voy a llegar a Padilla antes que el Papi! ¡Voy a salvar a Juliana!

La imaginé capturada por el narcotraficante.

—Qué inútil soy. ¡Qué inútil soy! —y volví a sacudirme como una serpiente—. ¡No pude hacer nada, siendo policía! ¡Pendejo puto! ¡Soy un imbécil!

Sentí la voz del Huevo, como si estuviera vivo:

—Aun si fuéramos a Padilla, llegaríamos para enfrentarnos contra toda la banda del Papi: el Cártel de Cuernavaca. ¡Tú y yo no somos nadie contra el Cártel de Cuernavaca! ¡No tenemos armas! ¡No tenemos transporte! ¡Ni que fuéramos Rambo y Schwarzenegger!

En el piso vi a Maximiliano, desnudo, nadando en el agua. Me ofreció un cráneo azteca de cristal. Me dijo:

—Conocí tu país. Encontré algo gigantesco que ustedes mismos no conocen —y me aproximó el cráneo de vidrio. Se transformó en un cuchillo azteca, también de cristal—. Éste me lo dio Boban. Perteneció a Tenoch, el Moisés de los aztecas. Él es la semilla del imperio.

—Un momento... —le pregunté—: ¿Moisés de los aztecas? ¿Existió un Moisés de los aztecas?

Me miró con sus brillantes ojos azules, desde la oscuridad, compadeciéndose de mí:

—Por eso eres lo que eres. No recuerdas tu pasado. Ellos te lo borraron. Destruyeron tu memoria, la historia de ti mismo. Ahora eres su esclavo. No sabes quién eres. Si recuperaras tu pasado, volverías a ser lo que eres, y obtendrías un poder inimaginable: el que ellos no quieren que tengas. Tu secreto es desenterrar tu antigua grandeza: el secreto azteca.

Suavemente, en medio de las estrellas, rodeado por las luces de las líneas cósmicas de Teotihuacán, me entregó el cuchillo de vidrio.

Abrí los ojos. No vi nada. Empecé a gritar:

—¡Auxilio! ¡Auxilio!

Me volví hacia el Huevo. Comencé a gritarle, hacia el espacio oscuro:

—¡¿Estás vivo?! —y me sacudí hacia él—. ¡Contéstame, maldita sea! ¡Contéstame!

Mi leal compañero ya no me respondió, tenía que dejarlo ahí, debía seguir adelante.

En el Cerro de las Campanas, Maximiliano, en medio de los dos generales que iban a ser fusilados con él, observó a sus tiradores: Aureliano Blanquet, Marcial García, Ignacio Lerma, Ángel Padilla, Carlos Quiñones, Jesús Rodríguez y Máximo Valencia.

Maximiliano reconoció el diseño de sus rifles. Eran fusiles Springfield, de la fábrica Harpers Ferry, de Virginia, Estados Unidos, proporcionados por el general Herman Sturm.

Silenciosamente se llevó las manos hacia su pesado cinturón de víbora. Tenía ahí sus veinte monedas de oro.

Se quitó el cinto. Ante la vista de todos, lo ondeó. Comenzó a abrirlo.

—Señores —les sonrió—, voy a entregarles lo último que tengo —y empezó a sacar, una a una, las brillantes monedas de oro, con su propio perfil grabado, de veintiocho gramos cada una. Eran doradas, prístinas. Nunca antes habían circulado.

Se acercó con las monedas hacia los soldados:

—Tómenlas. Son de ustedes.

El capitán Simón Montemayor suavemente lo detuvo con su sable:

—No, señor Fernando. No voy a permitir este soborno. No vamos a liberarlo.

Maximiliano lo miró fijamente.

—Muchacho, esto no es para que me liberen, es para que se liberen ustedes —le sonrió. Le puso una moneda en la mano. Se la apretó con sus delgadas palmas—. México tiene la riqueza para convertirse en un poder gigantesco. No tuvimos el tiempo. Usted lo tiene. Cambie el futuro. Cambie todas las cosas —y silenciosamente volvió a su lugar—. Le sonrió al capitán.

A su lado, Miramón estaba llorando. Maximiliano le dijo:

—Venga conmigo. Tome mi lugar —y lo jaló del brazo. Lo acomodó en el puesto del centro—. Este lugar de honor le pertenece a usted...

Montemayor le sonrió.

—Usted es un hombre bueno —y observó la moneda. Vio el brillo dorado. Suavemente le dio vuelta. Detrás decía, con letras labradas: CAMBIE EL FUTURO.

Montemayor abrió los ojos. Gritó:

—¡Alisten!

Abajo, en el Templo de San José, en el Convento de Capuchinas, el Sabueso Juan C. Doria le puso la punta de su sable a Bernardo Reyes en la quijada. Lo prensó contra el suelo.

—¡Conocí a tu padre, el coronel Domingo Reyes Rovira! ¡Qué bueno que lo asesinaron! ¡Y qué bueno que también asesinaron a tu madre! —y le escupió en los ojos.

Se les aproximó a ambos el embajador Scarlett, de la Gran Bretaña, con su monóculo. Le dijo al joven Reyes:

—Mientras México no sea poderoso, los Estados Unidos van a actuar sin freno para apoderarse de todo este continente. Debes detenerlos —y pateó contra el piso—. ¡Tienes que crear aquí un ejército poderoso, una industria de exportaciones que sea titánica! ¡Debes sustituir a los Estados Unidos en todo el comercio con el resto del mundo; acumular aquí las monedas del planeta! ¡Las reservas de capital son el secreto para crear el imperio!

Bernardo lo escuchó con atención. ¿Por qué le decía eso? Y luego a Sabueso, no podía dejar que siguieran hablando así de su padre. Por detrás, en la plancha de operaciones, la bella Concepción Margarita Sedano, amarrada con cintas, siguió gimiendo a través de su mordaza: "¡Libérenme! ¡Malditos! ¡No van a quitarme a mi niño! ¡No van a quitarme al hijo de Maximiliano!"

Afuera, la esposa del general Tomás Mejía, Carlota Gómez Morán de Mejía —casados en 1840 en San José de los Amoles, municipio de San Pedro Escanela, Jalpan, ante el párroco Espinosa—, corrió por la calle, llorando, con su recién nacido en brazos:

—¡Ay mi niño, José Isaac Tomás Carlos Maximiliano Higinio Mejía Castro! ¡Ay tu padre, ay tu papá! ¡No vas a tener un papá!

El niño acababa de nacer en la hacienda La Quemada. La otra esposa de Tomás, Agustina Castro, estaba a punto de quedarse sin pensión debido a ese niño, a pesar de que ella tenía una hija de dos años.

Un siglo y medio después, en la oscura sala de la casa de Concepción Miramón, yo me sacudí con toda mi fuerza. En mi mente vi el cráneo de vidrio. Vi el símbolo náhuatl del tiempo. Vi los ojos de Maximiliano. Rompí el candelabro. Todo se vino abajo. Caí al piso, sobre los muebles embarrados de telarañas.

En la oscuridad total, le dije:

—Te lo prometo. Lo haré —y comencé a tambalearme entre los muebles, con la cabeza rajada de nuevo, tanteando el piso, llenándome los dedos de telarañas—. Voy a redimir mi pasado. No voy a ser un esclavo. No van a borrarme la memoria. Esto fue alguna vez el Imperio azteca. Esto va a volver a ser gigantesco.

En el Cerro de las Campanas, Maximiliano se arrodilló, por última vez, sobre las piedras.

—Señor del Universo… —y cerró los ojos—. Que mi sangre selle todas las desgracias de mi nueva patria. Te pido que Tú completes la independencia y libertad de mi amado México —y miró al cielo—. ¡Viva México! —y sonrió.

Terminada su despedida de la tierra, se persignó.

Lentamente se levantó.

Le sonrió a Miramón:

—Señores, en unos minutos nos vamos a encontrar juntos en el Cielo. No tengan tristeza —y lentamente le sonrió a Mejía, quien permaneció cabizbajo, sin responder.

El capitán Montemayor le preguntó a Mejía:

—General, usted no ha dicho nada. ¿Tiene acaso algo que solicitar?

Mejía permaneció inexpresivo. Negó con la cabeza.

—Nada.

—¿Nada? —abrió los ojos.

Mejía cerró la boca.

Simón Montemayor, en el mayor silencio, asintió con la cabeza.

—¡Pues bien! —les gritó a los fusileros. Lentamente levantó hacia el cielo azul su sable juarista—. ¡A mi señal inicien las descargas! ¡Todos los tiros al pecho, plexo medio! ¡Ninguno a la cara! —y observó fijamente a Maximiliano. Le preguntó—: Don Fernando, ¿tiene algo más que agregar?

Maximiliano lo miró fijamente. Atrás de Montemayor vio que se asomaba lentamente un hombre alto, cubierto en una manta y con la cabeza tapada con una capucha. El hombre discretamente abrió la capa que lo envolvía: su rostro era idéntico al de Maximiliano, con la barba rojiza, y traía la misma vestimenta. Le sonrió al ex emperador.

Maximiliano abrió los ojos.

—Dios... —comenzó a sacudir la cabeza—. ¿Quién es este...

Montemayor suavemente le susurró:

—Señor Fernando... ¿si esta mañana usted pudiera cambiar su lugar con otro... lo haría...?

Maximiliano respiró profundamente: su último aliento mexicano, su último aliento de la casa de Radbot. Observó al actor, el cual, sin dejar de sonreír, se volvió hacia abajo, cubriéndose de nuevo con el manto.

En su cabeza escuchó una voz:

"Nadie va a saber esto nunca. Vivirás feliz, con un nombre nuevo, en un lugar distante, con tu India Bonita. Este hombre fingirá el fusilamiento. Se emplearán balas de salva. El cadáver que enviarán a Europa es de otro hombre que ya está muerto."

Maximiliano observó a Miramón y a Mejía. Lentamente retrocedió un paso. Cerró los ojos.

—México tiene que ser grande, y libre. Ya fue grande, gigante. Fue el Imperio azteca. ¿Por qué lo olvidaron? Ustedes no conocen el poder de su pasado. Vuelvan a ser gigantes. Disparen.

Montemayor asintió.

—Usted es un hombre valiente.

Lentamente bajó su espada.

Dijo con un susurro:

—Fuego.

Los tres escuadrones iniciaron los disparos con sus rifles Springfield y con balas de los Estados Unidos. Los siguientes fusileros, cada uno con una onza de oro en el bolsillo, salida del cinturón del emperador, comenzaron a disparar contra Maximiliano: Aureliano Blanquet, Marcial García, Ignacio Lerma, Ángel Padilla, Carlos Quiñones, Jesús Rodríguez y Máximo Valencia. Varios de ellos lo hicieron llorando.

El actor, cubierto con la manta, comenzó a bajar hacia la ciudad de Querétaro. Todo se llenó de humo, de olor a pólvora. El capitán Montemayor, en la neblina gris, sacó de su bolsillo su reloj de bronce. Leyó la hora.

"7:10 de la mañana", se dijo.

Observó a los tres caídos. Estaban inmóviles.

—¡Verifiquen los cuerpos! ¡Cerciórense de que estén muertos!

El fusilero Aureliano Blanquet, de dieciocho años, comenzó a caminar sobre las piedras, con su muy largo rifle Springfield. Se colocó por encima de Maximiliano. Lo observó. El ex emperador de México, enviado por Austria y por Francia, respaldado por Inglaterra, estaba boca abajo, con la frente dañada por una roca.

Observó sus piernas, sus zapatos. Empezó a negar con la cabeza.

Súbitamente, el cuerpo del ex emperador comenzó a temblar, a sacudirse, emitiendo gemidos. Blanquet abrió los ojos.

—¡Está vivo! ¡Está temblando! —y se volvió hacia el capitán Montemayor.

—¡Mátelo, maldita sea! —y Montemayor saltó hacia el cuerpo—. ¡Les dije que acertaran en su pecho! ¡Dispárele al pecho! ¡Está sufriendo! ¡Dispárele ahora! ¡No le desfigure el rostro!

Blanquet alzó su Springfield. Jaló el cargador. Le apuntó al corazón. Colocó el dedo en el gatillo. Empezó a presionar.

—¡Estoy listo!

El cuerpo comenzó a convulsionarse. El ex emperador lo miró fijamente, con sangre en los ojos. Empezó a gritarle, sangrando por la boca:

—¡Magnus! ¡El embajador Magnus! ¡Busque al embajador de Alemania! ¡Él tiene el documento!

Blanquet abrió los ojos.

—¿Perdón…? —y empezó a ladear la cabeza.

—¡Dispárele, maldita sea! —le gritó Montemayor—. ¡Está sufriendo! ¡No le dispare en la cara!

—Mis papeles… —gimió Maximiliano—. El secreto de México…

—¡Dispárele ya, demonios! ¡Dispárele! ¡Dispárele! ¡Al pecho! ¡Su madre no debe verlo deformado de la cara!

Aureliano Blanquet jaló el gatillo.

El disparo le penetró el corazón. El músculo cardiaco comenzó a entrar en infarto. Doce segundos después, la circulación se detuvo. Las células del cerebro continuaron con vida por un par de minutos.

147

—Maximiliano murió trescientos cuarenta y cinco segundos después de recibir el último disparo —le dijo el detective australiano Steve Felder al pequeño Bertholdy, los dos sangrando de los brazos. Entraron corriendo a la habitación de la difunta Carlota, en el Castillo Bouchout, en Bélgica—. ¡El daño en su corazón le provocó un infarto de miocardio! —y observó, sobre los sillones, el enorme muñeco de tela, el que la ex emperatriz había utilizado durante su vejez para sus ensueños sexuales. En la cara tenía pintadas las facciones de Maximiliano. Tenía un hoyo en la boca—. La sangre de Maximiliano dejó de circular a los trescientos cuarenta y cinco segundos después de los balazos, interrumpiendo la irrigación a las células del cuerpo, causando hipoxia, autonecrosis, es decir, muerte celular. Pero la necrosis no se inició inmediatamente en las células de su cerebro. Aún se mantuvieron vivas por un par de minutos más, como ocurre en los seres humanos. El cerebro continuó viviendo un último sueño, una última actividad eléctrica.

En la oscuridad, Maximiliano siguió vivo.

Abrió los ojos. Fue extraño.

Al abrir los ojos se percató de que estaba de vuelta en el Convento de Capuchinas, dentro de su celda.

Comenzó a enderezarse sobre su catre. Con su peso rechinaron los resortes. Vio la luz del día que entraba por la ventana en el yeso de la pared sobre una pequeña mosca. El insecto estaba limpiándose su pequeña trompa con las patas.

Lentamente sonrió para sí mismo.

—Dios…

Comenzó a tocarse el cuerpo, los brazos.

—No puede ser…

Sonaron unos golpes en la puerta.

Lentamente levantó las cejas.

Se introdujeron para verlo dos soldados, con los quepís cubriendo sus caras.

—Sálganse todos —les dijeron a los padres Dominik Bilimek y Manuel Soria; y también a Grill y a Tüdos—. ¡Ya escucharon! ¡Fuera! ¡Largo, hijos de puta!

Salieron los acompañantes de Maximiliano. Desaparecieron en la oscuridad. En el silencio, un soldado con la cara untada de betún le dijo:

—*Ich werde dich retten* —y le sonrió—. Vengo a salvarlo.

—¿Salm-Salm…? —y lo miró fijamente—. ¿Eres tú…? —comenzó a entrecerrar los ojos. El príncipe Salm-Salm suavemente lo tomó del brazo:

—Majestad, usted puede aún cambiar el futuro. Ésta es su última oportunidad.

Maximiliano abrió los ojos.

—¿Cambiar el futuro…? —y se volvió hacia la negra ventana. Ahora estaba oscura—. ¿Me vas a sacar de aquí con caballos?

El príncipe Salm-Salm le sonrió.

—No, Su Majestad —y le extendió la mano—. Venga conmigo. Todo ha cambiado.

Suavemente lo levantó del catre. Maximiliano se quedó perplejo. Salm-Salm lo condujo hacia la puerta de la celda. El otro soldado ya no estaba. Maximiliano miró la habitación: las paredes eran ahora metálicas. La corona de espinas ya no estaba.

—¿Dónde estoy?

Salm-Salm le abrió la puerta. Lo sacó al pasillo. No había viento.

—Un momento… —le preguntó Maximiliano—. ¿Esto es…?

Salm-Salm le sonrió:

—Sólo sígame.

—No, no… ¿Esto es el cielo?

Salm-Salm lo condujo por un corredor de piedra, al ras del barandal. Los árboles estaban estáticos, sin viento.

—Majestad, esto es lo último que queda. Estamos consumiendo lo último que hay en sus células. Tenemos tres minutos.

—Dios… ¡¿Qué es esto?! ¡¿Es un recuerdo?! —y se agarró la cabeza—. ¡¿Aún puedo regresar?!

En el helicóptero, en Padilla, Tamaulipas, sobrevolando la presa, el comandante Dorian Valdés les dijo a sus acompañantes:

—Existe una leyenda que cuenta lo siguiente: Maximiliano no murió realmente. En el último instante —y se les aproximó—, sus amigos masones, convencidos por Benito Juárez de salvarlo, lo rescataron. El que murió y fue embalsamado fue otro hombre: el austriaco Armin Freiherr. Cuando la reina Sofía recibió el cadáver seis meses más tarde, dijo: "Éste no es mi hijo". En esta leyenda se dice que la masonería protegió a uno de sus hijos. No habría sido posible que un masón matara a otro, o no le perdonara la vida. A partir de 1898 comenzaron los avistamientos en El Salvador de un individuo barbado que siempre caminaba descalzo, y que dijo llamarse Justo Armas. Para los masones, el estar descalzo significa volver a nacer. Ese sujeto se codeó ahí con la nobleza, permaneció siempre descalzo, y estuvo protegido por un masón: el vicepresidente Gregorio Arbizú. Su mujer ahí fue una hermosa morena llamada Paloma, que al final se volvió monja y trabajó en el hospital de San Salvador con el nombre de Hermana Trinidad. Ella, dicen, era Concepción Sedano en su vejez, y Justo Armas era Maximiliano —y les mostró la documentación de John Lamperti, Enrique Lardé y Rolando Déneke, los autores de la teoría.

Guillermo Núñez se inclinó.

—Un momento. ¿Ese hombre de barbas… era realmente Maximiliano?

El comandante Dorian Valdés les mostró una fotografía.

—Esta fotografía la sacó François Aubert. Hoy está en el Metropolitan Museum of Art, en Nueva York, con el código 1989.1144. Es una albúmina de plata, donación de la Horace W. Goldsmith Foundation, por medio de los esposos Joyce y Robert Menschel. Los ojos no son los de Maximiliano. Los suyos fueron extraídos por Vicente Licea, quien los vendió a alguien de Querétaro, y hoy están perdidos. Los que te están viendo desde la foto fueron colocados por el mismo doctor Licea: se los quitó a la estatua de la Virgen de Santa Úrsula para ponérselos a Maximiliano. El presidente Juárez se enteró de todas estas ventas y metió en la cárcel al ginecólogo por dos años.

Guillermo Núñez van Steenberghe suavemente tomó la fotografía:

—Se parece demasiado. Si suplantaron el cuerpo por orden de los masones, encontraron a un tipo idéntico para matarlo, embalsamarlo, y dárselo como gato por liebre a su madre.

—Maximiliano no fue masón —les dijo el periodista Wenceslao Vargas Márquez, con sus bigotes negros y su expresión muy mexicana, como una resurrección del ícono Jorge Negrete. Les mostró un artículo escrito por él, del 26 de diciembre de 2015—. El único lugar en la bibliografía conocida donde se afirma que Maximiliano fue masón es el texto *Una contribución a la historia masónica de México*, escrito por Richard E. Chism. Ahí, el autor afirma que Manuel Basilio da Cunha Reis, que fue uno de los instaladores del Supremo Consejo Escocés establecido el 27 de diciembre de 1865, aseveró que Maximiliano era masón del grado 18; y éste es el único testimonio bibliográfico acerca de un grado masónico para el emperador.

El comandante Dorian Valdés le preguntó:

—Entonces… ¿Maximiliano nunca fue masón? ¿Es un mito decir que fue masón?

—Ese registro es el único que yo he encontrado. Cunha Reis —y les mostró la fotografía del esclavista portugués— estaba intentando hacer negocios ferrocarrileros con Maximiliano. A la postre los hizo con Juárez. Es probable que esto fuera la base para que Jean-Pierre Bastian escribiera después que Maximiliano fue un "miembro de la masonería". Pero es una afirmación difícil de sostener.

Dorian Valdés se volvió hacia la ventana. Observó la presa. El periodista veracruzano le dijo:

—El Supremo Consejo del Rito Escocés se estableció en México en 1865, pero Maximiliano declinó pertenecer al mismo. Solicitó que en su representación se incorporaran el médico Federico Semeleder y el chambelán Rodolfo Günner. Ellos se iniciaron y fueron elevados "inmediatamente" al grado 33. Cuando Maximiliano decepcionó al Vaticano por el asunto de los bienes expropiados, se dispersó en Europa el rumor de que el emperador se había iniciado como masón, y que esto lo había hecho para fraternizar con el rebelde Juárez, en traición a la Iglesia. Esto lo documentó el mejor biógrafo de Maximiliano: Egon Caesar Conte Corti, su biógrafo imperial. En la página 400 de su texto dice: "En general se creía entonces en Viena [debido al pleito con el nuncio Meglia por los bienes eclesiásticos] que el emperador Maximiliano se había hecho masón y a Resseguier se le preguntó mucho a ese respecto". Resseguier era funcionario de la marina austriaca y servía a Maximiliano, quien lo ungió como caballero de la Orden Imperial de Guadalupe. Corti dice: "Cuando las noticias de todo esto llegaron a Maximiliano, el emperador hizo responder al conde Resseguier" ante el Vaticano.

—¿Ante el Vaticano? —le preguntó King Rex.

—Maximiliano le ordenó a Resseguier que se contactara con el Vaticano por medio del nuncio Meglia, que estaba en Viena, para "hacerle comprender que el emperador [...] nunca había sido masón y que nunca lo sería".

Se hizo un silencio.

Guillermo Núñez van Steenberghe le preguntó:

—¿Por qué entonces se ha difundido tanto la noción de que Maximiliano fue masón también…? —y bebió de su agua embotellada Icefield.

Wenceslao Vargas Márquez les dijo:

—Uno de los mejores autores que ha escrito sobre Maximliano, Konrad Ratz, junto con Patricia Galeana, en su libro *Tras las huellas de un desconocido*, de 2008, en la página 206, dice lo siguiente: "Definitivamente Maximiliano no fue masón".

Les mostró el telegrama que estaba en las memorias del coronel juarista y masón Karl von Gagern, cuya visita a Maximiliano para hacerle las señales masónicas está también documentada en las memorias del doctor Samuel Basch.

148

En el Cerro de las Campanas, junto a la pared de adobe, los ayudantes del doctor Vicente Licea comenzaron a acomodar el cuerpo de Maximiliano dentro de la caja.

—No le caben los pies —le dijeron al doctor—. Es demasiado alto. Fue más fácil el señor Freiherr. Estas cajas son para los pinches mexicanos chaparros.

Licea, con la cara chueca por la apoplejía, le dijo a uno de ellos:

—Pásame el serrucho. Vamos a cortarle las patas —y extendió el brazo. Lo detuvo el coronel Miguel Palacios, la Hiena.

—No seas idiota.

—¡Estoy bromeando! —y comenzó a sacar los muchos paños de su maletín, pertenecientes a las señoras de Querétaro—. ¡Mójenlos en la sangre del invasor! —les gritó a sus cuatro ayudantes—. ¡Las señoras creen que esta sangre está bendita! ¡Agarren todas las piedras con sangre que puedan! ¡Vamos a venderlas en miles de pesos! —y le sonrió a Miguel Palacios—. Todo Querétaro quiere reliquias del invasor. Una mujer me pidió su pene.

Dentro de la cabeza de Maximiliano, aún con la última actividad eléctrica de sus neuronas, vio a Salm-Salm.

El príncipe lo condujo por el corredor del Convento de Capuchinas, completamente oscuro. Llegaron al final del pasillo. Salm dobló hacia la escalera de roca.

—¿Recuerda este camino?

—No sé dónde estamos —le dijo Maximiliano—. Esto no es el convento. ¿Esto es un recuerdo? ¿Tú eres parte de mi pensamiento?

Salm-Salm lo tomó del brazo. Maximiliano se asomó por el barandal de hierro. Los naranjos estaban paralizados, sin pájaros. No era de noche. No era de día. El espacio comenzó a volverse morado.

—Dios… ¿Dónde están los soldados? —le preguntó a Salm-Salm. No escuchó ningún sonido. Miró las puertas de las habitaciones. Todas estaban cerradas, con las llaves insertadas en los cerrojos. Adentro había figuras inmóviles, con las caras cubiertas.

—Todo está vacío —le dijo el príncipe Salm-Salm—. Este lugar quedó deshabitado hace tres mil años.

—¡¿Tres mil años?!

Salm-Salm empezó a bajar por la escalera de piedra, con las piernas temblando, rumbo al atrio. Las rocas eran transparentes.

—¿A dónde me estás llevando? —y vio a Félix Salm-Salm con el rostro transparente, como si fuera de vidrio, como si estuviera vacío.

—No, no… —y comenzó a tocarse el cuerpo. Lo sintió como una pasta.

Salm-Salm le dijo, sin mover la boca:

—Hace unas horas el doctor Samuel Basch entró a visitarlo, ¿recuerda usted lo que él le dijo?

Maximiliano sacudió la cabeza.

—¿Basch? —y observó el muro disolviéndose en la negrura.

Afuera, el ginecólogo Vicente Licea se le colocó encima, sobre la caja.

—¿Por qué no cabes, amigo? —y comenzó a llenarle de líquidos la boca. Le sonrió—. Esto es para que te vayas ablandando por dentro. Te voy a quitar las vísceras. Tú vas a sacarme de pobre —y empezó a palparle los dientes y las muelas—. Todo en este cuerpecito vale su peso en oro.

Su asistente le dijo:

—Doctor, el coronel Doria ya tiene a la india en la iglesia, en el hospitalito, para sacarle el bebé. ¿Qué va a hacer usted primero?

Adentro de su cabeza de muerto, Maximiliano miró a Salm-Salm a los ojos. Ya no tenían brillo. Parecían dos canicas secas.

—¿No hay regreso? —le preguntó Maximiliano—. Dime si aún puedo volver, estar vivo. ¿Puedo hacerlo?

Afuera, Licea les dijo a sus hombres:

—Pásenme el mascarón con el yeso. Voy a tomarle el molde de la cara para el relieve de bronce. Lo pidió el general Escobedo.

Le pasaron el mascarón con el material de masilla blanda. Se la colocó sobre la cara, para marcar sus facciones. El rostro del emperador quedó impreso.

Dentro de su cerebro, Maximiliano escuchó hablar al príncipe Salm-Salm, quien comenzaba a desfigurarse:

—El doctor Samuel Basch le dijo a usted algo importante la noche antes de su captura. ¿Lo recuerda?

Maximiliano miró hacia los escalones. Cerró los ojos. Vio al doctor Basch, con su estetoscopio puesto en las orejas, inspeccionándole el pecho con la campana del aparato.

—Majestad —le dijo Basch, ahora convertido en un espectro—, si usted logra salir de esto, escapar entero a través de esas montañas —y señaló la ventana, hacia la Sierra Gorda—, inicie una nueva vida, totalmente diferente a la que alguna vez tuvo. En esa nueva vida no va a ser "emperador", ni "príncipe", ni un "Habsburgo". No le va a importar el triunfo, ni el dominio. Usted sólo sea feliz —y le sonrió—. Sea muy, muy feliz —y suavemente le apretó el antebrazo—. ¿Me lo promete? Usted merece la felicidad igual que todos. ¡Prométame que va a ser feliz!

Maximiliano comenzó a llorar:

—¡Dios! ¡¿Qué hice?! ¿Quién va a amarme ahora? ¡Acabo de cometer suicidio! ¿Quién va a amar a un cobarde, a un fracasado que renunció

415

a seguir luchando? —y apareció una flama oscura—. No, ¡no…! ¡El suicidio es pecado mortal! ¡¿Acabo de perder la vida eterna?! —y se llevó las manos a la cara—.¡¿Traicioné el don de la vida?! ¡¿Traicioné a Dios…?! —quiso ver al padre Bilimek. Basch, inmaterial, suavemente le acarició el rostro.

—Majestad, hay alguien que lo ama. Siempre lo va a amar. Lo amó siempre. Venga conmigo. Para esa persona no importa el pecado que usted cometa, o su fracaso. Todo el tiempo lo ha estado esperando.

A Maximiliano comenzaron a temblarle las piernas. Avanzó entre las tinieblas.

—¿Quién…? —pestañeó.

—Venga conmigo.

El doctor Basch suavemente lo jaló de los dedos hacia un segundo pasillo.

—Antes de entrar a su futuro, debe hacer este viaje final hacia su pasado, para saber la verdad.

—¿La verdad…?

En el nuevo corredor, también de piedra invisible, Maximiliano entró a una sección que nunca había conocido. Las paredes empezaron a transformarse.

—¿Esto es un barco? ¿Es… madera? —y acarició la pared. Estaba caliente—. ¿Es el *S. M. S. Novara*?

Estaba oscuro. Observó los retratos en la pared: los marineros, el oceanógrafo y geólogo Matthew Fontaine Maury; el vicealmirante Bernhard von Wüllerstorf-Urbair; el almirante Tegetthoff.

—Dios mío… ¡¿Esto es el cielo?! ¡¿Aquí vive Dios?!

En los retratos vio a su mamá, la reina Sofía, cuando era joven. Le sonrió. Vio a su papá Francisco Carlos. Vio a su hermano Francisco José, también joven, sonriéndole.

En el siguiente cuadro vio a su primer amor en el mundo, la princesa María Amélia de Brasil, fallecida a los veintidós años de fiebre amarilla. Ahora estaba en el cuadro, llamándolo con la mano.

—No, no… ¿María Amélia…? ¿Es ella…? —le preguntó a Samuel Basch. El doctor le sonrió.

—Tranquilo, Majestad. Venga conmigo.

Afuera, los soldados del escuadrón de fusileros se colocaron alrededor de la caja, entre los magueyes. El ataúd aún no cerraba. Dos de ellos le ayudaron al ginecólogo Vicente Licea a acomodar las largas piernas del invasor, torciéndoselas dentro del féretro.

—¡Súbanlo al carruaje, maldita sea! —y revisó su reloj—. ¡Tenemos que llevarlo al sanatorio! ¡El embajador de Alemania está amenazando con que si no se le deja estar presente en la revisión del cadáver, va a haber problemas! ¡El doctor austriaco Basch también quiere estar en la disección, ese doctor judío…! ¡Quieren llevárselo a Alemania!

El doctor Basch le apretó los dedos. Lo condujo hacia la parte más oscura del pasillo, una zona negra, en el corredor rodeado por timones y claraboyas.

—¿A dónde me está llevando? —le preguntó Maximiliano—. Esto no me gusta —y sintió un temblor terrorífico en los brazos.

El doctor le dijo:

—No tenga miedo. Hay alguien que lo ama. Está aquí.

—¿Quién…? —y enderezó la cabeza, intentando ver algo en la oscuridad.

—Es alguien para quien usted es la felicidad. Siempre lo fue.

—Vaya… ¡¿Quién es…?! —y sacudió la cabeza. Basch se aproximó a la puerta de madera. Tenía un letrero de bronce. Decía: "Capitano di fregata".

—Para esta persona usted siempre fue un sueño, una necesidad. Es la persona que siempre lo ha amado más en el universo. Siempre lloró por tenerlo aquí. Ahora está llorando porque va a tenerlo por fin.

—Dios, Dios… ¡¿Quién…?! —y pensó en Amélia de Brasil.

—Usted vino a descubrir en este espacio lo que no le dijeron en el mundo real —y le sonrió ligeramente—. La felicidad es hacer felices a los demás. Ésta va a ser ahora su felicidad: hacer feliz a quien tanto lo ama —y nuevamente le sonrió. Abrió la puerta.

Con el cuerpo temblándole, Maximiliano empezó a avanzar dentro de la habitación. Estaba oscura. Vio una luz ultravioleta. En el silencio, vio una cama destendida. A un lado vio jarras tiradas en el piso, un vaso roto. Flores dispersas en el piso.

—No, no… —y ladeó la cabeza. En los muros vio anclas; el timón de un antiguo barco. Escuchó notas de un piano. La tonada era "Cuentos de los bosques de Viena".

Lentamente volteó hacia el piano. Era de cola. Estaba abierto. En el asiento vio a una mujer anciana, de largos cabellos blancos. Estaba completamente desnuda, arrugada.

Tragó saliva.

Sin dejar de tocar la canción de cuna, ella se volvió hacia Maximiliano. Lo miró sin pestañear.

—Me dicen que esta mañana golpeé a uno de mis médicos —y le sonrió. Soltó una risita—. ¡Soy muy traviesa! Me dieron mucha morfina —y suavemente saltó del banco. Comenzó a caminar hacia Maximiliano.

Él se puso tenso.

—No, no... ¿*Carlota*...? —y sacudió la cabeza. Alarmado, buscó a Basch. Ya no estaba.

Carlota lo tomó de los dedos. Le mostró el muñeco de tela sobre su cama, relleno con esponja. Medía casi dos metros. Tenía la cara del propio Maximiliano, sus barbas rojas.

—Mi hermano me encerró aquí —y señaló el retrato del rey Leopoldo II de Bélgica, ahora gordo y viejo—. Es un criminal. Ha matado a millones. ¡Me encerró desde que regresé de verte! —y comenzó a pegarse en la cabeza—. He estado encerrada siempre —y se volvió hacia las paredes, con cadáveres colgados, de sí misma—. Los doctores me acusan por seducir a mis guardias. ¿Tú crees que es cierto? —le sonrió. Delicadamente lo agarró del pene—. Yo nunca me negué, cuando fuiste emperador de México, a darte hijos —y comenzó a llorar, a deformarse—. ¡Le escribí al general Douay: "Nueve meses estuve embarazada por la redención del infierno; nueve meses por la Iglesia, y ahora estoy embarazada del ejército"! —y se acarició el vientre arrugado—. Nació mi hijo.

Maximiliano abrió los ojos.

—¿El ejército...? —le preguntó.

—Preferiría, si fuera hombre, combatir en un campo de batalla que soportar a puerta cerrada estos tormentos —y se giró hacia la puerta. Ahora estaba abierta. Se deslumbró con la luz de la vida—. ¡Me deben mantener viva con otra cosa además de la morfina! ¡Sé por qué me la dan, es lo que me enoja!

Maximiliano la tomó de los dedos.

—¿De qué me hablas? ¿Puedo ayudarte?

—La morfina no produce dolor sino que adormece la fuerza de voluntad; es eso lo que me ofende.

—No te comprendo...

La anciana lo condujo por el oscuro cuarto sin ventanas.

—Si me ponen ante la mirada todos los platos con los venenos más violentos, los reviso todos, los conozco lo suficiente para no equivocarme. Los huelo y los rechazo. Es mi derecho. Ellos quieren matarme.

Maximiliano miró hacia la nada. Comenzó a negar con la cabeza. Carlota le dijo:

—Ésta es la manera en que quieren matarme —y asintió en silencio—. Por ahora quieren enfermarme. Mi hermano me envía estos doctores para medicarme. ¡Él me mantiene enferma! —y arrojó un florero contra el retrato del rey belga.

Maximiliano observó las paredes. Ella lo jaló hacia el piano.

—Sé que tú viniste aquí para sacarme de esta prisión, para salvarme. ¿Es así? ¿Tú vas a sacarme? ¡Tú cambiaste al mundo en Querétaro! ¡Tú impediste la muerte de mi esposo en ese calvario! ¡Tú eres el hombre fuerte que siempre he amado! ¡Tú salvaste a Maximiliano!

Maximiliano se quedó perplejo.

—Pero… —y lentamente se tocó el pecho—. ¿De qué hablas…? Yo soy Maximiliano…

Ella arrugó la cara.

—No, no: Tu nombre es Charles Loysel —y se le empezaron a deformar los ojos—. Dame un beso.

Maximiliano sacudió la cabeza.

—No, no… ¡yo no soy Loysel! —y en el piso vio pétalos gordos, grandes, de color morado. Escuchó un ruido en el armario. Cerró los ojos.

Carlota le entregó en la mano un pequeño galón militar dorado. Sus bordes brillaron en la oscuridad. Decía: "Charles Loysel. Teniente coronel. Ejército de Maximiliano".

—Tú eres un gran hombre, Charles. Tú eres como mi papá.

Maximiliano negó con la cabeza.

—Dios… —le sonrió. La tomó de los brazos—. Siempre has pensado que yo soy otra persona.

Carlota comenzó a disolverse. Maximiliano se quedó con un hueco entre las manos. Detrás del piano apareció un joven musculoso. Estaba desnudo. Tenía una gran flor morada tatuada en el pecho, de tres pétalos carnosos.

—*Tacca chantrieri*… de Indochina: la flor vampiro… —le sonrió a Maximiliano.

—Eh… —abrió los ojos—. ¿Loysel…? —sacudió la cabeza.

—La mantuvieron envenenada todo el tiempo —le dijo Loysel. Le sirvió un cognac—. Su existencia fue un estorbo político para su hermano. La desaparecieron. Le destuyeron las funciones lógicas del cerebro. Vivió hasta los ochenta y seis años en esta mazmorra. En sus últimos meses dijo que era hombre. Dijo ser yo. Firmó las cartas con mi nombre. Esas cartas no iban dirigidas a ninguna persona.

Maximiliano observó la cama de su antigua esposa. La escuchó castañeando los dientes.

—¿Ella alguna vez me amó…?

Loysel se le aproximó. Negó con la cabeza.

—Majestad, le ruego perdonarme —y comenzó a llorar.

Maximiliano sacudió la cabeza. Loysel empezó a volverse cristalino, a disolverse. Suavemente tomó a Maximiliano del brazo.

—Venga conmigo. Hay una persona para la que usted es la felicidad —y lo jaló hacia el piano—. Esa persona siempre lo ha amado. Siempre lo ha esperado aquí. Usted es lo que más ha amado en todo el universo. Usted es lo único que le ha importado desde un principio. Lo está esperando.

—Diablos… —y comenzó a caminar.

—Lo va a amar por siempre, aunque usted no sea nunca nada… aunque fracase, aunque se rinda. Para esa persona usted es lo máximo que existe.

Maximiliano tragó saliva.

—¡¿Quién es…?!

149

En la Ciudad de México, yo, Max León, arranqué uno de los tubos del candelabro al que había estado atado. En la completa oscuridad de la sala con telarañas, avancé tropezando con todos los muebles, lastimándome las espinillas. Caminé tanteando con el tubo los diversos objetos hacia la pared donde había visto el cuadro del fusilamiento de Agustín de Iturbide.

—Esto tiene que ser la salida —y comencé a palpar el lienzo y a golpear la tela con el tubo—. ¡Esto tiene que ser la salida!

El material se rompió. En efecto sentí el aire frío soplándome en la cara. Era un respiradero. Detrás debía haber un ducto. Respiré el aire del metro de la Ciudad de México.

—Esto debe ser el camino hacia la estación Allende.

Metí los dedos entre los metales de la rendija. Empecé a jalar, abriéndome la piel de las manos.

—¡Esto tiene que dar a la calle!

Arranqué la rejilla. Me metí al ducto. Sin poder ver nada, me dije:

—Siempre existe una salida. Siempre existe una salida. Todo volverá a ser grande.

Recordé el lugar donde había empezado toda esta aventura: el antiguo bar La Sirena, donde se sentó junto a mí el señor Lorenzo D'Aponte, el gordo síndico de la Comisión Educativa. Lo vi diciéndome: "No andes investigando el pasado" y derramó en el piso mi tequila. Lo vi con su cara grasosa, con su sombrero de ala, y sus patillas anchas. Me miró de reojo. "Regla número uno: si no quieres que te lleve la verga, no andes investigando el pasado. La historia del país ya está escrita y la decide la Comisión Educativa —me mostró su distintivo. Decía 'Comisión Educativa'—. Regla número dos: no busques el 'secreto Maximiliano' o atentarías contra la regla número uno, y te llevaría la verga. Regla número tres: tampoco investigues el 'secreto Juárez' o te vas a meter en un problema mayor", y me aferró por el cuello.

Con su dedo deslizó hacia mí, sobre la barra, su tarjeta. Decía:

Lorenzo Daponte. Comisión Educativa.

La tarjeta estaba llena de logotipos. Uno de ellos era el de la embajada de los Estados Unidos.

"Ellos manipulan mi pasado —me dije—. ¡Ellos manipulan mi pasado!"

En la oscuridad me llevé la mano hacia mi bolsillo. Lo palpé para encontrar la tarjeta.

"Aquí debo tener tu maldita tarjeta, pinche gordo de mierda. ¡Ahora sí te voy a decir quiénes son los que me pusieron a investigar todo esto! Tú me vas a llevar hacia ellos."

Cuando salí a la calle, en medio de la música de las tiendas, los transeúntes me miraron con horror, pues yo tenía la ropa rota, y estaba totalmente lleno de sangre. Me dirigí a un teléfono público, en la esquina de las calles Motolinía y Francisco I. Madero. A falta de monedas, arranqué la tapa del aparato. La arrojé con gran violencia hacia la gente. Se asombraron. Empecé a reconectar los cables.

—Eso sólo lo hace Bruce Willis —comentó un peatón.

Con la tarjeta de D'Aponte en mi temblorosa mano, digité su teléfono. Me contestó. Le dije:

—Soy Max León. Lléveme a Padilla, Tamaulipas. Consiga rápido un helicóptero de la embajada. Están por sacar del suelo el secreto de Maximiliano.

Dentro del cerebro de Maximiliano, las neuronas de la corteza comenzaron a apagarse, mientras los soldados acomodaron la pesada caja sobre el carruaje y palmearon las grupas de los caballos para que avanzaran hacia el sanatorio. Un destello neuronal produjo una última señal dentro del cráneo muerto.

Maximiliano vio al teniente coronel Charles Loysel, ahora desfigurado. Loysel, cada vez más tenue, lo condujo por un nuevo corredor, entre velas.

—Demonios… —se dijo Maximiliano—. Observó el fondo del pasillo. En los muros comenzó a ver recortes de periódicos viejos, fotografías antiguas. Parecía un tapiz sin final, hecho de recortes—. Diablos, ¡¿qué es esto?!

Charles Loysel tocó uno de los recortes de periódico.

—Majestad, descubra lo que sucedió después de su muerte:

MUERE FUSILADO ESPÍA EN PARÍS. PRESIDENTE MEXICANO PORFIRIO DÍAZ NO RECIBE EN MÉXICO AL POETA NICARAGÜENSE RUBÉN DARÍO. LO ACUSA DE INSTIGAR REBELIÓN.

Maximiliano entrecerró los ojos.

—No comprendo, ¿Porfirio Díaz…? —y ladeó la cabeza—. ¿El general de los juaristas…? ¿Rubén Darío? ¡No sé quién sea ese tal Rubén Darío!

—Siga leyendo —le sonrió Loysel—. Conozca el futuro.

Maximiliano leyó el recorte. Decía:

POETA NICARAGÜENSE RUBÉN DARÍO CONTRATA NUEVO SECRETARIO CON EXTRAORDINARIO PARECIDO AL DIFUNTO EMPERADOR MAXIMILIANO.

Maximiliano se quedó perplejo.

—No… —y sacudió la cabeza. Le preguntó a Loysel—. ¿Qué es esto…?

El coronel francés le sonrió:

—Venga conmigo.

Lo condujo tres pasos más adelante, hacia una fotografía en la pared: una foto de grupo, tomada antes de 1899.

—Éste de aquí es Rubén Darío, en medio de estas seis personas. Nació seis meses antes de que usted muriera.

Maximiliano vio al hombre fuerte, de expresión furiosa.

—Darío llegó a ser un poeta muy importante. También fue embajador y cónsul de Nicaragua en España, Argentina, Colombia y Francia, y, en efecto, cuando lo enviaron a México en 1910, el presidente Porfirio Díaz lo consideró peligroso para la revolución. Observe ahora a este otro hombre —y con su dedo transparente tocó al individuo rubio y alto que estaba justo detrás del poeta nicaragüense, de pie. Era un hombre con barbas rubias, largas como las de Maximiliano.

Se agarró sus propias barbas.

—Dios… No, no. ¡¿Soy yo?! ¡¿No morí?! —y se volvió hacia Charles Loysel.

Loysel soltó una carcajada.

—Majestad —y con delicadeza acarició la fotografía, proveniente del baúl de Francisca Sánchez en Navalsauz, Ávila—. Éste no es usted. Acompáñeme —y lo jaló hacia el oscuro final del pasillo.

Maximiliano vio el cuadro de luz: los bordes luminosos de una puerta cerrada.

—Dios… ¿quién me espera aquí…?

Siguió avanzando. En la puerta vio las dos letras "M" de vidrio entrelazadas.

Charles Loysel sacó de su propio cuerpo un pequeño alambre retorcido. Decía "Propiedad de Dominik Bilimek". En silencio lo insertó en el cerrojo. Comenzó a girarlo. La puerta se abrió.

Entraron a un despacho de madera. Olía a papeles.

Maximiliano sintió un poderoso latido en el corazón. Vio otra fotografía.

—Su nombre es Julián Sedano Leguízamo —le dijo Charles Loysel. Gentilmente lo tomó de la mano—. Él es el hijo de la India Bonita, Concepción Sedano. Vivió hasta sus cincuenta años. Colaboró como espía con el sucesor del canciller Bismarck en Alemania, Theobald von Bethmann-Hollweg, para atacar a Francia. Trabajó bajo las órdenes del jefe de la inteligencia alemana, Fritz Dispeker, alias Pedro García, a quien tenía instrucciones de contactar con correos de tinta invisible en la calle Puerta del Ángel, números 6 y 8, en Barcelona, para informarle sobre el armamento francés Berliet, Renault y Michellin. Por eso lo mataron. Lo ejecutaron, igual que a usted. Murió fusilado por Francia el 10 de octubre de 1917. Está en los registros oficiales de ese país.

Maximiliano tragó saliva.

—Dios… ¿Este hombre… es mi hijo? —y comenzó a llorar en silencio. Suavemente le acarició el rostro en la fotografía. Su hijo aparecía con los poetas Rubén Darío y Ricardo Rojas en el Ateneo de Madrid, en mayo de 1908. Debajo decía: "Museo Casa de Ricardo Rojas", Charcas 2837, Ciudad de Buenos Aires.

Maximiliano cerró los ojos. Las lágrimas rodaron por sus mejillas.

—¿También lo asesinaron…? ¿Dónde está él ahora? ¿Dónde está mi hijo…? —y comenzó a buscarlo en las paredes.

—Julián Román Sedano y Leguízamo nació en el tiempo que usted murió. Aprendió todo sobre usted. Luchó por usted. Todo el tiempo lo amó. Lo sigue amando. Cada instante ha soñado con haberlo conocido. Siempre le preguntó a su amorosa madre cómo había sido usted, para parecérsele. Para Julián Sedano, usted es la felicidad.

En la pared, el recorte decía:

Joven obligado a decirse hijo de su tío Ignacio Sedano y de María Anna Leguízamo.

El coronel Loysel se detuvo, en la oscuridad.

—Su hijo Julián está aquí, detrás de usted. Lo ha estado esperando desde siempre.

Loysel se disolvió.

Maximiliano comenzó a temblar. Lentamente se dio la vuelta. En la pared, el enorme reloj marcó las 7:10 horas. El segundero rotaba muy rápido.

Afuera, el cuerpo se zarandeó dentro de la caja. Las tres carrozas fúnebres se estacionaron frente al Templo de San José, de vuelta en el Convento de Capuchinas, junto al letrero que decía "Sanatorio del Claustro". El conductor observó a los guardias del coronel Carlos F. Margáin.

—Qué rápido regresamos.

Adentro, en la sala de operaciones, el coronel Juan C. Doria, el Sabueso, observó en la oscuridad la plancha. Vio a la india Concepción Sedano, atada de manos y tobillos, gritando.

—¡Auxilio! ¡No maten a mi niño!

En el piso vio, amarrado por la espalda, al lancero de Guadalajara, Bernardo Reyes Ogazón. Lo empujó pateándolo en las costillas.

—¡Quítate, estúpido! ¡Ya viene el doctor para matar al bebé y para rellenar de paja el cadáver! ¡También lo haremos con el tuyo!

Bernardo Reyes cerró los ojos. Comenzó a sacudirse, para liberarse de las amarras. Tenía la boca amordazada. Se volvió hacia la chica embarazada.

Doscientos veinte kilómetros hacia el sureste, en la Ciudad de México, el joven capitán austrohúngaro Carl Khevenhüller, comandante supremo de los húsares de Maximiliano en la capital del Imperio, arrugó en su mano la fotografía de su viejo amigo: el oficial austriaco Armin Freiherr von Hammerstein. Recibió en las manos un extraño mensaje.

Era un pequeño papel, envuelto como cigarro.

16 de junio de 1867
Capitán Khevenhüller:

Por este conducto le informo oficialmente que el emperador Maximiliano se encuentra preso en Querétaro. Estas informaciones no llegan a usted porque el general Leonardo Márquez tiene interceptados todos los puntos de correo para ocultarle la situación. El emperador Maximiliano me solicita que le indique que se rindan. La guerra ha terminado.

El capitán Khevenhüller, enfurecido, aferró la empuñadura metálica de su sable. Caminó violentamente hacia Riva Palacio, como un monstruo. Le pasó de largo. El juarista parpadeó. Khevenhüller, como energúmeno, caminó al pasillo de maderos. Se metió a la habitación del general Leonardo Márquez, quien estaba con las botas sobre el escritorio.

—¡General! ¡¿El emperador Maximiliano fue capturado y usted nos lo ha ocultado?!

El temible Leonardo Márquez, con su cara de conquistador medieval, cayó de rodillas.

—Estoy perdido. ¡Estoy perdido!

Khevenhüller le colocó la punta de su sable entre los ojos.

—¡Usted traicionó a Maximiliano!

Vicente Riva Palacio le mostró el papel:

—Este mensaje es para usted por parte de mi general Porfirio Díaz:

BAJE POR EL ACUEDUCTO HACIA GAINBAYA, LO ESTARÉ ESPERANDO PARA NEGOCIAR LA PAZ. HÁGALO AHORA, ANTES DE QUE MÁRQUEZ LO ASESINE.
G. PORFIRIO DÍAZ.

En Alemania, el poderoso canciller Otto von Bismarck, ahora amo de Europa, observó la impactante ópera de su amigo Richard Wagner, *El oro del Rhin*. Se volvió hacia su genio financiero: el joven judío Georg von Bleichröder:

—Contacta a ese general, Porfirio Díaz —y observó la puesta en escena.

—Canciller —le dijo Bleichröder—, en México se nos está presentando efectivamente una oportunidad única para tener el control territorial al sur de los Estados Unidos, por si acontece una confrontación futura entre naciones —y le mostró los mapas—. Podemos hacerlo junto con Anthony Gibbs: emitir un bono para el gobierno mexicano por diez y medio millones de libras, semejante al que usó Napoleón III, al seis por ciento, con comisión para nosotros por el 1.25 por ciento; y, mucho más importante, con esta cláusula secreta —y puso su dedo sobre el papel—. El gobierno de México estará obligado a no recurrir a préstamos de nadie que no seamos nosotros. México será de Alemania.

Bismarck, orgulloso, le puso la mano en el cuello.

—Eres tan brillante como tu padre.

150

Yo, Max León, troté hacia el helicóptero en el hangar 12 del Aeropuerto Internacional de la Ciudad de México. Ya estaban girando las hélices.

Le grité al síndico Lorenzo D'Aponte:

—¡Están en la presa Vicente Guerrero! —y le mostré la pantalla de mi celular—. ¡Van a estar ahí! ¡El lugar del fusilamiento de Agustín de Iturbide se convirtió en un altar en el tiempo de Maximiliano, y luego sepultaron el pueblo con la presa!

Nos subimos al helicóptero.

El señor D'Aponte, con su cara grasosa y sus patillas anchas, sacudió su trasero en el asiento como un burócrata. Me dijo:

—Hiciste lo correcto —y sorbió su café—. Pero no olvides las reglas: nunca investigues el pasado. Nunca cuestiones la historia como te la dicen los historiadores. Lo que se afirma en los libros de texto es la verdad autorizada.

—Sí, sí —le dije—. Usted sólo arranque esta pinche aeronave.

En Tamaulipas, doce camionetas del Cártel de Cuernavaca se estacionaron al borde de la gigantesca presa Vicente Guerrero. Las anchas llantas blindadas derraparon en la tierra.

La tarde estaba comenzando a caer, con reflejos anaranjados en el agua.

El Papi se acomodó los lentes oscuros. Le sonrió al panorama exquisito:

—Saquen los equipos de buceo —y se dirigió a la hermosa Juliana Habsburgo—. Tú vas a venir conmigo hacia el fondo del agua —y suavemente le tocó el tatuaje de la muñeca: "A. E. I. O. U. R1b-U152. Palacio Scala".

Le sonrió:

—Debiste decirme que el Palacio Scala era esta maldita presa —y señaló el campanario de la iglesia que se asomaba ladeado desde el agua—. Ésta es la "Ciudad Sumergida".

Caminaron hacia la orilla seguidos por los veinte sicarios del Papi, mientras dos de ellos les colocaban a él y a Juliana, en sus espaldas, los equipos para el buceo.

Desde la otra orilla los observó, en la oscuridad, sumido entre los arbustos, el enorme y musculoso King Rex al lado del comandante Dorian Valdés y de sus dos acompañantes de la investigación. Bajaron sus binoculares.

—Son cerca de cuarenta hombres —les dijo Dorian Valdés. Se volvió hacia King Rex—: Avisa al comando Abasolo. Que bloqueen las carreteras 101 y 75, y que cierren las entradas de Casas y de Nuevo Padilla. Que nos envíen respaldo aéreo.

151

Abajo del agua, dentro de la iglesia sumergida, doscientos años atrás —ocho años antes de que en Austria naciera el niño Habsburgo al cual iban a nombrar Maximiliano—, el ex emperador de México, Agustín de Iturbide, con sus largas y densas patillas rojas, caminó hacia el exterior, rumbo a la plaza, para morir fusilado.

Antes de salir cerró los ojos. Oró:

—Señor del mundo —y se arrastró por debajo del coro del templo—. En Filadelfia, en La Habana y en algunos periódicos de Europa se ha hablado de mí pintándome con los más negros colores: cruel, ambicioso... —y miró hacia la cruz del atrio—. ¡Mexicanos! —empezó a llorar—. ¡En el momento mismo de mi muerte, les recomiendo que amen a su patria, y que cuiden nuestra santa religión, pues ella es quien ahora los va a conducir a la gloria!

Los soldados de la guardia del comandante de Soto la Marina, Felipe de la Garza, lo jalaron de su traje color azul con rojo hacia el centro de la plaza, frente al edificio rectangular de la escuela de Padilla.

Le dijeron:

—Vamos, señor Iturbide —y lo picaron con las puntas de sus ballestas—. Los diputados acaban de decretar para usted la pena de muerte, por traidor —Iturbide bajó la mirada, negando con la cabeza. En su mente estaba su hija de diez años: Josefa. Sesenta hombres del batallón se formaron frente al ex emperador para atestiguar el fusilamiento. Uno de ellos le leyó la boleta:

—"Que se haga efectiva esta suprema ley. Padilla, Nueva Santander, en la plaza principal de la población. Pena de muerte. Dios y Constitución" —y le dijo—: Señor Iturbide, parece que usted no sabe que el pasado 22 de abril el Congreso de la Nación decretó que, en el caso de que usted regresara desde Europa con el intento de recobrar el poder y dar aquí un golpe de Estado respaldado por alguna de esas naciones, sería considerado enemigo de México y sería condenado a muerte.

Iturbide negó con la cabeza.

—Nadie me informó sobre ello —y se volvió hacia el comandante Felipe Garza. Recordó que apenas veinte días atrás, en Londres, en la calle Gury Street, había recibido en su casa inglesa la visita de un hombre rubio: Lord John Fane Westmorland Burghersh, embajador de la Gran Bretaña en Italia. Venía a verlo desde la Toscana.

—¿Recuerda nuestra conversación en Italia? —le sonrió Burghersh. Suavemente se le aproximó sobre la mesa—. Mi opinión no ha cambiado. Tengo temores sobre las ambiciones expansionistas de los Estados Unidos. Necesitamos detenerlos. Usted debe regresar a México.

El ex emperador Agustín de Iturbide se sirvió en su copa un chorro de vino. Le ofreció al embajador Burghersh:

—Yo ya fui explusado de México —y comenzó a llenarle su copa—. Mi país rechazó la monarquía. Ahora son una democracia, una república. Me contento con la pensión vitalicia que me ofrece mi patria —y le señaló un cheque sobre la mesa—: dos mil pesos mensuales, con cargo a los impuestos de mis compatriotas —y le sonrió a la pequeña niña que se asomaba desde la cocina—: Métete, Josefa. La niña entró a la cocina.

—Usted debe regresar a México —le insistió Lord Burghersh—. Me permití comentarle este asunto a mi ministro de Asuntos Exteriores, el señor George Canning. Le dije que usted está bien dispuesto a una política favorable hacia Inglaterra… sobre todo en el ámbito de los tratados comerciales entre México y el Imperio británico —y le sonrió ligeramente—. Sabemos que esto puede molestar a los estadounidenses. Por otra parte, tengo entendido que el amigo de usted, Michael Joseph Quin, del *Morning Chronicle*, desea que Canning apoye su retorno a México.

Iturbide negó con la cabeza. Lentamente se sentó frente al ventanal. Observó la calle Gury Street, cabalgada por cargamentos de trigo.

—Dígale por favor al señor Canning lo siguiente: mi amor a mi patria y la obligación que contraje haciendo su independencia me ponen en la necesidad de volver a ella —y lo miró fijamente—. Uno de mis primeros cuidados va a ser el de establecer una relación sólida y de interés recíproco con la Gran Bretaña —y le sonrió. El embajador Burghersh abrió los ojos.

—Entonces… ¿usted acepta…? —y asintió con la cabeza. Se relamió los labios—. Muy bien, muy bien… —y miró hacia su copa. La bebió con rapidez—. Usted puede derrocar a cualquier gobierno. ¡Usted es el verdadero gobierno! —y se levantó—. Tiene el apoyo de Inglaterra. Lo respaldaremos con toda la fuerza y armamento del Imperio británico. ¡Detenga a los Estados Unidos! Usted va a crear un poderío económico en México. Su país va a ser el mayor Estado de su continente.

Se dijeron salud con sus respectivas copas. El embajador era también compositor en la Royal Academy of Music, creador de la ópera *Il Torneo*. Entró un hombre a la habitación, el sacerdote mexicano José María Marchena:

—Mi señor Agustín —y suavemente acarició su anillo masónico—, usted sigue siendo el emperador de México. No existe ninguna "república". Los que lo expulsaron ya lo están aclamando de nuevo. Tengo aquí un llamado de sus compatriotas, una declaración expresada por los hombres más destacados de México —y le mostró el papel enrollado, con un sello de color verde—. Ellos desean que usted regrese para comandarlos, para acabar con la anarquía que se desató desde su renuncia. La firman los señores don Antonio de Narváez, quien gerenció para usted en su hacienda de La Compañía; don Manuel Reyes Veramendi; don Vicente Gómez; don Luis Quintanar y don Anastasio Bustamante. Ellos representan al pueblo de México, y aseguran que usted será glorificado en cuanto pise de nuevo su tierra —le sonrió—. No habrá confrontación de ningún tipo, ni resistencia. El gobierno reinante va a entregarle a usted el poderío. México lo recibirá con glorias, para esta segunda e inmortal etapa de su Imperio de México, y el país será grande, tanto más que los Estados Unidos.

Un minuto después, por detrás de la mampara, el padre Marchena le susurró a su mensajero:

—Informen de esto al secretario Lucas Alamán. Díganle que el emperador va de regreso a México. Prepárenle su recibimiento.

Comenzó a sonreír. Le brilló un ojo.

En el cerebro de Maximiliano, en los últimos veintisiete segundos de sus pulsos eléctricos, él comenzó a caminar entre los espejos de la oficina de Julián Román Sedano y Leguízamo, en la Rue de Liège, número 20, en París.

Vio los correos. Uno de ellos decía:

4 avril 1917
Juge Capitaine Bouchardon du 3e Conseil de Guerre
Rapport d'enquête.

J. R. Sedano Leguízamo
Inculpé aux motifs d'Intelligence avec l'ennemi dans le but de favoriser ses entreprises, tentative d'espionnage et complicité avec l'ennemi.

Significaba:

4 de abril de 1917
Juez Capitán Bouchardon del 3er Consejo de Guerra
Reporte de investigación

Julián Román Sedano y Leguízamo está acusado a causa de espionaje e inteligencia con el enemigo para promover su negocio, intento de espionaje y complicidad con el enemigo.

Sintió la mano de su hijo.

—¿Papá?

Maximiliano cerró los ojos. Comenzó a temblar.

Lentamente abrió los párpados.

Vio un rostro con barba pelirroja, con la cabeza calva, sonriéndole. Comenzó a enderezar el cuello.

—Dios… ¿Hijo…?

Julián Sedano Leguízamo estaba llorando. Comenzó a extender sus brazos. Suavemente abrazó a Maximiliano.

—Te esperé mucho tiempo —y empezó a mecer a su papá. Maximiliano sintió que la garganta se le endurecía.

—¿Tu nombre es Julián…?

Julián tenía puesto un pantalón oscuro, una levita y una camisa blanca abierta de en medio, con siete balazos en el pecho, para parecerse a su padre. Maximiliano lo besó en la mejilla.

—Precioso hijo mío… —y empezó a llorar en su cuello—. Perdóname por no haber estado en tu vida.

—Yo te quiero siempre, papá. Siempre te voy a amar. Yo quiero ser como tú.

Maximiliano sintió el calor del pecho de su hijo. Empezó a llorar con él. Juntos se mecieron en el silencio.

—Ya no voy a estar lejos de ti. Nunca más voy a estar lejos de ti, te lo prometo. Vamos a ser amigos aquí, para siempre.

Julián le susurró al oído, llorando:

—Gracias por hacerme feliz. Pero aún no hemos terminado. Papá, ahora tienes que enfrentarte a tu pasado.

152

En Padilla, Tamaulipas, dentro de la presa Vicente Guerrero, buceando, el fornido instructor de scuba, Tito Leguízamo, les gritó por radio a los demás exploradores, quienes lo escucharon en sus mascarillas:

—¡Recuerden! ¡No se separen! ¡No pisen nada! ¡Los hierros están oxidados, pues hace cincuenta años que se inauguró esta presa! ¡Pueden cortarse e infectarse las piernas!

Se le aproximó en el agua a la rubia y bella mujer que venía con el Papi. Se colocó a su lado. Con el radio le dijo:

—Todos corremos peligro aquí —y la miró fijamente.

En el cielo se aproximó otra aeronave: el helicóptero Coastal-01 de la embajada de los Estados Unidos. Se colocó justo por encima del campanario triple de la iglesia hundida. Comenzó a provocar ondas en la superficie de la presa, con sus aspas, entre los disparos de los hombres del Papi.

Yo, Max León, con mi rudimentario snorkel, me coloqué en la puerta abierta de la aeronave. Sentí el golpe del aire. Me volví hacia el señor D'Aponte:

—Hace unos minutos, mi amigo me dijo: "No tenemos armas, no tenemos transporte, no somos nadie para enfrentarnos contra el Cártel del Papi, ni que fuéramos Rambo y Schwarzenegger" —y lo miré fijamente—. Hoy usted y yo somos Rambo y Schwarzenegger. Allá abajo está el punto del asesinato de Iturbide.

Me sonrió.

Asintió con la cabeza.

Me arrojé al agua, entre los disparos.

Abajo, el ex emperador de México, Agustín de Iturbide, padre de la Independencia del país, caminó por la plaza, con las manos sujetas por la espalda.

Sintió en la cara el sol de la tarde. Eran exactamente las seis.

Miró a los sesenta soldados del comandante Garza.

—¡No vengo a crear ningún golpe de Estado! —y se sacudió—. ¡Yo no soy traidor! ¡Vengo a advertirles que los países de la Santa Alianza tienen un complot contra América! ¡Austria, Rusia, Prusia! ¡Están aliados con España!

—¡Silencio! —le gritó un hombre de rojo. Le colocó en la boca la punta de su mosqueta—. El pasado 28 de abril se emitió un decreto que usted debió conocer, el cual le prohíbe pisar este país, so pena de muerte. ¡Usted violó el decreto!

—Pero yo, yo no…

—¡Él es un hombre bueno! ¡No lo lastimen! —le gritó uno de los novecientos pobladores de Padilla. Estaban ahí convocados por el comandante De la Garza para atestiguar el fusilamiento. Algunos lloraron. Otros le gritaban:

—¡Maten al puto! ¡Muera Iturbide! ¡Pinche tirano! ¡Perdónenlo! ¡Él es el creador de la patria!

Agustín de Iturbide los miró a todos, con sus ojos azules, asombrado. Lo empujaron los soldados de la nueva República Mexicana. Uno de ellos le escupió en la cara.

—Muere, maldito agente británico. México va a ser una república, como la desea el señor Poinsett. ¡Usted debió hacerle caso! ¡Usted nunca debió irritar al señor Poinsett!

En el pecho del soldado, Iturbide distinguió la flor de nochebuena, el símbolo del agente Joel Robert Poinsett, el enviado secreto de los Estados Unidos.

—No… No, no, ¡no!

Lo colocaron al centro de la plaza, frente a las estatuas de José de Escandón y Martín de León Galván. Observó la iglesia. La luz del sol estaba pasando entre las pesadas campanas.

Permaneció en silencio. Sintió en la cara el aire de la costa. Miró los rostros de los mexicanos. Eran cientos, miles de rostros. Algunos le sonrieron. Otros le gritaron. Les sonrió a todos. Cautelosamente sacó de su bolsillo un rosario. Se volvió hacia un sacerdote.

—Téngalo usted, padre —y también le ofreció su reloj. El sacerdote lo persignó.

—Gracias, hijo. Has sido un buen mexicano. El mejor de todos —y cerró los ojos. Comenzó a llorar. Iturbide sacó de sus bolsillos cinco monedas grandes, de plata, bajo los destellos del sol. El cielo se pintó de naranja.

—¡Señores! —les dijo a sus cuatro fusileros. Comenzó a entregarles las monedas—. México ha sido un sueño. Por fin somos libres —y los miró fijamente—. No dejen que otros países deshagan este sueño. El señor Poinsett nos va a quitar primero Centroamérica, y luego el norte, Arizona. No dejen que les roben nuestro destino —y lentamente se volvió hacia la gente—. ¡Mexicanos! ¡Muero por haber venido a ayudarlos! ¡Muero con gusto y felicidad porque muero entre ustedes!

Empezaron a sonar las detonaciones. Sintió los tres disparos rompiéndole la costilla, el esternón, la vértebra segunda del cuello. Le dieron un total de seis tiros.

En el cerebro de Maximiliano, la imagen de su hijo Julián Román Sedano y Leguízamo, de 1.80 metros de altura, lo condujo, en el silencio, hacia la esquina de su oficina: a la escalera espiral llamada Nautila.

—Sube conmigo, amado padre. Te están esperando —y los dos comenzaron a subir. La escalera era de madera de caoba, con ruedas de timón marcadas en el pasamanos. El poste decía: S M S NOVARA. Tenía pintados crustáceos. Los timones decían: ULTRAMAR.

Maximiliano, temblando, comenzó a subir los peldaños. Su hijo empezó a tararearle en susurros:

—"Su ojo, agudo como la punta de un diamante, descubre entre todas las flores a la que ha de honrar con sus besos… Hunde luego la cabeza voluble en el cáliz… Hasta que, por fin satisfecho, se desvanece entre el océano…" —y le sonrió. Era uno de los versos escritos por su padre en vida.

—¿A dónde me llevas, precioso hijo?

El barbado Julián le dijo tiernamente:

—Dios quiso que me vieras a mí primero, pero no soy yo quien más te ama en este universo. Existe alguien para quien tú eres todo. Eres la felicidad misma —y delicadamente lo jaló del brazo—. Ven. Sube conmigo.

Maximiliano se quedó perplejo. Tragó saliva. Cerró los ojos.

—¿Dios…? —le preguntó a su hijo. Comenzó a llorar.

—Sube conmigo —le sonrió.

La mano de Julián, ahora transparente, empujó la escotilla superior hacia la cubierta del barco, hacia los astros. Eran miles de estrellas, millones. Algunas marcaron círculos gigantescos de colores en el cielo. Las galaxias estaban moviéndose en espirales, haciendo explosiones.

—Ven conmigo.

En lo alto escuchó ruidos. Música.

—Vinieron todos a recibirte —le dijo Julián—. Te están esperando desde siempre. Son de todos los tiempos. Hay personas que ni siquiera habían nacido cuando tú moriste. También te quieren. Te admiran. Recuerda que el tiempo es un círculo. ¿Lo recuerdas? Éste es el centro.

Maximiliano dio un paso hacia la cubierta. Era también de madera. Temblando, con el corazón latiéndole, miró las estrellas. Por encima de su cabeza estaban moviéndose las líneas del universo. Cerró los ojos.

De la cubierta del barco empezaron a prolongarse hacia arriba columnas doradas: las del Salón de baile del Palacio de Schönbrunn, en Viena, girando como espirales. Los conjuntos musicales comenzaron a tocar *El vals del Emperador* de Johann Strauss, flotando en el cielo.

—¡Ahora, Niño Luz! —le gritó su hermano Francisco José. Comenzó a aplaudirle, desde el barandal de la cabina—. ¡Te amo, pequeño!

Fernando caminó hacia el centro de la pista, en medio de todos los aplausos. En la parte central del piso vio un diseño en el mármol: el signo antiguo de Dios.

Empezó a sonreír y a llorar.

Arriba, en los barandales, vio a miles de personas. A todos los había conocido, en el pasado y en el futuro. Le estaban aplaudiendo. Le gritaron:

—¡Te amamos! ¡Te amamos!

Vio a su mamá, lanzándole besos; vio a María Amélia de Brasil, sosteniendo su virgen en el pecho. Vio a Carlota, guiñándole un ojo, regañándolo desde lo alto. Todos eran jóvenes, para siempre. Vio al doctor Basch, sonriéndole, gritándole: "¡Sea feliz!" Vio también a Tüdos y a Grill, y al capitán Khevenhüller, y a Stephan Herzfeld. Vio a la princesa Agnes Salm-Salm con su esposo, y al presidente de los Estados Unidos, Abraham Lincoln. Vio al coronel José Rincón Gallardo, al ministro Sebastián Lerdo de Tejada y al presidente Benito Juárez, todos sonriéndole desde lo alto. Vio al fiscal Manuel Azpíroz, con Jacinto, el escribano. Vio también a los generales Miguel Miramón y Tomás Mejía, sonriéndole, envueltos en listeles de gloria, con guantes blancos.

Julián le apretó el antebrazo:

—Papá, en realidad no están aquí. Nada de esto es real.

Maximiliano se quedó perplejo.

—¿No…?

Todo se volvió oscuro, una tiniebla profunda.

Su hijo le susurró al oído:

—Ven conmigo. Él también quiere verte —y suavemente lo jaló hacia adelante, a la oscuridad—. Ella va a entregarte a Dios.

Se hizo un profundo silencio. Todo desapareció. En el vacío total de luz, Maximiliano se quedó solo.

153

Afuera, su cuerpo, dentro de la caja, fue sacudido.

—¡Quítenle la tapa! ¡Pónganlo en la plancha! ¡Quítenle toda la ropa! ¡Vamos a venderlo en pedazos! ¡Las tijeras!

El cadáver fue volcado contra la plancha de operaciones. Estaba desnudo, de color azul. Sus ojos estaban abiertos, secos. Su boca estaba mojada en saliva. Su amada, la India Bonita, amarrada abajo, comenzó a gritarle:

—¡Maximiliano! ¡Maximiliano! —se sacudió contra las amarras.

—Sáquenla de aquí —les ordenó a los soldados el doctor Vicente Licea—. ¡No puedo operarla ahora! ¡Primero tengo que preparar a este maldito invasor! —y miró a Maximiliano a la cara. El emperador estaba viendo hacia el techo, aunque su cerebro aún seguía vivo—. Te voy a sacar esos lindos ojos —le sonrió al cadáver—. ¡Pásenme la cuchara! Los voy a vender en novecientos pesos a la señora Ibargüengoitia.

En el piso, también amarrado, el lancero Bernardo Reyes colocó las muñecas contra la herrería del aparato de drenado. Violentamente las jaló hacia arriba, en la parte aserrada. Las cuerdas se rompieron. De un brinco saltó hacia el coronel Juan C. Doria. Con toda su fuerza lo aferró por el cuello. Comenzó a estrujárselo:

—Deja ir a la chica. No toques lo que hay en su vientre.

El coronel Juan C. Doria se defendía: con los codos, con la palma de su mano.

—¡¿Quién te crees que eres, desgraciado adolescente?! —y derribó a Bernardo Reyes al piso. La chica embarazada comenzó a patalear en el suelo:

—¡No lastimen el cadáver de Maximiliano! —y vio al doctor Licea metiendo una cuchara dentro de la cuenca ocular del emperador—. ¡¿Qué va a hacerles a sus ojos?! —Licea empezó a jalar el ojo, a estirar el nervio, para romperlo.

—Este lindo ojito azul me va a dar muchos pesos —y lo arrancó de un tirón, incluyendo el mojado tallo. Le salpicó la cara—. ¡Tráiganme los ojos de la estatua! Ahora vas a tener dos ojitos de vidrio.

Bernardo Reyes violentamente abrazó a Doria. Empezó a estrujarle el tórax.

—Te dije que la soltaras —y de un revés le arrancó la espada. Con un desconcertante giro del brazo, se la clavó en la quijada. Se volvió hacia el doctor—: ¡Usted! ¡Libere a la chica! ¡Córtele las amarras!

El doctor levantó su serrucho.

—¡Oiga, muchacho! —le dijo a Reyes, balbuceando—. ¡Esta mujer tiene adentro un bebé que puede perjudicar a México! ¡Tenemos que abortarlo! ¡Es la orden del coronel Estrada!

El lancero, con largas pero lentas zancadas, avanzó hacia el médico con su arma.

—Es sólo un niño —y con la punta de la espada señaló a Concepción Sedano—. ¡Córtele las amarras! Ese niño no tiene por qué saber su pasado.

En la cabeza del cadáver, dentro del cráneo, las células cerebrales por última vez emitieron una descarga, antes de apagarse para siempre.

Maximiliano vio en la penumbra una figura. La luz la iluminó desde lo alto. Era una delicada jovencita morena, de diecisiete años, de largo cabello negro que le llegaba casi hasta los tobillos, hermosa, con sus brazaletes aztecas. Le sonrió a Maximiliano.

—Hola, lindo.

El emperador le sonrió suavemente:

—Bonita… —y delicadamente se le aproximó. Empezó a acariciarle el rostro. Concepción Sedano y Leguízamo lentamente lo tomó de los dedos.

—Ven conmigo. ¿Estás listo para encontrarte con el más grande secreto?

Maximiliano abrió los ojos. Caminó con ella. Le miró su brillante cabello.

—¿A dónde me llevas…?

—Ellos no me mataron —le sonrió ella. Caminaron hacia la oscuridad. En el fondo empezó a formarse un cuadro luminoso. Eran los bastidores de una puerta con mirilla. Una compuerta de barco. Por la claraboya comenzó a salir mucha luz. El haz llegó hasta Maximiliano. Estaba lleno de estrellas. El emperador se asombró.

—¿Es la cocina…?

Lentamente las mamparas se abrieron como si no fueran materia. Al otro lado estaba la maquinaria del universo. Maximiliano escuchó los ruidos: la fábrica de la creación.

Concepción Sedano, con su piel morena que olía a frutas de la selva, le apretó la mano a Maximiliano. Comenzó a disolverse.

—Siempre te ha estado esperando —y lo empujó hacia la luz—. Él es quien siempre te ha amado. Para Él, tú eres la felicidad.

154

En la presa de Padilla, me sumergí en el agua. Comencé a bucear hacia la antigua iglesia, entre los pedazos de hierro oxidado, conteniendo la respiración. Ahí estaban los hombres del Papi: siete buzos. En medio de ellos estaba Juliana.

Me latiá el corazón.

De mi cinturón saqué el puñal que acababa de facilitarme el síndico burocrático Lorenzo D'Aponte, agente de la embajada de los Estados Unidos; vigilante de la Comisión Binacional Educativa, responsable de eliminar partes del pasado azteca en los libros de la primaria de México en 2009.

Con el cuchillo en la mano, me aproximé al Papi.

Estaba avanzando desde la iglesia hacia el piso de la antigua plaza, con su linterna.

El jefe de los buzos, Tito Leguízamo, les habló por medio de su micrófono. Ellos escuchaban por las bocinas dentro de las caretas respiratorias:

—Éste es el centro de la explanada, el lugar del fusilamiento. Hace más de cien años el gobernador de Tamaulipas, Guadalupe Mainero, quiso reconstruir el monumento que hizo Maximiliano aquí para la familia Iturbide, el altar de Josefa. El 25 de febrero de 1901 colocó aquí esta base de piedra, miren —y señaló hacia abajo.

Decía en letras de roca, verdes por la lama: "En este lugar fue ejecutado el 19 de julio de 1824, a las 18:00 h".

—El obelisco no se construyó —siguió el buzo—. Sólo quedó esta base. Se piensa que la muerte del gobernador Mainero, seis meses después de colocar aquí esto, el 10 de agosto de 1901, tiene que ver con la

Comisión Educativa. No está permitido modificar la imagen oficial de Agustín de Iturbide. Debe considerársele como un "traidor a la patria".

—Diablos —le dijo Juliana—. ¿Lo mataron?

Yo, con mi cuchillo, me interpuse entre ellos. Les dije:

—O tal vez fue por lo que ese gobernador estaba desenterrando en esta plaza.

Todos se sorprendieron. Me vi rodeado por los buzos del Papi. A uno de ellos le había enterrado el cuchillo en el cuello, y ya estaba utilizado su equipo scuba. Ahora sólo eran seis. Juliana, desde el interior del respirador de vidrio, me sonrió. Suavemente pataleó con sus aletas.

—¡Max León! —y cerró los ojos. Abrazó su pecho.

El Papi me apuntó con un arpón. Su segundo al mando, el Nibelungo, me sonrió.

—Max León —y también me apuntó con su arpón—. Eres incansable —y negó con la cabeza. Se volvió hacia el Papi—. No sé cómo lo hizo. Yo lo dejé bien amarrado. Ahora "mesmo" lo mato —y se pegó el arpón al ojo para enfocarme.

Se lo bajó el Papi.

—Espera. Puede ayudarnos —y le puso la punta de la ballesta en la tráquea a Juliana—. Dinos qué debemos hacer ahora, investigador de mierda —me sonrió—. Tú nos hiciste llegar hasta aquí.

Braceé en el agua hacia la enorme base. Comencé a empujarla.

—El tesoro Maximiliano debe estar aquí abajo. Esto es el altar de los Iturbide. En realidad es la caja fuerte que construyó Carlota de Saxe-Coburgo-Gotha para ocultar aquí el proyecto que la trajo a México: el proyecto de su familia para el mundo, el plan mundial de Inglaterra.

El Papi les dijo a todos:

—Ayúdenlo. Quiten esta maldita piedra —y miró su reloj—. ¡Vamos!

Arriba, en un bote rentado, tres de los sicarios del Papi se mecieron suavemente en el agua, con sus armas. Uno de ellos dijo:

—¿Te imaginas ser un pinche pez de estos gordos, viviendo en un lago como éste, sin responsabilidades? —y bebió de su cerveza. La aventó al agua, contra el pez.

—Pinche pez gordo.

Por detrás, lentamente se les aproximó un helicóptero anfibio, de pies inflables, fabricado en China. Se acercó flotando, empujado por una hélice trasera, tripulado por personal clasificado de la embajada de China.

Nosotros empezamos a bucear dentro del foso debajo de la tierra. Era una caverna.

El Nibelungo suspiró.

—¿Esto es un cementerio? ¿Son muertos?

Observó las cientos de lápidas. La bella Juliana susurró:

—Son criptas —y con sus hermosas piernas "aleteó" hacia abajo—. Parece una catedral sumergida.

Yo le pregunté al Papi:

—¿De qué es el documento Maximiliano? ¿Por qué estamos matando gente sólo por un maldito papel?

El narcotraficante se volvió hacia mí. Me sonrió:

—El secreto Maximiliano es un documento para crear desestabilización en el mundo: es el plan para usar a México y a otros países, convirtiéndolos en potencias, con el fin de destruir el poderío de los Estados Unidos y reestablecer el Imperio británico. Proyecto del cual Iturbide y Maximiliano fueron los esclavos, los manipulados, igual que los estados del sur durante la Guerra Civil, y después los presidentes Porfirio Díaz y Victoriano Huerta. Hoy ese papel va a reaparecer en la sesión de las Naciones Unidas, volverá a crear discordia, y vamos a poner a los estadounidenses contra Europa. Y terminará la época que has conocido. Europa va a ser controlada por Rusia, y América se va a dividir entre Alemania y China.

—Diablos, ¿para quién trabaja usted, maldita sea? ¿Quién lo contrató para hacer todo esto?

—Yo sólo soy un buscador de tesoros, mírame —y suavemente ondeó su arpón—. Ellos son los que pagan.

Arriba, con movimientos casi indetectables, caminaron ocultos entre los matorrales veinte buzos de la policía, también armados con arpones. Sigilosamente comenzaron a sumergirse en el agua.

En la oscuridad de la fosa, buceé hacia la parte inferior, donde estaba en forma muy obvia lo que desde un principio todos habíamos estado buscando: un león con tres cabezas, cubierto de lama. Cada cabeza tenía una corona.

Les dije por el intercomunicador:

—Aquí lo tienen. Ya llegamos.

Nos colocamos alrededor de la erosionada escultura de piedra de color amarillento. Suspendidos en el agua, impulsándonos con las piernas, permanecimos contemplando la efigie.

Nos dijo Juliana, admirada:

—Es el Trileón… —y abrió los ojos—. Los Saxe-Coburgo-Gotha lo adoptaron. Es el signo de Eleanor I Plantagenet.

Braceé hacia la cabeza central de la bestia. Las fauces estaban abiertas. De ellas salía una lengua con restos de pintura azul. Encima, por dentro del paladar, había una pequeña caja oxidada.

Cautelosamente metí la mano.

Todos me observaron.

Comencé a sacar el objeto. Era una caja con restos de pintura roja.

Juliana nadó hacia mí. Con los ojos bien abiertos, delicadamente tomó de mis dedos la caja. La vio por arriba y después la volteó. Tenía los dos sellos Saxe-Coburgo-Gotha, uno arriba y otro abajo: el de Leopoldo I de Bélgica y el de Victoria de Inglaterra.

Me miró asombrada. Se la arrebató el Papi.

—Bueno, actuaron bien, muchachos —y empezó a abrirla.

—¡No! —le detuvo el brazo Juliana. Negó con la cabeza—. Si aún está conservado el documento, lo podemos estropear con el agua —y tomó el objeto delicadamente—. Hay que salir a la superficie.

Con gracilidad jaló el arpón que estaba en el hombro del Papi, le colocó la punta en el cuello y con el índice jaló hacia abajo el gatillo. La flecha le cruzó la cabeza: de la papada hasta el cerebro.

Los ojos del narcotraficante quedaron abiertos. Lentamente comenzó a descender en el agua, a los pies del trileón.

Lo demás buzos le apuntaron a Juliana con los arpones.

—¡¿Qué estás haciendo, maldita?!

—¡Dispárenle!

—¡No! ¡Ella tiene el documento! ¡Primero quítenselo!

Yo alcé los brazos. La miré.

—¿Juliana…? —y abrí los ojos—. Me parece que acabas de matar a un narcotraficante bastante importante.

—Tú cállate —y me apuntó con el arpón autorrecargable—. Ya no te necesito.

Los demás buzos me apuntaron con los arpones.

Comencé a sacudir la cabeza.

—Esto… es… —los miré a todos. Miré a Juliana. Ella me sonrió:

—No puedes creerlo, ¿verdad?

Negué con la cabeza.

Ella pataleó hacia mí, con el arma apuntándome.

—No soy heredera de los genes de Maximiliano. No soy una Habsburgo. Tampoco me apellido Sedano. No soy descediente de la India Bonita.

Bajé la mirada. Vi el cadáver del Papi, con los ojos abiertos detrás del visor, aún soltando las últimas burbujas.

—En verdad esto es… —y la miré—. Como lo de Judas…

En su radio comenzó a decir palabras en chino:

—我距离拥有该文件只有几分钟的路程. *Wǒ jùlí yǒngyǒu gāi wénjiàn zhǐyǒu jǐ fēnzhōng de lùchéng.* Ya tengo en mi poder el documento —y lo movió frente a sus ojos.

—Diablos… —le dije—. Tú eres la que trabaja para los chinos…

Arriba, dentro del helicóptero anfibio, una mujer delgada, anciana, de rostro oriental, sentada junto a la ventana, la nana Salma del Barrio, le sonrió a su intercomunicador.

—谢谢你'我的小女孩。 *Xièxiè nǐ, wǒ de xiǎo nǚhái. Zhège nánhái zài yālì xià quèshí gōngzuò dé gèng hǎo.* Gracias, mi muchachita. El chico en verdad trabaja mejor bajo presión.

Afuera, en la orilla de la presa, el comandante Dorian Valdés, detrás de los arbustos, se llevó el radio a la boca:

—Ella es la serpiente dragón, Bai Suzhen, la mujer dragón del lago Hangzhou. Por miles de años se dijo que cuando Bai Suzhen volviera a aparecer, iba a ocurrir el cambio de historia.

Abajo, en el agua, observé a Juliana, tan hermosa. Comencé a negar con la cabeza.

—¿Tú eres la agente china? ¿Estuviste manipulándonos a todos? ¡Dejaste que te torturaran!

Ella se abrió el traje de neopreno del torso. Al contacto con el agua, algo ocurrió con su piel. Emergieron, con alguna extraña alquimia, un par de ideogramas chinos, los cuales antes no estaban entre sus dos espectaculares senos. Le brillaron sus ojos dorados.

—当然是 *Dāngrán shì* —me dijo—. Yo soy el dragón. Gracias por todo, Max León —y me sonrió—. No eres un mal hombre, Xu Xian —y me disparó a mí también.

Arriba, en la terracería, un Jeep blanco se estacionó silenciosamente atrás de los vehículos de la policía. Se apagó el motor. Tenía en las puertas el logotipo del Congreso del estado de Tamaulipas.

Se bajó un hombre joven, de cabello rizado y engomado, con una larga gabardina de cuero y anchos anteojos cuadrados. Caminó hacia los hombres armados.

—Mi nombre es Pako Moreno —y les mostró su gafete del Congreso de la Unión. Decía: "Seguridad Parlamentaria".

Le dio la mano al fornido policía King Rex:

—Lo de Julián Leguízamo es un engaño —y volteó hacia el agua. Vio el campanario triple de la iglesia de San Antonio de Padua de Padilla—. El sujeto lo inventó todo. Quiero decir, ese "Julián Sedano". Nunca fue hijo de Maximiliano.

King Rex no le respondió. Comenzó a montarle el equipo scuba.

Pako Moreno le dijo:

—Existen estudios sobre esto de la experta Bertha Hernández, historiadora de Maximiliano. Como su físico se parecía al del archiduque, Julián Sedano astutamente se hizo pasar ante el mundo como el hijo del emperador mexicano. En parte por ello lo fusilaron.

—Pero ¿y qué hay sobre ese Justo Armas, el que apareció en El Salvador?

—Ni siquiera ese Justo Armas, de ser Maximiliano, habría sido un descenciente de los Habsburgo.

—¿Cómo…?

—Maximiliano, el niño Fernando Maximiliano de Habsburgo-Lorena, nunca fue siquiera el hijo de Francisco Carlos de Habsbugo. Su madre, la reina Sofía, copuló con otro hombre.

—¡¿Otro hombre?!

—El padre de Maximiliano de Habsburgo fue el hijo de Napoleón I de Francia: Napoleón II. Copuló con la reina Sofía. Maximiliano de Habsburgo es realmente un Bonaparte, un sobrino de su enemigo, Napoleón III.

—Increíble —y comenzó a montarse también el equipo de buceo.

—Julián Román Sedano Leguízamo, el que está en los expedientes de Francia, trabajó efectivamente con el poeta nicaragüense Rubén Darío, quien sólo contrató a Sedano por publicidad, pues ya se había difundido lo de su posible ascendencia. Rubén Darío fue embajador en Madrid, y el 11 de septiembre de 1915 el ministro de Asuntos Exteriores de Nicaragua, Diego Manuel Chamorro, le escribió: "Cónsul general de México residente en Barcelona pregunta si alguna época ciudadano mexicano Julio Sedano fue secretario Legación Nicaragua

Madrid, en otras razones porque Sedano hace uso facsímil de firma de Usted con fines desconocidos".

Los dos, vestidos de buzos, se zambulleron en el agua.

King Rex le dijo por el radio de la careta:

—Pero entonces… ¿existió o no Concepción Sedano? ¿Todo el tiempo ha sido un mito? ¿Por qué hay una casa con su nombre en Cuernavaca?

155

Un siglo y medio atrás, el lancero de diecisiete años Bernardo Reyes, esposado por la espalda, caminó empujado por los guardias del coronel Miguel Palacios.

—¡Traemos al detenido! —le gritaron al general Porfirio Díaz.

La puerta de madera se abrió desde adentro. El enorme y fornido general oaxaqueño, recién casado, se levantó de su asiento. Comenzó a caminar desde detrás de su escritorio. Miró de arriba abajo al joven.

—¿Tú dejaste escapar a la chica?

El lancero miró hacia el piso, con la cara golpeada.

El general le puso la espada contra la barbilla.

—Ella podría ser peligrosa. ¿Lo sabías?

El joven lo miró a los ojos.

—Tengo la promesa de ella. Su hijo nunca va a reclamar el trono de México.

Porfirio Díaz lo miró. El joven le dijo:

—Nunca le voy a revelar dónde va a estar ella, pero me dijo algo que es importante para México.

El general alzó una ceja.

—¿Ah, sí?

—Hay un secreto para México. El "secreto de las naciones". Me dijo dónde se encuentra.

—¿Secreto de la naciones…?

—Son cinco pasos que la propia Inglaterra siguió para convertirse en lo que es hoy: un imperio económico. México iba a ser como los Estados Unidos. Ése es el secreto de las naciones.

La hermosa Juliana comenzó a bucear hacia arriba, con la pequeña caja en la mano, hacia el bote de los hombres del Papi.

Yo seguí hundiéndome en el agua. Llegué hasta el cuerpo muerto del Papi, Carlos Lóyotl. Me coloqué junto a él. Ambos teníamos dos flechas de arpón en el cuerpo, las dos disparadas por la misma persona: Tania Loysel.

Sentí unos brazos fuertes sacándome del agua. Era King Rex.

El helicóptero anfibio se fue hacia el sol del atardecer, dejando atrás el bloque de la gran presa Vicente Guerrero.

King Rex me colocó en el bote de rescate del gobierno del estado.

Se me aproximó, entre los otros hombres, el asesor parlamentario Pako Moreno. Me mostró fotografías:

—Ella ha estado involucrada en secuestros en Guatemala y Brasil. Te seleccionó porque ellos ya te tenían identificado.

Me enderecé. Sentí el dolor de la flecha pasándome entre las costillas.

—¿Ellos…?

Él me sonrió:

—Todo esto del avión Boeing, del aeropuerto, fue una puesta en escena, un engaño, incluyendo el golpe de Estado; igual que los tatuajes que tenía Tania Loysel en la muñeca.

—¿Los tatuajes…? —y recordé las letras: "A. E. I. O. U. R1b-U152. Palacio Scala".

—Palacio Scala… los genes de Maximiliano… las iniciales A. E. I. O. U. de los Habsbugo… Todo fueron pistas para manipularte.

—No, no… —sacudí la cabeza.

King Rex y mi comandante Dorian Valdés se miraron con ternura:

—Para manipularte, Max León —me dijo mi comandante—. Ella puso todas las pistas que Carlos Lóyotl y sus enviados encontraron en Bélgica, en el castillo de Carlota, sabiendo que tú, como excelente detective que eres, ibas a decodificarlas. Tú eres el hombre que resolvió el caso de Pemex. Pero tenías que estar motivado: una mujer secuestrada, rescatar al país de un golpe de Estado… Tenías que sentirte héroe para aventarte a lo grande.

—No, no… —les dije—. Esto es…

—Te reclutaron, Max León —me dijo King Rex—. Te dejaste usar por todos, igual que Maximiliano. Y todo esto es porque ellos sabían que tienes algo en el cerebro, con lo cual ibas a decodificar estas pistas. Pero igual que Maximiliano, elegiste ser bueno en un mundo que es malo. Cuando todos te quieren manipular, tu bondad es tu peor enemigo —me sonrió—. Toma nota.

En el Castillo Bouchout, el detective polinesio Steve Felder trotó despavorido dentro de la habitación donde murió Carlota, disparando hacia afuera con la pistola. Atrancó la puerta.

—¡Aquí debe estar! ¡Aquí debe estar! —y caminó sobre los cadáveres de los guardias que acababa de despachar hacía apenas segundos. Observó las paredes y el fondo de un deteriorado piano de cola—. ¡Aquí debe estar, maldita sea! —le gritó a su asistente pigmeo Bartholdy.

Caminó hacia el muñeco que estaba sobre la cama, de 1.80 metros de largo, con la cara de Maximiliano de Habsburgo. Tenía la boca agujerada. La espuma le salía del orificio a un costado de las comisuras. Le dijo a Bartholdy:

—De aquí sacaron el papel que decía "ERBE", "heredero".

Iluminó las paredes con luz ultravioleta. Estaban completamente pintadas. Gracias a la luz ultravioleta pudieron ver que los muros estaban llenos de una frase escrita mil veces, con sangre:

Der wahre Erbe gehört Ihnen.

El pigmeo, aterrorizado, le preguntó:
—¿Qué significa?
Felder tragó saliva.
—Significa: "El verdadero heredero es el tuyo", o "La verdadera herencia es tuya".

En el bote, sobre el oleaje de la presa, King Rex me pasó un relicario de madera.

—Lo encontramos en la Casa Olindo, en Cuernavaca. Perteneció a la India Bonita. Se lo dio la emperatriz Carlota.

Me lo puso en la mano. En la brillante madera barnizada decía:

El verdadero heredero es el tuyo.

King me dijo:
—Llegó el momento, Max León. ¿Alguna vez supiste quiénes fueron tus bisabuelos?
Miré hacia el agua.
—No, no... —y negué con la cabeza—. ¿Ahora qué?
—El pasado importa desde ahora, Max León. El gen R1b-U152. ¿Nunca te dijo nada de esto tu padre...?

—¡No, no! —y sacudí la cabeza. Recordé el momento en que ingresé a la policía de investigación, cuando King Rex me sacó la muestra genética.

King me colocó la mano sobre el brazo.

—Max, lo que se llevaron en ese helicóptero —y señaló al horizonte—, en realidad te pertenece, y con eso vamos a cambiar el futuro de México. Este país va a ser una superpotencia. Max Sedano y Leguízamo de León Cohen: tú eres el heredero del Imperio azteca y de la familia Habsburgo. Tú eres el tesoro Maximiliano.

156

En Londes, Inglaterra, en el Palacio de Buckingham, el primer ministro revisó su celular.

—Me está enviando un mensaje mi agente en México, Pako Moreno —y miró la pantalla—. La caja de Carlota está en camino al edificio de las Naciones Unidas. Tenemos que enviar a un equipo que los detenga.

Lentamente miró hacia atrás, a su gran mapa del mundo.

—Habrá acción de Rusia y de su satélite financiero: China. Trump es sólo pasajero. Sólo ha sido un agente de Rusia, como lo fue alguna vez para nosotros Napoleón III.

En México, a mi lado, el sonriente Pako Moreno se llevó su pulsera a los labios. Susurró casi imperceptiblemente hacia sus jefes en Londres, mientras me palmeaba el brazo:

—Con Max León en el trono, o como presidente por medio de elecciones, podemos lograr mucho. Sé cómo convencerlo —y me guiñó el ojo—. Organizaré una comisión de mexicanos, como la que fue a Polinesia. Le mostrarán una encuesta. Los mexicanos verán con agrado su parentesco con Maximiliano. Sabrá de mí pronto.

Y colgó.

Epílogo

Porfirio Díaz capturó la Ciudad de México cuando tenía sólo treinta y seis años. Recibió la rendición por parte del capitán Carlos Khevenhüller. Ambos se volvieron grandes amigos y lo fueron toda la vida. El general Díaz posteriormente se convirtió en presidente de México. En 1901 invitó a Khevenhüller, ahora de sesenta y dos años, a visitar México para inaugurar juntos la capilla de Maximiliano en el Cerro de las Campanas, el 10 de abril de ese año. Estuvieron en la ceremonia la hija y la nieta del general Miguel Miramón, así como un misterioso hacendado de Zumpango, de treinta y cuatro años, llamado Luis Torres Rivas, productor de pulque. Cuatro años después, Khevenhüller murió. En su tumba hay una corona con la Virgen de Guadalupe y una inscripción que dice: "El general Porfirio Díaz, presidente de México, a su querido amigo, el príncipe Johann Carl Khevenhüller-Metsch".

El gobierno de México de Benito Juárez nunca pagó a Herman Sturm, ni a ningún estadounidense, por las armas que le enviaron los Estados Unidos para expulsar a Francia y a Maximiliano. El gobierno de Juárez declaró que el contrato de Carbajal sobre el asunto de Herman Sturm era ilegítimo. El traficante de armas pasó años mendigando a los dos gobiernos.

El 20 de junio de 1867 Khevenhüller escribió en su diario: "Nunca volví a ver a Leonor, pero estoy en posesión del retrato de mi hijo". Pero como esto nunca lo supo el rey del pulque, siempre creyó que el hijo era suyo. Javier Torres Adalid tuvo catorce hijos con Leonor. Uno de ellos es el vástago del príncipe austrohúngaro. En 1896 el joven Luis Torres Rivas apareció como segundo secretario en la embajada de México en Inglaterra, cuyo embajador era Manuel Iturbe. Ambos tenían su oficina en Cromwell Road, número 87, frecuentada por Carl Khevenhüller.

El fiscal Manuel Azpíroz se convirtió en embajador de México ante los Estados Unidos y posteriormente en ministro de Asuntos Exteriores. El fusilero que le dio el último disparo en el corazón a Maximiliano,

Aureliano Blanquet, acabó siendo el traidor que en 1913 arrestó al presidente mexicano Francisco I. Madero.

El sacerdote católico Dominik Bilimek, zoólogo y confesor de Maximiliano, acabó investigando especies en Europa. Hoy existe un escarabajo que lleva su nombre: el *Typhlotrechus bilimeki*, el "escarabajo de las cuevas". Sus colecciones le dan la vuelta a los museos del mundo.

El doctor Samuel Basch, médico del emperador, volvió a Austria y atendió a pobres en Viena. En 1881 inventó un aparato que hoy mide la presión en todos los pacientes del mundo. Lo utilizan los doctores y enfermeros en todos los hospitales y consultorios del planeta: el esfigmomanómetro.

Ildefonso López, con su rancho San José de las Rusias, Tamaulipas, de cuatrocientas ochenta y cinco mil hectáreas con ciento cuarenta y cinco kilómetros de la costa del Golfo de México, fue el pionero de la industria petrolera en México. Sus hijos Nicolás y Ramón López Peral lo vendieron el 23 de marzo de 1898 por seiscientos mil pesos a un médico tabacalero de Wisconsin llamado Ingebricht Ole Brictson, nacido en Sogndal, Noruega, consejero del Deerfield Bank, y metido en una secta llamada Doukhobor. Los estafó, y también a su apoderado Fermín Legorreta, de Ciudad Victoria. Por años los hermanos López pelearon por el dinero no pagado ante el gobierno de los Estados Unidos. Ramón López del Peral, debido a estos acontecimientos, murió de un ataque cardiaco. Cuando finalmente el gobierno estadounidense tomó cartas en cuanto a Brictson, el dinero se devolvió a través de un presidente mexicano que se robó todo. Ramón López Peral se casó con María del Refugio León Echevarría. Su hijo Ramón López de León se casó con la hija del general Bernardo Reyes, Otilia Reyes.

El secretario William Seward logró en 1868 la compra de Alaska a los rusos a cambio de 7.2 millones de dólares, y también las islas Midway, para iniciar su confrontación contra el dominio japonés del Pacífico.

El general Ulysses S. Grant se volvió presidente de los Estados Unidos en 1869 y su gobierno estuvo envuelto en controversia y corrupción. Los especuladores financieros Jason Gould y James Fisk lo manipularon y se produjo la mayor catástrofe económica, en 1873, de la historia estadounidense, sólo comparable con las que vendrían en 1929 y 2008.

Durante su gobierno, los Estados Unidos demandaron a Inglaterra por su involucramiento secreto a favor de los separatistas sureños en su Guerra Civil —construyendo barcos para los rebeldes como el css *Alabama*, el css *Florida*, el css *Lark*, el ccs *Tallahasse* y el css *Shenandoah*—.

Exigieron a la Gran Bretaña el pago de dos mil millones de dólares como indemnización, o entregarles el territorio de Canadá. Para evitar que esto llegara a guerra entre Estados Unidos e Inglaterra, el secretario de Estado Hamilton Fish sugirió aceptar de Inglaterra sólo 15.5 millones. Inglaterra los pagó, aceptando así su intervención en la guerra.

El general Tomás Mejía, después del fusilamiento —según lo relata Carlos Eduardo Díaz—, a falta de dinero para su entierro, fue mantenido, siendo ya un cadáver, por su viuda Agustina Castro en la sala de su casa, sentado, embalsamado con la mano en el corazón, solicitando ayudas económicas por medio de un sombrero en el piso.

El hijo mayor de Miguel Miramón —llamado también Miguel Miramón— defendió el nombre de su padre batiéndose en duelo al menos dos veces, tal como lo refiere Leopoldo Silberman: una "con el poeta Manuel Puga y Acal, y más tarde con un literato de apellido Gassier en París". En ambas ocasiones salió victorioso.

*****

El personaje Pako Moreno está basado en un personaje real: Pako Moreno, gran inspirador de esta investigación.

El personaje Wenceslao Vargas Márquez está basado en un personaje real: Wenceslao Vargas Márquez, extraordinario historiador y periodista, experto en Maximiliano, Juárez y la masonería.

*****

Conoce más en las novelas de esta serie de Leopoldo Mendívil López: *Secreto Vaticano*, *Secreto 1910*, *Secreto 1929*, *Secreto Biblia* y *Secreto R* (Rockefeller).

Próximamente… *Secreto azteca* y *Secreto Pemex*

Epílogo 2 / Secreto Carlota

A continuación te ofrecemos trozos impactantes de las cartas que Carlota escribió en su soledad, durante 1869, en Laeken y Tervueren, dos años después del fusilamiento de Maximiliano, cuando ya estaba recluida por su hermano.

Nunca fueron entregadas a sus "destinatarios".

Descubiertas por Laurence Ypersele. Publicadas por Martha Zamora (*Una emperatriz en la noche*, 2010). Citadas por David Salinas (*Realidad y ficción en el diálogo interno de Carlota*, 2015) y Paulina Andrea Moreno Castillo (*La locura de Carlota de Habsburgo desde una perspectiva lacaniana*, 2015).

Dirigida al general Douay (sin fecha):

Estuve embarazada nueve meses de la rendición del diablo, nueve meses de la iglesia y nueve meses del ejército, hágame dar a luz en octubre.

Dirigidas a Charles Loysel

22 de abril de 1869:

Tenga usted dos cosas por seguro: quiero ser hombre, quiero desposarlo, usted será lo mismo que yo, nosotros seremos las dos almas unidas que la Tierra haya creado.

5 de mayo de 1869:

El matrimonio que realicé me dejó como estaba. Nunca le negué hijos al emperador Maximiliano […] Mi matrimonio fue consagrado en apariencia. El emperador me lo hizo creer pero no lo fue, no por mi parte porque yo siempre le obedecí, sino porque es imposible que lo fuera o yo me habría quedado como lo que soy.

18 de abril de 1869:

Desde hoy no firmaré más como Carlota, firmaré como Charles y usted puede llamarme así simplemente [...]. En lo que respecta a mi persona, no crea que me encontrará como en México, hay en mí ya tres cuartas partes de hombre. Alguna vez vi esto yo misma en el espejo. Desde hace meses no bebo más que vino y agua, jamás agua pura, incluso mis miembros han adelgazado en cierta forma masculina.

5 de mayo de 1869:

Regresando a las mutaciones físicas, verá usted que una vez más como es necesario que me transforme en un hombre en el número 8 de la calle San Juan Bautista [domicilio de Charles Loysel en París] con el fin de no tener más que aprender de los hombres en general en lo que concierne al cuerpo, ya que, mientras continúe siendo mujer siempre habrá posibles violencias y el futuro del mundo no estará asegurado completamente más que con mi cambio de sexo que tendrá lugar en París en las próximas 24 horas. Tendré, así en mi existencia, una humanidad análoga a la de la Santa Virgen en su primera parte y análoga a aquella de Cristo en la segunda. Como en la primera parte he sido como las mujeres y las soberanas del mundo, en la segunda seré completamente militar y oficial encarnado.

30 de mayo de 1869:

Venga esta tarde a mi habitación, entre las siete y media y las ocho, y azote a la emperatriz de México, despedácela que no quiere serlo más.

11 de abril de 1869:

Deseo ser crucificada con gusto, por ustedes, si es necesario, y también por los franceses, pero no por [...] Bélgica, en donde no recibí después de ser conducida ahí traidoramente, más que villanías, ignominia, dolores, humillaciones. Debo decir abiertamente que debo ser vista como Cristo, como Rey de los Judíos, de los flamencos o de los belgas, como se les quiera llamar. No escucho más aquí que a los flamencos y la muerte en una cruz, en la horca, fusilada, como quieran, preferiría este último [...]. Que este juego de calvario que practican conmigo acabe.

27 de abril de 1869 – Firmada por "Charles":

Le envió una carta de la condesa Hulst [la niñera de Carlota], cuyo antecedente es el siguiente: le he escrito por la muerte de su marido, esta es la respuesta. Notará una línea en la que, después de la palabra marido, las palabras "le abandonó" están subrayadas en rojo: he subrayado las dos palabras por órdenes del emperador Maximiliano, cuya voz he escuchado hace una hora. Me ha dicho lo siguiente: "A hora que los has hecho, tu obediencia lo ha decidido. Nuestra unión se ha roto, no podré jamás" […]. Soy, mi querido Loysel, vuestra afectuosa Charles.

26 de marzo de 1869:

El porvenir del mundo no se puede cumplir sin mí, primero, y el emperador, mi esposo, en seguida. Él no puede, si nosotros no somos los herederos adoptivos de Napoleón III. Si hubiera sido hombre en 1864, aquello se haría en seguida y nos hubiéramos ahorrado Querétaro.

14 de abril de 1869:

Lo que deseo que tenga en mente, y también el general Douay quien es el jefe aquí, es que yo me comprometí voluntariamente como él; que él me envíe una mochila y la cargaré, que él me dé cualquier orden y la acataré, que me someta a tales o cuales pruebas, las más grandes que desee y me someteré. Lo único que he escuchado decir es que a los soldados se les envía a la bandera y yo quiero ser enviada.

18 de abril de 1869:

Desde hoy no firmaré más como Carlota, firmaré como Charles […]. El arreglo exterior no lo he podido cambiar todavía, pero ha sido simplificado hasta un punto en que no es como se usa en general y alrededor del talle no llevo nada, como los hombres.

23 de abril de 1869:

Debo, Loysel, con la sinceridad con la que me dirijo a usted, decirle que si consiente en tener por cónyuge un hombre en lugar de una mujer […]. Todos los matrimonios a unir y separar, lo son por el poder de las llaves de San Pedro en la Tierra, como en el cielo, pero aquello que el hombre ha unido, Dios lo puede separar […] porque se crearon por conveniencias pasajeras que Dios definitivamente no realizó […]. Le declaro que no le abandonaré jamás, que le desposo a pesar y en contra de todos, con la aprobación de Napoleón III, que es mi padre en la Tierra […]. Yo no abandono las banderas ni las personas que amo […]. No tengo más que mi palabra y honor, que es como el suyo, que con ambas cosas y con nuestras almas, que son la una para la otra, iremos hacia la eternidad.

5 de mayo de 1869:

Nunca le negué hijos al emperador Maximiliano […] Mi matrimonio fue consagrado en apariencia.

11 de mayo de 1869:

Convertirme en hombre es nacer otra vez […]. Ser oficial francés es el título más bello que podría portar. He renunciado a mi pasado, a todo, he abandonado todos los bienes que llamo riqueza, fortuna, nacimiento, los abandono sin mirar atrás para adquirir esta perla, las más preciosa de todas.

13 de mayo de 1869:

Cuento con poderme fustigar nuevamente hoy, de cuatro a cinco horas consecutivamente […]. Me azoto alrededor, como a los caballos, más fuerte en los muslos desnudos. Ello me produce placer en un grado máximo, un verdadero goce que he descubierto. Los muslos se cubren de un encarnado pronunciado, la sangre y la vida aumentan […]. La parte más roja es la de en medio, azoto justo en el centro de esa parte que llamamos trasero, me doy una azotina considerable y el placer es tan grande que olvido que soy yo […]. Así comienza: me invade una furiosa necesidad de ser azotada. Me quito el calzón y lo meto en un armario, me tiendo en el sofá con la parte trasera, la más redonda posible, al descubierto. Tomo el fuete en la mano derecha y azoto de tal manera que duela y deje ampollas. Me levanto después de haber contado cierto número de golpes, cientos cada vez, y reviso si el efecto es suficiente. Cuando lo encuentro mediocre, intento hacerlo con más vigor, los muslos se habitúan a la práctica; entre más les azoto, más útil les es. Hace un gran bien a la salud y se siente en el alma la satisfacción de probar que uno es en verdad valiente […]. Ahora, es una verdadera lástima que no se lo pueda hacer a usted y usted a mí, porque sería más fuerte y más satisfactorio todavía.

5 de mayo de 1869:

Venga aquí, directamente a mi habitación, sin tocar, con una varilla, un látigo o un palo, golpéeme con él en todo el cuerpo hasta que sangren los muslos, por detrás, por delante, en los brazos, en las piernas, en los hombros. Me desvestiré yo misma, soporto todo como si nada, sólo los cobardes mueren por estas cosas y yo no lo soy […]. Está claro que usted se desvestirá en seguida y que yo lo haré en todo su cuerpo lo que me ha hecho a mí […] se trata de honor de hombres ahora.

En 1885, su hermano Leopoldo II de Bélgica obtuvo autorización de los gobiernos de Europa para "civilizar" el Congo, y traerles bienestar a sus habitantes.

ADAM HOCHSCHILD.
King Leopold's Ghost. *1998:*

El régimen impuesto por Leopoldo II al Estado Independiente del Congo había exterminado entre cinco y ocho millones de nativos […]. El gobierno de Su Majestad [Leopoldo II] es excesivamente cruel con sus prisioneros al condenarlos a permanecer encadenados […], estas cadenas para bueyes se suelen clavar en los cuellos […]. Comerciantes y funcionarios blancos [en el Congo belga] secuestraban a mujeres africanas.

GEORGE WASHINGTON WILLIAMS
Investigador afroamericano enviado al Congo con aprobación del presidente
de los Estados Unidos, Benjamin Harrison. 1889:

El gobierno de su majestad [Leopoldo II] está implicado en la trata de esclavos al por mayor y al por menor. Compra, vende y roba esclavos […]. Llegan oficiales blancos con una fuerza expedicionaria y queman las casas de los nativos.

VACHEL LINDSAY
Poeta de Illinois. Poema The Congo. *1914:*
Listen to the yell of Leopold's ghost,
burning in Hell for his hand-maimed host.
Hear how the demons chuckle and yell,
cutting his hands off, down in Hell.

Post-epílogo

Meses más tarde, los mexicanos caminaron por las calles empedradas de la ciudad de Cáceres, España, en la comunidad autónoma de Extremadura.

En la penumbra observaron el impresionante Castillo de las Seguras. Avanzaron por el empedrado, en busca del habitante del castillo: el eminente escritor e historiador don José Miguel Carrillo de Albornoz y Muñoz de San Pedro, tercer Vizconde de Torre Hidalgo, afamado y reconocido autor con grandes distinciones por sus talentos y cultura, condecorado con la Gran Cruz de la Orden del Águila de Georgia; descendiente de Hernando de Ovando, hermano de Nicolás, primer gobernador español de las Indias, para preguntarle si estaría dispuesto a contender por el trono de México y darle paz y justicia, por ser él el heredero viviente y legítimo del último emperador del Imperio azteca: el emperador Moctezuma.

Secreto Maximiliano

PARTICIPA
CAMBIA EL FUTURO

www.LeopoldoX.com/SecretoMaximiliano.htm
leopoldomendivil@yahoo.com.mx
Facebook: Secreto Maximiliano

Referencias fotográficas

Página 119: Colección Museo Casa de Ricardo Rojas, Buenos Aires.

Página 411: Francisca Sanchez, en *El cultural*, 1899.

Página 424: Colección Museo Casa de Ricardo Rojas, Buenos Aires.